МАСТЕРА
СОВРЕМЕННОЙ
ПРОЗЫ

МОСКВА
ОАО ИЗДАТЕЛЬСТВО «РАДУГА»
2000

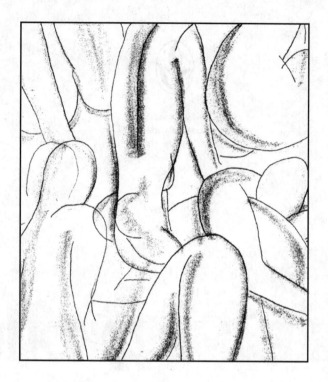

ДЖЕЙМС ДЖОЙС

Из сборника "ДУБЛИНЦЫ"
ПОРТРЕТ ХУДОЖНИКА В ЮНОСТИ
УЛИСС. Главы из романа

Перевод с английского

ББК 84.4И
Д42

Составление *К. Н. Атаровой*
Предисловие *Е. Ю. Гениевой*

Джойс, Дж.
Д42   Избранное: Сборник: Пер. с англ./Составл. К.Н. Атаровой. — М.: ОАО Издательство «Радуга», 2000. — 624 с. — (Серия «Мастера современной прозы»)

Том «избранного» Джойса позволит проследить эволюцию одного из крупнейших писателей XX века от раннего сборника рассказов «Дублинцы» до зенита его творческих свершений — романа «Улисс», десять эпизодов которого публикуются в переводах членов так называемой «кашкинской группы»: И. Романовича, Н. Волжиной, Е. Калашниковой и др. Это творение корифеев отечественного перевода, опубликованное в 30-е годы в журнале «Интернациональная литература», стало в настоящее время библиографической редкостью, недоступной даже специалистам.

В Приложении представлены переводы В. Стенича, И. Шамира и небольшая миниатюра «Джакомо Джойс».

В оформлении использованы иллюстрации Анри Матисса к роману «Улисс».

ISBN 5-05-005113-4

ОТ СОСТАВИТЕЛЯ

Начну издалека. Все мы помним лермонтовское —

> Горные вершины
> Спят во тьме ночной;
> Тихие долины
> Полны свежей мглой;
> Не пылит дорога,
> Не дрожат листы...
> Подожди немного,
> Отдохнешь и ты.

Это перевод «Ночной песни странника» Гёте. В переводе Брюсова то же стихотворение звучит так:

> На всех вершинах —
> Покой.
> В листве, в долинах
> Ни одной
> Не вздрогнет черты...
> Птицы дремлют в молчании бора,
> Погоди только: скоро
> Уснешь и ты!

У Брюсова все как у Гёте — и размер, и ритм. Нет лишь одного — исчезла поэтичность.

Это сравнение пришло мне на ум при сопоставлении полного перевода «Улисса», сделанного В. Хинкисом и С. Хоружим, с теми десятью эпизодами романа — плодом коллективных усилий Первого переводческого объединения под руководством И. Кашкина, — которые были опубликованы в 1935—1936 годах в журнале «Интернациональная литература».

Сразу же признаю: современными переводчиками, прежде всего С. Хоружим, был проделан колоссальный, титанический труд — российские читатели получили наконец полного «Улисса». А ведь последние восемь эпизодов романа и по объему, и по сложности для перевода значительно превосходят первые.

А все же обидно за тех «первопроходцев», которые с таким пониманием поэтического звучания джойсовского слова подошли к переводу «Улисса» и чья журнальная публикация стала теперь библиографической редкостью, недоступной, пожалуй, даже специалистам.

Джеймс Джойс — писатель бесконечной глубины, требующий активной работы мысли и многократных прочтений.

И мне подумалось, что в томе «избранного» Джойса надо познакомить читателя с теми прочтениями «Улисса», которые предложили корифеи отечественного перевода — И. Романович, Н. Волжина, Е. Калашникова, Н. Дарузес и др.

Но и этого недостаточно: ведь два эпизода «Улисса» («Утро мистера Блума» и «Похороны Патрика Дигнэма») были переведены Валентином Стеничем и опубликованы соответственно в «Литературном современнике» за 1935 год и в журнале «Звезда» за 1934 год. Переводы В. Стенича помещены в Приложении. Там же представлен 11-й эпизод романа в переводе Исраэля Шамира (этот эпизод был опубликован в США, в «Антологии новейшей русской поэзии. У голубой лагуны», том 3а). И если в переводах 30-х годов неизбежно ощущается временна́я дистанция — хотя бы в транслитерации имен собственных, — то перевод И. Шамира дает возможность нового прочтения одного из самых сложнозвучащих, «музыкальных» эпизодов «Улисса».

Так что можно смело сказать — этот том приоткрывает читателям «неизвестного» Джойса.

Перечитывая Джойса

В «Зеленых холмах Африки» Эрнест Хемингуэй приводит такой разговор:

«...А кто такой Джойс? — спросил Филлипс.

— Чудный малый, — сказал я. — Написал «Улисса».

— Про «Улисса» написал Гомер, — сказал Филлипс».

Диалог, как легко заметить, — не без иронии. Но в нем — целая страница литературной истории XX века. В 30—40-е гг. имя Джеймса Джойса (1882—1941) было у многих на слуху, даже у тех, которые не то что не прочли ни строчки писателя, но даже не держали в руках его книг. Еще бы — «Улисс» (1922), один из самых вызывающих и дерзких романов XX столетия (с небывалой до того откровенностью и мастерством в нем была изображена с помощью метода «потока сознания» внутренняя, сокровенная, интимная жизнь человека на фоне истории Ирландии начала века, а шире — истории человечества), был объявлен непристойным, чуть ли не порнографическим, и запрещен. На родине Джойса, в католической Ирландии, церковь отдала приказ, которому безропотно подчинялась цензура, — жечь роман; в Англии и Америке шли громкие процессы «по делу "Улисса"»

С тех пор прошло немало лет. Ныне Джойс почитается не только как великий ирландский писатель, он давно признанный классик мировой литературы XX века. А столетие со дня рождения писателя, пришедшееся на 1982 г., пышно и с подобающим пиететом отмечалось во многих странах мира. В самом деле, если задаться вопросом, кто ученики Джойса, то без преувеличения придется вспомнить имена крупнейших прозаиков современного Запада — Фолкнера, Хемингуэя, Г. Грина, Борхеса, Набокова, Апдайка и многих-многих других.

В конце тридцатых годов Всеволод Вишневский, автор «Оптимистической трагедии», был в Париже. В ту пору там жил ирландский писатель Джеймс Джойс. Шумно-скандальный успех, выпавший на долю его романа «Улисс», сделал его не меньшей достопримечательностью города, чем Эйфелева башня или собор Парижской Богоматери. Встречи с Джойсом, его литературного благословения искали начинающие писатели, те, кто через четверть века сами стали классиками, — Эрнест Хемингуэй, Скотт Фицджеральд.

Всеволод Вишневский, писатель другого мира и другой литературы, тоже попросил мэтра о встрече. Джойс нехотя согласился. Уставший от борьбы с цензорами, издателями, требовавшими от него всевозможных уступок оградительной морали, от судебных процессов, он не видел никакого смысла в том, чтобы разговаривать с представителем совершенно неизвестной ему страны, где, как он был уверен, никто не знает его книг. Джойс был потрясен, когда Всеволод Вишневский сказал: «...Вас переводили у нас с 1925 года, то есть ранее, чем во многих других странах»[1].

Действительно, первая публикация Джойса по-русски состоялась в 1925 году на страницах альманаха «Новинки Запада». Это был заключительный, восемнадцатый эпизод «Улисса» — «Пенелопа». В середине 30-х годов Первое переводческое объединение под руководством И. Кашкина

---

[1] В. Вишневский. Собр. соч.: В 5-ти т. Т. 5. — Москва: Худ. лит., 1960, с. 551.

начало работу над сборником рассказов Джойса «Дублинцы», который вышел в 1937 году. Этим же коллективом был осуществлен перевод в середине 30-х годов десяти эпизодов «Улисса». Печатались и стихи Джойса.

Первым рецензентом Джойса в нашей стране стал Евгений Замятин. Его рецензия, подписанная инициалами «Е. З.», была напечатана на страницах альманаха «Современный Запад» в 1923 году. Трудно сказать, читал ли Замятин «Улисса». Может быть, он составил свое мнение по откликам зарубежной печати. С уверенностью можно сказать, что с «английским» Джойсом были знакомы Эйзенштейн и Шкловский. О Джойсе в эти годы размышляли Олеша, Пастернак.

История советского Джойса — интереснейшая страница в нашей культуре тех лет. Его проза осваивалась в горячих спорах, отличавших ту бурную эпоху. У него были свои защитники и свои оппоненты. Одним из последних был литературный критик В. Киршон, в полемику с которым по поводу Джойса, а заодно и по поводу всего нового искусства XX столетия вступил В. Вишневский. «Ты грубо ведешь себя... — писал В. Вишневский В. Киршону. — Попробуй прочесть Джойса (трех периодов: 1912, 1922, 1932—33-го), дай анализ и выступи с публичной оценкой объекта, который вас так тревожит и раздражает... Ты долбишь в запале о классическом наследстве. Очевидно, где-то наследство внезапно кончается (на Чехове?), и дальше... идет всеобщая запретная зона! «Тут плохо, и не ступите сюда»... Но как все-таки быть: существует мир, человечество, классы, идет борьба. Есть искусство (Чаплин, Гриффит, Джойс, Пруст, Барбюс, Жироду, Ремарк, Роллан, Уэллс, Тагор, Киплинг и др.). Оно сложно, в нем непрерывные столкновения и изменения... Не было «запретных» книг для Маркса, Ленина. В познании жизни надо брать все. (Дело уменья, конечно.)»[1].

Почитателем Джойса был и Сергей Эйзенштейн. В 1929 г. в курсе лекций по истории кино, в Лондоне, он заметил, что произведения Джойса — наиболее яркое подтверждение его теории монтажа. В 1930 г. С. Эйзенштейн посетил Джойса в Париже: он собирался экранизировать «Улисса». Во многих статьях режиссера рассеяны его суждения о произведениях Джойса: «"Улисс", конечно, наиболее интересное для кинематографии явление на Западе...» — «деанекдотизация и непосредственное выявление темы через сильно действующий материал. Совсем стороной от сюжета, только еще из добросовестности фигурирующего в произведении»[2].

Конец «либерализму» в оценках Джойса положил Первый съезд писателей, на котором была произнесена программная речь Карла Радека. Однако приговор еще не был окончательным. Более того, редакторам журналов даже рекомендовали печатать «кое-что из Джойса».

В ноябре 1934 года на страницах ленинградского журнала «Звезда» был напечатан перевод эпизода «Гадес» под заглавием «Похороны Патрика Дигнэма». Переводчиком выступил Валентин Стенич. В его же переводе в 1935 году появился и третий эпизод «Улисса» — «Калипсо» —

---

[1] В. Вишневский. Собр. соч.: В 5-ти т. Т.6 (дополнительный). — Москва: Худ. лит., 1961, с. 434—435.

[2] С. Эйзенштейн. Избранные произведения: В 6-ти т. Т. 5 — Искусство, 1963, с. 526. Об отношении С. Эйзенштейна к Джойсу см. также статьи «Автобиографические заметки», «Одолжайтесь!», «Гордость».

под заглавием «Утро мистера Блума». Предисловие к этой публикации написал Мирский. Но уже в 1937 году Мирский был арестован, в 1938 году был репрессирован и Стенич.

Драма, разыгравшаяся на писательском съезде, не затронула Первое переводческое объединение Ивана Кашкина. Кашкинцы трудились над «Улиссом», попутно, осваивая классика, готовили к печати «Дублинцев». Первые десять эпизодов «Улисса» с 1935-го по апрель 1936-го печатались на страницах «Интернациональной литературы». Переводчик Игорь Романович был арестован 2 ноября 1937 года. Перевод раннего романа Джойса «Портрет художника в юности», выполненный М. Ф. Богословской-Бобровой, одной из кашкинцев, в 1937 году, увидел свет лишь в 1976-м на страницах журнала «Иностранная литература». Переводчица не дожила месяца до начала публикации. Сборник «Дублинцы», подготовленный кашкинцами, вышел в 1937 году без указания фамилий переводчиков. Автор послесловия был вынужден скрыться за псевдонимом. Имена переводчиков мы узнали лишь в 1982 году, когда в Библиотеке журнала «Иностранная литература» было подготовлено издание «Дублинцев», иными словами — через 45 лет.

В 1937 году публикации Джойса прекратились.

Сейчас это уже история, страницы прошлого... Публикации Джойса тридцатых годов давно превратились в раритеты, даже не всякая самая крупная библиотека страны может похвастаться тем, что в ее фондах есть «Дублинцы» издания 1937 г., полный комплект журналов «Интернациональная литература» с эпизодами «Улисса»... Настоящее издание возвращает эти шедевры переводческого мастерства сегодняшнему читателю.

* * *

Джеймс Августин Алоизиус Джойс родился 2 февраля 1882 г. в Дублине. Его детство и юность совпали со сложным периодом в истории Ирландии. Кумиром ирландской интеллигенции тех лет был Чарльз Стюарт Парнелл (1846—1891), которого В. И. Ленин назвал «знаменитым вождем ирландских националистов». Парнелл умело и стойко боролся за гомруль, право Ирландии на самоопределение. Английские власти, чувствовавшие себя полноправными хозяевами в Ирландии, тем не менее видели в Парнелле реального противника. Судьба его оказалась такой же, как судьбы тех ирландских революционеров, кто на протяжении всей истории этой порабощенной, раздираемой глубокими внутренними противоречиями страны отдавал свою жизнь за свободу Ирландии. Он был предан. Любовная связь Парнелла с замужней женщиной, Китти О'Ши, была ловко использована официальной церковью. Вступив в сговор с английскими властями, в частности с Гладстоном, бывшим в то время премьер-министром, ирландская католическая церковь предала греховную связь Парнелла анафеме. Не только его соратники, но и народ, одураченный разнузданной пропагандой, отвернулись от Парнелла. Затравленный, вождь вскоре умер, а вместе с ним на годы были погребены надежды Ирландии на свободу.

В среде либеральной ирландской интеллигенции, к которой принадлежала семья Джойса, гибель Парнелла воспринималась как национальная трагедия. Отец Джойса, Джон Джойс, так никогда и не оправился после смерти вождя и научил сына видеть ирландскую историю как непрекращающуюся цепь предательств и ненужных жертв.

Обстановка дома в миниатюре отражала конфликт всей ирландской жизни — конфликт политики и религии. То, что восхищало отца, возмущало мать, ревностную католичку, оказавшую немалое влияние на формирование личности сына, а то, чему поклонялась она, едко высмеивалось не только отцом, но и дядей Чарльзом, ирландским революционером-повстанцем, часто скрывавшимся в доме Джойсов от преследования английских властей.

По настоянию матери Джойс поступает в иезуитский колледж, где получает блестящее по тем временам образование. Благодаря своим недюжинным способностям в философии, истории, языках, литературе Джойс быстро обращает на себя внимание преподавателей. По окончании колледжа ему предлагают принять духовный сан. Но сомнение, зароненное в душу Джойса отцом, уже дало свои всходы. Ирландская католическая церковь предала Парнелла, запретила Ибсена, кумира молодого Джойса, врага любых форм косности в искусстве, политике, морали.

Джойс порывает с религией. За этим решительным шагом следуют другие. Он, уже осознавший себя писателем, резко отмежевывается от ирландской культуры тех лет, а именно от Ирландского Литературного Возрождения. Задачи поэтов, писателей, художников, объединившихся под флагом этого движения, — возродить в стране забытый, древний гэльский язык, забытую, не испорченную цивилизацией культуру — казались Джойсу третьестепенными. Ирландское Литературное Возрождение сделало немало для пробуждения национального самосознания, но Джойс увидел в нем только навязчивый национализм. По его убеждению, провинциальной Ирландии нужна была сильная кровь европейской культуры, от которой сторонники ирландского Возрождения всячески отмежевывались, а не предания и мифы старины глубокой.

В 1904 г. Джойс вместе с Норой Барнакль, его женою, с которой он, эпатируя официальную мораль, отказался вступить в церковный брак, покидает Ирландию. Он объявляет друзьям, что отправляется в изгнание — лишь там, вдали от пут ирландской жизни, он сможет выполнить свое предназначение — сказать правду о своей родине, правду, которая пробудит от духовной спячки его народ.

В 1912 г. Джойс делает неудачную попытку вернуться в Ирландию. Но его приезд окончился скандалом, разразившимся в связи с публикацией «Дублинцев». Издатель, набрав рукопись, все же в последний момент испугался смелости критики Джойса и счел для себя за лучшее не просто отказать молодому писателю, но и сжечь гранки. Джойс с проклятиями покинул страну. Проходят годы, судорожно мелькают города: Париж, Поло, Рим, Триест, снова Париж, Цюрих. Джойс бедствует, пишет для газет, работает клерком в банке, преподает английский язык — и пишет, пишет, пишет... Годы, которые он тратил на свои произведения: сборник рассказов «Дублинцы», роман «Портрет художника в юности», «Улисс», «Поминки по Финнегану», — продолжались в годах борьбы — с издателями, восклицавшими в сердцах, что они не могут печатать то, чего не понимают, с критиками, которые не могли оценить книги Джойса с точки зрения принятых литературных норм.

Изгнание тянулось более четверти века. Во время изгнания был написан и «Улисс». Оно оборвалось вдали от Дублина, в небольшой больнице Цюриха...

* * *

«Дублинцы» (1905—1914) — первое зрелое произведение Джойса[1]. Значение этого сборника выходит за рамки лишь творчества Джойса. Это новый этап в развитии европейской новеллистики, не менее важный, чем чеховская проза.

Русский читатель «Дублинцев» непременно задаст себе вопрос: а нет ли прямого влияния Чехова на прозу ирландского автора? Сам Джойс, когда его спрашивали об этом, отвечал отрицательно: нет, не был знаком с творчеством Чехова в пору работы над «Дублинцами». Но кажется, что чеховские персонажи: все эти жалкие, влачащие свои дни в пропыленных конторах клерки, люди «в футлярах», пошлые нувориши, интеллигенты, не знающие, куда приложить свои силы, женщины, задыхающиеся без любви, — перекочевали на страницы «Дублинцев».

Не только в большом мире царят холод, враждебность и пошлость. Нет тепла, понимания и сочувствия и дома. В рассказе «Аравия» сокровенная мечта мальчика купить своей подруге подарок — какой-нибудь пустячок — на благотворительном базаре грубо разбивается о черствость взрослых, забывших про его просьбу.

В своих мечтах герои Джойса уносятся в далекие восточные страны, на Дикий Запад, в привольное царство ковбоев. Но как только мечта попадает в сонное царство Дублина, на нее сразу же ложится печать тления. Дублинский благотворительный базар с заманчиво звучащим восточным названием «Аравия» — это жалкая пародия на настоящий праздник.

Вот детство позади. Следующая стадия — юность. Эвелин, героиня одноименного рассказа, хотя и понимает, что в Ирландии ее ожидает участь не лучшая, чем судьба сошедшей с ума матери, не в силах порвать с тупой работой, убожеством дома и всего монотонного существования. Трагедия не только Эвелин, но целого поколения ирландцев в том, что им не хватает сил на действие.

«Моим намерением, — писал Джойс, — было написать главу из нравственной истории моей страны, и я выбрал местом действия Дублин, поскольку, с моей точки зрения, именно этот город является центром паралича».

Паралич для Джойса — это средоточие ненавистных ему пороков современной ирландской жизни: косности, низкопоклонства, коррупции, культурной отсталости, «пошлости пошлого человека». Дублин интересовал его не только как город, жизнь и нравы которого ему были знакомы до мелочей, но и как древнейшая столица мира, то есть как воплощение города, а следовательно, и многообразия социальной и духовной жизни человека.

Близость творческих установок Джойса и Чехова видна и в поэтике. Оба писателя видели зловещие признаки духовного нездоровья своих со-

---

[1] Поэтический сборник «Камерная музыка», в котором Джойс в словесной форме постарался воскресить забытые мелодии елизаветинской эпохи и заодно воплотить заветы европейского символизма, короткие прозаические зарисовки-«епифании» и ибсеновская по теме и тональности пьеса «Блестящая карьера», как и бесформенный автобиографический роман «Стивен-герой», — только проба пера молодого литератора, нащупывающего свой путь в искусстве.

временников в мелочах быта, поведении, походке, интонации, там, где другая рука, привыкшая к более размашистым мазкам, не нашла бы ничего заслуживающего внимания. Описывая в своих рассказах эту область житейских неурядиц, утверждая бесфабульность как художественную норму, Джойс и Чехов обосновывали новый тип эстетики. В мире, где всем завладела пошлость, нет и не может быть ничего нового. Рассказывать не о чем, можно лишь бесстрастно фиксировать в слове тягостное течение жизни. Боясь оказаться навязчивым, автор как бы предоставляет возможность читателю самому читать текст. Но текст так продуман и до такой степени драматизирован, что и в самом деле есть только одна возможность в одном-единственном месте текста написать: «Идет дождь».

Голос автора чаще всего заглушен многоголосием других персонажей. Голоса «живут в прозе, в словах, передающих их социальный уровень, духовное развитие, представление о нравственности». В этой новой прозе, где повествовательные возможности классического текста (проза Пушкина, Диккенса, Теккерея), как писал Горький, доведены до предела, приговор произносит не автор, но сама проза.

Проза Джойса обнаруживает немалое сходство с музыкальным произведением, и в частности с симфонией, в которой, благодаря тщательно продуманной системе лейтмотивов, постоянно проводятся главные темы. Технике лейтмотива Джойс учился у Вагнера. Уже в своей ранней прозе он разработал этот прием до такого совершенства, что с его помощью связал воедино внешне разобщенные факты, случайные события и перебросил мост от бытового плана к плану символическому. И точно так же, как в симфонии, когда кажется, что главная тема отзвучала, главная тема «Дублинцев» — тема смерти, духовной и физической, — вдруг врывается и звучит, с новой силой напоминая о себе.

Таков завершающий аккорд сборника — рассказ «Мертвые», шедевр не только психологической прозы раннего Джойса, но и всей английской новеллистики XX века. Это история прозрения Габриела Конроя, педагога и журналиста, самоуверенного человека, души общества, блестящего оратора, прекрасного мужа. И вдруг оказывается, что все эти характеристики — фикция. Габриел Конрой, так гладко и красиво рассуждающий об ирландском духе, не хочет отдать свои силы родине, и его любование национальными обычаями — не более чем поза.

Показав социальную несостоятельность своего героя, Джойс подвергает его другой, еще более жестокой и важной для него проверке — экзамену на человечность. Сцена «человечного» разоблачения Габриела Конроя происходит, когда он узнает причину тяжелого настроения своей жены Греты. Старинная ирландская баллада вызвала в памяти Греты образ Майкла Фюрея, юноши, который некогда любил ее и умер, после того как простоял под дождем у ее окна в вечер разлуки.

Горькая ирония в том, что умерший Майкл Фюрей — единственно живой в веренице духовных мертвецов «Дублинцев», поскольку в своей жизни руководствовался самым важным законом — законом любви. Он тот, кто разбудил не только Грету, но и Габриела от духовной спячки.

Темы, занявшие центральное место в западной прозе XX века, — взаимонепонимание, немота, отчужденность людей друг от друга и от мира, одиночество, мучительные поиски своего «я» — были поставлены Джойсом в его рассказах еще в начале столетия.

Проза «Дублинцев» — проза урбанистическая. Дублин — настоящий герой рассказов. Его самостоятельная жизнь лишь подчеркивает ощущение заброшенности персонажей Джойса. Они кружат по его улицам, а город молча, без сострадания взирает на них. И только в «Мертвых» действие — если можно определить происходящее с Конроем этим словом — переносится на природу: спертая, застоявшаяся атмосфера разряжается потоком морозного воздуха. Прекрасная, лирическая в своей тональности картина падающего снега, примиряющего все горести и разрешающего все противоречия, реализует конечную задачу Джойса — соединить «сейчас и здесь» с вечностью.

* * *

Тем из русских читателей, кому довелось прочесть «Портрет художника в юности» не вскоре после появления романа в 1916 г., а только по его публикации в журнале «Иностранная литература» 60 лет спустя, в 1976 г., трудно отделаться от мучительной мысли, что нечто подобное они уже где-то и когда-то читали. Одному, возможно, припомнится Хэмингуэй или Фолкнер, другому — Мориак, третьему — что-то из современной русской прозы, например «Трава забвения» Катаева или же «Мальчик» Сергея Боброва. Сама мучительность припоминания, конечно, связана с тем, что слишком поздно увидели свет русские публикации и «Дублинцев», и «Портрета художника в юности», и главного произведения Джойса «Улисс». За задержки публикаций этих произведений, определивших развитие мировой литературы, мы расплачиваемся тем, что в наших глазах оказалась, в значительной степени, смещенной сама историческая перспектива литературного процесса XX века.

Но вот перед нами первый большой роман Джойса в полном переводе.

Роман отчасти автобиографичен. Место действия — Ирландия 80—90-х годов прошлого века; содержание — детство, отрочество и юность поэта Стивена Дедала. В центре внимания автора — не историческая ситуация тогдашней Ирландии, не внешние особенности ирландского быта (хотя и того и другого в романе предостаточно), но нечто иное: внутренняя жизнь, внутреннее становление молодого поэта. Важно иметь в виду, что история и быт в романе — не просто «фон»: весь внутренний мир Дедала пронизан ими. Фабулы в традиционном смысле слова (т. е. фабулы как заведомо спроектированной автором схемы развития внешних событий) в романе нет. Но речь идет о многолетней драме душевного становления самого Стивена, отмеченной, словно вехами, определенным стечением событий... Развитие внутренней жизни поэта идет какими-то своими путями: как ни важны для нее события внешней жизни, подлинный центр повествования и фокус авторских интересов — в душе самого Стивена. Его стремление отыскать и выразить свое поэтическое видение мира приходит в столкновение со всем духовным и социальным укладом ирландской жизни тех времен. В результате конфликта — отпадение от веры отцов, разрыв с родными, оставление родины. Стивен готов проклясть и католичество, и Ирландию. Но все это — в нем самом. А от себя не уйти. Он и сам сознает, что покидает родину ради того, чтобы найти в себе и суметь выразить «несотворенное сознание» своего народа.

«Портрет художника в юности» — роман самоанализа и самопознания. Особенности авторской задачи требовали и особых художественных путей ее разрешения.

Рождение души, по словам Стивена, — «медленное и темное рождение, более таинственное, чем рождение тела». Для того чтобы раскрыть этот процесс внутреннего рождения и становления поэта, Джойс избрал особый художественный путь, или навык, — тот самый, который современное литературоведение называет «потоком сознания».

Особое обаяние романа связано с тем, что в период написания «Портрета» уже сложилось своеобразие художественного мышления Джойса, тогда как манера его письма оставалась еще достаточно традиционной. Но внешней прозрачности ранней джойсовской прозы уже сопутствуют образная изощренность, стремительное чередование подчас неожиданных ассоциаций, преднамеренное замедление одних эпизодов и ускорение других; искусство прозы становится отчасти сродни искусству киномонтажа. В последующих произведениях Джойса эти черты усложненности, свойственные методу «потока сознания», решительно выходят на первый план; прежняя прозрачность, по сути дела, утрачивается...

Само имя героя — Стивен Дедал — значащее. Сам Стивен считает древнего мастера Дедала, создателя лабиринта, своим духовным предком и наставником. Но Стивен — поэт, а не зодчий, и его лабиринт не веществен. Лабиринт — в нем самом, в собственной его душе. Лабиринт с извивами, с тьмою, провалами, проблесками света, постоянными внутренними перестройками. Восстановление опыта детства, опыта отроческого и юношеского становления поэта — вот, по замыслу Джойса, та путеводная нить, которая может как-то помочь пройти сквозь усложненный и запутанный интеллектуально-духовный мир и самого героя романа, и — отчасти — его создателя. Этот текст конструируется не последовательностью внешних событий во времени, но последовательностью особых, специфических событий внутренней жизни человека: отдельные вырванные из памяти эпизоды соединяются при помощи, казалось бы, случайных воспоминаний (хотя за их внешней случайностью — глубокие и слабо изученные закономерности человеческой психики и памяти), всплывают неожиданные ассоциации, перебивают друг друга различные временные пласты повествования, сам автор то как бы сливается со своим героем, то внезапно, спустя несколько строк, иронически отступает от него.

Стивен Дедал — несомненный герой романа. Несомненный, но не «идеальный». Своему призванию, своей внутренней правде он предан жертвенно: когда одноклассники, издеваясь над ним, требуют отречься от поклонения поэзии «еретика» Байрона, он предпочитает побои отречению (не случайно же юный ирландец носит имя Стефана — первого мученика христианской церкви); когда его сокурсники — среди них и откровенные приспособленцы, и социалисты, и фении — подписывают легкомысленную петицию в поддержку политических инициатив Николая II, Дедал, навлекая на себя осуждение товарищей, отказывается подписать петицию, видя в ней лишь суетность и коньюктуру. Но Джойс далеко не превозносит Дедала; более того, он вменяет Дедалу какие-то черты «антигероев» и «чужаков» западной литературы последующих десятилетий: Дедал излишне неуживчив, черств в отношениях с домашними; неоднократно подчеркивается физическая неопрятность Дедала, мрачная разнузданность его воображения; надменный разговор Дедала со старым англичанином-иезуитом об эстетике иной раз даже стыдно перечитывать.

14

Какую же художественную задачу ставил перед собою Джойс, постоянно снижая в глазах читателя образ своего героя?

Возможно, по замыслу Джойса, в романе присутствует и некий безусловный герой, или, точнее, — метагерой, который есть сама поэзия. И самое ценное в Дедале для Джойса — именно общение с «метагероем» и служение ему.

«Метагерой» приходит нежданно, в каждый период жизни по-разному, знаки его случайны. Но все эти знаки, голоса и слова становятся для поэта внутренней непреложностью; и — как ни тяжело — эту внутреннюю непреложность можно и нужно выразить в слове и поведать о ней другим.

Маленькому Стивену не дают покоя разговоры родных, что протестанты насмехаются над странными словами из литании Мадонне («Башня кости слоновой. Чертог золотой...»). И вдруг его поражает, что у протестантской девочки Эйлин руки белые, точеные и прохладные — как слоновая кость, а ее развевающиеся по ветру волосы — воистину «золотой чертог». Пройдут годы, и юношу Дедала будет волновать мысль, что загадочное сияние слоновой кости напоминает сияние слова...

В классе урок. Команды «Алой» и «Белой Розы» соревнуются на скорейшее решение арифметической задачи. Но, как будто неожиданно, вся арифметика перетекает куда-то на периферию сознания, а в центре мысли — совсем иное: «Белые розы и алые розы: какие красивые цвета! И билеты первого, второго и третьего учеников тоже очень красивые: розовые, бледно-желтые и сиреневые. Бледно-желтые, сиреневые и розовые розы тоже красивые. Может быть, дикие розы как раз такие; и ему вспомнилась песенка о цветах дикой розы на зеленом лугу. А вот зеленых роз не бывает. А может быть, где-нибудь на свете они и есть».

А вот юноша Стивен засыпает на закате на берегу Дублинского залива. В лучах заката рябит вода. И снова перед ним — свой, по-особому увиденный мир, огражденный и непреложный: «Мир — мерцание или цветок? Мерцая и дрожа, дрожа и распускаясь вспыхивающим светом, раскрывающимся цветком, развертывался мир в бесконечном движении, то вспыхивая ярко-алым цветком, то угасая до белейшей розы, лепесток за лепестком, волна за волной света, затопляя все небо мягкими вспышками, одна ярче другой».

Вообще, юный Дедал не просто поэт, но философ-поэт. Его монологи — подчас целые эстетические манифесты. Иной раз эстетические идеи распаляют его настолько, что теоретик пересиливает в нем поэта. Назначение поэзии, по мысли Дедала, — найти и выразить внутреннее «сияние», «самость» (в подлиннике Джойс употребляет непереводимый неологизм — whatness) вещей, найти те символы, которые позволили бы отразить некие нетленные основания природы и слова. В нищей, порабощенной стране, где обыденное сознание не может вырваться из пут полусредневековых представлений и провинциализма, фигура Стивена Дедала выглядит малопонятной и эксцентричной. Для товарищей эстетические искания Стивена — «схоластическая вонь»; даже сам ландшафт любимого и ненавидимого им Дублина — против него: «Грязно-серый цвет, отражающийся в стоячей воде, и запах мокрых веток над их головами — все, казалось, восставало против образа мыслей Стивена»...

Конфликт Дедала-Джойса с собственной страной — не просто разрыв, не просто отпадение, но нечто более сложное и диалектичное. Конфликты подобного рода неоднократно бывали в истории.

История знает времена отчаяния и застоя, когда мысль и сознание, напрасно ища выхода наружу, устремляются в глубину внутреннего опыта человека; жизнь как бы уходит внутрь себя, одушевляется изнутри, и тогда перед нею открываются новые перспективы. Разумеется, раздвижение горизонтов истории через погружение в глубинный мир человеческой души — вещь не универсальная. Во всяком случае, как неоднократно указывали наши исследователи творчества Джойса, 1916 год вдвойне славен в истории Зеленого Острова: в этом году в Дублине вспыхнуло Пасхальное восстание против колонизаторов, а выход из печати (на чужбине, в Париже) «Портрета художника» означал, что Ирландия подарила миру гениального писателя.

Это, казалось бы, случайное совпадение двух столь знаменательных, хотя и разноплановых событий означало выход страны из ее исторического оцепенения.

Эстетика и поэзия Стивена Дедала, направленные против Великой Серости тогдашней обыденной жизни, — тоже своего рода мятеж, но мятеж незрелый и эгоцентричный. Название романа в английском подлиннике — «Портрет художника как молодого человека». Молодой философ-поэт, завороженный красотою Природы и Слова, ощущает себя язычником или даже взбунтовавшимся ангелом. Дедал именно «молодой человек», еще всерьез не изведавший глубины жизни. Им пока еще не пережита та духовная истина, что Добро и Красота если и не одно и то же, то по крайней мере вещи, неразрывно связанные одна с другой.

Бунт против обыденности иной раз оборачивается эстетством и мизантропией. Восторженно-языческие порывы юности быстро растрачивают себя. Не осознав необходимости постоянного искания Добра, вчерашний бунтарь против Великой Серости рискует стать ее пленником, ее певцом. Так отчасти и произошло с творчеством самого Джойса...

Входя в глубину внутреннего мира «художника как молодого человека», Джойс пытается постичь противоречия своего собственного мышления и творчества. Вчитываясь в роман, нетрудно уловить, сколь мучительна была для писателя дисгармония его представлений о Красоте и о Добре. А в заключительных строках романа Дедал, покидающий свою страну, пересказывает прощальные слова матери: «Молюсь, чтобы... ты понял, что такое сердце и что оно чувствует».

Вопрос «что такое сердце?» мучил писателя до конца его дней. Неутоленной жалости и раскаянию посвящен предсмертный шедевр Джойса — стихотворение в шестнадцать строк «Ecce puer» («Се — мальчик»). Незадолго до смерти он говорил как о недостижимом художественном эталоне о поздней прозе русского писателя Льва Толстого, для которого вопрос «что есть сердце?» всегда был вопросом вопросов.

* * *

«Джакомо Джойс»... О чем это небольшое произведение, своим странным графическим расположением текста напоминающее поэтические экзерсисы Малларме?

История его создания такова. В 1912—1916 гг. Джойс жил в Триесте. Заканчивал «Портрет художника в юности», работал над пьесой «Изгнанники», обдумывал «Улисса», зарабатывал на жизнь, давая уроки английского языка, и вдруг — влюбился в свою ученицу, молоденькую итальянскую еврейку Амалию Поппер.

16

Трудно сказать, каким в действительности было чувство Джойса. Факты упрямо свидетельствуют, что многое придумано и домыслено им. Но дело, конечно, не в этом. На страницах «Джакомо» бьется чувство, которое представил себе Джойс, чувство, которое обрушилось на писателя, вдруг ощутившего, что молодость прошла...

Наверное, содержание этой вещи, если вообще понятия традиционной поэтики хоть как-то приложимы к тексту, в котором все — порыв, ощущение, прикосновение, движение, передают слова поэта:

> О беззаконьях, о грехах,
> Бегах, погонях,
> Нечаянностях впопыхах,
> Локтях, ладонях...

Это проза об остановленном мгновении, о заблудившемся времени, о мучительном прощании с юностью, о так трудно завоеванной зрелости...

У «Джакомо» нет ни начала, ни конца; трудно определяется жанровая принадлежность этих страниц: в самом деле, что это — записная книжка, дневник, эссе, этюд, новелла? И причина вовсе не в том, что Джойс не предназначал это произведение для печати. Зыбкость текста, его незавершенность сознательны. В них уже отчетливо проглядываются новаторские, незнакомые западной прозе тех лет черты.

«Джакомо» неминуемо приближает нас к «Улиссу». На этих пятнадцати страницах была опробована новая поэтика, с помощью которой эпос человеческой жизни, эпос духа и тела, истории и частной жизни был вмещен в границы одного ничем не примечательного летнего дня — 16 июня 1904 г., самого длинного дня в истории мировой литературы, растянувшегося до размеров вечности.

Сопряжение реальной, сиюминутной жизни, то, что Джойс назвал «сейчас и здесь» — любовь ли это к молоденькой ученице или история дублинского рекламного агента Леопольда Блума, — с вечным, введение героев в плоть мифа происходило в сознании. Мир, опрокинутый в сознание, сознание, отражающее и одновременно творящее мир по своим законам.

«Улисс» был задуман Джойсом как современная «Одиссея». И в том, что Одиссеем стал дублинский рекламный агент, можно видеть дальнейшее развитие джойсовской теории и поэтики драмы. Драма выявлялась на самом заурядном житейском материале, который для художника, по убеждению Джойса, никогда не утрачивает своей значимости. Судьба Блума, его жены Мэрион, певички в кабаре, писателя-неудачника Стивена Дедала не менее интересна, чем судьба их мифологических прототипов — Одиссея, Пенелопы, Телемаха. Время, история изменили оболочку — одежду, быт, поведение, язык. Но драма душ, борение страстей остались неприкосновенными, миф опрокинулся в современность, и был выведен закон его воплощения в слове sub specie tempores nostri — «под знаком современности».

Блум — самый важный герой позднего Джойса — не случайно соотнесен с Одиссеем. Одиссей, по мнению Джойса, — самый цельный герой в мировой литературе. Прежде всего он привлекал Джойса полнотой жизненного опыта (Одиссей — сын, отец, муж, любовник, военачальник, пленник), воплощение которого в слове и есть задача художника. Недаром писатель Стивен Дедал в символическом плане — «духовный сын» Блума. Немота, которой тяготится этот писатель-неудачник, может быть преодолена лишь погружением в стихию жизни, которую и олицетворяет в романе Блум.

В европейской, и в частности в русской, литературе у Блума немало собратьев — маленьких, невзрачных людей. И все же в таких, как Блум, есть свой героизм — героизм стоического, доброго отношения к жизни. В эпизоде «Циклоп» Джойс именно в уста Блума вложил такие программные слова: «Насилие, войны, надругательства, ненависть — нет, это не жизнь для мужчин и женщин». Что же противостоит этому? — спрашивает Блума его собеседник. «То, что противоположно ненависти, — ответил Блум. — Любовь».

Джойс шел все дальше по пути поиска предельного значения слова, максимальной выразительности фразы. Его поиск увенчался удивительными находками: он действительно был чародеем, который мог делать со словом все что угодно. Но его открытия шли рука об руку с неудачами: в конце его творческого пути вздыбилась громада «Поминок по Финнегану» — произведения некоего нового синтетического жанра, сочетания слова с музыкой, этого «материализовавшегося безумия» писателя, рассчитанного на того, кто сделает освоение текста делом жизни.

Сейчас, когда текст Джойса представлен на читательский суд в переводах его младших современников, корифеев отечественной переводческой школы, разорванная связь литературного времени, как разорванная сеть, начнет лататься. Проступят черты и в нашей словесности, ранее не понятые, не увиденные, образуются, хочется надеяться, и новые связи.

Е. Гениева

Из сборника
«ДУБЛИНЦЫ»

АРАВИЯ

Норт Ричмонд-стрит оканчивалась тупиком, и это была тихая улица, если не считать того часа, когда в школе Христианских братьев[1] кончались уроки. В конце тупика, поодаль от соседей, стоял на четырехугольной лужайке пустой двухэтажный дом. Другие дома на этой улице, гордые своими чинными обитателями, смотрели друг на друга невозмутимыми бурыми фасадами.

Прежний хозяин нашего дома, священник, умер в маленькой гостиной. Воздух во всех комнатах был затхлый оттого, что они слишком долго стояли запертыми, чулан возле кухни был завален старыми ненужными бумагами. Среди них я нашел несколько книг в бумажных обложках, с отсыревшими, покоробленными страницами: «Аббат» Вальтера Скотта, «Благочестивый причастник» и «Мемуары Видока»[2]. Последняя понравилась мне больше всех, потому что листы в ней были совсем желтые. В запущенном саду за домом росла одна яблоня и вокруг нее — несколько беспорядочно разбросанных кустов; под одним из них я нашел заржавленный велосипедный насос покойного хозяина. Он был известен благотворительностью и после смерти все свои деньги завещал на добрые дела, а всю домашнюю обстановку оставил сестре.

Зимой, когда дни были короче, сумерки спускались прежде, чем мы успевали пообедать. Когда мы выходили на улицу, дома уже были темные. Кусок неба над нами был все сгущавшегося

---

[1] Христианские братья — братства католиков-мирян, посвятивших себя воспитанию бедных, чаще всего незаконнорожденных детей. Школы Христианских братьев существовали на общественные пожертвования, преподаватели получали небольшую плату, образование носило преимущественно ремесленно-прикладной характер.

[2] «Благочестивый причастник» (опуб. в 1813) — сочинение франсисканца Пацификуса Бейкера (1695—1774); «Мемуары Видока» (1829) — сочинение Франсуа-Жюля Видока (1775—1857), преступника, ставшего затем полицейским-авантюристом, который в целом ряде случаев сам инсценировал преступления, а затем с блеском их раскрывал.

фиолетового цвета, и фонари на улице поднимали к нему свое тусклое пламя. Холодный воздух пощипывал кожу, и мы играли до тех пор, пока все тело не начинало гореть. Наши крики гулко отдавались в тишине улицы. Игра приводила нас на грязные задворки, где мы попадали под обстрел обитавших в лачугах диких туземцев; к задним калиткам темных, сырых огородов, где вонь поднималась от мусорных ведер; к грязным, вонючим стойлам, где кучер чистил и скреб лошадей или мелодично позванивал украшенной пряжками сбруей. Когда мы возвращались на улицу, темноту уже пронизывал свет кухонных окон. Если из-за угла показывался мой дядя, мы прятались в тень и ждали, когда он благополучно скроется в доме. Или если сестра Мэнгана выходила на крыльцо звать брата к чаю, мы смотрели, притаившись в тени, как она оглядывается по сторонам. Мы хотели знать, останется она на крыльце или уйдет в дом, и, если она оставалась, мы выходили из своего угла и покорно шли к крыльцу Мэнгана. Она стояла там, ожидая нас, и ее фигура чернела в светлом прямоугольнике полуотворенной двери. Брат всегда поддразнивал ее, прежде чем послушаться, а я стоял у самых перил и смотрел на нее. Ее платье колебалось, когда она поворачивалась, и мягкий жгут косы подрагивал у нее за плечами.

Каждое утро я ложился на пол в гостиной и следил за ее дверью. Спущенная штора всего на один дюйм не доходила до подоконника, так что с улицы меня не было видно. Когда она показывалась на крыльце, у меня вздрагивало сердце. Я мчался в переднюю, хватал свои книги и шел за ней следом. Я ни на минуту не терял из виду коричневую фигурку впереди, и уже у самого поворота, где наши дороги расходились, я ускорял шаг и обгонял ее. Так повторялось изо дня в день. Я ни разу не заговорил с ней, если не считать нескольких случайных слов, но ее имя было точно призыв, глупо будораживший мою кровь.

Ее образ не оставлял меня даже в таких местах, которые меньше всего располагали к романтике. В субботу вечером, когда тетя отправлялась за покупками в лавки, я всегда нес за ней сумку. Мы шли ярко освещенными улицами, в толкотне торговок и пьяниц, среди ругани крестьян, пронзительных возгласов мальчишек, охранявших бочки с требухой у лавок, гнусавых завываний уличных певцов, тянувших песню про О'Донована Россу[1] или балладу о горестях родной нашей страны. Все эти шумы сливались для меня в едином ощущении жизни; я воображал, что бе-

---

[1] О'Донован Росса Джеримая (Росса — «Рыжий»; кличка, добавленная к фамилии; 1831—1915) — деятель ирландского национально-освободительного движения. Воспринимался народом как символ мужества и отваги.

режно несу свою чашу[1] сквозь скопище врагов. Временами ее имя срывалось с моих губ в странных молитвах и гимнах, которых я сам не понимал. Часто мои глаза наполнялись слезами (я не знал почему), и мне иногда казалось, что из сердца у меня поднимается волна и заливает всю грудь. Я думал о том, что будет дальше. Не знал, придется ли мне когда-нибудь заговорить с ней, и если придется, как я скажу ей о своем несмелом поклонении. Но мое тело было точно арфа, а ее слова — точно пальцы, пробегающие по струнам.

Как-то вечером я вошел в маленькую гостиную, ту, где умер священник. Вечер был темный и дождливый, и во всем доме не раздавалось ни звука. Через разбитое стекло мне было слышно, как дождь падает на землю, бесчисленными водяными иглами прыгая по мокрым грядкам. Где-то внизу светился фонарь или лампа в окне. Я был рад, что вижу так немного. Я был словно в тумане, и в ту минуту, когда, казалось, все чувства вот-вот покинут меня, я до боли стиснул руки, без конца повторяя: «Любимая! Любимая!»

Наконец она заговорила со мной. При первых словах, которые она произнесла, я смутился до того, что не знал, как ответить. Она спросила, собираюсь ли я в «Аравию»[2]. Не помню, что я ей ответил — да или нет. Чудесный будет базар, сказала она; ей очень хочется побывать там.

— А почему бы вам не пойти? — спросил я.

Разговаривая, она все время вертела серебряный браслет на руке. Ей не придется пойти, сказала она, потому что на этой неделе у них в монастырской школе говеют. Ее брат и еще двое мальчиков затеяли в это время драку из-за шапок, и я один стоял у крыльца. Она держалась за перекладину перил, наклонив ко мне голову. Свет фонаря у нашей двери выхватывал из темноты белый изгиб ее шеи, освещал лежавшую на шее косу и, падая вниз, освещал ее руки на перилах. Он падал с одной стороны на ее платье и выхватывал белый краешек нижней юбки, едва заметный, когда она стояла неподвижно.

— Счастливый вы, — сказала она.

— Если я пойду, — сказал я, — я вам принесу что-нибудь.

Какие бесчисленные мечты кружились у меня в голове во сне и наяву после этого вечера! Мне стали невыносимы школьные занятия. Вечерами в моей комнате, а днем в классе ее образ заслонял страницы, которые я пытался прочесть. Слово «Аравия»

---

[1] Имеется в виду потир, чаша для Святых Даров. Здесь чаша — символ духовных идеалов и надежд.

[2] «Аравия» — название благотворительного базара, ежегодно проводимого в Дублине с 14 по 19 мая в помощь городским больницам.

звучало мне среди тишины, в которой нежилась моя душа, и околдовывало меня восточными чарами. Я попросил разрешения в субботу вечером отправиться на благотворительный базар. Тетя очень удивилась и высказала надежду, что это не какая-нибудь франкмасонская[1] затея. В классе я отвечал плохо. Я видел, как на лице учителя дружелюбие сменилось строгостью; он спросил, уж не вздумал ли я лениться, я не мог сосредоточиться. У меня не хватало терпения на серьезные житейские дела, которые теперь, когда они стояли между мной и моими желаниями, казались мне детской игрой, нудной, однообразной детской игрой.

В субботу утром я напомнил дяде, что вечером хотел бы пойти на благотворительный базар. Он возился у вешалки, разыскивая щетку для шляп, и коротко ответил мне:

— Да, мальчик, я знаю.

Так как он был в передней, я не мог войти в гостиную и лечь перед окном. Я вышел из дому в дурном настроении и медленно побрел в школу. День был безнадежно пасмурный, и сердцем я уже предчувствовал беду.

Когда я вернулся домой к обеду, дяди еще не было. Но было еще рано. Некоторое время я сидел и смотрел на часы, а когда их тиканье стало меня раздражать, я вышел из комнаты. Я поднялся по лестнице в верхний этаж дома. В высоких, холодных, пустых, мрачных комнатах мне стало легче, и я, напевая, ходил из одной в другую. В окно я увидел своих товарищей, которые играли на улице. Их крики доносились до меня приглушенными и неясными и, прижавшись лбом к холодному стеклу, я смотрел на темный дом напротив, в котором жила она. Я простоял так с час, не видя ничего, кроме созданной моим воображением фигуры в коричневом платье, слегка тронутой светом изогнутой шеи, руки на перилах и белого краешка юбки.

Когда я снова спустился вниз, у огня сидела миссис Мерсер. Это была седая сварливая старуха, вдова ростовщика, собиравшая для какой-то богоугодной цели старые почтовые марки. Мне пришлось терпеливо слушать болтовню за чайным столом. Обед запаздывал уже больше чем на час, а дяди все не было. Миссис Мерсер встала: ужасно жалко, но она больше ждать не может, уже девятый час, а она не хочет поздно выходить на улицу, ночной воздух ей вреден. Когда она ушла, я стал ходить взад и вперед по комнате, сжимая кулаки. Тетя сказала:

— Боюсь, что тебе придется отложить свой базар до воскресенья.

В девять часов я услышал щелканье ключа в замке двери. Я

---

[1] Масоны воспринимались католиками в Ирландии такими же врагами «истинной веры», как и протестанты.

услышал, как дядя разговаривает сам с собой и как вешалка закачалась под тяжестью его пальто. Я хорошо знал, что все это значит. Когда он наполовину управился с обедом, я попросил у него денег на базар. Он все забыл.

— Добрые люди уже второй сон видят, — сказал он.

Я не улыбнулся. Тетя энергично вступилась:

— Дай ты ему деньги, и пусть идет. Довольно его томить.

Дядя сказал, что он огорчен, как это он забыл. Он сказал, что придерживается старой пословицы: *без утех и развлеченья нет успеха и в ученье.* Он спросил меня, куда я собираюсь, и, когда я ему это во второй раз объяснил, он спросил, знаю ли я «Прощание араба с конем»[1]. Когда я выходил из кухни, он декламировал тете первые строчки этого стихотворения.

Крепко зажав в руке флорин, я несся по Букингем-стрит к вокзалу. Улицы, запруженные покупателями, ярко освещенные газовыми фонарями, напоминали мне о том, куда я направляюсь. Я сел в пустой вагон третьего класса. После нестерпимого промедления поезд медленно отошел от перрона. Он полз среди полуразрушенных домов, над мерцающей рекой. На станции Уэстленд-Роу целая толпа осадила вагоны, но проводники никого не пускали, крича, что поезд специальный и идет только до базара. Я оставался один в пустом вагоне. Через несколько минут поезд подошел к сколоченной на скорую руку платформе. Я вышел; светящийся циферблат показывал, что уже без десяти десять. Прямо передо мной было большое строение, на фасаде которого светилось магическое имя.

Я не мог найти шести пенсов на вход и, боясь, как бы базар не закрыли, проскочил через турникет, протянув шиллинг человеку с усталым лицом. Я очутился в большом зале, который на половине его высоты опоясывала галерея. Почти все киоски были закрыты, и больше половины зала оставалось в темноте. Кругом стояла тишина, какая бывает в церкви после службы. Я робко прошел на середину базара. Несколько человек толпилось у открытых еще киосков. Перед занавесом, над которым из разноцветных лампочек составлены были слова «Café Chantant», два человека считали на подносе деньги. Я слушал, как падают монеты.

С трудом вспомнив, зачем я сюда попал, я подошел к одному из киосков и стал рассматривать фарфоровые вазы и чайные сервизы в цветочек. У двери киоска барышня разговаривала и смеялась с двумя молодыми людьми. Я заметил, что они говорят с лондонским акцентом, и невольно прислушался к их разговору.

[1] Стихотворение английской поэтессы и романистки, дочери Р. Б. Шеридана — Кэролайн Нортон (1808—1877).

— Ах, я не говорила ничего подобного!

— Ах, вы сказали!

— Ах, я не говорила!

— Правда, она сказала?

— Да. Я сам слышал.

— Ах вы... лгунишка!

Заметив меня, барышня подошла и спросила, не хочу ли я что-нибудь купить. Ее тон был неприветлив, казалось, она заговорила со мной только по обязанности. Я смущенно посмотрел на огромные кувшины, которые, точно два восточных стража, стояли по сторонам темнеющего входа в киоск, и пробормотал:

— Нет, благодарю вас.

Девушка переставила какую-то вазу и вернулась к молодым людям. Они снова заговорили о том же. Раз или два она оглянулась на меня.

Я постоял у киоска, чтобы мой интерес к ее товару показался правдоподобнее, но знал, что все это ни к чему. Потом я медленно отвернулся и побрел на середину базара. Я уронил свои два пенни на дно кармана, где лежал шестипенсовик. Я услышал, как чей-то голос крикнул с галереи, что сейчас потушат свет. В верхней части здания было теперь совершенно темно.

Глядя вверх, в темноту, я увидел себя, существо, влекомое тщеславием и посрамленное, и глаза мне обожгло обидой и гневом.

ЭВЕЛИН

Она сидела у окна, глядя, как вечер завоевывает улицу. Головой она прислонилась к занавеске, и в ноздрях у нее стоял запах пропыленного кретона. Она чувствовала усталость.

Прохожих было мало. Прошел к себе жилец из последнего дома; она слышала, как его башмаки простучали по цементному тротуару, потом захрустели по шлаковой дорожке вдоль красных зданий. Когда-то там был пустырь, на котором они играли по вечерам с другими детьми. Потом какой-то человек из Белфаста купил этот пустырь и настроил там домов — не таких, как их маленькие темные домишки, а кирпичных, красных, с блестящими крышами. Все здешние дети играли раньше на пустыре — Дивайны, Уотерсы, Данны, маленький калека Кьоу, она, ее братья и сестры. Правда, Эрнст не играл: он был уже большой. Отец постоянно гонялся за ними по пустырю со своей терновой палкой; но маленький Кьоу всегда глядел в оба и успевал крикнуть, завидев отца. Все-таки тогда жилось хорошо. Отец еще кое-как держался; кроме того, мать была жива. Это было очень давно; теперь и она, и братья, и сестры выросли; мать умерла. Тиззи Данн тоже умерла, а Уотерсы вернулись в Англию. Все меняется. Вот теперь и она скоро уедет, как другие, покинет дом.

Дом! Она обвела глазами комнату, разглядывая все те знакомые вещи, которые сама обметала каждую неделю столько лет подряд, всякий раз удивляясь, откуда набирается такая пыль. Может быть, больше никогда не придется увидеть эти знакомые вещи, с которыми она никогда не думала расстаться. А ведь за все эти годы ей так и не удалось узнать фамилию священника, пожелтевшая фотография которого висела над разбитой фисгармонией рядом с цветной литографией святой Маргариты-Марии Алакок[1]. Он был школьным товарищем отца. Показывая фотографию гостям, отец говорил небрежным тоном:

---

[1] Маргарита-Мария Алакок (1647—1690) — монахиня, учредительница одного из наиболее популярных культов в католической церкви — культа Святого Сердца.

— Он сейчас в Мельбурне.

Она согласилась уехать, покинуть дом. Разумно ли это? Она пробовала обдумать свое решение со всех сторон. Дома по крайней мере у нее есть крыша над головой и кусок хлеба; есть те, с кем она прожила всю жизнь. Конечно, работать приходилось много, и дома, и на службе. Что будут говорить в магазине, когда узнают, что она убежала с молодым человеком? Может быть, назовут ее дурочкой; а на ее место возьмут кого-нибудь по объявлению. Мисс Гэйвен обрадуется. Она вечно к ней придиралась, особенно когда поблизости кто-нибудь был.

— Мисс Хилл, разве вы не видите, что эти дамы ждут?

— Повеселее, мисс Хилл, сделайте одолжение.

Не очень-то она будет горевать о магазине.

Но в новом доме, в далекой незнакомой стране все пойдет по-другому. Тогда она уже будет замужем — она, Эвелин. Ее будут уважать тогда. С ней не будут обращаться так, как обращались с матерью. Даже сейчас, несмотря на свои девятнадцать с лишним лет, она часто побаивается грубости отца. Она уверена, что от этого у нее и сердцебиения начались. Пока они подрастали, отец никогда не бил ее так, как он бил Хэрри и Эрнста, потому что она была девочка; но с некоторых пор он начал грозить, говорил, что не бьет ее только ради покойной матери. А защитить ее теперь некому. Эрнст умер, а Хэрри работает по украшению церквей и постоянно в разъездах. Кроме того, непрестанная грызня из-за денег по субботам становилась просто невыносимой. Она всегда отдавала весь свой заработок — семь шиллингов, и Хэрри всегда присылал сколько мог, но получить деньги с отца стоило больших трудов. Он говорил, что она транжирка, что она безмозглая, что он не намерен отдавать трудовые деньги на мотовство, и много чего другого говорил, потому что по субботам с ним вовсе сладу не было. В конце концов он все-таки давал деньги и спрашивал, собирается ли она покупать провизию к воскресному обеду. Тогда ей приходилось сломя голову бегать по магазинам, проталкиваться сквозь толпу, крепко сжав в руке черный кожаный кошелек, и возвращаться домой совсем поздно, нагруженной покупками. Тяжело это было — вести хозяйство, следить, чтобы двое младших ребят, оставленных на ее попечение, вовремя ушли в школу, вовремя поели. Тяжелая работа — тяжелая жизнь, но теперь, когда она решилась уехать, эта жизнь казалась ей не такой уж плохой.

Она решилась отправиться вместе с Фрэнком на поиски другой жизни. Фрэнк был очень добрый, мужественный, порядочный. Она непременно уедет с ним вечерним пароходом, станет его женой, будет жить с ним в Буэнос-Айресе, где у него дом, дожидающийся ее приезда. Как хорошо она помнит свою первую встречу с ним; он жил на главной улице в доме, куда она часто ходила. Казалось, что это было всего несколько недель назад. Он стоял у ворот, кепка съехала у него на затылок, клок волос спускался на бронзовое лицо. Потом они познакомились. Каждый вечер он встречал ее у магазина и провожал домой. Повел как-то на «Цыганочку»[1], и она чувствовала такую гордость, сидя рядом с ним на непривычно хороших для нее местах. Он очень любил музыку и сам немножко пел. Все знали, что он ухаживал за ней, и, когда Фрэнк пел о девушке, любившей моряка[2], она чувствовала приятное смущение. Он прозвал ее в шутку Маковкой. Сначала ей просто льстило, что у нее появился поклонник, потом он стал ей нравиться. Он столько рассказывал о далеких странах. Он начал с юнги, служил за фунт в месяц на пароходе линии Аллен[3], ходившем в Канаду. Перечислял ей названия разных пароходов, на которых служил, названия разных линий. Он плавал когда-то в Магеллановом проливе и рассказывал ей о страшных патагонцах. Теперь, по его словам, он обосновался в Буэнос-Айресе и приехал на родину только в отпуск. Отец, конечно, до всего докопался и запретил ей даже думать о нем.

— Знаю я эту матросню, — сказал он.

Как-то раз отец повздорил с Фрэнком, и после этого пришлось встречаться со своим возлюбленным украдкой.

Вечер на улице сгущался. Белые пятна двух писем, лежавших у нее на коленях, расплылись. Одно было к Хэрри, другое — к отцу. Ее любимцем был Эрнст, но Хэрри она тоже любила. Отец заметно постарел за последнее время; ему будет недоставать ее. Иногда он может быть очень добрым. Не так давно она, больная, пролежала день в постели, и он читал ей рассказ о привидениях и поджаривал гренки в очаге. А еще как-то, когда мать была жива, они ездили на пикник в Хаут-Хилл[4]. Она помнила, как отец напялил на себя шляпу матери, чтобы посмешить детей.

Время шло, а она все сидела у окна, прислонившись головой к занавеске, вдыхая запах пропыленного кретона. С улицы издалека доносились звуки шарманки. Мелодия была знакомая. Как странно, что шарманка заиграла ее именно в этот вечер, чтобы напомнить ей про обещание, данное матери, — обещание как можно дольше не бросать дом. Она вспомнила последнюю ночь перед смертью матери: она снова была в тесной и темной ком-

---

[1] Наиболее известная опера ирландского композитора и оперного певца Майкла Уильяма Болфа (1808—1870) на сюжет одноименной новеллы М. Сервантеса.

[2] «Подружка моряка», песня английского композитора и драматурга Чарльза Дибдина (1745—1814).

[3] Морская трасса, соединявшая Англию с Канадой и США.

[4] Небольшая гора на берегу Дублинского залива.

нате по другую сторону передней, а на улице звучала печальная итальянская песенка. Шарманщику велели тогда уйти и дали ему шесть пенсов. Она вспомнила, как отец с самодовольным видом вошел в комнату больной, говоря:

— Проклятые итальянцы. И сюда притащились.

И жизнь матери, возникшая перед ней, пронзила печалью все ее существо, — жизнь, полная незаметных жертв и закончившаяся безумием. Она задрожала, снова услышав голос матери, твердившей с тупым упорством: «Конец удовольствию — боль! Конец удовольствию — боль!» Она вскочила, охваченная ужасом. Бежать! Надо бежать! Фрэнк спасет ее. Он даст ей жизнь, может быть, и любовь. Она хочет жить. Почему она должна быть несчастной? Она имеет право на счастье. Фрэнк обнимет ее, прижмет к груди. Он спасет ее.

Она стояла в суетливой толпе на пристани в Норт-Уолл. Он держал ее за руку, она слышала, как он говорит, без конца рассказывает что-то о путешествии. На пристани толпились солдаты с вещевыми мешками. В широкую дверь павильона она увидела стоявшую у самой набережной черную громаду парохода с освещенными иллюминаторами. Она молчала. Она чувствовала, как побледнели и похолодели у нее щеки, и, теряясь в своем отчаянии, молилась, чтобы Бог вразумил ее, указал ей, в чем ее долг. Пароход дал в туман протяжный, заунывный гудок. Если она поедет, завтра они с Фрэнком уже будут в открытом море на пути к Буэнос-Айресу. Билеты уже куплены. Разве можно отступать после всего, что он для нее сделал? Отчаяние вызвало у нее приступ тошноты, и она не переставая шевелила губами в молчаливой горячей молитве.

Звонок резанул ее по сердцу. Она почувствовала, как Фрэнк сжал ей руку.

— Идем!

Волны всех морей бушевали вокруг ее сердца. Он тянет ее в эту пучину; он утопит ее. Она вцепилась обеими руками в железные перила.

— Идем!

Нет! Нет! Нет! Это немыслимо. Ее руки судорожно ухватились за перила. И в пучину, поглощавшую ее, она кинула вопль отчаяния.

— Эвелин! Эви!

Он бросился за барьер и звал ее за собой. Кто-то крикнул на него, но он все еще звал. Она повернула к нему бледное лицо, безвольно, как беспомощное животное. Ее глаза смотрели на него не любя, не прощаясь, не узнавая.

МЕРТВЫЕ

Лили, дочь сторожа, совсем сбилась с ног. Не успевала она проводить одного гостя в маленький чулан позади конторы в нижнем этаже и помочь ему раздеться, как опять начинал звонить сиплый колокольчик у входной двери, и опять надо было бежать бегом по пустому коридору открывать дверь новому гостю. Хорошо еще, что о дамах ей не приходилось заботиться. Мисс Кэт и мисс Джулия подумали об этом и устроили дамскую раздевальню в ванной комнате, наверху. Мисс Кэт и мисс Джулия обе были там, болтали, смеялись, и суетились, и то и дело выходили на лестницу, и, перегнувшись через перила, подзывали Лили и спрашивали, кто пришел.

Это всегда было целое событие — ежегодный бал у трех мисс Моркан. Собирались все их знакомые — родственники, старые друзья семьи, участники хора, в котором пела мисс Джулия, те из учениц Кэт, которые к этому времени достаточно подросли, и даже кое-кто из учениц Мэри Джейн. Ни разу не было, чтоб бал не удался. Сколько лет подряд он всегда проходил блестяще; с тех самых пор, как Кэт и Джулия после смерти брата Пэта взяли к себе Мэри Джейн, свою единственную племянницу, и из Стони Баттер переехали в темный мрачный дом на Ашер-Айленд, верхний этаж которого они снимали у мистера Фулгема, хлебного маклера, занимавшего нижний этаж. Это было добрых тридцать лет тому назад. Мэри Джейн из девочки в коротком платьице успела за это время стать главной опорой семьи: она была органисткой в церкви на Хэддингтон-роуд. Она окончила Академию и каждый год устраивала концерты своих учениц в концертном зале «Энтьент». Многие из ее учениц принадлежали к самым лучшим семьям в аристократических кварталах Дублина. Обе тетки тоже еще работали, несмотря на свой преклонный возраст. Джулия, теперь уже совсем седая, все еще была первым сопрано в церкви Адама и Евы, а Кэт, которая по слабости здоровья не могла много ходить, давала уроки начинающим на старом квадратном фортепиано в столовой. Лили, дочь сторожа, была у них

31

за прислугу. Хотя они жили очень скромно, в еде они себе не отказывали; все только самое лучшее: первосортный филей, чай за три шиллинга, портер высшего качества. Лили редко путала приказания и поэтому неплохо уживалась со своими тремя хозяйками. Они, правда, склонны были волноваться из-за пустяков, но это еще не большая беда. Единственное, чего они не выносили, это возражений.

А в такой вечер, как этот, немудрено было и поволноваться. Во-первых, было уже больше десяти, а ни Габриел, ни его жена еще не приехали. Во-вторых, они страшно боялись, как бы Фредди Мэлинз не пришел под хмельком. Ни за что на свете они бы не хотели, чтоб кто-нибудь из учениц Мэри Джейн увидел его в таком состоянии; а когда он бывал навеселе, с ним нелегко было сладить. Фредди Мэлинз всегда запаздывал, а вот что задержало Габриела, они не могли понять; поэтому-то они и выбегали поминутно на лестницу и спрашивали Лили, не пришел ли Габриел или Фредди.

— Ах, мистер Конрой, — сказала Лили, открывая дверь Габриелу.— Мисс Кэт и мисс Джулия уж думали, что вы совсем не придете. Здравствуйте, миссис Конрой.

— Неудивительно, — сказал Габриел, — что они так думали. Но они забывают, что моей жене нужно не меньше трех часов, чтоб одеться.

Пока он стоял на половичке, счищая снег с галош, Лили проводила его жену до лестницы и громко позвала:

— Мисс Кэт! Миссис Конрой пришла.

Кэт и Джулия засеменили вниз по темной лестнице. Обе поцеловали жену Габриела, сказали, что бедняжка Грета, наверно, совсем закоченела, и спросили: а где же Габриел?

— Я тут, тетя Кэт, тут, будьте покойны. Идите наверх. Я сейчас приду, — отозвался Габриел из темноты.

Он продолжал энергично счищать снег, пока женщины со смехом поднимались по лестнице, направляясь в дамскую раздевальню. Легкая бахрома снега как пелерина лежала на его пальто, а на галошах снег налип, словно накладной носок; когда же пуговицы со скрипом стали просовываться в обледеневшие петли, из складок и впадин в заиндевелом ворсе пахнуло душистым холодком.

— Разве снег опять пошел, мистер Конрой? — спросила Лили.

Она прошла впереди него в чулан, чтоб помочь ему раздеться. Габриел улыбнулся тому, как она произнесла его фамилию: словно она была из трех слогов, и посмотрел на нее. Она была тоненькая, еще не совсем сформировавшаяся девушка, с бледной кожей и соломенного цвета волосами. В свете газового рожка в чулане она казалась еще бледней. Габриел знал ее, еще когда она была ребенком и любила сидеть на нижней ступеньке лестницы, нянча тряпичную куклу.

— Да, Лили, — сказал он, — опять пошел и уже, должно быть, на всю ночь.

Он взглянул на потолок, сотрясавшийся от топота и шарканья ног в верхнем этаже; с минуту он прислушивался к звукам рояля, потом посмотрел на девушку, которая, свернув пальто, аккуратно укладывала его на полку.

— Скажи-ка, Лили, — спросил он дружеским тоном, — ты все еще ходишь в школу?

— Что вы, сэр, — ответила она, — я уже год как окончила школу, даже больше.

— Вот как, — весело сказал Габриел, — стало быть, скоро будем праздновать твою свадьбу, а?

Девушка посмотрела на него через плечо и ответила с глубокой горечью:

— Нынешние мужчины только языком треплют и норовят как-нибудь обойти девушку.

Габриел покраснел, словно почувствовав, что допустил какую-то бестактность, и, не глядя на Лили, сбросил галоши и усердно принялся концом кашне обмахивать свои лакированные туфли.

Он был высокого роста и полный. Румянец с его щек переползал даже на лоб, рассеиваясь по нему бледно-красными бесформенными пятнами. На его гладко выбритом лице беспокойно поблескивали круглые стекла и новая золотая оправа очков, прикрывавших его близорукие и беспокойные глаза. Его глянцевитые черные волосы были расчесаны на прямой пробор и двумя длинными прядями загибались за уши; кончики завивались немного пониже ложбинки, оставленной шляпой.

Доведя свои туфли до блеска, он выпрямился и одернул жилет, туго стягивавший его упитанное тело. Потом быстро достал из кармана золотой.

— Послушай, Лили, — сказал он и сунул монету ей в руку, — сейчас ведь Рождество, правда? Ну так вот... это тебе...

Он заспешил к двери.

— Нет, нет, сэр! — воскликнула девушка, бросаясь за ним. — Право же, сэр, я не могу...

— Рождество! Рождество! — сказал Габриел, почти бегом устремляясь к лестнице и отмахиваясь рукой.

Девушка, видя, что он уже на ступеньках, крикнула ему вслед:

— Благодарю вас, сэр.

Он подождал у дверей в гостиную, пока окончится вальс, прислушиваясь к шелесту юбок, задевавших дверь, и шарканью ног. Он все еще был смущен неожиданным и полным горечи ответом девушки. У него остался неприятный осадок, и теперь он пытался забыть разговор, поправляя манжеты и галстук. Потом он достал из жилетного кармана небольшой клочок бумаги и прочел заметки, приготовленные им для застольной речи. Он еще не решил насчет цитаты из Роберта Браунинга[1]; пожалуй это будет не по плечу его слушателям. Лучше бы взять какую-нибудь всем известную строчку из Шекспира или из «Мелодий»[2]. Грубое притопывание мужских каблуков и шарканье подошв напомнили ему, что он выше их всех по развитию. Он только поставит себя в смешное положение, если начнет цитировать стихи, которые они не способны понять. Они подумают, что он старается похвалиться перед ними своей начитанностью. Это будет такая же ошибка, как только что с девушкой в чулане. Он взял неверный тон. Вся его речь — это сплошная ошибка, от первого слова до последнего, полнейшая неудача.

В эту минуту из дамской раздевальни вышли его тетки и жена. Тетки были маленькие, очень просто одетые старушки. Тетя Джулия была повыше тети Кэт на какой-нибудь дюйм. Ее волосы, спущенные на уши, казались серыми; таким же серым с залегшими кое-где более темными тенями казалось ее широкое обрюзгшее лицо. Хотя она была крупной женщиной, растерянный взгляд и открытые губы придавали ей вид человека, который сам хорошенько не знает, где он сейчас и что ему надо делать. Тетя Кэт была живей. Ее лицо, более здоровое на вид, чем у сестры, было все в ямочках и складках, словно сморщенное румяное яблочко, а волосы, уложенные в такую же старомодную прическу, как у Джулии, не утратили еще цвет спелого ореха.

Обе звонко поцеловали Габриела. Он был их любимым племянником, сыном их покойной старшей сестры Эллен, вышедшей замуж за Т. Дж. Конроя из Управления портами и доками.

— Грета говорит, что вы решили не возвращаться в Монкзтаун сегодня и не заказывали кеба, — сказала тетя Кэт.

— Да, — сказал Габриел, оборачиваясь к жене, — с нас довольно прошлого раза, правда? Помните, тетя Кэт, как Грета тогда простудилась? Стекла в кебе дребезжали всю дорогу, а когда мы проехали Меррион, задул восточный ветер. Весело было, нечего сказать. Грета простудилась чуть не насмерть.

Тетя Кэт строго нахмурила брови и при каждом его слове кивала головой.

— Правильно, Габриел, правильно, — сказала она. — Осторожность никогда не мешает.

---

[1] Роберт Браунинг (1812—1889), английский поэт, который в конце XIX в. считался «трудным» художником, доступным только избранным.

[2] «Ирландские мелодии» Томаса Мура, очень популярные стихи в Ирландии в конце XIX — начале XX в.

— Грета, та, конечно, пошла бы домой даже пешком, — сказал Габриел, — хоть по колено в снегу, только бы ей позволили. Миссис Конрой рассмеялась.

— Не слушайте его, тетя Кэт, — сказала она. — Он вечно что-нибудь выдумывает: чтобы Том вечером надевал козырек, когда читает, чтобы он делал гимнастику, чтобы Ева ела овсянку. А бедная девочка ее просто видеть не может... А знаете, что он мне теперь велит носить? Ни за что не догадаетесь!

Она расхохоталась и посмотрела на мужа, который переводил восхищенный и счастливый взгляд с ее платья на ее лицо и волосы. Обе тетки тоже от души рассмеялись, так как заботливость Габриела была в семье предметом постоянных шуток.

— Галоши! — сказала миссис Конрой. — Последняя его выдумка. Чуть только сыро, я должна надевать галоши. Он бы и сегодня заставил меня их надеть, только я отказалась наотрез. Скоро он мне водолазный костюм купит.

Габриел нервно усмехнулся и для успокоения потрогал галстук, а тетя Кэт прямо-таки перегнулась пополам — так ее развеселила эта шутка. Улыбка скоро сошла с лица тети Джулии, и снова на ее лице застыло безрадостное выражение. Помолчав, она спросила:

— А что такое галоши, Габриел?

— Джулия! — воскликнула ее сестра. — Бог с тобой, разве ты не знаешь, что такое галоши? Их надевают на... на башмаки, да, Грета?

— Да, — сказала миссис Конрой. — Такие гуттаперчевые штуки. У нас теперь у обоих по паре. Габриел говорит, что на континенте все их носят.

— Да, да, на континенте, — пробормотала Джулия, медленно кивая головой.

Габриел сдвинул брови и сказал, словно немного раздосадованный:

— Ничего особенного, но Грете смешно, потому что ей это слово напоминает о ярмарочных певцах.

— Послушай, Габриел, — тактично вмешалась тетя Кэт и быстро перевела разговор на другую тему: — Ты позаботился о комнате? Грета говорит...

— Насчет комнаты все улажено, — сказал Габриел. — Я заказал номер в «Грешеме».

— Ну вот и отлично, — сказала тетя Кэт, — самое лучшее, что можно было придумать. А о детях ты не беспокоишься, Грета?

— На одну-то ночь, — сказала миссис Конрой. — Да и Бесси за ними присмотрит.

— Ну вот и отлично, — повторила тетя Кэт, — какое счастье, что у вас есть няня, на которую можно положиться. А с нашей

Лили что-то творится в последнее время. Девушку прямо узнать нельзя.

Габриел только что собрался поподробнее расспросить свою тетку, как вдруг та замолкла, беспокойно следя взглядом за сестрой, которая пошла к лестнице и перегнулась через перила.

— Ну, скажите, пожалуйста, — воскликнула она почти с раздраженьем, — куда это Джулия пошла? Джулия! Джулия! Куда ты пошла?

Джулия, уже наполовину спустившись с лестницы, вернулась и кротко ответила:

— Фредди пришел.

В ту же минуту аплодисменты и финальный пассаж на рояле возвестили окончание вальса. Двери гостиной распахнулись, и появилось несколько пар. Тетя Кэт торопливо отвела Габриела в сторону и зашептала ему на ухо:

— Габриел, голубчик, пойди вниз и посмотри, какой он, и не пускай его наверх, если он нетрезв. Он, наверно, нетрезв. Я чувствую.

Габриел подошел к перилам и прислушался. Слышно было, как двое разговаривают в чулане. Потом он узнал смех Фредди Мэлинза. Габриел шумно сбежал по лестнице.

— Как хорошо, что Габриел здесь, — сказала тетя Кэт, обращаясь к миссис Конрой. — У меня всегда гораздо спокойней на душе, когда он здесь. Джулия, проводи мисс Дейли и мисс Пауэр в столовую, угости их чем-нибудь. Тысячу благодарностей, мисс Дейли, за ваш прекрасный вальс. Под него так хорошо танцевать.

Высокий сморщенный человек с жесткими седыми усами и очень смуглой кожей, выходивший из гостиной вместе со своей дамой, сказал:

— А нас тоже угостят, мисс Моркан?

— Джулия, — сказала тетя Кэт, обращаясь ко всем, — мистер Браун и мисс Ферлонг тоже скушают что-нибудь. Проводи их в столовую, Джулия, вместе с мисс Дейли и мисс Пауэр.

— Я поухаживаю за дамами, — сказал мистер Браун, так плотно сжимая губы, что усы его ощетинились, и улыбаясь всеми своими морщинами. — Сказать вам, мисс Моркан, за что они все меня так любят...

Он не кончил фразы, увидев, что тетя Кэт уже отошла, и тотчас повел всех трех дам в столовую. Середина комнаты была занята двумя составленными вместе квадратными столами, тетя Джулия и сторож поправляли и разглаживали скатерть. На буфете были расставлены блюда, тарелки и стаканы, сложены кучкой ножи, вилки и ложки. Крышка квадратного фортепиано была закрыта, и на ней тоже стояли закуски и сладости. В углу, возле другого буфета, поменьше, стояли двое молодых людей и пили пиво.

Мистер Браун провел туда своих дам и спросил в шутку, не хотят ли они выпить по стаканчику дамского пунша, горячего, крепкого и сладкого. Услышав в ответ, что они никогда не пьют ничего крепкого, он откупорил для них три бутылки лимонада. Потом он попросил одного из молодых людей подвинуться и, завладев графинчиком, налил себе солидную порцию виски. Молодые люди с уважением поглядели на него, когда он отхлебнул первый глоток.

— Господи, благослови, — сказал он улыбаясь. — Мне это доктор прописал.

Его сморщенное лицо еще шире расплылось в улыбке, и все три дамы музыкальным смехом ответили на его шутку, покачиваясь всем телом и нервно передергивая плечами. Самая смелая сказала:

— О, мистер Браун, я уверена, что доктор вам ничего подобного не прописывал.

Мистер Браун отхлебнул еще глоток и сказал гримасничая:

— Видите ли, я, как знаменитая миссис Кассиди, которая будто бы говорила: «Ну, Мэри Граймс, если я сама не выпью, так заставь меня выпить, потому как мне очень хочется».

Он слишком близко наклонил к ним свое разгоряченное лицо, и свою тираду он произнес, подражая говору дублинского простонародья; дамы, словно сговорившись, промолчали в ответ на его слова. Мисс Ферлонг, одна из учениц Мэри Джейн, спросила мисс Дейли, как называется тот миленький вальс, который она играла, а мистер Браун, видя, что на него не обращают внимания, проворно обернулся к слушающим его молодым людям.

Краснолицая молодая женщина, одетая в лиловое, вошла в комнату, оживленно захлопала в ладоши и крикнула:

— Кадриль! Кадриль!

За ней по пятам спешила тетя Кэт, крича:

— Двух кавалеров и трех дам, Мэри Джейн.

— Вот тут как раз мистер Бергин и мистер Керриган, — сказала Мэри Джейн. — Мистер Керриган, вы пригласите мисс Пауэр, хорошо? Мисс Ферлонг, разрешите вам предложить мистера Бергина в кавалеры. Теперь все в порядке.

— Трех дам, Мэри Джейн, — сказала тетя Кэт.

Молодые люди спросили девиц, не окажут ли они им честь, а Мэри Джейн обратилась к мисс Дейли:

— Мисс Дейли, мне, право, совестно... вы были так добры — играли два последних танца... но у нас сегодня так мало дам...

— Ничего, ничего, я с удовольствием, мисс Моркан.

— И у меня есть для вас очень интересный кавалер, мистер

Бартелл д'Арси, тенор. Попозже он нам споет. Весь Дублин от него в восторге.

— Чудесный голос, чудесный! — сказала тетя Кэт.

Рояль уже дважды начинал вступление к первой фигуре, и Мэри Джейн поспешно увела завербованных танцоров. Едва они вышли, как в комнату медленно вплыла тетя Джулия, оглядываясь на кого-то через плечо.

— Ну, в чем дело, Джулия? — тревожно спросила тетя Кэт. — Кто там с тобой?

Джулия, прижимая к груди гору салфеток, повернулась к сестре и сказала равнодушно, словно удивленная вопросом:

— Да это Фредди, Кэт, и с ним Габриел.

В самом деле, за спиной Джулии виднелся Габриел, тащивший на буксире Фредди Мэлинза через площадку лестницы. Последний, упитанный господин лет сорока, ростом и телосложением напоминал Габриела, только плечи у него были очень покатые. У него было отекшее, землистое лицо, на котором багровели отвислые мочки ушей да ноздри крупного носа. Грубые черты, тупой нос, вдавленный и покатый лоб, влажные оттопыренные губы. Глаза с тяжелыми веками и растрепанные редкие волосы придавали ему сонный вид. Он громко смеялся дискантом над каким-то анекдотом, который начал рассказывать Габриелу, еще когда они шли по лестнице, и левым кулаком все время тер левый глаз.

— Добрый вечер, Фредди, — сказала тетя Джулия.

Фредди Мэлинз поздоровался с обеими мисс Моркан как будто бы небрежно, но это, вероятно, происходило оттого, что он заикался, а затем, видя, что мистер Браун подмигивает ему, стоя возле буфета, он не совсем твердым шагом направился к нему и вполголоса принялся опять рассказывать анекдот, который только что рассказывал Габриелу.

— Он, кажется, ничего? — спросила тетя Кэт Габриела.

Услышав вопрос, Габриел быстро изменил выражение лица и сказал:

— Ничего, почти совсем незаметно.

— Ужасный все-таки человек! — сказала тетя Кэт. — А ведь только в канун Нового года он дал матери слово, что бросит пить. Пойдем в гостиную, Габриел.

Прежде чем выйти из комнаты, она, строго нахмурив брови, погрозила пальцем мистеру Брауну. Мистер Браун кивнул в ответ и, когда она вышла, сказал Фредди Мэлинзу:

— Ну, Тедди, теперь вам нужно выпить хороший стаканчик лимонаду, чтобы подбодриться.

Фредди Мэлинз, в эту минуту рассказывавший самое интересное место, нетерпеливо отмахнулся. Но мистер Браун сперва заметил, что в его костюме некоторая небрежность, затем проворно налил и подал ему полный стакан лимонада. Левая рука Фредди

Мэлинза машинально взяла стакан, пока правая столь же машинально была занята приведением костюма в порядок. Мистер Браун, весь сморщившись от удовольствия, налил себе виски, а Фредди Мэлинз, не досказав анекдот до конца, закашлялся, разразившись громким смехом. Он поставил свой налитый до краев стакан на буфет и принялся левым кулаком тереть левый глаз, повторяя слова последней фразы, задыхаясь от сотрясавшего его смеха.

Габриел заставил себя слушать виртуозную пьесу, полную трудных пассажей, которую Мэри Джейн играла перед затихшей гостиной. Он любил музыку, но в этой вещи не улавливал мелодии и сомневался, чтобы ее мог уловить кто-нибудь из слушателей, хотя они и попросили Мэри Джейн сыграть. Четверо молодых людей, появившихся из столовой при первых звуках рояля, остановились в дверях гостиной, но через несколько минут потихоньку один за другим ушли. Казалось, музыку слушали только Мэри Джейн, чьи руки то бегали по клавишам, то, во время пауз, поднимались вверх, словно у посылающей кому-то проклятия жрицы, и тетя Кэт, ставшая рядом, чтобы переворачивать страницы.

Глаза Габриела, утомленные блеском навощенного пола под тяжелой люстрой, скользнули по стене за роялем. Там висела картина — сцена на балконе из «Ромео и Джульетты», а рядом — шитый красным, голубым и коричневым гарусом коврик, изображавший маленьких принцев, убитых в Тауэре[1], который тетя Джулия вышила, еще когда была девочкой. Должно быть, в школе, где сестры учились в детстве, целый год обучали такому вышиванию. Его мать когда-то, в подарок ко дню рождения, расшила маленькими лисьими головками жилет из пурпурного табинета, на коричневой шелковой подкладке и с круглыми стеклянными пуговицами. Странно, что у его матери не было музыкальных способностей, хотя тетя Кэт всегда называла ее гением семьи Моркан. И она, и тетя Джулия, казалось, немного гордились своей серьезной и представительной старшей сестрой. Ее фотография стояла на подзеркальнике. Она держала на коленях открытую книгу и что-то в ней показывала Константину, который в матроске лежал у ее ног. Она сама выбрала имена своим сыновьям: она всегда очень пеклась о достоинстве семьи. Благодаря ей Константин[2] сейчас был приходским священником в

---

[1] Английский король Ричард III (1453—1485) отдал приказание убить своих племянников, сыновей старшего брата Эдуарда IV, которые мешали ему получить трон.

[2] Габриел назван в честь архангела Гавриила, который сообщил священнику Захарии о рождении сына, Иоанна Крестителя, а Деве Марии — о рождении Иисуса. Константин — от латинского constans — твердый, постоянный.

Балбригене, и благодаря ей Габриел окончил Королевский университет[1]. Тень пробежала по его лицу, когда он вспомнил, как упрямо она противилась его браку. Несколько обидных слов, сказанных ею, мучили его до сих пор; как-то раз она сказала, что Грета — хитрая деревенская девка, а ведь это была неправда. Грета ухаживала за ней во время ее последней долгой болезни, у них, в Монкзтауне.

Должно быть, пьеса, которую играла Мэри Джейн, подходила к концу, потому что теперь опять повторялась вступительная тема с пассажами после каждого такта; и пока он дожидался ее окончания, враждебное чувство угасло в нем. Пьеса закончилась тремоло в верхней октаве и финальной низкой октавой в басах. Громкие аплодисменты провожали Мэри Джейн, когда она, красная, нервно свертывая ноты в трубочку, выскользнула из гостиной. Сильнее всех аплодировали четверо молодых людей, которые ушли в столовую в начале исполнения, но вернулись и снова стали в дверях, как только рояль замолк.

Началось лансье[2]. Габриел оказался в паре с мисс Айворз. Это была говорливая молодая женщина с решительными манерами; у нее были карие глаза навыкате и все лицо в веснушках. Она не была декольтирована, и воротник у нее был заколот большой брошкой с эмблемой Ирландии[3].

Когда они заняли свои места, она вдруг сказала:

— Я собираюсь с вами ссориться.

— Со мной? — сказал Габриел.

Она строго кивнула головой.

— Из-за чего? — спросил Габриел, улыбаясь ее торжественному тону.

— Кто такой Г. К.? — спросила мисс Айворз, пристально глядя ему в лицо.

Габриел покраснел и хотел было поднять брови, словно не понимая, но она резко сказала:

. — Скажите, какая невинность! Оказывается, вы пишете для «Дейли экспресс»[4]. Не стыдно вам?

— Почему мне должно быть стыдно? — сказал Габриел, моргая и пытаясь улыбнуться.

— Мне за вас стыдно, — сказала мисс Айворз решительно, — писать для такой газеты! Я не знала, что вы англофил.

На лице Габриела появилось смущенное выражение. Он в са-

---

[1] Имеется в виду Дублинский Университетский колледж.

[2] Старинная форма кадрили.

[3] Мисс Айворз была сторонницей Ирландского Возрождения.

[4] Ирландская газета консервативного толка, не поддерживала программу Ирландского Возрождения.

мом деле давал литературный обзор в «Дейли экспресс» по средам и получал за него пятнадцать шиллингов. Но из этого ещё не следует, что он стал англофилом. В сущности, он гораздо больше радовался книгам, которые ему присылали на рецензию, чем ничтожной оплате. Ему нравилось ощупывать переплеты и перелистывать свежеотпечатанные страницы. Почти каждый день после занятий в колледже он заходил к букинистам на набережной — к Хикки на Бэчелор-Уок, к Уэббу или Мэсси на Астонской набережной или в переулок к О'Клоисси. Он не знал, что ей возразить. Ему хотелось сказать, что литература выше политики. Но они были давнишними друзьями, вместе учились в университете, потом вместе преподавали; с ней неуместны выспренние фразы. Он все моргал, и все старался улыбнуться, и наконец невнятно пробормотал, что не видит никакой связи между политикой и писанием рецензий.

Когда они вновь встретились в танце, он все еще был смущен и рассеян. Мисс Айворз быстро сжала его руку в своей теплой руке и сказала дружески и мягко:

— Полно, я пошутила. Скорей, наша очередь расходиться.

Когда они опять оказались вместе, она заговорила об университетском вопросе[1], и Габриел почувствовал себя свободней. Кто-то из друзей показал ей рецензию Габриела на стихи Браунинга — вот как она узнала его тайну; рецензия ей страшно понравилась.

Потом она вдруг сказала:

— Да, кстати, мистер Конрой, не примете ли вы участие в экскурсии на Аранские острова[2] этим летом? Мы поедем на целый месяц. Вот будет чудесно оказаться в открытом океане! Вы непременно должны поехать. Поедут мистер Клэнси, и мистер Килкелли, и Кэтлин Карни[3]. И Грете хорошо бы поехать. Она ведь из Коннахта[4]?

— Она оттуда родом, — сухо сказал Габриел.

— Так, значит, едем, решено? — сказала мисс Айворз с жаром, тронув его руку своей теплой рукой.

---

[1] Имеется в виду конфликт, возникший из-за попытки уравнять образование протестантов и католиков в Англии и Ирландии.

[2] Аранские острова расположены у западного побережья Ирландии. Сторонники Ирландского Возрождения идеализировали в своих произведениях природу этих островов и образ жизни крестьян, которые продолжали говорить там на забытом гэльском языке и были, с точки зрения участников движения, истинными носителями ирландского духа, поскольку не были испорчены цивилизацией.

[3] Персонаж рассказа «Мать».

[4] Коннахт — одна из четырех провинций Ирландии, расположена на западе страны.

— Собственно говоря, — начал Габриел, — я уже решил поехать...

— Куда? — спросила мисс Айворз.

— Видите ли, я каждый год совершаю экскурсию на велосипеде с несколькими приятелями...

— Но куда? — спросила мисс Айворз.

— Видите ли, мы обычно путешествуем по Франции или Бельгии, иногда по Германии, — смущенно сказал Габриел.

— А зачем вам путешествовать по Франции или Бельгии, — сказала мисс Айворз, — лучше бы узнали свою родину.

— Ну, — сказал Габриел, — отчасти, чтобы изучить язык, а отчасти, чтоб сменить обстановку.

— А свой родной язык вам не надо изучать — ирландский? — спросила мисс Айворз.

— Если уж на то пошло, — сказал Габриел, — то гэльский вовсе не мой родной язык.

Соседняя пара начала прислушиваться к этому допросу. Габриел беспокойно поглядел направо и налево, он старался сохранить самообладание, но краска начала заливать его лоб.

— А свою родину вам не надо узнать поближе? — продолжала мисс Айворз. — Родину, которой вы совсем не знаете, родной народ, родную страну?

— Сказать вам правду, — вдруг резко возразил Габриел, — мне до смерти надоела моя родная страна!

— Почему? — спросила мисс Айворз.

Габриел не ответил, слишком взволнованный собственными словами.

— Почему? — спросила мисс Айворз.

Пора было меняться дамами, и, так как Габриел все молчал, мисс Айворз сказала горячо:

— Конечно, вам нечего ответить.

Чтобы скрыть свое волнение, Габриел стал танцевать с необыкновенным рвением. Он избегал взгляда мисс Айворз, так как заметил кислую гримасу на ее лице. Но когда они снова встретились в общем кругу, он с удивлением почувствовал, что она крепко пожимает ему руку. Мгновение она лукаво смотрела на него, пока он не улыбнулся. Затем, когда цепь опять пришла в движение, она встала на цыпочки и шепнула ему на ухо:

— Англофил!

Когда лансье окончилось, Габриел отошел в дальний угол, где сидела мать Фредди Мэлинза. Это была толстая болезненная старуха, вся седая. Так же, как сын, она слегка заикалась. Ей уже сказали, что Фредди здесь и что он почти совсем трезв. Габриел спросил ее, хорошо ли она доехала, не качало ли их на пароходе. Она жила у своей замужней дочери в Глазго и каждый год приезжала в Дублин погостить. Она ровным голосом ответила, что нисколько не качало и капитан был к ней очень внимателен. Она рассказала также о том, как хорошо живет ее дочь в Глазго и как много у них там знакомых. Пока она говорила, Габриел пытался забыть о неприятном разговоре с мисс Айворз. Конечно, она восторженная девушка, или женщина, или что она там такое, но, право, всему свое время. Пожалуй, не следовало так отвечать ей. Но она не имела права перед всеми называть его англофилом, даже в шутку. Она хотела сделать из него посмешище, устраивая ему этот допрос и тараща на него свои кроличьи глаза.

Он увидел, что жена пробирается к нему между вальсирующими парами. Подойдя, она сказала ему на ухо:

— Габриел, тетя Кэт спрашивает, будешь ли ты резать гуся, как всегда, или нет. Мисс Дейли нарежет окорок, а я — пудинг.

— Хорошо, — сказал Габриел.

— Она устроит так, чтобы молодежь поужинала раньше, и мы будем в своей компании.

— Ты танцевала? — спросил Габриел.

— Конечно. Разве ты меня не видел? Из-за чего вы поспорили с Молли Айворз?

— И не думали спорить. Откуда ты взяла? Это она сказала?

— Да, сказала что-то в этом духе. Я уговариваю этого мистера д'Арси спеть. Он ужасно ломается.

— Мы вовсе не спорили, — сказал Габриел недовольным тоном, — просто она уговаривала меня поехать в западную Ирландию, а я отказался.

Его жена радостно хлопнула в ладоши и слегка подпрыгнула.

— Поедем, Габриел, — воскликнула она, — мне так хочется еще раз побывать в Голуэе!

— Поезжай, если хочешь, — холодно ответил Габриел.

Она секунду смотрела на него, потом повернулась к миссис Мэлинз и сказала:

— Любезный у меня муженек, правда, миссис Мэлинз?

Она не торопясь отошла, а миссис Мэлинз, словно не было никакого перерыва, продолжала рассказывать ему, какие замечательные места есть в Шотландии и какие замечательные виды. Ее зять каждый год возит их на озеро, и они там удят рыбу. Ее зять изумительный рыболов. Однажды он поймал замечательную рыбу, и повар в отеле зажарил ее им на обед.

Габриел едва слышал, что она говорила. Теперь, когда до ужина оставалось уже немного, он опять начал думать о своей речи и о цитате из Браунинга. Когда он увидел, что Фредди Мэлинз направляется к матери, он уступил ему место и отошел в амбразуру окна. Комната уже опустела, и из столовой доносился звон ножей и тарелок. Те, кто еще оставался в гостиной, устали танцевать и тихо разговаривали, разбившись на группы. Теплые дрожащие пальцы Габриела забарабанили по холодному оконному стеклу. Как, наверно, свежо там, на улице. Как приятно было бы пройтись одному — сперва вдоль реки, потом через парк! Ветви деревьев, наверно, все в снегу, а на памятнике Веллингтону[1] белая шапка из снега. Насколько приятней было бы оказаться там, чем за столом, с гостями!

Он быстро просмотрел главные пункты своей речи: ирландское гостеприимство, печальные воспоминания, три грации, Париж, цитата из Браунинга. Он повторил про себя фразу из своей рецензии: «Кажется, что слушаешь музыку, разъедаемую мыслью». Мисс Айворз похвалила рецензию. Искренне или нет? Есть ли у нее какая-нибудь личная жизнь, помимо всех этих громких слов? Они никогда не ссорились до этого вечера. Неприятно, что она тоже будет сидеть за ужином и смотреть на него своим критическим, насмешливым взглядом, когда он будет говорить. Она-то будет рада, если он провалится. Внезапно ему пришла в голову мысль, подбодрившая его. Он скажет, имея в виду тетю Кэт и Джулию: «Леди и джентльмены, поколение, которое сейчас уходит от нас, имело, конечно, свои недостатки, но зато, на мой взгляд, ему присущи добродетели — гостеприимство, юмор, человечность, которых не хватает, быть может, новому, чрезмерно серьезному и чрезмерно образованному поколению». Очень хорошо; это будет камешек в огород мисс Айворз. Конечно, его тетки, в сущности, просто невежественные старухи, но разве в этом дело?

Шум в гостиной привлек его внимание. Мистер Браун шествовал от двери, галантно сопровождая тетю Джулию, которая, опустив голову и улыбаясь, опиралась на его руку. Неровные хлопки провожали ее до самого рояля и постепенно стихли, когда Мэри Джейн села на табурет, а тетя Джулия, уже не улыбаясь, стала рядом, повернувшись так, чтобы ее голос был лучше слышен. Габриел узнал вступление. Это была старинная песня, которую часто пела Джулия, — «В свадебном наряде»[2]. Ее голос, сильный и чистый, твердо вел мелодию, с блеском выполняя трудные места, и, хотя она пела в очень быстром темпе, в фиоритурах она не пропустила ни единой нотки. Ощущение от ее голоса, если не смотреть на лицо певицы, было такое же, как от быстрого и уверенного полета. Когда она кончила, Габриел громко зааплодировал вместе с остальными, и громкие аплодисменты

---

[1] У восточного входа в Феникс-Парк стоит памятник герцогу Веллингтону (1769—1852). Хотя Веллингтон по происхождению ирландец, в стране его воспринимали как символ английского владычества.

[2] Ария из оперы Винченцо Беллини (1802—1835) «Пуритане» (1834), завоевавшая особую популярность благодаря своим пленительно-страстным мелодиям.

44

донеслись от невидимых слушателей из столовой. Они звучали так искренне, что легкая краска появилась на лице тети Джулии, когда она наклонилась поставить на этажерку старую нотную тетрадь с ее инициалами на кожаном переплете. Фредди Мэлинз, все время державший голову набок, чтобы лучше слышать, продолжал еще аплодировать, когда остальные уже перестали, и что-то оживленно говорил своей матери, которая медленно и важно кивала головой. Наконец он тоже больше не в силах был аплодировать, вскочил и через всю комнату поспешно подбежал к тете Джулии и обеими руками крепко пожал ее руку, и встряхивал ее каждый раз, когда ему не хватало слов или заиканье прерывало его речь.

— Я только что говорил матери, — сказал он, — никогда еще вы так не пели, никогда! Нет, право, такой звук... никогда еще не слышал. Что? Не верите? Истинная правда. Честью вам клянусь. Такой свежий, и такой чистый, и... и... такой свежий... никогда еще не бывало.

Тетя Джулия, широко улыбаясь, пробормотала что-то насчет комплиментов и осторожно высвободила руку. Приосанившись, мистер Браун произнес, обращаясь к окружающим тоном ярмарочного зазывалы, представляющего публике какое-нибудь чудо природы:

— Мое последнее открытие — мисс Джулия Моркан!

Он сам от души расхохотался над своей шуткой, но Фредди Мэлинз повернулся к нему и сказал:

— Такие удачные открытия не часто у вас бывали, Браун, смею вас уверить. Могу только сказать, что ни разу еще не слышал, чтобы она так пела, за все годы, что ее знаю. И это истинная правда.

— Я тоже не слышал, — сказал мистер Браун, — ее голос стал еще лучше, чем прежде.

Тетя Джулия пожала плечами и сказала не без гордости:

— Лет тридцать тому назад у меня был неплохой голос.

— Я всегда говорю Джулии, — горячо сказала тетя Кэт, — что она просто зря пропадает в этом хоре. Она меня и слушать не хочет.

Она повернулась к гостям, словно взывая к ним в споре с непослушным ребенком, а тетя Джулия смотрела прямо перед собой, на лице ее блуждала улыбка: она предалась воспоминаниям.

— Да, — продолжала тетя Кэт, — никого не хочет слушать и мучается с этим хором с утра до вечера, да еще и по ночам тоже. В первый день Рождества с шести утра начинают, вы только подумайте! И чего ради, спрашивается?

— Ради того, чтобы послужить Господу Богу, тетя Кэт. Разве не так? — сказала Мэри Джейн, поворачиваясь кругом на вращающемся табурете и улыбаясь.

Тетя Кэт гневно накинулась на племянницу:

— Это все очень хорошо, Мэри Джейн, — послужить Господу Богу, я это и сама знаю, но скажу: не делает чести Папе изгонять из церковного хора женщин[1], которые всю жизнь отдали этому делу. Да еще ставить над ними мальчишек-молокососов. Надо думать, это для блага церкви, раз Папа так постановил. Но это несправедливо, Мэри Джейн, неправильно и несправедливо.

Она совсем разгорячилась и еще долго и много говорила бы в защиту сестры, потому что это была наболевшая тема, но Мэри Джейн, видя, что все танцоры возвращаются в гостиную, сказала умиротворяющим тоном:

— Тетя Кэт, ты вводишь в соблазн мистера Брауна, который и так не нашей веры.

Тетя Кэт обернулась к мистеру Брауну, ухмыльнувшемуся при упоминании о его вероисповедании, и сказала поспешно:

— Не подумайте, ради Бога, что я сомневаюсь в правоте Папы. Я всего только глупая старуха и никогда бы не посмела. Но есть все же на свете такие понятия, как простая вежливость и благодарность. Будь я на месте Джулии, я бы напрямик заявила этому отцу Хили...

— И кроме того, тетя Кэт, — сказала Мэри Джейн, — мы все хотим есть, а когда люди хотят есть, они легко ссорятся.

— А когда люди хотят пить, они тоже легко ссорятся, — прибавил мистер Браун.

— Так что лучше сперва поужинаем, — сказала Мэри Джейн, — а спор закончим после.

У дверей в гостиную Габриел застал свою жену и Мэри Джейн, которые уговаривали мисс Айворз остаться ужинать. Но мисс Айворз, уже надевшая шляпу и теперь застегивавшая пальто, не хотела оставаться. Ей совсем не хочется есть, да она и так засиделась.

— Ну, каких-нибудь десять минут, Молли, — говорила миссис Конрой. — Это вас не задержит.

— Надо же вам подкрепиться, — говорила Мэри Джейн, — вы столько танцевали.

— Право, не могу, — сказала мисс Айворз.

— Вам, наверное, было скучно у нас, — огорченно сказала Мэри Джейн.

— Что вы, что вы, наоборот, — сказала мисс Айворз, — но теперь вы должны меня отпустить.

---

[1] Имеется в виду решение Папы Пия X (1835—1914), принятое им самолично, без согласования с кардиналами, о недопущении в церковный хор женщин, как неспособных выполнять духовное предназначение церковного песнопения.

— Но как же вы дойдете одна? — спросила миссис Конрой.

— Тут всего два шага, по набережной.

Поколебавшись с минуту, Габриел сказал:

— Если разрешите, я вас провожу, мисс Айворз, раз уж вам так необходимо идти.

Но мисс Айворз замахала руками.

— И слышать не хочу, — воскликнула она. — Ради Бога, идите ужинать и не беспокойтесь обо мне. Отлично дойду одна.

— Чудачка вы, Молли, — в сердцах сказала миссис Кенрой.

— Beannacht libh![1] — со смехом крикнула мисс Айворз, сбегая по лестнице.

Мэри Джейн посмотрела ей вслед; она была огорчена, а миссис Конрой перегнулась через перила, прислушиваясь, когда хлопнет парадная дверь. Габриел подумал про себя, не он ли причина этого внезапного ухода. Но нет, она вовсе не казалась расстроенной, смеялась уходя.

Внезапно из столовой появилась тетя Кэт, торопясь, и спотыкаясь, и беспомощно ломая руки.

— Где Габриел? — воскликнула она. — Ради всего святого, куда девался Габриел? Там все уже сидят за столом и некому резать гуся!

— Я тут, тетя Кэт, — крикнул Габриел с внезапным оживлением, — хоть целое стадо гусей разрежу, если вам угодно.

Жирный подрумяненный гусь лежал на одном конце стола, а на другом конце, на подстилке из гофрированной бумаги, усыпанной зеленью петрушки, лежал большой окорок, уже без кожи, обсыпанный толчеными сухарями, с бумажной бахромой вокруг кости; и рядом — ростбиф с пряностями. Между этими солидными яствами вдоль по всему столу двумя параллельными рядами вытянулись тарелки с десертом: две маленькие башенки из красного и желтого желе; плоское блюдо с кубиками бланманже и красного мармелада; большое зеленое блюдо в форме листа с ручкой в виде стебля, на котором были разложены горстки темно-красного изюма и горки очищенного миндаля, и другое такое же блюдо, на котором лежал слипшийся засахаренный инжир; соусник с кремом, посыпанным сверху тертым мускатным орехом; небольшая вазочка с конфетами — шоколадными и еще другими, в обертках из золотой и серебряной бумаги; узкая стеклянная ваза, из которой торчало несколько длинных стеблей сельдерея. В центре стола, по бокам подноса, на котором возвышалась пирамида из апельсинов и яблок, словно часовые на страже, стояли два старинных пузатых хрустальных графинчика: один — с портвейном, другой — с темным хересом. На опущен-

---

[1] До свидания! (гэльск.)

ной крышке рояля дожидался своей очереди пудинг на огромном желтом блюде, а за ним три батареи бутылок — с портером, элем и минеральной водой, подобранных по цвету мундира: первые два в черном с красными и коричневыми ярлыками, последняя и не очень многочисленная — в белом с зелеными косыми перевязями.

Габриел с уверенным видом занял свое место во главе стола, поглядел на лезвие ножа и решительно воткнул вилку в гуся. Теперь он чувствовал себя отлично; он умел мастерски разрезать жаркое и больше всего на свете любил сидеть вот так, во главе уставленного яствами стола.

— Мисс Ферлонг, — сказал он, — что вам дать? Крылышко или кусочек грудки?

— Грудку, пожалуйста, только самый маленький кусочек.

— Мисс Хиггинс, а вам?

— Что хотите, мне все равно, мистер Конрой.

Пока Габриел и мисс Дейли передавали тарелки с гусем, окороком и ростбифом, Лили обходила всех гостей с блюдом, на котором, завернутый в белую салфетку, лежал горячий рассыпчатый картофель. Это была идея Мэри Джейн, она же хотела было сделать к гусю яблочный соус, но тетя Кэт сказала, что она всю жизнь ела просто жареного гуся, без всяких яблочных соусов, и дай Бог, чтобы и впредь было не хуже. Мэри Джейн угощала своих учениц и следила за тем, чтобы им достались лучшие куски, а тетя Кэт и тетя Джулия откупоривали возле рояля и передавали на стол бутылки с портером и элем — для мужчин и бутылки с минеральной водой — для дам. Было много суеты, смеха, шума — от голосов, отдававших противоречивые приказания, от звона ножей, и вилок, и стаканов о горлышко графинов и хлопанья пробок. Как только гостей обнесли первой порцией гуся, Габриел тотчас начал резать по второй, не положив еще ничего на свою тарелку. Это вызвало шумные протесты, и Габриел в виде уступки отхлебнул хороший глоток портера, так как разрезать гуся оказалось нелегкой работой. Мэри Джейн уже спокойно сидела и ужинала, но тетя Кэт и тетя Джулия все еще семенили вокруг стола, наталкивались друг на друга, наступали друг другу на ноги и отдавали друг другу приказания, которых ни та, ни другая не слушали. Мистер Браун умолял их сесть за стол, о том же просил и Габриел, но они отнекивались, так что наконец Фредди Мэлинз встал и, схватив тетю Кэт, под общий смех силком усадил ее на стул.

Когда всем было все подано, Габриел, улыбаясь, сказал:

— Ну-с, если кому угодно получить, как говорят в просторечье, добавок, пусть тот соблаговолит высказаться.

Хор голосов потребовал, чтобы он сам наконец приступил

к ужину, и Лили поднесла ему три картофелины, которые она сберегла для него.

— Слушаюсь, — любезно сказал Габриел и отхлебнул еще портера. — Пожалуйста, леди и джентльмены, забудьте на несколько минут о моем существовании.

Он начал есть и не принимал участия в разговоре, заглушавшем стук тарелок, которые убирала Лили. Темой разговора была оперная труппа, гастролировавшая в Королевском театре. Мистер Бартелл д'Арси, тенор, смуглый молодой человек с изящными усиками, очень хвалил первое контральто, но мисс Ферлонг находила ее исполнение вульгарным. Фредди Мэлинз сказал, что в мюзик-холле во втором отделении выступает негритянский царек и у него замечательный тенор, лучший из всех, какие он когда-либо слышал.

— Вы его слышали? — спросил он через стол у мистера Бартелла д'Арси.

— Нет, — небрежно ответил мистер Бартелл д'Арси.

— Видите ли, — пояснил Фредди Мэлинз, — мне очень интересно знать ваше мнение. По-моему, у него замечательный голос.

— Тедди постоянно делает необыкновенные открытия, — с дружеской насмешкой сказал мистер Браун, обращаясь ко всему столу.

— А почему бы у него не быть хорошему голосу? — резко спросил Фредди Мэлинз. — Потому, что он чернокожий?

Никто не ответил, и Мэри Джейн снова перевела разговор на классическую оперу. Одна из ее учениц достала ей контрамарку на «Миньон»[1]. Прекрасное было исполнение, но она не могла не вспомнить о бедной Джорджине Бернс. Мистер Браун ударился в воспоминания — о старых итальянских труппах, когда-то приезжавших в Дублин, о Тьетьенс, об Ильме де Мурзка, о Кампанини, о великом Требелли, Джульини, Равелли, Арамбуро. Да, в те дни, сказал он, в Дублине можно было услышать настоящее пение. Он рассказал также о том, как в старом Королевском театре[2] галерка каждый вечер бывала битком набита, как однажды итальянский тенор пять раз бисировал арию «Пусть, как солдат, я умру»[3] и всякий раз брал верхнее «до»; как иной раз ребята с галерки выпрягали лошадей из экипажа какой-нибудь примадонны и сами везли ее по улице до отеля. Почему теперь не ставят знаменитых старых опер — «Динору», «Лукрецию

<hr>

[1] «Миньон» (1866) — одна из самых популярных французских опер XIX столетия на музыку Амбруаза Тома (1811—1896) и либретто Мишеля Карре и Жюля Барбье.

[2] Сгорел в 1890 г., на его месте был построен Королевский театр.

[3] Ария из оперы «Маритана» У. В. Уоллеса.

Борджиа»?[1] Да потому, что нет таких голосов, чтобы могли в них петь. Вот почему.

— Ну, — сказал мистер Бартелл д'Арси, — думаю, что и сейчас есть певцы не хуже, чем тогда.

— Где они? — вызывающе спросил мистер Браун.

— В Лондоне, в Париже, в Милане, — с жаром ответил мистер Бартелл д'Арси. — Карузо, например, наверно, не хуже, а пожалуй, и лучше тех, кого вы называли.

— Может быть, — сказал мистер Браун, — но сильно сомневаюсь.

— Ах, я бы все отдала, только бы послушать Карузо, — сказала Мэри Джейн.

— Для меня, — сказала тетя Кэт, обгладывавшая косточку, — существовал только один тенор, который очень мне нравился. Но вы, наверно, о нем и не слышали.

— Кто же это, мисс Моркан? — вежливо спросил мистер Бартелл д'Арси.

— Паркинсон, — сказала тетя Кэт. — Я его слышала, когда он был в самом расцвете, и скажу вам, такого чистого тенора не бывало еще ни у одного мужчины.

— Странно, — сказал мистер Бартелл д'Арси. — Я никогда о нем не слышал.

— Нет, нет, мисс Моркан права, — сказал мистер Браун. — Я припоминаю, я слышал о старике Паркинсоне, но сам он — это уж не на моей памяти.

— Прекрасный, чистый, нежный и мягкий, настоящий английский тенор, — восторженно сказала тетя Кэт.

Габриел доел жаркое, и на стол поставили огромный пудинг. Опять застучали вилки и ложки. Жена Габриела раскладывала пудинг по тарелкам и передавала их дальше. На полпути их задерживала Мэри Джейн и подбавляла малинового или апельсинового желе или бланманже и мармеладу. Пудинг готовила тетя Джулия, и теперь на нее со всех сторон сыпались похвалы. Сама она находила, что он недостаточно румяный.

— Ну, мисс Моркан, — сказал мистер Браун, — в таком случае я как раз в вашем вкусе; я, слава Богу, достаточно румяный.

Все мужчины, кроме Габриела, съели немного пудинга, чтобы сделать приятное тете Джулии, Габриел никогда не ел сладкого, поэтому для него оставили сельдерей. Фредди Мэлинз тоже взял

---

[1] «Динора» (полное название «Плоэрмельское прощение», 1852) — комическая опера Джакомо Мейербера (1791—1864) на либретто Жюля Барбье и Мишеля Карре. «Лукреция Борджиа» (1833) — итальянская опера на либретто Феличе Романи по мотивам одноименной пьесы В. Гюго.

стебелек сельдерея и ел его с пудингом. Он слышал, что сельдерей очень полезен при малокровии, а он как раз сейчас лечился от малокровия. Миссис Мэлинз, за все время ужина не проронившая ни слова, сказала, что ее сын думает через неделю-другую уехать на гору Меллерей[1]. Тогда все заговорили о горе Меллерей, о том, какой там живительный воздух и какие гостеприимные монахи — никогда не спрашивают платы с посетителей.

— Вы хотите сказать, — недоверчиво спросил мистер Браун, — что можно туда поехать и жить, словно в гостинице, и кататься как сыр в масле, а потом уехать и ничего не заплатить?

— Конечно, почти все что-нибудь жертвуют на монастырь, когда уезжают, — сказала Мэри Джейн.

— Право, недурно бы, чтобы и у протестантов были такие учреждения, — простодушно сказал мистер Браун.

Он очень удивился, узнав, что монахи никогда не разговаривают, встают в два часа ночи и спят в гробах.

Он спросил, зачем они это делают.

— Таков устав ордена, — твердо сказала тетя Кэт.

— Ну да, — сказал мистер Браун, — но зачем?

Тетя Кэт повторила, что таков устав, вот и все. Мистер Браун продолжал недоумевать. Фредди Мэлинз объяснил ему, как умел, что монахи делают это во искупление грехов, совершенных всеми грешниками на земле. Объяснение было, по-видимому, не совсем ясным, потому что мистер Браун ухмыльнулся и сказал:

— Очень интересная мысль, но только почему все-таки гроб для этого удобней, чем пружинный матрац?

— Гроб, — сказала Мэри Джейн, — должен напоминать им о смертном часе.

По мере того как разговор становился все мрачней, за столом водворялось молчание, и в тишине стало слышно, как миссис Мэлинз невнятным шепотом говорила своему соседу:

— Очень почтенные люди, эти монахи, очень благочестивые.

Теперь по столу передавали изюм и миндаль, инжир, яблоки и апельсины, шоколад и конфеты, и тетя Джулия предлагала всем портвейна или хереса. Мистер Бартелл д'Арси сперва отказался и от того, и от другого, но один из его соседей подтолкнул его локтем и что-то шепнул ему, после чего он разрешил наполнить свой стакан. По мере того как наполнялись стаканы, разговор смолкал. Настала тишина, нарушаемая только бульканьем вина и скрипом стульев. Все три мисс Моркан смотрели на скатерть. Кто-то кашлянул, и затем кто-то из мужчин легонько по-

---

[1] На горе Меллерей, расположенной в южной части Ирландии, находится монастырь траппистов, ордена, отличающегося очень строгими правилами в духе восточной аскезы.

стучал по столу, призывая к молчанию. Молчание воцарилось, Габриел отодвинул свой стул и встал.

Тотчас в знак одобрения стук стал громче, но потом мгновенно стих. Габриел всеми своими десятью дрожащими пальцами оперся о стол и нервно улыбнулся присутствующим. Взгляд его встретил ряд обращенных к нему лиц, и он перевел глаза на люстру. В гостиной рояль играл вальс, и Габриел, казалось, слышал шелест юбок, задевавших о дверь. На набережной под окнами, может быть, стояли люди, смотрели на освещенные окна и прислушивались к звукам вальса. Там воздух был чист. Подальше раскинулся парк, и на деревьях лежал снег. Памятник Веллингтону был в блестящей снежной шапке; снег кружился, летя на запад над белым пространством Пятнадцати Акров[1]. Он начал:

Он начал:

— Леди и джентльмены! Сегодня, как и в прошлые годы, на мою долю выпала задача, сама по себе очень приятная, но, боюсь, слишком трудная для меня, при моих слабых ораторских способностях.

— Что вы, что вы, — сказал мистер Браун.

— Как бы то ни было, прошу вас, не приписывайте недостатки моей речи недостатку усердия с моей стороны и уделите несколько минут внимания моей попытке облечь в слова то, что я чувствую.

Леди и джентльмены, не в первый раз мы собираемся под этой гостеприимной кровлей, вокруг этого гостеприимного стола. Не в первый раз мы становимся объектами или, быть может, лучше сказать — жертвами гостеприимства неких известных нам особ.

Он описал рукой круг в воздухе и сделал паузу. Кто засмеялся, кто улыбнулся тете Кэт, тете Джулии и Мэри Джейн, которые покраснели от удовольствия. Габриел продолжал смелее:

— С каждым годом я все больше чувствую, что среди традиций нашей страны нет традиции более почетной и более достойной сохранения, чем традиция гостеприимства. Из всех стран Европы — а мне пришлось побывать во многих — одна лишь наша родина поддерживает эту традицию. Мне возразят, пожалуй, что у нас это скорее слабость, чем достоинство, которым можно было бы хвалиться. Но даже если так, это, на мой взгляд, благородная слабость, и я надеюсь, что она еще долго удержится в нашей стране. В одном, по крайней мере, я уверен: пока под этой кровлей будут жить три упомянутые мной особы — а я от всего сердца желаю им жить еще многие годы, -- до тех пор не умрет среди нас традиция радушного, сердечного, учтивого ир-

---

[1] Центральная часть Феникс-Парка.

ландского гостеприимства, традиция, которую нам передали наши отцы и которую мы должны передать нашим детям.

За столом поднялся одобрительный ропот. Габриел вдруг вспомнил, что мисс Айворз нет среди гостей и что она ушла крайне неучтиво; и он продолжал уверенным голосом:

— Леди и джентльмены!

Растет новое поколение, воодушевляемое новыми идеями и исповедующее новые принципы. Это серьезное, полное энтузиазма поколение, и, даже если эти новые идеи ошибочны, а силы расходуются впустую, порывы их, на мой взгляд, искренни. Но мы живем в скептическую и, если позволено мне будет так выразиться, разъедаемую мыслью эпоху, и я начинаю иногда бояться, что этому образованному и сверхобразованному поколению не хватает, быть может, доброты, гостеприимства, благодушия, которые отличали людей в старые дни. Прислушиваясь сегодня к именам великих певцов прошлого, я думал о том, что мы, надо сознаться, живем в менее щедрую эпоху. Те дни можно без преувеличения назвать щедрыми днями, и если они теперь ушли от нас без возврата, то будем надеяться, по крайней мере, что в таких собраниях, как сегодня, мы всегда будем вспоминать о них с гордостью и любовью, будем хранить в сердцах наших память о великих умерших, чьи имена и чью славу мир не скоро забудет.

— Слушайте, слушайте, — громко сказал мистер Браун.

— Но есть и более грустные мысли, — продолжал Габриел, и его голос приобрел мягкие интонации, — которые всегда будут посещать нас во время таких собраний, как сегодня: мысли о прошлом, о юности, о переменах, о друзьях, которых уже нет с нами. Наш жизненный путь усеян такими воспоминаниями; и если бы мы всегда им предавались, мы не нашли бы в себе мужества продолжать наш труд среди живых. А у нас, у каждого, есть долг по отношению к живым, есть привязанности, и жизнь имеет право, законное право, требовать от нас, чтобы мы отдали ей большую часть себя.

Поэтому я не буду долго останавливаться на прошлом. Я не позволю своей речи обратиться в угрюмую проповедь. Мы собрались здесь на краткий час вдали от суеты и шума повседневности. Мы собрались здесь как друзья, как коллеги, объединенные чувством дружбы и также, до известной степени, духом истинной «camaraderie»[1], мы собрались здесь как гости — если позволено мне будет так выразиться — трех граций дублинского музыкального мира.

Все разразились смехом и аплодисментами при этих словах.

[1] Товарищество (*франц.*).

Тетя Джулия тщетно просила по очереди всех своих соседей объяснить ей, что сказал Габриел.

— Он сказал, что мы — три грации, тетя Джулия, — ответила Мэри Джейн.

Тетя Джулия не поняла, но с улыбкой посмотрела на Габриела, который продолжал с прежним воодушевлением:

— Леди и джентльмены!

Я не стану пытаться сегодня играть роль Париса. Я не стану пытаться сделать выбор между ними. Это неблагодарная задача, да она мне и не по силам. Ибо, когда я смотрю на них — на старшую ли нашу хозяйку, о добром, слишком добром сердце которой знают все с ней знакомые; на ее ли сестру, одаренную как бы вечной юностью, чье пение было для нас сегодня сюрпризом и откровением; на младшую ли из наших хозяек — талантливую, трудолюбивую, всегда веселую, самую любящую из племянниц, — я должен сознаться, леди и джентльмены, что я не знаю, кому из них отдать предпочтение.

Габриел взглянул на своих теток и, видя широкую улыбку на лице тети Джулии и слезы на глазах тети Кэт, поспешил перейти к заключению. Он высоко поднял стакан с портвейном, гости тоже выжидательно взялись за стаканы, и громко сказал:

— Выпьем же за всех трех вместе. Пожелаем им здоровья, богатства, долгой жизни, счастья и благоденствия; пусть они еще долго занимают высокое, по праву им доставшееся место в рядах своей профессии, так же как и любовью и уважением уготованное им место в наших сердцах!

Все гости встали со стаканами в руках и, повернувшись к трем оставшимся сидеть хозяйкам, дружно подхватили песню, которую затянул мистер Браун:

> Что они славные ребята,
> Что они славные ребята,
> Что они славные ребята,
> Никто не станет отрицать.

Тетя Кэт, не скрываясь, вытирала глаза платком, и даже тетя Джулия, казалось, была взволнована. Фредди Мэлинз отбивал такт вилкой, и поющие, повернувшись друг к другу, словно совещаясь между собой, запели с увлечением:

> Разве что решится
> Бессовестно солгать...

Потом, снова повернувшись к хозяйкам, они запели:

> Что они славные ребята,
> Что они славные ребята,
> Что они славные ребята,
> Никто не станет отрицать.

За этим последовали шумные аплодисменты, подхваченные за дверью столовой другими гостями и возобновлявшиеся много раз, меж тем как Фредди Мэлинз, высоко подняв вилку, дирижировал ею, словно церемониймейстер.

Холодный утренний воздух ворвался в холл, где они стояли, и тетя Кэт крикнула:

— Закройте кто-нибудь дверь. Миссис Мэлинз простудится.

— Там Браун, тетя Кэт, — сказала Мэри Джейн.

— Этот повсюду, — сказала тетя Кэт, понизив голос.

Мэри Джейн засмеялась.

— Ну вот, — сказала она лукаво, — а он такой внимательный.

— Да, наш пострел везде поспел, — сказала тетя Кэт тем же тоном.

При этом она сама добродушно рассмеялась и добавила поспешно:

— Да скажи ему, Мэри Джейн, чтобы он вошел в дом и закрыл за собой дверь. Надеюсь, что он меня не слышал.

В эту минуту передняя дверь распахнулась и на пороге появился мистер Браун, хохоча так, что, казалось, готов был лопнуть. На нем было длинное зеленое пальто с воротником и манжетами из поддельного каракуля, на голове — круглая меховая шапка. Он показывал куда-то в сторону заметенной снегом набережной, откуда доносились долгие пронзительные свистки.

— Тедди там сзывает кебы со всего Дублина, — сказал он.

Из чулана позади конторы вышел Габриел, натягивая на ходу пальто, и, оглядевшись, сказал:

— Грета еще не выходила?

— Она одевается, Габриел, — сказала тетя Кэт.

— Кто там играет? — спросил Габриел.

— Никто. Все ушли.

— Нет, тетя Кэт, — сказала Мэри Джейн. — Бартелл д'Арси и мисс О'Каллаган еще не ушли.

— Кто-то там бренчит на рояле, во всяком случае, — сказал Габриел.

Мэри Джейн посмотрела на Габриела и мистера Брауна и сказала, передернув плечами:

— Дрожь берет даже смотреть на вас, таких закутанных. Ни за что не хотела бы быть на вашем месте. Идти по холоду в такой час!

— А для меня, — мужественно сказал мистер Браун, — самое приятное сейчас было бы хорошенько пройтись где-нибудь за городом или прокатиться на резвой лошадке.

— У нас дома когда-то была хорошая лошадка и двуколка, — грустно сказала тетя Джулия.

— Незабвенный Джонни, — сказала Мэри Джейн и засмеялась. Тетя Кэт и Габриел тоже засмеялись.

— А чем Джонни был замечателен? — спросил мистер Браун.

— Блаженной памяти Патрик Моркан, наш дедушка, — пояснил Габриел, — которого в последние годы жизни иначе не называли, как «старый джентльмен», занимался тем, что изготовлял столярный клей.

— Побойся Бога, Габриел, — сказала тетя Кэт смеясь, — у него был крахмальный завод.

— Ну уж, право, не знаю, клей он делал или крахмал, — сказал Габриел, — но только была у старого джентльмена лошадь, по прозвищу Джонни. Джонни работал у старого джентльмена на заводе, ходил себе по кругу и вертел жернов. Все очень хорошо. Но дальше начинается трагедия. В один прекрасный день старый джентльмен решил, что недурно бы и ему вместе с высшим обществом выехать в парк в собственном экипаже — полюбоваться военным парадом.

— Помилуй, Господи, его душу, — сокрушенно сказала тетя Кэт.

— Аминь, — сказал Габриел. — Итак, как я уже сказал, старый джентльмен запряг Джонни в двуколку, надел свой самый лучший цилиндр, свой самый лучший шелковый галстук и с великой пышностью выехал из дома своих предков, помещавшегося, если не ошибаюсь, где-то на Бэк-лейн.

Все засмеялись, даже миссис Мэлинз, а тетя Кэт сказала:

— Ну что ты, Габриел, он вовсе не жил на Бэк-лейн. Там был только завод.

— Из дома своих предков, — продолжал Габриел, — выехал он на Джонни. И все шло отлично, пока Джонни не завидел памятник королю Билли[1]. То ли ему так понравилась лошадь, на которой сидит король Билли, то ли ему померещилось, что он опять на заводе, но только он, недолго думая, давай ходить вокруг памятника.

Габриел в своих галошах медленно прошелся по холлу под смех всех присутствующих.

— Ходит и ходит себе по кругу, — сказал Габриел, — а старый джентльмен, кстати весьма напыщенный, пришел в крайнее негодование: «Но-о, вперед, сэр! Что это вы выдумали, сэр! Джон-

---

[1] Имеется в виду статуя короля Вильгельма Оранского (1650—1702) на Колледж-Грин. Эту статую чтили протестанты и ненавидели католики, которые уничижительно называли короля Билли и пользовались любой возможностью изуродовать ее — вымазывали краской, писали оскорбления.

ни! Джонни! В высшей степени странное поведение! Не понимаю, что это с лошадью!»

Смех, не умолкавший, пока Габриел изображал в лицах эту сцену, был прерван громким стуком в дверь. Мэри Джейн побежала открыть и впустила Фредди Мэлинза. У Фредди Мэлинза шляпа съехала на затылок, он ежился от холода, пыхтел и отдувался после своих трудов.

— Я достал только один кеб, — сказал он.

— Найдем еще на набережной, — сказал Габриел.

— Да, — сказала тетя Кэт, — идите уж, не держите миссис Мэлинз на сквозняке.

Мистер Браун и Фредди свели миссис Мэлинз по лестнице и после весьма сложных маневров впихнули ее в кеб. Затем туда же влез Фредди Мэлинз и долго возился, усаживая ее поудобней, а мистер Браун стоял рядом и давал советы. Наконец ее устроили, и Фредди Мэлинз пригласил мистера Брауна сесть в кеб. Кто-то что-то говорил, и затем мистер Браун влез в кеб. Кебмен закутал себе ноги полостью и, нагнувшись, спросил адрес. Все снова заговорили, и кебмен получил сразу два разноречивых приказания от Фредди Мэлинза и от мистера Брауна, высунувшихся в окна по бокам кеба — один с одной стороны, другой — с другой. Вопрос был в том, где именно по дороге ссадить мистера Брауна; тетя Кэт, тетя Джулия и Мэри Джейн, стоя в дверях, тоже приняли участие в споре, поддерживая одни мнения, оспаривая другие и сопровождая все это смехом. Фредди Мэлинз от смеха не мог говорить. Он ежесекундно то высовывал голову в окно, то втягивал ее обратно, к великому ущербу для своей шляпы, и сообщал своей матери о ходе спора, пока наконец мистер Браун, перекрывая общий смех, не закричал сбитому с толку кебмену:

— Знаете, где Тринити-колледж?

— Да, сэр, — сказал кебмен.

— Гоните во всю мочь туда.

— Слушаю, сэр, — сказал кебмен.

Он стегнул лошадь кнутом, и кеб покатил по набережной, провожаемый смехом и прощальными возгласами.

Габриел не вышел на порог. Он остался в холле и смотрел на лестницу. Почти на самом верху, тоже в тени, стояла женщина. Он не видел ее лица, но мог различить терракотовые и желто-розовые полосы на юбке, казавшиеся в полутьме черными и белыми. Это была его жена. Она облокотилась о перила, прислушиваясь к чему-то. Габриела удивила ее неподвижность, и он напряг слух, стараясь услышать то, что слушала она. Но он мало что мог услышать: кроме смеха и шума спорящих голосов на пороге — несколько аккордов на рояле, несколько нот, пропетых мужским голосом.

Он неподвижно стоял в полутьме, стараясь уловить мелодию, которую пел голос, и глядя на свою жену. В ее позе были грация и тайна, словно она была символом чего-то. Он спросил себя, символом чего была эта женщина, стоящая во мраке лестницы, прислушиваясь к далекой музыке. Если бы он был художником, он написал бы ее в этой позе. Голубая фетровая шляпа оттеняла бы бронзу волос на фоне тьмы, и темные полосы на юбке рельефно ложились бы рядом со светлыми. «Далекая музыка» — так он назвал бы эту картину, если бы был художником.

Хлопнула входная дверь, и тетя Кэт, тетя Джулия и Мэри Джейн, все еще смеясь, вернулись в холл.

— Невозможный человек этот Фредди, — сказала Мэри Джейн. — Просто невозможный.

Габриел ничего не ответил и показал на лестницу, туда, где стояла его жена. Теперь, когда входная дверь была закрыта, голос и рояль стали слышней. Габриел поднял руку, призывая к молчанию. Песня была на старинный ирландский лад, и певец, должно быть, не был уверен ни в словах, ни в своем голосе. Этот голос, далекий и осипший, неуверенно выводил мелодию, которая лишь усиливала грусть слов:

> Ах, дождь мне мочит волосы,
> И роса мне мочит лицо,
> Дитя мое уже холодное...

— Боже мой, — воскликнула Мэри Джейн, — это же поет Бартелл д'Арси. А он ни за что не хотел петь сегодня. Ну, теперь я его заставлю спеть перед уходом.

— Заставь, заставь, Мэри Джейн, — сказала тетя Кэт.

Мэри Джейн пробежала мимо остальных, направляясь к лестнице, но раньше, чем она успела подняться по ступенькам, пение прекратилось и хлопнула крышка рояля.

— Какая досада! — воскликнула она. — Он идет вниз, Грета?

Габриел услышал, как его жена ответила «да», и увидел, что она начала спускаться по лестнице. В нескольких шагах позади нее шли мистер Бартелл д'Арси и мисс О'Каллаган.

— О, мистер д'Арси, — воскликнула Мэри Джейн, — ну можно ли так поступать — обрывать пение, когда мы все с таким восторгом вас слушали!..

— Я его упрашивала весь вечер, — сказала мисс О'Каллаган, — и миссис Конрой тоже, но он сказал, что простужен и не может петь.

— Ах, мистер д'Арси, — сказала тетя Кэт, — не стыдно вам так выдумывать?

— Что, вы не слышите, что я совсем охрип? — грубо сказал мистер д'Арси.

Он поспешно прошел в кладовую и стал надевать пальто. Остальные, смущенные его грубостью, не нашлись что сказать. Тетя Кэт, сдвинув брови, показывала знаками, чтоб об этом больше не говорили. Мистер д'Арси тщательно укутывал горло и хмурился.

— Это от погоды, — сказала тетя Джулия после молчания.

— Да, сейчас все простужены, — с готовностью поддержала тетя Кэт, — решительно все.

— Говорят, — сказала Мэри Джейн, — что такого снега не было уже лет тридцать, и я сегодня читала в газете, что по всей Ирландии выпал снег.

— Я люблю снег, — грустно сказала тетя Джулия.

— Я тоже, — сказала мисс О'Каллаган, — без снега и Рождество не Рождество.

— Мистер д'Арси не любит снега, бедняжка, — сказала тетя Кэт улыбаясь.

Мистер д'Арси вышел из кладовки, весь укутанный и застегнутый, и, как бы извиняясь, поведал им историю своей простуды. Все принялись давать ему советы и выражать сочувствие и упрашивать его быть осторожней, потому что ночной воздух так вреден для горла. Габриел смотрел на свою жену, не принимавшую участия в разговоре. Она стояла как раз против окошечка над входной дверью, и свет от газового фонаря играл на ее блестящих бронзовых волосах; Габриел вспомнил, как несколько дней тому назад она сушила их после мытья перед камином. Она стояла сейчас в той же позе, как на лестнице, и, казалось, не слышала, что говорят вокруг нее. Наконец она повернулась, и Габриел увидел, что на ее щеках — румянец, а ее глаза сияют. Его охватила внезапная радость.

— Мистер д'Арси, — сказала она, — как называется эта песня, что вы пели?

— Она называется «Девушка из Аугрима»[1], — сказал мистер д'Арси, — но я не мог ее толком вспомнить. А что? Вы ее знаете?

— «Девушка из Аугрима», — повторила она. — Я не могла вспомнить название.

— Очень красивый напев, — сказала Мэри Джейн. — Жаль, что вы сегодня не в голосе.

— Мэри Джейн, — сказала тетя Кэт, — не надоедай мистеру д'Арси. Я больше не разрешаю ему надоедать.

Видя, что все готовы, она повела их к двери; и начались прощания:

---

[1] Народная ирландская песня. Аугрим — небольшой городок на западе Ирландии.

— Доброй ночи, тетя Кэт, и спасибо за приятный вечер.

— Доброй ночи, Габриел, доброй ночи, Грета.

— Доброй ночи, тетя Кэт, и спасибо за все. Доброй ночи, тетя Джулия.

— Доброй ночи, Греточка, я тебя и не заметила.

— Доброй ночи, мистер д'Арси. Доброй ночи, мисс О'Каллаган.

— Доброй ночи, мисс Моркан.

— Доброй ночи еще раз.

— Доброй ночи всем. Счастливо добраться.

— Доброй ночи. Доброй ночи.

Было еще темно. Тусклый желтый свет навис над домами и над рекой; казалось, небо опускается на землю. Под ногами слякоть, и снег только полосами и пятнами лежал на крышах, на парапете набережной, на прутьях ограды. В густом воздухе фонари еще светились красным светом, и за рекой Дворец четырех палат[1] грозно вздымался в тяжелое небо.

Она шла впереди, рядом с мистером Бартеллом д'Арси, держа под мышкой туфли, завернутые в бумагу, а другой рукой подбирая юбку. Сейчас в ней уже не было грации, но глаза Габриела все еще сияли счастьем. Кровь стремительно бежала по жилам, в мозгу проносились мысли — гордые, радостные, нежные, смелые.

Она шла впереди, ступая так легко, держась так прямо, что ему хотелось бесшумно побежать за ней, поймать ее за плечи, шепнуть ей на ухо что-нибудь смешное и нежное. Она казалась такой хрупкой, что ему хотелось защитить ее от чего-то, а потом остаться с ней наедине. Минуты их тайной общей жизни зажглись в его памяти, как звезды. Сиреневый конверт лежал на столе возле его чашки, и он гладил его рукой. Птицы чирикали в плюще, и солнечная паутина занавески мерцала на полу; он не мог есть от счастья. Они стояли в толпе на перроне, и он засовывал билет в ее теплую ладонь под перчатку. Он стоял с ней на холоде, глядя сквозь решетчатое окно на человека, который выдувал бутылки возле ревущей печи. Было очень холодно.

Ее лицо, душистое в холодном воздухе, было совсем близко от его лица, и внезапно он крикнул человеку, стоявшему у печи:

— Что, сэр, огонь горячий?

Но человек не расслышал его сквозь рев печи. И хорошо, что не расслышал. Он бы, пожалуй, ответил грубостью. Волна еще более бурной радости накатила на него и разлилась по жилам го-

---

[1] Четыре палаты — дублинские судебные учреждения.

рячим потоком. Как нежное пламя звезд, минуты их интимной жизни, о которой никто не знал и никогда не узнает, вспыхнули и озарили его память. Он жаждал напомнить ей об этих минутах, заставить ее забыть тусклые годы их совместного существования и помнить только эти минуты восторга. Годы, чувствовал он, оказались не властны над их душами. Дети, его творчество, ее домашние заботы не погасили нежное пламя их душ. Однажды в письме к ней он написал: «Почему все эти слова кажутся мне такими тусклыми и холодными? Не потому ли, что нет слова, достаточно нежного, чтобы им назвать тебя?»

Как далекая музыка, дошли к нему из прошлого эти слова, написанные им много лет тому назад. Он жаждал остаться с ней наедине. Когда все уйдут, когда он и она останутся в комнате отеля, тогда они будут вдвоем, наедине. Он тихо позовет:

— Грета!

Может быть, она сразу не услышит; она будет раздеваться. Потом что-то в его голосе поразит ее. Она обернется и посмотрит на него...

На Уайнтаверн-стрит им попался кеб. Он был рад, что шум колес мешает им разговаривать. Она смотрела в окно и казалась усталой. Мелькали здания, дома, разговор то начинался, то стихал. Лошадь вяло трусила под тяжелым утренним небом, таща за собой старую дребезжащую коробку, и Габриел опять видел себя и ее в кебе, который несся на пристань к пароходу, навстречу их медовому месяцу.

Когда кеб проезжал через мост О'Коннелла, мисс О'Каллаган сказала:

— Говорят, что всякий раз, как переезжаешь через мост О'Коннелла, непременно видишь белую лошадь.

— На этот раз я вижу белого человека, — сказал Габриел.

— Где? — спросил мистер Бартелл д'Арси.

Габриел показал на памятник[1], на котором пятнами лежал снег. Потом дружески кивнул ему и помахал рукой.

— Доброй ночи, Дэн, — сказал он весело.

Когда кеб остановился перед отелем, Габриел выпрыгнул и, невзирая на протесты мистера Бартелла д'Арси, заплатил кебмену. Он дал ему шиллинг на чай. Кебмен приложил руку к шляпе и сказал:

---

[1] Имеется в виду статуя Даниеля О'Коннелла (1775—1847), которого ниже Габриел назовет Дэном. Лидер ирландского национально-освободительного движения, его либерального крыла. Боролся против ограничения избирательных прав католиков. После проведения в Ирландии акта об эмансипации католиков в 1829 г. его стали называть «Освободителем».

61

— Счастливого Нового года, сэр.

— И вам тоже, — сердечно ответил Габриел.

Она оперлась на его руку, когда выходила из кеба и потом, когда они вместе стояли на тротуаре, прощаясь с остальными. Она легко оперлась на его руку, так же легко, как танцевала с ним вместе несколько часов тому назад. Он был счастлив тогда и горд; счастлив, что она принадлежит ему, горд, что она так грациозна и женственна. Но теперь, после того, как в нем воскресло столько воспоминаний, прикосновение ее тела, певучее, и странное, и душистое, пронзило его внезапным и острым желанием. Под покровом ее молчания он крепко прижал к себе ее руку, и, когда они стояли перед дверью отеля, он чувствовал, что они ускользнули от своих жизней и своих обязанностей, ускользнули от своего дома и от своих друзей и с трепещущими и сияющими сердцами идут навстречу чему-то новому.

В вестибюле в большом кресле с высокой спинкой дремал старик. Он зажег в конторе свечу и пошел впереди них по лестнице. Они молча шли за ним, ноги мягко ступали по ступенькам, покрытым толстым ковром. Она поднималась по лестнице вслед за швейцаром, опустив голову, ее хрупкие плечи сгибались, словно под тяжестью, талию туго стягивал пояс. Ему хотелось обнять ее, изо всех сил прижать к себе, его руки дрожали от желания схватить ее, и, только вонзив ногти в ладони, он смог подавить неистовый порыв. Швейцар остановился на ступеньке — поправить оплывшую свечу. Они тоже остановились, ступенькой ниже. В тишине Габриел слышал, как падает растопленный воск на поднос, как стучит в груди его собственное сердце.

Швейцар повел их по коридору и открыл дверь. Потом он поставил тоненькую свечу на туалетный столик и спросил, в котором часу их разбудить.

— В восемь, — сказал Габриел.

Швейцар показал на электрический выключатель на стене и начал бормотать какие-то извинения, но Габриел прервал его:

— Нам не нужен свет. Нам довольно света с улицы. А это, — прибавил он, показывая на свечу, — тоже унесите.

Швейцар взял свечу, но не сразу, так как был поражен столь странным приказанием. Потом пробормотал: «Доброй ночи» — и вышел. Габриел повернул ключ в замке.

Призрачный свет от уличного фонаря длинной полосой шел от окна к двери. Габриел сбросил пальто и шапку на кушетку и прошел через комнату к окну. Он постоял, глядя вниз на улицу, выжидая, пока немного стихнет его волнение. Потом он повернулся и прислонился к комоду, спиной к свету. Она уже сняла шляпу и манто и стояла перед большим трюмо, расстегивая корсаж. Габриел подождал несколько минут, наблюдая за ней, потом сказал:

— Грета!

Она медленно повернулась от зеркала и по световой полосе пошла к нему. У нее было такое задумчивое и усталое лицо, что слова застыли на губах Габриела. Нет, сейчас еще не время.

— У тебя усталый вид, — сказал он.

— Я устала немножко, — ответила она.

— Тебе нехорошо? Или нездоровится?

— Нет, просто устала.

Она подошла к окну и остановилась, глядя на улицу. Габриел еще подождал и, чувствуя, что им овладевает смущение, сказал внезапно:

— Кстати, Грета!

— Что?

— Знаешь, этот Фредди Мэлинз... — быстро сказал он.

— Ну?

— Он, оказывается, не так уж безнадежен, — продолжал Габриел фальшивым тоном, — вернул мне соверен, который я ему одолжил. А я на этот долг уже махнул рукой. Жаль, что он все время с этим Брауном. Сам он, право, неплохой парень.

Он весь дрожал от досады. Почему она кажется такой далекой? Он не знал, как начать. Или она тоже чем-то раздосадована? Если б она обернулась к нему, сама подошла! Взять ее такой было бы насилием. Он должен сперва увидеть ответное пламя в ее глазах. Он жаждал победить ее отчужденность.

— Когда ты дал ему этот соверен? — спросила она, помолчав.

Габриел сделал усилие над собой, чтобы не послать ко всем чертям пьянчужку Мэлинза вместе с его совереном. Он всем своим существом тянулся к ней, жаждал стиснуть в объятиях ее тело, подчинить ее себе. Но он сказал:

— На Рождество, когда он затеял торговлю рождественскими открытками на Генри-стрит.

От гнева и желания его трясло, как в лихорадке. Он и не заметил, как она отошла от окна. Секунду она постояла перед ним, странно глядя на него. Затем, внезапно привстав на цыпочки и легко положив ему руки на плечи, она поцеловала его.

— Ты очень добрый, Габриел, — сказала она.

Габриел, дрожа от радости, изумленный этим неожиданным поцелуем и странной фразой, которую она произнесла, начал нежно гладить ее по волосам, едва прикасаясь к ним пальцами. Они были мягкие и шелковистые после мытья. Сердце его переполнилось счастьем. Как раз тогда, когда он так этого ждал, она сама подошла к нему. Может быть, их мысли текли согласно. Может быть, она почувствовала неудержимое желание, которое было в нем, и ей захотелось покориться. Теперь, когда она так легко уступала, он не понимал, что его смущало раньше.

Он стоял, держа ее голову между ладонями. Потом быстро обнял ее одной рукой и, привлекая к себе, тихо сказал:

— Грета, дорогая, о чем ты думаешь?

Она промолчала и не ответила на его объятие. Он снова тихо сказал:

— Скажи мне, Грета, что с тобой? Мне кажется, я знаю. Я знаю, Грета?

Она ответила не сразу. Потом вдруг воскликнула, заливаясь слезами:

— Я думаю об этой песне, «Девушка из Аугрима».

Она вырвалась, отбежала к кровати и, схватив спинку руками, спрятала лицо. Габриел на миг окаменел от удивления, потом подошел к ней. В трюмо он мельком увидел себя во весь рост — широкий выпуклый пластрон рубашки, лицо, выражение которого всегда его удивляло, когда ему случалось увидеть себя в зеркале, поблескивавшая золотая оправа очков. Он остановился в нескольких шагах от нее и спросил:

— Да в чем дело? Почему ты плачешь?

Она подняла голову и вытерла глаза кулаком, как ребенок. Голос его прозвучал мягче, чем он хотел:

— Грета, почему?

— Я вспомнила человека, который давно-давно пел эту песню.

— Кто же это? — спросил Габриел, улыбаясь.

— Один человек, которого я знала еще в Голуэе, когда жила у бабушки, — сказала она.

Улыбка сошла с лица Габриела. Глухой гнев начал скопляться в глубине его сердца, и глухое пламя желания начало злобно тлеть в жилах.

— Ты была в него влюблена? — иронически спросил он.

— Это был мальчик, с которым я дружила, — ответила она, — его звали Майкл Фюрей. Он часто пел эту песню, «Девушка из Аугрима». Он был слабого здоровья.

Габриел молчал. Он не хотел, чтобы она подумала, что его интересует этот мальчик со слабым здоровьем.

— Я его как сейчас вижу, — сказала она через минуту. — Какие у него были глаза — большие, темные! И какое выражение глаз — какое выражение!

— Так ты до сих пор его любишь? — сказал Габриел.

— Мы часто гуляли вместе, — сказала она, — когда я жила в Голуэе.

Внезапная мысль пронеслась в мозгу Габриела.

— Может быть, тебе поэтому так хочется поехать в Голуэй вместе с этой Айворз? — холодно спросил он.

64

Она взглянула на него и спросила удивленно:

— Зачем?

Под ее взглядом Габриел почувствовал себя неловко. Он пожал плечами и сказал:

— Почем я знаю? Чтоб повидаться с ним.

Она отвернулась и молча стала смотреть туда, где от окна шла полоса света.

— Он умер, — сказала она наконец. — Он умер, когда ему было только семнадцать лет. Разве это не ужасно — умереть таким молодым?

— Кто он был? — все еще иронически спросил Габриел.

— Он работал на газовом заводе, — сказала она.

Габриел почувствовал себя униженным — оттого, что его ирония пропала даром, оттого, что Гретой был вызван из мертвых этот образ мальчика, работавшего на газовом заводе. Когда он сам был так полон воспоминаниями об их тайной совместной жизни, так полон нежности, и радости, и желания, в это самое время она мысленно сравнивала его с другим. Он вдруг со стыдом и смущением увидел себя со стороны. Комический персонаж, мальчишка на побегушках у своих теток, сентиментальный неврастеник, исполненный добрых намерений, ораторствующий перед пошляками и приукрашивающий свои животные влечения, жалкий фат, которого он только что мельком увидел в зеркале. Инстинктивно он повернулся спиной к свету, чтобы она не увидела краски стыда на его лице.

Он еще пытался сохранить тон холодного допроса, но его голос прозвучал униженно и тускло, когда он заговорил.

— Ты была влюблена в этого Майкла Фюрея? — сказал он.

— Он был мне очень дорог, — сказала она.

Голос ее был приглушенным и печальным. Габриел, чувствуя, что теперь ему уже не удастся создать такое настроение, как ему хотелось, погладил ее руку и сказал тоже печально:

— А отчего он умер таким молодым, Грета? От чахотки?

— Я думаю, что он умер из-за меня, — ответила она.

Безотчетный страх вдруг охватил Габриела: в тот самый час, когда все было так близко, против него встало какое-то неосязаемое мстительное существо, в своем бесплотном мире черпавшее силы для борьбы с ним. Но он отогнал этот страх усилием воли и продолжал гладить ее руку. Он больше не задавал ей вопросов, потому что чувствовал, что она сама ему расскажет. Ее рука была теплой и влажной; она не отвечала на его прикосновение, но он продолжал ее гладить, точь-в-точь как в то весеннее утро гладил ее первое письмо к нему.

— Это было зимой, — сказала она, — в начале той зимы, когда я должна была уехать от бабушки и поступить в монастырскую школу здесь, в Дублине. А он в это время лежал больной в своей комнате в Голуэе, и ему не разрешали выходить; о болезни уже написали его родным, в Оутэрард. Говорили, что у него чахотка или что-то в этом роде. Я так до сих пор и не знаю.

Она помолчала с минуту, потом вздохнула.

— Бедный мальчик, — сказала она. — Он очень любил меня и был такой нежный. Мы подолгу гуляли вместе, Габриел. Он учился петь, потому что это полезно для груди. У него был очень хороший голос, у бедняжки.

— Ну, а потом? — спросил Габриел.

— Потом мне уже пора было уезжать из Голуэя в монастырскую школу, а ему в это время стало хуже, и меня к нему не пустили. Я написала ему, что уезжаю в Дублин, а летом приеду и надеюсь, что к лету он будет совсем здоров.

Она помедлила, стараясь овладеть своим голосом, потом продолжала:

— В ночь перед отъездом я была у бабушки, в ее доме на Нанз-Айленд, укладывала вещи, как вдруг я услышала, что кто-то кидает камешки в окно. Окно было такое мокрое, что я ничего не могла рассмотреть; тогда я сбежала вниз, как была, в одном платье, и выбежала в сад через черный ход, и там, в конце сада, стоял он и весь дрожал.

— Ты ему не сказала, чтобы он шел домой? — спросил Габриел.

— Я умоляла его сейчас же уйти, сказала, что он умрет, если будет тут стоять под дождем. Но он сказал, что не хочет жить. Я как сейчас помню его глаза. Он стоял у стены, под деревом.

— И он ушел домой? — спросил Габриел.

— Да, он ушел домой. А через неделю после того, как я приехала в монастырь, он умер, и его похоронили в Оутэрарде, где жили его родные. О, тот день, когда я узнала, что он умер!

Она умолкла, задыхаясь от слез, и, не в силах бороться с собой, бросилась ничком на постель и, рыдая, спрятала лицо в одеяло. Габриел еще минуту нерешительно держал ее руку в своих; потом, не смея вторгаться в ее горе, осторожно отпустил ее и тихо отошел к окну.

Она крепко спала.

Габриел, опершись на локоть, уже без всякого враждебного чувства смотрел на ее спутанные волосы и полуоткрытый рот, прислушиваясь к ее глубокому дыханию. Так, значит, в ее жизни было это романтическое воспоминание: из-за нее умерли. Теперь он уже почти без боли думал о том, какую жалкую роль в ее жизни играл он сам, ее муж. Он смотрел на нее, спящую, с таким чувством, словно они никогда не были мужем и женой. Он долго с любопытством рассматривал ее лицо, ее волосы; он думал о том, какой она была тогда, в расцвете девической красоты, и странная дружеская жалость к ней проникла в его душу. Он даже перед самим собой не соглашался признать, что ее лицо уже утратило красоту; но он знал, что это не то лицо, ради которого Майкл Фюрей не побоялся смерти.

Может быть, она не все ему рассказала. Его взгляд обратился к стулу, на который она, раздеваясь, бросила свою одежду. Шнурок от нижней юбки свисал на пол. Один ботинок стоял прямо: мягкий верх загнулся набок; другой ботинок упал. Он с удивлением вспомнил, какая буря чувств кипела в нем час тому назад. Что ее вызвало? Ужин у теток, его собственная нелепая речь, вино и танцы, дурачества и смех, когда они прощались в холле, удовольствие от ходьбы вдоль реки по снегу. Бедная тетя Джулия. Она тоже скоро станет тенью, как Патрик Моркан и его лошадь. Он поймал это отсутствующее выражение в ее лице, когда она пела «В свадебном наряде». Может быть, скоро он будет сидеть в этой же самой гостиной, одетый в черное, держа цилиндр на коленях. Шторы будут опущены, и тетя Кэт будет сидеть рядом, плача и сморкаясь, и рассказывать ему о том, как умерла Джулия. Он будет искать слова утешения, но только беспомощные и ненужные слова будут приходить в голову.

Как холодно в комнате, у него застыли плечи. Он осторожно вытянулся под простыней, рядом с женою. Один за другим все они станут тенями. Лучше смело перейти в иной мир на гребне какой-нибудь страсти, чем увядать и жалко тускнеть с годами. Он думал о том, что та, что лежала с ним рядом, долгие годы хранила в своем сердце память о глазах своего возлюбленного — таких, какими они были в ту минуту, когда он сказал ей, что не хочет жить.

Слезы великодушия наполнили глаза Габриела. Он сам никогда не испытал такого чувства, ни одна женщина не пробудила его в нем; но он знал, что такое чувство — это и есть любовь. Слезы застилали ему глаза, и в полумраке ему казалось, что он видит юношу под деревом, с которого капает вода. Другие тени обступали его. Его душа погружалась в мир, где обитали сонмы умерших. Он ощущал, хотя и не мог постичь, их неверное мерцающее бытие. Его собственное «я» растворялось в их сером неосязаемом мире; материальный мир, который эти мертвецы когда-то созидали и в котором жили, таял и исчезал.

Легкие удары по стеклу заставили его взглянуть на окно. Снова пошел снег. Он сонно следил, как хлопья снега, серебряные и темные, косо летели в свете от фонаря. Настало время и ему начать свой путь к закату. Да, газеты были правы: снег шел по всей Ирландии. Он ложился повсюду — на темной центральной

67

равнине, на лысых холмах, ложился мягко на Алленских болотах и летел дальше, к западу, мягко ложась на темные мятежные волны Шаннона[1]. Снег шел над одиноким кладбищем на холме, где лежал Майкл Фюрей. Снег густо намело на покосившиеся кресты, на памятники, на прутья невысокой ограды, на голые кусты терна. Его душа медленно меркла под шелест снега, и снег легко ложился по всему миру, приближая последний час, ложился легко на живых и мертвых.

---

[1] Алленские болота — болотистая местность в 25 милях от Дублина. Шаннон — самая большая река Ирландии протяженностью в 368 километров — представляет собой ряд озер, соединенных друг с другом протоками.

ПОРТРЕТ ХУДОЖНИКА В ЮНОСТИ

РОМАН

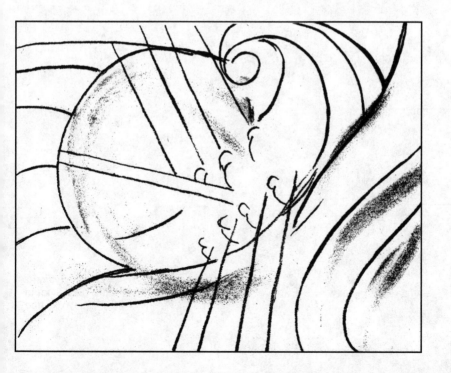

1

Et ignotas animum
dimittit in artes[1].
Овидий. Метаморфозы, VIII, 18

Однажды, давным-давно, в старое доброе время, шла по дороге коровушка Му-му, шла и шла и встретила на дороге хорошенького-прехорошенького мальчика, а звали его Бу-бу...

Папа рассказывал ему эту сказку, папа смотрел на него через стеклышко. У него было волосатое лицо.

Он был мальчик Бу-бу. Му-му шла по дороге, где жила Бетти Берн: она продавала лимонные леденцы.

> О, цветы дикой розы
> На зеленом лугу.

Он пел эту песню. Это была его песня.

> О, таритатам лозы...

Когда намочишь в постельку, сначала делается горячо, а потом холодно. Мама подкладывает клеенку. От нее такой чудно́й запах.

От мамы пахнет приятнее, чем от папы. Она играет ему на рояле матросский танец, чтобы он плясал. Он плясал:

> Тра-ля-ля, ля-ля.
> Тра-ля-ля, тра-ля-ля-ди.
> Тра-ля-ля, ля-ля.
> Тра-ля-ля, ля-ля.

Дядя Чарльз и Дэнти хлопали в ладоши. Они старее папы и мамы, но дядя Чарльз еще старее Дэнти.

У Дэнти в шкафу две щетки. Щетка с коричневой бархатной

---

[1] И к ремеслу незнакомому дух устремил (*лат.*).

спинкой в честь Майкла Дэвитта[1], а щетка с зеленой[2] бархатной спинкой в честь Парнелла[3]. Дэнти давала ему мятный леденец всякий раз, когда он приносил ей листик папиросной бумаги.

Вэнсы жили в доме семь. У них другие папы и мамы. Это папа и мама Эйлин. Когда они вырастут большие, он женится на Эйлин. Он спрятался под стол. Мама сказала:

— Проси прощенья, Стивен.

Дэнти сказала:

— А не попросишь, прилетит орел и выклюет тебе глаза.

И выклюет тебе глаза,
Проси прощенья, егоза,
Проси прощенья, егоза,
И выклюет тебе глаза...

Проси прощенья, егоза,
И выклюет тебе глаза,
И выклюет тебе глаза,
Проси прощенья, егоза.

* * *

На больших спортивных площадках толпились мальчики. Все кричали, и воспитатели их громко подбадривали. Вечерний воздух был бледный и прохладный, и после каждой атаки и удара футболистов лоснящийся кожаный шар, как тяжелая птица, взлетал в сером свете. Он топтался в самом хвосте своей команды, подальше от воспитателя, подальше от грубых ног, и время от времени делал вид, что бегает. Он чувствовал себя маленьким и слабым среди толпы играющих, и глаза у него были слабые и слезились. Роди Кикем не такой: он будет капитаном третьей команды, говорили мальчики.

[1] Майкл Дэвитт (1846—1906) — активный участник движения фениев, ирландских мелкобуржуазных революционеров 50—60-х годов XIX в., выступавших против английского колониального гнета и массового сгона с земли ирландских арендаторов английскими ленд-лордами.

[2] Зеленый цвет — национальный цвет Ирландии.

[3] Чарльз Стюарт Парнелл (1846—1891) — ирландский политический деятель. В 1875 г. стал членом британского парламента, в 1877 г. возглавил движение за «гомруль», участники которого боролись за предоставление Ирландии политической автономии, а также за учреждение ирландского парламента в Дублине. Джойс считал, что Парнелл был, «быть может, самым большим человеком, который когда-либо вел за собой ирландцев».

Роди Кикем хороший мальчик, а Вонючка Роуч — противный. У Роди Кикема щитки для ног в шкафу в раздевалке и корзинка со сладостями в столовой. У Вонючки Роуча огромные руки. Он говорит, что постный пудинг — это месиво в жиже. А как-то раз он спросил:

— Как тебя зовут?

Стивен ответил:

— Стивен Дедал.

А Вонючка Роуч сказал:

— Что это за имя?

И когда Стивен не нашелся, что ответить, Вонючка Роуч спросил:

— Кто твой отец?

Стивен ответил:

— Джентльмен.

Тогда Вонючка Роуч спросил:

— А он не мировой судья?

Он топтался в самом хвосте своей команды, делая иногда короткие перебежки. Руки его посинели от холода. Он засунул их в боковые карманы своей серой подпоясанной куртки. Пояс — это такая штука над карманами. А вот в драке о тех, кто победил, говорят: за пояс заткнул.

Как-то один мальчик сказал Кэнтуэллу:

— Я бы тебя мигом за пояс заткнул.

А Кэнтуэлл ответил:

— Поди тягайся с кем-нибудь еще. Попробуй-ка Сесила Сандера за пояс заткнуть. Я посмотрю, как он тебе даст под зад.

Так некрасиво выражаться. Мама сказала, чтобы он не водился с грубыми мальчиками в колледже. Мама такая красивая. В первый день в приемной замка[1] она, когда прощалась с ним, слегка подняла свою вуаль, чтобы поцеловать его, и нос и глаза у нее были красные. Но он притворился, будто не замечает, что она сейчас расплачется. Мама красивая, но когда она плачет, она уже не такая красивая. А папа дал ему два пятишиллинговика — пусть у него будут карманные деньги. И папа сказал, чтобы он написал домой, если ему что-нибудь понадобится, и чтобы он ни в коем случае не ябедничал на товарищей. Потом у двери ректор пожал руки папе и маме, и сутана его развевалась на ветру, а коляска с папой и мамой стала отъезжать. Они махали руками и кричали ему из коляски:

— Прощай, Стивен, прощай.

— Прощай, Стивен, прощай.

---

[1] Колледж, основанный иезуитским орденом, помещается в замке Клонгоуз, приобретенном орденом в 1814 г.

Вокруг него началась свалка из-за мяча, и, страшась этих горящих глаз и грязных башмаков, он нагнулся и стал смотреть мальчикам под ноги. Они дрались, пыхтели, и ноги их топали, толкались и брыкались. Потом желтые ботинки Джека Лотена наподдали мяч и все другие ботинки и ноги ринулись за ним. Он пробежал немножко и остановился. Не стоило бежать. Скоро все поедут домой. После ужина, в классе, он переправит число, приклеенное у него в парте, с семидесяти семи на семьдесят шесть.

Лучше бы сейчас быть в классе, чем здесь, на холоде. Небо бледное и холодное, а в главном здании, в замке, огни. Он думал, из какого окна Гамильтон Роуэн[1] бросил свою шляпу на изгородь и были ли тогда цветочные клумбы под окнами. Однажды, когда он был в замке, тамошний служитель показал ему следы солдатских пуль на двери и дал ореховый сухарик, какие едят в общине. Как хорошо и тепло смотреть на огни в замке. Совсем как в книжке. Может быть, Лестерское аббатство было такое. А какие хорошие фразы были в учебнике д-ра Корнуэлла. Они похожи на стихи, но это только примеры, чтобы научиться писать правильно:

> Уолси[2] умер в Лестерском аббатстве,
> Где погребли его аббаты,
> Растения съедают черви,
> Животных съедает рак.

Хорошо бы лежать сейчас на коврике у камина, подперев голову руками, и думать про себя об этих фразах. Он вздрогнул, будто по телу пробежала холодная липкая вода. Подло было со стороны Уэллса столкнуть его в очко уборной за то, что он не захотел обменять свою маленькую табакерку на игральную кость, которой Уэллс выиграл сорок раз в бабки. Какая холодная и липкая была вода! А один мальчик раз видел, как большая крыса прыгнула в жижу. Мама с Дэнти сидели у камина и дожидались, когда Бриджет подаст чай. Мама поставила ноги на решетку, и ее вышитые бисером ночные туфли нагрелись, и от них так хорошо и тепло пахло. Дэнти знала массу всяких вещей. Она учила

[1] Арчибальд Гамильтон Роуэн (1751—1834) — герой ирландского восстания 1798 г. После поражения восстания Роуэн, спасаясь от английских солдат, укрылся в библиотеке замка Клонгоуз, из окна которой, желая подразнить своих преследователей, он выбросил шляпу. Ему удалось бежать во Францию.

[2] Томас Уолси (1475—1530) — кардинал, крупный английский государственный деятель времен короля Генриха VIII. Резко возражая против первого бракоразводного процесса короля, впал в немилость. Умер по пути в Лондон, где должен был предстать перед судом по обвинению в предательстве.

его, где находится Мозамбикский пролив, и какая самая длинная река в Америке, и как называется самая высокая гора на Луне. Отец Арнолл знает больше, чем Дэнти, потому что он священник, но папа и дядя Чарльз оба говорили, что Дэнти умная и начитанная женщина. А иногда Дэнти делала такой звук после обеда и подносила руку ко рту: это была отрыжка.

Голос с дальнего конца площадки крикнул:

— Все домой!

Потом голоса из младшего и приготовительного классов подхватили:

— Домой! Все домой!

Мальчики сходились со всех сторон раскрасневшиеся и грязные, и он шагал среди них, радуясь, что идут домой. Роди Кикем держал мяч за скользкую шнуровку. Один мальчик попросил поддать еще напоследок, но он шел себе и даже ничего не ответил. Саймон Мунен сказал, чтобы он этого не делал, так как на них смотрит надзиратель. Тогда тот мальчик повернулся к Саймону Мунену и сказал:

— Мы все знаем, почему ты так говоришь. Ты известный подлиза.

Какое странное слово «подлиза». Мальчик обозвал так Саймона Мунена потому, что Саймон Мунен связывал иногда фальшивые рукава[1] на спине надзирателя Макглэйда, а тот делал вид, что сердится. Противный звук у этого слова. Однажды он мыл руки в уборной гостиницы в Уиклоу, а потом папа вынул пробку за цепочку и грязная вода стала стекать через отверстие в раковине. А когда она вся стекла потихоньку, отверстие в раковине сделало такой звук: д л и з с. Только громче.

Он вспоминал это и белые стены уборной, и ему делалось сначала холодно, а потом жарко. Там было два крана, которые надо было повернуть, и тогда шла вода холодная и горячая. Ему сделалось сначала холодно, а потом чуть-чуть жарко. И он видел слова, напечатанные на кранах. В этом было что-то странное.

А в коридоре тоже было холодно и воздух был какой-то особенный и сырой. Но скоро зажгут газ, и он будет тихонечко так петь, точно какую-то песенку. Все одну и ту же, и, когда мальчики не шумят в рекреационной зале, ее слышно.

Урок арифметики начался. Отец Арнолл написал на доске трудный пример и сказал:

— Ну, кто победит? Живей, Йорк! Живей, Ланкастер![2]

---

[1] Деталь одежды некоторых монашеских орденов.

[2] Намек на гражданскую войну в Англии в конце XV в. между сторонниками династий Йорков и Ланкастеров, эмблема первой — белая, а второй — алая роза.

Стивен старался изо всех сил, но пример был очень трудный, и он сбился. Маленький шелковый значок с белой розой, приколотый к его куртке на груди, начал дрожать. Он был не очень силен в арифметике, но старался изо всех сил, чтобы Йорки не проиграли. Отец Арнолл сделал очень строгое лицо, но он вовсе не сердился, он смеялся. Вдруг Джек Лотен хрустнул пальцами, и отец Арнолл посмотрел в его тетрадку и сказал:

— Верно. Браво, Ланкастер! Алая роза победила. Не отставай, Йорк! Ну-ка поднатужьтесь.

Джек Лотен поглядывал на них со своего места. Маленький шелковый значок с алой розой казался очень нарядным на его синей матроске. Стивен почувствовал, что его лицо тоже покраснело, когда он вспомнил, как мальчики держали пари, кто будет первым учеником в приготовительном: Джек Лотен или он. Были недели, когда Джек Лотен получал билет первого ученика, а были недели, когда он получал билет первого ученика. Его белый шелковый значок дрожал и дрожал все время, пока он решал следующий пример и слушал голос отца Арнолла. Потом все его рвение пропало и он почувствовал, как лицо у него сразу похолодело. Он подумал, что оно, должно быть, стало совсем белым, раз так похолодело. Он не мог решить пример, но это было не важно. Белые розы и алые розы: какие красивые цвета! И билеты первого, второго и третьего ученика тоже очень красивые: розовые, бледно-желтые и сиреневые. Бледно-желтые, сиреневые и розовые розы тоже красивые. Может быть, дикие розы как раз такие; и ему вспомнилась песенка о цветах дикой розы на зеленом лугу. А вот зеленых роз не бывает. А может быть, где-нибудь на свете они и есть.

Раздался звонок, и все классы потянулись один за другим по коридорам в столовую. Он сидел и смотрел на два кусочка масла у своего прибора, но не мог есть липкий хлеб. И скатерть была влажная и липкая. Но он проглотил залпом горячий жидкий чай, который плеснул ему в кружку неуклюжий служитель в белом фартуке. Вонючка Роуч и Сорин пили какао, которое им присылали из дома в жестяных коробках. Они говорили, что не могут пить этот чай, он как помои. У них отцы — мировые судьи, говорили мальчики.

Все мальчики казались ему очень странными. У них у всех были папы и мамы и у всех разные костюмы и голоса. Ему так хотелось очутиться дома и положить голову маме на колени. Но это было невозможно, и тогда ему захотелось, чтобы игры, уроки и молитвы уже кончились и он бы лежал в постели.

Он выпил еще кружку горячего чая, а Флеминг спросил:

— Что с тобой? У тебя что-нибудь болит?

— Я не знаю, — сказал Стивен.

— Наверное, живот болит, — сказал Флеминг, — от этого ты и бледный такой. Ничего, пройдет.

— Да, — согласился Стивен.

Но у него болел не живот. Он подумал, что у него болит сердце, если только это место может болеть. Флеминг очень добрый, что спросил его. Ему хотелось плакать. Он положил локти на стол и стал зажимать, а потом открывать уши. Тогда всякий раз, как он открывал уши, он слышал шум в столовой. Это был такой гул, как от поезда ночью. А когда он зажимал уши, гул затихал, как будто поезд входил в туннель. В ту ночь в Доки поезд гудел вот так, а потом, когда он вошел в туннель, гул затих. Он закрыл глаза, и поезд пошел — гул, потом тихо, снова гул — тихо. Приятно слышать, как он гудит, потом затихает, и вот опять выскочил из туннеля, гудит, затих.

Потом мальчики старших классов построились и пошли по дорожке посреди столовой. Пэдди Рэт, и Джимми Маги, и испанец, которому разрешалось курить сигары, и маленький португалец, который ходил в шерстяном берете. Потом поднялись из-за стола младшие классы и приготовительные. И у каждого мальчика была своя, особенная походка.

Он сидел в углу рекреационной, делая вид, что следит за игрой в домино, и раз или два ему удалось услышать песенку газа. Надзиратель стоял у двери с мальчиками, и Саймон Мунен завязывал узлом его фальшивые рукава. Он рассказывал им что-то о Таллабеге[1].

Потом он отошел от двери, а Уэллс подошел к Стивену и спросил:

— Скажи-ка, Дедал, ты целуешь свою маму перед тем, как лечь спать?

— Да, — ответил Стивен.

Уэллс повернулся к другим мальчикам и сказал:

— Слышите, этот мальчик говорит, что он каждый день целует свою маму перед тем, как лечь спать.

Мальчики перестали играть и все повернулись и засмеялись. Стивен вспыхнул под их взглядами и сказал:

— Нет, я не целую.

Уэллс подхватил:

— Слышите, этот мальчик говорит, что он не целует свою маму перед тем, как лечь спать.

Все опять засмеялись. Стивен пытался засмеяться вместе с ними. Он почувствовал, что ему стало сразу жарко и неловко. Как же надо было ответить? Он ответил по-разному, а Уэллс все равно смеялся. Но Уэллс, верно, знает, как надо ответить, пото-

---

[1] Другая иезуитская закрытая школа, в 1886 г. объединившаяся с Клонгоузом.

му что он в третьем классе. Он попробовал представить себе мать Уэллса, но боялся взглянуть Уэллсу в лицо. Ему не нравилось лицо Уэллса. Это Уэллс столкнул его накануне в очко уборной за то, что он не захотел обменять свою маленькую табакерку на его игральную кость, которой он сорок раз выиграл в бабки. Это было подло с его стороны, все мальчики так говорили. А какая холодная и тинистая была вода! А один мальчик раз видел, как большая крыса прыгнула — плюх! — прямо в жижу.

Холодная тина проползла по его телу, и, когда прозвонил звонок на занятия и классы потянулись из рекреационной залы, он почувствовал, как холодный воздух в коридоре и на лестнице забирается ему под одежду. Он все еще думал, как нужно было ответить. Как же нужно — целовать или не целовать маму? Что значит целовать? Поднимешь вот так лицо, чтобы сказать маме «спокойной ночи», а мама наклонит свое. Это и есть целовать. Мама прижимала губы к его щеке, губы у нее мягкие, и они чуть-чуть холодили его щеку и издавали такой коротенький тонкий звук: пц. Зачем это люди прикладываются так друг к другу лицами?

Усевшись на свое место, он открыл крышку парты и переправил число, приклеенное внутри, с семидесяти семи на семьдесят шесть. Рождественские каникулы были еще так далеко, но когда-нибудь они придут, потому что ведь Земля все время вертится.

На первой странице его учебника географии была нарисована Земля. Большой шар посреди облаков. У Флеминга была коробка цветных карандашей, и однажды вечером во время пустого урока Флеминг раскрасил Землю зеленым, а облака коричневым. Это вышло как две щетки у Дэнти в шкафу: щетка с зеленой бархатной спинкой в честь Парнелла и щетка с коричневой бархатной спинкой в честь Майкла Дэвитта. Но он не просил Флеминга раскрашивать в такие цвета. Флеминг сам так сделал.

Он открыл географию, чтобы учить урок, но не мог запомнить названий в Америке. Все разные места с разными названиями. Все они в разных странах, а страны на материках, а материки на Земле, а Земля во Вселенной.

Он опять открыл первую страницу и прочел то, что когда-то написал на этом листе: вот он сам, его фамилия и где он живет.

Стивен Дедал
Приготовительный класс
Клонгоуз Вуд Колледж
Сэллинз
Графство Килдер
Ирландия

Европа
Земля
Вселенная.

Это было написано его рукой, а Флеминг однажды вечером в шутку написал на противоположной странице:

Стивен Дедал — меня зовут,
Родина моя — Ирландия,
Клонгоуз — мой приют,
Небо — моя надежда.

Он прочел стихи наоборот, но тогда получились не стихи. Тогда он прочитал снизу вверх всю первую страницу и дошел до своего имени. Вот это он сам. И он опять прочел все сверху вниз. А что после Вселенной? Ничего. Но, может быть, есть что-нибудь вокруг Вселенной, что отмечает, где она кончается и с какого места начинается это ничего? Вряд ли оно отгорожено стеной; но, может быть, там идет вокруг такой тоненький ободок. Все и везде — как это? — даже подумать нельзя. Такое под силу только Богу. Он попытался представить себе эту огромную мысль, но ему представлялся только Бог. Бог — так зовут Бога, так же как его зовут Стивен. Dieu — так будет Бог по-французски, и так тоже зовут Бога, и, когда кто-нибудь молится Богу и говорит Dieu, Бог сразу понимает, что это молится француз. Но хотя у Бога разные имена на разных языках и Бог понимает все, что говорят люди, которые молятся по-разному на своих языках, все-таки Бог всегда остается тем же Богом, и его настоящее имя Бог.

Он очень устал от этих мыслей. Ему казалось, что голова у него сделалась очень большой. Он перевернул страницу и сонно посмотрел на круглую зеленую Землю посреди коричневых облаков. Он начал раздумывать, что правильнее — стоять за зеленый цвет или за коричневый, потому что Дэнти однажды отпорола ножницами зеленый бархат со щетки, которая была в честь Парнелла, и сказала ему, что Парнелл — дурной человек[1]. Он думал — спорят ли теперь об этом дома? Это называлось политикой. И было две стороны: Дэнти была на одной стороне, а его папа и мистер Кейси — на другой, но мама и дядя Чарльз не были ни на какой стороне. Каждый день про это что-нибудь писали в газетах.

[1] Имеется в виду скандал из-за связи Парнелла с замужней женщиной Китти О'Ши, который послужил поводом для разногласий в лагере его сторонников. Ирландская католическая церковь подвергла его травле.

Его огорчало, что он не совсем понимает, что такое политика, и не знает, где кончается Вселенная. Он почувствовал себя маленьким и слабым. Когда еще он будет таким, как мальчики в классе поэзии и риторики?[1]. У них голоса как у больших и большие башмаки, и они проходят тригонометрию. До этого еще очень далеко. Сначала будут каникулы, а потом следующий семестр, а потом опять каникулы, а потом опять еще один семестр, а потом опять каникулы. Это похоже на поезд, который входит и выходит из туннеля, и еще похоже на шум, если зажимать, а потом открывать уши в столовой. Семестр — каникулы; туннель — наружу; гул — тихо; как это еще далеко! Хорошо бы скорей в постель и спать. Вот только еще молитва в церкви — и в постель. Его зазнобило, и он зевнул. Приятно лежать в постели, когда простыни немножко согреются. Сначала, как залезешь под одеяло, они такие холодные. Он вздрогнул, представив себе, какие они холодные. Но потом они становятся теплыми, и тогда можно заснуть. Приятно чувствовать себя усталым. Он опять зевнул. Вечерние молитвы — и в постель; он потянулся, и опять ему захотелось зевнуть. Приятно будет через несколько минут. Он почувствовал, как тепло ползет по холодным шуршащим простыням, все жарче, жарче, пока его всего не бросило в жар и не стало совсем жарко, и все-таки его чуть-чуть знобило и все еще хотелось зевать.

Прозвонил звонок на вечерние молитвы, и они пошли парами всем классом вниз по лестнице и по коридорам в церковь. Свет в коридорах тусклый, и в церкви свет тусклый. Скоро все погаснет и заснет. В церкви холодный, ночной воздух, а мраморные колонны такого цвета, как море ночью. Море холодное и днем и ночью, но ночью оно холодней. У мола, внизу, около их дома, холодно и темно. А дома уж кипит на огне котелок, чтобы варить пунш.

Священник читал молитвы у него над головой, и память его подхватывала стих за стихом:

Господи! Отверзи уста мои,
И уста мои возвестят хвалу Твою,
Поспеши, Боже, избавить меня,
Поспеши, Господи, на помощь мне.

В церкви стоял холодный, ночной запах. Но это был святой запах. Он не похож на запах старых крестьян, которые стояли на коленях позади них во время воскресной службы. То был запах воздуха, и дождя, и торфа, и грубой ткани. Но крестьяне были очень благочестивые. Они дышали ему в затылок и вздыхали, когда молились. Они живут в Клейне, сказал один мальчик. Там были маленькие домики, и он видел женщину, которая стояла у

---

[1] Мальчики старших классов.

полуоткрытой двери с ребенком на руках, когда они ехали мимо из Сэллинза. Приятно было бы поспать одну ночь в этом домике около очага с дымящимся торфом в темноте, освещенной тлеющим жаром, в теплой полутьме вдыхая запах крестьян, запах дождя, торфа и грубой ткани. Но как темно на дороге среди деревьев! Страшно заблудиться в темноте! Ему стало страшно, когда он об этом подумал. Он услышал голос священника, произносившего последнюю молитву. Он тоже стал молиться, думая все время о темноте там, снаружи, среди деревьев.

«Посети, Господи, обитель сию и избавь нас от козней лукавого, да охранят нас святые ангелы Твои и благодать Господа нашего Иисуса Христа да пребудет с нами. Аминь».

Пальцы его дрожали, когда он раздевался в дортуаре. Он подгонял их. Ему нужно было раздеться, стать на колени, прочитать молитвы и лечь в постель, прежде чем потушат газ. Он стянул чулки, быстро надел ночную рубашку, стал, дрожа, на колени около кровати и наспех прочел молитвы, боясь, что газ потушат. Плечи его тряслись, когда он шептал:

> Господи, спаси папу и маму и сохрани их мне!
> Господи, спаси моих маленьких братьев
> и сестер и сохрани их мне!
> Господи, спаси Дэнти и дядю Чарльза
> и сохрани их мне!

Он перекрестился и быстро юркнул в постель, завернув ноги в подол рубашки, съежившись в комок под холодной белой простыней, дрожа всем телом. Он не попадет в ад после смерти, а дрожь скоро пройдет. Голос в дортуаре пожелал мальчикам спокойной ночи. Он выглянул на секунду из-под одеяла и увидел желтые занавески спереди и по бокам кровати, которые закрывали его со всех сторон. Газ тихонько потушили.

Шаги надзирателя удалились. Куда? Вниз по лестнице и по коридорам или к себе, в комнату в конце коридора? Он увидел темноту. Правда ли это про черную собаку, будто она ходит здесь по ночам и у нее глаза огромные, как фонари на каретах? Говорят, что это призрак убийцы. Дрожь ужаса прошла по его телу. Он увидел темный вестибюль замка. Старые слуги в старинных ливреях собрались в гладильной над лестницей. Это было очень давно. Старые слуги сидели тихо. Огонь пылал в камине, но внизу было темно. Кто-то[1] поднимался по лестнице, веду-

---

[1] Замком Клонгоуз в XVIII в. владела семья Браунов. Сын ирландского якобита Максимилиан фон Браун (1705—1757) стал маршалом в австрийской армии. Погиб в битве под Прагой в 1757 г. По преданию, в годовщину своей смерти призрак Брауна является слугам замка.

щей из вестибюля. На нем был белый маршальский плащ, лицо бледное и отрешенное. Он прижимал руки к сердцу. Он отрешенно смотрел на старых слуг. Они смотрели на него, и узнали лицо и одежду своего господина, и поняли, что он получил смертельную рану. Но там, куда они смотрели, была только тьма, только темный, безмолвный воздух. Господин их получил смертельную рану на поле сражения под Прагой, далеко-далеко за морем. Он стоял на поле битвы, рука его была прижата к сердцу. У него было бледное, странное лицо, и одет он был в белое маршальское одеяние.

О, как холодно и непривычно жутко думать об этом! Как холодно и непривычно жутко в темноте. Странные, бледные лица кругом, огромные глаза, похожие на фонари. Это призраки убийц, тени маршалов, смертельно раненных на поле сражения далеко-далеко за морем. Что хотят сказать они, почему у них такие странные лица!

«Посети, Господи, обитель сию и избави нас от козней...»

Домой на каникулы! Как это будет хорошо! Мальчики рассказывали ему. Ранним зимним утром у подъезда замка все усаживаются в кебы. Колеса скрипят по щебню. Прощальные приветствия ректору.

Ура! Ура! Ура!

Кебы поедут мимо часовни, все снимут шапки. Весело выезжают на проселочную дорогу. Возчики указывают кнутами на Боденстаун[1]. Мальчики кричат «ура!». Проезжают мимо дома арендатора Джолли. Ура, ура и еще раз ура! Проезжают через Клейн, с криками, весело раскланиваясь, с ними тоже раскланиваются. Крестьянки стоят у полуоткрытых дверей, кое-где стоят мужчины. Чудесный запах в зимнем воздухе — запах Клейна: зимний воздух, дождь, тлеющий торф и грубая ткань крестьянской одежды.

Поезд битком набит мальчиками: длинный-длинный шоколадный поезд с кремовой обшивкой. Кондукторы ходят взад и вперед, отпирая, закрывая, распахивая и захлопывая двери. Они в темно-синих с серебром мундирах; у них серебряные свистки и ключи весело позвякивают: клик-клик, клик-клик.

И поезд мчится по гладким равнинам мимо холмов Эллина. Телеграфные столбы мимо... мимо...

Поезд мчится дальше и дальше... Он знает дорогу. А дома у

---

[1] Кладбище, где похоронен ирландский политический деятель Теобальд Вулф Тон (1763—1798), боровшийся за независимость Ирландии. Пытался высадиться в Ирландии с помощью французов и свергнуть английское владычество. Попытка была неудачной, и Тон покончил жизнь самоубийством.

них в холле фонарики, гирлянды зеленых веток. Плющ и остролист[1] вокруг трюмо, и плющ и остролист, зеленый и алый, переплетаются вокруг канделябров. Зеленый плющ и алый остролист вокруг старых портретов по стенам. Плющ и остролист ради него и ради Рождества.

Как хорошо!

Все домашнее. Здравствуй, Стивен! Радостные возгласы. Мама целует его. А нужно ли целовать? А папа его теперь маршал, это вам почище, чем мировой судья. Вот ты и дома. Здравствуй, Стивен.

Шум...

Это был шум отдергивающихся занавесок, плеск воды в раковинах. Шум пробужденья, одеванья и мытья в дортуаре; надзиратель, хлопая в ладоши, прохаживался взад и вперед, покрикивая на мальчиков, чтобы они поторапливались... Бледный солнечный свет падал на желтые отдернутые занавески, на смятые постели. Его постель была очень горячая, и лицо и тело — тоже очень горячие.

Он поднялся и сел на край кровати. Он чувствовал слабость. Он попытался натянуть чулок. Чулок казался отвратительно шершавым на ощупь. Солнечный свет такой странный и холодный.

Флеминг спросил:

— Ты что, заболел?

Он сам не знал. Тогда Флеминг сказал:

— Полезай обратно в постель. Я скажу Макглэйду, что ты заболел.

— Он болен.

— Кто?

— Скажите Макглэйду.

— Ложись обратно.

— Он болен?

Какой-то мальчик держал его под руки, пока он стаскивал прилипший к ноге чулок и ложился обратно в горячую постель.

Он съежился под простыней, радуясь, что она еще теплая. Он слышал, как мальчики говорили о нем, одеваясь к обедне. Подло — столкнуть его в очко уборной, говорили они. Потом их голоса затихли, они ушли. Голос около его кровати сказал:

— Дедал, ты не наябедничаешь на нас, правда?

Перед ним было лицо Уэллса. Он взглянул на него и увидел, что Уэллс боится.

— Я не нарочно. Правда, не скажешь?

Папа его говорил, чтобы он ни в коем случае не ябедничал

---

[1] Традиционные рождественские украшения.

на товарищей. Он помотал головой и сказал «нет» и почувствовал себя счастливым.

Уэллс сказал:

— Честное слово, я не нарочно. Я пошутил. Не сердись.

Лицо и голос исчезли. Просит прощения, потому что боится. Боится, что это какая-нибудь страшная болезнь... Растения съедают черви, животных съедает рак, или наоборот. Как это было давно, тогда на площадке, в сумерках, он топтался в хвосте своей команды, и тяжелая птица пролетела низко в сером свете. В Лестерском аббатстве зажгли свет. Уолси умер там. Аббаты погребли его сами.

Теперь это было уже лицо не Уэллса, а надзирателя. Он не притворяется. Нет, нет, он в самом деле болен. Он не притворяется. И он почувствовал руку надзирателя на своем лбу и почувствовал, какой горячий и влажный у него лоб под рукой надзирателя. Как будто прикоснулась крыса — скользкая, влажная и холодная. У всякой крысы два глаза, чтобы смотреть. Гладкие, прилизанные, скользкие шкурки; маленькие ножки, поджатые, чтобы прыгать, черные скользкие глазки, чтобы смотреть. Они понимают, как надо прыгать. А вот тригонометрии они никогда не поймут. Дохлые, они лежат на боку, а шкурки у них высыхают. Тогда это просто падаль.

Надзиратель опять вернулся, это его голос говорит ему, что надо встать, что отец настоятель сказал, что надо встать, одеться и идти в лазарет. И в то время, как он одевался, торопясь изо всех сил, надзиратель сказал:

— Вот мы теперь пойдем к брату Майклу и скажем, что у нас в животике бунт.

Надзиратель говорил так, потому что он добрый. Это все для того, чтобы рассмешить его. Но он не мог смеяться, потому что щеки и губы у него дрожали, и тогда надзиратель сам засмеялся. А потом крикнул:

— Живо, марш! Сено, солома!

Они пошли вместе вниз по лестнице, и по коридору, и мимо ванной. Проходя мимо двери ванной, он со смутным страхом вспомнил теплую, торфяного цвета болотистую воду, теплый влажный воздух, шум окунающихся тел, запах полотенец, похожий на запах лекарства.

Брат Майкл стоял в дверях лазарета, а из дверей темной комнаты, справа от него, шел запах, похожий на запах лекарства. Это от пузырьков на полках. Надзиратель заговорил с братом Майклом, и брат Майкл отвечал и называл надзирателя «сэр». У него были рыжеватые с проседью волосы и какой-то странный вид. Как странно, что он навсегда останется только братом. И так странно, что его нельзя называть «сэр», потому что он брат и не похож на остальных. Разве он не такой же благочестивый! Чем он хуже других!

В комнате были две кровати, и на одной кровати лежал мальчик, и, когда они вошли, он крикнул:

— Привет, приготовишка Дедал! Что там, наверху?

— Наверху небо, — сказал брат Майкл.

Это был мальчик из третьего класса, и в то время как Стивен раздевался, он попросил брата Майкла дать ему ломоть поджаренного хлеба с маслом.

— Ну дайте, пожалуйста, — просил он.

— Ему еще с маслом! — сказал брат Майкл. — Выпишем тебя из лазарета, когда придет доктор.

— Выпишете? — переспросил мальчик. — Я еще не совсем выздоровел.

Брат Майкл повторил:

— Выпишем, будь уверен. Я тебе говорю.

Он нагнулся помешать огонь в камине. У него была длинная спина, как у лошади, которая возит конку. Он важно потряхивал кочергой и кивал головой мальчику из третьего класса.

Потом брат Майкл ушел, и немного погодя мальчик из третьего класса повернулся лицом к стене и уснул.

Вот он и в лазарете. Значит, он болен. Написали ли они домой, папе и маме? А еще лучше, если бы кто-нибудь из священников поехал и сказал им. Или он мог бы написать письмо, чтобы тот передал.

Дорогая мама!

Я болен. Я хочу домой! Пожалуйста, приезжай и возьми меня домой. Я в лазарете.

Твой любящий сын
Стивен.

Как они далеко! За окном сверкает холодный солнечный свет. А вдруг он умрет? Ведь умереть можно и в солнечный день. Может быть, он умрет раньше, чем приедет мама. Тогда в церкви отслужат заупокойную мессу, как было, когда умер Литтл, — ему рассказывали об этом. Все мальчики соберутся в церкви, одетые в черное, и все с грустными лицами. Уэллс тоже придет, но ни один мальчик не захочет смотреть больше на него. И священник будет в черном с золотом облачении, и на алтаре, и вокруг катафалка будут гореть большие желтые свечи. И потом гроб медленно вынесут из церкви и похоронят на маленьком кладбище общины за главной липовой аллеей. И Уэллс пожалеет о том, что сделал. И колокол будет медленно звонить.

Он даже слышал звон. Он повторил про себя песенку, которой его научила Бриджет:

85

Дин-дон, колокол, звени.
Прощай навеки, мама!
На старом кладбище меня схорони
Со старшим братцем рядом.
Гроб с черною каймою,
Шесть ангелов со мною:
Молятся двое, двое поют,
А двое душу понесут.

Как красиво и грустно! Какие красивые слова, где говорится «на старом кладбище меня схорони». Дрожь прошла по его телу. Как грустно и как красиво! Ему хотелось плакать, не о себе, а над этими словами, такими красивыми и грустными, как музыка. Колокол гудит. Прощай навеки! Прощай!

Холодный солнечный свет потускнел. Брат Майкл стоял у его кровати с чашкой бульона в руках. Он обрадовался, потому что во рту у него пересохло и горело. До него доносились крики играющих на площадке. Ведь день в колледже шел своим порядком, как если бы и он был там. Потом брат Майкл собрался уходить, и мальчик из третьего класса попросил его, чтобы он непременно пришел еще раз и рассказал ему все новости из газет. Он сказал Стивену, что его фамилия Этти и что отец его держит целую уйму скаковых лошадей, все призовые рысаки, и что отец его может сказать брату Майклу, на какую лошадь ему поставить, потому что брат Майкл очень добрый и всегда рассказывает ему новости из газет, которые каждый день получают в общине. В газетах масса всяких новостей, происшествия, кораблекрушения, спорт и политика.

— Теперь в газетах все только и пишут о политике, — сказал он. — Твои родители, наверно, тоже разговаривают об этом?

— Да, — сказал Стивен.

— Мои тоже, — сказал он.

Потом он подумал минутку и сказал:

— У тебя странная фамилия — Дедал, и у меня тоже странная — Этти. Моя фамилия — это название города, а твоя похожа на латынь.

Потом он спросил:

— Ты хорошо отгадываешь загадки?

Стивен ответил:

— Не очень.

Тогда он сказал:

— А ну-ка отгадай, чем графство Килдер похоже на грамматику?

Стивен подумал, какой бы мог быть ответ, потом сказал:

— Сдаюсь.

— Потому что и там и тут «эти». Понятно? Этти — город в графстве Килдер, а в грамматике местоимение — эти.

— Понятно, — сказал Стивен.

— Это старая загадка, — сказал тот.

Помолчав несколько секунд, он сказал:

— Знаешь что?

— Что? — спросил Стивен.

— Ведь эту загадку можно загадать и по-другому.

— По-другому? — переспросил Стивен.

— Ту же самую загадку, — сказал он. — Знаешь, как загадать ее по-другому?

— Нет, — сказал Стивен.

— И не можешь догадаться?

Он смотрел на Стивена, приподнявшись на постели. Потом откинулся на подушки и сказал:

— Можно загадать по-другому, но как — не скажу.

Почему он не говорил? Его отец, у которого столько скаковых лошадей, должно быть, тоже мировой судья, как отец Сорина и Вонючки Роуча. Он вспомнил о своем отце, как тот пел, когда мама играла на рояле, и всегда давал ему шиллинг, если он просил несколько пенсов, и ему стало обидно за него, что он не мировой судья, как отцы у других мальчиков. Тогда зачем же его отдали сюда, вместе с ними? Но папа говорил ему, что он здесь будет свой, потому что пятьдесят лет тому назад его дедушка подносил здесь адрес Освободителю[1]. Людей того времени можно узнать по их старинным костюмам. В то время все было так торжественно — и он подумал, что, может быть, в то время воспитанники в Клонгоузе носили голубые куртки с медными пуговицами, и желтые жилеты, и шапки из кроличьих шкурок, и пили пиво, как взрослые, и держали собственных гончих для охоты на зайцев.

Он посмотрел в окно и увидел, что дневной свет стал еще слабее. Теперь над площадкой, наверное, серый, облачный свет. На площадке тихо. Мальчики, должно быть, в классе решают задачи, или отец Арнолл читает им вслух.

Странно, что ему не дают никакого лекарства. Может быть, брат Майкл принесет с собой, когда вернется. Говорили, что, когда попадешь в лазарет, дают пить какую-то вонючую жидкость. Он чувствовал себя лучше, чем прежде. Хорошо бы выздоравливать потихоньку. Тогда можно попросить книжку. В библиотеке есть книжка о Голландии. В ней чудесные иностранные названия и картинки необыкновенных городов и кораблей. Так интересно их рассматривать!

Какой бледный свет в окне! Но это приятно. На стене огонь вздымается и падает. Это похоже на волны. Кто-то подложил уг-

---

[1] Имеется в виду Даниел О'Коннелл.

лей, и он слышал голоса. Они разговаривали. Это шумели волны. Или это волны разговаривали между собой, вздымаясь и падая?

Он увидел море волн — длинные темные валы вздымались и падали, темные, в безлунной ночи. Слабый огонек мерцал на маяке в бухте, куда входил корабль, и он увидел множество людей, собравшихся на берегу, чтобы посмотреть на корабль, входящий в гавань. Высокий человек стоял на борту, глядя на темный плоский берег, и при свете маяка он увидел его лицо, скорбное лицо брата Майкла[1].

Он увидел, как брат Майкл протянул руку к толпе, и услышал громкий скорбный голос, пронесшийся над водой:

— Он умер. Мы видели его мертвым.

Скорбные причитания в толпе:

— Парнелл! Парнелл! Он умер!

В глубокой скорби они, стеная, упали на колени.

И он увидел Дэнти в коричневом бархатном платье и в зеленой бархатной мантии, спускавшейся с плеч, шествующую гордо и безмолвно мимо толпы, которая стояла на коленях у самой воды.

* * *

Высокая груда раскаленного докрасна угля пылала в камине, а под увитыми плющом рожками люстры был накрыт рождественский стол. Они немножко опоздали, а обед все еще не был готов; но он будет готов сию минуту, сказала мама. Они ждали, когда откроются двери и войдут служанки с большими блюдами, накрытыми тяжелыми металлическими крышками.

Все ждали: дядя Чарльз сидел в глубине комнаты у окна, Дэнти и мистер Кейси — в креслах по обе стороны камина, а Стивен — на стуле между ними, положив ноги на каминную решетку. Мистер Дедал посмотрел на себя в зеркало над камином, подкрутил кончики усов и, отвернув фалды фрака, стал спиной к огню, но время от времени он поднимал руку и снова покручивал то один, то другой кончик уса. Мистер Кейси, склонив голову набок и улыбаясь, пощелкивал себя по шее. И Стивен улыбался; теперь он знал, что это неправда, будто у мистера Кейси кошелек с серебром в горле. Ему было смешно подумать, как это мистер Кейси мог так его обманывать. А когда он попытался разжать его руку, чтобы посмотреть, не там ли этот кошелек с серебром, оказалось, что пальцы не разгибаются, и мистер Кейси

---

[1] Стивен мысленно представляет себе, как в Дублин привезли тело Парнелла, скончавшегося в Англии 6 октября 1891 г.

88

сказал ему, что эти три пальца у него скрючились с тех пор, как он делал подарок для королевы Виктории ко дню ее рождения[1]. Мистер Кейси постукивал себя по шее и улыбался Стивену сонными глазами, а мистер Дедал сказал:

— М-да. Ну, прекрасно. А хорошо мы прошлись! Не правда ли, Джон? М-да... Будет у нас сегодня обед, хотел бы я знать? М-да... Здорово мы озоном надышались. Неплохо, черт возьми.

Он обернулся к Дэнти и сказал:

— А вы сегодня совсем не выходили, миссис Риордан?

Дэнти нахмурилась и ответила коротко:

— Нет.

Мистер Дедал отпустил фалды фрака и подошел к буфету. Он достал с полки большой глиняный кувшин с виски и стал медленно наливать в графин, нагибаясь то и дело, чтобы посмотреть, сколько он налил. Затем, поставив кувшин обратно в буфет, он налил немного виски в две рюмки, прибавил немного воды и возвратился с рюмками к камину.

— Рюмочку перед обедом для аппетита, Джон, — сказал он.

Мистер Кейси взял рюмку, выпил и поставил ее около себя на камин. Потом сказал:

— А я сейчас вспомнил нашего приятеля Кристофера, как он гонит...

Он захохотал, потом добавил:

— Гонит шампанское для своих ребят[2].

Мистер Дедал громко рассмеялся.

— Это Кристи-то? — сказал он. — Да в любой бородавке на его плешивой голове хитрости побольше, чем у полдюжины плутов!

Он нагнул голову, закрыл глаза и, смачно облизывая губы, заговорил голосом хозяина гостиницы:

— А ведь каким простачком прикидывается! Как сладко поет, мошенник! Этакая святая невинность!

Мистер Кейси все еще не мог оправиться от кашля и смеха. По физиономии, по голосу отца Стивен узнал, услышал хозяина гостиницы, и ему стало смешно.

Мистер Дедал вставил в глаз монокль и, посмотрев на сына, сказал спокойно и ласково:

— А ты, малыш, что смеешься, а?

Вошли служанки и поставили блюда на стол. За ними вошла миссис Дедал и пригласила всех к столу.

---

[1] Имеется в виду время, которое мистер Кейси провел в тюрьме, где он, вероятно, щипал паклю.

[2] Подразумевается, что этот человек изготовлял бомбы, которые поставлял фениям.

— Садитесь, прошу вас, — сказала она.

Мистер Дедал подошел к своему месту и сказал:

— Садитесь, миссис Риордан.

— Садитесь, Джон, голубчик.

Он посмотрел в ту сторону, где сидел дядя Чарльз, и прибавил:

— Пожалуйста, сэр, птичка ждет.

Когда все уселись, он положил руку на крышку блюда, но, тотчас же спохватившись, отдернул ее и сказал:

— Ну, Стивен.

Стивен встал, чтобы прочитать молитву перед едой.

«Благослови нас, Господи, и благослови даяния сии, что милостью Твоею ниспосылаешь нам во имя Христа — Спасителя нашего. Аминь».

Все перекрестились, и мистер Дедал, вздохнув от удовольствия, поднял с блюда тяжелую крышку, унизанную по краям блестящими каплями.

Стивен смотрел на жирную индейку, которую еще утром он видел на кухонном столе, связанную и проткнутую спицей. Он знал, что папа заплатил за нее гинею у Данна[1] на Д'Ольер-стрит и продавец долго тыкал ее в грудку, чтобы показать, какая это хорошая птица, и он вспомнил голос продавца:

— Берите эту, сэр. Спасибо скажете. Знатная птица.

Почему это мистер Баррет в Клонгоузе называет индюшкой свою линейку, которой бьют по рукам? Но Клонгоуз далеко, а горячий, густой запах индейки, окорока и сельдерея поднимается от блюд и тарелок, и большое пламя в камине взлетает высоко и ярко, а зеленый плющ и алый остролист вызывают чувство такой радости! А потом, когда обед кончится, подадут громадный плам-пудинг, обсыпанный чищеным миндалем и украшенный остролистом, струйка синеватого огня бегает вокруг него, а маленький зеленый флажок развевается на верхушке.

Это был его первый рождественский обед, и он думал о своих маленьких братьях и сестрах, которые дожидались теперь в детской, когда появится пудинг, как и он дожидался столько раз. В форменной куртке с низким отложным воротником он чувствовал себя необычно и по-взрослому, и, когда его одели сегодня утром, чтобы идти к мессе, и мама привела его в гостиную, папа заплакал. Это потому, что он вспомнил о своем папе. Так и дядя Чарльз сказал.

Мистер Дедал накрыл блюдо крышкой и с аппетитом принялся за еду.

---

[1] Фешенебельный магазин рядом с колледжем Святой Троицы в Дублине.

— Бедняга Кристи, — промолвил он, — кажется, он совсем запутался в своих плутнях.

— Саймон, — сказала миссис Дедал, — ты не предложил соуса миссис Риордан.

Мистер Дедал схватил соусник.

— В самом деле, — воскликнул он. — Миссис Риордан, простите несчастного грешника.

Дэнти закрыла свою тарелку руками и сказала:

— Нет, благодарю вас.

Мистер Дедал повернулся к дяде Чарльзу:

— А у вас, сэр?

— Все в порядке, Саймон.

— Вам, Джон?

— Мне хватит. Про себя не забудьте.

— Тебе, Мэри? Давай тарелку, Стивен. Ешь, ешь, скорей усы вырастут. Ну-ка!

Он щедро налил соуса в тарелку Стивена и поставил соусник на стол. Потом он спросил дядю Чарльза, нежное ли мясо. Дядя Чарльз не мог говорить, потому что у него был полон рот, но он кивнул головой.

— А ведь хорошо наш приятель ответил канонику? А? — сказал мистер Дедал.

— Я не думал, что он на это способен, — сказал мистер Кейси.

— «Я заплачу церковный сбор, отец мой, когда вы перестанете обращать дом Божий в трибуну для агитации»[1].

— Нечего сказать, недурной ответ, — сказала Дэнти, — своему духовному отцу. Особенно для человека, который называет себя католиком.

— Им остается винить только себя, — сказал мистер Дедал с нарочитой кротостью. — Будь они поумней, они занимались бы только религией, а не совались бы не в свои дела.

— Это и есть религия, — сказала Дэнти, — они исполняют свой долг, предостерегая народ.

— Мы приходим в дом Господень, — сказал мистер Кейси, — смиренно молиться нашему Создателю, а не слушать предвыборные речи.

— Это и есть религия, — повторила Дэнти. — Они правильно поступают. Они должны наставлять свою паству.

— И агитировать с амвона? — спросил мистер Дедал.

— Разумеется, — сказала Дэнти. — Это касается общественной нравственности. Какой же это священник, если он не будет объяснять своей пастве, что хорошо и что дурно.

---

[1] Намек на осуждение Парнелла с амвона католического храма.

Миссис Дедал опустила нож с вилкой и сказала:

— Ради Бога, ради Бога, избавьте нас от этих политических споров хоть на сегодня, в такой день!

— Совершенно верно, мэм, — сказал дядя Чарльз. — Довольно, Саймон. И больше ни слова.

— Хорошо, хорошо, — скороговоркой ответил мистер Дедал. Он решительным жестом снял крышку с блюда и спросил:

— А ну-ка? Кому еще индейки?

Никто не ответил. Дэнти повторила:

— Хорошие речи для католика, нечего сказать.

— Миссис Риордан, умоляю вас, — сказала миссис Дедал, — оставим этот разговор хоть сегодня.

Дэнти повернулась к ней и сказала:

— По-вашему, я должна сидеть и слушать, как издеваются над пастырями церкви?

— Никто против них слова не скажет, — подхватил мистер Дедал, — если они перестанут вмешиваться в политику.

— Епископы и священники Ирландии сказали свое слово, — возразила Дэнти, — им нужно повиноваться.

— Пусть они откажутся от политики, — вмешался мистер Кейси, — а не то народ откажется от церкви.

— Слышите? — сказала Дэнти, обращаясь к миссис Дедал.

— Мистер Кейси! Саймон! Довольно, прошу вас, — умоляла миссис Дедал.

— Нехорошо! Нехорошо! — сказал дядя Чарльз.

— Как! — воскликнул мистер Дедал. — И мы должны были отступиться от него[1] по указке англичан!

— Он был уже недостоин вести народ, — сказала Дэнти. — Он жил во грехе, у всех на виду.

— Все мы грешники, окаянные грешники, — невозмутимо ответил мистер Кейси.

— «Невозможно не прийти соблазнам, но горе тому, через кого они приходят, — сказала миссис Риордан. — Лучше было бы ему, если бы повесили ему мельничный жернов на шею и бросили его в море, нежели бы он соблазнил одного из малых сих». Вот слова Священного писания.

— И очень скверные слова, если хотите знать мое мнение, — холодно заметил мистер Дедал.

— Саймон! Саймон! — одернул его дядя Чарльз. — При мальчике!

— Да, да, — спохватился мистер Дедал. — Я же говорю... Я хотел сказать... Скверные слова говорил носильщик на станции.

---

[1] Имеется в виду Парнелл.

Вот так, хорошо. Ну-ка, Стивен, подставляй тарелку, дружище. Да смотри доедай все.

Он передал полную тарелку Стивену и положил дяде Чарльзу и мистеру Кейси по большому куску индейки, обильно политой соусом. Миссис Дедал ела очень мало, а Дэнти сидела сложив руки на коленях. Лицо у нее было красное. Мистер Дедал поковырял вилкой остатки индейки и сказал:

— Тут есть еще лакомый кусочек, называется он архиерейский кусочек. Леди и джентльмены, кому угодно?..

Он поднял на вилке кусок индейки. Никто не ответил. Он положил его к себе на тарелку и сказал:

— Мое дело предложить. Но, пожалуй, я съем его сам. Я что-то за последнее время сдал.

Он подмигнул Стивену, накрыл блюдо и опять принялся за еду. Пока он ел, все молчали.

— А погода все-таки разгулялась! — сказал он. — И приезжих много в городе.

Никто не ответил. Он опять заговорил:

— По-моему, в этом году больше приезжих, чем в прошлое Рождество.

Он обвел взглядом лица присутствующих, склоненные над тарелками, и, не получив ответа, выждал секунду и сказал с досадой:

— Все-таки испортили мой рождественский обед!

— Не может быть ни счастья, ни благодати, — процедила Дэнти, — в доме, где нет уважения к пастырям церкви.

Мистер Дедал со звоном швырнул вилку и нож на тарелку.

— Уважение! — сказал он. — Это к Билли-то[1] с его бесстыжей болтовней или к этому толстопузому обжоре из Арма![2] Уважение?!

— Князья церкви! — язвительно вставил мистер Кейси.

— Конюх лорда Лейтрима[3], — добавил мистер Дедал.

— Они помазанники Божии, — сказала Дэнти. — Гордость страны!

— Обжора толстопузый, — повторил мистер Дедал. — Он только и хорош, когда спит. А посмотрели бы вы, как он в морозный денек уписывает у себя свинину с капустой! Красавец!

[1] Архиепископ Дублинский (1841—1921), участвовал в кампании против Парнелла.

[2] Майкл Лог (1840—1924) — архиепископ Армаский, противник Парнелла.

[3] Намек на то, что ирландская церковь — служанка английских властей. Лорд Лейтрим, английский землевладелец в Ирландии, был известен своей жестокостью. Убит ирландскими повстанцами. Его конюх пытался помешать убийству.

Он скорчил тупую рожу и зачмокал губами.

— Право, Саймон, не надо так говорить при мальчике. Это нехорошо.

— О да, он все припомнит, когда вырастет, — подхватила Дэнти с жаром, — все эти речи против Бога, религии и священников, которых наслушался в родном доме.

— Пусть он припомнит, — закричал ей мистер Кейси через стол, — и речи, которыми священники и их прихвостни разбили сердце Парнеллу и свели его в могилу. Пусть он и это припомнит, когда вырастет.

— Сукины дети! — воскликнул мистер Дедал. — Когда ему пришлось плохо, тут-то они его и предали! Накинулись и загрызли, как крысы поганые! Подлые псы! Они и похожи на псов. Ей-Богу, похожи!

— Они правильно сделали, — крикнула Дэнти. — Они повиновались своим епископам и священникам. Честь и хвала им!

— Но ведь это просто ужасно! — воскликнула миссис Дедал. — Ни одного дня в году нельзя провести без этих ужасных споров.

Дядя Чарльз, умиротворяюще подняв руки, сказал:

— Тише, тише, тише! Разве нельзя высказывать свое мнение без гнева и без ругательств! Право же, нехорошо.

Миссис Дедал стала шепотом успокаивать Дэнти, но Дэнти громко ответила:

— А я не буду молчать! Я буду защищать мою церковь и веру, когда их поносят и оплевывают вероотступники.

Мистер Кейси резко отодвинул тарелку на середину стола и, положив локти на стол, заговорил хриплым голосом, обращаясь к хозяину дома:

— Скажите, я рассказывал вам историю о знаменитом плевке?

— Нет, Джон, не рассказывали, — ответил мистер Дедал.

— Как же, — сказал мистер Кейси, — весьма поучительная история. Это случилось не так давно в графстве Уиклоу, где мы и сейчас с вами находимся.

Он остановился и, повернувшись к Дэнти, произнес со сдержанным негодованием:

— Позвольте мне заметить вам, сударыня, что если вы имели в виду меня, так я не вероотступник. Я католик, каким был мой отец, и его отец, и отец его отца еще в то время, когда мы скорей готовы были расстаться с жизнью, чем предать свою веру.

— Тем постыдней для вас, — сказала Дэнти, — говорить то, что вы говорили сейчас.

— Рассказывайте, Джон, — сказал мистер Дедал, улыбаясь. — Мы вас слушаем.

— Тоже мне католик! — повторила Дэнти иронически. — Самый отъявленный протестант не позволил бы себе таких выражений, какие я слышала сегодня.

Мистер Дедал начал мотать головой из стороны в сторону, напевая сквозь зубы наподобие деревенского певца.

— Я не протестант, повторяю вам еще раз, — сказал мистер Кейси, вспыхнув.

Мистер Дедал, все так же подвывая и мотая головой, вдруг запел хриплым, гнусавым голосом:

> *Придите, о вы, католики,*
> *Которые к мессе не ходят!*

Он взял нож и вилку и, снова принимаясь за еду, весело сказал мистеру Кейси:

— Рассказывайте, мы слушаем, Джон, это полезно для пищеварения.

Стивен с нежностью смотрел на лицо мистера Кейси, который, подперев голову руками, уставился прямо перед собой. Он любил сидеть рядом с ним у камина, глядя в его суровое, темное лицо. Но его темные глаза никогда не смотрели сурово, и было приятно слушать его неторопливый голос. Но почему же он против священников? Ведь тогда, выходит, Дэнти права. Он слышал, как папа говорил, будто в молодости Дэнти была монахиней, а потом, когда ее брат разбогател на браслетах и побрякушках, которые он продавал дикарям, ушла из монастыря в Аллеганы. Может быть, поэтому она против Парнелла? И еще — она не любит, чтобы он играл с Эйлин, потому что Эйлин протестантка, а когда Дэнти была молодая, она знала детей, которые водились с протестантами, и протестанты издевались над литанией Пресвятой Девы. *«Башня из слоновой кости, — говорили они. — Золотой чертог!»*[1] Как может быть женщина башней из слоновой кости или золотым чертогом? Кто же тогда прав? И ему вспомнился вечер в лазарете в Клонгоузе, темные волны, свет в бухте и горестные стоны людей, когда они услышали весть.

У Эйлин были длинные белые руки. Как-то вечером, когда они играли в жмурки, она прижала ему к глазам свои руки: длинные, белые, тонкие, холодные и нежные. Это и есть слоновая кость. Холодная и белая, вот что значит башня из слоновой кости.

— Рассказ короткий и занятный, — сказал мистер Кейси. — Это было как-то в Арклоу в холодный, пасмурный день, незадолго до того, как умер наш вождь. Помилуй, Господи, его душу!

Он устало закрыл глаза и остановился. Мистер Дедал взял кость с тарелки и, отдирая мясо зубами, сказал:

— До того, как его убили, вы хотите сказать?

Мистер Кейси открыл глаза, вздохнул и продолжал:

---

[1] Слова из католической молитвы, обращенной к Деве Марии.

95

— Однажды он приехал в Арклоу. Мы были на митинге, и, когда митинг кончился, нам пришлось пробиваться сквозь толпу на станцию. Такого рева и воя мне еще никогда не приходилось слышать! Они поносили нас на все лады. А одна старуха, пьяная старая ведьма, почему-то привязалась именно ко мне. Она приплясывала в грязи рядом со мной, визжала и выкрикивала мне прямо в лицо: *Гонитель священников! Парижская биржа! Мистер Фокс!*[1] *Китти О'Ши!*

— И что же вы сделали, Джон? — спросил мистер Дедал.

— Я не мешал ей визжать, — сказал мистер Кейси. — Было очень холодно, и, чтобы подбодрить себя, я (прошу извинить меня, мадам) заложил за щеку порцию талламорского табаку, ну и, само собой, слова я не мог сказать, потому что рот был полон табачного сока.

— Ну и что же, Джон?

— Ну так вот. Я не мешал ей — пусть орет сколько душе угодно про Китти О'Ши и все такое, — пока наконец она не обозвала эту леди таким словом, которое я не повторю, чтобы не осквернять ни наш рождественский обед, ни ваш слух, мадам, ни свой собственный язык.

Он замолчал. Мистер Дедал, подняв голову, спросил:

— Ну и что же вы сделали, Джон?

— Что я сделал? — сказал мистер Кейси. — Она приблизила ко мне свою отвратительную старую рожу, и у меня был полон рот табачного сока. Я наклонился к ней и сказал: «Тьфу!» — вот так.

Он отвернулся в сторону и показал, как это было.

— Тьфу! Прямо в глаз ей плюнул.

Он прижал руку к глазу и завопил, словно от боли:

— «Ой, Иисусе Христе, Дева Мария, Иосиф! — вопила она. — Ой, я ослепла, ой, умираю!»

Он поперхнулся и, давясь от смеха и кашля, повторял:

— «Ослепла, совсем ослепла!»

Мистер Дедал громко захохотал и откинулся на спинку стула, дядя Чарльз мотал головой из стороны в сторону. У Дэнти был очень сердитый вид, и, пока они смеялись, она не переставала повторять:

— Очень хорошо, нечего сказать, очень хорошо!

Нехорошо плевать женщине в глаза.

---

[1] Парижская биржа — фенианская организация, которую возглавлял Парнелл в 1888 г. Парнелла несправедливо обвинили в незаконном использовании денег, что отразилось на его репутации лидера движения. Мистер Фокс — одно из имен, которое Парнелл использовал в переписке с Китти О'Ши.

Но каким же словом она обозвала Китти О'Ши, если мистер Кейси даже не захотел повторить его? Он представил себе мистера Кейси среди толпы: вот он стоит на тележке и произносит речь. За это он и сидел в тюрьме. И он вспомнил, как однажды к ним пришел сержант О'Нил, он стоял в передней и тихо разговаривал с папой, нервно покусывая ремешок своей каски. И в тот вечер мистер Кейси не поехал поездом в Дублин, а к дому подкатила телега, и он слышал, как папа говорил что-то о дороге через Кэбинтили.

Он был за Ирландию и за Парнелла так же, как и папа, но ведь и Дэнти — тоже, потому что однажды, когда на эспланаде играл оркестр, она ударила одного господина зонтиком по голове за то, что тот снял шляпу, когда под конец заиграли: «Боже, храни королеву!»

Мистер Дедал презрительно фыркнул.

— Э, Джон, — сказал он. — Так им и надо. Мы несчастный, задавленный попами народ. Так всегда было и так будет до скончания века.

Дядя Чарльз покачал головой и сказал:

— Да, плохи наши дела, плохи!

Мистер Дедал повторил:

— Задавленный попами и покинутый Богом народ!

Он показал на портрет своего деда направо от себя, на стене.

— Видите вы этого старика, Джон? — сказал он. — Честный ирландец — в его время люди жили не только ради денег. Он был одним из Белых Ребят, приговоренных к смерти. В тысяча семьсот шестидесятом году он был осужден на смерть как белый повстанец[1]. О наших друзьях-церковниках он любил говорить, что никого из них с собой за стол не посадит.

Дэнти вспыхнула:

— Мы должны гордиться тем, что нами управляют священники! Они — зеница ока Божьего. Ибо касающийся вас касается зеницы ока Его.

— Выходит, нам нельзя любить свою родину? — спросил мистер Кейси. — Нельзя идти за человеком, который был рожден, чтобы вести нас?

— Изменник родины, — возразила Дэнти. — Изменник, прелюбодей! Пастыри нашей церкви правильно поступили, отвер-

---

[1] Имеются в виду Белые Ребята — одна из крестьянских организаций в Ирландии, появившихся в начале 60-х годов XVIII в. Обычно они действовали ночью, надевая поверх одежды белые рубашки (отсюда название). Закон 1765 г. предписывал смертную казнь за участие в этой организации.

нувшись от него. Пастыри всегда были истинными друзьями Ирландии.

— И вы этому верите? — сказал мистер Кейси.

Он ударил кулаком по столу и, сердито сдвинув брови, начал отгибать один палец за другим.

— Разве ирландские епископы не предали нас во времена унии[1], когда епископ Лэниген поднес верноподданический адрес маркизу Корнуоллису[2]? Разве епископы и священники не продали в тысяча восемьсот двадцать девятом году чаяния своей страны за свободу католической религии? Не обличили фенианского движения с кафедры и в исповедальнях? Не обесчестили прах Теренса Белью Макмэнуса[3]?

Лицо Кейси гневно пылало, и Стивен чувствовал, что и его щеки начинают пылать от волнения, которое поднималось в нем от этих слов.

Мистер Дедал захохотал злобно и презрительно.

— О Боже, — вскричал он. — Я и забыл старикашку Пола Каллина[4]. Вот еще тоже зеница ока Божьего!

Дэнти перегнулась через стол и выкрикнула в лицо мистеру Кейси:

— Правильно, правильно! Они всегда поступали правильно! Бог, нравственность и религия прежде всего!

Миссис Дедал, видя, как она разгневана, сказала ей:

— Миссис Риордан, поберегите себя, не отвечайте им.

— Бог и религия превыше всего! — кричала Дэнти. — Бог и религия превыше всего земного!

Мистер Кейси поднял сжатый кулак и с силой ударил им по столу.

— Хорошо, — крикнул он хрипло, — если так — не надо Ирландии Бога!

— Джон, Джон! — вскричал мистер Дедал, хватая гостя за рукав.

Дэнти застыла, глядя на него в ужасе: щеки у нее дергались.

---

[1] В 1799 г. английское правительство решило распустить ирландский парламент в Дублине и объединить его с английским парламентом в Лондоне. Эта акция уничтожала политическую независимость ирландского парламента. В Ирландии сторонниками унии были священнослужители.

[2] Чарльз Корнуоллис (1738—1805) — английский генерал и политический деятель, с 1798 по 1801 г. — вице-король Ирландии.

[3] Теренс Белью Макмэнус (1828—1860) — ирландский патриот, умер в Сан-Франциско, торжественно погребен в Дублине.

[4] Пол Каллин (1803—1878) — архиепископ, противник ирландских борцов за независимость. Осуждал демонстрации во время похорон Макмэнуса.

Мистер Кейси с грохотом отодвинул стул и, перегнувшись к ней через весь стол, стал водить рукой у себя под глазами, как бы отметая в сторону паутину.

— Не надо Ирландии Бога! — кричал он. — Слишком много его было в Ирландии. Хватит с нас! Долой Бога!

— Богохульник! Дьявол! — взвизгнула Дэнти, вскакивая с места, и только что не плюнула ему в лицо.

Дядя Чарльз и мистер Дедал усадили мистера Кейси обратно на стул, они пытались успокоить его. Он смотрел перед собой темными, пылающими глазами и повторял:

— Долой Бога, долой!

Дэнти с силой оттолкнула свой стул в сторону и вышла из-за стола, уронив кольцо от салфетки, которое медленно покатилось по ковру и остановилось у ножки кресла. Миссис Дедал быстро поднялась и направилась за ней к двери.

В дверях Дэнти обернулась, щеки у нее дергались и пылали от ярости, она крикнула на всю комнату:

— Исчадие ада! Мы победили! Мы сокрушили его насмерть! Сатана!

Дверь с треском захлопнулась.

Оттолкнув державших его, мистер Кейси уронил голову на руки и зарыдал.

— Несчастный Парнелл! — громко простонал он. — Наш погибший король!

Он громко и горько рыдал.

Стивен, подняв побелевшее от ужаса лицо, увидел, что глаза отца полны слез.

* * *

Стоя небольшими группами, мальчики разговаривали. Один сказал:

— Их поймали у Лайенс-Хилл.

— Кто поймал?

— Мистер Глисон и священник. Они ехали на телеге.

Тот же мальчик прибавил:

— Мне это рассказал один из старшего класса.

Флеминг спросил:

— А почему они бежали?

— Я знаю почему, — сказал Сесил Сандер. — Потому что стащили деньги из комнаты ректора.

— Кто стащил?

— Брат Кикема. А потом они поделились.

— Значит, украли? Как же они могли?

99

— Много ты знаешь, Сандер! — сказал Уэллс. — Я точно знаю, почему они удрали.

— Почему?

— Меня просили не говорить, — сказал Уэллс.

— Ну расскажи, — закричали все. — Не бойся, мы тебя не выдадим.

Стивен вытянул голову вперед, чтобы лучше слышать. Уэллс огляделся по сторонам, не идет ли кто. Потом проговорил шепотом:

— Знаете церковное вино, которое хранится в ризнице в шкафу?

— Да.

— Так вот, они выпили его, а когда стали искать виновных, по запаху их и узнали. Вот почему они скрылись, если хотите знать.

Мальчик, который заговорил первым, сказал:

— Да, да, я тоже так слышал от одного старшеклассника.

Все молчали. Стивен стоял среди них, не решаясь проронить ни слова, и слушал. Его чуть-чуть мутило от страха, он чувствовал слабость во всем теле. Как они могли так поступить? Он представил себе тихую темную ризницу. Там были деревянные шкафы, где лежали аккуратно сложенные по сгибам стихари. Это не часовня, но все-таки разговаривать можно только шепотом. Тут святое место. И он вспомнил летний вечер, когда его привели туда в день процессии к маленькой часовне в лесу, чтобы надеть на него облачение прислужника. Странное и святое место. Мальчик, который держал кадило, медленно размахивал им взад и вперед в дверях, а серебряная крышка чуть-чуть оттягивалась средней цепочкой, чтобы не погасли угли. Уголь был древесный, и, когда мальчик медленно размахивал кадилом, уголь тихонько горел и от него шел кисловатый запах. А потом, когда все облачились, мальчик протянул кадило ректору и ректор насыпал в него полную ложку ладана, и ладан зашипел на раскаленных углях.

Мальчики разговаривали, собравшись группками там и сям на площадке. Ему казалось, что все они стали меньше ростом. Это оттого, что один из гонщиков, ученик второго класса, накануне сшиб его с ног. Велосипед столкнул его на посыпанную шлаком дорожку, и очки его разлетелись на три части, и немного золы попало в рот.

Вот поэтому мальчики и казались ему меньше и гораздо дальше от него, а штанги ворот стали такими тонкими и далекими, и мягкое серое небо поднялось так высоко вверх. Но на спортивной площадке никого не было, потому что все собрались играть в крикет; некоторые говорили, что капитаном будет Барнс, другие считали, что Флауэрс. И по всей площадке бросали, наподдавая, давали и запускали в воздух мячи. Удары крикетной биты разносились в мягком сером воздухе. Пик, пак, пок, пек — капельки воды в фонтане, медленно падающие в переполненный бассейн.

Этти, который до сих пор помалкивал, тихо сказал:

— И все вы не то говорите.

Все повернулись к нему.

— Почему?

— А ты знаешь?

— Кто тебе сказал?

— Расскажи, Этти!

Этти показал рукой через площадку туда, где Саймон Мунен прогуливался один, гоняя ногой камешек.

— Спросите у него, — сказал он.

Мальчики посмотрели туда, потом сказали:

— А почему у него?

— Разве и он тоже?

Этти понизил голос и сказал:

— Знаете, почему эти ребята удрали? Я скажу вам, но только не признавайтесь, что знаете.

— Ну, рассказывай, Этти, ну пожалуйста. Мы не проговоримся.

Он помолчал минутку, потом прошептал таинственно:

— Их застали с Саймоном Муненом и Киком Бойлом вечером в уборной.

Мальчики посмотрели на него и спросили:

— Застали?

— А что они делали?

Этти сказал:

— Щупались.

Все молчали.

— Вот почему, — сказал Этти.

Стивен взглянул на лица товарищей, но они все смотрели на ту сторону площадки. Ему хотелось спросить кого-нибудь, что это значит — щупаться в уборной? Почему пять мальчиков из старшего класса убежали из-за этого? Это шутка, подумал он. Саймон Мунен всегда очень хорошо одет, а как-то раз вечером он показал ему шар со сливочными конфетами, который мальчики из футбольной команды подкатили ему по коврику посреди столовой, когда он стоял у двери. Это было в тот вечер, после состязания с бэктайвской командой, а шар был точь-в-точь как зеленое с красным яблоко, только он открывался, а внутри был набит сливочной карамелью. А один раз Бойл сказал, что у слона два «кика», вместо того, чтобы сказать — клыка, поэтому его и прозвали Кик Бойл. Но некоторые мальчики называли его Леди Бойл, потому что он всегда следил за своими ногтями, заботливо подпиливая их.

У Эйлин тоже были длинные тонкие прохладные белые руки, потому что она — девочка. Они были как слоновая кость, только мягкие. Вот что означало *БАШНЯ ИЗ СЛОНОВОЙ КОСТИ*, но протестанты этого не понимали и потому смеялись. Однажды они стояли с ней и смотрели на двор гостиницы. Коридорный прилаживал к столбу длинную полосу флага, а по солнечному газону взад и вперед носился фокстерьер. Она засунула руку к нему в карман, где была его рука, и он почувствовал, какая прохладная, тонкая и мягкая у нее кисть. Она сказала, что очень забавно иметь карманы. А потом вдруг повернулась и побежала, смеясь, вниз по петляющей дорожке. Ее светлые волосы струились по спине, как золото на солнце. *БАШНЯ ИЗ СЛОНОВОЙ КОСТИ. ЗОЛОТОЙ ЧЕРТОГ.* Когда думаешь над чем-то, тогда начинаешь понимать.

Но почему в уборной? Ведь туда ходишь только по нужде. Там такие толстые каменные плиты, и вода капает весь день из маленьких дырочек, и стоит такой неприятный запах затхлой воды. А на двери одной кабины нарисован красным карандашом бородатый человек в римской тоге с кирпичом в каждой руке и внизу подпись к рисунку: «Балбес стену воздвигал»[1].

Кто-то из мальчиков нарисовал это для смеха. Лицо вышло очень смешное, но все-таки похоже на человека с бородой. А на стене другой кабины было написано справа налево очень красивым почерком: «Юлий Цезарь написал Белую Галку»[2].

Может быть, они просто забрались туда, потому что мальчики писали здесь ради шуток всякие такие вещи. Но все равно это неприятно, то, что сказал Этти и как он это сказал. Это уже не шутка, раз им пришлось убежать.

Он посмотрел вместе со всеми через площадку, и ему стало страшно.

А Флеминг сказал:

— Что же, теперь нам всем из-за них попадет?

— Не вернусь я сюда после каникул, вот увидишь, не вернусь, — сказал Сесил Сандер. — По три дня молчать в столовой, а чуть что — еще угодишь под штрафную линейку.

— Да, — сказал Уэллс. — А Баррет повадился свертывать штрафную тетрадку, так что, если развернуть, никак не сложишь по-старому — теперь не узнаешь, сколько тебе положено ударов.

— Я тоже не вернусь.

---

[1] Каламбур, основанный на искаженном звучании имени Луция Корнелия Бальбуса из Гадеса (Кадис), одного из друзей Юлия Цезаря.

[2] Игра слов, построенная на созвучии с названием труда Цезаря «Commentarii de bello Gallico» — «Записки о Галльской войне».

— Да, — сказал Сесил Сандер, — а классный инспектор был сегодня утром во втором классе.

— Давайте поднимем бунт, — сказал Флеминг. — А?

Все молчали. Воздух был очень тихий, удары крикетной биты раздавались медленнее, чем раньше: пик, пок.

Уэллс спросил:

— Что же им теперь будет?

— Саймона Мунена и Кика высекут, — сказал Этти, — а ученикам старшего класса предложили выбрать: порку или исключение.

— А что они выбрали? — спросил мальчик, который заговорил первым.

— Все выбрали исключение, кроме Корригена, — ответил Этти. — Его будет пороть мистер Глисон.

— Я знаю, почему Корриген так выбрал, — сказал Сесил Сандер, — и он прав, а другие мальчики нет, потому что ведь про порку все забудут, а если тебя исключат из колледжа, так это на всю жизнь. А потом, ведь Глисон будет не больно пороть.

— Да уж лучше пусть он этого не делает, — сказал Флеминг.

— Не хотел бы я быть на месте Саймона Мунена или Кика, — сказал Сесил Сандер. — Но вряд ли их будут пороть. Может, только закатят здоровую порцию по рукам.

— Нет, нет, — сказал Этти, — им обоим всыплют по мягкому месту.

Уэллс почесался и сказал плаксивым голосом:

— Пожалуйста, сэр, отпустите меня, сэр...

Этти ухмыльнулся, засучил рукава куртки и сказал:

> Теперь уже поздно хныкать,
> Терпи, коль виноват,
> Живей спускай штанишки
> Да подставляй свой зад.

Мальчики засмеялись, но он чувствовал, что они все-таки побаиваются. В тишине мягкого серого воздуха он слышал то тут, то там удары крикетной биты: пок, пок. Это был только звук удара, но когда тебя самого ударят, чувствуешь боль. Линейка, которой били по рукам, тоже издавала звук, но не такой. Мальчики говорили, что она сделана из китового уса и кожи со свинцом внутри, и он старался представить себе, какая от этого боль. Звуки бывают разные. У длинной тонкой тросточки звук высокий, свистящий, и он постарался представить себе, какая от нее боль. Эти мысли заставляли его вздрагивать, и ему делалось холодно, и от того, что говорил Этти, — тоже. Но что тут смешного? Его передергивало, но это потому, что, когда спускаешь штанишки, всегда делается немножко холодно и чуть-чуть дрожишь. Так бывает и в ванной, когда раздеваешься. Он думал: кто же будет им снимать штаны — сами мальчики или наставник? Как можно смеяться над этим?!

Он смотрел на засученные рукава и на запачканные чернилами худые руки Этти. Он засучил рукава, чтобы показать, как засучит рукава мистер Глисон. Но у мистера Глисона круглые, сверкающие белизной манжеты и чистые белые пухлые руки, а ногти длинные и острые. Может быть, он тоже подпиливает их, как Леди Бойл. Только это были ужасно длинные и острые ногти. Такие длинные и жестокие, хотя белые пухлые руки были совсем не жестокие, а ласковые. И хотя Стивен дрожал от холода и страха, представляя себе жестокие длинные ногти и высокий, свистящий звук плетки, и озноб, проходящий по коже в том месте, где кончается рубашка, когда раздеваешься, все же он испытывал чувство странного и тихого удовольствия, представляя себе белые пухлые руки, чистые, сильные и ласковые. И он подумал о том, что сказал Сесил Сандер: мистер Глисон не будет больно сечь Корригена. А Флеминг сказал: не будет, потому что он сам знает, что ему лучше этого не делать. А вот почему — не понятно.

Голос далеко на площадке крикнул:

— Все домой!

За ним другие голоса подхватили:

— Домой, все домой!

На уроке чистописания он сидел сложив руки и слушал медленный скрип перьев. Мистер Харфорд прохаживался взад и вперед, делая маленькие поправки красным карандашом и подсаживаясь иногда к кому-нибудь из мальчиков, чтобы показать, как держать перо. Он старался прочесть по буквам первую строчку на доске, хотя и знал, что там было написано, — ведь это была последняя фраза из учебника: *«Усердие без разумения подобно кораблю без руля»*. Но черточки букв были как тонкие невидимые нити, и, только крепко-накрепко зажмурив правый глаз и пристально вглядываясь левым, он мог разобрать округлые очертания прописных букв.

Но мистер Харфорд был очень добрый и никогда не злился. Все другие учителя ужасно злились. Но почему им придется отвечать за то, что сделали ученики старшего класса? Уэллс сказал, что они выпили церковное вино из шкафа в ризнице и что это узнали по запаху. Может быть, они украли дароносицу и думали убежать и продать ее где-нибудь? Но ведь это страшный грех — войти тихонько ночью, открыть темный шкаф и украсть сверкающий золотом сосуд, в вине которого претворяется сам Господь во время богослужения среди цветов и свечей, когда ладан облаками поднимается по обе стороны и прислужник размахивает кадилом, а Доминик Келли один ведет первый голос в хоре. Конечно, Бога там не было, когда они украли дароносицу. Но даже прикасаться к ней — невообразимый великий грех. Он думал об этом с благоговейным ужасом: страшный, невообразимый грех; сердце его замирало, когда он думал об этом в тишине, под легкий скрип перьев. Но ведь открыть шкаф и выпить церковное вино, и чтобы потом узнали по запаху, кто это сделал, — тоже грех, хотя не такой страшный и невообразимый. Только чуть-чуть тошнит от запаха вина. В тот день, когда он первый раз причащался в церкви, он закрыл глаза и открыл рот и высунул немножко язык, и, когда ректор нагнулся, чтобы дать ему Святое причастие, он почувствовал слабый винный запах от дыхания ректора. Красивое слово — «вино». Представляешь себе темный пурпур, потому что виноградные грозди темно-пурпурные — те, что растут в Греции, около домов, похожих на белые храмы. И все же слабый запах от дыхания ректора вызвал у него тошноту в день его первого причастия. День первого причастия — это самый счастливый день в жизни. Однажды несколько генералов спросили Наполеона, какой самый счастливый день в его жизни. Они думали, что он назовет день, когда он выиграл какое-нибудь большое сражение, или день, когда он сделался императором. Но он сказал:

— Господа, самый счастливый день в моей жизни — это день первого Святого причастия.

Вошел отец Арнолл, и начался урок латыни, и он по-прежнему сидел, прислонившись к спинке парты со сложенными руками. Отец Арнолл раздал тетрадки с упражнениями и сказал: классная работа никуда не годится и чтобы все сейчас же переписали урок с поправками. Но самой плохой была тетрадка Флеминга, потому что страницы у нее слиплись от клякс. И отец Арнолл поднял ее за краешек и сказал, что подавать такую тетрадку — значит просто оскорблять учителя. Потом он вызвал Джека Лотена просклонять существительное mare[1], но Джек Лотен остановился на творительном падеже единственного числа и не знал, как будет во множественном.

— Стыдись, — сказал отец Арнолл строго. — Ты же первый ученик!

Потом он вызвал другого мальчика, а потом еще и еще. Никто не знал. Отец Арнолл стал очень спокойным и делался все спокойнее и спокойнее по мере того, как вызванные ученики пытались и не могли ответить. Только лицо у него было хмурое, и глядел он пристально, а голос был спокойный. Наконец он вызвал Флеминга, и Флеминг сказал, что у этого слова нет множественного числа. Отец Арнолл вдруг захлопнул книгу и закричал:

[1] Море (*лат.*).

— Стань на колени сейчас же посреди класса. Такого лентяя я еще не видывал. А вы все переписывайте упражнения!

Флеминг медленно поднялся со своего места, вышел на середину и стал на колени между двумя крайними партами. Остальные мальчики наклонились над своими тетрадками и начали писать. В классе воцарилась тишина, и Стивен, бросив робкий взгляд на хмурое лицо отца Арнолла, увидел, что оно покраснело от раздражения.

Грех ли, что отец Арнолл сердится, или ему можно сердиться, когда мальчики ленивы, — ведь от этого они лучше учатся? Или, может быть, он только делает вид, что сердится? И это ему можно, потому что он священник и сам знает, что считается грехом, и, конечно, не согрешит. Но если он согрешит как-нибудь нечаянно, где ему исповедоваться? Может быть, он пойдет исповедоваться к главе общины? А если глава общины согрешит, то пойдет к ректору, а ректор к провинциалу[1], а провинциал к генералу иезуитов. Это иезуитский орден, а он слышал, как папа говорил, что все иезуиты очень умные люди. Они могли бы сделаться очень важными людьми, если бы не стали иезуитами. И он старался представить себе, кем бы мог сделаться отец Арнолл, и Педди Баррет, и мистер Макглэйд, и мистер Глисон, если бы они не стали иезуитами. Представить это себе было трудно, потому что приходилось воображать их по-разному, в разного цвета сюртуках и брюках, с усами и с бородой и в разных шляпах.

Дверь бесшумно отворилась и закрылась. Быстрый шепот пронесся по классу: классный инспектор. Секунду стояла мертвая тишина, затем раздался громкий стук линейкой по последней парте. Сердце у Стивена екнуло.

— Не нуждается ли здесь кто-нибудь в порке, отец Арнолл? — крикнул классный инспектор. — Нет ли здесь ленивых бездельников, которым требуется порка?

Он дошел до середины класса и увидел Флеминга на коленях.

— Ага! — воскликнул он. — Кто это такой? Почему он на коленях? Как твоя фамилия?

— Флеминг, сэр.

— Ага, Флеминг! И конечно, лентяй, я уж вижу по глазам. Почему он на коленях, отец Арнолл?

— Он плохо написал латинское упражнение, — сказал отец Арнолл, — и не ответил ни на один вопрос по грамматике.

— Ну конечно, — закричал инспектор, — конечно. Отъявленный лентяй. По глазам видно.

Он стукнул по парте и крикнул:

---

[1] Один из высших чинов в структуре иезуитского ордена. Провинциалы и генералы подчиняются непосредственно Папе Римскому.

106

— Встань, Флеминг! Живо!

Флеминг медленно поднялся с колен.

— Руку! — крикнул инспектор.

Флеминг протянул руку. Линейка опустилась с громким щелкающим звуком: раз, два, три, четыре, пять, шесть.

— Другую!

Линейка снова отсчитала шесть громких быстрых ударов.

— На колени! — крикнул инспектор.

Флеминг опустился на колени, засунув руки под мышки, и лицо у него исказилось от боли, хотя Стивен знал, что руки Флеминга жесткие, потому что Флеминг натирал их смолой. Но, может быть, ему было очень больно — ведь удары были ужасно громкие. Сердце у Стивена падало и замирало.

— Все за работу! — крикнул инспектор. — Нам здесь не нужны лентяи, бездельники и плуты, отлынивающие от работы! Все за работу! Отец Долан будет навещать вас каждый день. Отец Долан придет завтра. — Он толкнул одного из учеников линейкой в бок и сказал: — Ну-ка, ты! Когда придет отец Долан?

— Завтра, сэр, — раздался голос Тома Ферлонга.

— Завтра, и завтра, и еще завтра, — сказал инспектор. — Запомните это хорошенько. Отец Долан будет приходить каждый день. А теперь пишите. А ты кто такой?

Сердце у Стивена упало.

— Дедал, сэр.

— Почему ты не пишешь, как все?

— Я... свои...

От страха он не мог говорить.

— Почему он не пишет, отец Арнолл?

— Он разбил очки, — сказал отец Арнолл, — и я освободил его от занятий.

— Разбил? Это еще что такое? Как тебя зовут? — спросил инспектор.

— Дедал, сэр.

— Поди сюда, Дедал. Вот еще ленивый плутишка! Я по лицу вижу, что ты плут. Где ты разбил свои очки?

Стивен, торопясь, ничего не видя от страха и спотыкаясь, вышел на середину класса.

— Где ты разбил свои очки? — переспросил инспектор.

— На беговой дорожке, сэр.

— Ага, на беговой дорожке! — закричал инспектор. — Знаю я эти фокусы!

Стивен в изумлении поднял глаза и на мгновение увидел белесовато-серое, немолодое лицо отца Долана, его лысую белесовато-серую голову с пухом по бокам, стальную оправу очков и бесцветные глаза, глядящие сквозь стекла. Почему он сказал, что знает эти фокусы?

— Ленивый маленький бездельник! — кричал инспектор. — Разбил очки! Обычные ваши фокусы! Протяни руку сейчас же!

Стивен закрыл глаза и вытянул вперед свою дрожащую руку ладонью кверху. Он почувствовал, что инспектор на мгновение коснулся его пальцев, чтобы выпрямить их, услышал шелест взметнувшегося вверх рукава сутаны и свист линейки, взвившейся для удара. Язвящий, обжигающий, жесткий, хлесткий удар, будто переломили палку, заставил его дрожащую руку скорчиться, подобно листу на огне, и от звука удара и боли жгучие слезы выступили у него на глазах. Все тело дрожало от страха, и рука дрожала, и скорчившаяся пылающая багровая кисть вздрагивала, как лист, повисший в воздухе. Рыдание готово было сорваться с губ, вопль, чтобы его отпустили. Но хотя слезы жгли ему глаза и руки тряслись от боли и страха, он подавил жгучие слезы и вопль, застрявшие у него в горле.

— Другую руку! — крикнул инспектор.

Стивен опустил свою изуродованную, дрожащую руку и протянул левую. Опять шелест рукава сутаны, и свист линейки, взвившейся для удара, и громкий обрушившийся треск, и острая, невыносимая, обжигающая боль заставила его ладонь и пальцы сжаться в одну багровую вздрагивающую массу. Жгучие слезы брызнули у него из глаз, и, пылая от стыда, боли и страха, он в ужасе отдернул свою дрожащую руку и застонал. Все тело парализовал страх, и, корчась от стыда и отчаяния, он почувствовал, как сдавленный стон рвется у него из груди и жгучие слезы брызжут из глаз и текут по горящим щекам.

— На колени! — крикнул классный инспектор.

Стивен быстро опустился на колени, прижимая к бокам избитые руки. Он испытывал такую жалость к этим избитым и мгновенно распухшим от боли рукам, будто это были не его собственные, а чьи-то чужие руки, которые он жалел. И на коленях, подавляя последние утихавшие в горле рыдания и прижимая к бокам обжигающую жестокую боль, он представил себе свои руки, протянутые ладонями вверх, и твердое прикосновение рук инспектора, когда тот выпрямлял его дрожащие пальцы, и избитую, распухшую, покрасневшую мякоть ладони, и беспомощно вздрагивающие в воздухе пальцы.

— Все за работу! — крикнул инспектор, обернувшись в дверях. — Отец Долан будет проверять каждый день, нет ли здесь ленивых шалопаев и бездельников, нуждающихся в порке. Каждый день! Каждый день!

Дверь за ним затворилась.

Присмиревший класс продолжал переписывать упражнения. Отец Арнолл поднялся со своего стула и начал прохаживаться среди парт, ласковыми словами подбадривая мальчиков и объясняя им их ошибки. Голос у него сделался очень ласковый и мягкий. Затем он вернулся к своему столу и сказал Флемингу и Стивену:

— Можете идти на место, оба.

Флеминг и Стивен поднялись, пошли к своим партам и сели. Стивен, весь красный от стыда, поспешно открыл книгу одной рукой и нагнулся над ней, уткнувшись лицом в страницы.

Это было нечестно и жестоко, потому что доктор запретил ему читать без очков, и он написал домой папе сегодня утром, чтобы прислали другие. И отец Арнолл сказал ему, что он может не заниматься, пока не пришлют очки. А потом его обозвали плутом перед всем классом и побили, а он всегда шел первым или вторым учеником и считался вождем Йорков. Почему классный инспектор решил, что это плутни? Он почувствовал прикосновение пальцев инспектора, когда они выпрямляли его руку, и сначала ему показалось, что инспектор хочет поздороваться с ним, потому что пальцы были мягкие и крепкие; но тут же послышалось шуршание взмывшего вверх рукава сутаны и удар. Жестоко и нечестно заставлять его потом стоять на коленях посреди класса. И отец Арнолл сказал им, что они могут вернуться оба на место, не сделав между ними никакой разницы. Он слышал тихий и мягкий голос отца Арнолла, поправлявшего упражнения. Может быть, он раскаивается теперь и старается быть добрым. Но это нечестно и жестоко. Классный инспектор — священник, но это нечестно и жестоко. И его белесовато-серое лицо и бесцветные глаза за очками в стальной оправе смотрели жестоко, потому что он сперва выпрямил его руку своими крепкими мягкими пальцами, но только для того, чтобы ударить посильнее и погромче.

— Я считаю, что это гнусная подлость, вот и все, — сказал Флеминг в коридоре, когда классы вереницей тянулись в столовую. — Бить человека, когда он ни в чем не виноват.

— А ты правда нечаянно разбил свои очки? — спросил Вонючка Роуч.

Стивен почувствовал, как сердце его сжалось от слов Флеминга, и ничего не ответил.

— Конечно, нечаянно, — сказал Флеминг. — Я бы не стал терпеть. Я бы пошел и пожаловался ректору.

— Да, — живо подхватил Сесил Сандер, — и я видел, как он занес линейку за плечо. А он не имеет права так делать.

— А здорово больно было? — спросил Вонючка Роуч.

— Да, очень, — сказал Стивен.

— Я бы этого не потерпел от Плешивки и ни от какого другого плешивки, — повторил Флеминг. — Просто гнусная и низкая подлость. Я бы пошел сразу после обеда к ректору и пожаловался ему.

— Конечно, пойди, конечно, — сказал Сесил Сандер.

— Да, да, иди, иди к ректору, Дедал, и пожалуйся на него, — подхватил Вонючка Роуч, — ведь он сказал, что придет завтра и опять побьет тебя.

— Да, да, пожалуйся ректору, — закричали все.

Несколько мальчиков из второго класса слышали это, и один из них сказал:

— Сенат и римский народ постановили, что Дедал был наказан незаслуженно.

Это было незаслуженно, это было нечестно и жестоко. Сидя в столовой, он снова и снова восстанавливал в памяти все пережитое, пока ему не пришло в голову: а вдруг по лицу его можно заподозрить в плутовстве? И он пожалел, что у него нет маленького зеркальца, чтобы проверить, так ли это. Но нет, быть того не может, и это несправедливо, и жестоко, и нечестно.

Он не мог есть темно-серые рыбные котлеты, которые им давали во время великого поста по средам; на одной из картофелин был след заступа. Да, да, он сделает так, как говорили мальчики. Он пойдет и скажет ректору, что его наказали незаслуженно. Вот так же поступил когда-то один великий человек, чей портрет есть в учебнике истории. И ректор объявит, что он наказан незаслуженно, — ведь сенат и римский народ всегда оправдывали таких людей и объявляли, что они были наказаны незаслуженно. Это были те самые великие люди, чьи имена стояли в вопроснике Ричмела Мэгнолла[1]. И в истории, и в рассказах Питера Парли[2] про Грецию и Рим было про этих людей и про их дела. Сам Питер Парли изображен на картинке на первой странице. Там нарисована дорога через равнину, поросшая по обеим сторонам травой и кустарником, а Питер Парли в широкополой шляпе, как у протестантского пастора, с толстой палкой в руках быстро шагает по дороге в Грецию и в Рим.

Ведь это совсем не трудно — сделать то, что надо. Просто, когда он выйдет вместе со всеми после обеда, пойти не по коридору, а по лестнице, которая ведет в замок, только и всего; повернуть направо и быстро взбежать по лестнице, и через несколько секунд он очутится в низком, темном, узком коридоре, который ведет в комнату ректора. И все мальчики считают, что это нечестно, и даже мальчик из второго класса, который сказал про сенат и римский народ.

Что-то будет? Он услышал, как ученики старшего класса поднялись из-за стола; он слышал их шаги по ковровой дорожке по-

---

[1] Ричмел Мэгнолл — автор учебника географии и истории, очень популярного в XIX в.

[2] Питер Парли — псевдоним Сэмюэля Гудрича (1793—1860), американского издателя, выпустившего серию книг для детей.

среди столовой. Пэдди Рэт и Джимми Мэджи, и испанец, и португалец, а пятым шел большой Корриген, которого будет сечь мистер Глисон. А его классный инспектор обозвал плутом и побил ни за что; и, напрягая свои больные заплаканные глаза, он смотрел на широкие плечи Корригена, который, опустив свою черную голову, шел мимо него позади всех. Но ведь он что-то такое сделал, и, кроме того, мистер Глисон не будет его сечь больно. Он вспомнил, каким большим казался Корриген в бане. У него кожа такого же торфяного цвета, как болотистая вода в мелком конце бассейна, и, когда он идет по проходу, ноги его громко шлепают по мокрым плитам и ляжки слегка трясутся при каждом шаге, потому что он толстый.

Столовая уже наполовину опустела, и мальчики вереницей шли к выходу. Он пойдет по лестнице прямо наверх, потому что за дверями столовой никогда не бывает ни классного надзирателя, ни инспектора. Нет, он не пойдет. Ректор станет на сторону классного инспектора и скажет, что это все фокусы, и тогда все равно инспектор будет приходить каждый день, но это еще хуже, потому что он страшно обозлится на мальчика, который пожаловался на него ректору. Мальчики уговаривают его пойти, а ведь сами-то не пошли бы. Они уже забыли обо всем. Нет, лучше и ему забыть, и, может, классный инспектор только так сказал, что будет приходить каждый день. Нет, лучше просто не попадаться ему на глаза, потому что, если ты маленький и неприметный, тебя не тронут.

Мальчики за его столом поднялись. Он встал и пошел в паре вслед за другими к выходу. Нужно решать. Вот уже совсем близко дверь. Если он пойдет со всеми дальше, то уже не попадет к ректору, потому что ему никак нельзя будет уйти с площадки. А если пойдет и его все равно накажут, все будут дразнить его и рассказывать про маленького Дедала, который ходил к ректору жаловаться на классного инспектора.

Он шел по дорожке, пока не оказался перед дверью. Нет. Нельзя. Он не может. Он вспомнил лысую голову инспектора, его жестокие бесцветные глаза и услышал голос, переспросивший дважды, как его фамилия. Почему он не мог запомнить с первого раза? Оттого, что не слушал первый раз, или оттого, что насмехался над его фамилией? У великих людей в истории фамилии похожи на его, и никто над ними не насмехался. Пусть он насмехается над своей собственной фамилией, если ему уж так хочется. Долан — похоже на фамилию женщины, которая приходила к ним стирать.

Он шагнул за дверь, быстро повернув направо, пошел по лестнице и, прежде чем успел подумать, не вернуться ли назад, очутился в низком, темном, узком коридоре, ведущем в замок. Едва перешагнув порог в коридор, он, не поворачивая головы, увидел, что все мальчики, гуськом выходившие из столовой, смотрят ему вслед.

Он шел узким, темным коридором мимо низеньких дверок в кельи общины. Он вглядывался в полумрак прямо перед собой направо и налево и думал: вот здесь должны быть портреты на стенах. Кругом было темно и тихо, а глаза у него были больные и опухшие от слез, так что он не мог ничего рассмотреть. Но ему казалось, что портреты святых и великих людей ордена молча смотрели на него со стен, когда он проходил мимо: св. Игнатий Лойола[1] с раскрытой книгой в руке, указывающий перстом на слова «Ad Majorem Dei Gloriam»[2], св. Франциск Ксаверий[3], указывающий на свою грудь, Лоренцо Риччи[4] в берете, точно классный наставник, и три патрона благочестивых отроков — св. Станислав Костка, св. Алоизий Гонзага и блаженный Иоанн Берхманс — все с молодыми лицами, потому что они умерли молодыми, и отец Питер Кенни[5] в кресле, закутанный в большой плащ.

Он вышел на площадку над главным входом и осмотрелся. Вот здесь проходил Гамильтон Роуэн, и здесь были следы солдатских пуль. И здесь старые слуги видели призрак в белом одеянии маршала.

Старик прислужник подметал в конце площадки. Он спросил старика, где комната ректора, тот показал на дверь в противоположном конце и провожал его взглядом, пока он не подошел и не постучался.

Никто не ответил. Он постучал громче, и сердце у него упало, когда приглушенный голос произнес:

— Войдите.

Он повернул ручку, открыл дверь и ощупью старался найти ручку второй, внутренней, двери, обитой зеленым войлоком. Он нашел ее, нажал и вошел в комнату.

Ректор сидел за письменным столом и писал. На столе стоял череп, а в комнате был странный запах, как от кожаной обивки на старом кресле.

Сердце его сильно билось оттого, что он находился в таком торжественном месте, и оттого, что в комнате была тишина; он смотрел на череп и на ласковое лицо ректора.

---

[1] Игнатий Лойола (1491(?)—1556) — основатель иезуитского ордена.

[2] К вящей славе Божьей (*лат.*) — девиз иезуитского ордена.

[3] Франциск Ксаверий (1506—1552) — ученик Игнатия Лойолы, один из первых иезуитов-миссионеров.

[4] Лоренцо Риччи (1703—1775) — с 1758 г. генерал ордена иезуитов.

[5] Питер Кенни — иезуитский священник, основавший Клонгоузский колледж.

— Ну, в чем дело, мальчуган? — спросил ректор. — Что случилось?

Стивен судорожно проглотил подступивший у него к горлу комок и сказал:

— Я разбил свои очки, сэр.

Ректор открыл рот и произнес:

— О!

Потом улыбнулся и сказал:

— Ну что ж, если мы разбили очки, придется написать домой, чтобы нам прислали новые.

— Я написал домой, сэр, — сказал Стивен, — и отец Арнолл сказал, чтобы я не занимался до тех пор, пока их не пришлют.

— Ну что же, отлично, — сказал ректор.

Стивен опять судорожно глотнул, стараясь остановить дрожь в ногах и в голосе.

— Но...

— Но что же?

— Отец Долан пришел сегодня и побил меня за то, что я не писал упражнений.

Ректор смотрел на него молча, и Стивен чувствовал, как кровь приливает у него к щекам и слезы вот-вот брызнут из глаз.

Ректор сказал:

— Твоя фамилия Дедал, не так ли?

— Да, сэр.

— А где ты разбил свои очки?

— На беговой дорожке, сэр. Какой-то мальчик задел меня велосипедом, и я упал, а они разбились. Я не знаю фамилии того мальчика.

Ректор опять молча посмотрел на него. Потом он улыбнулся и сказал:

— Ну, я уверен, что это просто недоразумение, отец Долан не знал, конечно.

— Но я сказал ему, что разбил их, сэр, а он наказал меня.

— Ты говорил ему, что написал домой, чтобы тебе прислали новые?

— Нет, сэр.

— Ну, тогда, конечно, отец Долан не понял. Можешь сказать, что я освободил тебя от занятий на несколько дней.

Стивен, дрожа от страха и боясь, что у него вот-вот прервется голос, добавил поспешно:

— Да, сэр, но отец Долан сказал, что он придет завтра и опять побьет меня за это.

— Хорошо, — проговорил ректор, — это недоразумение, я сам поговорю с отцом Доланом. Ну, все?

Стивен почувствовал, что слезы застилают ему глаза, и прошептал:

— О да, спасибо, сэр.

Ректор протянул ему руку через стол с той стороны, где стоял череп, и Стивен на секунду почувствовал его холодную, влажную ладонь.

— Ну, до свидания, — сказал ректор, отнимая руку и кивая.

— До свидания, сэр, — сказал Стивен.

Он поклонился и тихо вышел из комнаты, медленно и осторожно закрыв за собой обе двери.

Но, миновав старика прислужника на площадке и снова очутившись в низком, узком, темном коридоре, он зашагал быстрее. Все быстрее шагал он, торопясь в полутьме, задыхаясь от волнения. Локтем толкнул дверь в конце коридора, сбежал вниз по лестнице, еще двумя коридорами и — на волю.

Он уже слышал крики играющих на площадке. Он бросился бегом, быстрее, быстрее, пересек беговую дорожку и, запыхавшись, остановился на площадке около своего класса.

Мальчики видели, как он бежал. Они обступили его со всех сторон тесным кругом, отталкивая друг друга, чтобы лучше слышать.

— Ну, расскажи, расскажи!

— Что он сказал?

— Ты вошел к нему?

— Что он сказал?

— Расскажи, расскажи!

Он рассказал им, что говорил он и что говорил ректор, и, когда он кончил, все как один подбросили фуражки в воздух и закричали:

— Урра!..

Поймав фуражки, они снова запустили их вверх и снова закричали:

— Ура! Ура!

Потом сплели руки, усадили его и таскали до тех пор, пока он не начал вырываться. А когда он вырвался и убежал, они рассыпались в разные стороны и снова стали подбрасывать фуражки в воздух и свистели, когда они взвивались вверх, выкрикивая:

— Ура!

А потом они испустили три грозных крика на страх Плешивке Долану и троекратное «ура» в честь Конми и объявили его лучшим ректором со времен основания Клонгоуза.

Крики замерли вдали в мягком сером воздухе. Он был один. Ему было легко и радостно. Но все равно он не будет задаваться перед отцом Доланом, он будет очень тихим и послушным. И ему захотелось сделать отцу Долану что-нибудь хорошее, чтобы показать ему, что он не задается.

Воздух был мягкий, серый и спокойный; приближались сумерки. Запах сумерек стоял в воздухе, так пахнут поля в деревне, где они выкапывали репу во время прогулки к усадьбе майора Бартона и тут же ее очищали и ели на ходу; так пахнет маленький лес за беседкой, где растут чернильные орешки.

Мальчики упражнялись в короткой и дальней подаче мяча. В мягкой серой тишине слышался глухой стук, и в этом покое со всех сторон раздавались удары крикетной биты: пик, пок, пак — точно капельки воды в фонтане, мягко падающие в переполненный бассейн.

2

Дядя Чарльз курил такое ядовитое зелье, что в конце концов племянник предложил ему наслаждаться утренней трубкой в маленьком сарайчике в глубине сада.

— Отлично, Саймон. Превосходно! — спокойно сказал старик. — Где угодно. В сарае так в сарае, оно даже здоровее.

— Черт возьми, — с жаром сказал мистер Дедал, — я просто не представляю себе, как это вы только можете курить такую дрянь! Ведь это же чистый порох, честное слово!

— Прекрасный табак, Саймон, — отвечал старик, — очень мягчит и освежает!

С тех пор каждое утро дядя Чарльз, тщательно причесав и пригладив волосы на затылке и водрузив на голову вычищенный цилиндр, отправлялся в свой сарай. Когда он курил, из-за косяка двери виднелся только край его цилиндра и головка трубки. Его убежище, как называл он вонючий сарай, который с ним делили кошка и садовый инструмент, служило ему также студией для вокальных упражнений, и каждое утро он с увлечением мурлыкал себе под нос какую-нибудь из своих любимых песен: «В сень ветвей удались», или «Голубые очи, золотые кудри», или «Рощи Бларни», а серые и голубые кольца дыма медленно поднимались из трубки и исчезали в ясном воздухе.

В первую половину лета в Блэкроке дядя Чарльз был неизменным спутником Стивена. Дядя Чарльз был крепкий старик с резкими чертами лица, здоровым загаром и седыми бакенбардами. В будние дни ему поручалось заказывать провизию, и он отправлялся из дома на Кэрисфорт-авеню, на главную улицу города, в лавки, где обычно семья делала покупки. Стивен любил ходить с ним по магазинам, потому что дядя Чарльз от души угощал всем, что было выставлено в открытых ящиках и бочках. Бывало, он схватит кисть винограда прямо вместе с опилками или штуки три яблок и щедро оделит ими мальчика, а хозяин криво улыбается; если же Стивен делает вид, что не хочет брать, он хмурится и говорит:

— Берите, сэр, слышите, что я говорю! Это полезно для кишечника!

Когда заказ был принят, они отправлялись в парк, где старинный приятель отца Стивена, Майк Флинн, поджидал их на скамейке. Тут начинался для Стивена бег вокруг парка. Майк Флинн стоял на дорожке у выхода к вокзалу с часами в руках, а Стивен пробегал круг по правилам Майка Флинна — высоко подняв голову, выбрасывая колени и плотно прижав руки к бокам. Когда утренний бег заканчивался, тренер делал ему замечания и иногда показывал, как надо бежать, и сам пробегал несколько шагов, забавно шаркая ногами в старых синих брезентовых туфлях. Кучка изумленных детей и нянек собиралась вокруг и глазела на него, не расходясь даже тогда, когда он снова усаживался с дядей Чарльзом и заводил разговор о спорте и политике. Хотя папа говорил, что лучшие бегуны нашего времени прошли через руки Майка Флинна, Стивен часто с жалостью поглядывал на дряблое, обросшее щетиной лицо своего тренера, склонившееся над длинными желтыми от табака пальцами, которые скручивали самокрутку, смотрел на его кроткие выцветшие голубые глаза, которые вдруг рассеянно устремлялись в голубую даль, когда длинные распухшие пальцы переставали крутить, а табачные волокна и крошки сыпались обратно в кисет.

По дороге домой дядя Чарльз часто заходил в церковь, и, так как Стивен не мог дотянуться до кропильницы со святой водой, старик погружал в нее руку и быстро опрыскивал водой одежду Стивена и пол паперти. Молясь, он опускался на колени, предварительно подстелив красный носовой платок, и читал громким шепотом по захватанному, потемневшему молитвеннику, в котором внизу на каждой странице были напечатаны начальные слова молитв. Стивен не разделял его набожности, но из уважения к ней становился рядом на колени. Он часто гадал: о чем так усердно молится дядя Чарльз? Может быть, о душах в чистилище или просит ниспослать ему счастливую смерть, а может быть, о том, чтобы Бог вернул ему хоть часть того большого состояния, которое он промотал в Корке.

По воскресеньям Стивен с отцом и дядюшкой ходили на прогулку. Несмотря на свои мозоли, старик был отличный ходок, и нередко они проходили десять, а то и двенадцать миль. В маленькой деревушке Стиллорген дорога разветвлялась. Они или отправлялись налево к Дублинским горам, или шли на Гоутстаун и оттуда в Дандрам и возвращались домой через Сэндифорд. Во время ходьбы или на привале в какой-нибудь грязной придорожной харчевне старшие неизменно вели разговоры на излюбленные темы — о политических делах в Ирландии, о Манстере[1] или о каких-нибудь давних событиях в семье, а Стивен с жадностью слушал. Непонятные слова он повторял про себя снова и снова, пока не заучивал их наизусть, и через них постепенно учился постигать окружавший его мир. Час, когда ему тоже надо будет принять участие в жизни этого мира, казался ему близким, и втайне он начинал готовиться к великому делу, которое, как он чувствовал, было предназначено ему, но сущность которого он только смутно предугадывал.

После обеда он был предоставлен самому себе; он зачитывался растрепанной книжкой — переводом «Графа Монте-Кристо». Образ этого мрачного мстителя связывался в его воображении со всем непонятным и страшным, о чем он только догадывался в детстве. По вечерам на столе в гостиной он мастерил из переводных картинок, бумажных цветов, тонкой разноцветной бумаги и золотых и серебряных бумажных полосок, в которые заворачивают шоколад, дивную пещеру на острове. Когда он разорял это сооружение, утомившись его мишурным блеском, перед ним вставало яркое видение Марселя, залитая солнцем садовая ограда и Мерседес.

За Блэкроком, на ведущей в горы дороге, в саду, где росли розы, стоял маленький белый домик, и в этом домике, говорил он себе, жила другая Мерседес. Идя на прогулку или возвращаясь домой, он всегда отсчитывал расстояние до этого места и в мечтах переживал длинный ряд чудесных, как в книге, приключений, и в конце появлялся сам: постаревший и печальный, он стоял в залитом лунным светом саду с Мерседес, которая много лет тому назад предала его любовь, и печально и гордо произносил:

«Мадам, я не ем мускатного винограда».

Он подружился с мальчиком по имени Обри Миллз и вместе с ним основал в парке союз искателей приключений. В петлице куртки у Обри висел свисток, на поясе — велосипедный фонарь, а у других мальчиков за поясом были заткнуты короткие палки наподобие кинжалов. Стивен, вычитавший где-то, что Наполеон любил одеваться просто, отказался от всяких знаков отличия, и это доставляло ему особое удовольствие, когда он держал совет со своими подчиненными. Участники союза совершали набеги на сады старых дев или собирались в крепости замка[2], где устраива-

---

[1] Манстер — южная и самая большая из четырех провинций Ирландии, жители которой в XVI и XVII вв. очень резко выступали против английского владычества, за что подвергались репрессиям.

[2] Имеется в виду замок Мартелло с его фортификационными башнями.

ли сражения на заросших косматым мхом скалах; потом устало брели домой, и в носу у них сохранялся застоявшийся запах пляжа, а руки и волосы были насквозь пропитаны едким маслянистым соком морских водорослей.

Обри и Стивену привозил молоко один и тот же молочник, и они часто ездили с ним на тележке в Каррикмайнз, где паслись коровы. Пока он доил, мальчики по очереди катались по полю верхом на смирной кобыле. Но когда наступила осень, коров загнали с пастбища домой, и, едва Стивен увидел вонючий скотный двор в Стрэдбруке — отвратительные зеленые лужи, кучи жидкого навоза и клубы пара от кормушек с отрубями, — его чуть не стошнило. Коровы, казавшиеся на воле в солнечные дни такими красивыми, теперь вызывали в нем гадливое чувство, и он даже смотреть не мог на молоко.

Приближение сентября в этом году не огорчало его, потому что больше не надо было возвращаться в Клонгоуз. Майк Флинн слег в больницу, и тренировки в парке прекратились. Обри начал ходить в школу, и его отпускали гулять не больше чем на час после обеда. Союз распался, и не было уже больше ни вечерних набегов, ни сражений на скалах. Стивен иногда ездил с молочником развозить вечерний удой, и эти поездки по холодку прогоняли из его памяти вонь скотного двора, а клочки сена и коровьей шерсти на одежде молочника больше не вызывали в нем отвращения. Когда тележка останавливалась у какого-нибудь дома, он ждал: вот покажется на секунду до блеска начищенная кухня или мягко освещенная передняя, и он увидит, как служанка подставит кушин, а потом закроет дверь. Ему казалось, что неплохо так жить, развозя каждый вечер молоко, — были бы теплые перчатки и полный карман имбирных пряников на дорогу. Но то же предчувствие, от которого сжималось сердце и вдруг подкашивались ноги во время тренировок в парке, то же предвидение, которое заставляло его смотреть с недоверием на дряблое, обросшее щетиной лицо тренера, уныло склонявшееся над длинными, в пятнах, пальцами, отгоняло все его представления о будущем. Смутно он понимал, что у отца неприятности: поэтому-то его больше не посылали в Клонгоуз. С некоторых пор он стал замечать в доме небольшие перемены, и эти перемены, нарушавшие то, что он всегда считал неизменным, всякий раз наносили маленький удар по его детскому представлению о мире. Честолюбие, которое временами он чувствовал, шевелилось только на дне его души и не искало выхода. Когда он прислушивался к стуку лошадиных копыт, цокающих по рельсам конки на Рок-роуд, и слышал грохот огромного бидона, который подпрыгивал позади него, сумрак, такой же как и на земле, заволакивал его сознание.

Он мысленно возвращался к Мерседес, и, когда перед ним вставал ее образ, в крови зарождалось странное беспокойство.

118

Временами лихорадочный жар охватывал его и гнал бродить в сумерках по тихим улицам. Мирная тишина садов, приветливые огни окон проливали отрадный покой в его смятенное сердце. Крики играющих детей раздражали его, а их глупые голоса острее, чем даже в Клонгоузе, заставляли чувствовать, что он не похож на других. Ему не хотелось играть. Ему хотелось встретить в действительном мире тот неуловимый образ, который непрестанно мерещился его душе. Он не знал ни где, ни как искать его. Но предчувствие говорило ему, что без всяких усилий с его стороны образ этот когда-нибудь предстанет перед ним. Они встретятся спокойно, как если бы уже знали друг друга и условились встретиться где-нибудь под аркой или в каком-нибудь другом более укромном месте. Они будут одни — кругом темнота и молчание, и в это мгновение беспредельной нежности он преобразится. Он исчезнет у нее на глазах, обратится в нечто бесплотное, а потом мгновенно преобразится. Слабость, робость, неопытность спадут с него в этот волшебный миг.

* * *

Однажды утром у ворот остановились два больших желтых фургона и люди, тяжело топая, вошли в дом, чтобы увезти обстановку. Мебель потащили к фургонам через палисадник, где повсюду валялась солома и обрывки веревок. Когда все благополучно погрузили, фургоны с грохотом покатились по улице, и из окна конки Стивен, сидевший рядом с заплаканной матерью, увидел, как они тряслись по Мэрион-роуд.

Камин в гостиной не разгорался в тот вечер, и мистер Дедал прислонил кочергу к прутьям решетки и ждал, когда займется пламя. Дядя Чарльз дремал в углу полупустой, не застеленной ковром комнаты. Лампа на столе бросала слабый свет на дощатый пол, затоптанный грузчиками. Стивен сидел на низенькой скамеечке около отца, слушая его длинный бессвязный монолог. Вначале он понимал очень немного или вовсе ничего не понимал, но постепенно стал улавливать, что у папы были враги и что предстоит какая-то борьба. Он чувствовал, что и его вовлекают в эту борьбу, что на него возлагаются какие-то обязательства. Неожиданный отъезд, так внезапно нарушивший его мечты и спокойную жизнь в Блэкроке, переезд через унылый туманный город, мысль о неуютном голом помещении, в котором они теперь будут жить, заставляли сжиматься его сердце. И снова какое-то прозрение, предчувствие будущего охватывало его. Он понимал теперь, почему служанки часто шептались между собой в передней и почему папа, стоя на коврике у камина, спиной к огню, часто во весь голос говорил что-то дяде Чарльзу, а тот убеждал его сесть и пообедать.

— Я еще не сдался, Стивен, сынок, — говорил мистер Дедал, яростно тыкая кочергой в вялый огонь в камине, — мы еще повоюем, черт подери (Господи, прости меня), да и как еще повоюем!

Дублин был новым и сложным впечатлением. Дядя Чарльз сделался таким бестолковым, что его нельзя было посылать с поручениями, а из-за беспорядка, царившего в доме после переезда, Стивен был свободнее, чем в Блэкроке. Вначале он только отваживался бродить по соседней площади или спускался до середины одного переулка — но потом, мысленно составив себе план города, смело отправился по одной из центральных улиц и дошел до таможни. Он бесцельно бродил по набережным мимо доков, с удивлением глядя на множество поплавков, покачивавшихся на поверхности воды в густой желтой пене, на толпы портовых грузчиков, на грохочущие подводы, на неряшливо одетых бородатых полисменов. Огромность и необычность жизни, о которой говорили ему тюки товаров, сваленные вдоль стен или свисавшие из недр пароходов, снова будили в нем то беспокойство, которое заставляло его блуждать по вечерам из сада в сад в поисках Мерседес. И среди этой новой кипучей жизни он мог бы вообразить себя в Марселе, но только здесь не было ни яркого неба, ни залитых солнцем решетчатых окон винных лавок. Смутная неудовлетворенность росла в нем, когда он смотрел на набережные, и на реку, и на низко нависшее небо, и все же он продолжал блуждать по городу день за днем, точно и в самом деле искал кого-то, кто ускользал от него.

Раза два он ходил с матерью в гости к родственникам, и, хотя они шли мимо веселого ряда сверкающих огнями магазинов, украшенных к Рождеству, он оставался молчалив, угрюмая замкнутость не покидала его. Причин для угрюмости было много — и прямых, и косвенных. Ему досаждало, что он еще так юн, что поддается каким-то глупым неуемным порывам, досаждала перемена в их жизни, превратившая мир, в котором он жил, во что-то убогое и фальшивое. Однако досада не привнесла ничего нового в его восприятие окружающего мира. Он терпеливо, отстраненно отмечал все то, что видел, и втайне впитывал этот губительный дух.

Он сидел на табуретке в кухне у своей тети. Лампа с рефлектором висела на покрытой лаком стене над камином, и при этом свете тетя читала лежавшую у нее на коленях вечернюю газету. Она долго смотрела на снимок улыбающейся женщины, потом сказала задумчиво:

— Красавица Мейбл Хантер.

Кудрявая девочка поднялась на цыпочки и, поглядев на снимок, тихо спросила:

— В какой это пьесе, мама?

— В пантомиме, детка.

Девочка прижала кудрявую головку к руке матери и, глядя на портрет, прошептала, словно завороженная:

— Красавица Мейбл Хантер.

Словно завороженная, она, не отрываясь, смотрела на эти лукаво усмехающиеся глаза и восхищенно шептала:

— Ах, какая прелесть.

Мальчик, который вошел с улицы, тяжело ступая и согнувшись под мешком угля, слышал ее слова. Он проворно сбросил на пол свою ношу и подбежал посмотреть. Он тянул к себе газету покрасневшими и черными от угля руками, отталкивая девочку и жалуясь, что ему не видно.

Он сидит в узкой тесной столовой в верхнем этаже старого с темными окнами дома. Пламя очага пляшет на стене, а за окном над рекой сгущается призрачная мгла. Старуха возится у очага, готовит чай и, не отрываясь от своего занятия, тихо рассказывает, что сказали священник и доктор. И еще она говорит, какие перемены наблюдаются в последнее время у больной, какие странности в поступках и речах. Он слушает эти речи, а мысли его поглощены приключениями, которые разворачиваются перед ним в тлеющих углях — под арками и сводами, в извилистых галереях и тесных пещерах.

Внезапно он чувствует какое-то движение в дверях. Там, в сумраке, в темном проеме приоткрытой двери, повис череп. Жалкое существо, похожее на обезьяну, стоит там, привлеченное звуками голосов у очага. Ноющий голос спрашивает:

— Это Жозефина?

Суетящаяся старуха, не отходя от очага, живо откликается:

— Нет, Эллен, это Стивен!

— А... Добрый вечер, Стивен.

Он отвечает на приветствие и видит на лице в дверях бессмысленную улыбку.

— Тебе что-нибудь нужно, Эллен? — спрашивает старуха.

Но та, не отвечая на вопрос, говорит:

— Я думала, это Жозефина. Я приняла вас за Жозефину, Стивен. — Она повторяет это несколько раз и тихонько смеется.

Он сидит на детском вечере в Харолд-кроссе. Молчаливая настороженность все сильнее завладевает им, и он почти не принимает участия в играх. Дети, надев колпаки, которые достались им в хлопушках, прыгают и пляшут, но он, хоть и пытается разделить их веселье, все равно чувствует себя таким унылым среди всех этих задорных треуголок и чепцов.

Но когда, выступив со своей песенкой, он уютно устраивается

в тихом уголке, одиночество становится ему приятно. Веселье, которое в начале вечера казалось ненастоящим, бессмысленным, действует теперь, как успокаивающий ветерок, приятно пробегающий по чувствам, прячущий от чужих взглядов лихорадочное волнение крови, когда через хоровод танцующих, сквозь этот шум музыки и смеха, взгляд ее устремляется к его уголку, ласкающий, дразнящий, ищущий, волнующий сердце.

В передней одеваются последние дети. Вечер кончился. Она набрасывает шаль, и, когда они вместе идут к конке, пар от свежего теплого дыхания весело клубится над ее закутанной головой и башмачки ее беспечно постукивают по замерзшей дороге.

То был последний рейс. Гнедые облезлые лошади чувствовали это и потряхивали бубенчиками в острастку ясной ночи. Кондуктор разговаривал с вожатым, и оба покачивали головами в зеленом свете фонаря. На пустых сиденьях валялось несколько цветных билетиков. С улицы не было слышно шагов ни в ту, ни в другую сторону. Ни один звук не нарушал тишины ночи, только гнедые облезлые лошади терлись друг о друга мордами и потряхивали бубенцами.

Они, казалось, прислушивались: он на верхней ступеньке, она на нижней. Она несколько раз поднималась на его ступеньку и снова спускалась на свою, когда разговор замолкал, а раза два стояла минуту совсем близко от него, забыв сойти вниз, но потом сошла. Сердце его плясало, послушное ее движениям, как поплавок на волне. Он слышал, что говорили ему ее глаза из-под шали, и знал, что в каком-то туманном прошлом, в жизни или в мечтах, он уже слышал такие речи. Он видел, как она охорашивается перед ним, дразня его своим нарядным платьем, сумочкой и длинными черными чулками, и знал, что уже тысячи раз поддавался этому. Но какой-то голос, прорывавшийся изнутри сквозь стук его мятущегося сердца, спрашивал: примет ли он ее дар, за которым нужно только протянуть руку. И ему вспомнился день, когда он стоял с Эйлин, глядя на двор гостиницы, где коридорный прилаживал к столбу длинную полоску флага, а фокстерьер носился взад и вперед по солнечному газону, и она вдруг засмеялась и побежала вниз по отлогой дорожке. Вот и теперь, как тогда, он стоял безучастный, не двигаясь с места, — словно спокойный зритель, наблюдающий разыгрывающуюся перед ним сцену.

«Ей тоже хочется, чтобы я прикоснулся к ней, — думал он. — Поэтому она и пошла со мной. Я мог бы легко прикоснуться, когда она становится на мою ступеньку: никто на нас не смотрит. Я мог бы обнять и поцеловать ее».

Но ничего этого он не сделал; и потом, сидя в пустой конке и мрачно глядя на рифленую подножку, он изорвал в мелкие клочки свой билет.

На следующий день он просидел несколько часов у себя за столом в пустой комнате наверху. Перед ним было новое перо, новая изумрудно-зеленого цвета тетрадь и новая чернильница. По привычке он написал наверху на первой странице заглавные буквы девиза иезуитского ордена: A.M.D.G. На первой строчке вывел заглавие стихов, которые собирался писать: К Э. Он знал, что так полагается, потому что видел подобные заглавия в собрании стихотворений лорда Байрона. Написав заглавие и проведя под ним волнистую линию, он задумался и стал машинально чертить что-то на обложке. Ему вспомнилось, как он сидел у себя за столом в Брэе на следующий день после рождественского обеда и пытался написать стихи о Парнелле на обороте дубликатов отцовских закладных. Но тема никак не давалась ему, и, отказавшись от попытки, он исписал весь лист фамилиями и адресами своих одноклассников:

Родерик Кикем
Джек Лотен
Энтони Максуини
Саймон Мунен

Казалось, у него ничего не получится и теперь, но, размышляя о том вечере, он почувствовал себя увереннее. Все, что представлялось незначительным, обыденным, исчезло, в воспоминаниях не было ни конки, ни кондуктора с кучером, ни лошадей, даже он и она отступили куда-то вдаль. Стихи говорили только о ночи, о нежном дыхании ветерка и девственном сиянии луны; какая-то неизъяснимая грусть таилась в сердцах героев, молча стоявших под обнаженными деревьями, а лишь только наступила минута прощанья, поцелуй, от которого один из них удержался тогда, соединил обоих. Закончив стихотворение, он поставил внизу страницы буквы L. D. S.[1] и, спрятав тетрадку, пошел в спальню матери и долго рассматривал свое лицо в зеркале на ее туалетном столике.

Но долгая пора досуга и свободы подходила к концу. Однажды отец пришел домой с ворохом новостей и выкладывал их без умолку в течение всего обеда. Стивен дожидался прихода отца, потому что в этот день на обед было баранье рагу и он знал, что отец предложит ему макать хлеб в подливку. Но на этот раз подливка не доставила ему никакого удовольствия, потому что при упоминании о Клонгоузе у него что-то подступило к горлу.

---

[1] Laus Deo Semper — вечно Бога хвалит (*лат.*). Обычная пометка на сочинениях в иезуитских школах.

— Я чуть было не налетел на него[1], — рассказывал в четвертый раз мистер Дедал, — как раз на углу площади.

— Так он сможет это устроить? — спросила миссис Дедал. — Я говорю насчет Бельведера[2].

— Ну еще бы, конечно, — сказал мистер Дедал. — Я же говорил тебе, ведь он теперь провинциал ордена.

— Мне и самой очень не хотелось отдавать его в школу Христианских братьев[3], — сказала миссис Дедал.

— К черту Христианских братьев! — вскричал мистер Дедал. — Якшаться со всякими замарашками Пэдди да Майки! Нет, пусть уж держится иезуитов, раз он у них начал. Они ему и потом пригодятся. У них есть возможности обеспечить положение в жизни.

— И ведь это очень богатый орден, не правда ли, Саймон?

— Еще бы! А как живут? Ты видела, какой у них стол в Клонгоузе? Слава Богу, кормятся как бойцовые петухи!

Мистер Дедал пододвинул свою тарелку Стивену, чтобы тот доел остатки.

— Ну, а тебе, Стивен, теперь придется приналечь, — сказал он. — Довольно ты погулял.

— Я уверена, что он теперь будет стараться изо всех сил, — сказала миссис Дедал, — тем более что и Морис будет с ним.

— Ах, Господи, я и забыл про Мориса, — сказал мистер Дедал. — Поди сюда, Морис, негодник. Поди ко мне, дурачок. Ты знаешь, что я тебя пошлю в школу, где тебя будут учить складывать К—О—Т — кот. И я тебе куплю за пенни хорошенький носовой платочек, чтобы ты им вытирал нос. Вот здорово будет, а?

Морис, просияв, уставился сначала на отца, а потом на Стивена. Мистер Дедал вставил монокль в глаз и пристально посмотрел на обоих сыновей. Стивен жевал хлеб и не глядел на отца.

— Да, кстати, — сказал наконец мистер Дедал, — ректор, то есть, вернее, провинциал, рассказал мне, что произошло у тебя с отцом Доланом. А ты, оказывается, бесстыжий плут.

— Неужели он так и сказал, Саймон?

— Да нет! — засмеялся мистер Дедал. — Но он рассказал мне этот случай со всеми подробностями. Мы ведь долго болтали с ним о том о сем... Ах да, кстати! Ты знаешь, что он мне, между прочим, рассказал? Кто, ты думаешь, сел на его место в общине? Впрочем, про это потом. Ну так вот, мы с ним болтали по-при-

---

[1] Имеется в виду отец Конми — ректор Клонгоузского колледжа.

[2] Иезуитский колледж.

[3] Христианские братья — см. прим. к с. 21.

ятельски, и он спросил меня, ходит ли наш приятель по-прежнему в очках, и рассказал всю историю.

— Он был недоволен, Саймон?

— Недоволен! Как бы не так! «Мужественный малыш», — сказал он.

Мистер Дедал передразнил жеманную, гнусавую манеру провинциала:

— «Ну и посмеялись же мы вместе с отцом Доланом, когда я рассказал им об этом за обедом». «Берегитесь, отец Долан, — сказал я, — как бы юный Дедал не выдал вам двойную порцию по рукам!» Ну и посмеялись же мы все! Ха, ха, ха!

Мистер Дедал повернулся к жене и воскликнул своим обычным голосом:

— Видишь, в каком духе их там воспитывают! О, иезуит — это дипломат во всем, до мозга костей.

Он повторил опять, подражая голосу провинциала:

— «Ну и посмеялись же мы все вместе с отцом Доланом, когда я рассказал им об этом за обедом. Ха, ха, ха!»

* * *

Вечером перед школьным спектаклем под Духов день Стивен стоял у гардеробной и смотрел на маленькую лужайку, над которой были протянуты гирлянды китайских фонариков. Он видел, как гости, спускаясь по лестнице из главного здания, проходили в театр. Распорядители во фраках, старожилы Бельведера, дежурили у входа в театр и церемонно провожали гостей на места. При внезапно вспыхнувшем свете фонарика он увидел улыбающееся лицо священника.

Святые Дары были убраны из ковчега, а первые скамейки отодвинуты назад, чтобы возвышение перед алтарем и пространство перед ним оставались свободными. У стены были поставлены гантели, булавы, в углу свалены гири, а среди бесчисленных груд гимнастических туфель, фуфаек и рубашек, засунутых кое-как в коричневые мешки, стоял большой деревянный, обшитый кожей конь, дожидавшийся, когда его вынесут на сцену и вокруг выстроится команда участников состязания, которое состоится в конце спортивной программы.

Стивен, хоть он и был выбран старшиной гимнастического класса в награду за свои успехи в письменных работах, в первом отделении программы не участвовал, но в спектакле, который шел во втором отделении, у него была главная комическая роль учителя. Его выбрали на эту роль из-за его фигуры и степенных манер. Он был уже второй год в Бельведере и учился в предпоследнем классе.

Вереница маленьких мальчиков в белых гольфах и фуфайках, топая, пробежала через ризницу в церковь. В ризнице и в церкви толпились взволнованные наставники и ученики. Пухлый лысый сержант пробовал ногой трамплин возле коня. Худощавый молодой человек в длинном пальто, который должен был жонглировать булавами, стоял рядом и с интересом наблюдал: блестящие посеребренные булавы торчали из его глубоких боковых карманов. Откуда-то доносился глухой треск деревянных шаров, команда готовилась к выходу; минуту спустя взволнованный наставник погнал мальчиков через ризницу, как стадо гусей, суетливо хлопая крыльями сутаны и покрикивая на отстающих. Группа одетых неаполитанскими крестьянами мальчиков репетировала танец в глубине церкви — одни разводили руками над головой, другие, приседая, размахивали корзинками с искусственными фиалками. В темном углу придела за аналоем тучная старая дама стояла на коленях, утопая в ворохе своих пышных черных юбок. Когда она поднялась, стало видно фигурку в розовом платье, в парике с золотыми локонами, в старомодной соломенной шляпке, с подведенными бровями и искусно подрумяненными и напудренными щечками. Тихий изумленный шепот пробежал по церкви при виде этой девической фигурки. Один из наставников, улыбаясь и кивая, подошел к темному углу и, поклонившись тучной старой даме, сказал любезно:

— Что это — хорошенькая молодая леди или кукла, миссис Тэллен?

И, нагнувшись, чтобы заглянуть под поля шляпки в улыбающееся накрашенное личико, он воскликнул:

— Не может быть! Да ведь это маленький Берти Тэллен!

Стивен со своего наблюдательного поста у окна услышал, как старая леди и священник засмеялись, потом услышал восхищенный шепот школьников позади, подошедших посмотреть на маленького мальчика, который должен был исполнить соло — танец соломенной шляпки.

Нетерпеливый жест вырвался у Стивена. Он опустил край занавески и, сойдя со скамейки, на которой стоял, вышел из церкви.

Он прошел через здание колледжа и остановился под навесом у самого сада. Из театра напротив доносился глухой шум голосов и всплески меди военного оркестра. Свет уходил вверх сквозь стеклянную крышу, а театр казался праздничным ковчегом, бросившим якорь среди тесноты домов и закрепившимся у причала на хрупких цепях фонарей. Боковая дверь театра внезапно открылась — и полоса света протянулась через лужайку. С ковчега грянул внезапно гром музыки — первые такты вальса, дверь снова закрылась, и теперь до слушателя долетали только слабые звуки мелодии. Выразительность вступительных тактов, их томность и плавное движение вызвали в нем то же неизъяснимое чувство, которое заставляло его беспокойно метаться весь день и минуту тому назад прорвалось в его нетерпеливом жесте. Беспокойство выплескивалось из него, словно волна звуков, и на гребне накатывающей музыки плыл ковчег, волоча за собой цепи фонарей. Потом шум — будто выстрелила игрушечная артиллерия — нарушил движение. Это аудитория аплодисментами приветствовала появление на сцене гимнастов.

В конце навеса, прилегавшего к улице, в темноте мелькнула красная светящаяся точка. Шагнув туда, он почувствовал легкий приятный запах. Двое мальчиков стояли и курили в дверном проеме; и еще издали он узнал по голосу Курона.

— Вот идет благородный Дедал! — крикнул высокий гортанный голос. — Привет истинному другу!

Вслед за приветствием раздался тихий деланый смех, и Курон, отвесив поклон, стал постукивать тросточкой по земле.

— Да, это я, — сказал Стивен, останавливаясь и переводя взгляд с Курона на его товарища.

Спутника Курона он видел впервые, но в темноте, при вспыхивающем свете сигареты, он разглядел бледное, несколько фатоватое лицо, по которому медленно блуждала улыбка, высокую фигуру в пальто и котелке. Курон не потрудился представить их друг другу и вместо этого сказал:

— Я только что говорил моему другу Уоллису: вот была бы потеха, если бы ты сегодня вечером изобразил ректора в роли учителя. Превосходная вышла бы штука!

Курон не очень успешно попытался передразнить педантичный бас ректора и, сам рассмеявшись над своей неудачей, обратился к Стивену:

— Покажи-ка, Дедал, ты так здорово его передразниваешь: «А если-и и це-еркви не послу-ушает, то будет он тебе-е, как языычник и мы-ытарь».

Но тут его прервал тихий нетерпеливый возглас Уоллиса, у которого сигарету заело в мундштуке.

— Черт побери этот проклятый мундштук, — ворчал Уоллис, вынув его изо рта и презрительно улыбаясь. — Всегда в нем вот так застревает. А вы с мундштуком курите?

— Я не курю, — ответил Стиван.

— Да, — сказал Курон, — Дедал примерный юноша. Он не курит, не ходит по благотворительным базарам, не ухаживает за девочками — и того не делает, и сего не делает!

Стивен покачал головой, глядя с улыбкой на раскрасневшееся и оживленное лицо своего соперника, с горбатым, как птичий клюв, носом. Его часто удивляло, что у Винсента Курона при птичьей фамилии и лицо совсем как у птицы. Прядь бесцветных волос торчала на лбу, как взъерошенный хохолок. Лоб был низкий, выпуклый, и тонкий горбатый нос выступал между близко посаженными, навыкате, глазами, светлыми и невыразительными. Соперники были друзьями по школе. Они сидели рядом в классе, рядом молились в церкви, болтали друг с другом после молитвы за утренним чаем. Ученики в первом классе были безликие тупицы, и потому Курон и Стивен фактически возглавляли класс. Они вместе ходили к ректору, когда нужно было выпросить свободный денек или избавить от наказания провинившегося.

— Да, кстати, — сказал Курон. — Я видел, как прошел твой родитель.

Улыбка сбежала с лица Стивена. Всякий раз, когда кто-нибудь заговаривал с ним об отце, будь то товарищ или учитель, он сразу настораживался. Молча, с опаской, он ждал, что скажет Курон дальше. Но Курон многозначительно подтолкнул его локтем и сказал:

— А ты, оказывается, хитрюга.

— Почему же? — спросил Стивен.

— С виду он и воды не замутит, — сказал Курон, — а на самом деле хитрюга.

— Позвольте узнать, что вы имеете в виду? — спросил Стивен вежливо.

— Действительно, позвольте! — сказал Курон. — Мы ведь видели ее, Уоллис? А? Красотка, черт побери. А до чего любопытна! «А какая роль у Стивена, мистер Дедал? А будет ли Стивен петь, мистер Дедал?» Твой папаша так и вперил в нее свой монокль: я думаю, он тебя тоже раскусил. Ну и что, меня бы это не смутило! Прелесть девочка, правда, Уоллис?

— Да, недурна, — спокойно отвечал Уоллис, снова вставляя мундштук в угол рта.

Острый гнев на секунду охватил Стивена от этих бестактных намеков в присутствии постороннего. Он не видел ничего забавного в том, что девочка интересовалась им и спрашивала про него. Весь день он не мог думать ни о чем другом, как только об их прощании на ступеньках конки в Харолд-кроссе, о волнующих переживаниях того вечера и о стихах, которые он тогда написал. Весь день он представлял себе, как снова встретится с ней, потому что он знал, что она придет на спектакль. То же беспокойное томление теснило ему грудь, как и тогда на вечере, но теперь оно не находило выхода в стихах. Два года легли между «теперь» и «тогда», два года, за которые он многое узнал, отрезали для него этот выход, и весь день сегодня томительная нежность поднималась в нем темной волной и, захлебнувшись сама в себе, падала, отступала и снова набегала и росла, пока он наконец не дошел до полного изнеможения, но тут шутливый разговор наставника с загримированным мальчиком вырвал у него нетерпеливый жест.

— Так что лучше кайся, — продолжал Курон, — ведь мы тебя уличили на этот раз. И нечего тебе больше прикидываться святошей, все ясно как Божий день!

Тихий деланый смех сорвался с его губ, и он, нагнувшись, легонько ударил Стивена тростью по ноге, как бы в знак порицания.

Гнев Стивена уже прошел. Он не чувствовал себя ни польщенным, ни задетым, ему просто хотелось отделаться шуткой. Он уже почти не обижался на то, что ему казалось глупой бестактностью, он знал, что никакие слова не коснутся того, что происходит в его душе, и улыбнулся так же фальшиво, как и его соперник.

— Кайся, — повторил Курон снова, ударяя его тростью по ноге.

Удар, хоть и шуточный, был сильнее первого. Стивен почувствовал легкое, почти безболезненное жжение и, покорно склонив голову, как бы изъявляя готовность продолжать шутку товарища, стал читать «Confiteor»[1]. Эпизод закончился благополучно. Курон и Уоллис снисходительно засмеялись такому кощунству.

Стивен машинально произносил слова молитвы, они как будто сами срывались с его губ, а ему в эту минуту вспоминалась другая сцена, она словно по волшебству всплыла в его памяти, когда он вдруг заметил у Курона жестокие складки в уголках улыбающегося рта, почувствовал знакомый удар трости по ноге и услышал знакомое слово предостережения:

— Кайся!

* * *

Это произошло в конце первого семестра, в первый год его пребывания в колледже. Его чувствительная натура все еще страдала от немилосердных ударов убогой бренной жизни. А душа все еще пребывала в смятении, угнетенная безрадостным зрелищем Дублина. Два года он жил, зачарованный мечтами, а теперь очнулся в совершенно незнакомом мире, где каждое событие, каждое новое лицо кровно задевало его, приводя в уныние или пленяя, и, пленяя или приводя в уныние, всегда вызывало в нем тревогу и мрачные раздумья. Весь свой досуг он проводил за чтением писателей-бунтарей, их язвительность и неистовые речи

[1] Покаянная молитва.

западали ему в душу и бередили его мысли, пока не изливались в его незрелых писаниях.

Сочинение было для него важнее всего в учебной неделе, и каждый вторник по дороге из дома в школу он или выбирал какого-нибудь прохожего впереди, которого надо было обогнать, прежде чем он дойдет до определенного места, или старался ступать так, чтобы каждый шаг приходился на плитку тротуара, и таким образом загадывал, будет он первым по сочинению или нет.

И вот пришел вторник, когда счастливая полоса успехов внезапно кончилась. Мистер Тейт, учитель английского, показал на него пальцем и отрывисто сказал:

— У этого ученика в сочинении ересь.

Наступила тишина. Не нарушая ее, мистер Тейт скреб рукой между колен, и в классе слышалось только легкое похрустывание его туго накрахмаленных манжет и воротничка. Стивен не поднимал глаз. Было серое весеннее утро, и глаза у него все еще были слабые и болели. Он чувствовал, что пропал, что его изобличили, что разум его убог и дома у него убого, и ощущал жесткий край шершавого, вывернутого наизнанку воротника, впившегося ему в шею.

Громкий, короткий смешок мистера Тейта ослабил напряженное молчание в классе.

— Вы, может быть, не знали этого? — сказал он.

— Чего именно? — спросил Стивен.

Мистер Тейт вытащил руки, ходившие между колен, и развернул письменную работу.

— Вот здесь. Относительно Создателя и души. Мм... мм... мм... Ага! Вот... «Без возможности когда-либо приблизиться». Это ересь.

— Я хотел сказать: «Без возможности когда-либо достигнуть», — пробормотал Стивен.

Это была уступка, и мистер Тейт, успокоившись, сложил сочинение и, передавая ему, сказал:

— О! Да! «Когда-либо достигнуть». Это другое дело.

Но класс не успокоился так скоро. Хотя никто не заговаривал с ним об этом после урока, он чувствовал вокруг себя всеобщее смутное злорадство.

Спустя несколько дней после публичного выговора он шел по Драмкондра-роуд, собираясь опустить письмо, и вдруг услышал, как кто-то крикнул:

— Стой!

Он обернулся и увидел трех мальчиков из своего класса, приближавшихся к нему в сумерках. Окликнувший его был Курон, который быстро шагал между двумя товарищами, рассекая перед собой воздух тонкой тросточкой в такт шагам. Боланд, его приятель, шагал рядом, улыбаясь во весь рот, а Нэш, запыхавшись от ходьбы и мотая своей большой рыжей головой, плелся позади.

Как только мальчики повернули на Клонлифф-роуд, зашел разговор о книгах и писателях, о том, кто какие книги читал и сколько книг в шкафах дома у родителей. Стивен слушал их с некоторым удивлением, потому что Боланд считался в классе первым тупицей, а Нэш — первым лентяем. И в самом деле, когда речь зашла о любимых писателях, Нэш заявил, что самый великий писатель — это капитан Мэрриет[1].

— Чепуха! — сказал Курон. — Спроси-ка Дедала. Кто, по-твоему, самый великий писатель, Дедал? А?

Стивен, почувствовав насмешку, спросил:

— Из прозаиков?

— Да.

— Я думаю, Ньюмен[2].

— Кардинал Ньюмен? — спросил Боланд.

— Да, — ответил Стивен.

Веснушчатое лицо Нэша так и расплылось от смеха, когда он, повернувшись к Стивену, спросил:

— И тебе нравится кардинал Ньюмен?

— Многие находят, что у Ньюмена превосходный стиль, — пояснил Курон двум своим приятелям, — но, конечно, он не поэт.

— А кто, по-твоему, величайший поэт? — спросил Боланд.

— Конечно, лорд Теннисон[3], — ответил Курон.

— Да, конечно, лорд Теннисон, — сказал Нэш. — У нас дома есть полное собрание его стихов в одном томе.

Тут Стивен, забыв обеты молчания, которые он давал про себя, не выдержал:

— Теннисон — поэт? Да он просто рифмоплет!

— Ты что! — сказал Курон. — Все знают, что Теннисон — величайший поэт.

— А кто, по-твоему, величайший поэт? — спросил Боланд, подталкивая соседа.

— Конечно, Байрон, — ответил Стивен.

Сначала Курон, а за ним и другие разразились презрительным хохотом.

[1] Фредерик Мэрриет (1792—1848) — второстепенный английский писатель, автор популярных повестей из морской жизни.

[2] Джон Генри Ньюмен (1801—1890) — писатель, выдающийся стилист, известный богослов. Был англиканским священником, а в 1845 г. принял католичество.

[3] Альфред Теннисон (1809—1892) — известный английский поэт; писатели поколения Джойса уже не увлекались его поэзией, находя ее плоской и неглубокой.

— Что вы смеетесь? — спросил Стивен.

— Над тобой смеемся, — сказал Курон. — Байрон — величайший поэт? Только невежды считают его поэтом.

— Вот так прекрасный поэт! — сказал Боланд.

— А ты лучше помалкивай, — сказал Стивен, смело повернувшись к нему. — Ты знаешь о поэзии только то, что сам же написал во дворе на заборе. За это тебе и хотели всыпать.

Про Боланда действительно говорили, будто он написал во дворе на заборе стишок про одного мальчика, который часто возвращался из колледжа домой верхом на пони:

> Тайсон ехал в Иерусалим,
> Упал и зашиб свой задосолим[1].

Этот выпад заставил обоих приспешников замолчать, но Курон не унимался:

— Во всяком случае, Байрон был еретик и распутник к тому же.

— А мне нет дела, какой он был, — огрызнулся Стивен.

— Тебе нет дела, еретик он или нет? — вмешался Нэш.

— А ты что знаешь об этом? — вскричал Стивен. — Ты, кроме примеров в учебниках, никогда лишней строчки не прочитал, и ты, Боланд, — тоже.

— Я знаю, что Байрон был дурной человек, — сказал Боланд.

— А ну-ка, держите этого еретика, — крикнул Курон.

В ту же секунду Стивен оказался пленником.

— Недаром Тейт заставил тебя поджать хвост в прошлый раз из-за ереси в сочинении, — сказал Курон.

— Вот я ему скажу завтра, — пригрозил Боланд.

— Это ты-то? — сказал Стивен. — Ты рот побоишься открыть!

— Побоюсь?

— Да, побоишься!

— Не зазнавайся! — крикнул Курон, ударяя Стивена тростью по ноге.

Это было сигналом к нападению. Нэш держал его сзади за обе руки, а Боланд схватил длинную сухую капустную кочерыжку, торчавшую в канаве. Как ни вырывался и ни отбрыкивался Стивен, стараясь избежать ударов трости и одеревеневшей кочерыжки, его мигом притиснули к изгороди из колючей проволоки.

— Признайся, что твой Байрон никуда не годится.

— Нет.

— Признайся.

---

[1] Баллада неизвестного автора. Существует несколько вариантов, многие из которых непристойны.

— Нет.

— Признайся.

— Нет. Нет.

Наконец после отчаянной борьбы ему каким-то чудом удалось вырваться. Хохоча и издеваясь, его мучители направились к Джонсис-роуд, а он, почти ничего не видя от слез, брел, спотыкаясь, в бешенстве сжимая кулаки и всхлипывая.

И сейчас, когда под одобрительные смешки своих слушателей произносил слова покаянной молитвы, а в памяти отчетливо и живо всплыл этот жестокий эпизод, он с удивлением спрашивал себя, почему теперь он не чувствует вражды к своим мучителям. Он ничего не забыл, ни их трусости, ни их жестокости, но воспоминание не вызывало в нем гнева. Вот почему всякие описания исступленной любви и ненависти, которые он встречал в книгах, казались ему неестественными. Даже и в тот вечер, когда он, спотыкаясь, брел домой по Джонсис-роуд, он чувствовал, словно какая-то сила снимает с него этот внезапно обуявший его гнев с такой же легкостью, как снимают мягкую спелую кожу.

Он продолжал стоять с двумя приятелями под навесом, рассеянно слушая их болтовню и взрывы аплодисментов в театре. Она сидела там среди других и, может быть, ждала, когда он появится на сцене. Он попытался представить себе ее, но не мог. Он помнил только, что голова у нее была покрыта шалью, похожей на капор, а ее темные глаза манили и обезоруживали его. Он спрашивал себя, думала ли она о нем, как он о ней. Потом, в темноте, незаметно для тех обоих, он прикоснулся кончиками пальцев одной руки к ладони другой, чуть-чуть, едва-едва скользнув по ней. Но ее пальцы касались легче и настойчивее, и внезапное воспоминание об их прикосновении полоснуло его сознание и его тело как невидимая волна.

Вдоль ограды к ним под навес бежал мальчик. Он запыхался и едва переводил дух от волнения.

— Эй, Дедал, — крикнул он. — Дойл просто из себя выходит. Иди скорей одеваться к выходу! Скорей!

— Он пойдет, — сказал Курон, надменно растягивая слова, — когда сочтет нужным.

Мальчик повернулся к Курону и повторил:

— Но ведь Дойл сердится.

— Передай от меня Дойлу наилучшие пожелания и что я плевать на него хотел, — ответил Курон.

— Ну, а мне придется идти, — сказал Стивен, для которого не существовало таких вопросов чести.

— Я бы не пошел, — сказал Курон, — черта с два, ни за что не пошел бы! Разве так обращаются к старшим ученикам? Подумаешь, из себя выходит! Достаточно с него, что ты выступаешь в его дурацкой пьесе.

Эта свойственная многим его товарищам заносчивость, которую Стивен с недавнего времени стал замечать в своем сопернике, нимало не влияла на его привычку к спокойному повиновению. Он не доверял такому бунтарству и сомневался в искренности такой дружбы, видя в ней грустные предзнаменования зрелости. Вопрос чести, затронутый сейчас, как и все подобные вопросы, казался ему неважным. Когда в погоне за какой-то неуловимой мечтой мысль его вдруг нерешительно останавливалась, отказываясь от этой погони, он слышал над собой неотвязные голоса своего отца и учителей, которые призывали его быть прежде всего джентльменом и правоверным католиком. Теперь эти голоса казались ему бессмысленными. Когда в колледже открылся класс спортивной гимнастики, он услышал другой голос, призывавший его быть сильным, мужественным, здоровым, а когда в колледж проникли веяния борьбы за национальное возрождение[1], еще один голос стал увещевать его быть верным родине и помочь воскресить ее язык, ее традиции. Он уже предвидел, что в обычной, мирской суете житейский голос будет побуждать его восстановить своим трудом утраченное отцовское состояние, как сейчас голос сверстников призывал быть хорошим товарищем, выгораживать их или спасать от наказания и стараться всеми способами выпросить свободный день для класса. И смешанный гул всех этих бессмысленных голосов заставлял его останавливаться в нерешительности и прерывать погоню за призраками. Время от времени он ненадолго прислушивался к ним, однако счастливым он чувствовал себя только вдали от них, когда они не могли настичь его, когда он оставался один или среди своих призрачных друзей.

В ризнице пухлый, румяный иезуит и какой-то пожилой человек, оба в поношенных синих халатах, копались в ящике с гримом. Мальчики, которых уже загримировали, прохаживались тут же или растерянно топтались на одном месте, осторожно ощупывая свои раскрашенные лица кончиками пальцев. Молодой иезуит, гостивший в колледже, стоял посреди ризницы, засунув руки в глубокие боковые карманы, и плавно раскачивался на одном месте, то приподнимаясь на носки, то опускаясь на каблуки. Его маленькая голова с шелковистыми завитками рыжих волос и гладко выбритое лицо как нельзя лучше гармонировали с идеально чистой сутаной и с начищенными до блеска ботинками.

Наблюдая за этой раскачивающейся фигурой и стараясь разга-

---

[1] Речь идет о Гэльской лиге, организованной в 1893 году и объединившей многих ирландских писателей и ученых, которые поставили своей целью возродить интерес к языку и культуре Ирландии и противопоставить их английскому языку и английской культуре.

дать значение насмешливой улыбки священника, Стивен вспомнил, как отец перед отправкой его в Клонгоуз говорил, что иезуита всегда можно узнать по умению одеваться. И тут же подумал, что в характере отца есть что-то общее с этим улыбающимся, хорошо одетым священником, и вдруг ощутил осквернение священнического сана и самой ризницы, в тишину которой сейчас врывались громкая болтовня и шутки, а воздух был отравлен запахом грима и газовых рожков.

Пока пожилой человек в синем халате наводил ему морщины на лбу и накладывал синие и черные тени вокруг рта, он рассеянно слушал голос пухлого молодого иезуита, убеждавшего его говорить громко и отчетливо. Он услышал, как оркестр заиграл «Лилию Киларни»[1], и подумал, что вот сейчас, через несколько секунд, поднимется занавес. Он не испытывал страха перед сценой, но роль, в которой он должен был выступать, казалась ему унизительной. Кровь прилила к его накрашенным щекам, когда он вспомнил некоторые свои реплики. Он представил себе, как она смотрит на него из зала серьезными, манящими глазами, и вмиг все его сомнения исчезли, уступив место спокойной уверенности. Его как будто наделили другой природой — он вдруг поддался заразительному детскому веселью, и оно растопило, вытеснило его угрюмую недоверчивость. На один редкостный миг он словно весь преобразился, охваченный истинно мальчишеской радостью; стоя за кулисами вместе с другими участниками спектакля, он вместе с ними смеялся от души, когда два здоровых священника рывками потащили вверх дергающийся и перекосившийся занавес.

Спустя несколько секунд он очутился на сцене среди ярких огней и тусклых декораций перед бессчетными лицами, смотревшими на него из пустоты пространства. Он с удивлением обнаружил, что пьеса, которая на репетициях казалась ему бессвязной и безжизненной, внезапно обрела какую-то собственную жизнь. Она словно разворачивалась сама, а он и его партнеры только помогали ей своими репликами. Когда представление окончилось и занавес опустился, он услышал, как пустота загрохотала аплодисментами, и сквозь щель сбоку увидел, как сплошная, состоящая из бессчетных лиц масса, перед которой он только что выступал, сейчас разорвалась и распалась на маленькие оживленные группы.

Он быстро сбежал со сцены, переоделся и вышел через придел церкви в сад. Теперь, когда представление окончилось, каждая жилка в нем жадно ждала нового приключения. Он бросился бегом, словно в погоню за ним. Все двери театра были распах-

[1] Увертюра к одноименной опере Юлия Бенедикта (1804—1865).

нуты настежь, и зал уже опустел. На проволоках, которые представлялись ему якорными цепями ковчега, несколько фонарей, уныло мигая, покачивались на ночном ветру. Он поспешно взбежал на крыльцо, выходившее в сад, словно боясь упустить какую-то добычу, и протиснулся сквозь толпу в вестибюле, мимо двух иезуитов, которые наблюдали за разъездом, раскланиваясь и обмениваясь рукопожатиями с гостями. Волнуясь, он проталкивался вперед, делая вид, что страшно торопится, едва замечая улыбки, усмешки и удивленные взгляды, которыми люди встречали и провожали его напудренную голову.

У входа он увидел свою семью, поджидавшую его у фонаря. С одного взгляда он обнаружил, что все в этой группе свои, и с досадой сбежал вниз по лестнице.

— Мне нужно зайти по делу на Джорджис-стрит, — быстро сказал он отцу. — Я приду домой попозже.

Не дожидаясь расспросов отца, он перебежал дорогу и сломя голову помчался с горы. Он не отдавал себе отчета, куда бежит. Гордость, надежда и желание, словно растоптанные травы, источали свой ядовитый дурман в его сердце и затемняли рассудок. Он мчался вниз по склону в чаду этого внезапно хлынувшего на него дурмана уязвленной гордости, растоптанной надежды и обманутого желания. Этот дурман поднимался ввысь перед его горящим взором густыми ядовитыми клубами и постепенно исчезал в вышине, пока воздух наконец не сделался снова ясным и холодным.

Туман все еще застилал ему глаза, но они уже больше не горели. Какая-то сила, сродни той, которая часто приказывала ему позабыть гнев и недовольство, заставила его остановиться. Не двигаясь, он стоял и смотрел на темное крыльцо морга и на темный, мощенный булыжником переулок. Он прочел его название «Лоттс» на стене дома и медленно вдохнул тяжелый терпкий запах.

«Конская моча и гнилая солома, — подумал он. — Этим полезно дышать. Успокоит мое сердце. Вот теперь оно совсем спокойно. Пойду обратно».

* * *

Стивен опять сидел с отцом в поезде на вокзале Кингсбридж. Они ехали вечерним поездом в Корк. Когда паровоз запыхтел, разводя пары, и поезд отошел от платформы, Стивен вспомнил свое детское изумление во время поездки в Клонгоуз несколько лет тому назад и все подробности первого дня в школе. Но теперь он уже не изумлялся. Он смотрел на проплывавшие мимо поля, на безмолвные телеграфные столбы, мелькавшие за окном через каждые четыре секунды, на маленькие, скудно освещенные станции с недвижными дежурными на платформе, вырванные на секунду из тьмы и тут же отброшенные назад, как искры из-под копыт ретивого скакуна.

Он безучастно слушал рассказы отца о Корке, о днях его молодости, — отец неизменно вздыхал или прикладывался к фляжке всякий раз, как речь заходила о ком-нибудь из умерших друзей или когда вдруг вспоминал о том, что заставило его предпринять эту поездку. Стивен слушал, но не испытывал жалости. Покойники, о которых вспоминал отец, были все ему незнакомы, кроме дяди Чарльза, да и его образ тоже начал стираться в памяти. Он знал, что имущество отца будут продавать с аукциона, и воспринимал свое разорение как грубое посягательство мира на его мечты.

В Мэриборо он заснул. А когда проснулся, уже проехали Мэллоу; отец спал, растянувшись на соседней скамье. Холодный предутренний свет чуть брезжил над бесплодными полями, над деревьями, над спящими домами. Страх перед этим спящим миром завладевал его воображением, когда он смотрел на тихие деревни и слышал, как глубоко дышит и ворочается во сне отец. Соседство невидимых спящих людей наполняло его смутным ужасом, как будто они могли причинить ему зло, и он стал молиться, чтобы поскорее наступил день. Молитва его, не обращенная ни к Богу, ни к святым, началась с дрожи, когда прохладный утренний ветер задул из щелей двери ему в ноги, и окончилась лихорадочным бормотанием каких-то нелепых слов, которые он невольно подгонял под мерный ритм поезда; безмолвно, каждые четыре секунды, телеграфные столбы, как тактовые черты, четко отмечали ритм. Эта бешеная мелодия притупила его страх, и, прислонившись к оконному переплету, он опять закрыл глаза.

Было еще очень рано, когда поезд с грохотом подкатил к Корку и в номере гостиницы «Виктория» Стивен снова лег спать. Яркий теплый солнечный свет струился в окно, и Стивен слышал, как шумит улица. Отец стоял перед умывальником и тщательно разглядывал в зеркало свои волосы, лицо и усы, вытягивал шею над кувшином с водой, поворачивал голову, чтобы получше себя увидеть. А сам в это время тихонько напевал, забавно растягивая слова:

> По юности и глупости
> Жениться можно вмиг,
> Поэтому, красавица,
> Бегу, бегу.

Ведь от жены не лечат,
А жены нас калечат,
Нет, лучше я сбегу
В А-ме-ри-ку!

Мила моя красотка,
Жива и весела,
Как старое доброе виски,
Свежа, крепка.

Но время убегает,
И красота линяет,
И свежесть выдыхается,
Как горная роса.

Ощущение теплого солнечного города за окном и мягкие модуляции отцовского голоса, которыми он украшал странную, печально-шутливую песенку, разогнали тени ночной тоски Стивена. Он вскочил и начал одеваться и, когда песенка кончилась, сказал отцу:

— Куда лучше, чем эти ваши «Придите все»[1].

— Ты находишь? — сказал мистер Дедал.

— Мне нравится эта песенка, — сказал Стивен.

— Хорошая старинная песенка, — сказал мистер Дедал, закручивая кончики усов. — Но если бы ты только слышал, как пел ее Мик Лейси! Бедняга Мик Лейси! Как он умел оттенить каждую нотку, какие чудеса вытворял с этой песенкой, у меня так не получается. Вот кто, бывало, умел спеть «Придите все» — слушаешь, душа радуется.

Мистер Дедал заказал на завтрак паштет и за едой расспрашивал официанта о местных новостях, и всякий раз у них получалась ужасная путаница, потому что официант имел в виду теперешнего хозяина, а мистер Дедал — его отца или даже деда.

— Надеюсь, хоть Королевский колледж стоит на месте, — заметил мистер Дедал. — Хочу показать его своему сынишке.

На улице Мардайк деревья были в цвету. Они вошли в ворота колледжа, и словоохотливый сторож повел их через дворик в здание. Но через каждые десять-пятнадцать шагов они останавливались на усыпанной щебнем дорожке, и между отцом и сторожем происходил следующий диалог:

— Да не может быть! Неужели бедняга Толстопуз умер?

— Да, сэр, умер.

---

[1] Песня, часто исполнявшаяся на улицах Дублина, с обязательным зачином: «Придите все, достойные ирландцы, послушать мою песню».

Во время этих остановок Стивен растерянно топтался на месте позади собеседников, беспокойно ожидая, когда можно будет не спеша двинуться вперед. Но к тому моменту, когда они пересекли дворик, его беспокойство почти перешло в бешенство. Он удивлялся, как это отец, которого он считал человеком проницательным и недоверчивым, мог обмануться льстивой угодливостью сторожа, а забавный южный говор, развлекавший его целое утро, теперь раздражал.

Они вошли в анатомический театр, где мистер Дедал с помощью сторожа начал разыскивать парту со своими инициалами. Стивен брел позади, удрученный более, чем когда-либо, мраком, тишиной и царившей здесь атмосферой сухой науки. На одной из парт он прочел слово Foetus[1], вырезанное в нескольких местах на закапанном чернилами дереве. Его бросило в жар от этой неожиданной надписи: он словно почувствовал рядом с собой этих студентов, и ему захотелось скрыться от них. Картина той жизни, которую никогда не могли вызвать в его воображении рассказы отца, внезапно выросла перед ним из этого вырезанного на парте слова. Плечистый, усатый студент старательно вырезал перочинным ножом букву за буквой. Другие студенты стояли или сидели рядом, гогоча над тем, что выходило у него из-под ножа. Один из них толкнул его под локоть. Плечистый обернулся, нахмурившись, на нем были широкая серая блуза и темно-коричневые ботинки.

Стивена окликнули. Он быстро сбежал вниз по ступенькам аудитории, словно спасаясь от этого видения, и стал разглядывать инициалы отца, чтобы спрятать свое пылающее лицо.

Но слово и картина, вызванная им, продолжали мелькать у него перед глазами, когда он шел обратно по дворику к воротам колледжа. Он был потрясен тем, что наткнулся в жизни на какие-то следы того, что до сих пор казалось ему гнусной болезнью его психики. Чудовищные видения, преследовавшие его, всплывали в памяти, с внезапным неистовством они вырастали перед ним из одних только слов. Он быстро поддался им и позволил захватить и растлить свое воображение, хотя и не переставал удивляться, откуда они берутся — из какого гнездилища чудовищных призраков. А когда эти видения одолевали его, каким же жалким и приниженным чувствовал он себя с окружающими, как метался и как был противен самому себе.

— А вот и бакалея! Та самая! — вскричал мистер Дедал. — Ты много раз слышал от меня о ней, ведь правда, Стивен? Да, мы частенько захаживали сюда целой компанией[2], и наши имена бы-

---

[1] Плод, зародыш (*лат.*).

[2] Во многих бакалейных лавках в Ирландии продавались алкогольные напитки.

ли тогда известны всем. Гарри Пирд, малыш Джек Маунтен, и Боб Дайес, и еще француз Морис Мориарти, и Том О'Грейди, и Мик Лейси, о котором я тебе говорил нынче утром, и Джоун Корбет, и добрая душа бедняжка Джонни Киверс.

Листья деревьев на улице Мардайк шелестели и перешептывались в солнечном свете. Мимо прошла команда игроков в крикет, стройные молодые люди в спортивных брюках и куртках, и один из них нес длинный зеленый мешок с крикетными воротами. В тихом переулке уличные музыканты-немцы — пять человек в выцветших солдатских мундирах — играли на помятых инструментах обступившим их уличным мальчишкам и досужим рассыльным. Горничная в белом чепце и фартуке поливала цветы в ящике на подоконнике, который сверкал на солнце, как пласт известняка. Из другого, открытого настежь окна доносились звуки рояля, поднимавшиеся все выше и выше, гамма за гаммой, до дискантов.

Стивен шел рядом с отцом, слушая рассказы, которые он уже слышал и раньше, все те же имена исчезнувших и умерших собутыльников, друзей отцовской юности. От легкой тошноты у него щемило сердце. Он думал о своем двусмысленном положении в Бельведере — ученик-стипендиат, первый ученик в классе, боящийся собственного авторитета, гордый, обидчивый, подозрительный, отбивающийся от убожества жизни и от своего собственного разнузданного воображения. Буквы, вырезанные на запачканной деревянной парте, пялились на него, издеваясь над слабостью его плоти, над его бесплодными порывами, заставляя его презирать себя за грязное дикое буйство. Слюна у него во рту сделалась горькой и застряла в горле, и от легкой тошноты мутилось в голове, так что на минуту он даже закрыл глаза и шел вслепую.

А голос отца рядом с ним продолжал:

— Когда ты выбьешься в люди, Стивен, а я очень на это надеюсь, помни одно: что бы ты ни делал, держись порядочных людей. Когда я был молод, я, можно сказать, жил полной жизнью, и друзья у меня были прекрасные, порядочные люди. И каждый из нас был чем-нибудь да славен. У одного голос был хороший, у другого — актерский талант, кто мог недурно спеть какой-нибудь веселенький куплетик, кто был первоклассным гребцом или первым на теннисном корте, а кто — превосходным рассказчиком. Мы всем интересовались, брали от жизни все, что могли, и, можно сказать, пожили в свое удовольствие, и никому от этого не было никакого вреда. Но все мы были порядочными людьми, Стивен, по крайней мере я так думаю, и честными ирландцами. Вот и мне бы хотелось, чтобы и ты с такими людьми водился — с честными, добропорядочными. Я с тобой говорю как друг, Стивен, я вовсе не считаю, что сын должен бояться отца. Нет, я с тобой держусь запросто, так же, как, бывало, твой дед держался со мной, когда я был в твоем возрасте. Мы с ним были скорей как братья, а не как отец с сыном. Никогда не забуду, как он в первый раз поймал меня с трубкой. Помню, стою я в конце Саут-террас с щелкоперами вроде меня, и мы, конечно, корчим из себя взрослых и воображаем о себе невесть что, и у каждого торчит трубка в зубах. И вдруг мимо идет отец. Он ничего не сказал, даже не остановился. А на следующий день, в воскресенье, мы пошли с ним гулять, и вот, когда возвращались домой, он вдруг вынимает портсигар и говорит: «Да, кстати, Саймон, я и не знал, что ты куришь». Я, конечно, в ответ что-то мямлю, а он протягивает мне портсигар и говорит: «Хочешь отведать хорошего табачку, попробуй-ка эти сигары. Мне их один американский капитан подарил вчера вечером в Куинстауне».

Стивен услышал смешок отца, который почему-то был больше похож на всхлипывание.

— Он в то время был самый красивый мужчина в Корке. Правду тебе говорю. Женщины на улицах останавливались и глядели ему вслед.

Тут голос отца прервался громким рыданием, и Стивен невольно широко открыл глаза. В потоке света, внезапно хлынувшем ему в зрачки, он увидел волшебный мир — темную клубящуюся массу неба и облаков, на которую озерами пролился темно-розовый свет. Самый мозг его был болен и отказывался ему служить. Он едва мог разобрать буквы на вывесках магазинов. Своим чудовищным образом жизни он словно отторг себя от действительности. Ничто из этой действительности не трогало и не привлекало его, если он не слышал в этом отголоска того, что вопило в нем самом. Немой, бесчувственный к зову лета, радости, дружбы, он был неспособен откликнуться ни на какой земной или человеческий призыв, и голос отца раздражал и угнетал его. Он едва понимал собственные мысли и медленно повторял про себя: «Я — Стивен Дедал. Я иду рядом с моим отцом, которого зовут Саймон Дедал. Мы в Корке, в Ирландии. Корк — это город. Мы остановились в гостинице «Виктория». Виктория. Стивен. Саймон. Саймон. Стивен. Виктория. Имена».

Воспоминания детства вдруг сразу потускнели. Он старался воскресить в памяти самые яркие минуты и не мог. В памяти всплывали только имена: Дэнти, Парнелл, Клейн, Клонгоуз. Маленького мальчика учила географии старая женщина, у которой были две щетки в шкафу. Потом его отправили в колледж. Он в первый раз причащался, ел шоколадки, которые прятал в своей крикетной шапочке, и смотрел, как плясал и прыгал огонь на стене в маленькой комнате в лазарете, и представлял себе, как он умрет, как ректор в черном с золотом облачении будет служить над ним мессу и как его похоронят на маленьком кладбище за главной липовой аллеей. Но он не умер тогда. Парнелл умер. Не было ни мессы в церкви, ни похоронной процессии. Парнелл не умер, а растаял, как туман на солнце. Он исчез или ушел из жизни, потому что его больше не существует. Как странно представить себе, что он вот так ушел из жизни: не умер, а растаял на солнце или блуждает, затерявшись где-то во вселенной! И странно было видеть, как на секунду снова появился маленький мальчик: вот он — в серой с поясом куртке. Руки засунуты в боковые карманы, а штанишки прихвачены ниже колен круглыми подвязками.

Вечером того дня, когда имущество было продано, Стивен покорно ходил за отцом по городу из бара в бар. Рыночным торговцам, служанкам в барах, официантам, нищим, которые просили милостыню, мистер Дедал неизменно рассказывал одно и то же: что он старый уроженец Корка, что за тридцать лет жизни в Дублине он не избавился от южного акцента и что этот юнец рядом с ним — его старший сын, самый настоящий дублинский бездельник.

Рано утром они вышли из кафе «Ньюком», где чашка в руке мистера Дедала громко позвякивала о блюдечко, а Стивен, двигая стулом и покашливая, старался заглушить это позвякивание — позорный след вчерашней попойки. Одно унижение следовало за другим: фальшивые ухмылки рыночных торговцев, заигрывания и смешки буфетчиц, с которыми любезничал мистер Дедал, поощрения и комплименты отцовских друзей. Они говорили ему, что он очень похож на своего деда, мистер Дедал соглашался, что сходство есть, только Стивен не так красив. Они находили, что по его речи можно узнать, что он из Корка, и заставили его признать, что река Ли красивее Лиффи[1]. Один из них, желая проверить его латынь, заставил перевести несколько фраз из «Дилектуса»[2] и спросил, как правильно говорить: «Tempora mutantur nos et mutamur in illis» или «Tempora mutantur et nos mutamur in illis»[3]. Другой юркий старикашка, которого мистер Дедал называл Джонни Кэшмен, привел его в полное замешательство, спросив, где девушки красивее — в Дублине или в Корке.

— Он не из того теста, — сказал мистер Дедал. — Не приставай к нему. Он серьезный, рассудительный мальчик, ему никогда и в голову не приходит думать о таких пустяках.

---

[1] Ли — река, на которой стоит Корк. Лиффи — река, на которой стоит Дублин.

[2] «Дилектус» — собрание латинских изречений.

[3] «Времена меняются, и мы меняемся с ними» (*лат.*). Первый вариант — неправильный.

— Тогда, значит, он не сын своего отца, — сказал старикашка.

— Вот это я, уж право, не знаю, — сказал мистер Дедал, самодовольно улыбаясь.

— Твой отец, — сказал старикашка Стивену, — был в свое время первый юбочник в Корке. Ты этого не знал?

Стивен, опустив глаза, разглядывал вымощенный кафелем пол бара, куда они зашли по пути.

— Да будет тебе, еще собьешь его с толку, — сказал мистер Дедал. — Бог с ним.

— Зачем мне сбивать его *с толку*? Я ему в дедушки гожусь. Ведь я и в самом деле дедушка, — сказал Стивену старикашка. — А ты не знал?

— Нет, — сказал Стивен.

— Как же, — отвечал старикашка. — У меня двое карапузов внучат в Сандиз-Уэлле. А что? По-твоему, сколько мне лет? Ведь я твоего дедушку помню, когда еще он в красном камзоле ездил на псовую охоту. Тебя тогда и на свете не было.

— И никто и не думал, что будет, — сказал мистер Дедал.

— Как же! — повторил старикашка. — Да больше того, я даже твоего прадеда помню, старого Джона Стивена Дедала. Вот был отчаянный дуэлянт! А? Что, какова память?

— Выходит, три, нет, четыре поколения, — сказал один из собеседников. — Так тебе уже, Джонни Кэшмен, глядишь, скоро сто стукнет.

— Я вам скажу, сколько мне лет, — отвечал старикашка. — Мне ровно двадцать семь.

— Верно, Джонни, — сказал мистер Дедал. — Тебе столько лет, на сколько ты себя чувствуешь. А ну-ка, прикончим что здесь еще осталось да начнем другую. Эй! Тим, Том, или как там тебя зовут, дай-ка нам еще бутылочку такого же. Честное слово, мне самому кажется, что мне восемнадцать, а вот сын мой вдвое моложе меня, а куда он против меня годится!

— Полегче, Дедал, придется тебе, пожалуй, ему уступить, — сказал тот, который говорил до этого.

— Ну, нет, черт возьми! — вскричал мистер Дедал. — Я партию тенора спою получше его, и барьер возьму получше, и на охоте ему за мной не угнаться, попробуй он со мной лис травить, как мы, бывало, лет тридцать тому назад травили с ребятами из Керри![1] А уж они в этом толк понимали.

---

[1] Графство Керри — на юго-западе Ирландии. Паренек из Керри стал известен благодаря роману Питера Финли Данна «Мистер Дули в мирное время и на войне» (1898), в котором выведен образ повесы, прожигателя жизни.

— Но он побьет тебя вот в чем, — сказал старикашка, постучав себя по лбу, и осушил стакан.

— Будем надеяться, что он будет таким же порядочным человеком, как его отец, вот все, что я могу сказать, — ответил мистер Дедал.

— Лучшего и желать не надо, — сказал старикашка.

— И поблагодарим Бога, Джонни, — сказал мистер Дедал, — за то, что мы жили долго, а зла сделали мало.

— А добра мало делали...

— А добра много делали, Саймон, — торжественно присовокупил старикашка. — Слава тебе Господи, и пожили долго, и добра делали много.

Стивен смотрел, как поднялись три стакана и отец и два его старых друга выпили за свою молодость. Судьба или характер, словно какая-то бездна, отделяли его от них. Казалось, ум его был злее и старше: он холодно светил над их спорами, радостями и огорчениями, словно луна над более юной землей. Он не ощущал в себе биения жизни, молодости, которое когда-то так полно ощущали они. Ему были незнакомы ни радость дружеского общения, ни сила крепкого мужского здоровья, ни сыновнее чувство. Ничто не шевелилось в его душе, кроме холодной, жесткой, безлюбной похоти. Детство его умерло или исчезло, а вместе с ним и его душа, способная на простые радости, и он скитался по жизни, как тусклый диск луны.

> Ты не устала ли? Твой бледен лик, луна.
> Взбираясь ввысь, на землю ты глядишь
> И странствуешь одна...[1]

Он повторял про себя строки из Шелли. Противопоставление жалкого человеческого бессилия высшей упорядоченной энергии, недоступной человеку, отрезвило его, и он забыл свою собственную, бессильную, жалкую печаль.

* * *

Мать Стивена, его брат и один из двоюродных братьев остались дожидаться на углу пустынной Фостер-плейс, а Стивен с отцом поднялись по ступеням и пошли вдоль колоннады, где прохаживался взад и вперед часовой-шотландец. Когда они вошли в большой холл и стали у окошка кассы, Стивен вынул свои чеки на имя директора Ирландского банка — один на трид-

---

[1] Отрывок из стихотворения Перси Биши Шелли «К луне» (1820).

144

цать и другой на три фунта. И эту сумму, его стипендию и премию за письменную работу, кассир быстро отсчитал банкнотами и звонкой монетой. С деланым спокойствием Стивен рассовал их по карманам и покорно протянул руку через широкий барьер добродушному кассиру, который, разговорившись с отцом, захотел поздравить Стивена и пожелать ему блестящего будущего. Его раздражали их голоса, и ему не стоялось на месте. Но кассир, задерживая других посетителей, распространялся о том, что времена пошли не те и что по нынешним понятиям самое важное — это дать сыну хорошее образование, конечно, если позволяют деньги. Мистер Дедал медлил уходить, поглядывая то по сторонам, то вверх на потолок, и пояснял торопившему его Стивену, что они находятся в здании старого Ирландского парламента[1], в палате общин.

— Господи, — благоговейно говорил мистер Дедал, — подумать только, какие люди были в те времена — Хили-Хатчинсон, Флуд, Генри Граттан, Чарльз Кендал Буш![2] А дворянчики, которые ворочают делами теперь! Тоже мне вожди ирландского народа! Да их, Стивен, рядом с теми даже и на кладбище представить себе нельзя! Да, Стивен, дружище, это все равно как, знаешь, в песенке поется: «Майский день в июльский полдень».

Пронзительный октябрьский ветер гулял вокруг банка. У троих, дожидавшихся на краю грязного тротуара, посинели щеки и слезились глаза. Стивен заметил, как легко одета его мать, и вспомнил, что несколько дней тому назад видел в витрине магазина Бернардо накидку за двадцать гиней.

— Ну вот, получили, — сказал мистер Дедал.

— Неплохо бы пойти пообедать, — сказал Стивен. — Только куда?

— Пообедать? — сказал мистер Дедал. — Ну что ж, это, пожалуй, недурно.

— Только куда-нибудь, где не очень дорого, — сказала миссис Дедал.

— Второй разряд?

---

[1] «Акт об унии» (1801) уничтожил независимый парламент в Ирландии, и его здание было продано в 1802 г. Ирландскому банку.

[2] Джон Хили-Хатчинсон (1724—1794) — известный ирландский государственный деятель и экономист, сторонник равноправия католиков, выступал с требованиями свободной торговли и политических реформ. Генри Флуд (1732—1791) — ирландский государственный деятель и оратор, играл важную роль в оппозиции Ирландии английскому владычеству. Генри Граттан (1746—1820) — ирландский государственный деятель, оратор, борец за ирландскую независимость. Чарльз Кендал Буш (1767—1843) — ирландский судья и оратор, сторонник Генри Граттана в борьбе против «Акта об унии».

— Да, куда-нибудь поскромнее.

— Идемте, — сказал Стивен нетерпеливо. — Дорого или нет — это неважно.

Он шел впереди них мелкими неровными шагами и улыбался. Они старались не отставать от него и тоже улыбались его стремительности.

— Да не волнуйся ты, — сказал отец. — Держи себя как подобает взрослому юноше. Что мы сломя голову летим, нам ведь не приз брать!

В трате денег на развлечения и удовольствия незаметно проходил день, и премия в руках Стивена быстро таяла. Из города доставляли на дом большие пакеты сладостей, конфет, сушеных фруктов. Каждый день Стивен составлял меню для всего семейства, а вечером втроем или вчетвером отправлялись в театр смотреть «Ингомара» или «Даму из Лиона»[1]. В кармане куртки у него всегда были припасены плитки венского шоколада на всю компанию, а в карманах брюк позвякивали пригоршни серебряных и медных монет. Он всем покупал подарки, взялся отделывать заново свою комнату, сочинял какие-то проекты, непрестанно переставлял книги на полках, изучал всевозможные прейскуранты, завел в доме строгий порядок на республиканских началах, по которому на каждого члена семьи ложились определенные обязанности. Открыл ссудную кассу для своих домашних и раздавал ссуды охотникам брать взаймы только ради удовольствия выписывать квитанции и подсчитывать проценты на выданные суммы. Когда эти возможности иссякли, он стал кататься по городу на конке. Потом наступил конец развлечениям. Розовая эмалевая краска в жестянке высохла, деревянная обшивка в его комнате осталась недокрашенной, а плохо пристававшая штукатурка осыпалась со стен.

Семья вернулась к обычному образу жизни. У матери уже больше не было повода упрекать его за мотовство. Он тоже вернулся к своей прежней школьной жизни, а все его нововведения пошли прахом. Республика развалилась. Ссудная касса закрылась с большим дефицитом. Правила жизни, которые он установил для себя, нарушились сами собой.

Какая это была нелепая затея! Он пытался воздвигнуть плотину порядка и изящества против грязного течения внешней жизни и подавить правилами поведения, деятельными интересами и новыми семейными отношениями мощный водоворот внутри себя.

[1] «Ингомар, варвар» (1851) — популярная во времена Джойса пьеса. «Дама из Лиона» («Лионская красавица», 1838) — историческая драма Э. Дж. Булвер-Литтона (1803—1873), второстепенного английского писателя, очень популярного в конце XIX века.

Тщетно. И снаружи и внутри поток перехлестнул через его преграды: оба течения опять неистово столкнулись над обрушившимся молом.

Он ясно понимал и свою собственную бесплодную отчужденность. Он не приблизился ни на шаг к тем, к кому старался подойти, и не преодолел беспокойного чувства стыда и затаенной горечи, которые отделяли его от матери, брата и сестры. Он почти не ощущал кровной связи с ними, скорее какую-то таинственную связь молочного родства, словно он был приемыш, их молочный брат.

Он снова пытался утолить свое жадное, неистовое томление, перед которым все другое казалось пустым и чуждым. Его не тревожило, что он впал в смертный грех, что жизнь стала сплетением лжи и уверток. Перед мучительным желанием перенести в действительность чудовищные видения терзавшей его похоти исчезло все, не оставалось ничего святого. Цинично и терпеливо позволял он своему разнузданному воображению в тайном сладострастии осквернять постыдными подробностями любой образ, случайно остановивший его внимание. Встречная незнакомка, которая днем казалась ему целомудренной, недоступной, являлась ночью из темных лабиринтов сна, лицо ее дышало лукавым сладострастием, глаза горели животной похотью. И только утро тревожило его смутными воспоминаниями темных оргий, острым унизительным чувством греха.

Его снова потянуло бродить. Туманные осенние вечера влекли его из переулка в переулок, как когда-то много лет тому назад они водили его по тихим улицам Блэкроке. Но ни подстриженные палисадники, ни приветливые огни окон теперь уже не наполняли его чувством отрадного покоя. И только по временам, когда наступало затишье и желания и похоть, изнурявшие его, сменялись томной слабостью, образ Мерседес вставал из глубин его памяти. Он снова видел маленький белый домик по дороге в горы и сад с цветущими розами и вспоминал печальный гордый жест отказа и слова, которые он должен был произнести там, стоя рядом с ней в залитом лунным светом саду после стольких лет разлуки и скитаний. В эти минуты тихие речи Клода Мельнота[1] звучали в памяти и утоляли его тревогу. Нежное предчувствие свидания, которого он когда-то ждал, снова наполнило его душу, несмотря на ужасную действительность, лежавшую между былыми надеждами и настоящим, предчувствие благословенной встречи, когда бессилие, робость и неопытность мгновенно спадут с него.

Эти минуты проходили, и изнуряющее пламя похоти вспыхи-

---

[1] Герой пьесы Булвер-Литтона «Дама из Лиона».

вало снова. Стихи замирали у него на губах, и нечленораздельные крики и непристойные слова рвались из сознания, требуя выхода. Кровь бунтовала. Он бродил взад и вперед по грязным улицам, вглядываясь в черноту переулков и ворот, жадно прислушиваясь к каждому звуку. Он выл, как зверь, потерявший след добычи. Он жаждал согрешить с существом себе подобным, заставить это существо согрешить и насладиться с ним грехом. Он чувствовал, как что-то темное неудержимо движется на него из темноты, неумолимое и шепчущее, словно поток, который, набегая, заполняет его собой. Этот шепот, словно нарастая во сне, бился ему в уши, неуловимые струи пронизывали все его существо. Его пальцы судорожно сжимались, зубы стискивались от нестерпимой муки этого проникновения. На улице он протягивал руки, чтобы удержать нечто хрупкое, зыбкое, ускользающее и манящее, и крик, который он уже давно сдерживал в горле, слетел с его губ. Он вырывался, как вырывается стон отчаяния несчастных грешников в преисподней, и замирал хрипом яростной мольбы, воплем неутоленной похоти, воплем, который был не чем иным, как эхом непристойной надписи, увиденной им на мокрой стене писсуара.

Как-то он забрел в лабиринт узких грязных улиц. Из вонючих переулков до него доносились шум, пьяные возгласы, брань, хриплый рев пьяных голосов. Все это мало его трогало, и он гадал, куда это его занесло, не в еврейский ли квартал. Женщины и молодые девушки в длинных кричащих платьях, надушенные, прохаживались по улице от дома к дому. Его охватила дрожь, и в глазах потемнело. Перед затуманенным взором, на фоне облачного неба, желтые рожки фонарей запылали, как свечи перед алтарем. У дверей и в освещенных передних кучками собирались женщины, как бы готовясь к какому-то обряду. Он попал в другой мир: он проснулся от тысячелетнего сна.

Он стоял посреди улицы, и сердце его неистово колотилось в груди. Молодая женщина в красном платье положила руку ему на плечо и заглянула в глаза.

— Добрый вечер, милашка Вилли! — весело сказала она.

В комнате у нее было тепло и светло. Большая кукла сидела, раздвинув ноги, в широком кресле около кровати. Он смотрел, как она расстегивает платье, видел гордые, уверенные движения ее надушенной головы и старался заставить себя вымолвить хоть слово, чтобы казаться непринужденным.

И когда он стоял так молча посреди комнаты, она подошла к нему и обняла его — обняла весело и спокойно. Ее круглые руки крепко обхватили его, и, видя ее серьезное и спокойное запрокинутое лицо, ощущая теплое, спокойное, мерное дыхание ее груди, он едва не разразился истерическим плачем. Слезы радости и облегчения сияли в его восхищенных глазах, и губы его разомкнулись, хотя и не произнесли ни слова.

Она провела своей звенящей рукой по его волосам и назвала его плутишкой.

— Поцелуй меня, — сказала она.

Губы его не шевельнулись, не поцеловали ее. Ему хотелось, чтобы она держала его в своих объятиях крепко, ласкала тихо-тихо. В ее объятиях он вдруг почувствовал себя сильным, бесстрашным и уверенным. Но губы его не шевельнулись, не поцеловали ее.

Внезапным движением она пригнула его голову и прижала свои губы к его губам, и он прочел смысл ее движений в откровенном устремленном на него взгляде. Это было выше его сил. Он закрыл глаза, отдаваясь ей душой и телом, забыв обо всем на свете, кроме теплого прикосновения ее мягко раздвинутых губ. Целуя, они касались не только губ, но и его сознания, как будто хотели что-то передать ему, и вдруг, на миг, он ощутил неведомое доселе и робкое прикосновение, которое было темнее, чем греховное забытье, мягче, чем запах или звук.

3

После унылого дня стремительные декабрьские сумерки, кувыркаясь подобно клоуну, падали на землю, и, глядя из классной комнаты в унылый квадрат окна, он чувствовал, как желудок его требует пищи. Он надеялся, что на обед будет жаркое — репа, морковь и картофельное пюре с жирными кусками баранины, плавающими в сильно наперченном мучнистом соусе. Пихай все это в себя, подзуживало его брюхо.

Ночь будет темная, глухая ночь. Чуть стемнеет, желтые фонари вспыхнут там и сям в грязном квартале публичных домов. Он пойдет бродить по переулкам, подходя туда все ближе и ближе, будет дрожать от волнения и страха, пока ноги его сами не завернут за темный угол. Проститутки как раз начнут выходить на улицу, готовясь к ночи, лениво зевая после дневного сна и поправляя шпильки в волосах. Он спокойно пройдет мимо, дожидаясь внезапной вспышки желания или внезапного призыва мягкого надушенного тела, который пронзит его возлюбившую грех душу. И в настороженном ожидании этого призыва чувства его, притупляемые только желанием, будут напряженно отмечать все, что унижает и задевает их: глаза — кольцо пивной пены на непокрытом столе, фотографию двух стоящих навытяжку солдат, кричащую афишу; уши — протяжные оклики приветствий.

— Хэлло, Берти, чем порадуешь, дружок?

— Это ты, цыпочка?

— Десятый номер, крошка Нелли дожидается тебя.

— Пришел скоротать вечерок, милашка?

Уравнение на странице его тетради развернулось пышным хвостом в глазках и звездах, как у павлина; и когда глазки и звезды показателей взаимно уничтожились, хвост начал медленно складываться. Показатели появлялись и исчезали, словно открывающиеся и закрывающиеся глазки, глазки открывались и закрывались, словно вспыхивающие и угасающие звезды. Огромный круговорот звездной жизни уносил его усталое сознание прочь за пределы и вновь возвращал обратно к центру, и это движение сопровождала отдаленная музыка. Что это была за музыка? Музыка стала ближе, и он вспомнил строки Шелли о луне, странствующей одиноко, бледной от усталости. Звезды начали крошиться, и облако тонкой звездной пыли понеслось в пространство.

Серый свет стал тускнеть на странице, где другое уравнение разворачивалось, медленно распуская хвост. Это его собственная душа вступала на жизненный путь, разворачиваясь, грех за грехом, рассыпая тревожные огни пылающих звезд и снова свертываясь, медленно исчезая, гася свои огни и пожары. Они погасли все, и холодная тьма заполнила хаос.

Холодное, трезвое безразличие царило в его душе. В исступлении первого греха он почувствовал, как волна жизненной силы хлынула из него, и боялся, что тело или душа его будут искалечены этим извержением. Но жизненная волна вынесла его на гребне вон из него самого и, схлынув, вернула обратно. А его тело и душа остались невредимыми, и темное согласие установилось между ними. Хаос, в котором угас его пыл, обратился в холодное, равнодушное познание самого себя. Он совершил смертный грех, и не однажды, а множество раз, и знал, что уже первый грех грозит ему вечным проклятием, а каждый новый умножает его вину и кару. Дни, занятия и раздумья не принесут ему искупления — источник животворящей благодати перестал орошать его душу. Подавая нищим, он убегал, не выслушав их благодарности, и устало надеялся, что хоть так заслужит какие-то крохи благодати. Благочестие покинуло его. Какая польза в молитвах, когда он знал, что душа его жаждет гибели? Гордость, благоговейный страх не позволяли ему произнести ни единой молитвы на ночь, хотя он знал, что в Божьей власти было лишить его жизни во время сна и ввергнуть его душу в ад, прежде чем он успеет попросить о милосердии. Гордое сознание собственного греха, страх, лишенный любви к Богу, внушали ему, что собственное преступление слишком велико, чтобы его можно было искупить полностью или частично лицемерным поклонением Всевидящему и Всезнающему.

— Знаете, можно подумать, Эннис, будто у вас не голова, а чурбан. Вы что же — не понимаете, что такое иррациональная величина?

Бестолковый ответ разбудил дремавшее в нем презрение к его школьным товарищам. По отношению к другим он больше не испытывал ни стыда, ни страха. Утром в воскресные дни, проходя мимо церкви, он холодно смотрел на молящихся; по четыре человека в ряд, обнажив голову, стояли они на паперти, мысленно присутствуя на богослужении, которого не могли ни видеть, ни слышать. Унылая набожность и тошнотворный запах дешевого бриллиантина от их волос отталкивали его от святыни, которой они поклонялись. Он лицемерил вместе с другими, но скептически не доверял их простодушию, которое можно было с такой легкостью обмануть.

На стене в его спальне висела украшенная заставкой грамота о присвоении ему звания префекта[1] братства Пресвятой Девы Марии в колледже. По субботам, когда братство сходилось в церковь к службе, он занимал почетное место справа от алтаря, преклонив колена на маленькой обитой материей скамеечке, и вел свое крыло хора во время богослужения. Это фальшивое положение не мучило его. Если минутами его и охватывало желание подняться со своего почетного места, покаяться перед всеми в своем лицемерии и покинуть церковь, одного взгляда на окружавшие лица бывало достаточно, чтобы подавить этот порыв. Образные пророчества псалмов укрощали его бесплодную гордость. Пышные славословия Марии пленяли его душу: нард, мирра и ладан — символы ее царственного рода, поздно цветущее дерево и поздний цветок — символы веками возрастающего культа ее среди людей. И когда в конце службы наступала его очередь читать Священное писание, он читал его приглушенным голосом, убаюкивая свою совесть музыкой слов:

«Quasi cedrus exaltata sum in Libanon et quasi cupressus in monte Sion. Quasi palma exaltata sum in Gades et quasi plantatio rosae in Jericho. Quasi uliva speciosa in campis et quasi platanus exaltata sum juxta aquam in plateis. Sicut cinnamomum et balsamum aromatizans odorem dedi et quasi myrrha electa dedi suavitatem odoris»[2].

Грех, отвернувший от него лик Господень, невольно прибли-

---

[1] Староста, старший ученик в некоторых привилегированных учебных заведениях Англии и Ирландии.

[2] «Я возвысилась, как кедр на Ливане и как кипарис на горах Ермонских; я возвысилась, как пальма в Енгадди и как розовые кусты в Иерихоне; я, как красивая маслина в долине и как платан, возвысилась. Как корица и аспалаф, я издала ароматный запах и, как отличная смирна, распространила благоухание». (Библия. Книга Премудрости Иисуса, сына Сирахова, 24:17—19.)

зил его к заступнице всех грешников[1]. Ее очи, казалось, взирали на него с кроткой жалостью, Ее святость, непостижимое сияние, окутывающее Ее хрупкую плоть, не унижали прибегающего к Ней грешника. Если когда-нибудь внутренний голос и убеждал его отказаться от греха и покаяться, то это был голос, звавший посвятить себя служению Ей. Если когда-нибудь душа его, стыдливо возвращаясь в свою обитель после того, как затихало безумие похоти, владевшей его телом, и устремлялась к Той, чей символ — утренняя звезда, «ясная, мелодичная, возвещающая о небесах и дарующая мир»[2], это было в те мгновения, когда имя Ее тихо произносилось устами, на которых еще дрожали гнусные, срамные слова и похотливая сладость развратного поцелуя.

Это было странно. Он пытался объяснить себе, как это могло быть. Но сумрак, сгущавшийся в классе, окутал его мысли. Прозвенел звонок. Учитель задал примеры и вышел. Курон рядом со Стивеном фальшиво затянул:

— *Мой друг, прекрасный Бомбадос*[3].

Эннис, который выходил из класса, вернулся и объявил:

— За ректором пришел прислужник.

Высокий ученик позади Стивена сказал, потирая руки:

— Вот это повезло! Может проваландаться целый час. Раньше половины третьего он не вернется. А там ты можешь надолго завести его вопросами по катехизису, Дедал.

Стивен, откинувшись на спинку парты и рассеянно водя карандашом по тетрадке, прислушивался к болтовне, которую время от времени Курон прерывал окриками:

— Да тише вы! Нельзя же подымать такой гвалт!

Странно было и то, что ему доставляло какую-то горькую радость проникать в самый корень суровых догматов церкви, проникать в ее темные умолчания только для того, чтобы услышать и глубже почувствовать, что он осужден. Изречение святого Иакова о том, что тот, кто согрешит против одной заповеди, грешит против всех, казалось ему напыщенной фразой, пока он не заглянул во тьму собственной души. Из дурного семени разврата взошли другие смертные грехи: самоуверенная гордость и презрение к другим, алчность к деньгам, за которые можно было купить преступные наслаждения, зависть к тем, кто превосходил его в пороках, и клеветнический ропот против благочестивых, жадная прожорливость, тупая распаляющая злоба, с которой он

---

[1] Имеется в виду Дева Мария.
[2] Строчки из книги Дж. Г. Ньюмена «Славословия Марии-Богоматери» (1849). Проза Ньюмена часто используется Джойсом в «Портрете».
[3] Строка из оперетты «Бомбадос» времен Джойса.

предавался своим похотливым мечтаниям, трясина духовной и телесной спячки, в которой погрязло все его существо.

Часто, сидя за партой, он спокойно смотрел в суровое, проницательное лицо ректора и развлекался, придумывая каверзные вопросы. Если человек украл в юности фунт стерлингов и приобрел с помощью этого фунта большое состояние, сколько он должен вернуть — только ли украденный фунт с процентами, которые на него наросли, или же все состояние? Если крещение совершается мирянином и он окропит водою младенца, прежде чем произнесет соответствующие слова, можно ли считать младенца крещеным? Можно ли считать действительным крещение минеральной водой? Первая заповедь блаженства обещает нищим духом Царствие Небесное, почему же вторая гласит, что кроткие наследуют землю? Почему таинство причастия представлено и хлебом и вином и в чем — только в хлебе или только в вине — претворяются тело и кровь Христовы, Его Дух и Божественная сущность? В маленькой частице, в крошке освященного хлеба полностью присутствуют тело и кровь Христовы или только часть крови и часть тела? Если вино обратится в уксус, а хлеб причастия заплесневеет и рассыплется после освящения, будет ли в них все равно присутствовать Христос как Бог и как человек?

— Идет, идет!

Один из учеников, сторожавший у окна, увидел, как ректор вышел из главного здания. Все катехизисы открылись, и все молча уткнулись в книги. Ректор вошел и занял свое место на кафедре. Высокий ученик тихонько подтолкнул Стивена сзади, чтобы он задал ректору какой-нибудь трудный вопрос.

Но ректор не попросил дать ему катехизис и не начал спрашивать урок. Он сложил руки на столе и сказал:

— В среду мы начнем духовные упражнения в честь святого Франциска Ксаверия, память которого мы празднуем в субботу. Духовные упражнения будут продолжаться со среды до пятницы. В пятницу, после дневной молитвы, исповедь будет продолжаться до вечера. Тем из учащихся, у кого есть свой духовник, я советую не менять его. В субботу в девять часов утра будет обедня и общее причастие для всего колледжа. В субботу занятий нет. Суббота и воскресенье — праздники, но из этого вовсе не следует, что понедельник — тоже праздник. Прошу вас, не впадайте в это заблуждение. Мне кажется, Дедал, вы склонны впасть в подобное заблуждение.

— Я, сэр? Почему, сэр?

Легкая волна сдержанного смеха пробежала по классу от суровой улыбки ректора. Сердце Стивена начало медленно съеживаться и замирать, как поникший цветок.

Ректор продолжал таким же серьезным тоном:

— Всем вам, я полагаю, известна история жизни святого

Франциска Ксаверия, патрона нашего колледжа. Святой Франциск происходил из старинного испанского рода и, как вы, конечно, помните, был одним из первых последователей святого Игнатия. Они встретились в Париже, где Франциск Ксаверий преподавал философию в университете. Этот блестящий молодой дворянин, ученый, писатель, прочувствовал всем сердцем учение великого основателя нашего ордена и, как должно быть вам известно, согласно своему желанию был послан святым Игнатием проповедовать слово Божие индусам. Его ведь называют апостолом Индии. Он изъездил весь Восток: из Африки в Индию, из Индии в Японию, обращая язычников в христианство. За один месяц окрестил десять тысяч идолопоклонников. Потерял способность владеть правой рукой, оттого что ему беспрестанно приходилось поднимать ее над головой тех, кого он крестил. Потом он намеревался отправиться в Китай, чтобы завоевать еще новые души для Господа, но умер от лихорадки на острове Сань-цзян. Великий святой Франциск Ксаверий! Великий воин Господень!

Ректор помолчал, потом, покачивая перед собой сцепленными руками, продолжал:

— В нем была вера, которая движет горами! Завоевать десять тысяч душ для Господа за единый месяц! Вот истинный победитель, верный девизу нашего ордена: ad majorem Dei gloriam! Великая власть у этого святого на небесах, помните это! Власть просить Господа помочь нам в наших несчастьях, власть испросить для нас все, о чем мы молимся, если это пойдет нам на благо, и, превыше всего, власть обрести для нас благодать раскаяния, если мы согрешили. Великий святой, святой Франциск Ксаверий! Великий ловец душ!

Он перестал покачивать руками и, прижав их ко лбу, испытующе обвел своих слушателей взглядом темных суровых глаз.

В тишине и сумраке их темное пламя вспыхивало красноватым блеском. Сердце Стивена сжалось, как цветок пустыни, чувствующий издалека приближение самума.

* * *

— «Во всех делах твоих помни о конце твоем и вовек не согрешишь» — слова, дорогие мои братья во Христе, взятые из книги Екклесиаста, глава седьмая, стих сороковой[1]. Во имя Отца Сына и Святого Духа!

[1] У Джойса неправильная ссылка на библейский текст: в книге Екклесиаста таких слов нет, но есть в Книге Премудрости Иисуса, сына Сирахова, 7: 39.

Стивен сидел в церкви на первой скамейке. Отец Арнолл сидел за столиком слева от алтаря. Тяжелый плащ спускался у него с плеч, лицо осунулось, и голос был хриплым от насморка. Лицо старого учителя, так неожиданно появившееся перед ним, напомнило Стивену жизнь в Клонгоузе: большие спортивные площадки, толпы мальчиков, очко уборной, маленькое кладбище за главной липовой аллеей, где он мечтал быть похороненным; пламя камина, пляшущее на стене в лазарете, где он лежал больной, грустное лицо брата Майкла. И по мере того, как эти воспоминания всплывали перед ним, душа его снова становилась душой ребенка.

— Мы сегодня собрались, дорогие мои младшие братья во Христе, на один недолгий миг, вдалеке от мирской суеты, чтобы почтить память одного из величайших святых, апостола Индии и патрона нашего колледжа святого Франциска Ксаверия. Из года в год, дорогие мои, и с таких давних пор, что ни вы, ни я не можем этого помнить, воспитанники колледжа собирались в этой самой церкви для ежегодных духовных упражнений перед праздником в честь своего патрона. Много времени утекло с тех пор, и многое переменилось. Даже за последние несколько лет, уже на ваших глазах, произошли перемены. Некоторые из тех, что совсем недавно сидели на этих скамейках, теперь далеко от нас — где-нибудь в знойных тропиках: кто на служебном посту, кто посвятил себя науке, кто путешествует по неизведанным местам отдаленных стран, а кто, может быть, уже призван Господом к иной жизни и держит перед Ним ответ. И вот идут годы, неся с собой и дурное и хорошее, а память великого святого по-прежнему чтится воспитанниками колледжа, и духовные упражнения в течение нескольких дней предшествуют празднику, установленному нашей святой церковью для увековечения имени и славы одного из достойнейших сынов католической Испании.

Теперь спросим себя, что же означают «духовные упражнения» и почему они считаются наиболее душеспасительными для всех тех, кто стремится перед Богом и людьми вести истинно христианскую жизнь? Духовные упражнения, дорогие мои, — это отрешение на некоторое время от суеты жизни, от повседневной суеты мирской с тем, чтобы проверить состояние нашей совести, поразмыслить о тайнах святой религии и уяснить себе, зачем вы существуете в этом мире. В течение этих немногих дней я постараюсь изложить вам несколько мыслей, касающихся четырех Последних Вещей. А это, как вы знаете из катехизиса: смерть, Страшный суд, ад и рай. Мы постараемся уразуметь их как можно лучше в течение этих дней, дабы через уразумение обрести вечное благо для душ наших. Запомните, дорогие мои, что мы посланы в этот мир только для одной-единственной цели: исполнить святую волю Божию и спасти нашу бессмертную душу. Все остальное — тлен. Насущно одно — спасение души. Что пользы человеку, если он приобретет весь мир и потеряет свою бессмертную душу? Увы, дорогие мои, ничто в этом бренном мире не может вознаградить нас за такую потерю.

Поэтому я прошу вас, друзья мои, отложить на эти несколько дней все мысли о мирском, об уроках, развлечениях и честолюбивых надеждах и не думать ни о чем ином, кроме как о состоянии душ ваших. Вряд ли мне следует напоминать вам, что в эти дни духовных упражнений поведение ваше должно отличаться спокойствием и благочестием и вам следует избегать неподобающих шумных развлечений. Старшие должны следить, чтобы эти правила не нарушались. И я особенно надеюсь, что префекты и члены братства нашей Пресвятой Девы и братства святых ангелов будут подавать достойный пример своим товарищам.

Постараемся же совершить этот обряд в честь святого Франциска всем сердцем и всем помышлением нашим. И да пребудет благословение Божие с вами в ваших занятиях. Но что прежде всего и важней всего — пусть эти духовные упражнения будут для вас тем, на что через несколько лет, когда вы окажетесь очень далеко от этого колледжа и совсем в другой обстановке, вы сможете оглянуться с радостью и благодарностью и возблагодарить Бога за то, что Он ниспослал вам возможность заложить первый камень благочестивой, достойной, ревностной христианской жизни. И если среди присутствующих здесь в эту минуту есть бедная душа, которую постигло безмерное несчастье, которая лишилась святой благодати Божьей и впала в тяжкий грех, я горячо уповаю и молюсь, чтобы эти духовные упражнения стали переломом в жизни бедной души. Молю Господа предстательством усердного слуги Его, Франциска Ксаверия, привести душу сию к чистосердечному раскаянию, и да удостоится она ныне через причастие Святых Даров в день святого Франциска вступить в вечный союз с Богом. Для праведного и неправедного, для святого и грешного да будут эти духовные упражнения памятными на всю жизнь.

Помогите мне, мои дорогие младшие братья во Христе! Помогите мне вашим благочестивым вниманием, вашим собственным усердием, вашим поведением. Изгоните из вашего разума все мирские помышления и думайте только о Последних Вещах: смерти, Страшном суде, аде и рае. Кто помнит о них, вовек не согрешит, говорит Екклесиаст. Кто помнит о них, у того они всегда перед глазами во всех его делах и помышлениях. Он будет вести праведную жизнь и умрет праведной смертью, веруя и зная, что, если он многим жертвовал в своей земной жизни, ему воздастся во сто крат и в тысячу крат в жизни будущей, в царствии без конца, вечным блаженством, друзья мои, коего я желаю вам от всего сердца, всем и каждому, во имя Отца и Сына и Святого Духа. Аминь!

Возвращаясь домой в толпе притихших товарищей, он чувствовал, как густой туман обволакивает его сознание. В оцепенении чувств он ждал, когда туман рассеется и откроется то, что под ним скрыто. За обедом он ел с угрюмой жадностью, и, когда обед кончился и на столе остались груды сальных тарелок, он встал и подошел к окну, слизывая языком жир во рту и облизывая губы. Итак, он опустился до состояния зверя, который облизывает морду после еды. Это конец; и слабые проблески страха начали пробиваться сквозь туман, окутывающий его сознание. Он прижал лицо к оконному стеклу и стал смотреть на темневшую улицу. Тени прохожих вырастали там и сям в сером свете. И это была жизнь. Буквы, складываясь в слово «Дублин», тяжело давили ему на мозг, угрюмо отталкивая одна другую с медленным и грубым упорством. Душа плавилась и задыхалась под толщей жира, в тупом страхе падала в зловещую бездну, а тело — вялое, мерзкое, беспомощное человеческое тело — полностью подчинял себе какой-то похотливый бог.

На следующий день была проповедь о смерти и о Страшном суде, и душа его медленно пробуждалась от вялого отчаяния. Слабые проблески страха обратились в ужас, когда хриплый голос проповедника дохнул смертью на его душу. Он испытал ее агонию. Он чувствовал, как предсмертный холод ползет у него от конечностей к сердцу, предсмертный туман заволакивает глаза, мозговые центры, еще недавно озаренные светом мысли, угасают один за другим, как фонари; капли предсмертного пота выступают на коже; отмирают обессиленные мышцы, язык коснеет, заплетается, немеет, сердце бьется все слабее, слабее, вот оно уже не бьется вовсе, и дыхание, бедное дыхание, бедный беспомощный человеческий дух всхлипывает, прерывается, хрипит и клокочет в горле. Нет спасения! Нет! Он, он сам, его тело, которому он во всем уступал, умирает. В могилу его! Заколотите этот труп в деревянный ящик, несите его вон из дома на плечах наемников. Долой с глаз людских, в глубокую яму, в землю, в могилу, где он будет гнить и кормить червей, где его будут жрать юркие, прожорливые крысы.

И пока друзья его стоят в слезах у его смертного одра, душа грешника предстает перед судом. В последнее мгновение вся земная жизнь пройдет перед взором души, и, прежде чем в душе родится единая мысль, тело умрет, и объятая ужасом душа предстанет перед судом Божьим. Бог, который долго был милосердным, теперь воздает по заслугам. Он долго терпел, увещевал грешную душу, давал ей время раскаяться, щадил и щадил ее. Но это время прошло. Было время грешить и наслаждаться, время издеваться над Богом и заветами Его святой церкви, время презирать Его могущество, попирать Его заповеди, обманывать окружающих, время совершать грех за грехом и скрывать свои пороки от людей. Но это время прошло. Настал час Божий: и Бога уже нельзя ни провести, ни обмануть. Каждый грех выступит тогда из своего тайного убежища, самый мятежный в ослушании божественной воли и самый постыдный для жалкой, испорченной человеческой природы, самое малое несовершенство и самая отвратительная жестокость. Что пользы тогда, что ты был великим императором, великим полководцем, чудесным изобретателем, ученейшим среди ученых. Все равны перед судом Божиим. Он наградит праведных и покарает грешных. Единого мига достаточно, чтобы свершить суд над человеческой душой. В тот самый миг, когда умирает тело, душу взвешивают на весах. Суд совершен, и душа переходит в обитель блаженства, или в темницу чистилища, или, стеная, низвергается в преисподнюю.

Но это еще не все. Правосудие Божие должно быть явлено людям, и после этого суда предстоит другой суд. Настал последний день, день Страшного суда. Звезды небесные падут на землю, как плоды смоковницы, сотрясаемой ветром. Солнце, великое светило вселенной, станет подобно власянице; луна станет как кровь. Небо скроется, свернувшись, как свиток. Архангел Михаил, архистратиг небесного воинства, величественный и грозный, явится в небесах. Одной ногой он ступит на море, другой — на сушу, и медный глас его трубы возвестит конец сущего. Три трубных гласа архангельской трубы наполнят всю вселенную. Время есть, время было, но времени больше не будет. С последним трубным гласом души всего рода человеческого ринутся в Иосафатскую долину[1]: богатые и бедные, благородные и простые, мудрые и глупые, добрые и злые. Душа каждого человеческого существа, когда-либо жившего, души тех, кому надлежало родиться, все сыновья и дочери Адама — все соберутся в этот великий день. И вот грядет Высший Судия! Не смиренный агнец Божий, не кроткий Иисус из Назарета, не скорбный Сын Человеческий, не добрый пастырь. Его увидят грядущим в облаках в великой силе и славе, и все девять чинов ангельских явятся в свите его: ангелы и архангелы, троны, власти, князья, могущества, силы небесные, херувимы и серафимы, — Бог-Вседержитель, Бог Предвечный! Он заговорит, и голос Его дойдет во все концы вселенной до самой бездны преисподней. Высший Судия, Он изречет приговор, и уже не будет иного. Он призовет праведных одесную себя и скажет им войти в Царство вечного блаженства, уготованное им. Неправедных же прогонит прочь и воскликнет в великом гневе: «Идите от меня, проклятые, в огонь

---

[1] По Библии, место Страшного суда.

вечный, уготованный дьяволу и ангелам его». О, какая мука для несчастных грешников! Друзья будут оторваны от друзей, дети от родителей, мужья от жен. Несчастный грешник будет простирать руки к тем, кто был дорог ему в этой земной жизни, к тем, чья простота и благочестие вызывали в нем, может быть, насмешку, к тем, кто увещевал его и старался вернуть на праведный путь, к доброму брату, к милой сестре, к матери и отцу, которые так беззаветно любили его. Но поздно! Праведные отвернутся от погибших, осужденных душ, которые теперь предстанут пред их очами во всей своей отвратительной мерзости. О, вы, лицемеры, вы, гробы повапленные! Вы, являвшие миру сладко улыбающийся лик, тогда как душа ваша есть зловонное скопище греха, — что станет с вами в этот грозный день?

А этот день придет, придет неминуемо, должен прийти — день смерти, день Страшного суда. Удел человека — умереть и после смерти предстать перед судом Божиим. Мы знаем, что мы должны умереть. Мы не знаем, когда и как, от долгой ли болезни или от несчастного случая. Не ведаем ни дня, ни часа, когда приидет Сын Человеческий. Будьте готовы, помните, что вы можете умереть каждую минуту. Смерть — наш общий удел. Смерть и суд, принесенные в мир грехом наших прародителей, — темные врата, закрывающиеся за нашим земным существованием, врата, которые открываются в неведомое, врата, через которые должна пройти каждая душа, одна, лишенная всякой опоры, кроме своих добрых дел, без друга, брата, родителя или наставника, которые могли бы помочь ей, одна, трепещущая душа. Да пребудет мысль эта всегда с нами, и тогда мы не сможем грешить. Смерть, источник ужаса для грешника, — благословенная минута для того, кто шел путем праведным, исполнял долг, предназначенный ему в жизни, возносил утренние и вечерние молитвы, приобщался Святых Тайн и творил добрые, милосердные дела. Для набожного, верующего католика, для праведного человека смерть не может быть источником ужаса. Вспомните, как Аддисон, великий английский писатель, лежа на смертном одре, послал за порочным молодым графом Уорвиком[1], дабы дать ему возможность увидеть, как приемлет свой конец христианин. Да, только набожный, верующий католик, он один, может воскликнуть в своем сердце:

---

[1] Джозеф Аддисон (1672—1719) — английский писатель, эссеист, поэт и политический деятель; граф Уорвик — его приемный сын. Точных свидетельств этой сцены нет. Однако один из современников Аддисона, друг и душеприказчик поэта, Томас Тикелл (1688—1740) пишет об этом случае в своем стихотворении «Графу Уорвику на смерть мистера Аддисона» (1721).

Смерть! Где жало твое?
Ад! Где твоя победа?

Каждое слово этой проповеди было обращено к нему. Против его греха, мерзостного, тайного, направлен был гнев Божий. Нож проповедника нащупал самую глубину его раскрывшейся совести, и он почувствовал, что душа его — гнойник греха. Да, проповедник прав! Божий час настал. Как зверь в берлоге, его душа зарылась в собственной мерзости, но глас ангельской трубы вызвал ее на свет из греховной тьмы. Весть о Страшном суде, провозглашенная архангелом, разрушила в единый миг самонадеянное спокойствие. Вихрь последнего дня ворвался в сознание. И грехи, эти блудницы с горящими глазами, бросились врассыпную от этого урагана, пища, как мыши, и прикрываясь космами волос.

Когда он переходил площадь по дороге домой, звонкий девичий смех коснулся его пылающих ушей. Этот хрупкий радостный звук смутил его сердце сильнее, чем архангельская труба; не смея поднять глаза, он отвернулся и, проходя мимо, глянул в тень разросшегося кустарника. Стыд хлынул волной из его смятенного сердца и затопил все его существо. Образ Эммы возник перед ним, и под ее взглядом стыд новой волной хлынул из его сердца. Если бы она только знала, чему она подвергалась в его воображении, как его животная похоть терзала и топтала ее невинность! Это ли юношеская любовь? Рыцарство? Поэзия? Мерзкие подробности падения душили его своим зловонием. Пачка открыток, измазанных сажей, которые он прятал под решеткой камина и перед которыми часами грешил мыслью и делом, глядя на откровенные или притворно стыдливые сцены разврата; чудовищные сны, населенные обезьяноподобными существами; девки со сверкающими распаленными глазами, длинные гнусные письма, которые он писал, упиваясь своими откровенными излияниями, и носил тайком при себе день за днем только затем, чтобы незаметно в темноте подбросить их в траву или засунуть под дверь или в щель забора, где какая-нибудь девушка, проходя, могла бы увидеть их и прочесть потихоньку. Какое безумие! Неужели это правда и он все это делал? От постыдных воспоминаний, которые теснились в памяти, холодный пот проступил у него на лбу.

Когда муки стыда утихли, он попытался поднять свою душу из ее жалкой немощи. Бог и Пресвятая Дева были слишком далеко от него. Бог слишком велик и суров, а Пресвятая Дева слишком чиста и непорочна. Но он представил себе, что стоит рядом с Эммой где-то в бескрайней равнине и смиренно, в слезах склоняется и целует ее рукав на сгибе локтя.

В бескрайней равнине, под нежным прозрачным вечерним небом, где облако плывет на запад по бледно-зеленому морю небес, они стоят рядом — дети, заблудшие во грехе. Своим грехом они глубоко прогневили величие Божие, хотя это был всего только грех двоих детей, но они не прогневили Ее, «чья красота не красота земная, опасная для взора, но подобна утренней звезде — ее знамению, ясна и мелодична»[1]. Глаза Ее, устремленные на него, смотрят без гнева и без укоризны. Она соединяет их руки и говорит, обращаясь к их сердцам:

— Возьмитесь за руки, Стивен и Эмма, в небесах сейчас тихий вечер. Вы согрешили, но ведь вы — мои дети. Вот сердце, которое любит другое сердце. Возьмитесь за руки, дорогие мои дети, и вы будете счастливы вместе, и сердца ваши будут любить друг друга.

Церковь была залита тусклым, багровым светом, проникавшим сквозь опущенные жалюзи, а в узкую щель между жалюзи и оконной рамой луч бледного света врывался, как копье, и скользил по рельефным украшениям подсвечников на алтаре, которые тускло поблескивали, подобно броне ангельских доспехов, изношенных в бою.

Дождь лил на церковь, на сад, на колледж. Дождь будет идти беззвучно, непрестанно. Вода будет подниматься дюйм за дюймом, затопит траву и кусты, затопит дома и деревья, затопит памятники и вершины гор. Все живое беззвучно захлебнется: птицы, люди, слоны, свиньи, дети; беззвучно будут плыть тела посреди груд обломков рушащейся вселенной. Сорок дней и сорок ночей будет лить дождь, пока лицо земли не скроется под водой[2].

Ведь это может быть. А почему нет?

— «Преисподняя расширилась и без меры раскрыла пасть свою». Слова, дорогие мои братья во Христе, из книги пророка Исайи, глава пятая, четырнадцатый стих. Во имя Отца и Сына и Святого Духа. Аминь.

Проповедник достал часы без цепочки из внутреннего кармана сутаны и, молча посмотрев на циферблат, бесшумно положил их перед собой на стол.

Он начал ровным голосом:

— Вы знаете, дорогие мои друзья, что Адам и Ева — наши прародители, и вы помните, что Бог сотворил их, дабы они заняли место, опустевшее на небесах после падения Люцифера и восставших с ним ангелов. Люцифер, как мы знаем, был сын зари, светлый, могущественный ангел, и все же он пал. Он пал, а с ним пала треть небесного воинства, он пал и вместе со своими восставшими ангелами был низвергнут в ад. Какой грех совершил он, мы не знаем. Богословы утверждают, что это был грех

---

[1] Дж. Ньюмен. «Славословия Марии-Богоматери».

[2] В сознании Стивена возникает картина Всемирного потопа.

гордыни, греховный помысел, зачатый в одно мгновение: non serviam — не буду служить. Это мгновение было его погибелью. Он оскорбил величие Господа грешным помыслом одного мгновения, и Господь низринул его с неба в преисподнюю на веки вечные!

Тогда Господь сотворил Адама и Еву и поселил их в Эдеме, в Дамасской долине, в этом чудесном, сияющем светом и красками саду, изобилующем роскошной растительностью. Плодородная земля оделяла их своими дарами; звери и птицы служили и повиновались им. Неведомы были Адаму и Еве страдания, которые унаследовала наша плоть, — болезни, нужда, смерть. Все, что мог сделать для них всемогущий и милостивый Бог, — все было им дано. Но одно условие поставил Господь Бог — повиновение его слову. Они не должны были вкушать плоды от запретного древа.

Увы, дорогие друзья мои, они тоже пали. Сатана, когда-то сияющий ангел, сын зари, ныне лукавый враг, явился им во образе змеи, самой коварной из всех тварей земных. Он завидовал им. Низвергнутый с высоты величия своего, он не мог перенести мысли, что человек, созданный из глины, получит в обладание то, что он по собственной вине утратил навеки. Он пришел к жене, сосуду слабейшему, и, влив яд своего красноречия ей в уши, обещал, — о, святотатственное обещание! — что, если она и Адам вкусят запретного плода, они станут, как боги, подобны самому Создателю. Ева поддалась обману лукавого соблазнителя. Она вкусила от яблока и дала его Адаму, у которого не хватило мужества устоять против нее. Ядовитый язык Сатаны сделал свое дело. Они пали.

И тогда в саду раздался глас Божий, призывающий свое творение, человека, к ответу. И Михаил, архистратиг небесного воинства, с огненным мечом в руке, явился перед преступной четой и изгнал их из рая в мир, в мир болезней и нужды, жестокости и отчаяния, труда и лишений, дабы в поте лица добывали они хлеб свой. Но даже и тогда сколь милосерден был Господь! Он сжалился над нашими несчастными падшими прародителями и обещал, что, когда исполнится час, Он пошлет с небес на землю Того, Кто сделает их снова чадами Божьими, наследниками небесного престола; спасителем падшего человека будет единородный Сын Божий, второе лицо Пресвятой Троицы, вечное Слово.

Он пришел. Он родился от Пречистой Девы Марии, Девы-Матери. Он родился в бедном хлеве в Иудее и жил смиренным плотником до тридцати лет, пока не наступил час Его. Тогда, преисполненный любви к людям, Он пошел проповедовать им Евангелие Царства Божия.

Слушали ли они Его? Да, слушали, но не слышали. Его схватили и связали как обыкновенного преступника, насмехались над Ним как над безумцем, предпочли помиловать вместо Него разбойника, убийцу; нанесли Ему пять тысяч ударов, возложили на Его главу терновый венец; иудейская чернь и римские солдаты волокли Его по улицам, сорвали с Него одежды, пригвоздили к кресту, пронзили Ему ребро копьем, и из раненого тела нашего Господа потекла кровь с водой.

Но даже тогда, в час величайших мучений, наш милосердный Искупитель сжалился над родом человеческим. И там, на Голгофе, Он основал Святую католическую церковь, которую по Его обетованию не одолеют врата ада. Он воздвиг ее на вековечной скале и наделил ее своею благодатью, Таинством Святого Причастия, и обещал, что, если люди будут послушны слову Его церкви, они обрящут жизнь вечную, но если после всего того, что для них сделано, они будут упорствовать в своих пороках — их уделом будет вечное мучение: ад.

Голос проповедника замер. Он замолчал, сложил на мгновение ладони, потом разнял их. И заговорил снова:

— Теперь попробуем на минуту представить себе, насколько это в наших силах, что являет собой эта обитель отверженных, созданная правосудием разгневанного Бога для вечной кары грешников. Ад — это тесная, мрачная, смрадная темница, обитель дьяволов и погибших душ, охваченная пламенем и дымом. Бог создал эту темницу тесной в наказание тем, кто не желал подчиниться Его законам. В земных тюрьмах бедному узнику остается, по крайней мере, свобода движений, будь то в четырех стенах камеры или в мрачном тюремном дворе. Совсем не то в преисподней. Там такое огромное скопище осужденных, что узники стиснуты в этой ужасной темнице, толщина стен коей достигает четырех тысяч миль, и они стиснуты так крепко и так беспомощны, что, как говорит святой подвижник Ансельм[1] в книге о подобиях, они даже не могут вынуть червей, гложущих их глаза.

Они лежат в кромешной тьме. Ибо, не забудьте, огонь преисподней не дает света. Как, по велению Божию, огонь Вавилонской печи[2] потерял свой жар, сохранив свет, так, по велению Божию, огонь преисподней, сохраняя всю силу жара, пылает в вечной тьме. Это вечно свирепствующая буря тьмы, темного пламени и темного дыма, горящей серы, где тела, нагроможденные

---

[1] Ансельм Кентерберийский (1033—1109) — теолог, представитель схоластики. С 1093 г. — архиепископ Кентерберийский.

[2] По Библии, царь Навуходоносор приказал бросить в Вавилонскую печь трех юношей, не поклонявшихся языческим богам, но огонь не тронул их, а убил лишь их мучителей.

друг на друга, лишены малейшего доступа воздуха. Из всех кар, которыми поразил Господь землю Фараонову, поистине ужаснейшей считалась тьма. Как же тогда определить тьму преисподней, которая будет длиться не три дня, но веки вечные?

Ужас этой тесной и темной тюрьмы усиливается еще от ее чудовищного смрада. Сказано, что вся грязь земная, все нечистоты и отбросы мира устремятся туда, словно в огромную сточную яму, когда истребляющий огонь последнего дня зажжет мир своим очистительным пламенем. А чудовищная масса серы, горящая там, наполняет всю преисподнюю невыносимым смрадом, и самые тела осужденных распространяют такое ядовитое зловоние, что даже единого из них, говорит святой Бонавентура[1], достаточно для того, чтобы отравить весь мир. Самый воздух нашей вселенной, эта чистейшая стихия, становится смрадным и удушливым, когда слишком долго нет в нем движения. Представьте себе, какой должен быть смрад в преисподней! Вообразите себе зловонный и разложившийся труп, который лежит и гниет в могиле, превращаясь в липкую, гнойную жижу. И представьте себе, что этот труп становится добычей пламени, пожираемый огнем горящей серы и распространяющий кругом густой, удушливый, омерзительно тошнотворный смрад. Вообразите себе этот омерзительный смрад, усиленный в миллионы миллионов раз несчетным количеством зловонных трупов, скученных в смрадной тьме, — огромный смрадный человеческий гнойник. Вообразите себе все это, и вы получите некоторое представление о смраде преисподней.

Но как ни ужасен этот смрад, это еще не самая тяжкая из телесных мук, на которую обречены осужденные. Пытка огнем — величайшая пытка, которой тираны подвергали своих подданных. Поднесите на одно мгновение палец к пламени свечи — и вы поймете, что значит пытка огнем. Но наш земной огонь создан Богом на благо человеку, для поддержания в нем искры жизни и на помощь ему в трудах его, тогда как огонь преисподней — совсем другого свойства и создан Богом для мучения и кары нераскаявшихся грешников. Наш земной огонь сравнительно быстро пожирает свою жертву, особенно если предмет, на который он направлен, обладает высокой степенью горючести. И человек с его изобретательностью сумел создать химические средства, способные ослабить или задержать процесс горения. Но ядовитая сера, которая горит в преисподней, — вещество, предназначенное

---

[1] Бонавентура — Джованни Фиданца (1221—1274) — итальянский философ и католический церковный деятель, один из крупнейших представителей поздней схоластики, кардинал, был причислен к лику святых (1482) и к числу пяти величайших учителей церкви.

для того, чтобы гореть вечно, гореть с неослабевающей яростью. Более того, наш земной огонь, сжигая, разрушает, и чем сильнее он горит, тем скорее затихает, но огонь преисподней жжет, не истребляя, и, хотя он пылает с неистовой силой, он пылает вечно.

Наш земной огонь, как бы огромно и свирепо ни было его пламя, всегда имеет пределы, но огненное озеро преисподней безгранично, безбрежно и бездонно. Известно, что сам Сатана на вопрос некоего воина ответил, что, если бы целую громадную гору низвергли в пылающий океан преисподней, она сгорела бы в одно мгновение, как капля воска. И этот чудовищный огонь терзает тела осужденных не только извне! Каждая обреченная душа превращается в свой собственный ад, и необъятное пламя бушует в ее недрах. О, как ужасен удел этих погибших созданий! Кровь кипит и клокочет в венах, плавится мозг в черепе, сердце пылает и разрывается в груди; внутренности — докрасна раскаленная масса горящей плоти, глаза, эта нежная ткань, пылают, как расплавленные ядра.

Но все, что я говорил о ярости, свойствах и беспредельности этого пламени, — ничто по сравнению с мощью, присущей ему как орудию Божественной воли, карающей душу и тело. Этот огонь, порожденный гневом Божьим, действует не сам по себе, но как орудие Божественного возмездия. Как вода крещения очищает душу вместе с телом, так и карающий огонь истязает дух вместе с плотью. Каждое из чувств телесных подвергается мучениям, и вместе с ними страдает и душа. Зрение казнится абсолютной непроницаемой тьмой, обоняние — гнуснейшим смрадом, слух — воем, стенаниями и проклятиями, вкус — зловонной, трупной гнилью, неописуемой зловонной грязью, осязание — раскаленными гвоздями и прутьями, беспощадными языками пламени. И среди всех этих мучений плоти бессмертная душа в самом естестве своем подвергается вечному мучению неисчислимыми языками пламени, зажженного в пропасти разгневанным величием всемогущего Бога и раздуваемого гневом Его дыхания в вечно разъяренное, в вечно усиливающееся пламя.

Вспомните также, что мучения в этой адской темнице усиливаются соседством других осужденных. Близость зла на земле столь опасна, что даже растения как бы инстинктивно растут поодаль от того, что для них гибельно и вредно. В аду все законы нарушены, там нет понятий семьи, родины, дружеских, родственных отношений. Осужденные воют и вопят, и мучения и ярость их усугубляются близостью других осужденных, которые, подобно им, испытывают мучения и неистовствуют. Всякое чувство человечности предано забвению, вопли страждущих грешников проникают в отдаленнейшие углы необъятной бездны. С уст осужденных срываются слова хулы против Бога, слова ненависти к окружающим их грешникам, проклятий против всех сообщников по греху. В древние времена существовал закон, по которому отцеубийцу, человека, поднявшего преступную руку на отца, зашивали в мешок с петухом, обезьяной и змеей и бросали в море. Смысл этого закона, кажущегося нам таким жестоким, в том, чтобы покарать преступника соседством злобных, вредоносных тварей. Но что́ ярость бессловесных тварей по сравнению с яростью проклятий, которые извергаются из пересохших ртов и горящих глоток, когда грешники в преисподней узнают в других страдальцах тех, кто помогал им и поощрял их во грехе, тех, чьи слова заронили в их сознание первые семена дурных мыслей и дурных поступков, тех, чьи бесстыдные наущения привели их ко греху, тех, чьи глаза соблазняли и совращали их со стези добродетели, и тогда они обращают всю ярость на своих сообщников, поносят и проклинают их. Но неоткуда ждать им помощи, и нет для них надежды. Раскаиваться поздно.

И наконец, представьте себе, какие ужасные мучения доставляет погибшим душам — и соблазнителям и соблазненным — соседство с бесами. Бесы эти мучают осужденных вдвойне: своим присутствием и своими упреками. Мы не в состоянии представить себе, как ужасны эти бесы. Святая Екатерина Сиенская, которая однажды видела беса, пишет, что предпочла бы до конца своей жизни идти по раскаленным угольям, нежели взглянуть еще один-единственный раз на это страшное чудовище. Бесы эти, некогда прекрасные ангелы, сделались столь же уродливы и мерзки, сколь прежде были прекрасны. Они издеваются и глумятся над погибшими душами, которых сами же увлекли к погибели. И они, эти гнусные демоны, заменяют в преисподней голос совести. Зачем ты грешил? Зачем внимал соблазну друзей? Зачем уклонялся от благочестивой жизни и добрых дел? Зачем не сторонился греха? Зачем не избегал дурного знакомства? Зачем не боролся со своим распутством, со своей развращенностью? Зачем не слушал советов духовного отца? Зачем, согрешив в первый, во второй, в третий, в четвертый и в сотый раз, ты не раскаялся в своих дурных поступках и не обратился к Богу, который только и ждал раскаяния, чтобы отпустить тебе грехи? Но теперь время раскаяния прошло. Время есть, время было, но больше времени не будет. Было время грешить тайком, предаваться гордыне и лени, наслаждаться беззаконием, уступать прихотям своей низменной природы, жить, как твари лесные, нет, хуже, чем твари! Потому что у тех, по крайней мере, нет разума, который направлял бы их. Было время, но больше времени не будет. Бог говорил с тобой бесчисленными голосами, но ты не хотел слушать. Ты не одолел гордыни и злобы в сердце своем, не возвратил добро, в беззаконии нажитое, не повиновался заветам Святой церкви, пренебрегал обрядами, не расстался с бесчестными сообщниками, не избегал соблазнов. Таковы речи этих дьявольских мучителей, речи глумления и упреков, ненависти и отвращения. Да, отвращения, потому что даже они, сами бесы, согрешившие, но согрешившие грехом, единственно совместимым с их ангельской природой, — бунтом разума, — даже они, мерзкие бесы, отвернутся с отвращением и гадливостью от зрелища этих неслыханных грехов, которыми жалкий человек оскверняет и оскорбляет храм Духа Святого, оскверняет и бесчестит самого себя.

О, дорогие мои младшие братья во Христе, да минует нас вовеки страшный удел слышать речи сии! Да минует нас вовеки сей страшный удел. Я горячо молю Господа, чтобы в последний день страшной расплаты ни единая душа из тех, что присутствуют ныне в этом храме, не оказалась среди несчастных созданий, которым Великий Судия повелит скрыться от очей Его, чтобы ни для одного из нас не прозвучал страшный приговор отвержения: «Идите от меня, проклятые, в огонь вечный, уготованный дьяволу и ангелам его!»

Он вышел из придела церкви, ноги подкашивались, кожа на голове холодела, словно ее коснулись пальцы призрака. Он поднялся по лестнице и вошел в коридор, на стенах которого висели пальто и макинтоши, как преданные казни злодеи — безглавые, истекающие кровью, бесформенные. И с каждым шагом его все сильнее охватывал ужас, что он уже умер, что душа его вырвалась из своей телесной оболочки и что он стремглав несется в бездну.

Пол ускользал у него из-под ног, и он тяжело опустился за парту, не глядя открыл какую-то книгу и уткнулся в нее. Каждое слово — о нем. Да, это так. Бог — всемогущ. Бог может призвать его сию минуту, вот сейчас, когда он сидит за партой, прежде чем он успеет осознать, что это конец. Бог уже призвал его. Как? Так, сразу? Все тело его сжалось, словно чувствуя приближение жадных языков пламени, скорчилось, словно его опалил огненный вихрь. Он умер. Да. Его судят. Огненная волна взметнулась и опалила его тело! Одна, другая. Мозг начал раскаляться. Еще волна. Мозг закипает, бурлит в раскалывающейся коробке черепа. Языки пламени вырываются из черепа огненным венцом и взывают тысячью голосов:

— Ад! ад! ад! ад!

Голоса раздались около него:

— Он говорил об аде.

— Ну что? Все он вам втолковал?

— Еще как. Чуть со страха не умерли.

— С вами только так и надо. Не мешало бы почаще вас наставлять, тогда, может, учиться будете лучше.

В изнеможении он откинулся на спинку парты. Он не умер. Бог пощадил его и на этот раз. Он все еще был в обычной обстановке, в школе. У окна, глядя на нудный дождь, стоят мистер Тейт и Винсент Курон: разговаривают, шутят, кивают головами.

— Хоть бы разгулялось. Я договорился с приятелем прокатиться на велосипеде к Малахайду[1]. Но на дорогах, верно, грязь по колено.

— Может быть, еще разгуляется, сэр.

Такие знакомые голоса, обыденные разговоры, тишина классной, когда голоса замолкли, молчание, наполненное чавканьем спокойно пасущегося стада, — мальчики мирно жевали свои завтраки. Все это успокаивало его истерзанную душу.

Еще есть время. О, Дева Мария, прибежище грешников, заступись! О, Дева непорочная, спаси от пучины смерти!

Урок английского начался беседой на историческую тему. Короли, фавориты, интриганы, епископы, словно безмолвные призраки, проходили под покровом имен. Все они умерли, и все были судимы. Какая польза человеку приобрести мир, если он потерял свою душу? Наконец он понял: жизнь человеческая лежала вокруг него, как мирная долина, на которой трудились люди-муравьи, а их мертвые покоились под могильными холмами. Локоть соседа по парте коснулся его, и он словно почувствовал толчок в сердце. И, отвечая на вопрос учителя, услыхал свой собственный голос, проникнутый спокойствием смирения и раскаяния.

Его душа погружалась все глубже в покаянный покой, не в силах более переносить мучений страха, и, погружаясь, возносила робкую молитву. О да, он будет помилован: он раскается в сердце своем и будет прощен, и тогда там, над ним, на небесах, увидят, как он искупит свое прошлое. Всей жизнью, каждым часом ее! О, только дайте время!

— Всем, Господи! Всем, всем!

Кто-то приоткрыл дверь и сказал, что исповедь в церкви уже началась. Четверо мальчиков вышли из класса, и он слышал, как другие проходили по коридору. Трепетный холодок полоснул сердце, едва ощутимый, как легкое дуновение ветра. Но, молча прислушиваясь и страдая, он испытывал такое чувство, словно приложил ухо к сердцу и ощутил, как оно сжимается и замирает, как содрогаются его сосуды.

Спасения нет. Он должен исповедаться, рассказать все, что делал и думал, обо всех грехах. Но как? Как?

— Отец, я...

Исповедь! Эта мысль холодным, сверкающим клинком вонзалась в его слабую плоть. Но только не здесь, не в школьной церкви. Он исповедуется во всем, в каждом грехе деяния и помысла, покается чистосердечно, но только не здесь — среди товарищей.

---

[1] Курорт на берегу Ирландского моря.

Подальше отсюда, где-нибудь в глухом закоулке он выбормочет свой позор; и он смиренно молил Бога не гневаться на него за то, что у него не хватает смелости исповедаться в школьной церкви, и в полном самоуничижении мысленно просил прощения, взывая к отроческим сердцам своих товарищей.

А время шло.

Он снова сидел в первом ряду в церкви. Дневной свет за окном медленно угасал, солнце, проникавшее сквозь выгоревшие красные занавеси, казалось солнцем последнего дня, когда души всех созываются на Страшный суд.

— «Отвержен я от очей Твоих» — слова, дорогие мои младшие братья во Христе, из псалма 30-го, стих 23-й. Во имя Отца и Сына и Святого Духа. Аминь.

Проповедник говорил спокойным, приветливым голосом. Лицо у него было доброе, он сложил руки, мягко сомкнув кончики пальцев, и это было похоже на маленькую хрупкую клетку.

— Сегодня утром мы беседовали с вами об аде, пытались представить его или, как говорит святой основатель нашего ордена в своей книге духовных упражнений, дать ему определение места. Иными словами, мы постарались вообразить чувственной стороной нашего разума, нашим воображением материальную природу этой страшной темницы и физические страдания, коим подвергаются все, кто пребывает в аду. Сейчас мы попытаемся осмыслить природу духовных мучений ада.

Помните, что грех — двойное преступление. С одной стороны, это гнусное поощрение низменных инстинктов нашей греховной природы, склонной ко всему скотскому и подлому, а с другой — это ослушание голоса нашей высшей природы, всего чистого и святого в нас, ослушание самого Святого Создателя. Поэтому смертный грех карается в преисподней двумя различными видами кары: физической и духовной.

Так вот, самая страшная из всех духовных мук — мука утраты. Она настолько велика, что превосходит все другие. Святой Фома[1], величайший учитель церкви, прозванный ангельским доктором, говорит, что самое страшное проклятие состоит в том, что человеческое разумение лишается Божественного света и помыслы его упорно отвращаются от благости Божией. Помните, что Бог — существо бесконечно благое и потому утрата Его — лишение бесконечно мучительное. В этой жизни мы не можем ясно представить себе, что значит такая утрата, но осужденные в преисподней в довершение своих страданий полностью осознают то, чего они навек лишились, и знают, что в этом виноваты лишь

---

[1] Фома Аквинский (1225—1274) — один из крупнейших представителей средневековой схоластики.

они одни. В самое мгновение смерти распадаются узы плоти, и душа тотчас же устремляется к Богу, к средоточию своего бытия. Запомните, дорогие друзья мои, души наши жаждут воссоединиться с Богом. Мы исходим от Бога, живем Богом, мы принадлежим Богу; принадлежим Ему неотъемлемо. Бог любит Божественной любовью каждую человеческую душу, и каждая человеческая душа живет в этой любви. И как же может быть иначе? Каждый вздох, каждый помысел, каждое мгновение нашей жизни исходит от неистощимой благости Божьей. И если тяжко матери разлучаться с младенцем, человеку — быть отторгнутым от семьи и дома, другу — оторваться от друга, подумайте только, какая мука, какое страдание для бедной души лишиться присутствия бесконечно благого и любящего Создателя, который из ничего вызвал эту душу к бытию, поддерживая ее в жизни, любил ее беспредельной любовью. Итак, быть отлученным навеки от высшего блага, от Бога, испытывать муку этого отлучения, сознавая, что так будет всегда, — величайшая утрата, какую способна перенести сотворенная душа, — poena damni — мука утраты.

Вторая кара, которой подвергаются души осужденных в аду, — муки совести. Как в мертвом теле зарождаются от гниения черви, так в душах грешников от гниения греха возникают нескончаемые угрызения, жало совести, или, как называет его папа Иннокентий III, червь с тройным жалом. Первое жало, которым уязвляет этот жестокий червь, — воспоминание о минувших радостях. О, какое ужасное воспоминание! В море всепожирающего пламени гордый король вспомнит пышное величие своего двора; мудрый, но порочный человек — книги и приборы; ценитель искусств — картины, статуи и прочие сокровища; тот, кто наслаждался изысканным столом, — роскошные пиры, искусно приготовленные яства, тонкие вина; скупец вспомнит свои сундуки с золотом; грабитель — несправедливо приобретенное богатство; злобные, мстительные, жестокие убийцы — свои кровавые деяния и злодейства; сластолюбцы и прелюбодеи — постыдные, гнусные наслаждения, которым они предавались. Они вспомнят все это и проклянут себя и свои грехи. Ибо сколь жалкими покажутся все эти наслаждения душе, обреченной на страдания в адском пламени на веки вечные! Какое бешенство и ярость охватят их при мысли, что они променяли небесное блаженство на прах земной, на горсть металла, на суетные почести, на плотские удовольствия, на минутное щекотание нервов! Они раскаются, и в этом раскаянии — второе жало червя совести, запоздалое, тщетное сокрушение о содеянных грехах. Божественное правосудие считает необходимым, чтобы разум этих отверженных был непрестанно сосредоточен на совершенных ими грехах, и, более того, как утверждает святой Августин, Бог даст им свое собственное понимание греха, и грех предстанет перед ними во всей чудовищной гнусности таким, каким предстает он перед очами Господа Бога. Они увидят свои грехи во всей их мерзости и раскаются, но слишком поздно. И тогда пожалеют о возможностях, которыми пренебрегли. И это последнее, самое язвительное и жестокое жало червя совести. Совесть скажет: у тебя было время и была возможность, но ты не каялся. В благочестии воспитывали тебя родители. Тебе в помощь были даны Святые Дары, Божья благодать и индульгенции. Служитель Божий был рядом с тобой, дабы наставлять, направлять тебя на путь истинный, отпускать грехи твои, сколько бы их ни было и как бы они ни были мерзостны, лишь бы ты только исповедался и раскаялся. Нет. Ты не хотел этого. Ты пренебрег служителями Святой церкви, ты уклонялся от исповеди, ты погрязал все глубже и глубже в мерзости греха. Бог взывал к тебе, предупреждал тебя, призывал вернуться к Нему. О, какой позор, какое горе! Владыка вселенной умолял тебя, творение из глины, любить Его, вдохнувшего в тебя жизнь, повиноваться Его законам. Нет! Ты не хотел этого. А теперь, если бы ты еще мог плакать и затопил бы ад своими слезами, все равно весь этот океан раскаяния не даст того, что дала бы одна-единственная слеза искреннего покаяния, пролитая в твоей земной жизни. Ты молишь теперь об одном-единственном мгновении земной жизни, дабы покаяться. Напрасно. Время прошло, и прошло навеки.

Таково тройное жало совести, этого червя, который гложет сердце грешников в аду. Охваченные адской злобой, они проклинают себя, и свое безумие, и дурных сообщников, увлекавших их к погибели, проклинают дьяволов, искушавших их в жизни, а теперь, в вечности, издевающихся над ними, хулят и проклинают самого Всевышнего, чье милосердие и терпение они презрели и осмеяли, но чьего правосудия и власти им не избежать.

Следующая духовная пытка, которой подвергаются осужденные в аду, — это мука неизбывности страданий. Человек в своей земной жизни способен творить злые дела, но он не способен творить их все сразу, ибо часто одно зло мешает и противодействует другому, подобно тому как один яд часто служит противоядием другому. В аду же, наоборот, одно мучение не только не противодействует другому, а усугубляет его. И мало этого: так как духовные наши качества более совершенные, нежели наши телесные ощущения, они сильнее подвержены страданиям. Так, каждое свойство души, подобно ощущению, подвергается своей особой муке: воображение терзается чудовищными кошмарами, способность чувствовать — попеременно отчаянием и яростью, сознание и разум — внутренним беспросветным мраком, более ужасным, нежели мрак внешний, царящий в этой страшной темнице. Злоба, пусть бессильная, которой одержимы падшие души, — это злоба, не имеющая границ, длящаяся без конца, никогда не убывающая. Это чудовищное состояние мерзости даже представить себе нельзя, если только не осознать всю гнусность греха и отвращение, которое питает к нему Всевышний.

Наряду с этой мукой неизбывности страданий существует, казалось бы, противоположная ей мука напряженности страдания. Ад — это средоточие зла, а как вам известно, чем ближе к центру, тем сильнее напряжение. Никакая посторонняя или противодействующая сила не ослабляет, не утоляет ни на йоту страданий в преисподней. И даже то, что само по себе есть добро, в аду становится злом. Общение, источник утешений для несчастных на земле, там будет нескончаемой пыткой; знание, к коему обычно жадно стремятся как к высшему благу разума, там будет ненавистней, чем невежество; свет, к коему тянутся все твари — от царя природы до ничтожной травинки в лесу, — там вызывает жгучую ненависть. В земной жизни наши страдания не бывают чрезмерно длительны или чрезмерно велики, потому что человек либо преодолевает их силой привычки, либо изнемогает под их тяжестью, и тогда им наступает конец. Но к страданиям в аду нельзя привыкнуть, потому что, при всем их чудовищном напряжении, они в то же время необычайно многообразны: одна мука как бы воспламеняется от другой и, вспыхивая, присоединяет к ее пламени еще более яростное пламя. И как бы ни изнемогали грешники от этих многообразных неизбывных мучений, их изнеможению нет конца, ибо душа грешника сохраняется и пребывает во зле, дабы увеличить страдания. Неизбывность мук, беспредельная напряженность пыток, бесконечная смена страданий — вот чего требует оскорбленное величие Божие, вот чего требует святыня небес, отринутая ради порочного и гнусного потворства развращенной плоти, вот к чему взывает кровь невинного Агнца Божия, пролитая во искупление грешников, попранная мерзейшими из мерзких.

Но последнее, тягчайшее из всех мучений преисподней — это ее вечность. Вечность! Какое пугающее, какое чудовищное слово! Вечность! Может ли человеческий разум постичь ее? Вдумайтесь: вечность мучений! Если бы даже муки преисподней были не столь ужасны, они все равно были бы беспредельны, поскольку им предназначено длиться вечно. Они вечны, но в то же время и неизбывны в своем многообразии, невыносимы в своей остроте. Переносить целую вечность даже укус насекомого было бы невыразимым мучением. Каково же испытывать вечно многообразие мук ада? Всегда! Во веки веков! Не год, не столетие, но вечно. Попробуйте только представить себе страшный смысл этого слова. Вы, конечно, не раз видели песок на морском берегу. Видели, из каких крошечных песчинок состоит он. И какое огромное количество этих крошечных песчинок в одной горсточке песка, схваченной играющим ребенком! Теперь представьте себе гору песка в миллионы миль высотой, вздымающуюся от земли до небес, простирающуюся на миллионы миль в ширь необъятного пространства и в миллионы миль толщиной; представьте себе эту громадную массу многочисленных песчинок, умноженную во столько раз, сколько листьев в лесу, капель воды в беспредельном океане, перьев у птиц, чешуек у рыб, шерстинок у зверя, атомов в воздушном пространстве, и представьте себе, что раз в миллион лет маленькая птичка прилетает на эту гору и уносит в клюве одну крошечную песчинку. Сколько миллионов, биллионов веков пройдет, прежде чем эта птичка унесет хотя бы один квадратный фут этой громады? Сколько столетий истечет, прежде чем она унесет все? Но по прошествии этого необъятного периода времени не пройдет и одного мгновения вечности. К концу всех этих биллионов и триллионов лет вечность едва начнется. И если эта гора возникнет снова и снова будет прилетать птичка и уносить ее, песчинка за песчинкой, и если эта гора будет возникать и исчезать столько раз, сколько звезд в небе, атомов во вселенной, капель воды в море, листьев на деревьях, перьев у птиц, чешуек у рыб, шерстинок у зверя, то даже после того, как это произойдет бесчисленное количество раз, не минует и одного мгновения вечности, даже тогда, по истечении этого необъятного периода времени, столь необъятного, что от самой мысли о нем у нас кружится голова, вечность едва начнется.

Один святой (насколько я помню, один из основателей нашего ордена) сподобился видения ада. Ему казалось, что он стоит в громадной темной зале, тишина которой нарушается только тиканьем гигантских часов. Часы тикали не переставая, и святому показалось, что непрестанно повторялись слова: всегда, никогда, всегда, никогда. Всегда быть в аду, никогда — на небесах; всегда быть отринутым от лица Божьего, никогда не удостоиться блаженного видения; всегда быть добычей пламени, жертвой червей, жертвой раскаленных прутьев, никогда не уйти от этих страданий; всегда терзаться угрызениями совести, гореть в огне воспоминаний, задыхаться от мрака и отчаяния, никогда не избавиться от этих мук; всегда проклинать и ненавидеть мерзких бесов, которые с сатанинской радостью упиваются страданиями своих жертв, никогда не узреть сияющего покрова блаженных духов; всегда взывать из бездны пламени к Богу, молить о едином мгновении отдыха, о передышке от этих неслыханных мук, никогда, ни на единый миг не обрести прощения Божьего; всегда страдать, никогда не познать блаженства; всегда быть проклятым, никогда не спастись; всегда, никогда! всегда, никогда! О чудовищная кара! Вечность нескончаемых мучений, нескончаемых телесных и духовных мук — и ни единого луча надежды, ни единого мига передышки, только муки, беспредельные по своей силе, неистощимо многообразные муки, которые вечно сохраняют вечно снедаемую жертву; вечность отчаяния, разъедающего душу и терзающего плоть, вечность, каждое мгновение которой само по себе вечность муки, — вот страшная кара, уготованная всемогущим и справедливым Богом тем, кто умирает в смертном грехе.

Да, справедливым. Люди, которые способны думать лишь в пределах ограниченного человеческого разума, не могут понять, что за единый тяжкий грех Бог подвергает вечному, неизбывному наказанию в адском пламени. Они думают так потому, что, ослепленные соблазнами плоти и невежеством человеческого разума, не способны постичь чудовищную мерзость греха. Они думают так, ибо не способны понять, насколько может быть отвратителен и гнусен легкий проступок. Если бы всемогущий Создатель решил остановить своей властью все зло и все несчастья в мире — войны, болезни, разбой, преступления, смерти, убийства — при условии, что останется безнаказанным один-единственный проступок — ложь, гневный взгляд, минутная леность, Он бы, великий всемогущий Бог, не сделал этого, потому что всякий грех делом или помышлением есть нарушение Его закона, а Бог не был бы Богом, если бы Он не покарал поправшего Его закон.

Один грех — одно мгновение восставшей гордыни разума сокрушило славу Люцифера и треть ангельского воинства. Один грех — одно мгновение безумия и слабости изгнало Адама и Еву из рая и принесло смерть и страдания в мир. Дабы искупить последствия этого греха, единородный Сын Божий сошел на землю, жил, страдал и умер, распятый на кресте, после трех часов величайшей муки.

О, дорогие мои младшие братья во Христе, неужели мы оскорбим доброго Искупителя и вызовем Его гнев? Неужели мы снова станем топтать Его распятое, истерзанное тело? Плевать в этот лик, полный любви и скорби? Неужели и мы, подобно жестоким иудеям и грубым воинам, станем поносить кроткого, милосердного Спасителя, который ради нас испил горькую чашу страданий? Каждое греховное слово — рана, наносимая Его нежному телу. Каждое грешное деяние — терний, впивающийся в Его чело. Каждый нечистый помысел, которому мы сознательно поддаемся, — острое копье, пронзающее это святое любящее сердце. Нет, нет. Ни одно человеческое существо не решится совершить то, что так глубоко оскорбляет величие Божие, что карается вечностью страданий, что распинает снова Сына Божия и снова предает Его глумлению.

Молю Господа, чтобы мои слабые увещевания укрепили в благочестии идущих по истинному пути, поддержали колеблющихся и вернули к благодати бедную заблудшую душу, если такая есть между нами. Молю Господа — и вы помолитесь вместе

174

со мной, — чтобы Он помог нам раскаяться в наших грехах. А теперь прошу вас всех преклонить колена здесь, в этой скромной церкви, перед ликом Божиим, и повторить за мной молитву покаяния. Он здесь, в ковчеге, исполненный любви к роду человеческому и готовый утешить страждущего. Не бойтесь. Как бы многочисленны и тяжки ни были ваши грехи, они простятся вам, если вы раскаетесь. Да не удержит вас суетный стыд. Ведь Господь Бог — наш милосердный Создатель, который желает грешнику не вечной погибели, а покаяния и праведной жизни.

Он призывает вас к себе. Вы — дети Его. Он создал вас из ничего. Он любит вас, как только один Бог может любить. Руки Его простерты, чтобы принять вас, даже если вы согрешили против Него. Прииди к Нему, бедный грешник, бедный, жалкий, заблудший грешник. Ныне час, угодный Господу.

Священник встал, повернулся к алтарю и в наступившей темноте опустился на колени. Он подождал, пока все не стали на колени и пока не затих малейший шорох. Тогда, подняв голову, он начал с жаром произносить слово за словом покаянную молитву. И мальчики повторяли за ним слово за словом. Стивен, у которого язык прилип к гортани, склонил голову и молился про себя.

— Господи, Боже мой,
— Господи, Боже мой,
— Истинно сокрушаюсь я,
— Истинно сокрушаюсь я,
— Ибо прогневил тебя, Господи,
— Ибо прогневил тебя, Господи,
— И ненавистны мне грехи мои
— И ненавистны мне грехи мои
— Паче всякой скверны и зла,
— Паче всякой скверны и зла,
— Ибо совершил противное святой воле Твоей,
— Ибо совершил противное святой воле Твоей,
— Ты же, Господи, всесильный и благой,
— Ты же, Господи, всесильный и благой,
— И достоин всяческого поклонения,
— И достоин всяческого поклонения,
— Ныне, Господи, упование мое,
— Ныне, Господи, упование мое,
— Милостью Твоею святою заступи,
— Милостью Твоею святою заступи,
— Да не прогневлю Тебя до конца дней моих,
— Да не прогневлю Тебя до конца дней моих,
— И да будет жизнь моя искуплением грехов.
— И да будет жизнь моя искуплением грехов.

* * *

После обеда он пошел наверх к себе в комнату, чтобы побыть наедине со своей душой, и на каждой ступеньке душа его как будто вздыхала и, вздыхая, карабкалась вместе с ним, поднимаясь наверх из вязкой мглы.

На площадке у двери он остановился, потом нажал на ручку и быстро отворил дверь. Он медлил в страхе, душа его томилась вместе с ним, и он молился беззвучно, чтобы смерть не коснулась его чела, когда он перешагнет порог, и чтобы бесы, населяющие тьму, не посмели овладеть им. Он ждал неподвижно на пороге, словно у входа в какую-то темную пещеру. Там были лица и глаза, стерегущие его, они стерегли зорко и выжидали.

— Мы, конечно, прекрасно знали, что, хотя это, несомненно, должно было выясниться, ему будет чрезвычайно трудно сделать усилие, постараться заставить себя, постараться сделать попытку признать духовного посланника, и мы, конечно, прекрасно знали...

Шепчущие глаза стерегли зорко и выжидающе, шепчущие голоса наполнили темные недра пещеры. Его охватил острый духовный и телесный ужас, но, смело подняв голову, он решительно вошел в комнату. Знакомая комната, знакомое окно. Он убеждал себя, что шепот, доносившийся из тьмы, абсолютно бессмыслен. Он убеждал себя, что это просто его комната с настежь открытой дверью.

Он закрыл дверь, быстро шагнув к кровати, стал на колени и закрыл лицо руками. Руки у него были холодные и влажные, и все тело ныло от озноба. Физическое изнеможение, озноб и усталость томили его, мысли путались. Зачем стоит он на коленях, как ребенок, лепечущий молитвы на ночь? Чтобы побыть наедине со своей душой, заглянуть в свою совесть, честно признать свои грехи, вспомнить, когда, как и при каких обстоятельствах он их совершил, и оплакать их. Но плакать он не мог. Он не мог даже вспомнить их. Он ощущал только боль, чувствовал, как изнывают его душа и тело, как одурманено и истомлено все его существо — память, воля, сознание, плоть.

Это бесы стараются спутать его мысли, затуманить совесть, овладеть им через его трусливую, погрязшую во грехе плоть, и, робко умоляя Бога простить ему его слабость, он поднялся, лег на кровать и, закутавшись в одеяло, снова закрыл лицо руками. Он согрешил. Он согрешил так тяжко против Бога и небес, что недостоин больше называться сыном Божиим.

Неужели он, Стивен Дедал, совершал эти поступки? Совесть его вздохнула в ответ. Да, он совершал их тайно, мерзко, неоднократно. И хуже всего, что в своей греховной ожесточенности он осмеливался носить маску святости перед алтарем, хотя душа

176

его насквозь прогнила. А Господь пощадил его. Грехи, как толпа прокаженных, обступили его, дышали на него, надвигались со всех сторон. Он силился забыть их в молитве и, стиснув руки, крепко закрыл глаза. Но душа не успокаивалась. Глаза его были закрыты, но он видел все те места, где грешил; уши его были плотно зажаты, но он все слышал. Всеми силами души желал ничего не видеть и ничего не слышать. Он желал так сильно, что все тело его содрогнулось и душа вдруг успокоилась, но лишь на мгновение. И тогда он увидел.

Пустырь с засохшими сорняками, чертополохом, кустами крапивы. В этой жесткой поросли — продавленные жестянки, комья земли, кучи засохших испражнений. Белесый болотный туман поднимается от нечистот и пробивается сквозь колючие серо-зеленые сорняки. Мерзкий запах, такой же слабый и смрадный, как болотистый туман, клубится, ползет из жестянок, от затвердевшего навоза.

В поле бродят какие-то существа; одно, три, шесть. Они бесцельно слоняются туда и сюда. Козлоподобные твари с мертвенными человеческими лицами, рогатые, с жидкими бороденками. Они полны злобной ненависти, они бродят туда и сюда, волоча за собой длинные хвосты. Оскалом ехидного злорадства тускло светятся их старческие костлявые лица. Один кутается в рваный фланелевый жилет, другой монотонно скулит, когда его бороденка цепляется за пучки бурьяна. Невнятные слова срываются с их пересохших губ. Они кружат, кружат по полю, продираются сквозь сорняки, снуют туда и сюда в плевелах, цепляясь длинными хвостами за гремящие жестянки. Они движутся медленными кругами, все ближе и ближе к нему. Невнятные слова срываются с их губ; длинные, со свистом рассекающие воздух хвосты облеплены вонючим дерьмом, страшные лица тянутся кверху...

— Спасите!

Он в ужасе отбросил одеяло, высвободил лицо и шею. Вот его преисподняя. Бог дал ему увидеть ад, уготованный его грехам, — гнусный, вонючий, скотский ад развратных, похотливых, козлоподобных бесов. Его, его ад!

Он соскочил с кровати: зловоние хлынуло ему в горло, сводя и выворачивая внутренности. Воздуха! Воздуха небес! Шатаясь, он добрался до окна, почти теряя сознание от тошноты. Около умывальника его схватила судорога, и в беспамятстве, сжимая руками холодный лоб, он скорчился в приступе мучительной рвоты.

Когда приступ миновал, он с трудом добрел до окна, поднял раму и сел в углу ниши, облокотившись на подоконник. Дождь перестал. Клочки тумана плыли от одной светящейся точки к другой, и казалось, что город прядет вокруг себя мягкий кокон желтоватой мглы. Небеса были тихи и слабо сияли, воздух был

177

сладостен для дыхания, как в лесной чаще, омытой дождем, и среди тишины, мерцающих огней и мирного благоухания он дал обет своему сердцу.

Он молился:

«Однажды Он хотел сойти на землю в небесной славе, но мы согрешили. И Он не мог явиться нам, иначе как скрыв свое величие и сияние, ибо Он Бог. И Он явил себя не в славе могущества, но в слабости, и Тебя, творение рук своих, послал к нам, наделив Тебя красотой смирения и сиянием, посильным нашему зрению. И теперь самый лик Твой и тело Твое, о Мати Преблагая, говорит нам о предвечном не подобием земной красоты, опасной для взора, но подобием утренней звезды, являющейся Твоим знамением. Ты, как она, ясна, мелодична, дышишь чистотой небес и разливаешь мир. О предвозвестница дня! О светоч паломника! Наставляй нас и впредь, как наставляла прежде. Во мраке ночи, в ненастной пустыне веди нас к Спасителю нашему Иисусу Христу, в приют и убежище наше!»

Глаза его застилали слезы, и, подняв смиренный взгляд к небу, он заплакал о своей утраченной чистоте.

Когда совсем стемнело, он вышел из дому. Первое же прикосновение сырого темного воздуха и стук двери, захлопнувшейся за ним, снова смутили его совесть, успокоенную молитвой и слезами. Покайся! Покайся! Недостаточно успокоить совесть слезой и молитвою. Он должен пасть на колени перед служителем Святого Духа и поведать ему правдиво и покаянно все свои тайные грехи. Прежде чем он снова услышит, как входная дверь, открываясь, заденет за порог, чтобы впустить его, прежде чем он снова увидит стол в кухне, накрытый для ужина, он падет на колени и исповедуется. Ведь это так просто.

Угрызения совести утихли, и он быстро зашагал вперед по темным улицам. Сколько плит на тротуаре этой улицы, сколько улиц в этом городе, сколько городов в мире! А вечности нет конца. И он пребывает в смертном грехе. Согрешить только раз — все равно смертный грех. Это может случиться в одно мгновение. Но как же так, сразу? Одним взглядом, одним помыслом. Глаза видят прежде, чем ты пожелаешь увидеть. И потом миг — и случилось. Но разве эта часть тела что-то разумеет? Змея — коварнейшая из всех тварей земных. В одно мгновение он понимает, что ей хочется, потом греховно продлевает свою похоть мгновение за мгновением. Чувствует, понимает и вожделеет. Как это ужасно! Кто создал ее такой, эту скотскую часть тела, способную понимать скотски и скотски вожделеть? Что это: он сам или нечто нечеловеческое, движимое каким-то низменным духом? Его душа содрогнулась, когда он представил себе эту вялую змеевидную жизнь, которая питается нежнейшими соками его существа и раздувается, наливаясь похотью. О, зачем это так? Зачем?

178

В смиренном унижении и в страхе перед Богом, который создал все живое и все сущее, он весь сжался перед нарастающим мраком этой мысли. Безумие! Кто мог подсказать ему такую мысль? И, весь сжавшись в темноте, униженный, он безмолвно молился своему ангелу-хранителю, чтобы тот прогнал мечом своим демона, нашептывающего ему соблазны.

Шепот стих, и тогда он ясно понял, что его собственная душа грешила умышленно и словом, и делом, и помышлением, а орудием греха было его тело. Покайся! Покайся в каждом грехе. Как сможет он рассказать духовнику то, что сделал? Но он должен, должен. Как объяснить ему, не сгорев со стыда? А как мог он делать это без стыда? Безумец! Покайся! А может быть, и вправду он снова будет свободен и безгрешен? Может быть, священник облегчит его душу! О Боже милосердный!

Он шел все дальше и дальше по тускло освещенным улицам, боясь остановиться хоть на секунду, боясь, как бы не показалось, что он стремится избежать того, что его ждет, и еще больше страшась приблизиться к тому, к чему его неудержимо влекло. Как прекрасна должна быть душа, исполненная благодати, когда Господь взирает на нее с любовью!

Неряшливые продавщицы со своими корзинами сидели на тумбах. Их сальные волосы прядями свисали на лоб. Такие неприглядные, сгорбившиеся, сидят среди грязи. Но души их открыты Господу, и, если их души исполнены благодати, они сияют светом, и Бог взирает на них с любовью.

Холод унижения дохнул на его душу. Как же низко он пал, если чувствует, что души этих девушек угодней Богу, нежели его душа! Ветер пронесся над ним к мириадам других душ, которым милость Божия сияла то сильней, то слабей, подобно звездам, свет которых то ярче, то бледнее. Мерцающие души уплывают прочь, они то ярче, то бледнее и угасают в проносящемся вихре. Одна погибла: крошечная душа, его душа. Она вспыхнула и погасла, забытая, погибшая. Конец: мрак, холод, пустота, ничто.

Ощущение действительности медленно возвращалось к нему из необъятности вечного времени — неозаренного, неосознанного, непрожитого. Его по-прежнему окружала убогая жизнь: привычные возгласы, газовые рожки лавок, запах рыбы, и спиртного, и мокрых опилок, прохожие — мужчины и женщины. Старуха с керосиновым бидоном в руке собиралась переходить улицу. Он нагнулся к ней и спросил, есть ли здесь поблизости церковь.

— Церковь, сэр? Да, на Черч-стрит.

— Черч-стрит?

Она взяла бидон в другую руку и указала ему дорогу. И когда она протянула из-под бахромы платка свою сморщенную, воняющую керосином руку, он нагнулся к ней ближе, испытывая грустное облегчение от ее голоса.

— Благодарю вас.

— Пожалуйста, сэр.

Свечи в главном приделе перед алтарем были уже потушены, но благовоние ладана еще плыло в темном притворе. Бородатые, с набожными лицами прислужники уносили балдахин через боковую дверь, а ризничий направлял их неторопливыми жестами и советами. Несколько усердных прихожан еще молились в боковом приделе, стоя на коленях около скамеек перед исповедальней. Он робко вошел и тоже опустился на колени у последней скамейки в глубине прохода, преисполненный благодарности за мир, и тишину, и благоухающий сумрак церкви. Плита, на которой он стоял на коленях, была узкая и истертая, а те, кто молились, коленопреклоненные, рядом, были смиренными последователями Иисуса. Иисус тоже родился в бедности и работал простым плотником — пилил, стругал доски, и первые, кому Он проповедовал царствие Божие, были бедные рыбаки, и всех Он учил смирению и кротости сердца.

Он опустил голову на руки, умоляя сердце свое быть смиренным и кротким, дабы и он мог стать таким же, как те, что стояли на коленях рядом с ним, и чтобы его молитва была угодна Господу так же, как их молитва. Он молился с ними рядом, но это было тяжко. Его душа смердела во грехе, и он не смел молить о прощении с простой сердечной верой тех, кого Христос неисповедимыми путями Божиими первыми призвал к себе, — плотников, рыбаков, простых бедных людей, которые занимались скромным ремеслом: распиливали деревья на доски, терпеливо чинили сети.

Высокая фигура сошла по ступенькам придела, и ждущие у исповедальни зашевелились. Подняв глаза, он успел заметить длинную седую бороду и коричневую рясу капуцина. Священник вошел в исповедальню и скрылся. Двое поднялись и прошли туда с двух сторон. Деревянная ставенка задвинулась, и слабый шепот нарушил тишину.

Кровь зашумела у него в венах, зашумела, как греховный город, поднятый ото сна и услышавший свой смертный приговор. Вспыхивают языки пламени, пепел покрывает дома. Спящие пробуждаются, вскакивают, задыхаясь в раскаленном воздухе.

Ставенка отодвинулась. Исповедовавшийся вышел. Открылась дальняя ставенка. Женщина спокойно и быстро прошла туда, где только что на коленях стоял первый исповедовавшийся. Снова раздался тихий шепот.

Он еще может уйти. Он может подняться, сделать один шаг и тихо выйти и потом стремглав побежать по темным улицам. Он все еще может спастись от позора. Пусть бы это было какое угодно страшное преступление, только не этот грех. Даже убийство! Огненные язычки падают, обжигают его со всех сторон —

180

постыдные мысли, постыдные слова, постыдные поступки. Стыд покрыл его с ног до головы, как тонкий раскаленный пепел. Выговорить это, назвать словами! Его измученная душа задохнулась бы, умерла.

Ставенка опять задвинулась. Кто-то вышел из исповедальни. Открылась ближняя ставенка. Следующий вошел туда, откуда вышел второй. Теперь оттуда туманными облачками набегал мягкий лепечущий звук. Это исповедуется женщина. Мягкие, шепчущие облачка, мягкая шепчущая дымка, шепчущая и исчезающая.

Припав к деревянной скамье, он уничиженно бил себя кулаком в грудь. Он соединится с людьми и с Богом. Он возлюбит своего ближнего. Он возлюбит Бога, который создал и любил его. Он падет на колени, и будет молиться вместе с другими, и будет счастлив. Господь взглянет на него и на них и всех их возлюбит.

Нетрудно быть добрым. Бремя Божие сладостно и легко. Лучше никогда не грешить, всегда оставаться младенцем, потому что Бог любит детей и допускает их к себе. Грешить так тяжко и страшно. Но Господь милосерден к бедным грешникам, которые чистосердечно раскаиваются. Как это верно! Вот смысл истинного милосердия!

Ставенка внезапно задвинулась. Женщина вышла. Теперь настала его очередь. Он с трепетом поднялся и, как во сне, ничего не видя, прошел в исповедальню.

Его час пришел. Он опустился на колени в тихом сумраке и поднял глаза на белое Распятие, висевшее перед ним. Господь увидит, что он раскаивается. Он расскажет обо всех своих грехах. Исповедь будет долгой-долгой. Все в церкви узнают, какой он грешник. Пусть знают — раз это правда. Но Бог обещал простить его, если он раскается, а он кается. Он стиснул руки и простер их к белому Распятию. Он страстно молился: глаза его затуманились, губы дрожали, по телу пробегала дрожь; в отчаянии он мотал головой из стороны в сторону, произнося горячие слова молитвы.

— Каюсь, каюсь, о, каюсь!

Ставенка отворилась, и его сердце замерло. У решетки вполоборота к нему, опершись на руку, сидел старый священник. Он перекрестился и попросил духовника благословить его, ибо он согрешил. Затем, опустив голову, в страхе прочел «Confiteor»[1]. На словах «мой самый тяжкий грех» он остановился, у него перехватило дыхание.

— Когда ты исповедовался в последний раз, сын мой?

— Очень давно, отец мой.

---

[1] Покаянная молитва перед исповедью.

— Месяц тому назад, сын мой?

— Больше, отец мой.

— Три месяца, сын мой?

— Больше, отец мой.

— Шесть месяцев, сын мой?

— Восемь месяцев, отец мой.

Вот оно — началось. Священник спросил:

— Какие грехи ты совершил за это время?

Он начал перечислять: пропускал обедни, не читал молитвы, лгал.

— Что еще, сын мой?

Грехи злобы, зависти, чревоугодия, тщеславия, непослушания.

— Что еще, сын мой?

Спасения нет. Он прошептал:

— Я... совершил грех блуда, отец мой.

Священник не повернул головы.

— С самим собой, сын мой?

— И... с другими.

— С женщинами, сын мой?

— Да, отец мой.

— С замужними женщинами, сын мой?

Он не знает. Грехи стекали с его губ один за другим, стекали постыдными каплями с его гниющей и кровоточащей, как язва, души, они сочились мутной порочной струей. Он выдавил из себя последние грехи — постыдные, мерзкие. Больше рассказывать было нечего. Он поник головой в изнеможении.

Священник молчал. Потом спросил:

— Сколько тебе лет, сын мой?

— Шестнадцать, отец мой.

Священник несколько раз провел рукой по лицу. Потом подпер лоб ладонью, прислонился к решетке и, по-прежнему не глядя на него, медленно заговорил. Голос у него был усталый и старческий.

— Ты еще очень молод, сын мой, — сказал он, — и я умоляю тебя, откажись от этого греха. Он убивает тело и убивает душу. Он — причина всяческих преступлений и несчастий. Откажись от него, дитя мое, во имя Господа Бога. Это недостойная и низкая склонность. Ты не знаешь, куда она тебя заведет и как обратится против тебя. Пока этот грех владеет тобой, бедный сын мой, милость Божия оставила тебя. Молись нашей Святой Матери Марии. Она поможет тебе, сын мой. Молись нашей Преблагой Деве, когда тебя обуревают греховные помыслы. Ты ведь будешь молиться, сын мой? Ты раскаиваешься в этих грехах, я верю, что раскаиваешься. И ты дашь обет Господу Богу, что Его святою милостью никогда больше не прогневишь Его этим безобразным, мерзким грехом. Ты дашь этот торжественный обет Богу, не правда ли, сын мой?

— Да, отец мой.

Усталый старческий голос был подобен живительному дождю для его трепещущего иссохшего сердца. Как отрадно и как печально!

— Дай обет, сын мой. Тебя совратил дьявол. Гони его обратно в преисподнюю, когда он будет искушать тебя, гони этого нечистого духа, ненавидящего нашего Создателя. Не оскверняй тело свое. Дай обет Богу, что ты отрекаешься от этого греха, от этого мерзкого, презренного греха.

Ослепший от слез и света милосердия Божия, он преклонил голову, услышав торжественные слова отпущения грехов и увидев благословляющую его руку священника.

— Господь да благословит тебя, сын мой. Молись за меня.

Он опустился на колени в углу темного придела и стал читать покаянную молитву, и молитва возносилась к небу из его умиротворенного сердца, как струящееся благоухание белой розы.

Грязные улицы смотрели весело. Он шел и чувствовал, как невидимая благодать окутывает и наполняет легкостью все его тело. Он пересилил себя, покаялся, и Господь простил его. Душа его снова сделалась чистой и святой, святой и радостной.

Как было бы прекрасно умереть теперь, если на то будет воля Господа. Прекрасно жить в благодати, в мире с ближними, в добродетели и смирении.

Он сидел перед очагом в кухне, не решаясь от избытка чувств проронить ни слова. До этой минуты он не знал, какой прекрасной и благостной может быть жизнь. Лист зеленой бумаги, заколотый булавками вокруг лампы, отбрасывал вниз мягкую тень. На буфете стояла тарелка с сосисками и запеканкой, на полке были яйца. Это к утреннему завтраку после причастия в церкви колледжа. Запеканка и яйца, сосиски и чай. Как проста и прекрасна жизнь. И вся жизнь впереди.

В забытьи он лег и уснул. В забытьи он поднялся и увидел, что уже утро. Забывшись, как во сне, он шагал тихим утром к колледжу. Все мальчики уже были в церкви и стояли на коленях, каждый на своем месте. Он стал среди них, счастливый и смущенный. Алтарь был усыпан благоухающими белыми цветами, и в утреннем свете бледные огни свечей среди белых цветов были ясны и спокойны, как его душа.

Он стоял на коленях перед алтарем среди товарищей, а напрестольная пелена колыхалась над их руками, образовавшими живую поддержку. Руки его дрожали, и душа его дрогнула, когда он услышал, как священник с чашей Святых Даров переходил от причастника к причастнику.

— Corpus Domini nostri[1].

Наяву ли это? Он стоит здесь на коленях — безгрешный, робкий; сейчас он почувствует на языке облатку, и Бог войдет в его очищенное тело.

— In vitam eternam. Amen[2].

Новая жизнь! Жизнь благодати, целомудрия и счастья! И все это на самом деле! Это не сон, от которого он пробудится. Прошлое прошло.

— Corpus Domini nostri.

Чаша со Святыми Дарами приблизилась к нему.

4

Воскресенье было посвящено таинству Пресвятой Троицы, понедельник — Святому Духу, вторник — ангелам-хранителям, среда — святому Иосифу, четверг — пресвятому таинству причастия, пятница — страстям Господним, суббота — Пресвятой Деве Марии.

Каждое утро он снова проникался благодатью святынь или таинств. Его день начинался ранней мессой и самоотверженным принесением в жертву каждого своего помысла и каждого деяния воле Верховного Владыки. Холодный утренний воздух подстегивал его благочестие, и часто, стоя на коленях в боковом приделе среди редких прихожан и следя по своему переложенному закладками молитвеннику за шепотом священника, он поднимал глаза на облаченную фигуру, возвышавшуюся в полумраке между двух свечей — символов Ветхого и Нового Завета, — и представлял себя на богослужении в катакомбах.

Его повседневная жизнь складывалась из различных подвигов благочестия. Пламенным усердием и молитвами он щедро выкупал для душ в чистилище столетия, складывающиеся из дней, месяцев и лет. Но духовное ликование, которое он испытывал, преодолевая с легкостью необъятные сроки кар Господних, все же полностью не вознаграждало его молитвенного рвения, потому что он не знал, насколько такое заступничество сокращает муки душ в чистилище, огонь которого отличается от адского только тем, что не вечен. И, мучимый страхом, что от его покаянных молитв не больше пользы, чем от капли воды, он с каждым днем все усиливал свое религиозное рвение.

Каждая часть дня, разделенного в соответствии с тем, что он теперь считал долгом своего земного существования, была посвя-

[1] Тело Господа нашего (*лат.*).

[2] В жизнь вечную. Аминь (*лат.*).

184

щена духовному преображению. Его душа будто приближалась к вечности; каждая мысль, слово, поступок, каждое внутреннее движение, казалось, были приняты на небесах, и временами это ощущение мгновенного отклика было так живо, что ему казалось, будто его душа во время молитвы нажимает клавиши огромного кассового аппарата и он видит, как стоимость покупки мгновенно появляется на небесах не цифрой, а легким дымком ладана или хрупким цветком.

И молитвы, которые он неустанно твердил, — в кармане брюк он всегда носил четки и без устали перебирал их, бродя по улицам, — превращались в венчики цветов такой неземной нежности, что цветы эти казались ему столь же бескрасочными и безуханными, сколь они были безымянны. В каждой из трех ежедневно возносимых молитв он просил, чтобы душа его укрепилась в трех духовных добродетелях: в вере в Отца, сотворившего его, в надежде на Сына, искупившего его грехи, и в любви к Святому Духу, осенившему его; и эту трижды тройную молитву он возносил к трем ипостасям через Святую Деву Марию, прославляя радостные, скорбные и славные таинства.

В каждый из семи дней недели он молился еще и о том, чтобы один из семи даров Святого Духа снизошел на его душу и изгонял день за днем семь смертных грехов, осквернявших ее в прошлом. О ниспослании каждого дара он молился в установленный день, уповая, что дар этот снизойдет на него, хотя иногда ему казалось странным, что мудрость, разумение и знание считаются столь различными по своей природе и о каждом из этих даров полагается молиться особо. Но он верил, что постигнет и эту тайну на какой-то высшей ступени духовного совершенствования, когда его грешная душа отрешится от слабости и ее просветит третья ипостась Пресвятой Троицы. Он верил в это превыше всего, проникшись трепетом перед божественной непроницаемостью и безмолвием, в коих пребывает незримый дух-утешитель Параклет[1], чьи символы — голубь и вихрь и грех против которого не прощается; вечная таинственная суть, которой, как Богу, священники раз в год служат мессу в алых, точно языки пламени, облачениях.

Природа и единосущность трех ипостасей Троицы, которые туманно излагались в читаемых им богословских сочинениях, — Отец, вечно созерцающий, как в зеркале, свое божественное совершенство и присно рождающий вечного Сына, Святой Дух, извечно исходящий от Отца и Сына, — были в силу их высокой непостижимости более доступны его пониманию, нежели та простая истина, что Бог любил его душу извечно, во веки веков,

---

[1] Одно из имен Святого Духа.

еще до того, как она явилась в мир, до того, как существовал сам мир.

Он часто слышал торжественно возглашаемые со сцены или с амвона церкви слова, обозначающие страсти — любовь и ненависть, — читал их торжественные описания в книгах и дивился, почему в его душе не было им места и почему ему было трудно произносить их названия. Им часто овладевал мгновенный гнев, но он никогда не превращался в постоянную страсть, и ему не стоило никакого труда освободиться от него, словно самое тело его с легкостью сбрасывало какую-то внешнюю оболочку или шелуху. Минутами он чувствовал, как в его существо проникает нечто темное, неуловимое, бормочущее, и весь вспыхивал и распалялся греховной похотью, но и она быстро соскальзывала с него, а сознание оставалось ясным и незамутненным. И казалось, что только для такой любви и такой ненависти и было место в его душе.

Но он не мог больше сомневаться в реальности любви, ибо сам Бог извечно любил его душу божественной любовью. Постепенно, по мере того как душа его наполнялась духовным знанием, мир представал перед ним огромным, стройным выражением божественного могущества и любви. Жизнь становилась божественным даром, и за каждый радостный миг ее — даже за созерцание листочка на ветке дерева — душа его должна была славить и благодарить Творца. При всей своей конкретности и сложности мир существовал для него не иначе как теорема божественного могущества, любви и вездесущности. И столь целостным и бесспорным было это дарованное его душе сознание божественного смысла во всей природе, что он с трудом понимал, зачем ему, собственно, продолжать жить. Но, вероятно, его жизнь была частью божественного предначертания, и не ему, согрешившему так мерзко и тяжко, вопрошать о смысле. Смиренная, униженная сознанием единого, вечного, вездесущего, совершенного бытия, душа его снова взваливала на себя бремя обетов, месс, молитв, причащения Святых Тайн и самоистязаний; и только теперь, задумавшись над великой тайной любви, он ощутил в себе теплое движение, словно в нем зарождалась новая жизнь или новая добродетель. Молитвенная поза благоговейного восторга: воздетые и разверстые руки, отверстые уста, затуманенные глаза — стала для него образом молящейся души, смиренной и замирающей перед своим Создателем.

Но, зная об опасностях духовной экзальтации, он не позволял себе отступить даже от самого незначительного канона, стремился непрестанными самоистязаниями искупить греховное прошлое, а не достигнуть чреватой опасностью лжесвятости. Каждое из пяти чувств он подвергал суровым испытаниям. Он умерщвлял зрение; заставлял себя ходить по улицам с опущенными глазами, не смотря ни направо, ни налево и не оглядываясь. Он избегал встречаться взглядом со взглядами женщин. А читая, поднимал глаза, иногда внезапно, мгновенным усилием воли отрываясь на середине неоконченной фразы, и захлопывал книгу. Он умерщвлял слух; не следил за своим ломающимся голосом, никогда не позволял себе петь или свистеть и не делал попыток избежать звуков, причинявших ему болезненное раздражение, например скрежета ножа о точило, скрипа совка, сгребающего золу, или стука палки, когда выколачивают ковер. Умерщвлять чувство обоняния было труднее, так как он не испытывал инстинктивного отвращения к дурным запахам, будь то уличные, вроде запахов навоза или дегтя, или запахи его собственного тела, дававшие ему повод для сравнений и разных любопытных экспериментов. В конце концов он установил, что его обонянию претит только вонь гнилой рыбы, напоминающая запах застоявшейся мочи, и пользовался каждым случаем, чтобы заставлять себя переносить эту вонь. Он умерщвлял чувство вкуса: принуждал себя к воздержанию, неуклонно соблюдал все церковные посты, а во время еды старался не думать о пище. Но особенную изобретательность он проявил, умерщвляя чувство осязания. Он никогда не менял положение тела в постели, сидел в самых неудобных позах, терпеливо переносил зуд и боль, старался держаться подальше от тепла, всю мессу, за исключением чтения Евангелия, простаивал на коленях, не вытирал лица и шеи после мытья, чтобы было чувствительней прикосновение холодного воздуха. Если в руках у него не было четок, он плотно, как бегун, прижимал их к бокам, а не держал их в карманах и не закладывал за спину.

Больше он не испытывал соблазна впасть в смертный грех. Но его удивляло, что, несмотря на строжайшую самодисциплину, он так легко оказывался жертвой ребяческих слабостей. Какой толк от постов и молитв, если трудно не раздражаться, когда чихает мать или когда ему мешают во время молитвы. И нужно было громадное усилие воли, чтобы обуздать в себе инстинктивное желание дать выход этому раздражению. Он часто наблюдал приступы такой мелочной раздражительности у своих учителей и, вспоминая их дергающиеся губы, плотно стиснутые зубы, пылающие щеки, сравнивал себя с ними и, несмотря на все свое стремление исправиться, падал духом. Слить свою жизнь с потоком других жизней было для него труднее всякого поста или молитвы, и все его попытки неизменно кончались неудачей; это в конце концов породило духовное оскудение, а вслед за ним пришли колебания и сомнения. Душа его пребывала в унынии; казалось, самые таинства обратились в иссякшие источники. Исповедь стала только способом освобождения от мучивших его совесть грехов. Причастие не приносило теперь тех блаженных минут, когда душа словно растворялась в девственном восторге, как было когда-то после приобщения Святых Тайн. В церковь он брал с собой старый, истрепанный молитвенник с потускневшими буквами и пожелтевшими, затрепанными страницами, составленный святым Альфонсом Лигурийским[1]. Потускневший мир пламенной любви и девственного восторга оживал для его души на этих страницах, где образы «Песни песней» переплетались с молитвами причастника. Неслышный голос, казалось, ласкал и славословил его душу, призывая ее, нареченную невесту, восстать для обручения и двинуться в путь с вершин Амана от гор барсовых. И казалось, что душа, отдавшись его власти, отвечала таким же неслышным голосом: «Inter ubera mea commorabitur»[2].

Этот образ отдающейся души стал для него опасным, притягательным с тех самых пор, как настойчивые голоса плоти вновь зашептали во время молитв и размышлений. Он весь проникался чувством собственного могущества от сознания, что одной уступкой, одним помыслом может разрушить все, чего достиг. Ему казалось, будто медленный прилив подкрадывается к его обнаженным ступням и первая слабая, бесшумная, робкая волна вот-вот коснется его разгоряченной кожи. И чуть ли не в самый миг касания, на грани греховного падения, он вдруг оказывался вдали от волны, на суше, спасенный внезапным усилием воли или внезапным молитвенным порывом. И, наблюдая за отдаленной серебряной полоской прилива, которая снова начинала медленно подкрадываться к его ногам, он ощущал трепет власти, и удовлетворение охватывало его душу при мысли, что он не уступил, не сдался.

Постоянная борьба с соблазнами заставляла его беспокойно спрашивать себя, не угасает ли в нем драгоценный дар благодати. Уверенность в собственной стойкости померкла, и на смену ей явился неясный страх, что душа его незаметно пала. Только огромным усилием воли ему удавалось теперь возвращать свою былую веру в то, что он все еще пребывает в состоянии благодати; он заставлял себя при каждом искушении молиться Богу, заставлял верить, что благодать, о которой он просил, не могла быть не дарована ему, ибо Господь должен был ее даровать. Сама частота и сила искушений наглядно подтверждала ему истинность того, что он слышал об испытаниях святых. Частота и сила искушений была для него доказательством твердыни его души, которую неистово пытался сокрушить Сатана.

Часто на исповеди духовник, выслушав его колебания и сомнения (минутная рассеянность во время молитвы, мелочная

---

[1] Альфонс Лигурийский (1696—1789) — миссионер, основатель конгрегации редемптористов (искупителей).

[2] «У грудей моих пребывает» — цитата из «Песни песней» (*лат.*).

раздражительность и своеволие, проявившиеся в речи или поступках), прежде чем дать ему отпущение, просил назвать какой-нибудь давний грех. Со смирением и стыдом он каялся в нем снова. Со смирением и стыдом он понимал, что, как бы свято ни жил, каких бы совершенств и добродетелей ни достиг, никогда ему не освободиться от этого греха полностью. Беспокойное чувство вины никогда не покинет его; он исповедуется, раскается и будет прощен, снова исповедуется, снова раскается и снова будет прощен — но все тщетно. Может быть, та первая, поспешная исповедь, вырванная у него страхом перед преисподней, не была принята? Может быть, поглощенный всецело мыслью о неизбежной каре, он недостаточно искренне сокрушался о своем грехе? Но старания исправить свою жизнь были для него лучшим свидетельством правильности его исповеди, свидетельством того, что он искренне сокрушался о содеянном.

«Ведь я же исправил свою жизнь», — повторял он про себя.

* * *

Ректор стоял в нише окна, спиной к свету, прислонившись к коричневой шторе. Разговаривая и улыбаясь, он медленно разматывал и снова заплетал шнурок другой шторы. Стивен стоял перед ним, следя за угасанием долгого летнего дня над крышами домов и за медленными, плавными движениями пальцев священника. Лицо священника было в тени, но дневной свет, угасавший за его спиной, падал на его глубоко вдавленные виски и неровности черепа. Стивен прислушивался к интонациям голоса священника, который спокойно и внушительно рассуждал о разных событиях в жизни колледжа: о только что окончившихся каникулах, об отделениях ордена за границей, о смене учителей. Спокойный и внушительный голос плавно вел беседу, а в паузах Стивен считал своим долгом оживлять ее почтительными вопросами. Он знал: все это лишь прелюдия — и ждал, что за ней последует. Получив приказ явиться к ректору, он терялся в догадках, что означает этот вызов, и все время, пока сидел в приемной в напряженном ожидании, взгляд его блуждал по стенам, от одной благонравной картины к другой, а мысль — от одной догадки к другой, пока ему вдруг не стало ясно, зачем его позвали. Не успел он пожелать, чтобы какая-нибудь непредвиденная причина помешала ректору прийти, как услышал звук поворачивающейся дверной ручки и шелест сутаны.

Ректор заговорил о доминиканском и францисканском орденах и о дружбе святого Фомы со святым Бонавентурой. Облачение капуцинов казалось ему несколько...

Лицо Стивена отразило снисходительную улыбку священника,

но, не желая высказывать никакого суждения по этому поводу, он только чуть-чуть шевельнул губами, как бы недоумевая.

— Я слышал, — продолжал ректор, — что и сами капуцины уже поговаривают об отмене этого облачения по примеру других францисканцев.

— Но в монастырях его, наверно, сохранят? — сказал Стивен.

— О, да, конечно, — сказал ректор, — в монастырях оно вполне уместно, но для улицы... право, лучше было бы его отменить, как вы думаете?

— Да, оно неудобное.

— Вот именно, неудобное. Представьте себе, когда я был в Бельгии, то видел, что капуцины в любую погоду разъезжают на велосипедах, обмотав полы этих своих балахонов вокруг колен. Ну, не смешно ли? Les jupes[1] — так их называют в Бельгии.

Гласная прозвучала так, что нельзя было понять слово.

— Как вы сказали?

— Les jupes.

— А-а.

Стивен опять улыбнулся в ответ на улыбку, которая была не видна ему на лице священника, так как оно оставалось в тени, и лишь подобие, призрак этой улыбки быстро мелькнул в его сознании, когда он слушал тихий, сдержанный голос. Он спокойно смотрел в окно на меркнущее небо, радуясь вечерней прохладе и желтоватой мгле заката, скрывавшей слабый румянец на его щеке.

Названия предметов женского туалета или тех тонких мягких тканей, из которых их делали, всегда связывались у него с воспоминанием о каком-то неуловимом греховном запахе. Ребенком он воображал, что вожжи — это тонкие шелковые ленты, и был потрясен, когда в Стэдбруке впервые коснулся сальной, грубой кожи лошадиной упряжи. Точно так же он был потрясен, когда в первый раз почувствовал под своими дрожащими пальцами шершавую пряжу женского чулка. Происходило это потому, что из всего прочитанного он запоминал только то, что отвечало его собственному состоянию, что было созвучно с ним, и не мог представить себе душу или тело женщины, отдающейся любви, не воображая ее нежной, мягкоречивой, в тонких, как лепестки розы, тканях.

Но фраза в устах священника была не случайна; он знал, что священнику не подобает шутить на такие темы. Фраза была произнесена шутливо, но неспроста, и он чувствовал, как скрытые в тени глаза пытливо следят за его лицом. До сих пор он не придавал значения тому, что ему приходилось слышать или читать о

---

[1] Юбки (франц.).

коварстве иезуитов. Он всегда считал своих учителей, даже если они и не нравились ему, серьезными, умными наставниками, здоровыми телом и духом. По утрам они обливаются холодной водой и носят прохладное свежее белье. За все время, что ему пришлось прожить среди них в Клонгоузе и Бельведере, он получил только два удара линейкой по рукам, и, хотя как раз эти удары были незаслуженны, он знал, что многое сходило ему безнаказанно. За все это время он никогда не слышал от своих учителей ни одного пустого слова. Они открыли ему истину христианского учения, призывали к праведной жизни, а когда он впал в тяжкий грех, они же помогли ему вернуться к благодати. В их присутствии он всегда чувствовал неуверенность — и в Клонгоузе, потому что был недотепой, и в Бельведере, из-за своего двусмысленного положения. Это постоянное чувство неуверенности сохранилось у него до последнего года жизни в колледже. Он ни разу не ослушался их, не поддался соблазнявшим его озорным товарищам, не изменял своей привычке к спокойному повиновению, и если когда-нибудь и сомневался в правильности суждений учителей, то никогда не делал этого открыто. С годами кое-что в их оценках стало казаться ему несколько наивным. И это вызывало в нем чувство сожаления и грусти, как будто он медленно расставался с привычным миром и слушал его речи в последний раз. Как-то несколько мальчиков беседовали со священником под навесом возле церкви, и он слышал, как священник сказал:

— Я думаю, лорд Маколей[1] за всю свою жизнь не совершил ни одного смертного греха, то есть ни одного сознательного смертного греха.

Потом кто-то из мальчиков спросил священника, считает ли он Виктора Гюго величайшим французским писателем. Священник ответил, что после того, как Виктор Гюго отвернулся от церкви, он стал писать много хуже, нежели когда он был католиком.

— Но, — добавил священник, — многие известные французские критики утверждают, что даже Виктор Гюго, несомненно великий писатель, не обладал таким ясным стилем, как Луи Вэйо[2].

Слабый румянец, вспыхнувший было на щеках Стивена от намека священника, погас, и глаза его были по-прежнему устремлены на бледное небо. Но какое-то беспокойное сомнение бродило в его сознании. Смутные воспоминания мелькали в памяти:

[1] Томас Бабингтон Маколей (1800—1859) — английский историк и государственный деятель.
[2] Луи Вэйо (1813—1883) — французский консервативный писатель, ярый сторонник папства.

он узнавал сцены и действующих лиц, но чувствовал, как что-то важное упорно ускользает от него. Вот он ходит около спортивной площадки в Клонгоузе, следит за игрой и ест конфеты из своей крикетной шапочки, а иезуиты прогуливаются с дамами по велосипедной дорожке. Какие-то полузабытые словечки, ходившие в Клонгоузе, отдавались эхом в глубинах его памяти.

Он пытался уловить это отдаленное эхо в тишине приемной и вдруг очнулся, услышав, как священник обращается к нему совсем другим тоном:

— Я вызвал тебя сегодня, Стивен, потому что хотел побеседовать с тобой об одном очень важном деле.

— Да, сэр.

— Чувствовал ли ты когда-нибудь в себе истинное призвание?

Стивен разжал губы, чтобы сказать «да», но вдруг удержался. Священник подождал ответа и затем добавил:

— Я хочу сказать, чувствовал ли ты когда-нибудь в глубине души своей желание вступить в орден. Подумай.

— Я думал об этом, — сказал Стивен.

Священник отпустил шнурок шторы и, сложив руки, задумчиво оперся на них подбородком, погрузившись в размышления.

— В таком колледже, как наш, — сказал он наконец, — бывают иногда один или, может быть, два-три ученика, которых Господь Бог призывает к служению вере. Такой ученик выделяется среди своих сверстников благочестием и тем, что он служит достойным примером всем остальным. Он пользуется уважением товарищей, члены святого братства выбирают его своим префектом. И вот ты, Стивен, принадлежишь к числу таких учеников, ты — префект нашего братства Пресвятой Девы. И может быть, ты и есть тот юноша, коего Господь призывает к себе.

Явная гордость, усиленная внушительным тоном священника, заставила учащенно забиться сердце Стивена.

— Удостоиться такого избрания, Стивен, — продолжал священник, — величайшая милость, которую всемогущий Бог может даровать человеку. Ни один король, ни один император на нашей земле не обладает властью служителя Божьего. Ни один ангел, ни один архангел, ни один святой и даже сама Пресвятая Дева не обладают властью служителя Божьего; властью владеть ключами от врат царствия Божьего, властью связывать и разрешать грехи, властью заклинания, властью изгонять из созданий Божьих обуревающих их нечистых духов, властью, полномочием призывать великого Господа нашего сходить с небес и претворяться на престоле в хлеб и вино. Великая власть, Стивен!

Краска снова залила щеки Стивена, когда он услышал в этом гордом обращении отклик собственных гордых мечтаний. Как часто видел он себя священнослужителем, спокойно и смиренно обладающим великой властью, перед которой благоговеют ангелы

192

и святые. В глубине души он тайно мечтал об этом. Он видел себя молодым, исполненным скромного достоинства иереем. Вот он быстрыми шагами входит в исповедальню, поднимается по ступенькам алтаря, кадит, преклоняет колена, совершает непостижимые действия священнослужения, которые манили его своим подобием действительности и в то же время своей отрешенностью от нее. В той призрачной жизни, которой он жил в своих мечтаниях, он присваивал себе голос и жесты, подмеченные им у того или другого священника. Он преклонял колена, слегка нагнувшись, как вот этот, он покачивал кадилом плавно, подобно другому, его риза вот так, как у третьего, распахивалась, когда он, благословив паству, снова поворачивался к алтарю. Но в этих воображаемых, призрачных сценах ему больше нравилось играть второстепенную роль. Он отстранялся от сана священника, потому что ему было неприятно, что вся эта таинственная пышность завершается его собственной особой, и потому что обряд предписывал ему слишком ясные и четкие функции. Он мечтал о более скромном церковном сане: вот, забытый всеми, стоит он на мессе поодаль от алтаря в облачении субдиакона, воздушное покрывало накинуто на плечи, его концами он держит дискос[1]* Хс48%20Хснии таинства Святых Даров, в шитом золотом диаконском стихаре, на возвышении, одной ступенькой ниже священника, сложив руки и повернувшись лицом к молящимся, провозглашает нараспев: «Ite missa est»[2]. Если когда-нибудь он и видел себя в роли священника, то только как на картинках в детском молитвеннике: в церкви без прихожан, с одним лишь ангелом у жертвенника, перед простым и строгим алтарем с прислуживающим отроком, почти таким же юным, как он сам. Только при непостижимых таинствах пресуществления и приобщения Святых Тайн воля его тянулась навстречу жизни. Отсутствие установленного ритуала вынуждало его к бездействию; и он молчанием подавлял свой гнев или гордость и только принимал поцелуй, который жаждал дать сам.

Сейчас в почтительном молчании он внимал словам священника и за этими словами слышал еще более отчетливый голос, который уговаривал его приблизиться, предлагал ему тайную мудрость и тайную власть. Он узнает, в чем грех Симона Волхва[3] и что такое хула на Святого Духа, которой нет прощения. Он узнает темные тайны, скрытые от других, зачатых и рожденных

[1] Один из главных священных сосудов, употребляемых во время литургии.

[2] «Идите! Месса окончена» (*лат.*) — последние слова мессы.

[3] Грех Симона Волхва заключался в том, что он хотел за деньги приобрести апостольскую власть.

во гневе! Он узнает грехи, греховные желания, греховные помыслы и поступки других людей: в полумраке церкви, в исповедальне губы женщин и девушек будут нашептывать их ему на ухо. И душа его, таинственным образом обретя неприкосновенность, даруемую рукоположением в сан, снова явится незапятнанной перед светлым престолом Божьим. Никакой грех не пристанет к его рукам, которыми он вознесет и преломит святой хлеб причастия; никакой грех не пристанет к его молящимся устам, дабы случайно, не рассуждая о теле Господнем, он не вкусил и не выпил его на осуждение себе. Он сохранит тайное знание и тайную власть, оставаясь безгрешным, как невинный младенец, и до конца дней своих пребудет служителем Божьим, согласно чину Мелхиседека[1].

— Я завтра отслужу мессу, — сказал ректор, — чтобы всемогущий Господь открыл тебе свою святую волю, и ты, Стивен, помолись своему заступнику, святому первомученику, великому угоднику Божию, дабы Господь просветил твой разум. Но ты должен быть твердо уверен, Стивен, что у тебя есть призвание, ибо будет ужасно, если ты обнаружишь потом, что его не было. Помни: став священником, ты остаешься им на всю жизнь. Из катехизиса ты знаешь, что таинство вступления в духовный сан — одно из тех таинств, что совершаются только раз, ибо оно оставляет в душе неизгладимый духовный след. Ты должен все это взвесить теперь, а не потом. Это важный вопрос, Стивен, ибо от него может зависеть спасение твоей бессмертной души. Мы вместе помолимся Господу.

Он отворил тяжелую входную дверь и протянул Стивену руку, словно уже считал его своим сотоварищем по духовной жизни. Стивен вышел на широкую площадку над лестницей и почувствовал теплое прикосновение мягкого вечернего воздуха. Около Финлейтерс-черч четверо молодых людей шагали, взявшись за руки, покачивая головами в такт веселенькому мотиву, который один из них наигрывал на концертино. Первые звуки музыки, как это всегда бывало с ним, стремительно понеслись над причудливыми строениями его мыслей, сокрушив их безболезненно и бесшумно, подобно тому, как внезапно набежавшая волна сокрушает детские песочные башенки. Улыбнувшись пошленькому мотиву, он поднял глаза на лицо священника и, увидев на нем безрадостное отражение угасающего дня, медленно отнял свою руку, которая только что робко признала их духовный союз.

Спускаясь по лестнице, он вдруг почувствовал, что больше не мучит себя. Причиной стало это лицо на пороге колледжа, эта

---

[1] По Библии, Мелхиседек, царь Салимский, — «священник Бога Всевышнего».

194

безрадостная маска, которая отражала угасающий день. Угрюмые картины жизни колледжа возникли в его сознании. Угрюмая, размеренная, серая жизнь ожидала его в ордене — жизнь без каждодневных забот. Он представил себе, как проведет первую ночь в монастыре и какой это будет ужас — проснуться утром в келье. Ему вспомнился тяжелый запах длинных коридоров в Клонгоузе, он услышал тихое шипение горящих газовых рожков. Внезапно им овладело безотчетное беспокойство. Лихорадочно ускорился пульс, и вслед за этим какой-то оглушительный гул, лишенный всякого смысла, разметал его настороженные мысли. Его легкие расширялись и сжимались, словно вдыхали влажный, теплый, душный воздух, и он снова ощутил теплый, влажный воздух в ванной Клонгоуза над мутной торфяного цвета водой.

Какой-то инстинкт, разбуженный этим воспоминанием, более сильный, чем воспитание и благочестие, пробуждался в нем всякий раз, когда он уже был совсем близок к этой жизни, инстинкт неуловимый и враждебный предостерегал его: не соглашайся. Холод и упорядоченность новой жизни отталкивали его. Он представлял себе, как встает промозглым утром и тащится с другими гуськом к ранней мессе, тщетно стараясь молитвами преодолеть томительную тошноту. Вот он сидит за обедом в общине колледжа. А как справишься с нелюдимостью, из-за которой ему было невмоготу есть и пить под чужим кровом? Как подавишь гордыню, из-за которой он всегда чувствовал себя таким одиноким?

Его преподобие Стивен Дедал, S. J.[1].

Его имя в этой новой жизни внезапно отчетливо обозначилось у него перед глазами, а затем смутно проступило не столько само лицо, сколько цвет лица. Цвет этот то бледнел, то приобретал тускло-кирпичный оттенок. Что это — воспаленная краснота, какую он так часто видел зимним утром на выбритых щеках священников? Лицо было безглазое, хмуро-благообразное, набожное, в багровых пятнах сдерживаемого гнева. Что это? Может быть, он вспомнил лицо иезуита, которого одни мальчики называли Остроскулым, а другие — Старым Лисом Кэмпбеллом?

Он проходил в это время мимо дома иезуитского ордена на Гарднер-стрит и как-то рассеянно подумал, какое окно будет его, если он когда-нибудь вступит в орден. И тут же удивился своему любопытству — душа его была далека от того, что еще совсем недавно представлялось ему святыней. И какой же слабой оказалась узда, державшая его столько лет в повиновении и дисциплине, — и именно в тот миг, когда один решительный, бесповоротный шаг грозил лишить его свободы раз и навсегда. Голос

---

[1] Societas Jesu (*лат.*) — общество Иисуса (иезуитский орден).

ректора, рассказывавший ему о гордых притязаниях церкви, о тайнах и власти священнического сана, тщетно звучал в его памяти. Душа его отдалялась, не внимая, не отвечая ему, и он уже теперь знал, что все увещевания обратились в пустые, официальные фразы. Нет, он никогда не будет кадить у алтаря. Его удел — избегать всяческих общественных и религиозных уз. Мудрость увещеваний священника не задела его за живое. Ему суждено обрести собственную мудрость вдали от других или познать самому мудрость других, блуждая среди соблазнов мира.

Соблазны мира — пути греха. И он падет. Он еще не пал, но падет неслышно, бесшумно, в одно мгновение. Не пасть — слишком тяжело, слишком трудно. И он почувствовал безмолвное низвержение своей души: вот она падает, падает, еще не пала, не пала, но готова пасть.

Переходя мост через реку Толка, он равнодушно взглянул на выцветшую голубую часовенку Пресвятой Девы, устроившуюся на подставке, словно курица на насесте, посреди закругленного окороком ряда убогих домишек. Затем, повернув налево, он вошел в переулок, который вел к его дому. Из огородов, вытянувшихся по пригорку над рекой, на него пахнуло тошнотворно-кислым запахом гнилой капусты. Он улыбнулся, подумав, что именно эта беспорядочность, неустроенность, и развал его родного дома, и застой растительной жизни все-таки возьмут верх в его душе. Короткий смешок сорвался с его губ, когда он вспомнил бобыля-батрака, работавшего на огороде за домом, которого они прозвали Дядя в Шляпе. И чуть погодя он невольно снова усмехнулся, когда представил себе, как Дядя в Шляпе, прежде чем приступить к работе, оглядывает поочередно все четыре стороны света и, тяжело вздохнув, втыкает заступ в землю.

Он толкнул незапиравшуюся входную дверь и прошел через голую переднюю в кухню. Его сестры и братья сидели за столом. Чаепитие уже почти кончилось, и только остатки жидкого, спитого чая виднелись на дне маленьких стеклянных кружек и банок из-под варенья, заменявших чашки. Корки и куски посыпанного сахаром хлеба, коричневые от пролитого на них чая, были разбросаны по всему столу. Там и сям расплывались маленькие лужицы, и нож со сломанной костяной ручкой торчал из начинки расковырянного пирога.

Печальное, мягкое, серо-голубое сияние угасавшего дня проникало в окно и в открытую дверь, окутывая и смягчая раскаяние, внезапно шевельнувшееся в душе Стивена. Все, в чем было отказано им, было щедро дано ему, старшему, но в мягком сиянии сумерек он не увидел на их лицах никакой злобы.

Он сел с ними за стол и спросил, где отец и мать. Один ответил:

— Пошлико домко смокотретько.

Опять переезд. Один ученик в Бельведере по фамилии Фэллог часто, глупо хихикая, спрашивал его, почему они так любят переезжать. Гневная морщинка пролегла на его нахмуренном лбу, когда он вспомнил это глупое хихиканье.

— Нельзя ли узнать, почему это мы опять переезжаем? — спросил он.

— Потомуко, чтоко наско выставляетко хозяинко.

С дальнего конца стола голос младшего брата затянул «Часто ночью тихой»[1]. Один за другим голоса подхватывали пение, пока, наконец, все вместе не запели хором. Так они будут петь, пока не появятся первые темные ночные облака и не наступит ночь.

Он подождал несколько минут, прислушиваясь, а потом сам присоединился к их пению. Он прислушивался с чувством душевной боли к интонациям усталости в их звонких, чистых, невинных голосах. Ведь они еще не успели даже и вступить на жизненный путь, а уже устали.

Он слушал этот хор, подхваченный, умноженный повторяющимися отзвуками голосов бесчисленных поколений детей, и во всех этих отзвуках ему слышались усталость и страдание. Казалось, все устали от жизни, еще не начав жить. И он вспомнил, что Ньюмен тоже слышал эту ноту в надломленных строках Вергилия, выражавшую, подобно голосу самой Природы, страдания и усталость и вместе с тем надежду на лучшее, что было уделом ее детей во все времена.

* * *

Он не мог больше ждать.

От таверны «Байрон» до ворот Клонтарфской часовни, от ворот Клонтарфской часовни до таверны «Байрон», и обратно к часовне, и опять обратно к таверне. Сначала он шагал медленно, тщательно отпечатывая шаги на плитах тротуара и подгоняя их ритм к ритму стихов. Целый час прошел с тех пор, как отец скрылся с преподавателем Дэном Кросби в таверне, намереваясь расспросить его об университете. И вот целый час он шагает взад и вперед, дожидаясь их. Но больше ждать невозможно.

Он круто повернул к Буллю[2], ускорил шаг, чтобы резкий свист отца не настиг его и не вернул обратно, и через несколько секунд, обогнув здание полиции, завернул за угол и почувствовал себя в безопасности.

---

[1] Стихотворение английского поэта Томаса Мура (1779—1852), ирландца по происхождению.

[2] Волнорез в Дублине.

Да, мать была против университетской затеи. Он угадывал это по ее безучастному молчанию. Но ее недоверие подстегивало его сильней, чем тщеславие отца. Он холодно вспомнил, как вера, угасавшая в его душе, крепла и росла в сердце матери. Смутное, враждебное чувство, словно облако затуманивая его сознание, разрасталось в нем, противясь материнскому отступничеству, а когда облако рассеялось и его просветленное сознание снова наполнилось сыновней преданностью, смутно и без сожаления он почувствовал первую, пока еще едва заметную трещинку, разъединившую их жизни.

Университет! Его уже не окликнуть, он ускользнул от дозора часовых, которые сторожили его детство, стремясь удержать его при себе и поработить, заставить служить их целям. Удовлетворение, а за ним гордость возносили его, словно медленные высокие волны. Цель, которой он был призван служить, но которая еще не определилась, незримо вела к спасению. И теперь она снова звала за собой, и новый путь вот-вот должен был открыться ему. Казалось, он слышит звуки порывистой музыки, то взмывающей на целый тон вверх, то падающей на кварту вниз, и вновь на целый тон вверх и на большую терцию вниз, — музыки, подобной трехъязычному пламени, вылетающему из ночного леса. Это была волшебная прелюдия, бесконечная, бесформенная, она разрасталась, ее темп становился все быстрей и неистовей, языки пламени вырывались из ритма, и казалось, он слышит под кустами и травой бег дикого зверя, подобный шуму дождя по листве. Дробным шумом врывался в его сознание бег зайцев и кроликов, бег оленей и ланей, и наконец он перестал различать их, а в памяти зазвучал торжественный ритм ньюменовской строки:

«Чьи ноги подобны ногам оленя, и вечные длани простерты под ними».

Торжественное величие этого смутного образа вернуло его к мысли о величии сана, от которого он отказался. Все его детство прошло в мечтах о том, что он считал своим призванием, но, когда настала минута подчиниться призыву, он отвернулся, повинуясь своенравному инстинкту. Теперь время прошло. Елей рукоположения никогда не освятит его тела. Он отказался. Почему?

Он свернул с дороги у Доллимаунта и, проходя по легкому деревянному мосту, почувствовал, как сотрясаются доски от топота тяжело обутых ног. Отряд Христианских братьев возвращался с Булля. Они шли попарно, и пары одна за другой вступали на мост. Теперь уже весь мост ходил ходуном под их ногами. Их грубые лица, на которых плясали то желтые, то красные, то багровые отсветы моря, проплывали мимо него, и, стараясь смотреть на них непринужденно и равнодушно, он почувствовал, как его лицо вспыхнуло от сочувствия и стыда. В досаде на самого себя он старался скрыть свое лицо от их взглядов и смотрел вниз, в сторону, на мелкую бурлящую воду под мостом, но и там было отражение их высоких нелепых шляп, жалких, узеньких воротников и обвисших монашеских ряс.

— Брат Хикки.

— Брат Квейд.

— Брат Макардл.

— Брат Кью[1].

Их благочестие такое же, как их имена, их лица, их одежда; бесполезно было внушать себе, что их смиренные сокрушающиеся сердца, может быть, платили несравненно более высокую дань преданности, чем его сердце, — дар во сто крат более угодный Богу, чем его изощренное благочестие. Бесполезно было взывать к своему великодушию, говорить, что, если бы он, когда-нибудь смирив гордыню, подошел к их дому поруганный, в нищенском рубище, они были бы к нему великодушны и возлюбили бы его, как самих себя. Бесполезно и, наконец, тягостно было отстаивать наперекор собственной холодной уверенности, что вторая заповедь повелевает нам возлюбить нашего ближнего, как самого себя, не в смысле количества и силы любви, но любить его так же, как самого себя.

Он вспомнил фразу из своей записной книжки и тихо про себя произнес:

«День пестро-перистых, рожденных морем облаков»[2].

Фраза, и день, и пейзаж сливались в один аккорд. Слова. Или их краски? Он дал им засиять и померкнуть, оттенок за оттенком. Золото восхода, багряная медь и зелень яблочных садов, синева волн, серая, по краям пестрая кудель облаков. Нет, это не краски. Это равновесие и звучание самой фразы. Значит, ритмический взлет и ниспадение слов ему нравятся больше, чем их смысл и цвет? Или из-за слабости зрения и робости души преломление пылающего, ощутимого мира сквозь призму многокрасочного, богато украшенного языка доставляет ему меньше радости, чем созерцание внутреннего мира собственных эмоций, безупречно воплощенного в ясной, гибкой, размеренной прозе?

Он сошел с подрагивающего моста на твердую землю. В ту же минуту ему показалось, будто в воздухе пахнуло холодом, и, покосившись на воду, он увидел, как налетевший шквал возмутил и подернул волны рябью. Легкий толчок в сердце, судорожно сжавшееся горло снова дали почувствовать ему, как невыносим для его тела холодный, лишенный человечности запах моря; но

---

[1] Распространенные ирландские фамилии.

[2] Из романа Хью Миллера «Утесы-свидетели» (1869), в котором описывается сотворение мира.

он не повернул налево к дюнам, а продолжал идти прямо вдоль хребта скал, подступавших к устью реки.

Мутный солнечный свет слабо освещал серую полосу воды там, где река входила в залив. Вдалеке, вниз по медленно текущей Лиффи чертили небо стройные мачты, а еще дальше, окутанная мглой, лежала неясная громада города. Подобно поблекшему узору на старинном гобелене, древний, как человеческая усталость, сквозь вневременное пространство виднелся образ седьмого града христианского мира[1], столь же древнего, столь же изнемогшего и долготерпеливого в своем порабощении, как и во времена норманнского владычества[2].

Уныло он поднял глаза к медленно плывущим облакам, перистым, рожденным морем. Они шли пустыней неба, кочевники в пути, шли высоко над Ирландией, дорогой на запад. Европа, откуда они пришли, лежала там, за Ирландским морем. Европа чужеземных языков, изрезанная равнинами, опоясанная лесами, обнесенная крепостями. Европа защищенных окопами и готовых выступить в поход народов. Он слышал какую-то путаную музыку воспоминаний и имен, которые почти узнавал, но не мог даже на мгновение удержать в памяти, потом музыка начала уплывать, уплывать, уплывать, и от каждого уплывающего вздоха туманной мелодии отделялся один долгий призывный звук, прорезавший, подобно звезде, сумрак тишины. Вот опять! Опять! Голос из потустороннего мира взывал:

— Привет, Стефанос!
— Вон идет Дедал!
— А-а, хватит, Двайер! Тебе говорят! А то как двину тебе в физию. А-а!
— Так его, Таусер! Окуни, окуни его!
— Сюда, Дедал! Бус Стефануменос! Бус Стефанофорос![3]
— Окуни его, Таусер! Топи его, топи.
— Помогите, помогите!.. А-а!

Он узнал их голоса в общем крике, прежде чем различил лица. Один только вид этого месива мокрой наготы пронизывал его знобкой дрожью. Их тела, трупно-белые, или залитые бледно-золотым сиянием, или докрасна обожженные солнцем, блестели влагой. Трамплин, кое-как приложенный на камнях, ходивший

---

[1] Подразумевается Дублин.

[2] Имеется в виду норманнское завоевание Ирландии в VII—IX веках.

[3] Бус — по-гречески бык. Стефанос (в английском произношении Стивен) — венец, гирлянда. Бус Стефануменос означает, что у Стивена душа быка (намек на его сходство с Фомой Аквинским, которого часто называли молчаливым и упрямым, как бык). Бус Стефанофорос — жертвенный бык, украшенный гирляндой.

ходуном при каждом прыжке, грубо обтесанные камни крутого волнореза, через который они карабкались в своей возне, сверкали холодным мокрым блеском. Они хлестали друг друга полотенцами, набрякшими от холодной морской воды, и холодной соленой влагой были пропитаны их слипшиеся волосы.

Он остановился, откликаясь на возгласы и легко парируя шутки. Какими безликими казались они все: Шьюли — на сей раз без широкого, обычно расстегнутого воротничка, Эннис — без ярко-красного пояса с пряжкой в виде змеи и Конноли — без своей широкой куртки с оборванными клапанами карманов. Больно было смотреть на них, мучительно больно видеть признаки возмужалости, которые делали отталкивающей их жалкую наготу. Может быть, в многолюдности и шуме укрывались они от тайного страха, притаившегося в душе. И ему вспомнилось, что вдали от них, в тишине, его охватывал ужас перед тайной собственного тела.

— Стефанос Дедалос! Бус Стефануменос! Бус Стефанофорос!

Их подтрунивания были для него не новы, и теперь они льстили его спокойному, горделивому превосходству. Теперь более, чем когда-либо, его необычное имя звучало пророчеством. Таким вневременным был серый теплый воздух, таким переменчивым и безликим его собственное настроение, что все века слились для него в один. Всего какой-нибудь миг назад призрак древнего датского королевства предстал перед ним сквозь завесу окутанного мглой города. Сейчас в имени легендарного мастера[1] ему слышался шум глухих волн; казалось, он видит крылатую тень, летящую над волнами и медленно поднимающуюся ввысь. Что это? Был ли это дивный знак, открывающий страницу некой средневековой книги пророчеств и символов? Человек, подобный соколу в небе, летящий к солнцу над морем, предвестник цели, которой он призван служить и к которой он шел сквозь туман детских и отроческих лет, символ художника, кующего заново в своей мастерской из косной земной материи новое, парящее, неосязаемое, нетленное бытие?

Сердце трепетало, дыхание участилось, сильный порыв ветра пронзил все его существо, как если бы он взмыл вверх, к солнцу. Сердце трепетало в страхе, а душа уносилась ввысь. Душа парила в потустороннем мире, и тело, его до боли знакомое тело, очистилось в единый миг, освободившись от неуверенности, стало лучезарным и приобщилось к стихии духа. Экстазом полета си-

---

[1] Имеется в виду Дедал, с именем которого совпадает фамилия джойсовского героя. Как известно, Дедал и его сын Икар, отважившиеся взлететь к солнцу на крыльях из воска и перьев, являются символами искусства и дерзания.

яли его глаза, порывистым стало дыхание, а тело, подхваченное ветром, было трепещущим, порывистым, сияющим.

— Раз, два... Берегись!..

— Крайпс, я тону!..

— Раз! Два! Три! Прыгай!..

— Следующий, следующий!..

— Раз... Уф!..

— Стефанофорос!..

Горло у него щемило от желания крикнуть во весь голос криком сокола или орла в вышине, пронзительно крикнуть ветру о своем освобождении. Жизнь взывает к его душе — не тем скучным, грубым голосом мира обязанностей и отчаяния, не тем нечеловеческим голосом, что звал его к безликому служению церкви. Одно мгновение безудержного полета освободило его, и ликующий крик, который сдерживал его губы, ворвался в его сознание:

— Стефанофорос!..

Теперь это всего лишь саван, сброшенный с бренного тела: и страх, в котором он блуждал днем и ночью, и неуверенность, сковывавшая его, и стыд, терзавший его изнутри и извне, — всего лишь могильные покровы, саван.

Душа его восстала из могилы отрочества, стряхнув с себя могильные покровы. Да! Да! Да! Подобно великому мастеру, чье имя он носит, он гордо создаст нечто новое из свободы и мощи своей души — нечто новое, живое, парящее, прекрасное, нерукотворное, нетленное.

Он быстро сбежал с откоса, не в силах больше сдерживать горение в крови. Он чувствовал, как горят его щеки, песня клокочет в горле, ноги просятся в путь — странствовать. Вперед! Вперед! — словно взывало его сердце. Сумерки спустятся над морем, ночь сойдет на долины, заря забрезжит перед странником и откроет ему незнакомые поля, холмы и лица. Но где?

Он посмотрел на север в сторону Хоута[1]. Море уже отхлынуло, обнажив линию водорослей на пологом откосе волнореза, и волна отлива быстро бежала вдоль побережья. Уже среди мелкой зыби теплым и сухим овалом проступала отмель. Там и сям в мелкой воде поблескивали песчаные островки, а на островках, и вокруг длинной отмели, и среди мелких ручейков на пляже бродили полураздетые фигуры, то и дело нагибаясь и что-то поднимая с песка.

Через несколько секунд он уже стоял босой, носки засунул в карманы, а брезентовые туфли связал за шнурки и перекинул че-

---

[1] Мол в Дублинском заливе.

рез плечо, потом вытащил из мусора, нанесенного приливом, заостренную, изъеденную солью палку и слез вниз по волнорезу.

По отмели бежал ручеек. Медленно он побрел вдоль него, вглядываясь в бесконечное движение водорослей. Изумрудные, черные, рыжие, оливковые, они двигались под водой, кружась и покачиваясь. Вода в ручейке, потемневшая от этого бесконечного движения, отражала высоко плывущие облака. Облака тихо плыли вверху, а внизу тихо плыли морские водоросли, и серый теплый воздух был спокоен, и новая, бурная жизнь пела в его жилах.

Куда кануло его отрочество? Где его душа, избежавшая своей судьбы, чтобы в одиночестве предаться скорби над позором своих ран и в обители убожества и обмана принять венок, облачившись в истлевшие покровы, которые распадутся в прах от одного прикосновения? И где теперь он сам?

Он был один. Отрешенный, счастливый, коснувшийся пьянящего средоточия жизни. Один — юный, дерзновенный, неистовый, один среди пустыни пьянящего воздуха, соленых волн, выброшенных морем раковин и водорослей, и дымчато-серого солнечного света, и весело и радостно одетых фигур детей и девушек, и звучащих в воздухе детских и девичьих голосов.

Перед ним посреди ручья стояла девушка, она стояла одна, не двигаясь, глядела на море. Казалось, какая-то волшебная сила превратила ее в существо, подобное невиданной прекрасной морской птице. Ее длинные, стройные, обнаженные ноги, точеные, словно ноги цапли, — белее белого, только прилипшая к ним изумрудная полоска водорослей метила их как знак. Ноги повыше колен чуть полнее, мягкого оттенка слоновой кости, обнажены почти до бедер, где белые оборки панталон белели, как пушистое оперение. Подол серо-синего платья, подобранный без стеснения спереди до талии, спускался сзади голубиным хвостом. Грудь — как у птицы, мягкая и нежная, нежная и мягкая, как грудь темнокрылой голубки. Но ее длинные светлые волосы были девичьи, и девичьим, осененным чудом смертной красы, было ее лицо.

Девушка стояла одна, не двигаясь, и глядела на море, но, когда она почувствовала его присутствие и благоговение его взгляда, глаза ее обратились к нему спокойно и встретили его взгляд без смущения и вызова. Долго, долго выдерживала она этот взгляд, а потом спокойно отвела глаза и стала смотреть вниз на ручей, тихо плеская воду ногой — туда, сюда. Первый легкий звук тихо плещущейся воды разбудил тишину, чуть слышный, легкий, шепчущий, легкий, как звон во сне, — туда, сюда, туда, сюда, — и легкий румянец задрожал на ее щеках.

«Боже милосердный!» — воскликнула душа Стивена в порыве земной радости.

Он вдруг отвернулся от нее и быстро пошел по отмели. Щеки его горели, тело пылало, ноги дрожали. Вперед, вперед, вперед уходил он, неистово распевая гимн морю, радостными криками приветствуя кликнувшую его жизнь.

Образ ее навеки вошел в его душу, но ни одно слово не нарушало священной тишины восторга. Ее глаза позвали его, и сердце рванулось навстречу этому призыву. Жить, заблуждаться, падать, торжествовать, воссоздавать жизнь из жизни. Огненный ангел явился ему, ангел смертной красоты и юности, посланец царств пьянящей жизни, чтобы в единый миг восторга открыть перед ним врата всех путей заблуждения и славы. Вперед, все вперед, вперед, вперед!

Он внезапно остановился и услышал в тишине стук собственного сердца. Куда он забрел? Который теперь час?

Вокруг него ни души, не слышно ни звука. Но прилив уже возвращался, и день был на исходе. Он повернул к берегу и побежал вверх по отлогой отмели, не обращая внимания на острую гальку; в укромной ложбинке, среди песчаных холмов, поросших пучками травы, он лег, чтобы тишина и покой сумерек утихомирили бушующую кровь.

Он чувствовал над собой огромный равнодушный купол неба и спокойное шествие небесных тел; чувствовал под собой ту землю, что родила его и приняла к себе на грудь.

В сонной истоме он закрыл глаза. Веки его вздрагивали, словно чувствуя высшую упорядоченную энергию земли и ее стражей, словно ощущая странное сияние какого-то нового, неведомого мира. Душа его замирала, падала в этот новый мир, мир фантастический, туманный, неясный, словно мир подводных глубин, где двигались смутные существа и тени. Мир — мерцание или цветок? Мерцая и дрожа, дрожа и распускаясь вспыхивающим светом, раскрывающимся цветком, развертывался мир в бесконечном движении, то вспыхивая ярко-алым цветком, то угасая до белейшей розы, лепесток за лепестком, волна света за волной света, затопляя все небо мягкими вспышками одна ярче другой.

Уже стемнело, когда он проснулся, песок и чахлая трава его ложа теперь не переливались красками. Он медленно встал и, вспомнив восторг, который пережил во сне, восхищенно и радостно вздохнул.

Он взошел на вершину холма и осмотрелся кругом. Уже стемнело. Обод молодого месяца пробился сквозь бледную ширь горизонта, обод серебряного обруча, врезавшийся в серый песок; с тихим шепотом волны прилива быстро приближались к берегу, окружая, как островки, одинокие, запоздалые фигуры на отдаленных песчаных отмелях.

5

Он допил третью чашку жидкого чая и, глядя в темную гущу на дне, стал грызть разбросанные по столу корки поджаренного хлеба. Ямка в желтоватых чаинках была как размыв в трясине, а жидкость под ними напоминала ему темную торфяного цвета воду в ванне Клонгоуза. Из только что перерытой коробки с закладными, стоявшей у самого его локтя, он рассеянно, одну за другой вынимал засаленными пальцами то синие, то белые, пожелтевшие и смятые, бумажки со штампом ссудной кассы Дейли или Макивой.

1. Пара сапог.
2. Пальто.
3. Разные мелочи и белье.
4. Мужские брюки.

Затем он отложил их в сторону и, задумчиво уставившись на крышку коробки, всю в пятнах от раздавленных вшей, рассеянно спросил мать:

— На сколько наши часы теперь вперед?

Мать приподняла лежавший на боку посреди каминной полки старый будильник и снова положила его на бок. Циферблат показывал без четверти двенадцать.

— На час двадцать пять минут, — сказала она. — На самом деле сейчас двадцать минут одиннадцатого... Уж мог бы ты постараться вовремя уходить на лекции.

— Приготовьте мне место для мытья, — сказал Стивен.

— Кейти, приготовь Стивену место для мытья.

— Буди, приготовь Стивену место для мытья.

— Я не могу, я занята. Мэгги, приготовь ты.

Когда эмалированный таз пристроили в раковину и повесили на край старую рукавичку, Стивен позволил матери потереть ему шею, промыть уши и ноздри.

— Плохо, — сказала она, — когда студент университета такой грязнуля, что матери приходится его мыть!

— Но ведь тебе это доставляет удовольствие, — спокойно сказал Стивен.

Сверху раздался пронзительный свист, и мать, бросив ему на руки волглую блузу, сказала:

— Вытирайся и, ради всего святого, скорей уходи.

После второго продолжительного и сердитого свистка одна из девочек подошла к лестнице:

— Да, папа?

— Эта ленивая сука, твой братец, убрался он или нет?

— Да, папа.

— Не врешь?

— Нет, папа...

Сестра вернулась назад, делая Стивену знаки, чтобы он поскорей удирал через черный ход. Стивен засмеялся и сказал:

— Странное у него представление о грамматике, если он думает, что сука мужского рода.

— Как тебе не стыдно, Стивен, — сказала мать, — настанет день, когда ты еще пожалеешь, что поступил в это заведение. Тебя точно подменили.

— До свидания, — сказал Стивен, улыбаясь и целуя на прощание кончики своих пальцев.

Проулок раскис от дождя, и, когда он медленно пробирался по нему, стараясь ступать между кучами сырого мусора, из монастырской больницы по ту сторону стены до него донеслись вопли умалишенной монахини:

— Иисусе! О, Иисусе! Иисусе!

Он отогнал от себя этот крик, досадливо тряхнул головой и заторопился, спотыкаясь о вонючие отбросы, а сердце заныло от горечи и отвращения. Свист отца, причитания матери, вопли сумасшедшей за стеной слились в оскорбительный хор, грозивший унизить его юношеское самолюбие. Он с ненавистью изгнал даже их отзвук из своего сердца; но когда он шел по улице и чувствовал, как серый утренний свет падает на него сквозь ветки политых дождем деревьев, когда вдохнул терпкий, острый запах мокрых листьев и коры, горечь покинула его душу.

Отягощенные дождем деревья, как всегда, вызвали воспоминания о девушках и женщинах из пьес Герхарда Гауптмана, и воспоминания об их туманных горестях и аромат, льющийся с влажных веток, слились в одно ощущение тихой радости. Утренняя прогулка через весь город началась, и он заранее знал, что, шагая по илистой грязи квартала Фэрвью, он будет думать о суровой сребротканой прозе Ньюмена, а на Стрэнд-роуд, рассеянно поглядывая в окна съестных лавок, припомнит мрачный юмор Гвидо Кавальканти[1] и улыбнется; что у каменотесной мастерской Берда на Талбот-плейс его пронзит, как свежий ветер, дух Ибсена — дух своенравной юношеской красоты; а поравнявшись с грязной портовой лавкой по ту сторону Лиффи, он повторит про себя песню Бена Джонсона, начинающуюся словами:

«Я отдохнуть прилег, хотя и не устал...»[2]

Часто, устав от поисков сути прекрасного в неясных речениях Аристотеля и Фомы Аквинского, он отдыхал, вспоминая изящ-

---

[1] Гвидо Кавальканти (1259—1300) — итальянский поэт-лирик, один из наиболее образованных людей своего времени, друг Данте.

[2] Строчка из пьесы Бена Джонсона (1572—1638) «Видения восторга» (1617).

ные песни елизаветинцев. Ум его, словно сомневщ́ монах, часто укрывался в тени под окнами этого давно минувшего века, внимая грустной и насмешливой музыке лютен и задорному смеху уличных девок, пока слишком грубый хохот, а то и какая-нибудь непристойная или напыщенная фраза, хотя и потускневшая от времени, не возмущала его монашескую гордость и не заставляла покинуть это убежище.

Ученые труды, над которыми, как полагали, он просиживал целыми днями, лишая себя общества сверстников, были всего лишь набор тонких изречений из поэтики и психологии[1] Аристотеля, из «Synopsis Philosophiae Scholasticae ad mentem divi Thomae»[2]. Мысль его, сотканная из сомнений и недоверия к самому себе, иногда вдруг озарялась вспышками интуиции, вспышками такими яркими, что в эти мгновения окружающий мир исчезал, как бы испепеленный пламенем, а его язык делался неповоротливым, и он невидящими глазами встречал чужие взгляды, чувствуя, как дух прекрасного, подобно мантии, окутывает его и он, хотя бы в мечтах, приобщается к возвышенному. Однако краткий миг гордой немоты проходил, и он снова с радостью окунался в суету обыденной жизни и без страха, с легким сердцем шел своей дорогой среди нищеты, шума и праздности большого города.

На канале у стенда для афиш он увидел чахоточного с кукольным лицом, в шляпе с оторванными полями, который спускался ему навстречу с моста мелкими шажками, в наглухо застегнутом пальто, выставив сложенный зонт наподобие жезла. Должно быть, уже одиннадцать, подумал Стивен и заглянул в молочную узнать время. Часы там показывали без пяти пять, но, отходя от молочной, он услышал, как поблизости какие-то часы быстро и отчетливо пробили одиннадцать. Он рассмеялся: бой часов напомнил ему Макканна, он даже представил себе его светлую козлиную бородку и всю его коренастую фигуру, когда тот стоит на ветру в охотничьей куртке и бриджах на Хопкинс-стрит и изрекает:

— Вы, Дедал, существо антисоциальное и заняты только собой. А я нет. Я демократ и буду работать и бороться за социальную свободу и равенство классов и полов в будущих Соединенных Штатах Европы.

Одиннадцать! Значит, и на эту лекцию он опоздал. Какой сегодня день? Он остановился у киоска, чтобы прочесть газетный

---

[1] Очевидно, имеются в виду сочинения Аристотеля «Поэтика» и «О душе».

[2] «Свод схоластической философии по учению святого Фомы» (Фомы Аквинского).

заголовок. Четверг. С 10 до 11 — английский; с 11 до 12 — французский; с 12 до часа — физика. Он представил себе лекцию по английскому языку и даже на расстоянии почувствовал растерянность и беспомощность. Он видел покорно склоненные головы однокурсников, записывающих в тетради то, что требовалось заучить: определения по имени и определения по существу[1], различные примеры, даты рождения и смерти или основные произведения и рядом положительные и отрицательные оценки критики. Его голова не склоняется над тетрадью, мысли блуждают далеко, но смотрит ли он на маленькую кучку студентов вокруг себя или в окно на заросшие аллеи парка, его неотступно преследует запах унылой подвальной сырости и разложения. Еще одна голова, не нагнувшаяся к столу, возвышалась прямо перед ним в первых рядах, словно голова священника, без смирения молящегося о милости к бедным прихожанам перед чашей со святыми дарами. Почему, думая о Крэнли, он никогда не может вызвать в своем воображении всю его фигуру, а только голову и лицо? Вот и теперь, на фоне серого утра, он видел перед собой — словно призрак во сне — отсеченную голову, маску мертвеца с прямыми жесткими черными волосами, торчащими надо лбом, как железный венец, лицо священника, аскетически-бледное, с широкими крыльями носа, с темной тенью под глазами и у рта, лицо священника с тонкими, бескровными, чуть усмехающимися губами, — и вспомнил, как день за днем, ночь за ночью он рассказывал Крэнли о всех своих душевных невзгодах, метаниях и стремлениях, а ответом друга было только настороженное молчание. Стивен уже было решил, что лицо это — лицо чувствующего свою вину священника, который выслушивает исповеди тех, кому он не властен отпускать грехи, и вдруг словно почувствовал на себе взгляд темных женственных глаз.

Это видение как бы приоткрыло вход в странный и темный лабиринт мыслей, но Стивен тотчас же отогнал его, чувствуя, что еще не настал час вступить туда. Равнодушие друга, как ночной мрак, разливало в воздухе неуловимые смертоносные испарения, и он поймал себя на том, что, глядя по сторонам, на ходу выхватывает то одно, то другое случайное слово и вяло удивляется, как беззвучно и мгновенно они теряют смысл; а вот уже и убогие вывески лавок, словно заклинания, завладели им, душа съежилась, вздыхая по-стариковски, а он все шагал по проулку среди этих мертвых слов. Его собственное ощущение языка уплывало из сознания, каплями вливаясь в слова, которые начинали сплетаться и расплетаться в сбивчивом ритме:

[1] Термины из «Второй аналитики» Аристотеля.

Плющ плющится по стене,
Плещет, пляшет по стене.
Желтый жмется плющ к стене,
Плющ желтеет на стене.

Что за чепуха? Боже мой, что это за плющ, который плющится по стене? Желтый плющ — это еще куда ни шло, желтая слоновая кость — тоже. Ну, а сплющенная слоновая кость?

Слово теперь засверкало в его мозгу светлее и ярче, чем слоновая кость, выпиленная из крапчатых слоновых бивней. Ivory, ivoire, avorio, ebur[1]. Одним из первых предложений, которые он учил в школе на латинском языке, была фраза: «India mitit ebur»[2], и ему припомнилось суровое северное лицо ректора, учившего его излагать «Метаморфозы» Овидия изысканным английским языком, который звучал довольно странно, когда речь шла о свиньях, черепках и свином сале. То немногое, что было ему известно о законах латинского стиха, он узнал из затрепанной книжки, написанной португальским священником:

«Contrahit orator, variant in carmine vates»[3].

Кризисы, победы и смута в римской истории преподносились ему в избитых словах in tanto discrimine[4]. Он пытался проникнуть в общественную жизнь города городов[5] сквозь призму слов implere ollam denariorum, которые ректор сочно переводил: «наполнить сосуд динариями». Страницы истрепанного Горация никогда не казались холодными на ощупь, даже если его пальцы стыли от холода; это были живые страницы, и пятьдесят лет тому назад их перелистывали живые пальцы Джона Дункана Инверэрити и его брата Уильяма Малькольма Инверэрити . Да, их благородные имена сохранились на выцветшем заглавном листе, и даже для такого скромного латиниста, как он, выцветшие стихи были благоуханными, точно все эти годы они пролежали в мирте, лаванде и вербене. И все же ему было горько сознавать, что он навсегда останется только робким гостем на празднике мировой культуры и что монашеская ученость, языком которой он пытался выразить некую эстетическую философию, расценивалась его веком не выше, чем мудреная и забавная тарабарщина геральдики и соколиной охоты.

---

[1] Слоновая кость (*англ., франц., итал., лат.*).

[2] Индия поставляет слоновую кость (*лат.*).

[3] Оратор краток, певец в стихах многообразен (*лат.*). Из книги Мануэла Алвариша (1526—1583), автора латинской грамматики, включавшей также правила латинского стихосложения.

[4] В таком бедствии (*лат.*).

[5] Имеется в виду Рим.

[6] Комментаторам не удалось установить личность этих персонажей.

14 – 1413

Серая громада колледжа Святой Троицы[1] с левой стороны, тяжело вдвинутая в невежественный город, словно тусклый камень — в тесную оправу, начала давить на его сознание. И всячески стараясь стряхнуть с себя путы протестантского мировоззрения, он вышел к нелепому памятнику национальному поэту Ирландии[2].

Он взглянул на него без гнева, потому что, хотя неряшливость тела и духа, точно невидимые вши, ползла по памятнику вверх по полусогнутым ногам, по складкам одежды и вокруг его холопской головы, памятник, казалось, смиренно сознавал собственное ничтожество. Это был фирболг[3], укравший тогу милезийца[4], и он вспомнил своего приятеля Дейвина, студента из крестьян. Фирболг было его шутливое прозвище, но молодой крестьянин мирился с ним:

— Ну что ж, Стиви, раз ты сам говоришь, что у меня тупая голова, зови меня как хочешь.

Уменьшительная форма его имени тронула Стивена, когда он услышал его в первый раз: как правило, он не допускал фамильярности с другими студентами так же, как и они с ним. Часто, сидя у Дейвина на Грантем-стрит и не без удивления поглядывая на выстроенные парами у стены отличные сапоги своего приятеля, он читал чужие стихи и строфы, за которыми скрывались его собственные томление и горечь. Грубоватый, как фирболг, приятель то привлекал, то отталкивал его — привлекал врожденной спокойно-учтивой внимательностью, причудливым оборотом старинной английской речи, восхищением перед грубой физической силой — Дейвин был ярым поклонником гэлла Майкла Кьюзака[5]; то вдруг отталкивал неповоротливостью ума, примитивностью чувств или тупым выражением ужаса, внезапно появляв-

---

[1] Протестантский университет в Дублине.

[2] Томасу Муру (1779—1852). Ирония Джойса вызвана, очевидно, крайне сдержанным отношением поэта к стремлению Ирландии утвердить свою национальную независимость.

[3] Фирболги, согласно легенде, — племя грубых и жестоких карликов, населявших Ирландию в IV в. до н. э.

[4] Милезийцы — потомки мифического короля Испании Милезия и его сыновей, завоевавших Ирландию в I в. до н. э., по преданию, прародители ирландцев. В отличие от фирболгов меценаты — почитатели прекрасного. Скульптор изобразил Т. Мура в классической милезийской тоге.

[5] Майкл Кьюзак (1847—1907) — основатель Гэльской спортивной ассоциации (1884), ставившей своей целью возрождение национальных видов спорта.

шимся в глазах, ужаса глухой и нищей ирландской деревни, где ежевечерний комендантский час[1] наводил на всех страх.

Заодно с доблестными подвигами своего дяди, атлета Мэта Дейвина, юный крестьянин чтил скорбные предания Ирландии. Толкуя о нем, товарищи Дейвина, старавшиеся во что бы то ни стало внести какую-то значительность в нудную жизнь колледжа, склонны были изображать его молодым фением. Нянька Дейвина научила его в детстве ирландскому языку и осветила примитивное воображение мальчика зыбким светом ирландской мифологии. Дейвин относился к этой мифологии, из которой еще никто не извлек ни единой крупицы красоты, и к ее неуклюжим, бесформенным преданиям, обожествленным временем, так же, как к католической религии, — с тупой верностью раба. Любую мысль или чувство, если они приходили из Англии или оказывались достоянием английской культуры, он, словно повинуясь какому-то приказу, встречал в штыки. А о мире, лежащем за пределами Англии, знал только то, что во Франции существует Иностранный легион, в который он, по его словам, собирался вступить.

Сопоставляя эти помыслы и характер Дейвина, Стивен часто называл его ручным гуськом[2], вкладывая в прозвище предельное возмущение вялостью слов и поступков друга, которые часто становились преградой между пытливым умом Стивена и сокровенными тайнами ирландской жизни.

Как-то вечером этот молодой крестьянин, подзадоренный бурным и высокопарным красноречием, которым Стивен разряжал холодное молчание своего бунтующего разума, рассказал ему старинную историю. Они шли не спеша к дому Дейвина по темным узким улочкам убогого еврейского квартала.

— Прошлой осенью, Стиви, — уже зима была на пороге — со мной приключилась странная история. Я пока ни одной живой душе не обмолвился об этом. Тебе первому. Уж не помню, в октябре это случилось или в ноябре, вроде как в октябре, потому что это было перед тем, как я приехал сюда поступать в университет.

Стивен, улыбаясь, посмотрел на друга, польщенный таким доверием и вновь покоренный его простодушным тоном.

— Я провел тогда весь день в Баттевенте[3], не знаю, представ-

---

[1] Комендантский час был введен в сельских районах Ирландии в качестве репрессивной меры во время народного восстания 1798 г. и в период голода 1845—1848 гг.

[2] В противоположность «диким гусям» (кличка ирландцев, которые предпочитали покинуть Ирландию, но не жить в порабощенной англичанами стране).

[3] Небольшой городок в 137 милях от Дублина.

ляешь ли ты, где это находится? Там был хоккейный матч между «Ребятами Кроука» и «Бесстрашными терльсцами» Вот это был матч так матч, Стиви! У моего двоюродного брата Фонзи Дейвина всю одежду в клочья изорвали. Он стоял вратарем в команде Лимерика, но половину игры носился с нападающими и орал как сумасшедший. Вот уж не забуду этого дня1 Один из Кроуков так долбанул его клюшкой — ей-Богу, Стиви! — чуть не попал ему в висок. Правда, Стиви! Придись этот удар чуточку повыше, тут бы ему и конец.

— Приятно слышать, что он уцелел, — сказал Стивен смеясь. — Но это, надеюсь, не та необыкновенная история, которая приключилась с тобой?

— Ну, конечно, тебе неинтересно. Так вот, после этого матча было столько разговоров да шуму, что я опоздал на поезд, и даже ни одной телеги по дороге не попалось, потому как в Каслтаунроше было церковное собрание и все крестьяне уехали туда. Ничего не попишешь! Надо было или оставаться на ночь, или идти пешком. Я и решил пойти. Уже под вечер подошел к Бэллихаурским холмам, а оттуда до Килмэлока еще миль десять, если не больше, дорога длинная, глухая. На всем пути не встретишь ни одного жилья человеческого, ни звука не услышишь. Уж совсем темно стало. Раза два я останавливался в кустах, чтобы зажечь трубку, и, кабы не сильная роса, то, пожалуй, растянулся бы и заснул. Наконец за одним из поворотов дороги, гляжу — маленький домик и свет в окне. Я подошел и постучался. Чей-то голос спросил, кто там, и я ответил, что возвращаюсь домой после матча в Баттевенте, и попросил напиться. Через несколько секунд мне открыла дверь молодая женщина и вынесла большую кружку молока. Она была полураздета, похоже, когда я постучал, собиралась лечь спать; волосы у нее были распущены, и мне показалось по ее фигуре и по выражению глаз, что она беременна. Мы долго разговаривали и все в дверях, и я даже подумал: вот странно, ведь грудь и плечи у нее были голые. Она спросила меня, не устал ли я и не хочу ли переночевать здесь; а потом сказала, что совсем одна в доме, что муж ее уехал утром в Куинстаун проводить сестру. И все время, пока мы разговаривали, Стиви, она не сводила с меня глаз и стояла так близко ко мне, что я чувствовал ее дыхание. Когда я отдал ей кружку, она взяла меня за руку, потянула через порог и сказала: «Войди, останься здесь на ночь. Тебе нечего бояться. Здесь никого нет, кроме нас». Я не вошел, Стиви, я поблагодарил ее и пошел дальше своей дорогой. Меня всего трясло как в лихорадке. На повороте я обернулся, гляжу, она так и стоит в дверях.

Последние слова рассказа Дейвина звенели в памяти Стивена, и облик женщины, о которой тот рассказывал, вставал перед ним, сливаясь с обликом других крестьянских женщин, вот так же стоявших в дверях, когда экипажи колледжа проезжали по Клейну[1]: живой образ ее и его народа, душа, которая, подобно летучей мыши, пробуждалась к сознанию в темноте, тайне и одиночестве; глаза, голос и движения простодушной женщины, предлагающей незнакомцу разделить с нею ложе.

Чья-то рука легла ему на плечо, и молодой голос крикнул:

— Возьмите у меня, сэр. Купите для почина! Вот хорошенький букетик. Возьмите, сэр!

Голубые цветы, которые она протягивала, и ее голубые глаза показались ему в эту минуту олицетворением самого чистейшего простодушия; он подождал, пока это впечатление рассеется и останется только ее оборванное платье, влажные жесткие волосы и вызывающее лицо.

— Купите, сэр! Пожалейте бедную девушку!

— У меня нет денег, — сказал Стивен.

— Возьмите, сэр, вот хорошенький букетик! Всего только пенни!

— Вы слышали, что я сказал? — спросил Стивен, наклоняясь к ней. — Я сказал: у меня нет денег. Повторяю это еще раз.

— Ну что ж, Бог даст, когда-нибудь они у вас будут, — секунду помолчав, ответила девушка.

— Возможно, — сказал Стивен, — но мне это кажется маловероятным.

Он быстро отошел от девушки, боясь, что ее фамильярность обратится в насмешку, и стремясь скрыться из виду, прежде чем она предложит свой товар какому-нибудь туристу из Англии или студенту из колледжа Святой Троицы. Грэфтон-стрит[2], по которой он шел, только усилила ощущение безотрадной нищеты. В самом начале улицы, посреди дороги, была установлена плита в память Вулфа Тона, и он вспомнил, как присутствовал с отцом при ее открытии. С горечью вспомнил он эту шутовскую церемонию. Там было четыре французских делегата, даже не покинувших экипажа, и один из них, пухлый улыбающийся молодой человек, держал насаженный на палку плакат с напечатанными буквами: «Vive l'Irlande!»[3].

Деревья в Стивенс-Грин благоухали после дождя, а от насыщенной влагой земли исходил запах тления — словно чуть слышный аромат ладана, поднимающийся из множества сердец, сквозь гниющую листву. Душа легкомысленного, развращенного города, о котором ему рассказывали старшие, обратилась со временем в этот легкий тленный запах, поднимающийся от земли, и

---

[1] Деревушка вблизи Дублина.
[2] Одна из центральных улиц в Дублине.
[3] «Да здравствует Ирландия!» (франц.)

он знал, что через минуту, вступив в темный колледж, он ощутит иное тление, непохожее на растленность. Повесы Игана и Поджигателя Церквей Уэйли[1].

Это было его обычной эпитафией, когда он ставил крест на похороненной дружбе, и Стивен подумал, не произнесется ли она когда-нибудь в память и ему, и таким же тоном. Тяжелая, неуклюжая фраза медленно оседала, исчезая из его слуха, проваливаясь, точно камень в трясину. Стивен следил, как она оседает, так же, как когда-то оседали другие, и чувствовал ее тяжесть на сердце. Крэнли, в отличие от Дейвина, не прибегал в разговоре ни к редкостным староанглийским оборотам елизаветинского времени, ни к забавно переиначенным на английский манер ирландским выражениям. Его протяжный говор был эхом дублинских набережных, перекликающимся с мрачной, запустелой гаванью, его выразительность — эхом церковного красноречия Дублина, звучащим с амвона в Уиклоу[2].

Было уже слишком поздно идти на лекцию по французскому языку. Он миновал холл и повернул коридором налево в физическую аудиторию. Коридор был темный и тихий, но тишина его как-то настораживала. Откуда у него это ощущение настороженности, отчего?

Оттого ли, что он слышал, будто здесь во времена Уэйли была потайная лестница? Или, может быть, этот дом иезуитов экстерриториален и он здесь среди чужеземцев? Ирландия Тона и Парнелла как будто куда-то отступила.

Он открыл дверь аудитории и остановился в унылом, сером свете, пробивавшемся сквозь пыльные окна. Присевшая на корточки фигура возилась у широкой каминной решетки, разжигая огонь, и по худобе и седине он узнал декана. Стивен тихо закрыл дверь и подошел к камину.

— Доброе утро, сэр! Могу я чем-нибудь помочь вам?

Священник вскинул глаза.

— Минутку, мистер Дедал, — сказал он. — Вот вы сейчас увидите. Разжигать камин — целая наука. Есть науки гуманитарные, а есть науки полезные. Так вот это — одна из полезных наук.

— Я постараюсь ей научиться, — сказал Стивен.

— Секрет в том, чтобы не класть слишком много угля, — продолжал декан, проворно действуя руками.

[1] Дублинцы-антикатолики конца XVIII века. Джон Иган (1750—1810) — политический деятель, весьма горячего темперамента. Томас Уэйли (1766—1800) — кутила и эксцентрик, заслужил прозвище Поджигателя Церквей за разрушение католических часовен. В особняке, когда-то ему принадлежавшем, позднее разместился католический университет, в котором учится Стивен.

[2] Небольшой городок в Ирландии, откуда родом Крэнли.

214

Он вытащил из боковых карманов сутаны четыре свечных огарка и аккуратно рассовал их среди угля и бумаги. Стивен молча наблюдал за ним. Стоя коленопреклоненный на каменной плите перед камином и поправляя жгуты бумаги и огарки, прежде чем зажечь огонь, он больше чем когда-либо напоминал левита[1], смиренного служителя Господня, приготовляющего жертвенный огонь в пустом храме. Подобно грубой одежде левита, выцветшая, изношенная сутана окутывала коленопреклоненную фигуру, которой было бы тягостно и неудобно в пышном священническом облачении или в обшитом бубенцами эфоде[2]. Сама плоть его истерлась и состарилась в скромном служении Господу: он поддерживал огонь в алтаре, передавал секретные сведения, опекал мирян, сурово карал по приказанию свыше. И все же плоть его не просияла благодатью, на ней не было ни следа красоты, присущей святости или высокому духовному сану. Нет, сама душа его истерлась и состарилась в этом служении, так и не приблизившись к свету и красоте, и обрела не благоухание святости, а лишь умерщвленную волю, столь же нечувствительную к радости такого служения, сколь было глухо его сухое, жилистое старческое тело, покрытое серым пухом седеющих волос, к радостям любви или битвы.

Сидя на корточках, декан следил, как загораются щепки. Чтобы как-то нарушить молчание, Стивен сказал:

— Я, наверно, не сумел бы растопить камин.

— Вы художник, не правда ли, мистер Дедал? — сказал декан, подняв вверх свои помаргивающие тусклые глаза. — Назначение художника — творить прекрасное. А что такое прекрасное — это уже другой вопрос.

Он медленно потер сухие руки, размышляя над сложностью вопроса.

— А вы можете разрешить его? — спросил он.

— Фома Аквинский, — ответил Стивен, — говорит: «Pulchra sunt quae visa placent»[3].

— Вот этот огонь приятен для глаз, — сказал декан. — Можно ли, исходя из этого, назвать его прекрасным?

— Он постигается зрением, что в данном случае будет восприятием эстетическим, и, следовательно, он прекрасен. Но Фома Аквинский также говорит: «Bonum est in quod tendit appetitus»[4].

[1] Левиты — наследственная каста еврейских церковнослужителей.

[2] Эфод — облачение священнослужителя. Подол обшит золотыми бубенцами.

[3] Прекрасно то, что приятно для зрения (*лат.*).

[4] Благо то, к чему устремляется желание (*лат.*).

Поскольку огонь удовлетворяет животную потребность в тепле, он — благо. В аду, однако, он — зло.

— Совершенно верно, — сказал декан. — Вы абсолютно правы.

Он быстро встал, подошел к двери, приоткрыл ее и сказал:

— Говорят, тяга весьма полезна в этом деле.

Когда декан вернулся к камину, слегка прихрамывая, но быстрым шагом, из его тусклых, бесчувственных глаз на Стивена глянула немая душа иезуита. Подобно Игнатию[1], он был хромой, но в его глазах не горело пламя энтузиазма. Даже легендарное коварство ордена, коварство более непостижимое и тонкое, чем их пресловутые книги о тонкой, непостижимой мудрости, не воспламеняло его душу апостольским рвением. Казалось, он пользовался хитростью, изворотливостью только для вящей славы Божией, без радости и без ненависти, не думая о том, что в них дурного, но твердым жестом повиновения направляя их против них же самих, и, несмотря на все это безгласное послушание, казалось, он даже и не любит учителя и мало или даже совсем не любит целей, которым служит. «Similiter atque senis baculus»[2], он был задуман основателем ордена, — посохом, на который можно опереться в темноте или в непогоду, положить его на садовую скамейку рядом с букетом, оставленным там какой-нибудь леди, а когда и грозно замахнуться им.

Поглаживая подбородок, декан стоял у камина.

— Когда же мы услышим от вас что-нибудь по вопросам эстетики? — спросил он.

— От меня?! — в изумлении сказал Стивен. — Хорошо, если мне раз в две недели случается натолкнуться на какую-то мысль.

— Да. Это очень глубокие вопросы, мистер Дедал, — сказал декан. — Вглядываться в них — все равно что смотреть в бездну морскую с Мохеровских скал. В нее ныряют и не возвращаются. Только опытный водолаз может спуститься в эти глубины, исследовать их и выплыть на поверхность.

— Если вы имеете в виду спекулятивное суждение, сэр, — сказал Стивен, — то мне представляется, что никакой свободной мысли не существует, поскольку всякое мышление должно быть подчинено собственным законам и ограничено ими.

— Хм!..

— Размышляя, я сейчас беру за основу некоторые положения Аристотеля и Фомы Аквинского.

— Понимаю, вполне понимаю вас.

— Я буду руководствоваться их мыслями, пока не создам что-

---

[1] Игнатию Лойоле, который был в юности ранен в обе ноги.
[2] Подобно посоху старца (*лат.*).

то свое. Если лампа начнет коптить и чадить, я постараюсь почистить ее. Если же она не будет давать достаточно света, я продам ее и куплю другую.

— У Эпиктета[1], — сказал декан, — тоже была лампа, проданная после его смерти за баснословную цену. Это была лампа, при свете которой он писал свои философские труды. Вы читали Эпиктета?

— Старец, который говорил, что душа подобна сосуду с водой, — резко сказал Стивен.

— Он со свойственной ему простотой рассказывает нам, — продолжал декан, — что поставил железную лампу перед статуей одного из богов, а вор украл эту лампу. Что же сделал философ? Он рассудил, что красть — в природе вора, и на другой день купил глиняную лампу взамен железной.

Запах растопленного сала поднялся от огарков и смешался в сознании Стивена со звяканьем слов: сосуд, лампа, лампа, сосуд. Голос священника тоже звякал. Мысль Стивена инстинктивно остановилась, задержанная этими странными звуками, образами и лицом священника, которое казалось похожим на незажженную лампу или отражатель, повешенный под неправильным углом. Что скрывалось за ним или в нем? Угрюмая оцепенелость души, заряженной способностью к мышлению, которая похожа на угрюмость грозовой тучи, заряженной гневом Божьим.

— Я имел в виду несколько иную лампу, сэр, — сказал Стивен.

— Безусловно, — сказал декан.

— Одна из трудностей эстетического обсуждения, — продолжал Стивен, — заключается в том, чтобы понять, в каком смысле употребляются слова — в литературном или бытовом. Я вспоминаю одну фразу у Ньюмена, где говорится о том, что Святая Дева укоренилась в прославленном народе[2]. В обиходном языке этому слову придается совсем другой смысл. Надеюсь, я не укоренюсь в своем невежестве?

— Конечно, нет, — любезно сказал декан.

— Да нет же, — улыбаясь, сказал Стивен, — я имел в виду...

— Да, да, понимаю, — живо подхватил декан, — вы имели в виду разные оттенки смысла глагола «укорениться».

Он выдвинул вперед нижнюю челюсть и коротко, сухо кашлянул.

— Ну, хорошо, вернемся к лампе, — сказал он. — Заправлять

---

[1] Эпиктет — греческий философ-стоик конца I и начала II века вашей эры.

[2] Дж. Ньюмен. «Славословия Марии-Богоматери».

ее тоже дело довольно трудное. Нужно, чтобы масло было чистое, а когда наливаешь его, надо следить за тем, чтобы не пролить, не налить больше, чем может вместить воронка.

— Какая воронка? — спросил Стивен.

— Воронка, через которую наливают масло в лампу.

— А... — сказал Стивен. — Разве это называется воронкой? По-моему, это цедилка.

— А что такое «цедилка»?

— Ну, это... воронка.

— Разве она называется цедилкой у ирландцев? — спросил декан. — Первый раз в жизни слышу такое слово.

— Ее называют цедилкой в Нижнем Драмкондре[1], — смеясь, сказал Стивен, — где говорят на чистейшем английском языке.

— Цедилка, — повторил задумчиво декан, — занятное слово. Надо посмотреть его в словаре. Обязательно посмотрю.

Учтивость декана казалась несколько натянутой, и Стивен взглянул на этого английского прозелита такими же глазами, какими старший брат в притче мог бы взглянуть на блудного. Смиренный последователь когда-то нашумевших обращений[2], бедный англичанин в Ирландии, поздний пришелец, запоздалый дух, он, казалось, взошел на сцену истории иезуитов, когда эта странная комедия интриг, страданий, зависти, борьбы и бесчестья уже близилась к концу. Что же толкнуло его? Может быть, он родился и вырос среди убежденных сектантов, чаявших спасения только в Иисусе и презиравших суетную пышность официальной церкви? Не почувствовал ли он потребность в слепой вере среди суеты сектантства и разноязычия неуемных еретиков, всех последователей шести принципов, людей особого склада, баптистов семени и баптистов змеи, супралапсарианских догматиков?[3] Обрел ли он истинную церковь внезапно, словно размотав с катушки какую-то тонко сплетенную нить рассуждений о смысле одухотворения при рукоположении или сошествии Святого Духа?[4] Или же Христос коснулся его и повелел следовать за собою, когда он сидел у дверей какой-нибудь крытой жестяной кровлей часовенки, зевая и подсчитывая церковные гроши, как в свое время Господь призвал ученика, сидевшего за сбором пошлин?[5]

---

[1] Бедный район Дублина, жители которого говорят на гораздо более богатом и красочном языке, нежели лондонцы.

[2] В 1845 г. Дж. Ньюмен перешел в католичество, за ним последовало много англичан.

[3] Виды баптистских сект. Супралапсарианство — учение об абсолютности предопределения.

[4] Имеется в виду таинство рукоположения.

[5] Согласно Библии, евангелист Матфей, до того как стал учеником Иисуса, был мытарем.

Декан снова произнес:

— Цедилка! Нет, в самом деле это очень интересно!

— Вопрос, который вы задали мне раньше, по-моему, более интересен. Что такое красота, которую художник пытается создать из глины? — холодно заметил Стивен.

Казалось, это словечко обратило язвительное острие его настороженности против учтивого, бдительного врага. Со жгучей болью унижения он почувствовал, что человек, с которым он беседует, соотечественник Бена Джонсона. Он подумал: «Язык, на котором мы сейчас говорим, — прежде всего его язык, а потом уже мой. Как различны слова — *семья, Христос, пиво, учитель* — в его и в моих устах. Я не могу спокойно произнести или написать эти слова. Его язык — такой близкий и такой чужой — всегда останется для меня лишь благоприобретенным. Я не создавал и не принимал его слов. Мой голос не подпускает их. Моя душа неистовствует во мраке его языка».

— И каково различие между прекрасным и возвышенным, — добавил декан, — а также между духовной и материальной красотой? Какого рода красота свойственна каждому виду искусства? Вот интересные вопросы, которыми следовало бы заняться.

Обескураженный сухим, твердым тоном декана, Стивен молчал; и в наступившей тишине с лестницы донесся шум голосов и топот сапог.

— Но предавшись такого рода спекуляциям, — заключил декан, — рискуешь умереть с голоду. Прежде всего вы должны получить диплом. Поставьте это себе первой целью. Затем мало-помалу вы выйдете на свою дорогу. Я говорю в широком смысле — дорогу в жизни и в способе мышления. Возможно, на первых порах она окажется крутой. Вот, скажем, мистер Мунен — ему потребовалось немало времени, прежде чем он достиг вершины. Но тем не менее он ее достиг.

— Возможно, я не обладаю его талантами, — спокойно возразил Стивен.

— Как знать? — живо отозвался декан. — Мы никогда не знаем, что в нас есть. Я бы, во всяком случае, не падал духом. Per aspera ad astra[1].

Он быстро отошел от очага и направился на площадку встречать студентов первого курса.

Прислонившись к камину, Стивен слышал, как он одинаково бодро и одинаково безразлично здоровался с каждым в отдельности, и почти видел откровенные усмешки бесцеремонных студентов. Острая жалость, как роса, начала оседать на его легко уязвимое сердце, жалость к этому верному служителю рыцарствен-

---

[1] Через тернии к звездам (*лат.*).

ного Лойолы, к этому сводному брату священнослужителей, более уступчивому, чем они, в выражении своих мыслей, более твердому духом; жалость к священнику, которого он никогда не назовет своим духовным отцом; и он подумал, что этот человек и его собратья заслужили славу пекущихся о мирском не только среди тех, кто забыл о суете мира, но и среди самих мирян, за то, что они на протяжении всей своей истории ратовали перед судом Божьего правосудия за слабые, ленивые, расчетливые души.

О приходе преподавателя возвестил грохот тяжелых сапог, поднявшийся среди студентов, сидевших в верхнем ряду аудитории под серыми, заросшими паутиной окнами. Началась перекличка, и ответы звучали на все лады, пока не вызвали Питера Берна.

— Здесь!

Гулкий глубокий бас прозвучал из верхнего ряда, и тотчас же с других скамей послышались протестующие покашливания.

Преподаватель немножко выждал и назвал следующего по списку:

— Крэнли!

Ответа не было.

— Мистер Крэнли!

Улыбка пробежала по лицу Стивена, когда он представил себе занятия друга.

— Поищите его в Лепардстауне[1], — раздался голос со скамейки позади.

Стивен быстро обернулся. Но рылообразная физиономия Мойнихена была невозмутима в тусклом, сером свете. Преподаватель продиктовал формулу. Кругом зашелестели тетради. Стивен снова обернулся и сказал:

— Дайте мне, ради Бога, бумаги.

— Тебе что, приспичило? — с широкой улыбкой спросил Мойнихен.

Он вырвал страницу из своего черновика и, протягивая ее, шепнул:

— По нужде любой мирянин, любая женщина имеют право на это.

Формула, которую Стивен послушно записал на клочке бумаги, сворачивающиеся и разворачивающиеся столбцы вычислений преподавателя, призрачные символы силы и скорости завораживали и утомляли его сознание. Он слышал от кого-то, что старик — атеист и масон. О серый, унылый день! Как будто созна-

---

[1] Дублинский ипподром.

ние безболезненно и терпеливо погружается в лимб[1], где в дымчатых сумерках бродят души математиков, перемещая длинные, стройные построения из одной плоскости в другую и вызывая быстрые вихревые токи, несущиеся к крайним пределам вселенной, огромной, необъятной, недоступной.

— Итак, мы должны отличать эллипс от эллипсоида. Наверное, кое-кто из вас, джентльмены, знаком с сочинениями мистера У. Ш. Гилберта[2]. В одной из своих песен он говорит о бильярдном шулере, который осужден играть

> На столе кривом
> Выгнутым кием
> Вытянутым шаром.

Он имеет в виду шар в форме эллипсоида, о главных осях которого я сейчас говорил.

Мойнихен нагнулся к уху Стивена и прошептал:

— Почем теперь эллипсоидальные шарики?! За мной, дамочки, я кавалерист!

Грубый юмор товарища вихрем пронесся по монастырю сознания Стивена, весело встряхнул висевшие на стенах понурые сутаны, заставил их заплясать и заметаться в разгульном шабаше. Братья общины выплывали из раздутых вихрем облачений: декан, цветущий дородный эконом в шапке седых волос; ректор, маленький, с гладкими волосами священник, который писал благочестивые стихи; приземистый мужиковатый преподаватель экономики; длинный молодой преподаватель логики, обсуждающий на площадке со своим курсом проблему совести, словно жираф, который ощипывает листву высокого дерева над стадом антилоп; важный и грустный префект братства; пухлый круглоголовый преподаватель итальянского языка с плутоватыми глазками. Все мчались, спотыкались, кувыркались и прыгали, задирая свои сутаны в лихой чехарде; обнявшись, тряслись в натужном хохоте, шлепали друг друга по заду, потешались своим озорством, фамильярничали и вдруг с видом оскорбленного достоинства, возмущенные каким-нибудь грубым выпадом, украдкой перешептывались, прикрывая рот ладонью.

Преподаватель подошел к стеклянному шкафу у стены, достал с полки комплект катушек, сдул с них пыль, бережно положил

---

[1] Лимб — для католиков промежуточная область между чистилищем и адом, куда попадают после смерти души ветхозаветных праведников и некрещеных детей.

[2] Уильям Ш. Гилберт (1838—1911) — английский драматург, либреттист, юморист, вместе с композитором Салливаном создал большой репертуар оперетт. Цитируемые ниже строчки — из комической оперы «Микадо» (1885).

на стол и, придерживая одним пальцем, продолжал лекцию. Он объяснил, что проволока на современных катушках делается из сплава, называемого платиноидом, изобретенного недавно Ф. У. Мартино[1].

Он внятно произнес инициалы и фамилию изобретателя. Мойнихен шепнул сзади:

— Молодец, старик. Фу, Мартино! Мартын скачет, Мартын пляшет...

— Спроси его, — шепнул Стивен с невеселой усмешкой, — не нужен ли ему подопытный субъект для опытов на электрическом стуле? Он может располагать мною.

Увидев, что преподаватель нагнулся над катушками, Мойнихен привстал со своей скамейки и, беззвучно пощелкивая пальцами правой руки, захныкал голосом озорного мальчишки:

— Сэр, этот мальчик говорит гадкие слова, сэр!

— Платиноид, — внушительно продолжал преподаватель, — предпочитают нейзильберу, потому что у него меньший коэффициент сопротивления при изменении температуры. Для изоляции платиноидной проволоки служит шелк, который наматывается на эбонитовую катушку вот здесь, где находится мой палец. Если бы наматывался голый провод, в катушке индуцировался бы экстраток. Катушку пропитывают горячим парафином.

С нижней скамейки впереди Стивена резкий голос с ольстерским акцентом спросил:

— Разве нас будут экзаменовать по прикла́дным наукам?

Преподаватель начал жонглировать понятиями: чистая наука — прикладная наука. Толстый студент в золотых очках посмотрел несколько удивленно на задавшего вопрос. Мойнихен сзади шепнул своим обычным голосом:

— Вот черт, этот Макалистер умеет урвать свой фунт мяса[2].

Стивен холодно взглянул вниз на продолговатый череп с космами цвета пакли. Голос, акцент, характер задавшего вопрос раздражали его, он дал волю своему раздражению и с сознательным недоброжелательством подумал, что отец этого студента поступил бы разумнее, если бы отправил своего сына учиться в Белфаст[3] и тем самым сэкономил бы на проезде.

Продолговатый череп не обернулся навстречу мысленно пущенной в него стреле Стивена, и она не долетела до цели, а вернулась в свою тетиву, потому что перед ним вдруг мелькнуло бескровное лицо студента.

[1] Ф. У. Мартино (1863 — ?) — американский химик.
[2] Скрытая цитата из «Венецианского купца» В. Шекспира.
[3] Королевский колледж в Белфасте был известен своими проанглийскими настроениями.

«Эта мысль не моя, — быстро пронеслось в уме Стивена. — Ее мне внушил фигляр-ирландец на скамейке позади меня. Терпение. Можешь ли ты с уверенностью сказать, кто торговал душой твоего народа и предал его избранников: тот, кто вопрошал, или тот, кто потом издевался? Терпение. Вспомни Эпиктета. Наверное, это в характере Макалистера: задать такой вопрос в такой момент и сделать неправильное ударение — "прикла́дными"?»

Монотонный голос преподавателя продолжал медленно гудеть вокруг катушек, о которых он рассказывал, удваивая, утраивая, учетверяя свою снотворную энергию, между тем как катушки умножали свои омы сопротивления.

Голос Мойнихена позади откликнулся на отдаленный звонок:

— Закрываем лавочку, джентльмены!

В холле было тесно и шумно. На столе около двери стояли два портрета в рамках, и между ними лежал длинный лист бумаги с неровными столбцами подписей. Макканн проворно сновал среди студентов, болтая без умолку, возражая отказывающимся, и одного за другим подводил к столу. В глубине холла стоял декан, он разговаривал с молодым преподавателем, важно поглаживая подбородок, и кивал головой.

Стивен, притиснутый толпой к двери, остановился в нерешительности. Из-под широких опущенных полей мягкой шляпы темные глаза Крэнли наблюдали за ним.

— Ты подписал? — спросил Стивен.

Крэнли поджал свои тонкие губы, подумал секунду и ответил:

— Ego habeo[1].

— А что это?

— Quod?[2].

— А это что?

Крэнли повернул бледное лицо к Стивену и сказал кротко и грустно:

— Per pax universalis[3].

Стивен показал пальцем на фотографию царя[4] и сказал:

— У него лицо пьяного Христа.

Раздражение и ярость, звучавшие в его голосе, заставили Крэнли оторваться от спокойного созерцания стен холла.

— Ты чем-то недоволен?

— Нет, — ответил Стивен.

— В плохом настроении?

---

[1] Подписал (лат.).

[2] Что? (лат.)

[3] За всеобщий мир (лат.).

[4] Фотография Николая II, обратившегося в 1898 г. с циркулярной нотой, рескриптом, об установлении «вечного мира».

— Нет.

— Credo ut vos sanguinarius mendax estis, — сказал Крэнли, — quia facies vostra monstrat ut vos in damno malo humore estis[1].

Мойнихен, пробираясь к столу, шепнул Стивену на ухо:

— Макканн при полном параде. Остается добавить последнюю каплю, и готово. Новенький, с иголочки мир. Никаких горячительных и право голоса сукам[2].

Стивен усмехнулся доверительному тону сообщения и, когда Мойнихен отошел, снова повернул голову и встретил взгляд Крэнли.

— Может быть, ты объяснишь, — спросил он, — почему он так охотно изливает свою душу мне на ухо? Ну, объясни.

Мрачная складка появилась на лбу Крэнли. Он посмотрел на стол, над которым нагнулся Мойнихен, чтобы подписаться, и сурово отрезал:

— Подлипала.

— Quis est in malo humore, — сказал Стивен, — ego aut vos?[3]

Крэнли не ответил на подтрунивание. Он мрачно обдумывал, что бы еще добавить, и повторил с той же категоричностью:

— Самый что ни на есть гнусный подлипала!

Это было его обычной эпитафией, когда он ставил крест на похороненной дружбе, и Стивен подумал, не произнесется ли она когда-нибудь в память и ему, и таким же тоном. Тяжелая, неуклюжая фраза медленно оседала, исчезая из его слуха, проваливаясь, точно камень в трясину. Стивен следил, как она оседает — так же, как когда-то оседали другие, — и чувствовал ее тяжесть на сердце. Крэнли, в отличие от Дейвина, не прибегал в разговоре ни к редкостным староанглийским оборотам елизаветинского времени, ни к забавно переиначенным на английский манер ирландским выражениям. Его протяжный говор был эхом дублинских набережных, перекликающимся с мрачной, запустелой гаванью, его выразительность — эхом церковного красноречия Дублина, звучащим с амвона в Уиклоу[4].

Угрюмая складка исчезла со лба Крэнли, когда он увидел Макканна, быстро приближающегося к ним с другого конца холла.

— Вот и вы! — сказал Макканн весело.

— Вот и я, — сказал Стивен.

---

[1] Думаю, что вы отъявленный лжец: по вашему лицу видно, что вы в чертовски отвратительном настроении (*лат.*).

[2] Имеются в виду проводившиеся в то время реформы: сухой закон и предоставление избирательного права женщинам.

[3] Кто в плохом настроении — я или вы? (*лат.*)

[4] Небольшой городок в Ирландии, откуда родом Крэнли.

— Как всегда с опозданием. Не могли бы вы совмещать ваши успехи с некоторой долей уважения к точности?

— Этот вопрос не стоит в повестке дня, — сказал Стивен. — Переходите к делу.

Его улыбающиеся глаза были устремлены на плитку молочного шоколада в серебряной обертке, высовывающуюся из верхнего кармана куртки пропагандиста. Вокруг них собрался небольшой кружок слушателей, жаждущих присутствовать при состязании умов. Худощавый студент с оливковой кожей и гладкими черными волосами, просунув между ними голову, переводил взгляд с одного на другого, словно стараясь открытым влажным ртом поймать на лету каждое слово. Крэнли вытащил из кармана маленький серый мячик и, вертя в руках, начал пристально осматривать его со всех сторон.

— К делу! — сказал Макканн. — Хм!

Он громко хохотнул, улыбнулся во весь рот и дважды дернул себя за соломенного цвета бородку, свисавшую с его квадратного подбородка.

— А дело-то в том, чтобы подписать декларацию.

— Вы мне заплатите, если я подпишу? — спросил Стивен.

— Я думал, вы идеалист, — сказал Макканн.

Студент, похожий на цыгана, обернулся и, поглядывая на окружающих, сказал невнятным блеющим голосом:

— Странный подход, черт возьми! По-моему, это корыстный подход.

Его голос заглох в тишине. Никто не обратил внимания на слова этого студента. Он повернул свое оливковое лошадиное лицо к Стивену, словно предлагая ему ответить.

Макканн весьма бойко начал распространяться о царском рескрипте, о Стеде[1], о всеобщем разоружении, об арбитраже в случае международных конфликтов, о знамениях времени, о новом гуманизме, о новой этике, которая возложит на общество долг обеспечить с наименьшей затратой наибольшее счастье наибольшему количеству людей.

Студент, похожий на цыгана, заключил эту речь возгласом:

— Трижды ура — за всемирное братство!

— Валяй, валяй, Темпл, — сказал стоявший рядом дюжий румяный студент. — Я тебе потом пинту поставлю.

— Я за всемирное братство! — кричал Темпл, поглядывая по сторонам темными продолговатыми глазами. — А Маркс — это все чепуха.

---

[1] Уильям Томас Стед (1849—1912) — английский журналист и политический деятель, в 90-х годах был приверженцем мира, одним из инициаторов создания Соединенных Штатов Европы.

Крэнли крепко схватил его за руку, чтобы он придержал язык, и с вымученной улыбкой повторил несколько раз:

— Полегче, полегче, полегче!

Темпл, стараясь высвободить руку, кричал с пеной у рта:

— Социализм был основан ирландцем[1], и первым человеком в Европе, проповедовавшим свободу мысли, был Коллинз[2]. Двести лет тому назад этот мидлессекский философ разоблачил духовенство. Ура Джону Энтони Коллинзу!

Тонкий голос из дальнего ряда ответил:

— Гип-гип ура!

Мойнихен прошептал Стивену на ухо:

— А как насчет бедной сестренки Джона Энтони:

> Лотти Коллинз без штанишек,
> Одолжите ей свои?

Стивен рассмеялся, и польщенный Мойнихен зашептал снова:

— На Джоне Энтони Коллинзе, сколько ни поставь, всегда заработаешь пять шиллингов.

— Жду вашего ответа, — коротко сказал Макканн.

— Меня этот вопрос нисколько не интересует, — устало сказал Стивен. — Вам ведь это хорошо известно. Чего ради вы затеяли спор?

— Прекрасно, — сказал Макканн, чмокнув губами. — Так, значит, вы реакционер?

— Вы думаете, на меня может произвести впечатление ваше размахивание деревянной шпагой? — спросил Стивен.

— Метафоры! — резко сказал Макканн. — Давайте ближе к делу.

Стивен вспыхнул и отвернулся. Но Макканн не унимался.

— Посредственные поэты, надо полагать, ставят себя выше столь пустяковых вопросов, как вопрос всеобщего мира, — продолжал он вызывающим тоном.

Крэнли поднял голову и, держа свой меч, словно миротворящую жертву между обоими студентами, сказал:

— Pax super totum sanguinarium globum[3].

Отстранив стоявших рядом, Стивен сердито дернул плечом в сторону портрета царя и сказал:

---

[1] Преувеличение и упрощение фактов. Имеется в виду Джеймс О'Брайен (1803—1864) — ирландский адвокат и реформатор, участник чартистского движения. Боролся за идеалы социализма.

[2] Джон Энтони Коллинз (1676—1729) — английский философ, последователь Локка, деист, проповедник свободомыслия.

[3] Мир превыше всего кровожадного мира (*лат.*).

— Держитесь за вашу икону. Если уж вам так нужен Иисус, пусть это будет Иисус узаконенный.

— Вот это, черт возьми, здорово сказано, — заговорил цыганистый студент, оглядываясь по сторонам. — Отлично сказано. Мне очень нравится ваше высказывание.

Он проглотил слюну, словно глотая фразу, и, схватившись за козырек своей кепки, обратился к Стивену:

— Простите, сэр, а что именно вы хотели этим сказать?

Чувствуя, что его толкают стоящие рядом студенты, он обернулся и продолжал:

— Мне интересно узнать, что он хотел выразить этими словами.

Потом снова повернулся к Стивену и проговорил шепотом:

— Вы верите в Иисуса? Я верю в человека. Я, конечно, не знаю, верите ли вы в человека. Я восхищаюсь вами, сэр. Я восхищаюсь разумом человека, независимого от всех религий. Скажите, вы так и мыслите о разуме Иисуса?

— Валяй, валяй, Темпл! — сказал дюжий румяный студент, который всегда по нескольку раз повторял одно и то же. — Пинта за мной.

— Он думает, что я болван, — пояснил Темпл Стивену, — потому что я верю в силу разума.

Крэнли взял под руки Стивена и его поклонника и сказал:

— Nos ad manum ballum jocabimus[1].

Выходя из зала, Стивен взглянул на покрасневшее топорное лицо Макканна.

— Моя подпись не имеет значения, — сказал он вежливо. — Вы вправе идти своей дорогой, но и мне предоставьте идти моей.

— Дедал, — сказал Макканн прерывающимся голосом. — Мне кажется, вы неплохой человек, но вам не хватает альтруизма и чувства личной ответственности.

Чей-то голос сказал:

— Интеллектуальным вывертам не место в этом движении.

Стивен узнал резкий голос Макалистера, но не обернулся в его сторону. Крэнли с торжественным видом проталкивался сквозь толпу студентов, держа под руки Стивена и Темпла, подобно шествующему в алтарь священнослужителю, сопровождаемому младшими чинами.

Темпл, живо наклонившись к Стивену, сказал:

— Вы слышали, что сказал Макалистер? Этот малый завидует вам. Вы заметили? Держу пари, что Крэнли этого не заметил, а я, черт возьми, сразу заметил.

Проходя через холл, они увидели, как декан пытался отде-

---

[1] Давайте сыграем в мяч (*лат.*).

латься от студента, завязавшего с ним разговор. Он стоял у лестницы, уже занеся ногу на нижнюю ступеньку, подобрав с женской заботливостью свою поношенную сутану, и, кивая то и дело, повторял:

— Вне всякого сомнения, мистер Хэккет! Да, да, вне всякого сомнения.

Посреди холла префект братства внушительно, тихим недовольным голосом беседовал с каким-то студентом. Разговаривая, он слегка морщил свой веснушчатый лоб и в паузах между фразами покусывал тонкий костяной карандаш.

— Я надеюсь, что первокурсники все пойдут. За второй курс можно ручаться. За третий тоже. А что касается новичков, не знаю.

В дверях Темпл опять наклонился к Стивену и торопливо зашептал:

— Вы знаете, что он женат? Он уже был женат, прежде чем перешел в католичество. У него где-то жена и дети. Вот, черт возьми, странная история. А?

Его шепот перешел в хитрое кудахтающее хихиканье. Как только они очутились за дверью, Крэнли грубо схватил его за шиворот и начал трясти, приговаривая:

— Безмозглый, бессмысленный, паршивый кретин! На смертном одре готов поклясться, что во всем сволочном мире, понимаешь, в целом мире нет другой такой паршивой обезьяны, как ты!

Изворачиваясь, Темпл продолжал хитренько, самодовольно хихикать, а Крэнли тупо твердил при каждом встряхивании:

— Безмозглый, бессмысленный, паршивый кретин!..

Они прошли запущенным садом; на одной из дорожек увидели ректора, который, закутавшись в тяжелый широкий плащ, шел им навстречу, читая молитвы. В конце дорожки, прежде чем повернуть, он остановился и поднял глаза. Студенты поклонились ему, Темпл, как и прежде, притронувшись к козырьку кепки. Пошли дальше молча. Когда они подходили к площадке, Стивен услышал глухие удары игроков, влажные шлепки мячей и голос Дейвина, что-то возбужденно вскрикивающего при каждом ударе.

Все трое остановились у ящика, на котором сидел Дейвин, наблюдавший за игрой. Через несколько секунд Темпл бочком подошел к Стивену и сказал:

— Прости, я хотел спросить тебя, как ты считаешь, Жан-Жак Руссо был искренний человек?

Стивен невольно расхохотался. Крэнли схватил валявшуюся в траве у него под ногами сломанную бочарную доску, быстро обернулся и грозно сказал:

— Темпл, клянусь Богом, если ты произнесешь еще хоть одно слово, я тебя тут же прикончу super spottum[1].

— Вероятно, — сказал Стивен. — Он, как и ты, был эмоциональный человек.

— А, ну его ко всем чертям! — отрезал Крэнли. — Что с таким разговаривать. Все равно что с вонючим ночным горшком! Катись, Темпл. Катись отсюда! Катись к черту!

— Плевать я на тебя хотел, Крэнли, — ответил Темпл, шарахаясь в сторону от поднятой доски и указывая на Стивена. — Вот единственный человек в этом заведении, у которого индивидуальный образ мыслей.

— Заведение! Индивидуальный! — воскликнул Крэнли. — Пошел ты отсюда, черт тебя побери. Вот безнадежный идиот!

— Я эмоциональный человек, — сказал Темпл. — Это очень верно сказано. И я горжусь тем, что живу во власти эмоций.

Он отошел бочком, зашагал по площадке, лукаво посмеиваясь. Крэнли смотрел ему вслед пустым, застывшим взглядом.

— Вы только посмотрите на него, — сказал он. — Видели вы когда-нибудь подобного мерзавца?

Фраза его была встречена странным хохотом студента в низко надвинутой на глаза кепке, который стоял, прислонясь к стене. Смех был писклявый и исходил из такого огромного тела, что казалось, это повизгивает слон. Все тело студента ходило ходуном, от удовольствия он потирал руки в паху.

— Линч проснулся, — сказал Крэнли.

В ответ на это Линч выпрямился и выпятил грудь.

— Линч выпячивает грудь в знак критического отношения к жизни, — сказал Стивен.

Линч звучно хлопнул себя по груди и сказал:

— У кого есть возражения против моей фигуры?

Крэнли поймал его на слове, и они начали бороться. Когда лица у них покраснели от напряжения, они разошлись, тяжело дыша. Стивен наклонился к Дейвину, который, увлеченно следя за игрой, не обращал внимания на разговоры вокруг.

— А как мой ручной гусек? — спросил Стивен. — Тоже подписал?

Дейвин кивнул и сказал:

— А ты, Стиви?

Стивен отрицательно покачал головой.

— Ужасный ты человек, Стиви, — сказал Дейвин, вынимая трубку изо рта, — всегда один.

— Теперь, когда ты подписал петицию о всеобщем мире, —

---

[1] На месте (*школьная латынь*).

сказал Стивен, — я думаю, ты сожжешь ту маленькую тетрадочку, которую я у тебя видел.

И так как Дейвин промолчал, Стивен начал цитировать:

— Фианна[1], шагом марш! Фианна, правое плечо вперед! Фианна, отдать честь, по номерам рассчитайсь, раз, два!

— Это другое дело, — сказал Дейвин. — Прежде всего я ирландский националист. А вот ты от всего в стороне. Ты, Стиви, уродился зубоскалом.

— Когда вы поднимете очередное восстание, вооружась клюшками, — сказал Стивен, — и вам понадобится осведомитель, скажи мне и я подыщу тебе парочку у нас в колледже.

— Никак я тебя не пойму, — сказал Дейвин. — То ты поносишь английскую литературу, то ирландских осведомителей. И имя у тебя какое-то такое... и все эти твои рассуждения. Да ирландец ты или нет?

— Пойдем со мной в архив, я тебе покажу родословную моей семьи, — сказал Стивен.

— Тогда будь с нами, — сказал Дейвин. — Почему ты не изучаешь ирландский язык? Почему ты вышел из лиги[2] после первого занятия?

— Одна причина тебе известна, — ответил Стивен.

Дейвин покачал головой и засмеялся.

— Да ну, брось, — сказал он. — Это из-за той молодой девицы и отца Морена? Да ведь ты все это выдумал, Стиви. Они просто разговаривали и смеялись.

Стивен помолчал и дружески положил руку Дейвину на плечо.

— Помнишь тот день, когда мы с тобой познакомились, — сказал он, — когда мы встретились в первый раз и ты спросил меня, где занимаются первокурсники, а еще сделал ударение на первом слоге? Помнишь? Ты тогда всех иезуитов без разбору называл «отцами». Иногда я спрашиваю себя: «Такой же ли он бесхитростный, как его язык?»

— Я простой человек, — сказал Дейвин. — Ты знаешь это. Когда ты мне в тот вечер на Харкорт-стрит рассказал о своей жизни, честное слово, Стивен, я потом есть не мог. Я прямо заболел. И заснуть никак не мог в ту ночь. Зачем ты мне рассказывал это?

— Вот спасибо, — сказал Стивен. — Ты намекаешь, что я чудовище.

— Нет, — сказал Дейвин. — Но не надо было это рассказывать.

---

[1] «Фианна!» — боевой клич фениев. Джойс намекает на симпатии Дейвина к фениям.

[2] Имеется в виду Гэльская лига.

Сохраняя внешнее дружелюбие, Стивен начал мысленно вскипать.

— Этот народ, эта страна и эта жизнь породили меня, — сказал он. — Такой я есть, и таким я буду.

— Попробуй примкнуть к нам, — повторил Дейвин. — В душе ты ирландец, но тебя одолевает гордыня.

— Мои предки отреклись от своего языка и приняли другой, — сказал Стивен. — Они позволили кучке чужеземцев поработить себя. Что же, прикажешь мне собственной жизнью и самим собой расплачиваться за их долги? Ради чего?

— Ради нашей свободы, — сказал Дейвин.

— Со времен Тона до времени Парнелла, — сказал Стивен, — не было ни одного честного, искреннего человека, отдавшего вам свою жизнь, молодость и любовь, которого вы бы не предали, не бросили в час нужды, не облили помоями, которому вы бы не изменили. И ты предлагаешь мне быть с вами! Да будьте вы прокляты!

— Они погибли за свои идеалы, Стивен, — сказал Дейвин. — Но придет и наш день, поверь мне.

Поглощенный своими мыслями, Стивен помолчал минуту.

— Душа рождается, — начал он задумчиво, — именно в те минуты, о которых я тебе говорил. Это медленное и темное рождение, более таинственное, чем рождение тела. Когда же душа человека рождается в этой стране, на нее набрасываются сети, чтобы не дать ей взлететь. Ты говоришь мне о национальности, религии, языке. Я постараюсь избежать этих сетей.

Дейвин выбил пепел из своей трубки.

— Слишком заумно для меня, Стивен, — сказал он. — Но родина прежде всего. Ирландия прежде всего, Стиви. Поэтом или мистиком ты можешь быть потом.

— Знаешь, что такое Ирландия? — спросил Стивен с холодной яростью. — Ирландия — это старая свинья, пожирающая свой помет.

Дейвин поднялся с ящика и, грустно покачивая головой, направился к играющим. Но через какую-нибудь минуту грусть его прошла и он уже горячо спорил с Крэнли и с двумя игроками, только что кончившими партию. Они сговорились на партию вчетвером, но Крэнли настаивал, чтобы играли его мячом. Он ударил им два-три раза о землю, а потом ловко и сильно запустил его в дальний конец площадки, крикнув при этом:

— Душу твою!..

Стивен стоял рядом с Линчем, пока счет не начал расти. Тогда он потянул Линча за рукав, увлекая его за собой. Линч подчинился ему и сказал, поддразнивая:

— Изыдем, как выражается Крэнли.

Стивен улыбнулся этой шпильке.

Они вернулись садом и прошли через холл, где дряхлый, трясущийся швейцар прикалывал какое-то объявление на доску. У лестницы оба остановились, и Стивен, вынув пачку сигарет из кармана, предложил своему спутнику закурить.

— Я знаю, ты без гроша, — сказал он.

— Ах ты нахал мерзопакостный! — ответил Линч.

Это вторичное доказательство речевого богатства Линча снова вызвало улыбку у Стивена.

— Счастливый день для европейской культуры, — сказал он, — когда слово «мерзопакостный» стало твоим любимым ругательством.

Они закурили и пошли направо. Помолчав, Стивен сказал:

— Аристотель не дает определений сострадания и страха. Я даю. Я считаю...

Линч остановился и бесцеремонно прервал его:

— Хватит! Не желаю слушать! Тошнит. Вчера вечером мы с Хореном и Гоггинсом мерзопакостно напились.

Стивен продолжал:

— Сострадание — это чувство, которое останавливает мысль перед всем значительным и постоянным в человеческих бедствиях и соединяет нас с терпящими бедствие. Страх — это чувство, которое останавливает мысль перед всем значительным и постоянным в человеческих бедствиях и заставляет нас искать их тайную причину.

— Повтори, — сказал Линч.

Стивен медленно повторил определения.

— На днях в Лондоне, — продолжал он, — молодая девушка села в кеб. Она ехала встречать мать, с которой не виделась много лет. На углу какой-то улицы оглобля повозки разбивает в мелкие осколки окна кеба, длинный, как игла, осколок разбитого стекла пронзает сердце девушки. Она тут же умирает. Репортер называет это трагической смертью. Это неверно. Это не соответствует моим определениям сострадания и страха.

Чувство трагического, по сути дела, — это лицо, обращенное в обе стороны, к страху и к состраданию, каждая из которых — его фаза. Ты заметил, я употребил слово *останавливает*. Тем самым я подчеркиваю, что трагическая эмоция статична. Вернее, драматическая эмоция. Чувства, возбуждаемые неподлинным искусством, кинетичны: это влечение и отвращение. Влечение побуждает нас приблизиться, овладеть. Отвращение побуждает покинуть, отвергнуть. Искусства, вызывающие эти чувства, — порнография и дидактика — неподлинные искусства. Таким образом, эстетическое чувство статично. Мысль останавливается и парит над влечением и отвращением.

— Ты говоришь, что искусство не должно возбуждать влечения, — сказал Линч. — Помню, я однажды тебе рассказывал, что в музее написал карандашом свое имя на заднице Венеры. Разве это не влечение?

— Я имею в виду нормальные натуры, — сказал Стивен. — Ты еще рассказывал мне, как ел коровий навоз в своей распрекрасной кармелитской[1] школе.

Линч снова заржал и потер в паху руку об руку, не вынимая их из карманов.

— Да, было такое дело! — воскликнул он.

Стивен повернулся к своему спутнику и секунду смотрел ему прямо в глаза. Линч перестал смеяться и униженно встретил этот взгляд. Длинная, узкая, сплюснутая голова под кепкой с длинным козырьком напоминала какое-то пресмыкающееся. Да и глаза тусклым блеском и неподвижностью взгляда тоже напоминали змеиные. Но в эту минуту в их униженном, настороженном взоре светилась одна человеческая точка — окно съежившейся души, несчастной, измученной и ожесточенной.

— Что до этого, — как бы между прочим, вежливо заметил Стивен, — все мы животные. И я тоже.

— Да, и ты, — сказал Линч.

— Но мы сейчас пребываем в мире духовного, — продолжал Стивен. — Влечение и отвращение, вызываемые не подлинными эстетическими средствами, нельзя назвать эстетическими чувствами не только потому, что они кинетичны по своей природе, но и потому, что они сводятся всего-навсего к физическому ощущению. Наша плоть сжимается, когда ее что-то страшит, и отвечает, когда ее что-то влечет непроизвольной реакцией нервной системы. Наши веки закрываются сами, прежде чем мы сознаем, что мошка вот-вот попадет в глаз.

— Не всегда, — иронически заметил Линч.

— Таким образом, — продолжал Стивен, — твоя плоть ответила на импульс, которым для тебя оказалась обнаженная статуя, но это, повторяю, непроизвольная реакция нервной системы. Красота, выраженная художником, не может возбудить в нас кинетической эмоции или ощущения, которое можно было бы назвать чисто физическим. Она возбуждает или должна возбуждать, порождает или должна порождать эстетический стасис — идеальное сострадание или идеальный страх, — статис, который возникает, длится и наконец разрешается в том, что я называю ритмом красоты.

— А это еще что такое? — спросил Линч.

— Ритм, — сказал Стивен, — это первое формальное эстетическое соотношение частей друг с другом в любом эстетическом

_____
[1] Кармелиты — католический орден.

233

целом, или отношение эстетического целого к его части или частям, или любой части эстетического целого ко всему целому.

— Если это ритм, — сказал Линч, — тогда изволь пояснить, что ты называешь красотой. И не забывай, пожалуйста, что хоть мне когда-то и случалось есть навозные лепешки, все же я преклоняюсь только перед красотой.

Точно приветствуя кого-то, Стивен приподнял кепку. Потом, чуть-чуть покраснев, взял Линча за рукав его твидовой куртки.

— Мы правы, — сказал он, — а другие ошибаются. Говорить об этих вещах, стараться постичь их природу и, постигнув ее, пытаться медленно, смиренно и упорно выразить, создать из грубой земли или из того, что она дает: из ощущений звука, формы или цвета, этих тюремных врат нашей души, — образ красоты, которую мы постигли, — вот что такое искусство.

Они приблизились к мосту над каналом и, свернув с дороги, пошли под деревьями. Грязно-серый свет, отражающийся в стоячей воде, и запах мокрых веток над их головами — все, казалось, восставало против образа мыслей Стивена.

— Но ты не ответил на мой вопрос, — сказал Линч, — что такое искусство? Что такое выраженная им красота?

— Это было первым определением, которое я тебе дал, несчастное, тупоголовое животное, — сказал Стивен, — когда я только пытался продумать данный вопрос для себя. Помнишь тот вечер? Крэнли еще разозлился и начал рассказывать об уиклоуских окороках.

— Помню, — сказал Линч. — Помню, как он рассказывал об этих проклятых жирных свиньях.

— Искусство, — сказал Стивен, — это способность человека к рациональному или чувственному восприятию предмета с эстетической целью. О свиньях помнишь, а про это забыл. Безнадежная вы пара — ты и Крэнли.

Глядя в серое суровое небо, Линч скорчил гримасу и сказал:

— Если я обречен слушать твою эстетическую философию, дай мне, по крайней мере, еще сигарету. Меня это совсем не интересует. Даже женщины меня не интересуют. Ну вас к черту! Пошли вы все! Мне нужна работа на пятьсот фунтов в год. Но ты ведь мне такой не достанешь.

Стивен протянул ему пачку сигарет. Линч взял последнюю оставшуюся там сигарету и сказал:

— Продолжай.

— Фома Аквинский утверждает, — сказал Стивен, — что прекрасно то, восприятие чего нам приятно.

Линч кивнул.

— Помню, — сказал он. — Pulchra sunt quae visa placent.

— Он употребляет слово visa, — продолжал Стивен, — подразумевая под ним всякое эстетическое восприятие: зрение, слух или какие-либо другие виды восприятия. Это слово, как бы оно ни было неопределенно, все же достаточно ясно, чтобы исключить понятия хорошего и дурного, которые вызывают в нас влечение и отвращение. Безусловно, это слово подразумевает стасис, а не кинесис. А что такое истина? Она тоже вызывает стасис сознания. Ты бы не написал карандашом свое имя на гипотенузе прямоугольного треугольника.

— Нет, — сказал Линч, — мне подавай гипотенузу Венеры.

— Итак, следовательно, истина статична. Кажется, Платон говорит, что прекрасное — сияние истины. Не думаю, что это имеет какой-нибудь иной смысл, кроме того, что истина и прекрасное тождественны. Истина познается разумом, приведенным в покой наиболее благоприятными отношениями в сфере умопостигаемого; прекрасное воспринимается воображением, приведенным в покой наиболее благоприятными отношениями в сфере чувственно постигаемого. Первый шаг на пути к истине — постичь пределы и возможности разума, понять самый акт познания. Вся философская система Аристотеля опирается на его сочинение о психологии, которое в свою очередь опирается на его утверждение, что один и тот же атрибут не может одновременно и в одной и той же связи принадлежать и не принадлежать одному и тому же субъекту. Первый шаг на пути к красоте — постичь пределы и возможности воображения, понять самый акт эстетического восприятия. Ясно?

— Но что же такое красота? — нетерпеливо спросил Линч. — Дай какое-нибудь другое определение. То, на что приятно смотреть? Неужели это все, на что способен ты со своим Фомой Аквинским?

— Возьмем женщину, — сказал Стивен.

— Возьмем, — с жаром подхватил Линч.

— Греки, турки, китайцы, копты, готтентоты — у каждого свой идеал женской красоты, — сказал Стивен. — Это похоже на лабиринт, из которого нельзя выбраться. Однако я вижу из него два выхода. Первая гипотеза: всякое физическое качество женщины, вызывающее восхищение мужчины, находится в прямой связи с ее многообразными функциями продолжения рода. Возможно, это так. Жизнь гораздо скучнее, чем ты ее себе представляешь, Линч. Но мне этот выход не нравится. Он ведет скорее к евгенике[1], чем к эстетике. Он ведет тебя прямо из лабиринта в новенькую, безвкусно выкрашенную аудиторию, где Макканн, держа одну руку на «Происхождении видов», а другую на Новом Завете, объясняет тебе, что ты любуешься пышными бедрами Ве-

---

[1] Евгеника — дисциплина, рассматривающая пути улучшения наследственности человека.

неры, так как знаешь, что она принесет тебе здоровое потомство, любуешься ее пышными грудями, так как знаешь, что она будет давать хорошее молоко твоим и своим детям.

— Архи-вонюче-мерзопакостный враль этот Макканн! — убежденно сказал Линч.

— Остается другой выход, — смеясь, сказал Стивен.

— А именно? — спросил Линч.

— Еще одна гипотеза... — начал Стивен.

Длинная подвода, груженная железным ломом, выехала из-за угла больницы сэра Патрика Дана[1], заглушив конец фразы Стивена гулким грохотом дребезжащего, громыхающего металла. Линч заткнул уши и чертыхался до тех пор, пока подвода не проехала. Потом резко повернул назад. Стивен тоже повернулся и, выждав несколько секунд, пока раздражение его спутника не улеглось, продолжал:

— Эта гипотеза предлагает обратное. Хотя один и тот же объект кажется прекрасным далеко не всем, однако всякий любующийся прекрасным объектом находит в нем известное благоприятное соотношение, соответствующее тем или иным стадиям эстетического восприятия. Это соотношение чувственно постигаемого, видимое тебе в одной форме, а мне в другой, является, таким образом, необходимым качеством прекрасного. Теперь мы можем снова обратиться к нашему старому другу Фоме и выжать из него еще на полпенни мудрости.

Линч расхохотался.

— Забавно, — сказал он, — что ты его поминаешь на каждом шагу, точно какой-нибудь веселый пузатый монах. Ты это серьезно?

— Макалистер, — ответил Стивен, — назвал бы мою эстетическую теорию прикладным Фомой Аквинским. В том, что в философии касается эстетики, я безоговорочно следую за Аквинским. Но, когда мы подойдем к феномену художественного замысла, к тому, как он вынашивается и воплощается, мне потребуется новая терминология и новый личный опыт.

— Конечно, — сказал Линч, — ведь Аквинский, несмотря на весь свой ум, в сущности, только благодушный пузатый монах. Но о новом личном опыте и о новой терминологии ты расскажешь мне как-нибудь в другой раз. Кончай-ка поскорей первую часть.

— Кто знает, — сказал Стивен, улыбаясь, — возможно, Аквинский понял бы меня лучше, чем ты. Он был поэт. Это он сочинил гимн, который поют в Страстной четверг. Гимн начина-

---

[1] Патрик Дан (1642—1713) — известный ирландский врач и политический деятель.

ется словами: Pange, lingua, gloriosi[1], и недаром его считают лучшим из славословий. Это сложный, приносящий глубокое утешение гимн. Я люблю его. Но все же никакой гимн не может сравниться со скорбным, величественным песнопением крестного хода Венанция Фортуната[2].

Линч запел тихо и торжественно глубоким, низким басом:

> Impleta sunt quae concinit
> David fideli carmine
> Dicendo nationibus
> Regnavit a ligno Deus[3].

— Здорово, — с восторгом заключил он. — Вот это музыка!

Они свернули на Нижнюю Маунт-стрит. И едва прошли несколько шагов от угла, как с ними поздоровался толстый молодой человек в шелковом кашне.

— Слышали о результатах экзаменов? — спросил он. — Гриффин провалился, Хэлпин и О'Флинн выдержали по отделению гражданского ведомства. Мунен по индийскому ведомству прошел пятым. О'Шоннесси — четырнадцатым. Ирландцы, работающие у Кларка[4], устроили им пирушку, и все ели карри[5].

Его бледное, отекшее лицо выражало добродушное злорадство, и, по мере того как он выкладывал новости, маленькие заплывшие жиром глазки как будто совсем исчезали, а тонкий свистящий голос становился еле слышен.

В ответ на вопрос Стивена глаза и голос снова вынырнули из своих тайников.

— Да, Маккалли и я, — сказал он. — Маккалли выбрал теоретическую математику, а я — естественную историю. Там двадцать

---

[1] Pange, lingua, gloriosi Corporis mysterium... — Славь, мой язык, тайну преславного тела... (*лат.*)

[2] Vexilla Kegis prodenut — Се грядут царские хоругви (*лат.*). Венанций Фортунат (530—603) — поэт раннего средневековья; под конец жизни — епископ в Пуатье.

[3] Исполнились Давидовы пророчества
В правдивых песнопениях
Языком возвещавшие народам:
Бог с древа правит нами (*лат.*).

[4] Том Кларк (?—1916) — владелец табачного магазина в Дублине, где нелегально продавалось оружие фениям. Принял участие в Пасхальном восстании 1916 г. Расстрелян вместе с другими повстанцами.

[5] Карри — национальное индийское блюдо, приправленное острым соусом. Джойс иронизирует над ирландскими националистами, которые вопреки своей программе панирландизма, стремились получить работу в Англии или ее колониях и, даже развлекаясь, ели не ирландское национальное блюдо, но иностранное.

предметов в программе. Еще я выбрал ботанику. Вы ведь знаете — я теперь член полевого клуба.

Он величественно отступил на шаг, положил пухлую в шерстяной перчатке руку на грудь, откуда тотчас же вырвался сдавленный свистящий смех.

— В следующий раз, когда поедешь на поле, привези нам репы и лука, — мрачно сказал Стивен, — мы приготовим тушеное мясо.

Толстый студент снисходительно засмеялся и сказал:

— У нас очень почтенная публика в полевом клубе. Прошлую субботу мы, всемером, ездили в Гленмалюр[1].

— С женщинами, Доновен? — спросил Линч.

Доновен опять положил руку на грудь и сказал:

— Наша цель — приобретать знания.

И тут же быстро добавил:

— Я слышал, ты пишешь доклад по эстетике?

Стивен ответил неопределенно-отрицательным жестом.

— Гёте и Лессинг много писали на эту тему, — сказал Доновен. — Классическая школа и романтическая школа и все прочее. Меня очень заинтересовал «Лаокоон». Конечно, это идеалистично, чисто по-немецки и слишком уж глубоко...

Никто ему не ответил. Доновен вежливо простился с ними.

— Ну, я удаляюсь, — сказал он мягко и благодушно. — У меня сильное подозрение, почти граничащее с уверенностью, что сестрица готовит сегодня блинчики к семейному обеду Доновенов.

— До свидания, — сказал Стивен ему вдогонку, — не забудь про репу и лук.

Глядя ему вслед, Линч медленно, презрительно скривил губы, и лицо его стало похоже на дьявольскую маску.

— Подумать только, что это мерзопакостное, блинчикоядное дерьмо может хорошо устроиться, — наконец сказал он, — а я должен курить грошовые сигареты.

Они повернули к Меррион-сквер и некоторое время шли молча.

— Чтобы закончить то, что я говорил о красоте, — продолжал Стивен, — скажу, что наиболее благоприятные отношения чувственно постигаемого должны, таким образом, соответствовать необходимым фазам художественного восприятия. Найди их, и ты найдешь свойства абсолютной красоты. Фома Аквинский говорит: «Ad pulcritudinem tria requiruntur integritas, consonantia, claritas». Я перевожу это так: «Три условия требуются для красоты: целостность, гармония, сияние». Соответствует ли это фазам восприятия? Тебе понятно?

---

[1] Гленмалюр — парк в южной части Дублина.

— Конечно, — сказал Линч. — Если ты думаешь, что у меня мозги из дерьма, поди догони Доновена, попроси его тебя послушать.

Стивен показал на корзинку, которую разносчик из мясной лавки, перевернув ее вверх дном, надел на голову.

— Посмотри на эту корзинку, — сказал он.

— Ну, вижу, — ответил Линч.

— Для того, чтобы увидеть эту корзинку, — сказал Стивен, — твое сознание прежде всего отделяет ее от остальной видимой вселенной, которая не есть корзина. Первая фаза восприятия — это линия, ограничивающая воспринимаемый объект. Эстетический образ дается нам в пространстве или во времени. То, что воспринимается слухом, дается во времени, то, что воспринимается зрением, — в пространстве. Но — временной или пространственный — эстетический образ прежде всего воспринимается отчетливо как самоограниченный и самодовлеющий на необъятном фоне пространства или времени, которые не суть он. Ты воспринимаешь его как единую вещь. Видишь как одно целое. Воспринимаешь его как *целостность*. Это и есть integritas.

— В самое яблочко, — смеясь, сказал Линч. — Валяй дальше.

— Затем, — продолжал Стивен, — ты переходишь от одной точки к другой, следуя за очертаниями формы, и постигаешь предмет в равновесии частей, заключенных внутри его пределов. Ты чувствуешь ритм его строения. Другими словами, за синтезом непосредственного восприятия следует анализ постижения. Почувствовав вначале, что это нечто *целостное*, ты чувствуешь теперь, что это *нечто*. Ты воспринимаешь его как согласованное единство, сложное, делимое, отделяемое, состоящее из частей, как результат этих частей, их сумму, как нечто гармоничное. Это будет consonantia.

— В самое яблочко, — смеясь, сказал Линч. — Объясни мне теперь про claritas, и за мной сигара.

— Значение этого слова не совсем ясно, — сказал Стивен. — Фома Аквинский употребляет термин, который мне кажется неточным. Долгое время он сбивал меня с толку. По его определению получалось, что он говорит об идеализме и символизме и что высшее свойство красоты — свет, исходящий из какого-то иного мира, в то время как реальность — всего лишь его тень, материя — всего лишь его символ. Я думал, что он разумеет под словом claritas художественное раскрытие и воплощение божественного замысла во всем, что claritas — это сила обобщения, придающая эстетическому образу всеобщее значение и заставляющая его сиять изнутри вовне. Но все это литературщина. Теперь я понимаю это так: сначала ты воспринял корзинку как нечто целостное, а затем, рассмотрев ее с точки зрения формы, познал как нечто — только таков допустимый с логической и эстетической точки зрения синтез. Ты видишь, что перед тобой именно *этот предмет, а не какой-то другой.* Сияние, о котором говорит Аквинский, в схоластике — quidditas — *самость* вещи. Это высшее качество ощущается художником, когда впервые в его воображении зарождается эстетический образ. Шелли прекрасно сравнивал его с тлеющим углем: это миг, когда высшее качество красоты, светлое сияние эстетического образа, отчетливо познается сознанием, остановленным его целостностью и очарованным его гармонией; это сияющий немой стасис эстетического наслаждения, духовный момент, очень похожий на сердечное состояние, для которого итальянский физиолог Луиджи Гальвани[1] нашел выражение не менее прекрасное, чем Шелли, — завороженность сердца.

Стивен умолк, и, хотя его спутник ничего не говорил, он чувствовал, что его слова как бы создали вокруг них тишину завороженной мысли.

— То, что я сказал, — продолжал он, — относится к красоте в более широком смысле этого слова, в том смысле, которым оно обладает в литературной традиции. В обиходе это понятие имеет другое значение. Когда мы говорим о красоте во втором значении этого слова, наше суждение прежде всего определяется самим искусством и видом искусства. Образ, само собой разумеется, связывает сознание и чувства художника с сознанием и чувствами других людей. Если не забывать об этом, то неизбежно придешь к выводу, что искусство делится на три последовательно восходящих рода: лирику, где художник создает образ в непосредственном отношении к самому себе; эпос, где образ дается в опосредствованном отношении к себе или другим; и драму, где образ дается в непосредственном отношении к другим.

— Ты мне это объяснял несколько дней тому назад, — сказал Линч, — и у нас еще разгорелся спор.

— У меня дома есть тетрадка, — сказал Стивен, — в которой записаны вопросы позабавнее тех, что ты предлагал мне тогда. Размышляя над ними, я додумался до эстетической теории, которую сейчас стараюсь тебе изложить. Вот какие вопросы я придумал. *Трагичен или комичен изящно сделанный стул? Можно ли сказать: портрет Моны Лизы красив только потому, что мне приятно на него смотреть? Лиричен, эпичен или драматичен бюст Филипа Крэмптона[2]? Если нет, то почему?*

---

[1] Луиджи Гальвани (1737—1798) — один из основателей учения об электричестве.

[2] Филип Крэмптон (1777—1858) — известный дублинский хирург.

240

— А правда, почему? — смеясь, сказал Линч.

— *Если человек, в ярости ударяя топором по бревну, вырубит изображение коровы,* — продолжал Стивен, — *будет ли это изображение произведением искусства? Если нет, то почему?*

— Вот здорово, — сказал Линч, снова засмеявшись. — Истинное схоластическое зловоние.

— Лессингу, — сказал Стивен, — не следовало писать о скульптурной группе. Это менее высокое искусство, и потому оно недостаточно четко представляет те роды, о которых я говорил. Даже в литературе, в этом высшем и наиболее духовном искусстве, роды искусств часто бывают смешаны. Лирический род — это, в сущности, простейшее словесное облачение момента эмоции, ритмический возглас вроде того, которым тысячи лет тому назад человек подбадривал себя, когда греб веслом или тащил камни в гору. Издающий такой возглас скорее осознает момент эмоции, нежели себя самого как переживающего эмоцию. Простейшая эпическая форма рождается из лирической литературы, когда художник углубленно сосредоточивается на себе самом как на центре эпического события, и эта форма развивается, совершенствуется, пока центр эмоциональной тяжести не переместится и не станет равно удаленным от самого художника и от других. Тогда повествование перестает быть только личным. Личность художника переходит в повествование, развивается, движется, кружит вокруг действующих лиц и действия, как живоносное море. Именно такое развитие мы наблюдаем в старинной английской балладе «Терпин-герой»; повествование в ней в начале ведется от первого лица, а в конце — от третьего. Драматическая форма возникает тогда, когда это живоносное море разливается и кружит вокруг каждого действующего лица и наполняет их всех такой жизненной силой, что они приобретают свое собственное нетленное эстетическое бытие. Личность художника — сначала вскрик, ритмический возглас или тональность, затем текучее, мерцающее повествование; в конце концов художник утончает себя до небытия, иначе говоря, обезличивает себя. Эстетический образ в драматической форме — это жизнь, очищенная и претворенная воображением. Таинство эстетического творения, которое можно уподобить творению материальному, завершено. Художник, как Бог-творец, остается внутри, позади и поверх или вне своего создания, невидимый, утончившийся до небытия, равнодушно подпиливающий себе ногти.

— Стараясь их тоже утончить до небытия, — добавил Линч.

Мелкий дождь заморосил с высокого, затянутого тучами неба, и они свернули на газон, чтобы успеть дойти до Национальной библиотеки, прежде чем хлынет ливень.

— Что это на тебя нашло, — брюзгливо сказал Линч, — разглагольствовать о красоте и воображении на этом несчастном,

Богом покинутом острове. Неудивительно, что художник убрался восвояси, сотворив такое безобразие.

Дождь усилился. Когда они дошли до ворот ирландской Королевской академии, то увидели кучку студентов, укрывшихся от дождя под аркой библиотеки. Прислонясь к колонне, Крэнли ковырял спичкой в зубах, слушая товарищей. Несколько девушек стояли около входной двери. Линч шепнул Стивену:

— Твоя милая здесь.

Не обращая внимания на дождь, который все усиливался, Стивен молча занял место ступенькой ниже группы и время от времени бросал взгляды в ее сторону. Она тоже стояла молча среди своих подруг. «Нет священника — не с кем пофлиртовать», — с горечью подумал он, вспомнив, как видел ее в последний раз. Линч был прав. Его сознание обретало силу только в теоретических рассуждениях, вне их оно погружалось в безучастный покой.

Он прислушался к разговору студентов. Они говорили о двух товарищах с медицинского факультета, которые только что сдали выпускные экзамены, о возможности устроиться на океанском пароходе, о доходной и недоходной практике.

— Все это ерунда. Практика в ирландской деревне гораздо выгоднее.

— Хайнс пробыл два года в Ливерпуле, и он тоже так считает. Ужасная, говорит, дыра. Ничего, кроме акушерства.

— Что ж, по-твоему, лучше работать в деревне, чем в таком богатом городе? У меня есть приятель...

— У Хайнса просто мозгов не хватает. Он всегда брал зубрежкой, одной зубрежкой.

— Да ну его... Конечно, в большом торговом городе отлично можно заработать.

— Все зависит от практики.

— Ego credo ut vita pauperum est simpliciter atrox, simpliciter sanguinarius atrox, in Liverpoolio[1].

Их голоса долетали до его слуха как бы издалека, то и дело прерываясь. Она собралась уходить с подругами.

Короткий, легкий ливень прошел, повиснув алмазными гроздьями на кустах во дворике, от почерневшей земли уже поднимался пар. Девушки постукивали каблучками; они стояли на ступеньках колоннады, весело и спокойно переговаривались, поглядывая на облака, ловко подставляли зонтики под последние редкие капли, снова закрывали их и кокетливо приподнимали подолы юбок.

---

[1] Я думаю, беднякам в Ливерпуле живется просто ужасно, чертовски скверно (лат.).

Не слишком ли строго он судил ее? А что, если она нанизывает часы своей жизни, как четки, и живет жизнью простой, чуждой нам, как жизнь птицы, — веселая утром, неугомонная днем, усталая на закате? И сердце у нее такое же простое и своенравное, как у птицы?

* * *

На рассвете он проснулся. О, какая сладостная музыка! Душа его была росновлажная. Бледные, прохладные волны света скользили по его спящему телу. Он лежал тихо, а душа его словно покоилась на прохладных волнах, внимая негромкой, сладостной музыке. Рассудок медленно пробуждался, готовясь вобрать в себя трепетное утреннее знание, утреннее вдохновение. Его наполнял дух чистый, как чистейшая вода, сладостный, как роса, стремительный, как музыка. Этот дух так нежен, так сладостен, словно серафимы дохнули на него. Душа пробуждалась медленно, боясь проснуться совсем. Это был тот безветренный, рассветный час, когда просыпается безумие, и странные растения раскрываются навстречу свету, и беззвучно вылетают мотыльки.

Завороженность сердца! Ночь была завороженной. Во сне или наяву познал экстаз серафической жизни. Как долго длилась эта завороженность: только один колдовской миг или долгие часы, годы, века?

Мир вдохновения, казалось, теперь отражался сразу со всех сторон от множества облачных случайностей, от того, что было или могло быть. Миг сверкнул, как вспышка света, и вот от облака к облаку случайная, неясная форма мягко окутывает его сияющий след. О, в девственном лоне воображения Слово обретает плоть. Архангел Гавриил сошел в обитель Девы[1]. Сияющий след разливался в его душе, откуда, разливаясь розовым знойным светом, вырывалось белое пламя. Розовый знойный свет — это ее своенравное, непостижимое сердце; его никогда не знали прежде и не узнают потом, непостижимое и своевольное от века. И соблазненные этим знойным розовым сиянием сонмы серафимов падают с небес.

> Ты не устала в знойных лучах
> Падшего духа манить за собой?
> Память, усни в замороженных днях.

---

[1] Имеется в виду Благовещение — архангел Гавриил явился Деве Марии с благой вестью, что Она станет матерью Иисуса Христа. Стивен использует этот образ как метафору для творческого акта — зачатия Слова.

Из глубины сознания стихи устремились к губам, и, бормоча их, он чувствовал, как возникает ритм вилланеллы[1]. Розовое сияние источало вспышки рифм: лучах, очах, днях. Вспышки воспламеняли мир, сжигали сердца людей и ангелов; лучи розы, которая была ее своенравным сердцем.

> Сердце сгорает в твоих очах,
> Властвуешь ты над его судьбой.
> Ты не устала в знойных лучах?

А дальше? Ритм замер, замолк, снова начал расти и биться. А дальше? Дым, фимиам, возносящийся с алтаря мира.

> Дым фимиама плывет в небесах
> От суши, и глуби, и шири морской.
> Память, усни в замороженных днях...

Дым курений поднимается со всей земли, от окутанных испарениями океанов — фимиам во славу Ей! Земля — как мерно раскачивающееся кадило, шар с фимиамом, эллипсоидальный шар. Ритм внезапно замер. Вопль сердца оборвался. И снова и снова губы его бормотали первую строфу. Потом, путаясь, прошептали еще несколько строк, запнулись и смолкли. Вопль сердца оборвался.

Туманный, безветренный час миновал, и за стеклом незанавешенного окна уже занимался утренний свет. Где-то вдали слабо ударил колокол. Чирикнула птица, вот еще, еще... Потом колокол — и птицы смолкли; тусклый, белесый свет разливался на востоке и западе, застилая весь мир, застилая розовое сияние в его сердце.

Боясь позабыть, он быстро приподнялся на локте, отыскивая бумагу и карандаш. На столе ничего не было, кроме глубокой тарелки, на которой он ел за ужином рис, и подсвечника с оплывшим огарком и кружком обгоревшей бумаги. Он устало протянул руку к спинке кровати и стал шарить в карманах висевшей на ней куртки. Пальцы нащупали карандаш и пачку сигарет. Он снова лег, разорвал пачку, положил последнюю папиросу на подоконник и начал записывать куплеты вилланеллы мелкими четкими буквами на жестком картоне.

Записав стихи, он откинулся на смятую подушку и снова начал бормотать их. Комки сбившихся перьев в подушке у него под головой напомнили ему комки свалявшегося конского волоса

---

[1] Вилланелла — первоначально пастушеская песня в средневековой французской и итальянской народной поэзии; характеризуется трехстрочной строфой и повторами.

в ее диване в гостиной, где он обычно сидел — то улыбаясь, то задумавшись — и спрашивал себя, зачем он пришел сюда, недовольный и ею и собой, смущенный литографией Святого Сердца Иисусова над пустым буфетом. Разговор смолкает, она подходит к нему и просит спеть какую-нибудь из его прелестных песенок. Он садится за старое пианино, перебирает пожелтевшие клавиши и на фоне вновь возобновившейся болтовни поет ей — а она стоит у камина — изящную песенку елизаветинских времен, грустную и нежную жалобу разлуки, песню победы при Азенкуре, милую песенку «Зеленые рукава». Пока он поет, а она слушает или делает вид, что слушает, сердце его спокойно, но, когда изящные старинные песенки кончаются и он снова слышит разговор в комнате, ему вспоминается собственное ехидное замечание про дом, где молодых людей чересчур скоро начинают называть запросто, по имени.

В какие-то минуты ее глаза, казалось, вот-вот доверятся ему, но он ждал напрасно. Теперь в его воспоминаниях она проносилась в легком танце, как в тот вечер, когда он увидел ее на маскараде, в развевающемся белом платье, с веткой белых цветов в волосах. Танцуя, она приближалась к нему. Она смотрела чуть-чуть в сторону, и легкий румянец алел на ее щеках. А когда цепь хоровода сомкнулась, ее рука на мгновение мягким нежным подарком легла ему на руку.

— Вас давно нигде не видно.

— Да, я от природы монах.

— Боюсь, что вы еретик.

— Вас это очень пугает?

Вместо ответа она, танцуя, удалялась от него вдоль цепи рук, легко, неуловимо кружа, не отдаваясь никому. Белая ветка кивала в такт ее движениям. А когда она попадала в полосу тени, румянец на ее щеках вспыхивал еще ярче.

Монах! Его собственный образ предстал перед ним: осквернитель монашеского звания, еретик-францисканец, то желающий, то зарекающийся служить, плетущий, подобно Герардино да Борго Сан-Доннино[1], зыбкую паутину софизмов и нашептывающий их ей на ухо.

Нет, это не его образ. Это скорее образ молодого священника, с которым он видел ее последний раз и на которого она нежно смотрела, теребя страницы своего ирландского разговорника.

— Дамы ходят нас слушать. Да, да! Я убеждаюсь в этом каждодневно. Дамы с нами. Они самые надежные союзницы ирландского языка.

---

[1] Герардино да Борго Сан-Доннино (?—1276) — известен как строгий аскет. В истории его жизни нет свидетельств о любовных связях.

— А церковь, отец Морен?

— Церковь тоже. И церковь с нами. Там тоже идет работа, насчет церкви не беспокойтесь.

Тьфу! Он правильно поступил тогда, с презрением покинув комнату. Правильно поступил, что не поклонился ей на лестнице в библиотеке, правильно, что предоставил ей кокетничать со священником, заигрывать с церковью, этой судомойкой христианства.

Грубая неистовая злоба вырвала из его души последний, еле теплящийся там миг экстаза, вдребезги разбила ее светлый образ и расшвыряла осколки по сторонам. Со всех сторон изуродованные отражения ее образа всплывали в его памяти: цветочница в оборванном платье со слипшимися жесткими волосами и лицом шлюхи, та, что назвала себя бедной девушкой и приставала к нему, упрашивая купить букетик; служанка из соседнего дома, которая, гремя посудой, пела, подвывая на деревенский лад, первые куплеты «Среди гор и озер Килларни»; девушка, которая засмеялась над ним, когда он споткнулся, зацепившись рваной подметкой за железную решетку на тротуаре у Корк-хилла; девушка с маленьким пухлым ротиком, на которую он загляделся, когда она выходила из ворот кондитерской фабрики, и которая, обернувшись, крикнула ему через плечо: «Эй, ты, патлатый, с мохнатыми бровями, нравлюсь я тебе?»

И все же он чувствовал, что, как ни унижай ее образ, как ни издевайся над ним, сама его злоба была своего рода поклонением ей. Он тогда ушел из класса полный презрения, но оно было не совсем искренним, ибо он чувствовал, что за темными глазами, на которые длинные ресницы бросали живую тень, быть может, скрывается тайна ее народа. Бродя тогда по улицам, он твердил, что она — прообраз женщин ее страны, душа, подобная летучей мыши, пробуждающаяся к сознанию в темноте, в тайне и в одиночестве, душа, которая пока еще медлит, бесстрастная и безгрешная, со своим робким возлюбленным и покидает его, чтобы прошептать свои невинные грешки в приникшее к решетке ухо священника. Его злоба против нее вылилась в грубые насмешки над ее возлюбленным, чье имя, голос и лицо оскорбляли его униженную гордость: поп из мужиков, у которого один брат полисмен в Дублине, а другой — кухонный подручный в кабаке в Мойкаллене[1]. И этому человеку она откроет стыдливую наготу своей души, тому, кто только и заучил, как надо выполнять церковный обряд, а не ему, служителю бессмертного воображения,

---

[1] Небольшой городок на западе Ирландии.

претворяющему насущный хлеб опыта в сияющую плоть вечно живой жизни?

Сияющий образ причастия мгновенно соединил его горькие, отчаянные мысли, и они слились в благодарственный гимн:

> В стонах прерывистых, в скорбных мольбах
> Гимн претворенья плывет над землей.
> Ты не устала в знойных лучах?
>
> Вот моя жертва в простертых руках,
> Чаша наполнена жизнью живой.
> Память, усни в завороженных днях...

Он повторял стихи вслух до тех пор, пока их музыка и ритм не наполнили его сознание и не успокоили его; потом он тщательно переписал их, чтобы лучше почувствовать, и, прочитав глазами, опять откинулся на подушку.

Уже совсем рассвело. Кругом не было слышно ни звука, но он знал, что жизнь рядом вот-вот проснется привычным шумом: грубыми голосами, сонными молитвами. И, прячась от этой жизни, он повернулся лицом к стене, натянув, как капюшон, одеяло на голову, и принялся рассматривать большие поблекшие алые цветы на рваных обоях. Он старался оживить свою угасающую радость их алым сиянием, представляя себе, что это розовый путь отсюда к небу, усыпанный алыми цветами. Как он устал! Как устал! И он тоже устал от их знойных лучей!

Ощущение тепла, томной усталости охватило его, спускаясь через позвонки по всему телу от плотно закутанной в одеяло головы. Он чувствовал, как оно равивается, и, отдавшись ему, улыбнулся. Сейчас он заснет.

Спустя десять лет он снова посвятил ей стихи. Десять лет тому назад шаль капюшоном окутывала ей голову, пар от ее теплого дыхания клубился в ночном воздухе, башмачки громко стучали по замерзшей дороге. То была последняя конка, гнедые облезлые лошади чувствовали это, встряхивая бубенчиками. Кондуктор разговаривал с вожатым, и оба покачивали головами в зеленом свете фонаря. Они стояли на ступеньках конки: он на верхней, она на нижней ступеньке. Разговаривая, она несколько раз заносила ногу на его ступеньку и снова опускалась на свою, а раз или два осталась около него, забыв опуститься, но потом все же опустилась. Ну и пусть. Ну и пусть.

Десять лет прошло с мудрой поры детства до теперешнего безумия. А что, если послать ей стихи? Их будут читать вслух за утренним чаем, под стук чайных ложек об яичную скорлупу. Вот уж поистине безумие! Ее братья, хихикая, будут вырывать листок друг у друга грубыми, жесткими пальцами. Сладкоречивый священник, ее дядя, сидя в кресле и держа перед собой листок на вытянутой руке, прочтет их, улыбаясь, и одобрит литературную форму.

Нет, нет, это безумие! Даже если он пошлет ей стихи, она не покажет их другим. Нет, нет, она не способна на это.

Ему начало казаться, что он несправедлив к ней. Уверенность в ее невинности трогала его, вызывая в нем чуть ли не чувство жалости; невинность, о которой он не имел представления до тех пор, пока не познал ее через грех, невинность, о которой она имела представления, пока была невинной или пока странная унизительная немочь женской природы не открылась ей в первый раз. Только тогда, впервые, пробудилась к жизни ее душа, как и его душа пробудилась к жизни, когда он согрешил в первый раз. Его сердце переполнилось нежным состраданием, когда он вспомнил ее хрупкую бледность, ее глаза, огорченные, униженные темным стыдом пола.

Где была она в то время, как его душа переходила от экстаза к томлению? Может быть, неисповедимыми путями духовной жизни в те самые минуты ее душа чувствовала его преклонение. Может быть.

Жар желания снова запылал в нем, зажег и охватил все тело. Чувствуя его желание, она — соблазнительница в его вилланелле — пробуждалась от благоуханного сна. Ее черные, томные глаза открывались навстречу его глазам. Она отдавалась ему, нагая, лучезарная, теплая, благоуханная, щедрая, обволакивая его, как сияющее облако, обволакивая, как живая вода; и словно из тумана, обтекающего пространство, полились плавные звуки речи — символы самой сути тайны:

Ты не устала в знойных лучах
Падшего духа манить за собой?
Память, усни в завороженных днях

Сердце сгорает в твоих очах,
Властвуешь ты над его судьбой.
Память, усни в завороженных днях.

Дым фимиама плывет в небесах
От тверди, и глуби, и шири морской.
Память, усни в завороженных днях.

В стонах прерывистых, в скорбных мольбах
Гимн претворенья плывет над землей.
Ты не устала в знойных лучах?

Вот моя жертва в простертых руках,
Чаша наполнена жизнью живой.
Память, усни в завороженных днях.

Но все ты стоишь в истомленных очах,
И томный твой взор манит за собой.
Ты не устала в знойных лучах?
Память, усни в завороженных днях.

* * *

Что это за птицы? Устало опираясь на ясеневую трость, он остановился на ступеньках библиотеки поглядеть на них. Они кружили, кружили над выступающим углом дома на Моулсворт-стрит. В воздухе позднего мартовского вечера четко выделялся их полет, их темные, стремительные, трепещущие тельца проносились, четко выступая на небе, как на зыбкой ткани дымчатого, блекло-синего цвета.

Он следил за полетом: птица за птицей, темный взмах, взлет, трепетание крыльев. Попробовал считать, пока не пронеслись их стремительные, трепещущие тельца: шесть, десять, одиннадцать... И загадал про себя — чет или нечет. Двенадцать, тринадцать... а вот еще две, описывая круги, спустились ближе к земле. Они летели то высоко, то низко, но все кругами, кругами, то спрямляя, то закругляя линию полета и все время слева направо облетая воздушный храм.

Он прислушался к их крику: словно писк мыши за обшивкой стены — пронзительная, надломленная нота. Но по сравнению с мышиным писком ноты эти куда протяжнее и пронзительнее; они понижаются то на терцию, то на кварту и вибрируют, когда летящие клювы рассекают воздух. Их пронзительный, четкий и тонкий крик падал, как нити шелкового света, разматывающиеся с жужжащего веретена.

Этот нечеловеческий гомон был отраден для его ушей, в которых неотступно звучали материнские рыдания и упреки, а темные, хрупкие, трепещущие тельца, кружащие, порхающие над землей, облетающие воздушный храм блеклого неба, радовали его глаза, перед которыми все еще стояло лицо матери.

Зачем он смотрит вверх со ступеней лестницы и слушает их пронзительные, надломленные крики, следя за их полетом? Какого знака он ждет: доброго или злого? Фраза из Корнелия Агриппы[1] промелькнула в его сознании, а за ней понеслись обрывки мыслей из Сведенборга[2] об аналогии между птицами и явле-

---

[1] Генрих Корнелий Агриппа Неттесгеймский (1486—1535) — немецкий богослов, алхимик и философ. Утверждал, будто птицы приносят счастье, если садятся справа и число их четное.

[2] Эмануэль Сведенборг (1688—1772) — шведский ученый-натуралист, мистик, прозванный северным Дедалом; в своих сочинениях высказывал соображение о соответствии полета птиц человеческим мыслям.

ниями духовной жизни и о том, что эти воздушные создания обладают своей собственной мудростью и знают свои сроки и времена года, потому что в отличие от людей они следуют порядку своей жизни, а не извращают этот порядок разумом.

Веками, как вот он сейчас, глядели люди вверх на летающих птиц. Колоннада над ним смутно напоминала ему древний храм, а ясеневая палка, на которую он устало опирался, — изогнутый жезл авгура[1]. Чувство страха перед неизвестным шевельнулось в глубине его усталости — страха перед символами, и предвестиями, и перед ястребоподобным человеком, имя которого он носил, — человеком, вырвавшимся из своего плена на сплетенных из ивы крыльях; перед Тотом — богом писцов[2], что писал на табличке тростниковой палочкой и носил на своей узкой голове ибиса двурогий серп.

Он улыбнулся, представив себе этого бога, потому что бог этот напомнил ему носатого судью в парике, который расставляет запятые в судебном акте, держа его в вытянутой руке, и подумал, что не вспомнил бы имени этого бога, не будь оно похоже по звучанию на слово «мот». Вот оно — сумасшествие. Но не из-за этого ли сумасшествия он готов навсегда покинуть дом молитвы и благоразумия[3], в котором родился, и уклад жизни, из которого вышел.

Они снова пролетели с резкими криками над выступающим углом дома, темные на фоне бледнеющего неба. Что это за птицы? Вероятно, ласточки вернулись с юга. Значит, и ему пора уезжать, ведь они, птицы, прилетают и улетают, свивают недолговечные гнезда под крышами людских жилищ и покидают свои гнезда для новых странствий.

> Склоните лица ваши, Уна и Алиль.
> Гляжу на них, как ласточка глядит
> Из гнездышка под кровлей, с ним прощаясь
> Пред дальним странствием над зыбью шумных вод[4].

Тихая радость, подобно шуму набегающих волн, разлилась в его памяти, и он почувствовал в сердце тихий покой безмолвных блек-

---

[1] Авгур — в Древнем Риме жрец-прорицатель, толковавший «волю богов» по пению и полету птиц.

[2] Тот — египетский бог писцов, Луны, премудрости, времени, искусства. Изображается в виде человека с головой ибиса и с двурогим серпом.

[3] Так Джойс называет среднесословную, мещанскую Ирландию.

[4] Из пьесы известного ирландского поэта и драматурга У. Б. Йейтса (1865—1939) «Графиня Кетлин» (1892).

нущих просторов неба над водной ширью, безмолвие океана и покой ласточек, летающих в сумерках над струящимися водами.

Тихая радость разлилась в этих словах, где мягкие и долгие гласные беззвучно сталкивались, распадались, набегали одна на другую и струились, раскачивая белые колокольчики волн в немом переливе, в немом перезвоне, в тихом замирающем крике; и он почувствовал, что предвестие, которого он искал в круговом полете птиц и в бледном просторе неба над собой, спорхнуло с его сердца, как птица с башни, — стремительно и спокойно.

Что это — символ расставания или одиночества? Стихи, тихо журчащие на слуху его памяти, медленно воссоздали перед его вспоминающим взором сцену в зрительном зале в вечер открытия Национального театра[1]. Он сидел один в последнем ряду балкона, разглядывая утомленными глазами цвет дублинского общества в партере, безвкусные декорации и актеров, двигающихся, точно куклы, в ярких огнях рампы. У него за спиной стоял, обливаясь потом, дюжий полисмен, готовый в любой момент навести порядок в зале. Среди сидевших тут и там студентов то и дело поднимался неистовый свист, насмешливые возгласы, улюлюканье[2].

— Клевета на Ирландию!
— Немецкое производство!
— Кощунство!
— Мы нашей веры не продавали!
— Ни одна ирландка этого не делала!
— Долой доморощенных атеистов!
— Долой выкормышей буддизма!

Из окна сверху вдруг послышалось короткое шипенье, значит, в читальне зажгли свет. Он вошел в мягко освещенную колоннаду холла и, пройдя через щелкнувший турникет, поднялся по лестнице наверх.

Крэнли сидел у полки со словарями. Перед ним на деревянной подставке лежала толстая книга, открытая на титульном листе. Он сидел, откинувшись на спинку стула и приблизив ухо, как выслушивающий покаяние исповедник, к лицу студента-ме-

---

[1] Имеется в виду Ирландский литературный театр, в 1904 г. переименованный в Театр аббатства, вокруг которого сгруппировались лучшие ирландские драматурги: У. Б. Йейтс, Дж. Синг и другие. В 20-е годы ведущим драматургом Театра аббатства стал Шон О'Кейси.

[2] Герой вспоминает скандал, разразившийся на премьере пьесы У. Б. Йейтса «Графиня Кетлин» в 1889 г. Кетлин, символизирующая Ирландию, продает душу дьяволу, чтобы спасти свой умирающий с голоду народ. Пьеса подверглась резкой критике со стороны ирландских националистов, обвинявших драматурга в искажении национального характера.

дика, который читал ему задачу из шахматной странички газеты. Стивен сел рядом с ним справа, священник по другую сторону стола сердито захлопнул свой номер «Тэблета»[1] и встал.

Крэнли рассеянно посмотрел ему вслед. Студент-медик продолжал, понизив голос:

— Пешка на e4.

— Давай лучше выйдем, Диксон, — сказал Стивен предостерегающе. — Он пошел жаловаться.

Диксон отложил газету и, с достоинством поднявшись, сказал:

— Наши отступают в полном порядке.

— Захватив оружие и скот, — прибавил Стивен, указывая на титульный лист лежавшей перед Крэнли книги, где было напечатано: «Болезни рогатого скота».

Когда они проходили между рядами столов, Стивен сказал:

— Крэнли, мне нужно с тобой поговорить.

Крэнли ничего не ответил и даже не обернулся. Он сдал книгу и пошел к выходу; его щеголеватые ботинки глухо стучали по полу. На лестнице он остановился и, глядя каким-то отсутствующим взглядом на Диксона, повторил:

— Пешка на чертово e4.

— Ну, если хочешь, можно и так, — ответил Диксон. У него был спокойный, ровный голос, вежливые манеры, а на одном пальце пухлой чистой руки поблескивал перстень с печаткой.

В холле к ним подошел человечек карликового роста. Под грибом крошечной шляпы его небритое лицо расплылось в любезной улыбке, и он заговорил шепотом. Глаза же были грустные, как у обезьяны.

— Добрый вечер, джентльмены, — сказала волосатая обезьянья мордочка.

— Здорово тепло для марта, — сказал Крэнли, — наверху окна открыли.

Диксон улыбнулся и повертел перстень. Чернявая сморщенная обезьянья мордочка сложила человеческий ротик в приветливую улыбку, и голос промурлыкал:

— Чудесная погода для марта. Просто чудесная.

— Там, наверху, две юные прелестницы совсем заждались вас, капитан, — сказал Диксон.

Крэнли улыбнулся и приветливо сказал:

— У капитана только одна привязанность: сэр Вальтер Скотт. Не правда ли, капитан?

— Что вы теперь читаете, капитан? — спросил Диксон. — «Ламмермурскую невесту»?

---

[1] Английский католический еженедельник, известный своей реакционностью.

252

— Люблю старика Скотта, — сказали податливые губы. — Слог у него — что-то замечательное. Ни один писатель не сравнится с сэром Вальтером Скоттом.

Он медленно помахивал в такт похвалам тонкой сморщенной коричневой ручкой. Его тонкие подвижные веки замигали, прикрывая грустные глазки.

Но еще грустнее было Стивену слышать его речь: жеманную, еле внятную, всю какую-то липкую, искаженную ошибками. Слушая, он спрашивал себя, правда ли то, что рассказывали о нем? Что его скудельная кровь благородна, а эта ссохшаяся оболочка — плод кровосмесительной любви?

Деревья в парке набухли от дождя, дождь шел медленно, не переставая, над серым, как щит, прудом. Здесь пронеслась стая лебедей, вода и берег были загажены белесовато-зеленой жижей. Они нежно обнимались, возбужденные серым дождливым светом, мокрыми неподвижными деревьями, похожим на щит соглядатаем-озером, лебедями. Они обнимались безрадостно, бесстрастно. Его рука обнимала сестру за шею, серая шерстяная шаль, перекинутая через плечо, окутала ее до талии, ее светлая головка поникла в стыдливой податливости. У него взлохмаченные меднорыжие волосы и нежные, гибкие, сильные, веснушчатые руки. А лицо? Лица не видно. Лицо брата склонялось над ее светлыми, пахнувшими дождем волосами, рука — веснушчатая, сильная, гибкая и ласковая, рука Дейвина.

Он нахмурился, сердясь на свои мысли и на сморщенного человечка, вызвавшего их. В его памяти мелькнули отцовские остроты о шайке из Бантри[1]. Он отмахнулся от них и снова с тягостным чувством предался своим мыслям. Почему не руки Крэнли? Или простота и невинность Дейвина тайно манила его?

Он пошел с Диксоном через холл, предоставив Крэнли распрощаться с карликом.

У колоннады в небольшой кучке студентов стоял Темпл. Один студент крикнул:

— Диксон, иди-ка сюда и послушай. Темпл в ударе.

Темпл поглядел на него своими темными цыганскими глазами.

— Ты, О'Кифф, лицемер, — сказал он. — А Диксон — улыбальщик. А ведь это, черт возьми, хорошее литературное выражение.

Он лукаво засмеялся, заглядывая в лицо Стивену, и повторил:

— А правда, черт возьми, отличное прозвище — улыбальщик.

---

[1] Тимоти Майкл Салливен (1827—1914) и его племянник Тимоти Майкл Хили (1855—1931), оба из Бантри — юго-запад Ирландии, — сторонники Парнелла, пока он был «некоронованным королем Ирландии», впоследствии предавшие его.

Толстый студент, стоявший на лестнице ниже ступенькой, сказал:

— Ты про любовницу доскажи, Темпл. Вот что нам интересно.

— Была у него любовница, честное слово, — сказал Темпл. — При этом он был женат. И попы ходили туда обедать. Да я думаю, все они, черт возьми, ее попробовали.

— Это, как говорится, трястись на кляче, чтобы сберечь рысака, — сказал Диксон.

— Признайся, Темпл, — сказал О'Кифф, — сколько кружек пива ты сегодня в себя влил?

— Вся твоя интеллигентская душонка в этой фразе, О'Кифф, — сказал Темпл с нескрываемым презрением.

Шаркающей походкой он обошел столпившихся студентов и обратился к Стивену:

— Ты знал, что Форстеры — короли Бельгии? — спросил он.

Вошел Крэнли в сдвинутой на затылок кепке, усердно ковыряя в зубах.

— А вот и наш кладезь премудрости, — заявил Темпл. — Скажи-ка, ты знал это про Форстера?

Он помолчал, дожидаясь ответа. Крэнли вытащил самодельной зубочисткой фиговое зернышко из зубов и уставился на него.

— Род Форстеров, — продолжал Темпл, — происходит от Болдуина Первого, короля Фландрии. Его звали Форестер. Форестер и Форстер — это одно и то же. Потомок Болдуина Первого, капитан Фрэнсис Форстер, обосновался в Ирландии, женился на дочери последнего вождя клана Брэссила. Есть еще черные Форстеры, но это другая ветвь.

— От Обалдуя, короля Фландрии, — сказал Крэнли, снова задумчиво ковыряя в ослепительно белых зубах.

— Откуда ты все это выкопал? — спросил О'Кифф.

— Я знаю также историю вашего рода, — сказал Темпл, обращаясь к Стивену. — Знаешь ли ты, что говорит Гиральд Камбрийский?[1]

— Он что, тоже от Болдуина произошел? — спросил высокий чахоточного вида студент с темными глазами.

— От Обалдуя, — повторил Крэнли, высасывая что-то из щели между зубами.

— Pernobilis et pervetusta familia[2], — сказал Темпл Стивену.

---

[1] Гиральд Камбрийский, собственно Джеральд Барри (1146—1220) — валлийский летописец, автор трудов «Завоевание Ирландии» и «Топография Ирландии».

[2] Благороднейший древний род (*лат.*) — так летописец называет английский род Фитц-Стивенов, не имеющий никакого отношения к семье Стивена Дедала и сыгравший значительную роль в покорении Ирландии. Темпл намекает на интерес Стивена к английской культуре и его нежелание примкнуть к ирландскому национальному движению.

Дюжий студент на нижней ступеньке пукнул. Диксон повернулся к нему и тихо спросил:

— Ангел заговорил?

Крэнли тоже повернулся и внушительно, но без злобы сказал:

— Знаешь, Гоггинс, ты самая что ни на есть грязная скотина во всем мире.

— Я выразил то, что хотел сказать, — решительно ответил Гоггинс, — никому от этого вреда нет.

— Будем надеяться, — сказал Диксон сладким голосом, — что это не то же самое, что изрекают о научных открытиях paulo post futurum[1].

— Ну, разве я вам не говорил, что он улыбальщик, — сказал Темпл, поворачиваясь то направо, то налево, — разве я не придумал ему это прозвище?

— Слышали, не глухие, — сказал высокий чахоточный.

Крэнли, все еще хмурясь, грозно смотрел на дюжего студента, стоявшего на ступеньку ниже. Потом с отвращением фыркнул и пихнул его.

— Пошел вон, — крикнул он грубо, — проваливай, вонючая посудина. Вонючий горшок.

Гоггинс соскочил на дорожку, но сейчас же, смеясь, вернулся на прежнее место. Темпл, оглянувшись на Стивена, спросил:

— Ты веришь в закон наследственности?

— Ты что, пьян? — спросил Крэнли, в полном недоумении уставившись на него.

— Самое глубокое изречение, — с жаром продолжал Темпл, — написано в конце учебника зоологии: воспроизведение есть начало смерти.

Он робко коснулся локтя Стивена и восторженно сказал:

— Ты ведь поэт, ты должен чувствовать, как это глубоко!

Крэнли ткнул в его сторону длинным указательным пальцем.

— Вот, посмотрите, — сказал он с негодованием. — Полюбуйтесь — надежда Ирландии!

Его слова и жест вызвали общий смех. Не Темпл храбро повернулся к нему и сказал:

— Ты, Крэнли, всегда издеваешься надо мной. Я это прекрасно вижу. Но я ничуть не хуже тебя. Знаешь, что я думаю, когда сравниваю тебя с собой?

— Дорогой мой, — вежливо сказал Крэнли, — но ведь ты неспособен, абсолютно неспособен думать.

— Так вот, хочешь знать, что я думаю о тебе, когда сравниваю нас? — продолжал Темпл.

[1] Несколько преждевременно (*лат.*).

— Выкладывай, Темпл, — крикнул толстый со ступеньки, — да поживей!

Жестикулируя, Темпл поворачивался то налево, то направо.

— Я дерьмо, — сказал он, безнадежно мотая головой. — Я знаю это. И признаю.

Диксон легонько похлопал его по плечу и ласково сказал:

— Это делает тебе честь, Темпл.

— Но он, — продолжал Темпл, показывая на Крэнли, — он такое же дерьмо, как и я. Только он этого не знает, вот и вся разница.

Взрыв хохота заглушил его слова, но он опять повернулся к Стивену и с внезапной горячностью сказал:

— Это очень любопытное слово, его происхождение тоже очень любопытно.

— Да? — рассеянно сказал Стивен.

Он смотрел на мужественное, страдальческое лицо Крэнли, который сейчас принужденно улыбался. Грубое слово, казалось, стекло с его лица, как стекает грязная вода, выплеснутая на свыкшееся с унижениями старинное изваяние. Наблюдая за ним, он увидел, как Крэнли поздоровался с кем-то, приподнял кепку, обнажив голову с черными жесткими волосами, торчащими надо лбом, как железный венец[1].

Она вышла из библиотеки и, не взглянув на Стивена, ответила на поклон Крэнли. Как? И он тоже? Или ему показалось, будто щеки Крэнли слегка вспыхнули? Или это от слов Темпла? Уже совсем смеркалось. Он не мог разглядеть.

Может быть, этим и объяснялось безучастное молчание его друга, грубые замечания, неожиданные выпады, которыми он так часто обрывал пылкие, сумасбродные признания Стивена? Стивен легко прощал ему — ведь в нем самом тоже была эта грубость. Вспомнилось, как однажды вечером в лесу, около Малахайда, он сошел со скрипучего, одолженного им у кого-то велосипеда, чтобы помолиться Богу. Он воздел руки и молился в экстазе, устремив взор на темную чащу деревьев, зная, что он стоит на священной земле, в священный час. А когда два полисмена показались из-за поворота темной дороги, он прервал молитву и громко засвистел какой-то мотивчик из модной пантомимы.

Он начал постукивать стертым концом ясеневой трости по цоколю колонны. Может быть, Крэнли не слышал его? Что ж, он подождет. Разговор на мгновение смолк, и тихое шипение опять донеслось из окна сверху. Но больше в воздухе не слышалось ни звука, а ласточки, за полетом которых он праздно следил, уже спали.

Она ушла в сумерки. И потому все стихло кругом, если не

---

[1] Стивен вспоминает средневековое орудие пытки — железную раскаленную корону, которую надевали на голову предателям и самозванцам.

считать короткого шипения, доносившегося сверху. И потому смолкла рядом болтовня. Тьма ниспадала на землю.

«Тьма ниспадает с небес»...[1]

Трепетная, мерцающая, как слабый свет, радость закружилась вокруг него волшебным роем эльфов. Но отчего? Оттого ли, что она прошла в сумеречном воздухе, или это строка стиха с его черными гласными и полным открытым звуком, который льется, как звук лютни?

Он медленно пошел вдоль колоннады, углубляясь в ее сгущающийся мрак, тихонько постукивая тростью по каменным плитам, чтобы скрыть от оставшихся позади студентов свое мечтательное забытье и, дав волю воображению, представил себе век Дауленда, Берда и Нэша[2].

Глаза, раскрывающиеся из тьмы желания, глаза, затмевающие утреннюю зарю. Что такое их томная прелесть, как не разнеженность похоти? А их мерцающий блеск — не блеск ли это нечистот в сточной канаве двора слюнтяя Стюарта?[3] Языком памяти он отведывал ароматные вина, ловил замирающие обрывки нежных мелодий горделивой паваны, а глазами памяти видел уступчивых знатных дам в лоджиях Ковент-Гардена[4], их манящие алчные губы, видел рябых девок из таверн и молодых жен, радостно отдающихся своим соблазнителям, переходящих из объятий в объятия.

Образы, вызванные им, не доставили ему удовольствия. В них было что-то тайное, разжигающее, но ее образ был далек от всего этого. Так о ней нельзя думать. Да он так и не думал. Значит, мысль его не может довериться самой себе? Старые фразы, зловонно-сладостные, как фиговые зернышки, которые Крэнли выковыривает из щелей между своими ослепительно белыми зубами.

То была не мысль и не видение, хотя он смутно знал, что сейчас она идет по городу домой. Сначала смутно, а потом сильнее он ощутил запах ее тела. Знакомое волнение закипало в крови. Да, это запах ее тела: волнующий, томительный запах; теплое

---

[1] Искаженная Стивеном строка из стихотворения английского поэта Томаса Нэша (1567—1601) «Молитва во время чумы».

[2] Век Дауленда, Берда и Нэша — английское Возрождение. Джон Дауленд (1563—1626) и Уильям Берд (1543—1623) — композиторы и музыканты этого периода.

[3] Яков I Стюарт (род. в 1566 г.) — король Англии и Ирландии. Его правление (1603—1625) связывают с угасанием духа Возрождения. Джойс называет его «слюнтяем» из-за нерешительной и крайне противоречивой внутренней и внешней политики.

[4] Ковент-Гарден — площадь в Лондоне, на которой расположен большой фруктовый, овощной и цветочный рынок. В 1630 г. архитектор Иниго Джонс построил по сторонам площади лоджии. Позже район приобрел известность благодаря оперному театру, построенному здесь в 1732 г.

17 – 1413

тело, овеянное музыкой его стихов, и скрытое от взора мягкое белье, насыщенное благоуханием и росой ее плоти.

Он почувствовал, как у него по затылку ползет вошь; ловко просунув большой и указательный палец за отложной воротник, он поймал ее, покатал секунду ее мягкое, но ломкое, как зернышко риса, тельце и отшвырнул от себя, не зная, жива она или нет. Ему вспомнилась забавная фраза из Корнелия а Лапиде[1], в которой говорится, что вши, рожденные человеческим потом, не были созданы Богом вместе со всеми зверями на шестой день. Зуд кожи на шее раздражил и озлобил его. Жизнь тела, плохо одетого, плохо кормленного, изъеденного вшами, заставила его зажмуриться, поддавшись внезапному приступу отчаяния, и в темноте он увидел, как хрупкие, светлые тельца вшей крутятся и падают в воздухе. Но ведь это вовсе не тьма ниспадает с неба. А свет.

«Свет ниспадает с небес»...

Он даже не мог правильно вспомнить строчку из Нэша. Все образы, вызванные ею, были ложными. В воображении его завелись гниды. Его мысли — это вши, рожденные потом неряшливости.

Он быстро зашагал обратно вдоль колоннады к группе студентов. Ну и хороши! И черт с ней! Пусть себе любит какого-нибудь чистоплотного атлета с волосатой грудью, который моется каждое утро до пояса. На здоровье!

Крэнли вытащил еще одну сушеную фигу из кармана и стал медленно жевать ее. Темпл сидел, прислонясь к колонне, надвинув фуражку на осоловелые глаза. Из здания вышел коренастый молодой человек с кожаным портфелем под мышкой. Он зашагал к компании студентов, громко стуча по каменным плитам каблуками и железным наконечником большого зонта. Подняв зонт в знак приветствия, он сказал, обращаясь ко всем:

— Добрый вечер, джентльмены.

Потом опять стукнул зонтом о плиты и захихикал, а голова его затряслась мелкой нервической дрожью. Высокий чахоточный студент, Диксон и О'Кифф увлеченно разговаривали по-ирландски и не ответили ему. Тогда, повернувшись к Крэнли, он сказал:

— Добрый вечер, особенно тебе!

Ткнул зонтом в его сторону и опять захихикал. Крэнли, который все еще жевал фигу, ответил, громко чавкая:

— Добрый? Да, вечер недурной.

Коренастый студент внимательно посмотрел на него и тихонько и укоризненно помахал зонтом.

— Мне кажется, — сказал он, — ты изволил заметить нечто самоочевидное.

— Угу! — ответил Крэнли и протянул наполовину изжеванную

---

[1] Корнелий а Лапиде (1567—1637) — фламандский богослов, иезуит, комментатор Библии.

фигу к самому рту коренастого студента, как бы предлагая ему доесть.

Коренастый есть не стал, но, довольный собственным остроумием, важно спросил, не переставая хихикать и постукивать зонтом:

— Следует ли понимать это?..

Он остановился, показывая на изжеванный огрызок фиги, и громко добавил:

— Я имею в виду это.

— Угу! — снова промычал Крэнли.

— Следует ли разуметь под этим, — сказал коренастый, — ipso factum[1] или нечто иносказательное?

Диксон, отходя от своих собеседников, сказал:

— Глинн, тебя тут Гоггинс ждал. Он пошел в «Адельфи»[2] искать вас с Мойнихеном, Что это у тебя здесь? — спросил он, хлопнув по портфелю, который Глинн держал под мышкой.

— Экзаменационные работы, — ответил Глинн. — Я их каждый месяц экзаменую, чтобы видеть результаты своего преподавания.

Он тоже похлопал по портфелю, тихонько кашлянул и улыбнулся.

— Преподавание! — грубо вмешался Крэнли. — Несчастные босоногие ребятишки, которых обучает такая мерзкая обезьяна, как ты. Помилуй их, Господи!

Он откусил еще кусок фиги и отшвырнул огрызок прочь.

— Пустите детей приходить ко мне и не возбраняйте им, — сказал Глинн сладким голосом.

— Мерзкая обезьяна! — еще резче сказал Крэнли. — Да еще богохульствующая мерзкая обезьяна!

Темпл встал и, оттолкнув Крэнли, подошел к Глинну.

— Эти слова, которые вы сейчас произнесли, — сказал он, — из Евангелия: не возбраняйте детям приходить ко мне.

— Ты бы поспал еще, Темпл, — сказал О'Кифф.

— Так вот, я хочу сказать, — продолжал Темпл, обращаясь к Глинну, — Иисус не возбранял детям приходить к нему. Почему же церковь отправляет их всех в ад, если они умирают некрещеными? Почему, а?

— А сам-то ты крещеный, Темпл? — спросил чахоточный студент.

— Нет, почему же все-таки их отправляют в ад, когда Иисус говорил, чтобы они приходили к нему? — повторил Темпл, буравя Глинна глазами.

---

[1] Буквально: это самое (*лат.*).

[2] «Адельфи» — гостиница в Дублине.

Глинн кашлянул и тихо проговорил, с трудом удерживая нервное хихиканье и взмахивая зонтом при каждом слове:

— Ну а если это так, как ты говоришь, я позволяю себе столь же внушительно спросить: откуда взялась сия «такость»?

— Потому что церковь жестока, как все старые грешницы, — сказал Темпл.

— Ты придерживаешься ортодоксальных взглядов на этот счет, Темпл? — вкрадчиво спросил Диксон.

— Святой Августин[1] говорит, что некрещеные дети попадут в ад, — отвечал Темпл, — потому что он сам тоже был старый жестокий грешник.

— Ты, конечно, дока, — сказал Диксон, — но я все-таки всегда считал, что для такого рода случаев существует лимб.

— Не спорь ты с ним, Диксон, — с негодованием вмешался Крэнли. — Не говори с ним, не смотри на него, а лучше всего уведи его домой на веревке, как блеющего козла.

— Лимб! — воскликнул Темпл. — Вот еще тоже замечательное изобретение! Все тот же ад!

— Но без его неприятностей, — заметил Диксон.

Улыбаясь, он повернулся к остальным и сказал:

— Надеюсь, что я выражаю мнение всех присутствующих.

— Разумеется, — сказал Глинн решительно. — Ирландия на этот счет единодушна.

Он стукнул наконечником своего зонта по каменному полу колоннады.

— Ад, — сказал Темпл. — Эту выдумку серолицей супружницы Сатаны[2] я могу уважать. Ад — это нечто римское, столь же уродливое, как и сами римские стены. Но вот что такое лимб?

— Уложи его обратно в колыбельку! — крикнул О'Кифф.

Крэнли быстро шагнул к Темплу, остановился и, топнув ногой, шикнул, как на курицу:

— Кш!..

Темпл проворно отскочил в сторону.

— А вы знаете, что такое лимб? — закричал он. — Знаете, как называются у нас в Роскоммоне[3] такие вещи?

— Кш!.. Пошел вон! — закричал Крэнли, хлопая в ладоши.

— Ни задница, ни локоть, — презрительно крикнул Темпл, — вот что такое ваше чистилище.

— Дай-ка мне сюда палку, — сказал Крэнли. Он вырвал ясеневую трость из рук Стивена и ринулся вниз по лестнице, но

---

[1] Августин Блаженный Аврелий (354—430) — виднейший христианский теолог, один из отцов церкви.

[2] Подразумевается дочь и жена Сатаны — Греховность. Этот образ использован Дж. Мильтоном в «Потерянном рае».

[3] Графство и город в Ирландии.

Темпл, услышав, что за ним гонятся, помчался в темноте, как ловкий и быстроногий зверь. Тяжелые сапоги Крэнли загромыхали по площадке и потом грузно простучали обратно, на каждом шагу разбрасывая щебень.

Шаги были злобные, и злобным, резким движением он сунул палку обратно в руки Стивена. Стивен почувствовал, что за этой злобой скрывается какая-то особая причина, но с притворной терпимостью он чуть тронул Крэнли за руку и спокойно сказал:

— Крэнли, я же тебе говорил, что мне надо с тобой посоветоваться. Идем.

Крэнли молча смотрел на него несколько секунд, потом опросил:

— Сейчас?

— Да, сейчас, — сказал Стивен. — Здесь не место для разговора. Ну идем же.

Они пересекли дворик. Мотив птичьего свиста из «Зигфрида»[1] мягко прозвучал им вдогонку со ступенек колоннады. Крэнли обернулся, и Диксон, перестав свистеть, крикнул:

— Куда это вы, друзья? А как насчет нашей партии, Крэнли?

Они стали уговариваться, перекликаясь в тихом воздухе, насчет партии в бильярд в гостинице «Адельфи». Стивен пошел вперед один и, очутившись в тишине Килдер-стрит против гостиницы «Под кленом», остановился и снова стал терпеливо ждать. Название гостиницы, бесцветность полированного дерева, бесцветный фасад здания кольнули его, как учтиво-презрительный взгляд. Он сердито смотрел на мягко освещенный холл гостиницы, представляя себе, как там, в мирном покое, гладко течет жизнь ирландских аристократов. Они думают о повышениях по службе и армии, об управляющих поместьями; крестьяне низко кланяются им на проселочных дорогах; они знают названия разных французских блюд и отдают приказания слугам писклявым, крикливым голосом, но в их высокомерном тоне сквозит провинциальность.

Как расторможить их, как завладеть воображением их дочерей до того, как они понесут от своих дворянчиков и вырастят потомство не менее жалкое, чем они сами? И в сгущающемся сумраке он чувствовал, как помыслы и надежды народа, к которому он принадлежал, мечутся, словно летучие мыши в темных деревенских поселках, под купами деревьев, над водой, над трясинами болот. Женщина ждала в дверях, когда Дейвин шел ночью по дороге. Она предложила ему кружку молока и позвала разделить с ней ложе, потому что у Дейвина кроткие глаза человека, умеющего хранить тайну. А вот его никогда не звали женские глаза.

Кто-то крепко схватил его под руку, и голос Крэнли сказал:

— Изыдем.

---

[1] Имеется в виду опера Р. Вагнера «Зигфрид».

Они шли молча. Потом Крэнли сказал:

— Этот проклятый идиот Темпл! Клянусь Богом, я когда-нибудь убью его.

Но в голосе его уже не было злобы. И Стивен спрашивал себя: не вспоминает ли он, как она поздоровалась с ним под колоннадой?

Они повернули налево и пошли дальше. Некоторое время оба шли все так же молча, потом Стивен сказал:

— Крэнли, у меня сегодня произошла неприятная ссора.

— С домашними? — спросил Крэнли.

— С матерью.

— Из-за религии?

— Да, — ответил Стивен.

— Сколько лет твоей матери? — помолчав, спросил Крэнли.

— Не старая еще, — ответил Стивен. — Она хочет, чтоб я причастился на Пасху.

— А ты?

— Не стану.

— А собственно, почему?

— Не буду служить[1], — ответил Стивен.

— Это уже было кем-то сказано раньше, — спокойно заметил Крэнли,

— Ну, а вот теперь я говорю, — вспылил Стивен.

— Полегче, голубчик. До чего же ты, черт возьми, возбудимый, — сказал Крэнли, прижимая локтем руку Стивена.

Он сказал это с нервным смешком и, дружелюбно заглядывая Стивену в лицо, повторил:

— Ты знаешь, что ты очень нервный?

— Конечно, знаю, — тоже смеясь сказал Стивен.

Отчужденность, возникшая между ними, исчезла, и они вдруг снова почувствовали себя близкими друг другу.

— Ты веришь в пресуществление хлеба и вина в тело и кровь Христовы? — спросил Крэнли.

— Нет, — сказал Стивен.

— Не веришь, значит?

— И да и нет.

— Даже у многих верующих людей бывают сомнения, однако они или преодолевают их, или просто не считаются с ними, — сказал Крэнли. — Может, твои сомнения слишком сильны?

— Я не хочу их преодолевать, — возразил Стивен.

Крэнли, на минуту смутившись, вынул из кармана фигу и собирался уже сунуть ее в рот, но Стивен остановил его:

— Послушай, ты не сможешь продолжать со мной этот разговор с набитым ртом.

---

[1] Слова Сатаны, произнесенные в момент его изгнания из рая.

Крэнли осмотрел фигу при свете фонаря, под которым они остановились, понюхал, приложив к каждой ноздре по отдельности, откусил маленький кусочек, выплюнул его и наконец швырнул фигу в канаву.

— Иди от меня, проклятая, в огонь вечный[1], — провозгласил он ей вслед.

Он снова взял Стивена под руку.

— Ты не боишься услышать эти слова в день Страшного суда? — спросил он.

— А что предлагается мне взамен? — спросил Стивен. — Вечное блаженство в компании нашего декана?

— Не забудь, он попадет в рай.

— Еще бы, — сказал Стивен с горечью, — такой разумный, деловитый, невозмутимый, а главное, проницательный[2].

— Любопытно, — спокойно заметил Крэнли, — до чего ты насквозь пропитан религией, которую ты, по твоим словам, отрицаешь. Ну, а в колледже ты верил? Пари держу, что да.

— Да, — ответил Стивен.

— И был счастлив тогда? — мягко спросил Крэнли. — Счастливее, чем теперь?

— Иногда был счастлив, иногда — нет. Но тогда я был кем-то другим.

— Как это — кем-то другим? Что это значит?

— Я хочу сказать, что я был не тот, какой я теперь, не тот, каким должен был стать.

— Не тот, какой теперь? Не тот, каким должен был стать? — повторил Крэнли. — Позволь задать тебе один вопрос. Ты любишь свою мать?

Стивен медленно покачал головой.

— Я не понимаю, что означают твои слова, — просто сказал он.

— Ты что, никогда никого не любил? — спросил Крэнли.

— Ты хочешь сказать — женщин?

— Я не об этом говорю, — несколько более холодным тоном возразил Крэнли. — Я спрашиваю тебя: чувствовал ли ты когда-нибудь любовь к кому-нибудь или к чему-нибудь?

Стивен шел рядом со своим другом, угрюмо глядя себе под ноги.

— Я пытался любить Бога, — выговорил он наконец. — Кажется, мне это не удалось. Это очень трудно. Я старался ежеминутно слить мою волю с волей Божьей. Иногда это мне удавалось. Пожалуй, я и сейчас мог бы...

[1] Слова Иисуса, обращенные к грешникам на Страшном суде: «Идите от меня, проклятые, в огонь вечный!»

[2] Качества, которыми, по мнению Фомы Аквинского, должны обладать праведники.

Крэнли внезапно прервал его:

— Твоя мать прожила счастливую жизнь?

— Откуда я знаю? — сказал Стивен.

— Сколько у нее детей?

— Девять или десять, — отвечал Стивен. — Несколько умерло.

— А твой отец... — Крэнли на секунду замялся, потом, помолчав, сказал: — Я не хочу вмешиваться в твои семейные дела. Но твой отец, он был, что называется, состоятельным человеком? Я имею в виду то время, когда ты еще был ребенком.

— Да, — сказал Стивен.

— А кем он был? — спросил Крэнли, помолчав.

Стивен начал скороговоркой перечислять труды и дни своего отца:

— Студент-медик, гребец, тенор, любитель-актер, яркий политик, мелкий помещик, мелкий вкладчик, пьяница, хороший малый, говорун, чей-то секретарь, кто-то на винном заводе, сборщик налогов, банкрот, а теперь певец собственного прошлого.

Крэнли засмеялся и, еще крепче прижав руку Стивена, сказал:

— Винный завод — отличная штука, черт возьми!

— Ну, что еще ты хочешь знать? — спросил Стивен.

— А теперь вы хорошо живете? Обеспеченно?

— А по мне разве не видно? — резко спросил Стивен.

— Итак, — протянул Крэнли задумчиво, — ты, значит, родился в роскоши.

Он произнес эту фразу громко, раздельно, как часто произносил какие-нибудь технические термины, словно желая дать понять своему слушателю, что произносит их не совсем уверенно.

— Твоей матери, должно быть, немало пришлось натерпеться, — продолжал Крэнли. — Почему бы тебе не избавить ее от лишних огорчений, даже если...

— Если бы я решился избавить, — сказал Стивен, — это не стоило бы мне ни малейшего труда.

— Вот и сделай так, — сказал Крэнли. — Сделай, как ей хочется. Что тебе стоит? Если ты не веришь, это будет просто формальность, не больше. А ее ты успокоишь.

Он замолчал, а так как Стивен не ответил, не прервал молчания. Затем, как бы продолжая вслух ход своих мыслей, сказал:

— Все зыбко в этой помойной яме, которую мы называем миром, но только не материнская любовь. Мать производит тебя на свет, вынашивает в своем теле. Что мы знаем о ее чувствах? Но какие бы чувства она ни испытывала, они, во всяком случае, должны быть настоящими. Должны быть настоящими. Что все наши идеи и чаяния? Игра! Идеи! У этого блеющего козла Темпла тоже идеи. И у Макканна — идеи. Любой осел на дороге думает, что у него есть идеи.

Стивен, пытаясь понять, что таится за этими словами, нарочито небрежно сказал:

— Паскаль, насколько я помню, не позволял матери целовать себя, так как он боялся прикосновения женщины.

— Значит, Паскаль — свинья, — сказал Крэнли.

— Алоизий Гонзага[1], кажется, поступал так же.

— В таком случае и он свинья, — сказал Крэнли.

— А церковь считает его святым, — возразил Стивен.

— Плевать я хотел на то, кто кого кем считает, — решительно и грубо отрезал Крэнли. — Я считаю его свиньей.

Стивен, обдумывая каждое слово, продолжал:

— Иисус тоже не был на людях особенно учтив со своей матерью[2], однако Суарес[3], иезуитский теолог и испанский дворянин, оправдывает его.

— Приходило ли тебе когда-нибудь в голову, — спросил Крэнли, — что Иисус был не тем, за кого Он себя выдавал?

— Первый, кому пришла в голову эта мысль, — ответил Стивен, — был сам Иисус.

— Я хочу сказать, — резко повысив тон, продолжал Крэнли, — приходило ли тебе когда-нибудь в голову, что Он был сознательный лицемер, гроб повапленный, как Он сам назвал иудеев, или, попросту говоря, подлец?

— Признаюсь, мне это никогда не приходило в голову, — ответил Стивен, — но интересно, ты что, стараешься обратить меня в веру или совратить самого себя?

Он заглянул ему в лицо и увидел кривую усмешку, которой Крэнли силился придать тонкую многозначительность.

Неожиданно Крэнли спросил просто и деловито:

— Скажи по совести, тебя не шокировали мои слова?

— До некоторой степени, — сказал Стивен.

— А собственно, почему? — продолжал Крэнли тем же тоном. — Ты же сам уверен, что наша религия — обман и что Иисус не был Сыном Божьим.

— А я в этом совсем не уверен, — сказал Стивен. — Он, пожалуй, скорее сын Бога, нежели сын Марии.

— Вот потому-то ты и не хочешь причащаться? — спросил Крэнли. — Ты что, и в этом не совсем уверен? Боишься, что причастие действительно может быть телом и кровью Сына Божия, а не простой облаткой?

— Да, — спокойно ответил Стивен. — Я чувствую это, и потому мне вчуже страшно.

[1] Алоизий Гонзага почитается католической церковью за подвиги в умерщвлении плоти.

[2] Стивен имеет в виду сцены из Евангелия, например, Евангелие от Марка (3, 33), где Иисус произносит следующие слова: «И отвечал им: кто матерь Моя и братья Мои?»

[3] Франсиско Суарес (1548—1617) — философ-схоласт, комментатор Фомы Аквинского.

— Понятно, — сказал Крэнли.

Стивен, удивленный его не допускающим возражений тоном, заговорил сам.

— Я многого боюсь, — сказал он, — собак, лошадей, оружия, моря, грозы, машин, проселочных дорог ночью.

— Но почему ты боишься кусочка хлеба?

— Мне кажется, — сказал Стивен, — за всем тем, чего я боюсь, кроется какая-то зловещая реальность.

— Значит, ты боишься, — спросил Крэнли, — что Бог римско-католической церкви покарает тебя проклятием и смертью, если ты кощунственно примешь причастие?

— Бог римско-католической церкви мог бы это сделать и сейчас, — сказал Стивен. — Но еще больше я боюсь того химического процесса, который начнется в моей душе от лживого поклонения символу, за которым стоят двадцать столетий и могущества и благоговения.

— А мог бы ты, — спросил Крэнли, — совершить это святотатство, если бы тебе грозила опасность? Ну, скажем, если бы ты жил в те времена, когда преследовали католическую веру?

— Я не берусь отвечать за прошлое, — ответил Стивен. — Возможно, что и не мог бы.

— Значит, ты собираешься стать протестантом?

— Я потерял веру, — ответил Стивен. — Но я не потерял уважения к себе. Какое же это освобождение: отказаться от одной нелепости, логичной и последовательной, и принять другую, нелогичную и непоследовательную?

Они дошли до района Пембрук и теперь, медленно шагая по улице, почувствовали, что огни, кое-где горящие на виллах, успокоили их. Атмосфера достатка и тишины, казалось, смягчила даже их бедность. В кухонном окне за лавровой изгородью мерцал свет, оттуда доносилось пение служанки, точившей ножи. Она пела, чеканя строки «Рози О'Грейди».

Крэнли остановился послушать и сказал:

— Mulier cantat[1].

Мягкая красота латинских слов завораживающе коснулась вечерней тьмы прикосновением более легким и убеждающим, чем прикосновение музыки или женской руки. Смятение в их умах улеглось. Облик женщины, появившейся во время литургии, тихо возник в темноте: облаченная во все белое фигура, маленькая и мальчишески-стройная, с ниспадающими концами пояса. Ее голос, по-мальчишески высокий и ломкий, доносит из далекого хора первые слова женщины, прорывающие мрак и вопли первого плача Страстей Господних:

_____
[1] Женщина поет (_лат._).

266

— Et tu cum Jesu Galilaeo eras[1].

И, дрогнув, все сердца устремляются к этому голосу, сверкающему, как юная звезда, которая разгорается на первом слове и гаснет на последнем. Пение кончилось. Они пошли дальше. Крэнли, акцентируя ритм, повторил конец припева:

> Заживем с моею милой,
> Счастлив с нею буду я.
> Я люблю малютку Рози.
> Рози любит меня.

Вот тебе истинная поэзия, — сказал он. — Истинная любовь. Он покосился на Стивена и как-то странно улыбнулся.

— А по-твоему, это поэзия? Тебе что-нибудь говорят эти слова?

— Я бы хотел сначала поглядеть на Рози, — сказал Стивен.

— Ее не трудно найти, — сказал Крэнли.

Его кепка нахлобучилась на лоб. Он сдвинул ее назад, и в тени деревьев Стивен увидел его бледное, обрамленное тьмой лицо и большие темные глаза. Да, у него красивое лицо и сильное крепкое тело. Он говорил о материнской любви. Значит, он понимает страдания женщин, их слабости — душевные и телесные; он будет защищать их сильной, твердой рукой, склонит перед ними свой разум.

Итак, в путь! Пора уходить. Чей-то голос тихо зазвучал в одиноком сердце Стивена, повелевая ему уйти, внушая, что их дружбе пришел конец. Да, он уйдет, он не может ни с кем бороться, он знает свой удел.

— Возможно, я уеду, — сказал он.

— Куда? — спросил Крэнли.

— Куда удастся, — ответил Стивен.

— Да, — сказал Крэнли. — Пожалуй, тебе здесь придется трудновато. Но разве ты из-за этого уезжаешь?

— Я должен уехать, — сказал Стивен.

— Только не думай, что тебя вынудили к изгнанию, — продолжал Крэнли. — Не считай себя каким-то еретиком или отщепенцем. Многие верующие так думают. Тебя это удивляет? Но ведь церковь — это не каменное здание и даже не духовенство с его догматами. Это люди, рожденные в ней. Я не знаю, чего ты хочешь от жизни. Того, о чем ты мне говорил в тот вечер, когда мы стояли с тобой на остановке у Харкорт-стрит?

— Да, — сказал Стивен, невольно улыбнувшись. Его забавляла привычка Крэнли запоминать мысли в связи с местом. — В тот вечер ты полчаса потратил на спор с Догерти о том, как ближе пройти от Селлигепа в Лэррес[2].

---

[1] И ты был с Иисусом Галилеянином (*лат.*). Слова женщины, обвинившей Петра в том, что он был учеником Иисуса (от Матфея, 26:69).

[2] Места вблизи Дублина.

— Дубина! — сказал Крэнли с невозмутимым презрением. — Что он знает о дорогах от Селлигепа в Лэррес? Что он вообще может знать, когда у него вместо головы дырявая лохань!

Он громко расхохотался.

— Ну, а остальное, — сказал Стивен, — остальное ты помнишь?

— То есть, то, о чем ты говорил? — спросил Крэнли. — Да, помню. Найти такую форму жизни или искусства, в которой твой дух мог бы выразить себя раскованно, свободно.

Стивен приподнял кепку, как бы подтверждая это.

— Свобода! — повторил Крэнли. — Где там! Ты даже боишься совершить святотатство. А мог бы ты украсть?

— Нет, лучше просить милостыню, — сказал Стивен.

— Ну, а если тебе ничего не подадут, тогда как?

— Ты хочешь, чтобы я сказал, — ответил Стивен, — что право собственности условно и что при известных обстоятельствах воровство не преступление. Тогда бы все воровали. Поэтому я воздержусь от такого ответа. Обратись лучше к иезуитскому богослову Хуану Мариане де Талавера[1], он объяснит тебе, при каких обстоятельствах позволительно убить короля и как это сделать — подсыпав ему яду в кубок или же пропитав отравой его одежду или седельную луку. Спроси меня лучше: разрешил бы я себя ограбить? Не предал ли бы я грабителей, как говорится, карающей деснице правосудия?

— Ну, а как бы ты это сделал?

— По-моему, — сказал Стивен, — это было бы для меня не менее тяжело, чем быть ограбленным.

— Понимаю, — сказал Крэнли.

Он вынул спичку из кармана и стал ковырять в зубах. Потом небрежно спросил:

— Скажи, а ты мог бы, например, лишить девушку невинности?

— Прошу прощения, — вежливо сказал Стивен. — Разве это не мечта большинства молодых людей?

— Ну а ты как на это смотришь? — спросил Крэнли.

Его последняя фраза, едкая, как запах гари, и коварная, разбередила сознание Стивена, осев на нем тяжелыми испарениями.

— Послушай, Крэнли, — сказал он. — Ты спрашиваешь меня, что я хотел бы сделать и чего бы я не стал делать. Я тебе скажу, что я делать буду и чего не буду. Я не буду служить тому, во что я больше не верю, даже если это моя семья, родина или церковь. Но я буду стараться выразить себя в той или иной форме жизни или искусства так полно и свободно, как могу, защищаясь лишь

---

[1] Хуан де Мариана из Талаверы (1536—1623) — испанский историк, политический деятель и теолог. Стивен вспоминает его известный трактат «О короле и институте королевской власти» (1595).

тем оружием, которое считаю для себя возможным, — молчанием, изгнанием и хитроумием.

Крэнли схватил Стивена за руку и повернул его обратно по направлению к Лисон-парку. Он лукаво засмеялся и прижал к себе руку Стивена с дружелюбной нежностью старшего.

— Хитроумием?! — сказал он. — Это ты-то? Бедняга поэт!

— Ты заставил меня признаться тебе в этом, — сказал Стивен, взволнованный его пожатием, — так же, как я признавался во многом другом.

— Да, дитя мое[1], — сказал Крэнли все еще шутливо.

— Ты заставил меня признаться в том, чего я боюсь. Но я скажу тебе также, чего я не боюсь. Я не боюсь остаться один или быть отвергнутым ради кого-то другого, не боюсь покинуть все то, что мне суждено оставить. И я не боюсь совершить ошибку, даже великую ошибку, ошибку всей жизни, а может быть, даже всей вечности.

Крэнли замедлил шаг и сказал теперь уже серьезно:

— Один, совсем один. Ты не боишься этого? А понимаешь ли ты, что значит это слово? Не только быть в стороне ото всех, но даже не иметь друга.

— Я готов и на это, — сказал Стивен.

— Не иметь никого, кто был бы больше чем друг, больше чем самый благородный, преданный друг?

Эти слова, казалось, задели какую-то сокровенную струну в нем самом. Говорил ли он о себе, о том, каким он был или хотел бы стать? Стивен несколько секунд молча вглядывался в его лицо, на котором застыла скорбь. Он говорил о себе, о собственном одиночестве, которого страшился.

— О ком ты говоришь? — спросил наконец Стивен.

Крэнли не ответил.

* * *

20 марта. Длинный разговор с Крэнли о моем бунте. Он важно вещал. Я подделывался и юлил. Донимал меня разговорами о любви к матери. Пытался представить себе его мать. Не смог. Как-то однажды он невзначай обмолвился, что родился, когда отцу был шестьдесят один год. Могу себе представить. Здоровяк фермер. Добротный костюм. Огромные ножищи. Нечесаная борода с проседью. Наверное, охотится с гончими. Платит церковный сбор отцу Дваеру из Лэрреса исправно, но не очень щедро. Не прочь поболтать вечерком с девушками. А мать? Очень молодая или очень старая? Вряд ли молодая, Крэнли бы тогда говорил по-другому. Значит, старая. Может быть, заброшенная. Отсюда и отчаяние души: Крэнли — плод истощенных чресел.

---

[1] Крэнли пародирует обращение священника во время исповеди.

21 марта, утро. Думал об этом вчера ночью в постели, но я теперь слишком ленив и свободен и потому записывать не стал. Да, свободен. Истощенные чресла — это чресла Елизаветы и Захарии[1]. Значит, он — Предтеча. Итак, питается преимущественно копченой грудинкой и сушеными фигами. Понимай: акридами и диким медом[2]. Еще — когда думаю о нем, всегда вижу суровую отсеченную голову, или мертвую маску, словно выступающую на сером занавесе, или Нерукотворный Спас. Усекновение главы — так это у них называется. Недоумеваю по поводу святого Иоанна у Латинских ворот[3]. Что я вижу? Обезглавленного Предтечу, пытающегося взломать замок.

21 марта, вечер. Свободен. Свободна душа и свободно воображение. Пусть мертвые погребают своих мертвецов[4]. Да. И пусть мертвецы женятся на своих мертвых.

22 марта. Шел вместе с Линчем за толстой больничной сиделкой. Выдумка Линча. Не нравится. Две тощих голодных борзых в погоне за телкой.

23 марта. Не видел ее с того вечера. Нездорова? Верно, сидит у камина, закутавшись в мамину шаль. Но не дуется. Съешь тарелочку кашки!

24 марта. Началось со спора с матерью. Тема — Пресвятая Дева Мария. Был в невыгодном положении из-за своего возраста и пола. Чтобы отвертеться, привел в пример отношения Иисуса с его папашей и Марии с ее сыном. Сказал ей, что религия — это не родовспомогательное заведение. Мать снисходительна. Сказала, что у меня извращенный ум и что я слишком много читаю. Неправда. Читаю мало, понимаю еще меньше. Потом она сказала, что я еще вернусь к вере, потому что у меня беспокойный ум. Это что же: покинуть церковь черным ходом греха и вернуться через слуховое окно раскаяния? Каяться не могу. Так ей и сказал. И попросил шесть пенсов. Получил три.

Потом пошел в университет. Вторая стычка с круглоголовым Гецци, у которого жуликоватые глазки. На этот раз повод — Бруно из Нолы[5]. Начал по-итальянски, кончил на ломаном английском. Он сказал, что Бруно был чудовищный еретик. Я ответил, что он был чудовищно сожжен. Он не без огорчения согласился со мной. Потом дал рецепт того, что называется *risotto alla*

---

[1] Согласно Евангелию, престарелые родители Иоанна Предтечи (Иоанна Крестителя).

[2] По Евангелию, пищей Иоанна в пустыне был дикий мед и акриды.

[3] Мысль Стивена ассоциативно движется от Иоанна Предтечи к Иоанну Евангелисту. Стивен вспоминает чудесное освобождение Иоанна Евангелиста от преследовавших его воинов у Латинских ворот в Риме.

[4] Цитата из Евангелия.

[5] То есть Джордано Бруно.

bergamasca [1]. Когда он произносит мягкое «о», то выпячивает свои пухлые, плотоядные губы. Как будто целует гласную. Может, и впрямь целует? А мог бы он покаяться? Да, конечно, и пустить две крупные плутовские слезищи, по одной из каждого глаза.

Пересекая Стивенс-Грин-парк, мой парк, вспомнил: ведь это его, Гецци, а не мои соотечественники выдумали то, что Крэнли в тот вечер назвал нашей религией. Солдаты девяносто седьмого пехотного полка вчетвером сидели у подножия креста и играли в кости, разыгрывая одежонку распятого [2].

Пошел в библиотеку, пытался прочесть три журнала. Бесполезно. Она все еще не показывается. Волнует ли это меня? А собственно, что именно? То, что она больше никогда не покажется? Блейк писал:

> Я боюсь, что Уильям Бонд скончался,
> Потому что он давно и тяжко болен [3].

Увы, бедный Уильям [4].

Как-то был на сеансе в Ротонде [5]. В конце показывали высокопоставленных особ. Среди них Уильяма Юарта Гладстона [6]. В Ирландии жестоко подавлял национально-освободительное движение, но в то же время шел на уступки. В 1886 г. внес в парламент законопроект о «гомруле», провал которого побудил его подать в отставку., который тогда только что умер. Оркестр заиграл «О, Вилли, нам тебя недостает!» [7].

Поистине нация болванов!

25 марта, утро. Всю ночь какие-то сны. Хочется сбросить их с себя. Длинная изогнутая галерея. С пола столбами поднимаются темные испарения. Бесчисленное множество каменных изваяний каких-то легендарных королей. Руки их устало сложены на коленях, глаза затуманены слезами, потому что людские заблуждения непрестанно проносятся перед ними темными испарениями.

Странные фигуры появляются словно из пещеры. Ростом они меньше, чем люди. Кажется, будто они соединены одна с другой.

---

[1] Ризотто по-бергамаски (*итал.*) — национальное итальянское блюдо.

[2] Стивен пародирует евангельский текст: «Воины же, когда распяли Иисуса, взяли одежды его и разделили на четыре части, каждому воину по части...»

[3] Строки из стихотворения английского поэта Уильяма Блейка (1757—1827) «Уильям Бонд», где в шутливой форме описывается смерть от любви.

[4] Измененные слова Гамлета: «Увы, бедный Йорик».

[5] Во времена Джойса концертный зал, а также место общественных собраний, где часто выступал Парнелл.

[6] Уильям Юарт Гладстон (1809—1898) — английский государственный деятель, вождь либералов, премьер-министр (1868—1874)

[7] Песня американского композитора Стивена Фостера (1826—1864).

271

Их фосфоресцирующие лица изборождены темными полосами. Они всматриваются в меня, а их глаза будто вопрошают о чем-то. Они молчат.

30 марта. Сегодня вечером у входа в библиотеку Крэнли загадал Диксону и ее брату загадку. Мать уронила ребенка в Нил. Все еще помешан на материнстве. Ребенка схватил крокодил. Мать просит отдать его. Крокодил соглашается: ладно, только если она угадает, что он хочет сделать с ним — сожрать его или нет.

Такой образ мышления, сказал бы Лепид, поистине может возникнуть только из вашей грязи, под вашим солнцем[1].

А мой? Чем он лучше? Так в Нил его, на дно!

1 апреля. Не нравится последняя фраза.

2 апреля. Видел, как она пила чай с пирожными в кафе Джонстона, Муни и О'Брайена. Вернее, лиса Линч увидел ее, когда мы проходили мимо. Он сказал мне, что ее брат пригласил к ним Крэнли. А крокодила своего он не забыл захватить? Так, значит, он теперь свет мира?[2] А ведь это я его открыл. Уверяю вас, я! Он тихо сиял из-за мешка с уиклоускими отрубями.

3 апреля. Встретил Дейвина в табачной лавке против Финлейтерской церкви. Он был в черном свитере и с клюшкой в руках. Спросил меня, правда ли, что я уезжаю, и почему. Сказал ему, что кратчайший путь в Тару — via[3] Холихед[4]. Тут подошел отец. Познакомил их. Отец был учтив и внимателен. Предложил Дейвину пойти перекусить. Дейвин не мог — торопился на митинг. Когда мы отошли, отец сказал, что у него хорошее открытое лицо. Спросил меня, почему я не записываюсь в клуб гребли. Я пообещал подумать. Потом рассказал мне, как он когда-то огорчил Пеннифезера[5]. Хочет, чтобы я шел в юристы. Говорит, что это мое призвание. Опять нильский ил с крокодилами.

5 апреля. Буйная весна. Несущиеся облака. О, жизнь! Темный поток бурлящих болотных вод, над которыми яблони роняют

---

[1] Лепид Марк Эмилий Младший (ок. 89—13/12 г. до н. э.) — римский политический деятель, сподвижник Цезаря. Джойс приводит парафразу реплики Лепида из пьесы Шекспира «Антоний и Клеопатра»: «Ваши египетские гады заводятся в вашей египетской грязи от лучей вашего египетского солнца. Вот, например, крокодил» (перевод Мих. Донского).

[2] Здесь использованы евангельские слова: «Вы — свет мира... И, зажегши свечу, не ставь ее под сосуд, но на подсвечнике, и светит всем в доме».

[3] Через (*лат.*).

[4] Тара — древняя столица Ирландии и символ ирландского золотого века, расцвета культуры. Холихед — порт на западном побережье Уэльса, куда прибывают суда, идущие из Ирландии. Значение слов Стивена: изгнание — кратчайший путь к истинному знанию и пониманию Ирландии.

[5] Пеннифезер — фамилия одного из родственников Джойса, напоминающая своим звучанием английское слово «penny-father» — скупердяй.

свои нежные лепестки. Девичьи глаза из-за листьев. Девушки — скромные и озорные. Все блондинки или русые. Брюнеток не надо. У блондинок румянец ярче. Гоп-ля!

6 апреля. Конечно, она помнит прошлое. Линч говорит, что все женщины помнят. Значит, она помнит и свое и мое детство, если я только когда-нибудь был ребенком. Прошлое поглощается настоящим, а настоящее живет только потому, что родит будущее. Если Линч прав, статуи женщин всегда должны быть полностью задрапированы и одной рукой женщина должна стыдливо прикрывать свой зад.

6 апреля, позже. Майкл Робартес[1] вспоминает утраченную красоту, и, когда его руки обнимают ее, ему кажется, он сжимает в объятиях красоту, давно исчезнувшую из мира. Не то. Совсем не то. Я хочу сжимать в объятиях красоту, которая еще не пришла в мир.

10 апреля. Глухо, под тяжким ночным мраком, сквозь тишину города, забывшего свои сны ради забытья без сновидений, подобно усталому любовнику, которого не трогают ласки, стук копыт по дороге. Теперь уже не так глухо. Вот уже ближе к мосту: миг — мчатся мимо темных окон, тревогой, как стрелой, прорезая тишину. А вот уже они где-то далеко; копыта, сверкнувшие алмазами в темной ночи, умчавшиеся за спящие поля — куда? — к кому? — с какой вестью?

11 апреля. Перечел то, что записал вчера ночью. Туманные слова о каком-то туманном переживании. Понравилось бы это ей? По-моему, да. Тогда, значит, и мне должно нравиться.

13 апреля. Эта цедилка долго не выходила у меня из головы. Я заглянул в словарь. Нашел. Хорошее старое слово. К черту декана с его воронкой! Зачем он явился сюда — учить нас своему языку или учиться ему у нас? Но как бы то ни было — пошел он к черту!

14 апреля. Джон Альфонс Малреннен[2] только что вернулся с запада Ирландии. Прошу европейские и азиатские газеты перепечатать это сообщение. Рассказывает, что встретил там в горной хижине старика. У старика глаза и короткая трубка во рту. Старик говорил по-ирландски. И Малреннен говорил по-ирландски. Потом старик и Малреннен говорили по-английски. Малреннен рассказал ему о вселенной, о звездах. Старик сидел, слушал, курил, поплевывал. Потом сказал:

— Вот уж верно, чудные твари живут на том конце света.

Я боюсь его. Боюсь его красных, остекленевших глаз. Это с

---

[1] Майкл Робартес — герой стихотворения У. Б. Йейтса «Майкл Робартес вспоминает утраченную красоту» (1896). Для поэта Майкл Робартес — символ фантазии, творчества и самой Ирландии.

[2] Комментаторам Джойса не удалось выяснить, кто такой Малреннен. Джойс, по-видимому, сознательно использует здесь случайную фамилию, вновь высмеивая ирландских националистов.

ним суждено мне бороться всю ночь, до рассвета[1], пока ему или мне не наступит конец, душить его жилистую шею, пока... Пока что? Пока он не уступит мне? Нет, я не желаю ему зла.

15 апреля. Встретился с ней сегодня лицом к лицу на Графтен-стрит. Нас столкнула толпа. Мы остановились. Она спросила меня, почему я совсем не показываюсь. Сказала, что слышала обо мне всякие небылицы. Все это говорилось, только чтобы протянуть время. Спросила, пишу ли я стихи. О ком? — спросил я. Тогда она еще больше смутилась, а мне стало ее жаль, и я почувствовал себя подлецом. Тотчас же закрыл этот кран и пустил в ход духовно-героический охладительный аппарат, изобретенный и запатентованный во всех странах Данте Алигьери: быстро заговорил о себе и своих планах. К несчастью, среди разговора у меня нечаянно вырвался бунтарский жест. Наверное, я был похож на человека, бросившего в воздух пригоршню гороха. На нас начали глазеть. Она сейчас же пожала мне руку и, уходя, выразила надежду, что я осуществлю все, о чем говорил.

Мило, не правда ли?

Да, сегодня мне было с ней хорошо. Очень или не очень? Не знаю. Мне было хорошо с ней, а для меня это какое-то новое чувство. Значит, все, что я думал, что думаю, все, что я чувствовал, что чувствую, одним словом, все, что было до этого, теперь, в сущности... А, брось, старина! Утро вечера мудренее.

16 апреля. В путь, в путь!

Зов рук и голосов: белые руки дорог, их обещания тесных объятий и черные руки высоких кораблей, застывших неподвижно под луной, их рассказ о далеких странах. Их руки тянутся ко мне, чтобы сказать: мы одни — иди к нам. И голоса вторят им: ты наш брат. Ими полон воздух, они взывают ко мне, своему брату, готовые в путь, потрясают крыльями своей грозной, ликующей юности.

26 апреля. Мать укладывает мои новые, купленные у старьевщика вещи. Она говорит: молюсь, чтобы вдали от родного дома и друзей ты понял, что такое сердце и что оно чувствует. Аминь! Да будет так. Приветствую тебя, жизнь! Я ухожу, чтобы в миллионный раз познать неподдельность опыта и выковать в кузнице моей души несотворенное сознание моего народа.

27 апреля. Древний отче, древний мастер[2], будь мне опорой ныне и присно и во веки веков.

Дублин, 1904
Триест, 1914

---

[1] Библейская аллюзия: имеется в виду борьба Иакова с Богом: «И остался Иаков один. И боролся Некто с ним до появления зари...» Образ старика становится для Стивена символом родины, которую он собирается покинуть, и религии, от которой он отказался.

[2] Стивен обращается к Дедалу, имя которого он носит.

УЛИСС

ГЛАВЫ ИЗ РОМАНА

— ◇ —

Величаво, пухлый Бак Маллиган вышел на верхнюю площадку лестницы, неся чашку с мыльной пеной, на которой крест-накрест лежали зеркало и бритва. Желтый халат, неподпоясанный, слегка вздулся позади него от слабого утреннего ветра. Он поднял чашку и возгласил:

— *Introibo ad altare Dei*[1].

Остановившись, он взглянул вниз на темную винтовую лестницу и грубо крикнул:

— Иди сюда, Кинч. Иди сюда, подлый иезуит.

Торжественно прошел он вперед и поднялся на круглую площадку. Повернувшись, он с серьезным видом трижды благословил башню, окрестный берег и пробуждающиеся горы. Потом, увидев Стефена Дедалуса, он наклонился к нему и принялся быстро крестить воздух, издавая горлом булькающий звук и тряся головой. Стефен Дедалус, недовольный и сонный, облокотился на перила лестницы и равнодушно глядел на благословлявшую его трясущуюся булькающую голову, длинную, как у лошади, без тонзуры, с волосами цвета бледного дуба.

Бак Маллиган заглянул под зеркало и снова быстро закрыл чашку.

— Назад, — твердо сказал он.

И тоном священнослужителя добавил:

— Ибо здесь, о возлюбленные братья, таинство евхаристии — тело и душа, кровь и плоть. Будьте любезны, хорал! Закройте глаза, милостивые государи. Одну минутку. Небольшая заминка с этими беленькими молекулами. Просьба соблюдать тишину.

Он посмотрел вверх, издал низкий, долгий призывный свист и затих в напряженном молчании. Золотые коронки поблескивали на его ровных белых зубах. Златоуст. Ему в ответ дважды просвистели, громко и пронзительно.

— Благодарю вас, — весело закричал он. — Совершенно достаточно. Выключите ток.

Он спрыгнул с площадки и серьезно взглянул на наблюдавше-

---

[1] Войду в алтарь Господень.

го за ним друга, подбирая складки развевающегося своего халата. Пухлое затененное лицо и тяжелый овальный подбородок — облик средневекового прелата, покровителя искусств. Довольная улыбка показалась на его губах.

— Ирония судьбы, — сказал он весело, — что у тебя такое нелепое имя. Древний грек!

Дружески насмешливо он погрозил пальцем Стефену и, посмеиваясь про себя, подошел к парапету. Стефен Дедалус устало последовал за ним и сел на краю площадки, наблюдая, как он прислонял зеркало к парапету, окунал кисточку в чашку и намыливал себе щеки и шею.

Веселый голос Бака Маллигана продолжал:

— У меня тоже нелепое имя: Малаки Маллиган, два дактиля. Но звучит совсем как эллинское, правда? Легкое и солнечное, как олень[1]. Нам обязательно нужно съездить в Афины. Ты поедешь, если мне удастся выудить у тетушки двадцать фунтов?

Он отложил кисть и, восторженно смеясь, закричал:

— Поедешь, ты, худосочный идиот!

Замолчав, он принялся старательно бриться.

— Слушай, Маллиган, — спокойно сказал Стефен.

— Что скажешь, детка?

— Долго будет Гэйнс жить в башне?

Бак Маллиган повернулся к нему правой, бритой щекой.

— Господи, вот жуткий субъект! — сказал он откровенно. — Надутый англосакс. Он не считает тебя джентльменом. Стервецы все эти британцы. Так и прут из него деньги и непереваренная пища. Потому что он, видите ли, из Оксфорда. А по-моему, Дедалус, у тебя настоящие оксфордские манеры. Где ему понять тебя. Я лучше всех прозвал тебя: Кинч — лезвие бритвы.

Он осторожно брил подбородок.

— Всю ночь он бредил черной пантерой, — сказал Стефен. — Где у него ружье?

— Жалкий лунатик, — сказал Маллиган. — А ты чего, сдрейфил?

— Еще бы, — Стефен говорит серьезно, с возрастающим страхом. — В темной комнате с человеком, которого я не знаю и который стонет и бредит, что он должен застрелить черную пантеру. Ты спасал утопающих. А я не герой. Если он останется, я перееду.

Бак Маллиган, нахмурясь, посмотрел на лезвие бритвы. Он соскочил со своего насеста и принялся обшаривать карманы.

— Что за черт, — хрипло сказал он.

---

[1] Игра слов: buck — самец оленя.

278

Он подошел к площадке и, сунув руку в карман Стефена, сказал:

— Разрешите воспользоваться вашей утиркой.

Стефен дал ему вытащить за кончик грязный, измятый носовой платок. Бак Маллиган аккуратно вытер лезвие. Потом, разглядывая платок, он сказал:

— Утирка барда. Новый изысканный цвет для наших ирландских поэтов: сопливо-зеленый. Почти чувствуешь это на вкус.

Он снова забрался на парапет и посмотрел на дублинскую бухту. Его светлые волосы цвета бледного дуба слегка развевались.

— Да, — медленно произнес он, — Элджи[1] был прав, когда назвал море: серая нежная мать. Сопливо-зеленое море. *Epi oinopa ponton*[2]. Ах, Дедалус, если бы ты знал греков! Я тебя обязательно выучу... Ты должен прочесть их в подлиннике. *Thalatta! Thalatta.*[3] Наша великая нежная мать. Взгляни.

Стефен встал и подошел к парапету. Облокотившись, он посмотрел вниз, на воду и на почтовый пароход, выходивший из гавани.

— Наша могучая мать, — сказал Бак Маллиган.

Он быстро перевел взгляд своих больших пытливых глаз на лицо Стефена.

— Тетушка считает, что ты убил свою мать, — сказал он. — Поэтому она не позволяет иметь с тобой дело.

— Да, ее убили, — мрачно сказал Стефен.

— Черт возьми, Кинч, неужели ты не мог стать на колени, когда умирающая мать просила тебя? — сказал Бак Маллиган. — Я такой же гипербореец, как ты. Но когда подумаешь о матери, и о последней просьбе ее встать на колени и помолиться за нее... А ты отказался. Есть в тебе что то недоброе, Кинч.

Он замолчал и еще раз провел кистью по левой щеке. Снисходительная улыбка показалась на его губах.

— И все-таки чудный ты малый, Кинч, — пробормотал он про себя. — Самый чудный малый на свете.

Он брился сосредоточенно, размеренными движениями, в полном молчании.

Стефен, облокотившись на выщербленный гранит, приложил ладонь ко лбу и смотрел на потрепанный край своего черного лоснящегося рукава. Боль, которая не была еще болью любви, щемила ему сердце. Молчаливо во сне приходила она к нему после смерти. Изнуренное тело ее в слишком широком темном са-

---

[1] Элджернон Суинберн, «The Triumph of Time».

[2] По морю винного цвета (*греч.*).

[3] Море, море (*греч.*).

ване издавало запах воска и розового дерева, дыхание ее, склонившейся над ним с немым укором, — еле слышный запах сырого пепла. Сквозь бахрому рукава он видел море, которое сытый голос рядом с ним называл великой и нежной матерью. Кольцо бухты и горизонта заключало тускло-зеленую массу жидкости. Белая фарфоровая чашка, стоявшая у ее смертного одра, заключала зеленую слизистую желчь, оторванную от ее гниющей печени тяжелыми, громкими приступами рвоты.

Бак Маллиган снова вытер бритву.

— Бедный песик, — сказал он ласково, — придется подарить тебе рубашку и несколько платков. А как ты чувствуешь себя в подержанных штанах?

—- Прекрасно, — ответил Стефен.

Бак Маллиган перешел к ямочке под нижней губой.

— Все несчастье в том, — сказал он довольным тоном, — что никогда не знаешь, кто носил их до тебя. У меня есть очень недурная пара: серые, в полоску. Ты будешь шикарно выглядеть в них. Кроме шуток, Кинч. У тебя очень элегантный вид, когда ты оденешься.

— Спасибо, — сказал Стефен. — Я не смогу носить их, если они серые.

— Он не сможет носить их, — обратился Маллиган к своему отражению в зеркале. — Этикет есть этикет. Он убил свою мать, но он не может носить серые брюки.

Он аккуратно сложил бритву и кончиками пальцев потрогал гладко выбритую кожу. Стефен перевел взгляд с моря на пухлое лицо и подвижные дымчато-голубые глаза.

— Тот субъект, с которым я был вчера вечером в «Корабле», — сказал Бак Маллиган, — говорит, что у тебя прогрессивный паралич. Он работает в Доттивилле с Конолли Норманом.

Он взял зеркало и взмахнул им в воздухе, ловя отражение солнца, сиявшего над морем. Его изогнутые выбритые губы смеялись, и кончики его белых сверкающих зубов. Смех сотрясал все его сильное, крепко сшитое туловище.

— Посмотри на себя, — сказал он, — ты, ужасающий бард.

Стефен нагнулся и посмотрел в протянутое ему зеркало с извилистой трещиной посреди, из которой торчал застрявший волос. Каким видит меня он и все остальные? Кто выбрал мне это лицо? Это жалкое собачье тело, кишащее паразитами. Оно тоже меня спрашивает.

— Я свистнул его у прислуги, — сказал Бак Маллиган. — Это как раз для нее. Тетушка всегда нанимает безобразных служанок ради Малаки. Чтоб не ввести его во искушение. А зовут ее Урсула.

Снова засмеявшись, он отвел зеркало от близоруких глаз Стефена.

— Ярость Калибана, который не видит своего лица в зеркале[1], — сказал он. — Если б Уайльд мог тебя видеть.

Откинувшись назад, Стефен показал пальцем.

— Это символ ирландского искусства, — сказал он с горечью. — Разбитое зеркало служанки.

Бак Маллиган неожиданно взял Стефена под руку и стал прохаживаться с ним вокруг башни, побрякивая засунутыми в карман бритвой и зеркалом.

— Нехорошо дразнить тебя, Кинч, ведь правда? — ласково сказал он. — Один Бог знает, насколько ты умнее всех их.

Удар отражен. У него такой же страх перед ланцетом моего искусства, как у меня — перед его ланцетом. Холодное стальное перо.

— Разбитое зеркало служанки. Скажи это нашему быкоподобному приятелю и получи с него гинею. Он пухнет от денег, и он не считает тебя джентльменом. Его родитель набил себе карманы, продавая зулусам слабительное или еще какую-то гадость. Господи, Кинч, если б мы стали работать вместе, как много сделали бы мы для нашего острова! Эллинизировали бы его.

Рука Крэнли. Его рука.

— И подумать только, что тебе приходится клянчить у этих скотов. Никто, кроме меня, не знает, какой ты. Почему ты не доверяешь мне? Что ты от меня нос воротишь? Из-за Гэйнса, что ли? Если он мешает тебе, я приведу Сеймура, и мы зададим ему такую баню, какая не снилась и Клайву Кемпсорпу.

Громкие денежные голоса в квартире Клайва Кемпсорпа. Бледнолицые: держатся за бока от хохота, хватаются друг за друга. Ох, не могу! Скажите ей об этом осторожно, Обри! Умереть можно! Разодранные клочья его рубашки развеваются по воздуху, а он, со спущенными до пяток штанами, спотыкаясь, скачет вокруг стола, спасаясь от Эдса из колледжа Магдалины, вооруженного портновскими ножницами. Испуганное телячье лицо, перепачканное мармеладом. Я не хочу, чтобы меня холостили! Зачем вы издеваетесь надо мной!

Крики из открытого окна вспугивают вечер. Глухой старик в переднике, с лицом как маска Мэттью Арнольда[2], стрижет газон на темной лужайке и следит, как разлетаются тонкие стебельки трав.

Для нас самих... новое язычество... омфалос[3]...

— Пускай остается, — сказал Стефен. — Он ничего, только спать не дает.

---

[1] Цитата из Предисловия к «Портрету Дориана Грея» О. Уайльда.

[2] Английский писатель (1822—1888).

[3] Средоточие.

— Тогда что же? — нетерпеливо спросил Бак Маллиган. — Выкладывай. Я всегда откровенен с тобой. За что ты на меня злишься?

Они остановились, глядя в сторону тупой вершины Брэй-Хэд, которая выступала над водой, как морда спящего кита. Стефен тихонько высвободил свою руку.

— Ты хочешь, чтобы я сказал? — спросил он.

— Да, в чем дело? — ответил Бак Маллиган. — Я не помню ничего такого.

Он смотрел Стефену в лицо. Слабый ветер пробежал по его лбу, слегка развевая его светлые растрепанные волосы и зажигая серебряные точки беспокойства в его глазах.

Стефен, подавленный звуком собственного голоса, сказал:

— Помнишь, когда я пришел к вам в первый раз после смерти матери?

Бак Маллиган сразу нахмурился и сказал:

— Что? Когда? Ничего не помню. Я запоминаю только мысли и ощущения. А что такое? Что тогда случилось?

— Ты готовил чай, — сказал Стефен, — а я вышел на площадку лестницы за кипятком. Из гостиной вышла твоя мать с кем-то из гостей. Она спросила, кто у тебя.

— Да? — сказал Бак Маллиган. — Ну и что же я сказал? Не помню.

— Ты сказал, — ответил Стефен: — «О, это всего только Дедалус, у которого подохла мать».

Краска выступила на лице Бака Маллигана, делая его моложе и привлекательней.

— Я так сказал? — спросил он. — Ну и что же? Что тут особенного?

Порывисто он стряхнул с себя неловкость.

— А что такое смерть, — спросил он, — смерть твоей матери, или твоя, или моя собственная? Ты видел только, как умирала твоя мать. А я вижу каждый лень, как люди окочуриваются у Богоматери и в Ричмонде[1] и как их потрошат в анатомичке. Падаль, больше ничего. Какое это имеет значение? Ты не захотел встать на колени и помолиться за умирающую мать, когда она тебя просила. Почему? Потому что в тебе сидит эта проклятая иезуитская закваска, только не туда ее положили, куда следует. А по-моему, все это чепуха. Ее мозговые извилины не функционируют. Она называет доктора сэром Питером Тизлом и срывает лютики с одеяла. Угождай ей, пока не кончится все. Ты не исполнил ее предсмертного желания и ты же дуешься на меня за то, что я не скулю, как наемный плакальщик от Лалуэтта? Какая

---

[1] Дублинские больницы.

282

дикость! Может быть, я и сказал это. Я вовсе не хотел оскорбить память твоей матери.

По мере того, как он говорил, к нему возвращалась уверенность. Стефен, пряча незажившие раны, нанесенные его сердцу словами Маллигана, сказал очень холодно:

— Я не говорю, что ты оскорбил мою мать.

— А кого же? — спросил Бак Маллиган.

— Ты оскорбил меня, — сказал Стефен.

Бак Маллиган повернулся на каблуках.

— Ну и человек! — воскликнул он.

Он быстро зашагал вдоль парапета. Стефен стоял на своем месте, глядя на горы за спокойной бухтой. Дымка заволакивала море и горы. Кровь пульсировала в глазах, мешая ему видеть, и он чувствовал, как горят его щеки. Из башни раздался громкий голос:

— Вы здесь, Маллиган?

— Сейчас иду, — ответил Бак Маллиган.

Он повернулся к Стефену и сказал:

— Посмотри на море! Какое ему дело до оскорблений? Заткни глотку Лойоле, Кинч, и пойдем вниз. Господин англичанин требует свой утренний завтрак.

Его голова задержалась на мгновение на уровне крыши.

— Брось вздыхать над этим, — сказал он. — Может быть, я и не прав. Встряхнись и не дуйся.

Голова исчезла, но в пролете загудел его удаляющийся голос:

Не смей смотреть назад, вздыхая
Над горькой тайною любви:
Ведь Фергус правит колесницей.

Тени лесов безмолвно проплывали мимо в утренней тишине, от площадки лестницы по направлению к морю, куда он смотрел. Около берега и дальше водное зеркало побелело, запятнанное легкими поспешными шагами. Белая грудь смутного моря. Двойных созвучий легкий ритм. Рука перебирает струны арфы, извлекает из них двойные созвучия. Белые, как волны, слова, сплетенные по два, колышутся в смутном прибое.

Облако медленно надвигается на солнце, и от тени темнеет зелень залива. Залив лежит позади — чаша горьких вод. Песня Фергуса: я пел ее у нас дома, перебирая длинные темные струны. Ее дверь была открыта: она хотела слушать мое пенье. Безмолвный от благоговения и жалости, я подошел к ее постели. Она плакала на своем жалком ложе. От этих слов, Стефен: горькая тайна любви.

А теперь где?

Ее сувениры: старые веера из перьев, carnets de bal[1] с кисточками, надушенные мускусом, янтарные четки, хранимые в ящике. Клетка, висевшая в солнечном окне ее дома, когда она была девушкой. Она слышала старика Ройса в феерии «Страшный турка» и смеялась вместе с другими, когда он пел:

Когда хочу,
Всегда могу
Стать невидимкой я!

Призрак веселья, исчезнувшего навсегда, надушенного мускусом.

Не смей смотреть назад, вздыхая.

Хранимая в памяти природы вместе с ее игрушками. Воспоминания осаждали его сумрачный мозг. Стакан воды из-под кухонного крана, когда она причащалась. Яблоко с вырезанной сердцевиной, наполненное сахарным песком, которое пеклось для нее в камине темным осенним вечером. Ее изящные ногти, покрасневшие от крови насекомых, которых она давила на рубашках своих детей.

Молчаливо во сне приходила она к нему, изнуренное тело ее в слишком широком саване издавало запах воска и розового дерева, дыхание ее, склонившейся над ним с немыми тайными словами, — еле слышный запах сырого пепла.

Ее остекленевшие глаза смотрели из смерти: потрясти мою душу, заставить ее покориться. На меня одного. Призрак свечи освещает ее агонию. Призрачный свет на искаженном лице. Ее громкое хриплое дыхание прерывается от ужаса, а в это время все молятся, стоя на коленях. Ее взгляд на мне: сломить меня. *Liliata rutilantium te confessorum turma circumdet: iubilantium te virginum chorus excipiat.*[2]

Упырь! Пища твоя — трупы!

Нет, мама. Оставь меня и дай мне жить.

— Эй, Кинч!

Голос Бака Маллигана пел внутри башни. Голос приближался, подымаясь по лестнице, и позвал снова. Стефен, все еще сотрясаясь от рыданий своей души, слышал горячие потоки солнечного света и в воздухе позади себя дружеские слова.

— Дедалус, будь паинькой, ступай вниз. Завтрак готов. Гэйнс извиняется, что разбудил нас ночью. Все в порядке.

---

[1] Карточки, на которых барышни записывали обещанные танцы.

[2] Да окружит тебя лилейная толпа сияющих исповедников; да примет тебя хор ликующих дев.

284

— Иду, — сказал Стефен, поворачиваясь.

— Иди, ради Христа, — сказал Бак Маллиган. — Ради меня и ради нас всех. — Его голова скрылась и показалась снова. Я рассказал ему о твоем символе ирландского искусства. Говорит — очень остроумно. Займи у него один фунт, ладно? Я хочу сказать, гинею.

— Я сегодня получу жалованье, — сказал Стефен.

— В школе? — сказал Бак Маллиган. — Сколько? Четыре фунта? Дай нам взаймы фунт.

— Пожалуйста, — ответил Стефен.

— Четыре блестящих соверена, — в восторге закричал Бак Маллиган. — Да мы так напьемся, как и друидским друидам не снилось. Четыре всемогущих соверена!

Он взмахнул руками и, топая вниз по каменным ступеням, запел, фальшиво, с акцентом настоящего кокни:

Мы будем весело плясать,
Вино и пиво распивать
В день коронации,
В день коронации!
Мы будем весело плясать
В день коронации!

Теплый солнечный свет, весело плещущий над морем. Никелированная чашка для бритья блестит, забытая на парапете. Почему я должен нести ее вниз? Может быть, оставить ее здесь, забытую дружбу?

Он подошел к ней и взял ее в руку, ощущая ее холод, вдыхая запах клейкой, застывшей пены, из которой торчала кисть. Так носил я кадило в Клонгаусе. Теперь я другой, но я все тот же. И тоже служка. Прислужник служки.

В темной сводчатой комнате одетая в халат фигура Бака Маллигана быстро двигалась взад и вперед у камина, то заслоняя, то открывая его желтое пламя. Два столба мягкого дневного света падали на черепичный пол из высоких слуховых окон, и там, где они пересекались, медленно свивались клубы дыма и чада от жареного сала.

— Задохнуться можно, — сказал Бак Маллиган. — Откройте-ка дверь, Гэйнс, пожалуйста.

Стефен поставил чашку для бритья на буфет. Высокая фигура поднялась с койки, подошла к порогу и распахнула дверь на лестницу.

— У вас ключ? — спросил голос.

— Он у Дедалуса, — ответил Бак Маллиган. — Черт возьми, дышать нечем.

Он заорал, не подымая голову от камина:

— Кинч!

— Он в замке, — сказал Стефен и подошел ближе.

Дважды проскрежетал ключ, и когда была распахнута тяжелая дверь, в комнату ворвался желанный свет и свежий воздух. Гэйнс стоял на пороге и смотрел наружу. Стефен подтянул свой чемодан к столу и сел в ожидании. Бак Маллиган переложил яичницу на стоявшее около него блюдо. Потом он взял блюдо и большой чайник, с размаху поставил их на стол и облегченно вздохнул:

— Я таю, как сказала свечка, когда... Но стоп. Ни слова больше об этом. Проснись, Кинч. Хлеб, масло, мед. Идите сюда, Гэйнс. Жратва готова. Благослови нас, Господи, и Дары Твои. Где сахар? Ах, черт, у нас нет молока.

Стефен достал из буфета каравай хлеба, горшок с медом и масленку. Бак Маллиган, вдруг обозлившись, сел к столу.

— Что за беспорядок! — сказал он. — Я сказал ей прийти в начале девятого.

— Будем пить без молока, — предложил Стефен. — В буфете есть лимон.

— Убирайся ты со своими парижскими фокусами. Я хочу деревенского молока.

Гэйнс вернулся с порога и сказал спокойно:

— Молочница идет.

— Да благословит вас Бог, — воскликнул Бак Маллиган, вскакивая со стула. — Садитесь. Наливайте чай. Сахар здесь, в мешке. Хватит, довольно я повозился с яичницей. — Он раскромсал яичницу на три части и переложил ее на тарелки со словами: — Во имя Отца и Сына и Святого Духа.

Гэйнс сел разливать чай.

— Я кладу всем по два куска, — сказал он. — Ну и крепкий же у вас чай, Маллиган!

Бак Маллиган, отрезая толстые ломти от каравая, сказал тоненьким старушечьим голоском:

— Когда я делаю чай, я делаю чай, как сказала матушка Гроган. А когда я делаю воду, я делаю воду[1].

— Надеюсь, это все-таки чай, — сказал Гэйнс.

Бак Маллиган продолжал резать хлеб и причитать:

— «Я тоже, м-с Кэхилл», — говорит она. «Только, — говорит м-с Кэхилл, — избави вас Бог делать их в одном горшке».

Он протянул каждому из своих сотрапезников по толстому ломтю хлеба на кончике ножа.

— Это фольклор, — очень серьезно сказал он, — для вашей книги, Гэйнс. Пять строчек текста и десять страниц комментари-

---

[1] В оригинале игра слов: «to make water» (*букв.* — делать воду) означает «мочиться».

ев о фольклоре и рыбьих богах Дандрума. Подписано к печати вещими сестрами такого-то числа тридевятого года.

Он повернулся к Стефену и спросил тоненьким озабоченным голосом, высоко поднимая брови:

— Вы не помните, брат, мне кажется, горшок матушки Гроган упоминается в Мабиногионе, или, может быть, в Упанишадах?

— Сомневаюсь, — серьезно сказал Стефен.

— Ах, вот как? — продолжал Бак Маллиган. — Изложите, пожалуйста, ваши соображения.

— Боюсь, — сказал Стефен, не прерывая еды, — что он не упоминается ни в Мабиногионе, ни вне их. Матушка Гроган была, по-видимому, родственница Мэри-Анны.

Бак Маллиган восхищенно улыбнулся.

— Чудесно, — сказал он приторным голосом, показывая свои белые зубы и удовлетворенно щуря глаза. — Вы так думаете? Чудесно.

Потом, неожиданно сделав свирепое лицо, он принялся ожесточенно резать хлеб и зарычал хриплым, неприятным голосом:

> А на старую мать
> Ей теперь наплевать,
> И, задирая свою юбку...

На пороге, заслоняя свет, появилась фигура.

— Молоко, сэр.

— Войдите, мэм, — сказал Маллиган. — Кинч, достань кувшин.

Старуха вошла в комнату и остановилась около Стефена.

— Хорошая сегодня погода, сэр, — сказала она. — Благодарение Господу.

— Кому? — сказал Бак Маллиган, взглянув на нее. — Ах да, конечно.

Стефен перегнулся назад и достал с буфета кувшин.

— Островитяне, — сказал Маллиган в виде пояснения Гэйнсу, — нередко упоминают имя сборщика обрезков от обрезания.

— Сколько вам, сэр? — спросила старуха.

— Кварту, — ответил Стефен.

Он наблюдал, как она переливала в кружку, а оттуда в кувшин, густое белое молоко, не свое. Старые сморщенные сиськи. Она налила еще кружку и еще немного. Старая и таинственная, вошла она из утреннего мира, может быть, вестница. Наливая молоко, она расхваливала его. На корточках возле терпеливой коровы, ранним утром, среди сочного луга — ведьма на своем мухоморе, — проворно выдаивая скрюченныыми пальцами ее вымя. Они мычали, узнавая ее, шелковистые от росы коровы. Шелковая коровница и бедная старуха — так звали ее в старые времена. Бездомная странница, неизменная форма бессмертной сущности, она служила тому, кто ее покорил, и тому, кто беззаботно предал ее, их общая наложница, вестница таинственного утра. Служить или обвинять — он не знал, но просить ее милости он не хотел.

— А молоко в самом деле хорошее, мэм, — сказал Бак Маллиган, наливая молоко в чашки.

— Попробуйте, сэр, — сказала она.

Он сделал по ее совету.

— Если бы мы всегда могли есть такую здоровую пищу, — сказал он ей громко, — меньше было бы гнилых зубов и гнилых кишок. Живем вот в смрадном болоте, питаемся всякой дешевой дрянью и ходим по улицам, вымощенным пылью, навозом и плевками чахоточных.

— Вы студент-медик, сэр? — спросила старуха.

— Вот именно, мэм, — ответил Бак Маллиган.

Стефен слушал в презрительном молчании. Она склоняет свою старую голову перед голосом, который говорит с ней громко, перед своим костоправом, своим лекарем; мною она пренебрегает. Перед голосом, который отпустит ей грехи и помажет миром всю ее, кроме ее нечистого лона, всю ее, сотворенную из плоти мужчины, но не по образу и подобию Божьему, добычу змия. И перед громким голосом, который заставил ее замолчать и смотреть удивленными неуверенными глазами.

— Вы понимаете, что он говорит? — спросил ее Стефен.

— Это по-французски, сэр? — обратилась старуха к Гэйнсу.

Гэйнс, не смущаясь, ответил ей длинной речью.

— Это по-ирландски, — сказал Бак Маллиган. — Вы говорите по-гэльски?

— Я так и подумала, что это по-ирландски, — сказала она, — можно узнать по звуку. Вы что, с Запада, сэр?

— Я англичанин, — ответил Гэйнс.

— Он англичанин, — сказал Бак Маллиган, — и он считает, что в Ирландии мы должны говорить по-ирландски.

— Конечно, должны, — сказала старуха, — и мне стыдно, что я не знаю языка. Говорят, это хороший язык.

— Мало сказать — хороший, — сказал Бак Маллиган, — просто замечательный язык. Налей-ка еще чаю, Кинч. Не угодно ли чашечку, мэм?

— Нет, благодарю вас, сэр. — ответила старуха, вешая бидон на руку и готовясь уходить.

Гэйнс сказал ей:

— Счет у вас с собой? Давайте заплатим ей сегодня, Маллиган, как по-вашему?

Стефен снова наполнил три чашки.

— Счет, сэр? — сказала она, останавливаясь. — Что ж: семь

дней по пинте по два пенса будет семью два шиллинг и два пенса, и эти три дня по кварте по четыре пенса будет три кварты шиллинг, да еще шиллинг и два пенса будет два шиллинга и два пенса, сэр.

Бак Маллиган вздохнул и, засунув в рот корку, густо намазанную с обеих сторон маслом, вытянул ноги и принялся обшаривать карманы своих брюк.

— Платите и не плачьтесь, — улыбаясь, сказал ему Гэйнс.

Стефен налил себе третью чашку, еле окрасив ложкой чая густое белое молоко. Бак Маллиган вынул серебряный флорин, повертел его между пальцами и воскликнул:

— Чудо!

Он подвинул монету через стол к старухе, говоря:

— Больше меня не проси, дорогая. Все, что могу, я отдам.

Стефен положил монету в ее нежадную руку.

— За нами два пенса, — сказал он.

— Успеется, сэр, — сказала она, беря монету. — Успеется. До свидания, сэр.

Она присела и вышла, провожаемая нежной декламацией Бака Маллигана:

> Если б имел все сокровища мира,
> К милым сложил бы ногам.

Он повернулся к Стефену и сказал:

— Серьезно, Дедалус. Я разорился вконец. Отправляйся-ка поскорей в свое педагогическое заведенье и принеси нам оттуда денег. Нынче барды должны напиться в пух и в мумию. Ирландия ждет, что сегодня каждый исполнит свой долг.

— Хорошо, что вы напомнили мне, — сказал Гэйнс, вставая. — Сегодня мне нужно побывать в вашей национальной библиотеке.

— Сначала искупаемся, — сказал Бак Маллиган.

Повернувшись к Стефену, он сказал ему ласково:

— Скажи, Кинч, прошел уже месяц с тех пор, как ты мылся? И, обращаясь к Гэйнсу:

— Нечистый бард принципиально омывает свое тело только раз в месяц.

— Вся Ирландия омывается Гольфштремом, — сказал Стефен, наливая струйкой мед на ломоть хлеба.

Из угла, где он повязывал шарф поверх открытого ворота своей теннисной рубашки, Гэйнс сказал:

— Я собираюсь коллекционировать ваши изречения — если вы не возражаете.

Это он мне. Моются, купаются, оттирают грязь. Скверна души. Совесть. Но пятна им не смыть.

— Например, это, о разбитом зеркале служанки как символе ирландского искусства: чертовски хорошо.

Бак Маллиган толкнул Стефена ногой под столом и сказал с жаром:

— Вы бы послушали, Гэйнс, что он говорит о Гамлете!

— Я говорю совершенно серьезно, — сказал Гэйнс, все еще обращаясь к Стефену. — Я как раз думал об этом, когда пришла эта старушонка.

— А заработаю я на этом? — спросил Стефен.

Гэйнс рассмеялся и, снимая с крюка своей койки серую фетровую шляпу, сказал:

— Право, не знаю.

Он направился к выходу. Бак Маллиган нагнулся к Стефену и сказал ему энергично и грубо:

— Чего ты валяешь дурака? Ну зачем ты ему это сказал?

— А что? — сказал Стефен. — Задача в том, чтобы достать денег. У кого? У него или у молочницы. Чет или нечет.

— Я расхваливаю ему тебя до небес, — сказал Бак Маллиган, — а ты тут суешься со своими улыбочками и иезуитскими вывертами.

— Я не очень надеюсь, — сказал Стефен, — ни на него, ни на нее.

Бак Маллиган трагически вздохнул и положил руку Стефену на плечо.

— Надейся на меня, Кинч.

Потом, совсем другим тоном, он добавил:

— Откровенно говоря, может быть, ты и прав. Ну их всех к чертовой матери, если ни на что другое они не годятся. Почему ты не разыгрываешь их, как я? А, черт с ними! Однако пора двигаться.

Он встал из-за стола, торжественно развязал пояс и снял халат, говоря покорным тоном:

— Маллиган разоблачается.

Он выложил содержимое своих карманов на стол.

— Вот тебе твоя утирка, — сказал он.

Надевая крахмальный воротничок и непокорный галстук, он разговаривал с ними, ругая их, и со своей длинной цепочкой от часов. Он призывал чистый носовой платок, и его руки обшаривали чемодан. Скверна души. Нам просто необходимо одеться по роли. Я хочу пюсовые перчатки и зеленые сапоги. Противоречие. Разве я противоречу себе? Ну что ж, пускай, я противоречу себе. Меркурий Малаки. Мягкий черный предмет вылетал из его говорящих рук.

— А вот и твоя парижская шляпа, — сказал он.

Стефен подхватил ее и надел. Гэйнс позвал с порога:

— Ну как, идем?

— Я готов, — ответил Бак Маллиган, направляясь к двери. — Идем, Кинч. Надеюсь, ты уже доел все, что осталось. — Покорно он вышел торжественной походкой, скорбно говоря: — И на пути своем он встретил Баттерли.

Стефен взял свою трость, последовал за ними и, пока они сходили по лестнице, закрыл дверь и запер ее на замок. Огромный ключ он положил во внутренний карман.

Когда они спустились, Бак Маллиган спросил:

— Ключ ты с собой взял?

— Он у меня, — ответил Стефен.

Он пошел вперед. Он слышал, как позади него Бак Маллиган сбивал тяжелым купальным полотенцем верхушки трав и папоротников.

— На колени, сэр. Как вы смеете, сэр.

Гэйнс спросил:

— Вы платите за наем башни?

— Двенадцать фунтов, — ответил Бак Маллиган.

— Военному министру, — добавил Стефен через плечо.

Они остановились. Гэйнс окинул взглядом башню и сказал:

— Должно быть, зимой тут мрачно. Как вы их зовете — «Мартелло», что ли?

— Их построил Билли Питт, — сказал Бак Маллиган, — когда французы угрожали с моря. Но мы называем ее «Омфалос».

— Так что же вы думаете о Гамлете? — спросил Гэйнс Стефена.

— Нет, нет, — в ужасе закричал Бак Маллиган. — Сейчас я не выдержу Фому Аквината с его пятьюдесятью пятью доказательствами. Вот когда я вылакаю несколько кружек, тогда поговорим.

Обращаясь к Стефену, он сказал, аккуратно одергивая уголки своего светло-желтого жилета:

— А тебе сколько нужно для этого — три кружки, что ли?

— Это ждало так долго, — равнодушно сказал Стефен, — подождет и еще.

— Я сгораю от нетерпения, — любезно сказал Гэйнс. — Это какой-нибудь парадокс?

— Что вы! — сказал Бак Маллиган. — Мы уж выросли из Уайльда и парадоксов. Это очень просто. Он доказывает при помощи алгебры, что внук Гамлета приходится Шекспиру дедом и что он сам — дух собственного отца.

— Что? — сказал Гэйнс, показывая пальцем на Стефена. — Он сам?

Бак Маллиган надел полотенце на шею, как орарь, и, разражаясь хохотом, нагнулся к Стефену и сказал ему на ухо:

— О, призрак Кинча-старшего! Иафет в поисках отца!

— Утром мы обычно чувствуем себя усталыми, — сказал Стефен Гэйнсу, — а это долго рассказывать.

Бак Маллиган снова пошел вперед и поднял руки.

— Только священная кружка способна развязать язык Дедалуса, — сказал он.

— Дело в том, — объяснил Гэйнс Стефену, когда они последовали за ним, — что эта башня и эти утесы напомнили мне чем-то Эльсинор. «Чье основанье омывает море», не правда ли?

Бак Маллиган обернулся на мгновение к Стефену, но ничего не сказал. В это яркое безмолвное мгновение Стефен увидел себя со стороны, в дешевом пыльном трауре между их светлыми костюмами.

— Это чудесная сказка, — сказал Гэйнс, снова останавливаясь.

Глаза бледные, как море, освеженные ветром, еще более бледные, уверенные и осторожные. Властитель морей, он смотрел на юг через бухту, в которой не было ничего, кроме дымного плюмажа почтового парохода, смутно вырисовавшегося на ярком небе, и парусника, поворачивавшего возле Маглинса.

— Я читал как-то теологическое истолкование, — сказал он рассеянно. — Идея Отца и Сына. Сын, стремящийся к искуплению через Отца.

Бак Маллиган сразу надел себе на лицо, как маску, широкую счастливую улыбку. Он посмотрел на них, блаженно открывая свой красивый рот, и замигал глазами, из которых теперь он изгнал всякое выражение, кроме неудержимого веселья. Он замотал, как кукла, головой, поля его панамы вздрагивали, и он запел невозмутимо блаженным дурашливым голосом:

> Мой папа был голубь, а мама девица,
> Что мальчик я ловкий, чему тут дивиться,
> Но с плотником Иоськой мы вечно ругались;
> Тогда я ушел, и меня распяли.

Он погрозил поднятым пальцем:

> А тот, кто не верит, что я Божий отпрыск,
> Со мной задарма нализаться не сможет
> В тот день, когда воду я сделаю водкой,
> И даже вода не пойдет ему в глотку.

Он быстро потряс в знак прощания палку Стефена, и, пробежав вперед к обрыву, замахал руками, словно плавниками или крыльями, как бы готовясь подняться в воздух, и запел:

> Прощайте, пока... Расскажите подробно
> И Тому, и Дику, как встал я из гроба.

Пора возноситься на небо. Прощайте,
Прощайте! Пишите и не забывайте!

Он вприпрыжку побежал вниз с сорокафутового обрыва, взмахивая руками, как крыльями, и проворно подскакивая; шапочка Меркурия трепетала от свежего ветра, доносившего к ним его короткие птичьи крики.

Сдержанно смеясь, Гэйнс шел рядом со Стефеном.

— Пожалуй, нам не следовало бы смеяться, — сказал он. — Он явно богохульствует. Я-то сам неверующий. Но у него получается так забавно, что, право, я не вижу в этом никакого вреда. Как это называется? Иосиф-плотник?

— Баллада о Веселом Иисусе, — ответил Стефен.

— Ах, — сказал Гэйнс, — так вы слышали ее раньше?

— Три раза в день после еды, — сухо сказал Стефен.

— Вы ведь неверующий, не правда ли? — спросил Гэйнс. — Я хочу сказать, неверующий в узком смысле слова. Сотворение из ничего, и чудеса, и личный бог.

— Это слово имеет, мне кажется, только один смысл, — сказал Стефен.

Гэйнс остановился, чтобы вынуть серебряный портсигар с поблескивающим зеленым камнем. Он открыл его, нажав большим пальцем, и предложил.

— Благодарю вас, — сказал Стефен, беря папиросу.

Гэйнс взял папиросу и захлопнул крышку. Он положил портсигар обратно в боковой карман, вынул из жилетного кармана никелированную зажигалку, открыл ее тоже и, зажегши свою папироску, протянул Стефену горящий фитиль в горсти.

— Да, конечно, — сказал он, когда они пошли дальше. — Можно или верить, или не верить, не правда ли? Лично мне идея личного бога ничего не говорит. Надеюсь, вы на ней не настаиваете?

— В лице моем, — сказал Стефен с мрачным недовольством, — вы видите отвратительный пример свободомыслия.

Он шел впереди, ожидая, чтобы с ним заговорили, волоча по земле свою палку. Металлический наконечник следовал за ним по пятам, издавая визжащий звук. Мой двойник, взывающий ко мне: «Стиииииви». Волнистая линия вдоль тропинки. Они пройдут по ней вечером, возвращаясь, когда будет темно. Он хочет взять ключ. Ключ — мой, я заплатил за наем. Но я ем его хлеб. Отдать ему и ключ. Все. Он будет просить. Я вижу это по глазам.

— В конце концов, — начал Гэйнс.

Стефен обернулся и увидел, что измерявший его холодный взгляд был не совсем недобрым.

— В конце концов, я полагаю, от вас самого зависит стать свободным. Мне кажется, вы сами себе господин.

— Я слуга двух господ, — сказал Стефен. — Англичанина и итальянца.

— Итальянца? — спросил Гэйнс.

Выжившая из ума королева, старая и ревнивая. На колени передо мной.

— Есть еще третий, — сказал Стефен, — у которого я на побегушках.

— Итальянец? — повторил Гэйнс. — Что вы этим хотите сказать?

— Британская империя, — ответил Стефен, покраснев, — и святая Римско-католическая апостольская церковь.

Прежде чем заговорить, Гэйнс снял с нижней губы приставшие к ней волокна табака.

— Я вполне понимаю вас, — сказал он спокойно. — Нет ничего удивительного, что ирландец должен рассуждать именно так. Мы, англичане, понимаем, что относились к вам не совсем справедливо. В этом, вероятно, виновата история.

Гордые, могущественные титулы оглашали память Стефена торжествующим звоном медных колоколов: *et unam sanctam catholicam et apostolicam ecclesiam*[1] — постепенное развитие ритуала и догмы как его собственных заветных мыслей, алхимия звезд. Символика апостолов в заупокойной мессе по папе Маркелу, голоса певчих, слитые воедино в громком утверждении; и за их пением недремлющий ангел воинствующей церкви обезоруживает ересиархов и угрожает им. Скопище ересей, спасающихся бегством, в митрах, съехавших набок: Фотий и толпа насмешников, одним из которых был Маллиган, и Арий, всю жизнь боровшийся против учения о единосущности Отца и Сына, и Валентин, отвергавший земную плоть Христа, и лукавый африканский ересиарх Сабеллий, утверждавший, что Сам Отец был собственным Сыном. Слова, которые Маллиган только что сказал с насмешкой чужеземцу. Праздная насмешка. Пустота ждет их всех, ткавших ветер: угроза, лишение оружия и поражение от небесного воинства церкви с Михаилом-архангелом во главе, всегда защищающего ее в минуты опасности копьями своими и щитами.

Слушайте, слушайте. Продолжительные аплодисменты. *Zut! Nom de Dieu!*[2]

— Разумеется, я британец, — сказал голос Гэйнса, — и рассуждаю как все британцы. И я не хочу, чтобы моя родина попа-

---

[1] И единую святую вселенскую апостольскую церкcовь (*лат.*).

[2] Французское ругательство.

ла в лапы немецким евреям. Боюсь, что сейчас главная опасность именно в этом.

Двое стояли на краю обрыва, наблюдая: делец, лодочник.

— Он идет в Баллок.

Лодочник пренебрежительно кивнул головой в направлении северной части залива.

— Там глубина всего 30 футов, — сказал он. — Он всплывет, когда начнется прилив. Нынче девятый день.

Утопленник. Шхуна, бороздившая пустынный залив в ожидании, пока разбухшее тело всплывет на поверхность и повернется к солнцу своим вспухшим лицом, белым как соль. Вот он я.

Они спускались извилистой тропинкой к берегу. Бак Маллиган стоял на камне без сюртука, с развевавшимся по ветру галстуком. Молодой человек, ухватившись за выступ скалы возле него, как лягушка, шевелил ногами в глубокой студенистой воде.

— Твой брат не с тобой, Малаки?

— Он в Уэстмите. У Бэннонов.

— Все еще там? Я получил от Бэннона открытку. Пишет, что нашел там прелестное молодое создание. Он зовет ее фотодевушкой.

— Моментальный снимок? Короткая выдержка?

Бак Маллиган уселся расшнуровывать ботинки. Недалеко от скалы какой-то пожилой человек высунул отдувавшееся красное лицо. Он карабкался по камням, и вода поблескивала на его плешивой макушке и на окружавшей ее гирлянде седых волос, вода струилась по его груди и брюху, стекала потоком с черной отвисшей повязки на бедрах.

Бак Маллиган посторонился, пропуская его, и, взглянув на Гэйнса и Стефена, набожно перекрестил себе ногтем большого пальца лоб и грудную клетку.

— Сеймур вернулся в город, — сказал молодой человек, снова цепляясь за выступ. — Плюнул на медицину и решил идти в армию.

— А ну тебя к черту, — сказал Бак Маллиган.

— На будущей неделе отправляется в казарму. Знаешь ту рыжую, Лили Карлайль?

— Знаю.

— Вчера весь вечер она любезничала с ним на молу. У ее отца денег куры не клюют.

— А ей что — не терпится?

— Насчет этого спроси лучше Сеймура.

— Сеймур — жалкий офицеришка, — сказал Бак Маллиган.

Он снял брюки, покачивая головой, и, встав на ноги, сказал пошловатым тоном:

— Рыжие женщины делают это как козы.

Схватившись за бок под раздувающейся от ветра рубашкой, он воскликнул встревоженно:

— Мое двенадцатое ребро исчезло. Я сверхчеловек. Мы с беззубым Кинчем — сверхчеловеки.

Он высвободился из рубашки и швырнул ее позади себя, на груду одежды.

— Ты полезешь в воду здесь, Маллиган?

— Да. Подвинься к стенке.

Молодой человек оттолкнулся от берега и двумя широкими, четкими бросками выплыл на середину бухты. Гэйнс сел на камень и закурил.

— А вы разве не будете? — спросил Бак Маллиган.

— Позже, — сказал Гэйнс. — Не сразу после завтрака.

Стефен повернулся.

— Я ухожу, Маллиган, — сказал он.

— Оставь нам ключ, Кинч, — сказал Бак Маллиган, — а то моя рубашка улетит.

Стефен протянул ему ключ. Бак Маллиган положил его поверх белья.

— И два пенса, — сказал он, — на кружку пива. Брось сюда.

Стефен бросил две медных монетки на мягкую грудь. Одеваются, раздеваются. Бак Маллиган, выпрямившись, сложил перед собой руки и сказал торжественно:

— Кто укра́дет у бедного, воздаст Господу. Так говорил Заратустра.

Его пухлое тело плюхнулось в воду.

— Мы еще увидимся с вами, — сказал Гэйнс, повертываясь к уходящему Стефену и с улыбкой смотря на неистового ирландца. Бык ранит рогами, конь — копытом, британец — улыбкой.

— В «Корабле», — закричал Бак Маллиган, — в полпервого.

— Хорошо, — сказал Стефен.

Он шел вверх по извилистой тропинке.

> Liliata rutiliantium.
> Turma circumdet.
> Iubilantium te virginum.

Серый нимб священника в нише, где он скромно облачался. Я не буду здесь ночевать сегодня. Домой я тоже не могу идти.

Голос, мелодичный и приглушенный, позвал его с моря. На повороте он помахал рукой. Голос позвал снова. Гладкая темная голова, тюленья, вдали на море, круглая.

Узурпатор.

— Теперь вы, Кокрэн. Какой город послал за ним?

— Тарент, сэр.

— Так, дальше.

— Произошло сражение, сэр.

— Так, где?

Пустое лицо мальчика вопрошало пустое окно.

Вымысел дочерей памяти. И все-таки, может быть, не только вымысел. Слова, вырвавшиеся в раздражении, шум гиперболических крыльев Блейка[1]. Слышу, распадается пространство, вдребезги стекла, рушатся стены, и время — призрачным последним пламенем. Что же останется нам?

— Я забыл где, сэр. В 279 году до Р. Х.

— При Аскулуме, — сказал Стефен, взглянув на имя и дату в испещренной кровавыми шрамами книге.

— Да, сэр. И он сказал: Еще одна такая победа, и мы погибли.

Эти слова мир запомнил. Тупое довольство ума. С холма, над усеянной трупами равниной, генерал, опираясь на копье, говорит своим офицерам. Любой генерал любым офицерам. Они внимают ему.

— Ну, теперь вы, Армстронг, — сказал Стефен. — Каков был конец Пирра?

— Конец Пирра, сэр?

— Я знаю, сэр. Спросите меня, сэр, — сказал Комин.

— Подождите. Ну, Армстронг, что вы знаете о Пирре?

Пакет с винными ягодами приютился в ранце Армстронга. Время от времени он мял их в ладонях и потихоньку проглатывал. Зернышки прилипли к слизистой оболочке его губ. Подслащенное детское дыхание. Состоятельная семья, гордая тем, что старший сын служит во флоте. Вико-роуд, Далки.

— Пирр, сэр? Pier — мол[2].

Все засмеялись. Невеселый, пронзительный, злорадный смех. Армстронг оглянулся на товарищей, бессмысленно улыбающийся профиль. Сейчас они засмеются еще громче, зная, что я не умею приказывать, зная, какую плату вносят их отцы.

— Скажите мне, — проговорил Стефен, дотронувшись книгой до плеча Армстронга, — что такое мол?

— Мол, сэр? Это — выступает в море, вроде моста. Кингстаун-пир, сэр...

Кое-кто снова засмеялся. Невесело, но с умыслом. Двое на

---

[1] Уильям Блейк (1757—1827), английский поэт и художник.

[2] Pier (пир) — по-английски «мол».

задней скамейке перешептывались. Да. Они познали: никогда не учившись, никогда не быв невинными. Все. С завистью он вглядывался в их лица. Эдит, Этель, Герти, Лили. Такие же, как они: их дыхание, тоже подслащенное чаем и вареньем. Их браслеты, позвякивающие в борьбе.

— Кингстаун-пир, — сказал Стефен. — Да, неудачливый мост. Слова смутили их взор.

— Как же это, сэр? — спросил Комин. — Мост — это через реку.

Для коллекции Гэйнса. Здесь никто не поймет. Сегодня вечером, среди споров и неистового пьянства, пронзить гладкую кольчугу его ума. Ну, и что же? Шут при дворе своего господина, снисходительно презираемый, добивающийся его благосклонной похвалы. Почему они все избирали эту роль? Не только ради примиряющей ласки. И для них история была слишком часто слышанной басней, родина — ссудной кассой.

Разве Пирр не пал от руки аргосской колдуньи и Юлий Цезарь не погиб под ударами кинжалов? Изгнать из памяти их нельзя. Время выжгло на них клеймо, и, закованные, пребывают они среди отвергнутых ими бесконечных возможностей. Возможностей ли, раз они никогда не были осуществлены? Может быть, только то и было возможно, что осуществилось? Тките, ткачи ветра.

— Расскажите нам что-нибудь, сэр.

— Пожалуйста, сэр. О привидениях.

— Где мы остановились? — спросил Стефен, открывая другую книгу.

— «Не умер Лисидас[1]», — сказал Комин.

— Отвечайте, Тальбот.

— А история, сэр?

— После, — сказал Стефен. — Отвечайте, Тальбот.

Смуглый мальчик незаметно открыл книгу, спрятанную под ранцем. Он начал бессвязно декламировать, то и дело косясь в книгу:

> Не умер Лисидас — исчез под гладью вод.
> Не плачь, пастух! Душа его живет!
> И смотрит он на нас... И все ж он близок нам...

Значит, должно быть движение, действительность возможного как возможного. В невнятном бормотании стихов складывалась формула Аристотеля и уносилась в прилежную тишину библиотеки св. Женевьевы, где вечер за вечером он читал, укрывшись от

---

[1] «Лисидас» (1637), поэма Джона Мильтона.

греховного Парижа. Рядом с ним хрупкий сиамец зубрил учебник по стратегии. Сытые и насыщающиеся мозги вокруг меня; под яркими лампами, наколотые на булавки, слабо шевелят сяжками, а во мраке моего сознания — чудовище подземного мира, неповоротливое, боящееся света, шевелящее своей драконьей чешуей. Мысль есть мысль мысли. Светлое спокойствие. Душа — это по существу все то, что есть: душа есть форма форм. Спокойствие внезапное, всеобъемлющее, блистающее: форма форм.

Тальбот повторял:

> Таков приказ того, ходил кто по водам.
>
> Таков приказ того...

— Переверните страницу, — спокойно сказал Стефен. — Я ничего не вижу.

— Что, сэр? — простодушно спросил Тальбот, наклоняясь вперед.

Его рука перевернула страницу. Он откинулся назад и продолжал, припомнив: о том, ходил кто по водам. И здесь тоже, на этих малодушных сердцах, лежит Его тень, и на сердце и губах хулителя, и на моих. Она лежит на лукавых лицах тех, кто предложил Ему динарий. Кесарю кесарево, Богу Божье. Долгий взгляд темных глаз, загадочные слова, которые будут ткать и ткать на станках церкви. Воистину.

> Загадай, загадай, загадай мне загадку.
>
> Мой отец приказал мне посеять зерно.

Тальбот сунул закрытую книгу в ранец.

— Все отвечали? — спросил Стефен.

— Да, сэр. В десять хоккей, сэр.

— Раньше кончаем. Сегодня четверг, сэр.

— Загадать вам загадку? — спросил Стефен.

Они торопливо складывали книжки, шелестя страницами, стуча карандашами. Сбившись в кучу, они стягивали ремнями ранцы и кричали наперебой:

— Загадайте, сэр. Мне, мне, сэр!

— Нет, мне, сэр!

— Потруднее, сэр!

— Ну, слушайте, — сказал Стефен.

> Пропел петух,
> Закат потух.
> На небе звон колоколов
> Пробил одиннадцать часов.
> Душе ее пора
> Уйти на небеса.

Что это такое?

— Как, сэр?

— Еще раз, сэр. Мы не расслышали.

С каждой строчкой их глаза расширялись все больше. После молчания Кокрэн сказал:

— Что это такое, сэр? Мы сдаемся.

Стефен ответил, чувствуя, как у него щекочет в горле:

— Лисица хоронит свою бабушку под кустом остролистника.

Он встал с места и разразился громким нервным смехом, на который ответило эхо их разочарованных восклицаний.

В дверь постучали клюшкой, и голос из коридора позвал:

— На хоккей!

Они рассыпались в разные стороны, вылезая из-за парт и перепрыгивая через них. Быстро они исчезли, и из чулана донеслось шарканье подошв и трескотня клюшек и языков.

Сарджент, который один остался в комнате, медленно подошел к нему, протягивая открытую тетрадь. Спутанные волосы и худая шея говорили о нерешительности; сквозь непротертые очки жалобно глядели близорукие глаза. На бесцветной впалой щеке расплылось овальное чернильное пятно, свежее и влажное, как след слизня.

Он протянул тетрадь. Слово «Задачи» было написано на первой строчке. Дальше спотыкались неуклюжие цифры, и внизу стояла кривая подпись с росчерком и кляксой: Сирил Сарджент. Подпись и печать.

— Мистер Дизи велел мне их переписать и показать вам, сэр.

Стефен дотронулся до полей тетради. Ненужность.

— Теперь вы понимаете, как это надо делать? — спросил он.

— Примеры от одиннадцатого до пятнадцатого, — ответил Сарджент. — Мистер Дизи велел мне их списать с доски, сэр.

— А сами вы их можете решить?

— Нет, сэр.

Некрасивый и ненужный, тонкая шея и спутанные волосы, и чернильное пятно, след слизня. А ведь кто-то любил его, носил на руках и в сердце. Если бы не она, стремительный бег мира растоптал бы его под ногами, раздавленного бескостного слизня. Она любила его слабую водянистую кровь, взятую из ее собственной. Значит, это в самом деле то. Единственное настоящее в жизни. Через простертое тело его матери в священном рвении перешагнул неистовый Колумбанус[1]. Ее больше нет. Трепетный остов ветки, сожженной на костре; запах розового дерева и сырого пепла. Она не дала растоптать его под ногами и ушла, словно она и не существовала. Душа ее ушла на небеса: и на пусто-

---

[1] Ирландский святой (VI век).

ши, под мигающими звездами, лисица с ржаво-рыжей вздыбленной шерстью, с безжалостными горящими глазами скребет землю, прислушивается, скребет землю, прислушивается, скребет и скребет.

Сидя около него, Стефен решал задачу. Он доказывает при помощи алгебры, что дух Шекспира приходится Гамлету дедом. Сарджент искоса взглядывал на него сквозь криво надетые очки. Хоккейные клюшки гремели в чулане; крики и глухой стук мяча с площадки.

По странице в чопорном мавританском танце двигались математические знаки, маскарад букв в причудливых колпачках квадратов и кубов. Беритесь за руки, переходите, кланяйтесь вашей даме; вот так; бесенята, порожденные фантазией мавров. Они тоже ушли из мира, Аверроэс и Моисей Маймонид, темные лицом и движениями, отразившие в своих насмешливых зеркалах непонятную душу мира, тьма, сиявшая в свете, которую свет не объял.

— Поняли теперь? Сможете вторую сделать сами?

— Да, сэр.

Длинными, неуверенными штрихами Сарджент списывал задачи. Все время ожидая помощи, его рука старательно выводила неровные цифры, слабая краска стыда вспыхивала под тусклой кожей. *Amor matris*[1] — субъективный и объективный родительный падеж. Своей водянистой кровью и свернувшимся молоком она вскормила его и прятала от чужого взора его пеленки.

Такой же был и я, те же опущенные плечи, та же угловатость. Мое детство, склонившееся рядом со мной. Слишком далеко, чтобы хоть слегка, хоть один раз дотронуться до него. Мое — далеко, а его — таинственно, как наши глаза. Тайны, темные, тихие, таятся в черных чертогах наших сердец; тайны, уставшие от своей тирании; тираны, жаждущие быть низвергнутыми.

Задача решена.

— Это совсем не трудно, — сказал Стефен, вставая с места.

— Да, сэр, благодарю вас, сэр, — ответил Сарджент.

Он промокнул страницу листком тоненькой промокательной бумаги и отнес тетрадь на парту.

— Возьмите-ка свою клюшку и ступайте играть, — сказал Стефен, идя к двери вслед за угловатой фигурой мальчика.

— Да, сэр.

В коридоре было слышно, как зовут с площадки:

— Сарджент!

— Бегите же, — сказал Стефен, — мистер Дизи зовет.

Стефен стоял в дверях и смотрел, как опоздавший торопился

---

[1] Материнская любовь (*лат.*).

к неровной лужайке, где беспорядочно спорили резкие голоса. Мальчиков разбили на команды, и мистер Дизи пошел по лужайке, перешагивая через кустики травы ногами в гетрах. Когда он достиг школьного здания, спорящие голоса снова позвали его. Он повернул к ним сердитые седые усы.

— Что там еще? — выкрикнул он, не слушая.

— Кокрэн и Холидей на одной стороне, сэр, — крикнул Стефен.

— Пожалуйста, подождите минутку в моем кабинете, — сказал мистер Дизи, — пока я здесь водворю порядок.

Он озабоченно пошел по лужайке, продолжая строго кричать старческим голосом:

— Ну, в чем дело? Что там еще?

Их резкие голоса кричали вокруг него, их суетящиеся фигуры обступили его; пронзительный солнечный свет обесцвечивал мед его плохо выкрашенных волос.

Дымный затхлый воздух стоял в кабинете, запах темной стертой кожи старых кресел. Как в первый раз, когда он со мной здесь торговался. Как было вначале: и ныне. На буфете — поднос с монетами Стюартов, презренное сокровище ирландских болот: и присно. И приютившиеся на фиолетовом бархате, потускневшем, в футляре для ложек, двенадцать апостолов, благовествовавших всем язычникам: и во веки веков.

Торопливые шаги на каменном крыльце и в коридоре. Раздувая редкие усы, мистер Дизи остановился у стола.

— Прежде всего уладим наши денежные дела, — сказал он.

Он вытащил из кармана сюртука записную книжку, перетянутую ремешком. Она раскрылась, и мистер Дизи вынул два банковых билета, один — склеенный посередине, и бережно положил на стол.

— Два, — сказал он, перевязывая и убирая книжку.

А теперь в сейф за золотом. Смущенная рука Стефена перебирала раковины в холодной каменной вазе; трубороги и угровки и багрянки, вот эта, как тюрбан эмира, и эта — морской гребешок. Добыча старого пилигрима, мертвое сокровище, скорлупки.

Соверен упал, блестящий и новенький, на мягкие складки скатерти.

— Три, — сказал мистер Дизи, вертя в руках маленькую копилку. — Удобная вещь. Посмотрите. Здесь соверены. Здесь шиллинги, сикспенсы и полукроны, а здесь — кроны. Посмотрите-ка!

Он выдавил две кроны и два шиллинга.

— Три и двенадцать, — сказал он. — Кажется, правильно.

— Благодарю вас, сэр! — сказал Стефен, со смущенной поспешностью подбирая деньги и кладя их в карман брюк.

— Не за что, — сказал мистер Дизи, — вы их заработали.

Рука Стефена, освободившись, снова потянулась к пустым раковинам. Тоже символы красоты и власти. Скомканные в моем кармане. Символы, оскверненные алчностью и скупостью.

— Не носите их так, — сказал мистер Дизи, — вы их где-нибудь вытащите и потеряете. Купите себе такую же штуку. Они очень удобны.

Отвечай что-нибудь.

— У меня она часто была бы пуста, — сказал Стефен.

Та же комната, тот же час, та же мудрость, и я тот же. Три раза уже. Три петли вокруг моей шеи. Что ж. Я могу вырваться сейчас же, если захочу.

— Потому что вы не делаете сбережений, — сказал мистер Дизи, подняв палец кверху. — Вы еще не знаете, что такое деньги. Деньги — это власть. Знаю, знаю. Если бы молодость знала... А что говорит Шекспир? «Лишь бы были деньги в кошельке».

— Яго, — пробормотал Стефен.

Он отвел глаза от праздных раковин и встретил пристальный взгляд старика.

— Он знал, что такое деньги, — сказал мистер Дизи, — он наживал деньги. Он был поэт, но он был и англичанин. Знаете, чем гордятся англичане? Знаете, какие самые гордые слова в устах англичанина?

Властитель морей. Его, как море, холодные глаза смотрели на пустынную гавань: виновата история; на меня и на мои слова — без ненависти.

— Что над его империей, — сказал Стефен, — солнце никогда не заходит?

— Чепуха! — воскликнул мистер Дизи. — Это не англичанин — это кельт сказал. — Он постучал копилкой по ногтю большого пальца. — Я скажу вам, — проговорил он торжественно, — чем он больше всего гордится. Я никому не должен.

Молодец, молодец.

— Я никому не должен. За всю мою жизнь я не занял и шиллинга. Можете вы это о себе сказать? Я никому не должен. Можете?

Маллигану девять фунтов, три пары носков, пару ботинок, галстуки. Керрану десять гиней. Мак-Кэнну гинею. Фреду Райену два шиллинга. Темплу за два завтрака. Расселу гинею. Казенсу десять шиллингов. Бобу Рейнолдсу полгинеи. Келлеру три гинеи. Миссис Мак-Кернан за пять недель. Бесполезны мои скомканные бумажки.

— В данный момент — нет, — ответил Стефен.

Мистер Дизи расхохотался, пряча копилку.

— Я так и знал, — сказал он весело. — Но когда-нибудь вам придется. Мы великодушны, но мы должны быть и справедливы.

— Я боюсь этих громких слов, — сказал Стефен, — от которых мы становимся несчастными.

Мистер Дизи несколько мгновений сурово рассматривал над камином стройную фигуру мужчины в шотландском костюме: Альберт Эдуард, принц Уэльский.

— Вы думаете, что я старый хрыч и старый тори, — сказал его задумчивый голос. — Я видел три поколения со времен О'Коннелла. Я помню голод. Знаете ли вы, что ложи оранжистов агитировали за расторжение унии на двадцать лет раньше О'Коннелла, раньше, чем прелаты нашего исповедания объявили его демагогом? Вы, фении[1], кое-что забываете.

Славное, благоговейное, бессмертное воспоминание.

Алмазная Ложа в Армаге[2] Великолепном, увешанная трупами папистов. Сборище колонизаторов, хриплые, вооруженные, замаскированные. Черный Север и верная голубая Библия. Стриженые[3], сдавайтесь!

Стефен резко повернулся.

— И во мне течет мятежная кровь, — сказал мистер Дизи. — С материнской стороны. Но мой предок, сэр Джон Блеквуд, голосовал за унию. Все мы — ирландцы, все — потомки королей.

— Увы! — сказал Стефен.

— *«Per vias rectas»*[4], — твердо сказал мистер Дизи, — был его девиз. Он голосовал за унию, надел ботфорты и поскакал для этого из Арсоф-Дауна в Дублин.

> Лаль де раль де ра.
> Кремнистый путь на Дублин.

Сердитый сквайр на коне в блестящих ботфортах. Прекрасный день, сэр Джон. Прекрасный день, ваша честь. День... День... Два ботфорта, трусящих рысцой по дороге в Дублин. Лаль де раль де раль, лаль де раль де ралли.

— Кстати, — сказал мистер Дизи, — вы можете сделать мне большое одолжение, мистер Дедалус, через ваших друзей-литераторов. Я написал письмо в редакцию. Присядьте на минутку, я только перепечатаю конец.

Он подошел к конторке у окна, пододвинул стул и перечитал несколько строк на листке, заложенном в машинку.

---

[1] Ирландское тайное общество, боровшееся за независимость Ирландии.

[2] Город в Ирландии, местопребывание архиепископов протестантской и католической церквей.

[3] Ирландские повстанцы 1798 года коротко стригли волосы в знак солидарности с французскими революционерами.

[4] По правому пути (*лат.*).

— Присядьте же! Извините меня, — сказал он через плечо. — Голос здравого смысла. Одну минутку.

Из-под нависших бровей, поглядывая в рукопись, лежащую у его локтя, и бормоча про себя, он начал ударять по неподатливым клавишам машинки, пыхтя каждый раз, как приходилось передвинуть валик, чтобы стереть ошибку.

Стефен бесшумно сел в присутствии коронованной особы. В рамках на стенах почтительно стояли изображения давно умерших лошадей, подняв свои кроткие головы. Отпор, лорда Гастингса, Стрелок, герцога Вестминстерского, Цейлон, герцога Бофорта, Prix de Paris[1], 1866. Крошечные жокеи сидели на них, ожидая сигнала. Он видел их резвость, ставил на королевские цвета и кричал вместе с давно умершей толпой.

— Точка! — приказал мистер Дизи клавишам. — Но скорейшее разрешение этого важного вопроса...

Куда Крэнли привел меня, чтобы сразу разбогатеть: выискивая верную лошадь среди забрызганных грязью шарабанов, среди рева букмекеров и затхлой вони пищи над пестрой слякотью. Один против одного на Фейр Ребел; десять против одного на остальных. Игроки и жулики, мы бежали за копытами, за картузами и камзолами, мимо женщины, подруги мясника, с лицом как сырое мясо, жадно сосущей дольку апельсина.

Резко раздавались крики с площадки; острая трель свистка.

Гол: тоже цель. Я среди них, среди борющихся тел в свалке: турнир жизни. Я — тот рахитичный маменькин сынок, слегка зобатый. Турниры, слякоть и грохот сражений, мерзлая блевотина убитых, крики, когда окровавленные внутренности повисают на острие копья.

— Готово, — сказал мистер Дизи, вставая. Он подошел к столу, складывая листки. Стефен поднялся.

— Здесь я изложил весьма кратко всю сущность дела, — сказал мистер Дизи. — Это о ящуре. Просмотрите, пожалуйста. Не может быть двух мнений по этому вопросу.

Пользуясь любезностью вашей уважаемой газеты. Доктрина *laissez faire*[2], которая, к сожалению, слишком часто. Наша скотопромышленность. Как все наши отрасли хозяйства. Ливерпульская клика саботирует карантин в порту Голуэй. Зараза проникает из Европы. Фураж поступает к нам с континента. Невозмутимое спокойствие Департамента Земледелия. Простите за ссылку на классиков. Кассандра. Женщина ничем не лучше других. Переходим к существу дела.

---

[1] Скаковой приз (*франц.*).

[2] Халатное отношение (*франц.*).

— Я с ними не церемонюсь, как вы находите? — спросил мистер Дизи. Стефен продолжал читать.

Ящур. Известное, как препарат Коха. Серум и вирус. Процент вакцинированных лошадей. Чума рогатого скота. Императорские лошади в Мюрцштеге, Нижняя Австрия. Ветеринарные врачи. Мистер Генри Блейквуд Прайс. Любезно предлагает сделать проверку. Голос здравого смысла. Вопрос огромного значения. В полном смысле слова — взять быка за рога. Благодарю за любезно предоставленную мне возможность.

— Я хочу, чтобы это было напечатано и всеми прочитано, — сказал мистер Дизи. — Вы увидите, что при следующей же эпизоотии на ирландский скот будет наложено эмбарго. А ящур можно вылечить. Он излечим. Мой родственник, Блейквуд Прайс, пишет, что в Австрии ветеринары вылечивают скот. Они предлагают свои услуги. Я пытаюсь оказать давление на Департамент. Теперь я хочу еще обратиться к помощи печати. Я окружен трудностями... интригами... мелкими происками...

Он поднял указательный палец и погрозил кому-то в пространство.

— Вот что я вам скажу, мистер Дедалус, — проговорил он, — Англия — в руках евреев. Они всюду — на всех видных постах, в финансах, в прессе. А это — признак упадка нации. Там, где евреи скопляются, они высасывают все соки нации. Я предвидел это. Совершенно бесспорно, что еврейские торгаши уже принялись за свою разрушительную работу. Старая Англия умирает.

Он быстро отступил в сторону, его глаза оживились голубым блеском, попав в полосу солнечного света. Он снова повернул назад.

— Умирает, — сказал он, — если уже не умерла.

> Голоса твоих дочерей — они тело свое продают;
> Старой Англии саван, саван Англии ткут.

Широко открытые сосредоточенные глаза сурово смотрели в пространство, через полосу солнечного света, в которой он остановился.

— Торгаш, — сказал Стефен, — это тот, кто покупает дешево и продает дорого. Иудей или язычник, не так ли?

— Они согрешили против вечного света, — торжественно сказал мистер Дизи. — В их глазах — тьма. И вот почему они по сей день не имеют пристанища на земле.

На ступенях Парижской биржи золотокожие люди сообщают друг другу курсы пальцами в перстнях. Гоготание гусей. Они толпятся, шумные, оскверняющие храм. Их головы под неуклюжими цилиндрами замышляют выгодные сделки. Не их: эта одежда, эта речь, эти жесты. Их большие медленные глаза опровергают их слова, движения — беспокойные и неоскорбительные, но они знают, что злоба скопляется вокруг них, и знают, что их старания тщетны. Тщетно собирать и копить. Время снова развеет все. Собранное, накопленное и сложенное у дороги. Награбленное и брошенное. Глаза их знали годы скитаний, и, терпеливые, знали бесчестие своей плоти.

— Кто из нас без греха? — сказал Стефен.

— Что вы хотите сказать? — спросил мистер Дизи.

Он сделал шаг вперед и остановился у стола. Его нижняя челюсть недоумевающе отвисла. Так это древняя мудрость? Он ждет моих слов.

— История, — сказал Стефен, — это кошмар, от которого я стараюсь пробудиться.

Громкие крики послышались на площадке. Звонкая трель свистка. Цель. А что, если этот кошмар ударит рикошетом?

— Пути Создателя неисповедимы, — сказал мистер Дизи. История движется к одной великой цели — проявлению Бога. Стефен, ткнув пальцем по направлению к окну, сказал:

— Вот Бог.

— Ура! Эй! У-у-у!

— Что? — спросил Дизи.

— Крик на улице, — ответил Стефен, пожав плечами.

Мистер Дизи опустил глаза, сжав пальцами ноздри.

Снова подняв глаза, он отпустил нос.

— Я счастливее вас, — сказал он. — Мы совершили много грехов, много ошибок. Через женщину грех вошел в мир. Из-за женщины ничем не лучше других, из-за Елены, беглой жены Менелая, десять лет воевали греки с троянцами. Неверная жена первая привела к нашим берегам чужестранцев, жена Мак-Мерроу и прелюбодей О'Рурке, принц Бреффин. Женщина погубила Парнелла. Много ошибок, много неудач, но только не этот грех. И теперь, в конце дней моих, я борюсь и буду биться за правду до самого конца.

> Право свое, правду свою
> Ульстер добудет в бою.

Стефен поднял листки.

— Так, значит, сэр... — начал он.

— Я предвижу, что вы долго здесь не останетесь, — сказал мистер Дизи. — Не ваше призвание быть учителем. Возможно, я ошибаюсь.

— Учеником скорее, — сказал Стефен. — А здесь ты чему еще научишься?

Мистер Дизи покачал головой.

— Кто знает? — сказал он. — Чтобы учиться, нужно смирение. Жизнь — великий учитель.

Стефен снова зашелестел листками.

— Что касается этого... — начал он.

— Да, да, — сказал мистер Дизи. — Я дал вам два экземпляра. Если можно, поместите их сразу.

Телеграф. Ирландская усадьба.

— Попытаюсь, — сказал Стефен. — Я сообщу вам завтра. Я немного знаком с двумя редакторами.

— Вот и прекрасно, — с живостью сказал мистер Дизи. — Вчера вечером я написал мистеру Филду, члену парламента. Сегодня — собрание Ассоциации скотопромышленников в «Сити-Армс отеле». Я просил его огласить мое письмо. Постарайтесь поместить его в этих двух газетах. А какие это газеты?

— «Вечерний телеграф»...

— Прекрасно, — сказал мистер Дизи. — Нельзя терять времени. Ну, а теперь мне нужно ответить на письмо моего родственника.

— До свидания, сэр, — сказал Стефен, пряча листки в карман. — Благодарю вас.

— Не за что, — ответил мистер Дизи, перерывая бумаги на конторке. — Мне доставляет удовольствие скрестить копья с вами, хоть я и стар.

— До свидания, сэр, — повторил Стефен, кланяясь его наклоненной спине.

Он вышел в открытую дверь и пошел по усыпанной гравием дорожке под деревьями, слушая громкие голоса и стук клюшек на площадке. Мимо геральдических львов на столбах вышел он в ворота. Беззубые чудища. Все-таки я ему помогу в его борьбе. Маллиган наградит меня новым прозвищем. Бард Благодетель Быков.

— Мистер Дедалус![1]

Бежит за мной. Неужели еще письма.

— Одну минуточку!

— Да, сэр, — сказал Стефен, повернув назад от ворот.

Мистер Дизи остановился, запыхавшись, с трудом переводя дух.

— Я только хотел заметить, — сказал он, — говорят, что Ирландия имеет честь быть единственной страной, где никогда не преследовали евреев. Вам это известно? Нет. А знаете почему?

Он хмуро посмотрел на солнце.

---

[1] Начиная с этой фразы и до конца эпизода в настоящем издании восстановлена купюра, сделанная в журнальной редакции. — *Прим. составителя.*

— Почему, сэр? — улыбаясь, сказал Стефен.

— Потому что она их и на порог не пускала, — торжествующе сказал мистер Дизи.

Взрыв кашля и смеха вырвался из его горла, таща за собой клокочущий сгусток мокроты. Он быстро отвернулся, смеясь и откашливаясь, размахивая руками в воздухе.

— Она и на порог их не пускала, — воскликнул он снова, преодолевая смех и топая ногами в гетрах по гравию дорожки. — Вот почему.

На его мудрые плечи сквозь заслонку листьев солнце бросало блестки — танцующие монеты.

— ◇ —

Непреодолимая модальность видимого: по меньшей мере это, если не больше, мыслимое глазами. Отпечатки всех вещей, которые я здесь призван прочесть, морские ракушки и морские водоросли, приближающийся прилив, этот ржавый сапог.
Сопливо-зеленый, серебряно-голубой, ржавый: цветные отпечатки. Пределы прозрачного. Но, добавляет он: в телах. Следовательно, он сознал их как тела раньше, чем как цветные. Каким
образом? Надо думать, стукнувшись о них башкой. Полегче, полегче. Лысый он был и миллионер, *maestro di color che sanno*[1].
Предел прозрачного «в». Почему «в»? Прозрачное, непрозрачное.
Если тебе удастся проткнуть это своими пятью пальцами, значит,
решетка, если нет — значит, дверь. Закроем глаза и посмотрим.
    Стефен закрыл глаза, чтобы слышать, как хрустят хрупкие ра-
ковины и водоросли под его ботинками. Как бы то ни было, ты
проходишь сквозь это. Да, каждый раз по одному шагу. Очень
небольшой отрезок пространства за очень небольшой отрезок
времени. Пять, шесть: *nacheinander*[2]. Вот именно: это-то и есть
непреодолимая модальность слышимого. Открой глаза. Нет. Господи! А если бы я свалился с обрыва, чье основанье омывает,
непреодолимо провалился сквозь *nebeneinander*[3]. Я отлично про-
двигаюсь в темноте. Мой деревянный меч висит у меня на боку.
Нащупывай им дорогу — так делают они. Моими ступнями в его
ботинках оканчиваются его ноги, *nebeneinander*. Кажется, прочно:
прибили молотом *Los Demiurgos*[4]. В вечность ли шагаю я вдоль
Сэндимонтского берега? Треск, хряск, хруст, хруст. Рассыпанные
морем деньги. Отец Дизи знает их все.

Давай поедем в Сэндимонт,
Кобылица Маделин!

    Видишь, возникает ритм. Я слышу. Каталектический ямбичес-
кий тетраметр, шагом. Нет, в галоп: «былица Маделин».
    Теперь открой глаза. Хорошо. Одну минутку. А что, если все
исчезло за это время? А вдруг я открою их и навсегда окажусь в
черной непрозрачности? Баста! Увижу, если я вижу.
    Смотри теперь. Было здесь все время без тебя, и будет всегда,
во веки веков.
    Они осторожно спускались по ступеням с Лихи-террэс,

---

[1] Учитель тех, кто знает (*итал.*). Цитата из Дантова «Ада».

[2] Один за другим (*нем.*).

[3] Один подле другого (*нем.*).

[4] Демиурги (*исп.*).

310

Frauenzimmer[1]: вниз по отлогому берегу, вяло погружая свои плоские ступни в илистый песок. Как я, как Олджи, спускаются вниз к нашей могучей матери. Номер первый — тяжело помахивая своей акушерской сумкой, другая — зонтиком тыкая в песок. После отдыха на работу. М-с Флоренс Мак-Кэйб, вдова покойного Патка Мак-Кэйба, горько оплакиваемого Брайд-стрит. Одна из товарок ее втащила меня, плачущего, в жизнь. Что у нее в сумке? Выкидыш со свисающей пуповиной, завернутый в окровавленную вату? Каждого пуповина, звеньями цепляясь, уходит назад, волокносвитый канат всего, что есть плоть. Вот почему монастырские мистики. Хотите быть яко боги? Созерцайте свой омфалос. Алло. Говорит Кинч. Дайте Эдем. Алеф, альфа: ноль, ноль, один.

Супруга и спутница Адама Кадмона: Хева, обнаженная Ева. У нее не было пупка. Созерцайте. Чрево, незапятнанное и благостное, большое, блистающее белизной, туго обтянутый веллумом щит, нет, белокопенная пшеница, восточная и бессмертная, пребывающая присно и присно. Лоно греха.

В лоне греха, темном, был и я, сотворен, не рожден. Ими, мужчиной с моим голосом и моими глазами и призраком женщины с пеплом в дыхании. Они сжимали друг друга и разъединялись, исполняя хотение сочетавшего. До начала времен восхотел он меня и теперь, может быть, не расхочет меня вовеки. *Lex eterna*[2] пребывает с ним. Может быть, это и есть та божественная сущность, в которой Отец и Сын единосущны? Где ты, добрый, старый Арий, чтобы сделать выводы? Всю жизнь свою сражался против единопреображидотрамтарарамности. Злосчастный ересиарх. В греческом отхожем месте испустил он последний вздох: *euthanasia*[3]. В жемчугами усыпанной митре и с посохом, восседая на своем троне, вдовец овдовевшей епархии, с торчащим омофором, с замаранным задом.

Воздух кружился вокруг него, жестокий и кусающийся воздух. Они идут, волны. Белогривые кони, пенноуздые, ветровзнузданные скакуны Мананаана.

Не забыть бы про его письмо в редакцию. А после? В «Корабль», в полпервого. Кстати, поаккуратней с деньгами, как подобает примерному юному кретину. Да, так нужно.

Он зашагал медленней. Здесь. Пойду я к тете Саре или не пойду? Голос моего единосущного отца. Вы давно не видели вашего брата Стефена, знаете, литератора? Он, конечно, не на Страсбург-террэс у своей тети Салли? Неужели он все еще плавает так мелко? И еще и еще и еще скажи нам, Стефен, как

---

[1] Женщины (*нем.*).

[2] Вечный закон (*лат.*).

[3] Блаженная смерть (*греч.*).

поживает дядя Си? О Господи, с кем только я породнился! Мальчики наверху, на сеновале. Спившийся адвокатишка и его брат-кларнетист. В высшей степени респектабельные гондольеры. А косоглазый Уолтер величает своего отца сэром, не как-нибудь. Сэр. Да, сэр. Нет, сэр. Иисус плакал: и неудивительно, разрази меня Христос!

Я дергаю астматический звонок их забаррикадированного ставнями коттеджа и жду. Они думают — я кредитор, выглядывают со своего НП.

— Это Стефен, сэр.

— Впусти его. Впусти Стефена.

Засов отодвинут, и Уолтер встречает меня:

— Мы приняли вас за другого.

Обложенный подушками, укутанный одеялами на своей широкой постели, дядя Ричи протягивает крепкую руку через холмик своих колен. Чистогрудый. Он вымыл верхнюю половину.

Доброе утро, племянник.

Он откладывает в сторону доску, на которой он переписывает счета для мастера Гоффа и мастера Шэпленда Тэнди, подшивает расписки, исполнительные листы и судебные повестки. Рама из морского дуба над его лысой головой: Requiescat[1] Уайльда. На его сбивающий с толку свист приходит Уолтер.

— Да, сэр?

— Скажи матери, пива для Ричи и Стефена. Где она?

— Купает Крисси, сэр.

Спит с папочкой в одной постели. Любимая дочка.

— Нет, дядя Ричи...

— Называй меня просто Ричи. К черту эту вашу розовую водичку. От нее только слабит. Виски!

— Дядя Ричи, в самом деле...

— Сядь на место, или, клянусь честью, Гарри, я двину вас как следует.

Уолтер тщетно косоглазит в поисках стула.

— Ему не на что сесть, сэр.

— Ему некуда поместить свою, дурак. Принеси наш чиппендейлский стул. Не хочешь ли подкрепиться? Перестань ломаться, ты здесь не в гостях. Поджаренного сала с селедкой? Нет? Тем лучше. У нас в доме нет ничего, кроме пилюль от прострела. *All'erta!*[2]

Он тихонько насвистывает *aria di sortita*[3] Фернандо. Самое лучшее место, Стефен, во всей опере. Ты только послушай.

---

[1] Покойся с миром (*лат.*). Название стихотворения Оскара Уайльда.
[2] Живей! (*итал.*)
[3] Выходная ария (*итал.*).

Снова звучит его мелодичный свист, с тонкими модуляциями, подчеркивая все переходы, отбивая такт на поднятых коленях.

Этот ветер нежней.

Дома упадка, мой, его и все. Ты говорил дворянчикам в Клонгаусе, что у тебя один дядя судья, а другой — генерал. Уйди от них, Стефен, не там красота. И не в стоячих водах библиотеки Марша, где ты читал увядающие пророчества аббата Иоахима[1]. Кому они? Стоглавая толпа в ограде собора. Такой же ненавистник, как он, бежал от них в леса безумия, его грива, вспененная лунным светом, его глазные яблоки — звезды. Гуигнгнм, коненоздрый. Овальные лошадиные лица, Темпл, Бак Маллиган, Фокси Кэмпбелл. Впалые щеки. Отец аббат, неистовый декан[2], какое оскорбление бросило пламя в их мозг? Пафф! *Descende, calve, ut ne nimium decalveris*[3]. Гирлянда седых волос на его обреченной голове; вижу я его, карабкается вниз к тропинке (*descende*), сжимая дароносицу, василискоглазый. Вниз, лысая башка!

Хор посылает угрозу и эхо на клиросе алтаря, гнусавая латынь дородных попов, облеченных в стихари, тонзурованных и миропомазанных и выхолощенных, ожиревших от жира зародышей пшеницы.

И может быть, в это мгновение священник где-нибудь за углом подымает ее. Динь-дон! А еще за две улицы отсюда другой запирает ее в дароносицу. Дилинь-дон! А в часовне Богоматери другой засовывает облатку за щеку. Динь-дон! Вниз, вверх, вперед, назад. Вильгельм Оккам[4] думал об этом, непобедимый доктор. Туманным английским утром дьявол пресуществления щекотал его мозг. Опуская гостию вниз и становясь на колени, он слышал, как сплетается со вторым звоном его колокольчика первый звон в боковом приделе (он поднимает свою), и, вставая с колен, слышал (теперь поднимаю я), как два их звона (он становится на колени) сливаются в двоегласии.

Кузен Стефен, вы никогда не будете святым. Остров святых. Ты был ужасно набожным, не правда ли? Ты молился Пресвятой Деве, чтобы твой нос не был красным. Ты молился дьяволу на Серпентин-авеню, чтобы толстая вдовушка впереди тебя еще выше подняла юбки, переходя через лужу... *O si, certo!*[5] Продай свою душу за это, продай за цветные тряпки, зашпиленные бу-

---

[1] Христианский мистик Иоаким (ок. 1132—1202) рассматривал всю историю человечества как осуществление формулы Божественной Троицы.

[2] Имеется в виду Джонатан Свифт (1667—1745), декан собора св. Патрика в Дублине.

[3] Сходи вниз, плешивый, чтобы не слишком оплешиветь (*лат.*).

[4] Английский философ и теолог (ок. 1285—1347).

[5] Ну, еще бы! (*итал.*)

лавками вокруг грязной сквау. Еще расскажи мне, еще! На империале Гоутского трамвая, один, кричал в дождь: голые женщины! Как насчет этого, а?

Насчет чего «этого»? А для чего их выдумали?

Читал по две страницы из семи книг каждый вечер, а? Я был мальчишка. Ты кланялся сам себе в зеркале, серьезно выходя на аплодисменты, очень интересное лицо. Да здравствует непревзойденный идиот! Ура-а! Никто не видел; не рассказывай никому. Книги, которые ты собирался написать, с буквами вместо заглавий. Читали вы его F? Да, но я предпочитаю Q. Да, но лучше всего W. О да, W. Помнишь эпифании на зеленых овальных листах, глубокие-глубокие, в случае твоей смерти послать копии во все крупные библиотеки мира, включая Александрийскую? Кто-нибудь прочтет их там через тысячу лет, по прошествии манвантары. Похоже на Пико делла Мирандола. Вот именно, как облако похоже на кита. Когда читаешь эти странные слова, написанные тем, кто давно ушел из жизни, то чувствуешь, что живешь одной жизнью с тем, кто некогда...

Уже не зернистый песок под его ногами. Его ботинки снова попирают отсыревший обломок мачты, острые раковины, поскрипывающую гальку, что разбивается о гальку без числа, древесину, источенную корабельным червем, погибшую армаду. Гнилые пески старались засосать его попирающие подошвы, выдыхая дыхание сточных вод. Он обошел их, осторожно ступая. Пивная бутылка стояла стоймя, погребенная до пояса, в спекшемся песчаном тесте. Часовой; остров неутолимой жажды. Разбитые ободья на берегу; хитросплетение темных коварных сетей; немного дальше помеченные мелом задние двери и повыше, на берегу, веревка с двумя распятыми рубашками. Рингсенд: вигвамы загорелых лоцманов и мореходов. Человечьи раковины.

Он остановился. Я не свернул к тете Саре. Я не иду к ней? Надо думать, нет. Вокруг никого. Он повернул на северо-восток и пересек менее зыбкие пески, направляясь к Голубятне.

— *Qui vous a mis dans cette fichue position? — C'est le pigeon, Joseph*[1].

Патрис, уволенный в отпуск домой, лакал теплое молоко вместе со мной в баре «Мак-Магон». Сын дикого гуся, Кевин Эган парижский. Мой папа был голубь, он лакал сладкое *lait chaud*[2] младенческим розовым язычком: пухлое кроличье лицо. Лакал: *lapin*[3]. Он надеется выиграть *gros lot*. О природе женщин он читал

---

[1] Кто втравил вас в это малоинтересное положение? — Голубь, Иосиф (*франц.*).

[2] Горячее молоко (*франц.*).

[3] Кролик (*франц.*).

у Мишле. Но он должен прислать мне *«La vie de Jésus»*[1] Лео Так-
силя. Дал почитать ее приятелю.

— *C'est tordant, vous savez. Moi je suis socialiste. Je ne crois pas en
l'existence de Dieu. Faut pas le dire à mon père.*

— *Il croit?*

— *Mon père, oui*[2].

Schluss[3].

Он лакает.

Моя парижская шляпа, *Quartier Latin*[4]. Нам положительно необходимо одеться по ролям. Я хочу пюсовые перчатки. Вы были
студентом, не правда ли? Какого, к черту, факультета? Пэсээн.
P. C. N., знаете: *physiques, chimiques et naturelles*[5]. Ага. Съедал гро-
шовую порцию *mou en civet*, котлы с мясом в земле Египетской,
бок о бок с рыгающими кучерами. Нужно только сказать самым
обыкновенным тоном: когда я был в Париже, на *Boul' Mich'*[6], я
всегда. Вот именно, всегда носил в кармане надорванные трамвайные билеты, чтобы доказать свое алиби, если арестуют по по-
дозрению в убийстве. Правосудие. Два свидетеля видели подсуди-
мого в ночь на 17 февраля 1904 года. Другой сделал это: другой
я. Шляпа, галстук, пальто, нос. *Lui, c'est moi*[7]. Надо думать, ты
там неплохо проводил время.

Гордо ступая. В походке ты подражал: кому? Забыл: лишен
собственности. С переводом от матери на восемь шиллингов
дверь почтового отделения захлопнул перед твоим носом швейцар. Голод, — зубная боль. *Encore deux minutes*[8]. Посмотрите на
часы. Очень спешно. *Fermé*[9]. Цепная собака! Взвести курок пулю
в него брызги крови мозга об стены медные пуговицы. Брызги
крови мозга кррррак щелк все на месте опять. Я вас не ушиб?
Ничего, ничего, не беспокойтесь. Ваших пять. Ничего, ничего,
ради Бога, не беспокойтесь.

Ты собирался натворить чудес, так ведь? Миссионером в Европе по стопам неистового Колумбана. Фиакр и Скотт на своих
зыбких небесных табуретах расплескивали пиво из кружек, гром-

---

[1] Жизнь Иисуса (*франц.*).

[2] Это уморительно, знаете. Я — социалист. Я не верю в Бога. Не
говорите этого моему отцу. — Он верит? — Мой отец — да (*франц.*).

[3] Конец (*нем.*).

[4] Латинский квартал (*франц.*).

[5] Физико-химического и естественно-научного (*франц.*).

[6] Сокращенное Boulevard Saint-Michel — улица в Париже, в Латинском квартале.

[7] Он — это я (*франц.*).

[8] Еще две минуты (*франц.*).

[9] Закрыто (*франц.*).

колатынно хохоча: *Euge! Euge!*[1] Говорил на ломаном английском языке, когда тащил свой чемодан, носильщику надо три пенса, по скользкому молу в Ньюхэвене. *Comment?*[2] Богатую добычу привез ты с собой: *Le Tutu*, пять потрепанных номеров *Pantalon Blanc* et *Culotte Rouge*[3], голубенькую французскую телеграмму, показывать как сувенир:

Мать умирает приезжай отец.

Тетушка считает, что ты убил свою мать. Поэтому она не...

> Так выпьем за тетку, друзья,
> За тетку Маллигана;
> Все содержит в порядке она
> В семействе Ханигана.

Его ноги зашагали в неожиданном гордом ритме по песчаным бороздам вдоль валунов южной стены. Он гордо рассматривал их, нагроможденные каменные черепа мамонтов. Золотой свет на море, на песке, на валунах. Там солнце, стройные деревья, лимонные дома.

Сыро просыпается Париж, жесткий солнечный свет на его лимонных улицах. Влажный мякиш свежего хлеба, квакше-зеленая полынь, ее утренний ладан, нежит воздух. *Belluomo* встает с постели жены любовника своей жены, хозяйка в платке суетится с блюдцем уксусной кислоты в руках. У Родо Ивонна и Мадлена подновляют свои помятые прелести, похрустывая пирожными на золотых зубах, губы их желтые от сока *flan breton*[4]. Лица парижан проходят мимо, их покоренные покорители, завитые конквистадоры.

Полдень дремлет. Кевин Эган пальцами в типографской краске крутит сигаретки, начиненные порохом, потягивая свою зеленую фею, как Патрис свою белую. Вокруг нас чавкают пожиратели приправленных пряностями бобов. *Un demi setier!*[5] Струя кофейного пара вырывается из блестящего котла. По его знаку она подает мне. *Il est irlandais. Hollandais? Non fromage. Deux irlandais, nous, Irlande, vous savez? Oh, oui!*[6] Она думала, заказывают голландский сыр. Ваше послетрапезное, знакомо вам это слово? Послетрапезное. У меня был знакомый в Барселоне, такой чудак, он всегда называл это своим послетрапезным. Итак: *slainte!*[7] Во-

---

[1] Ну же, ну! (*лат.*)

[2] Как? (*франц.*)

[3] «Le Tutu», «Pantalon Blanc» и «Culotte Rouge» — французские порнографические журналы.

[4] Круглая тортинка с кремом (*франц.*)

[5] Полукружки (*франц.*).

[6] Он ирландец, голландец? Нет, сыр. Два ирландца, мы, Ирландия, знаете? Ах да! (*франц.*)

[7] Будем здоровы (*франц.*).

круг мраморных столиков проспиртованные дыхания сплетаются с рыганьем глоток. Его дыхание стелется над нашими тарелками с остывшим соусом, жало зеленой феи высовывается у него изо рта. Об Ирландии, о Далькассиях, о надеждах, заговорах, об Артуре Гриффитсе, теперь. Ярмом на меня, на его современника, наши преступления, наше общее дело. Вы сын своего отца. Узнаю голос. Его бумазейная блуза, кровавоузорная, подрагивает листочками, слушая его тайны. Г-н Дрюмон, знаменитый журналист, Дрюмон, знаете, как он называл королеву Викторию? Старая ведьма с желтыми зубами. *Vieille ogresse aux dents jaunes*[1]. Мод Фин, красивая женщина, *La Patrie*[2], г-н Мильвуа, Феликс Фор, знаете, как он умер? Распутные мужчины. Фрекен, *bonne à tout faire*[3], отмывающая мужскую наготу в ванном заведении в Упсале. *Moi faire*[4], говорит она. *Tous les messieurs*[5]. Но не этого *monsieur*, говорю я. Чрезвычайно непристойный обычай. Купанье — интимное дело. Я не позволил бы моему брату, даже моему родному брату, это крайне непристойно. Зеленые глаза, вижу вас. Жало, чувствую. Распутный народ.

Голубой фитиль горит мертвенно в его горсти, разгорается ярче. Волокна табака воспламеняются: пламя и едкий дым озаряют наш угол. Костлявые скулы под широкополой шляпой. Побег главы заговорщиков. Самые достоверные сведения. Под видом новобрачной, фата и флердоранж, по шоссе на Малагайд. Да, да, честное слово. Оставленных вождей, брошенных всеми, паническое бегство. Переодетый вырвался из лап, бежал, след простыл.

Отвергнутый любовник. Рослым молодцом был я тогда, уверяю вас, как-нибудь я покажу вам свою карточку. Да, да, честное слово. Любовник, в погоне за ее любовью крался он с полковником Ричардом Бэрком, вождем его клана, под стенами Клеркенвелла и, притаившись, видел, как пламя возмездия взметнуло их кверху в тумане. Вдребезги стекла, рушатся стены. В веселом городе Париже скрывается он, Эган парижский, не разыскиваемый никем, кроме меня. Днем — грязная наборная касса, три излюбленных таверны, ночью — ненадолго засыпает в своем логове на Монмартре, rue de la goutte d'or, где по финифти стен засиженные мухами лица умерших. Без любви, без родины, без жены. Она устроилась очень мило без своего изгнанника-мужа, madame, на rue Gît-le-Cœur, у нее канарейка и двое жильцов. Покрытые

---

[1] Старая людоедка с желтыми зубами (*франц.*).

[2] Родина (*франц.*): по-видимому, автор имеет в виду известную драму В. Сарду.

[3] Прислуга за все (*франц.*).

[4] Я сделать (*ломаный франц.*).

[5] Всех господ (*франц.*).

пушком щеки, полосатая юбка, резвится, как девочка. Отвергнутый и не отчаявшийся. Скажите Пату, что вы меня видели, хорошо? Как-то раз я хотел устроить Пата на службу. *Mon fils*[1], французский солдат. Я научил его петь. Ребята из Килкенни не боятся ничего. Знаете эту старинную песню? Я научил Патриса петь ее, Старый Килкенни: святой Каннис, замок графа Стронгбау на северном побережье. Мотив такой:

> О, о! Он берет меня, Нэппер Тэнди, за руку.
> О, о! ребята из Килкенни...

Слабая изнуренная рука на моей. Они забыли Кевина Эгана, но он их нет. Аще забуду тебя, Сионе.

Он подошел ближе к морю, и влажный песок засасывал его ботинки. Новая мелодия приветствовала его, ударяя по его натянутым нервам, ветер, безумный, веющий музыкой. Что, разве я иду к плавучему маяку Киш? Он резко остановился, и его ноги начали погружаться в зыбкую почву. Повернись назад.

Повернувшись, он осмотрел южный берег, и его ноги медленно погружались в новые следы. Холодная сводчатая комната башни ждет. Столбы света, падающие через бойницы, неуклонно движутся, медленно, как погружаются мои ноги, подползая к сумеркам по солнечным часам пола. Синие сумерки, наступление ночи, глубокая синяя ночь. В сводчатой темноте они ждут, их оставленные стулья, мой стоящий торчком чемодан вокруг стола с покинутыми тарелками. Кому убирать? Ключ у него. Я не буду спать там сегодня ночью. Закрытая дверь молчаливой башни, в которой погребены их слепые тела, саиб с пантерой и его пойнтер. Зови, ответа нет. Он вытащил ноги из засасывающего песка и пошел вдоль дамбы из валунов. Берите все, владейте всем. Моя душа идет со мной, форма форм. Так в лунные стражи взад и вперед я хожу над скалами, в чернь с серебром одетый, прислушиваясь к искусительному приливу Эльсинора.

Прилив следует за мной. Отсюда я могу следить, как он подымается. Тогда назад по Пульбегской дороге до самого берега. Он перелез через осоку и камышки и сел на скалистый табурет, поставив рядом в углублении свою трость.

Распухший труп собаки лежал, развалившись, на пузырчатых водорослях. Перед ним засосанный песками шкафут корабля. *Le coche ensablé*[2], называл Луи Вейо прозу Готье. Эти тяжелые пески — слова, наслоенные здесь приливом и ветром. А там груды камней, нагроможденные мертвыми строителями, логово хорьков.

---

[1] Мой сын (*франц.*).

[2] Судно, увязшее в песке (*франц.*).

Спрячь там золото. Можно. У тебя оно есть. Пески и камни. Отягченные прошлым. Игрушки сэра Лаута. Смотри, как бы тебя не двинули по уху. Я тот самый страшный великан, который навалил эти валуны, по твоим костям я пройду через воду. Фу-фуфу! Чую кровь человечью, ирландскую.

Точка росла на глазах, живая собака, пробегая по полосе песка. Черт, а вдруг она на меня бросится? Уважай ее свободу. Ты не будешь ничьим господином, ничьим рабом. У меня палка. Сиди и не шевелись. Издали, шагая к берегу от гребня прилива, фигуры, две. Две Марии. Они спрятали его от взоров среди тростника. Ку-ку! А я тебя вижу. Нет, пес. Он бежит обратно к ним. Кто?

Здесь приставали к берегу в поисках добычи галеры лохланнов, их окровавленные клювы надвигались над расплавленным оловом прибоя. Датские викинги, бармы из томагавков блестели на их груди; Малаки носил тогда золотой ошейник. Стадо грубокожих китов, приставших к берегу жарким полднем, выбрасывающих воду струей, барахтающихся на мелководье. Тогда из клеток голодного города вырывалась орда одетых в камзолы карликов, моих родичей, живодерными ножами сдирая кожу, вспарывая зеленое пузырчатое китовое мясо. Голод, чума, побоища. Их кровь во мне, их вожделения волнами во мне. Я ходил среди них по замерзшей Лиффи, тот я, оборотень, среди шипящих смолистых костров. Я не говорил ни с кем; никто со мной.

Лай собаки приближался, останавливался, удалялся снова. Собака моего врага. Я просто стоял, бледный, молчаливый, затравленный. *Terribilia meditans*[1]. Светло-желтый камзол, червонный валет, улыбался над моим страхом. Этого жаждешь ты, лая их аплодисментов? Самозванцы; живи их жизнью. Брат Брюса, шелковый рыцарь Томас Фицджеральд, лжеотпрыск Иорка Перкин Уорбек, в штанах из шелка цвета белой розы, однодневное чудо, и Ламберт Симнел со свитой девок и маркитантов, коронованный поваренок. Все сыновья королей. Рай самозванцев, тогда и теперь. Он спасал утопающих, а ты дрожишь, когда на тебя лает дворняжка. Но придворные, осмеявшие Гвидо в Ор-сан-Микеле, были в своем собственном доме. В доме... Надоели нам твои средневековые хитросплетения. Сделаешь ты то, что сделал он? Лодка будет близко, спасательный буй. Natürlich[2], специально для тебя. Сделаешь или не сделаешь? Человек, утонувший девять дней тому назад за скалой Девы. Теперь они ждут его. Я хотел бы. Я попробую. Я не очень хорошо плаваю. Вода холодная, мягкая. В Клонгаусе, когда я окунул в нее лицо, в таз. Ничего

[1] Ужасное раздумье (*лат.*).

[2] Разумеется (*нем.*).

не вижу! Кто позади меня? Назад, назад, быстро! Видишь, как быстро со всех сторон приближается прилив, быстро затягивая низины песков, шоколадноцветный? Если бы под ногами была земля. Пусть его жизнь будет его, моя моей. Утопленник. Его человеческие глаза взывают ко мне из ужаса его смерти. Я... вместе с ним, туда, вниз.... Я не мог спасти ее. Воды: горькая смерть: погиб.

Женщина и мужчина. Я вижу ее юбки. Держу пари, зашпилены булавкой.

Пес их трусил вдоль отлогой песчаной отмели, внюхиваясь в воздух. Ищет что-то, потерянное им в прошлой жизни. Вдруг он подпрыгнул, как заяц, прижав уши, ловя тень низко скользящей чайки. Пронзительный свист мужчины поразил его отвислые уши. Он повернулся, отпрыгнул, приближаясь, трусил мелькающими лапами. В червленом поле бегущий олень, натурального цвета, безрогий. У кружевной бахромы прилива он остановился: напряженные передние копыта, торчащие к морю уши. Его поднятая морда лаяла на шум волн, на стада моржей. Они змеились к его ногам, свивая и развивая свои гребешки, каждая девятая разбиваясь на мелкие брызги, издалека, из далекого далека, волны и волны.

Ловцы моллюсков. Они вошли в воду, нагнувшись, окунули свои мешки и, подняв их снова, вышли из воды. Пес визжал, подбегая к ним, бежал вслед за ними и лапил их, снова падая на все четыре ноги, снова бежал вслед с медвежьим немым раболепством. Пренебрегаемый, следовал он за ними, идущими к сухому песку, волчий язык лоскутом, красный свисал из его пасти. Его пятнистое тело трусило впереди них, а потом заскакало вперед телячьими прыжками. Труп лежал на его пути. Он остановился, понюхал, подкрался ближе, свой брат, понюхал ближе, обошел вокруг, быстро обнюхивая по-собачьи всю дохлого пса измаранную шкуру. Песий череп, песий нюх, глаза в землю, движется к одной великой цели. Бедный песик! Здесь покоится жалкое собачье тело бедного песика.

— Лохмач! Назад, ублюдок!

Крик заставил его подползти назад к господину; мягкий босой пинок его, согнувшегося дугой, невредимо швырнул через песчаную гряду. Он сторонкой прокрался обратно. Не видит меня. У края дамбы он повалялся, отряхнулся, обнюхал камень и из-под задранной задней ноги помочился на него. Он протрусил вперед и, подняв заднюю ногу, помочился быстро, коротко на другой, необнюханный камень. Простые радости бедняков. Его задние лапы разгребают песок; потом передние лапы копают и роют. Он что-то здесь похоронил; свою бабушку. Он зарывался в песок, копая и роя, остановился, прислушался к воздуху, снова скреб яростными когтямм песок, потом перестал, пантера, леопард, рожденный прелюбодеянием, когтящий мертвеца.

После того как он разбудил меня прошлой ночью, тот же сон или? Постой. Открытая дверь. Улица проституток. Ага, вспоминаю. Гарун-аль-Рашид. Почти, почти совсем. Этот человек вел меня, разговаривал. Я не боялся его. Дыню, которая была у него, он поднес мне к лицу. Улыбнулся: запах рупеллии. Так принято здесь, сказал. Войдем. Красный ковер на полу. Вы увидите кто.

Взвалив мешки на спину, они тащились, красные египтяне. Его посиневшие ноги в подвернутых брюках хлюпали по липкому песку, тускло-кирпичный шарф стягивал его небритую шею. Женской походкой следовала она: бродяга со своей марухой. Добыча болталась у нее за спиной. Песок и осколки раковин покрывали корой ее голые ноги. Волосы свисали на ее обветренное лицо. За своим господином его спутница, пешедралом в город Рим. Когда ночь скроет уродства ее тела, она зазывает, закутанная в темную шаль, из подворотни, где нагадили собаки. Ее кот угощает двоих солдат Дублинского королевского у О'Лафлина в Блэкпиттс. Белое тело дьяволицы под вонючими лохмотьями. Нынче ночью в Фамбаллис-лэйн: среди запахов кожевенного завода.

> Белы руки, красен рот,
> Шкура лакома твоя.
> Сядь со мною этак вот,
> Буду я любить тебя.

Мрачными усладами называет это косопузый Аквинат, *frate porcospino*[1]. Пусть себе распинается: а шкура лакома твоя. Язык ничуть ни хуже, чем у него. Монашеские слова, четки бормочут на их поясах; блатные слова, монеты жаргонят в их карманах.

Проходят дальше. Косятся на мою гамлетовскую шляпу. А что, если бы я вдруг оказался голым, сейчас, здесь? Я не голый. Через пески всего мира преследуемые пламенеющим мечом солнца, к западу, удирая в вечерние страны. Она тянет, шлеппит, трэнит, трашинит, тащит свою ношу. Следом за ней прилив, направляющийся к западу, влекомый луной. В ней приливы с тысячами островов, кровь не моя, *oinopa ponton*[2], винно-темное море. И вот служанка луны. Во сне влажный знак будит ее в урочный час, велит ей встать. Брачное ложе, ложе родов, ложе смерти, освещенное призраком свечи. *Omnis caro ad te veniet*[3]. Он

---

[1] Брат-дикобраз (*итал.*).

[2] Темному морю (*греч.*).

[3] Всякая плоть к тебе возвратится (*лат.*).

грядет, бледный вампир, сквозь бурю его глаз, его нетопырьи паруса кровавят море, рот к ее рта поцелую.

Стой. Насади его на булавку, скорей. Мои таблички. Рот к ее поцелую. Нет. Их должно быть двое. Склей их как следует. Рот к ее рта поцелую.

Его губы губили и ласкали бесплотные губы воздуха: рот к ее лону. Лоно, утроба гроба. Его рот придал форму его выдыху, бессловесно: ооеееа: рев водопадных планет, круглых, пламенных, в даль уносящихся с воевоевоевоевоевоем.

Бумагу. Банковые билеты, черт их возьми. Письмо старика Дизи. Вот. Благодарю вас за любезно предоставленную возможность оторвать пустой конец листа. Повернувшись к солнцу спиной, он нагнулся над каменным столом и принялся записывать слова. Вот уж второй раз забываю захватить листки для заказов из библиотеки.

Его тень легла на скалы, когда он нагнулся, кончая. Почему она не бесконечная, до самой далекой звезды? Они темные за этим светом, тьма, сияющая во свете, дельта Кассиопеи, миры. Мое Я сидит здесь со своим жезлом авгура, в чужих сандалиях, днем у трупноцветного моря, не замечаемый никем, фиолетовой ночью ходит в царстве лохматых звезд. Я отбрасываю от себя эту конечную тень, непреодолимо человекоподобную, призываю ее назад. Бесконечная, была бы она моей, форма моей формы? Кто здесь видит меня? Кто когда-либо где-либо прочтет эти записанные слова? Знаки на белом поле. Где-нибудь кому-нибудь своим самым свирельным голосом. Добрый епископ Клойн[1] вынул храмовую завесу из своей пастырской шляпы: завесу пространства, замаскированную цветными эмблемами. Внимание. Цветная, плоскостная: да, это так. Я вижу плоскость, затем мыслью расстояние, близко, далеко, я вижу плоскость, на востоке, сзади. Ага, теперь понятно: внезапно спадает застывшая в стереоскопе. Трик — и весь трюк. Мои слова кажутся вам темными. Тьма в наших душах, разве не правда? Еще свирельней. Наши души, стыдом греха израненные, еще крепче цепляются за нас, женщина, цепляющаяся за своего любовника, крепче и крепче.

Она доверяет мне, ее рука нежна, с длинным ресницами глаза. Куда же, разрази меня Бог, вывожу я ее из-за завесы? В непреодолимую модальность непреодолимой видимости. Она, она, она. Которая она? Дева у витрины Ходж-Фиггиса в понедельник, ищущая одну из книг с буквами вместо заглавий, которые ты собирался написать. Жадный взгляд ты бросил на нее. Запястье просвечивает сквозь плетеную кордельерку ее зонтика. Она живет в Лизон-парке, питаясь любовью и розовыми лепестками,

---

[1] Джордж Беркли (1685—1753), английский философ.

литераторша. Рассказывай, Стиви: просто уличная. Держу пари, она носит богопротивный корсет с подвязками и желтые чулки, заштопанные грубой шерстью. Поговори *piuttosto*[1] о яблоках в тесте. Где у тебя голова?

Прикоснись ко мне. Мягкие глаза. Мягкая, мягкая, мягкая рука. Я одинок здесь. О, прикоснись ко мне скорей, сейчас. Что это за слово, которое знают все мужчины? Я тихий здесь, один. И печальный. Прикоснись, прикоснись ко мне.

Он растянулся во всю длину на острых скалах, засовывая исписанные листки и карандаш в карман, сдвинув на глаза шляпу. Жест Кевина Эгана, клюющего носом, субботний сон. *Et vidit Deus. Et erant valde bona*[2]. Алло! *Bonjour*[3], желанный, как цветы в мае. Из-под ее полей следил он сквозь мерцанье павлинорадужных ресниц за южнеющим солнцем. Меня застали в этой пылающей сцене. Час Пана, полуденный отдых фавна. Среди набухших смолой змеистых растений, млекоточащих плодов, где на червленых водах широко раскинулись листья. Боль далека.

Не смей смотреть назад, вздыхая.

Его взгляд блуждал по его большеносым ботинкам: обноски щеголя, *nebeneinander*[4]. Он пересчитывал складки измятой кожи, в которых прежде удобно гнездилась чужая нога. Нога, попиравшая землю в торжественном танце, не любимая мною нога. Но ты был в восторге, когда тебе оказался впору ботинок Эстер Освальт: девушки, которую я знал в Париже. *Tiens, quel petit pied!*[5] Верный друг, родная душа: Уайльдова любовь, которая себя назвать не смеет. Теперь он покинет меня. А кто виноват? Каков я есть. Каков я есть. Все или ничего.

Длинными лассо из озера Кок в плавном приливе подступала вода, золотисто-зеленым закрывая лагуны в песке. Уплывет моя палка. Надо подождать. Нет, мимо пройдут они, пройдут пенноуздые под низкими скалами, в водовороте пройдут. Скорей покончить. Слушай: четырехсловная речь волн: сее-соо, хрсс, рссееисс ооос. Неистовое дыхание влаги средь змеиного свиста, храпенье коней, утес. В чаши утесов плещет оно: плеск, хлюп, шлеп: волны валами. Вот — истощенное, и речь стихает его. Журча приливает оно плавным приливом, всплывая пенистым прудом, раскрывая свои лепестки.

---

[1] Скорей, лучше (*итал.*).

[2] И увидел Бог, что это хорошо (Бытие, 1).

[3] Здравствуй (*франц.*).

[4] Один подле другого (*нем.*).

[5] Ах, какая маленькая нога! (*франц.*)

Под растущим приливом он видел извивающиеся водоросли, томно подымавшие и колыхавшие робкие руки, задирая свои юбки, под шепот воды колебля и повертывая скромные серебряные листы. День за днем, ночь за ночью, подымаясь, плывя, падая снова. Боже, устали они: и, шепоту внемля, вздыхают. Святой Амброзий слышал их, вздохи волн и листьев, как ждут, ожидая, когда исполнятся их времена, *diebus ac noctibus iniurias patiens ingemiscit*[1]. Без цели собираемые, без цели отпускаемые, взад и вперед, всплывая и уплывая: влекомые луной. Усталая тоже под взглядами любовников, распутных мужчин, нагая женщина, сияющая среди своих поклонников, к себе воды влечет она.

Здесь тридцать футов. Там тридцать футов, где твой покоится отец. Он сказал: в час. Утопленник. Прилив на Дублинском баре. Неся перед собой наносы гальки, струями стайки рыб, редкие ракушки. Труп выплывает белый, как соль, из-под отступающих волн, выползая на берег дюйм за дюймом, как дельфин. Вот он, цепляй, живо. Скрылся он под гладью вод. Попался. Легче, легче.

Мешок с трупным газом, пропитанный морской вонючей водой. Стайка голопузок, разжиревших на губчатом лакомстве, мелькая выскакивает из застегнутой ширинки. Бог станет человеком станет рыбой станет казаркой станет периной. Мертвых дыханием я, живущий, дышу, мертвый прах попираю, пожираю смердящие мочой отбросы всех мертвых. Вытащенный на шкафут, он выдыхает зловоние зеленой могилы, изъеденная проказой дыра его носа зияет на солнце.

Метаморфоза моря, карие глаза сини от соли. Смерть в море, самая легкая из всех смертей человека. Древний отец Океан. *Prix de Paris*[2]: берегитесь подделок. Предлагаю сделать проверку. Мы замечательно провели время.

Приди. Я жажду. Нависая тучей. Ни одной черной тучи нигде. В грозе и буре. Светлый в самом падении своем, гордая молния ума, *Lucifer, dico, qui nescit occasum*[3]. Нет. Посох мой и шляпа с перловицей на тулье и его-мои сандалии. Куда? В вечерние страны. Вечер найдет сам себя.

Он взял рукоятку своей палки, мягко ударяя ею, все еще мешкая. Да, вечер найдет сам себя во мне, без меня. Все дни идут к концу. Кстати, следующий когда? Вторник будет самый длинный день. В счастливом годе лучший день, о мама, татáта, тáта, тáта, та. Лаун Теннисон; джентльмен-поэт. Già[4]. Для старой

---

[1] Дни и ночи, перетерпевая несправедливости, стенает (*лат.*).

[2] Парижский приз (*франц.*).

[3] Люцифер, говорю я, который не знает заката (*лат.*).

[4] Уже (*итал.*).

ведьмы с желтыми зубами. И г-н Дрюмон, джентльмен-журналист. Già. У меня очень скверные зубы. Интересно, отчего? Потрогай. Этот тоже портится. Скорлупки. Не пойти ли на эти деньги к дантисту? И этот. Беззубый Кинч, сверхчеловек. Интересно, отчего это, или, может быть, это что-нибудь значит?

Мой носовой платок. Он бросил его. Разве я не поднял его? Его рука тщетно обшаривала карман. Нет, не поднял. Надо купить новый. Он положил сухую козюльку, которую он вытащил из ноздри, на выступ скалы, аккуратно. А там пускай смотрит кто хочет.

Сзади. А вдруг там кто-нибудь есть?

Он повернул голову и оглянулся через плечо, *rere regardant*[1]. Разрезая воздух высокими реями трехмачтовика, с парусами на краспицах салинга, возвращаясь на родину, вверх по течению безмолвно двигался безмолвный корабль.

---

[1] Смотря назад (*франц.*), геральдический термин.

Мистер Леопольд Блум с особенным удовольствием ел внутренние органы животных и птиц. Он любил густой суп из потрохов, пупки с привкусом ореха, жареное фаршированное сердце, ломтики печенки в сухарях, поджаренную тресковую икру. Больше всего он любил бараньи почки на рашпере, оставлявшие во рту тонкий едкий вкус, слегка отдававший мочой.

О почках он думал, бесшумно двигаясь по кухне, собирая на покоробленный поднос все нужное для ее завтрака. Студеный свет и воздух в кухне, а на дворе мягкое летнее утро. У него засосало под ложечкой.

Угли накалялись.

Еще ломоть хлеба с маслом: три, четыре: прекрасно. Она не любит, чтобы на тарелке было много. Прекрасно. Он отвернулся от подноса, снял чайник с края очага и поставил его боком к огню. Чайник стоял там хмурый, приземистый, выставив вперед носик. Скоро будет чай. Хорошо. Во рту пересохло.

Кошка терлась о ножку стола, выгнув спину и задрав хвост:

— Мгау!

— Ах, и ты здесь, — сказал мистер Блум, поворачиваясь к ней.

Кошка мяукнула в ответ и снова, выгнув спину, обошла вокруг ножки стола, мяукая. Вот так расхаживает она по моему письменному столу. Прр. Почеши у меня за ухом. Прр.

Мистер Блум с любопытством ласково следил за гибкой черной фигуркой. Аккуратненькая: глянец ее гладкой шерстки, под хвостом белое пятнышко, зеленые сверкающие глаза. Он наклонился к ней, опершись руками о колени.

— Киска хочет молочка, — сказал он.

— Мяу! — крикнула кошка.

Их считают глупыми. Они понимают нашу речь лучше, чем мы их. Она понимает все, что ей нужно. Да и злопамятна. Интересно, каким я ей кажусь. Вышиной с башню? Нет, она на меня вспрыгивает.

— Цыплят боится, — сказал он, поддразнивая. — Цып-цыпок боится. Самая глупая киска из всех кисок.

Жестокая. Это у них в крови. Странно, что мыши не пищат. Словно им нравится.

— Мгау! — громко сказала кошка.

Она щурилась, стыдливо полузакрыв жадные глаза, жалобно и протяжно мяукая, показывая молочно-белые зубы. Он смотрел, как от алчности суживались темные зрачки, пока ее глаза не стали зелеными самоцветами. Потом он подошел к шкапу, взял кувшин с молоком, только что наполненный молочником от Хенлона, налил теплого, пенящегося молока на блюдечко и медленно поставил его на пол.

— Грр! — крикнула она, бросаясь лакать.

Он смотрел, как в слабом свете поблескивали, словно проволочные, ее усы, когда она трижды ткнулась в блюдечко и принялась потихоньку лакать. Говорят, если им остричь усы, они не могут ловить мышей. Почему? Может быть, они светятся в темноте, кончики. Или, может быть, в темноте — это вроде щупальцев.

Он слушал, как она лакает. Яичницу с ветчиной. Нет. Нет хороших яиц в такую сушь. Нужна чистая свежая вода. Четверг, и бараньих почек у Бэкли не достанешь. Зажарить в масле со щепоткой перца. Лучше — свиных почек у Длугача. Пока закипит чайник. Она лакает медленно, потом дочиста вылизывает блюдечко. Почему у них такой шершавый язык? Чтобы удобнее было лакать, весь в пористых ямках. Она ничего здесь не съест? Он посмотрел вокруг. Ничего.

Тихо поскрипывая ботинками, он поднялся по лестнице в переднюю, остановился у дверей в спальню. Может быть, ей захочется чего-нибудь вкусного. Утром она любит тонкие ломтики хлеба с маслом. А может быть, на этот раз...

Он тихо сказал в пустой передней:

— Я только дойду до угла. И сейчас же назад.

И, услышав, как его голос произнес эти слова, добавил:

— Тебе не хочется чего-нибудь к завтраку?

Сонный невнятный звук ответил:

— Мм.

Нет. Она ничего не хочет. Затем он услышал теплый глубокий вздох, и еще невнятнее, когда она повернулась на кровати и зазвенели расшатанные медные шары. Надо, наконец, их починить. Жаль. Везли от Гибралтара. Позабыла и то немногое, что она знала по-испански. Интересно, сколько заплатил тогда ее отец? Старого фасона. Да, конечно, купил на аукционе у губернатора. Он лишнего не заплатит, старый Твиди. Да, сэр. Это было под Плевной. Я вышел из рядовых, сэр, и я этим горжусь. Однако у него хватило ума спекулировать на марках. Не лишен был дальновидности.

Его рука сняла шляпу с вешалки, где висело тяжелое пальто с его инициалами и его подержанный плащ, купленный на распродаже позабытых вещей. Марки: липкоспинные картинки. Должно быть, многие офицеры занимаются этим. Ну, еще бы. Пропотевшая надпись на подкладке шляпы сказала ему безмолвно: «Пласто высшего ка». Он поспешно заглянул за кожаный ободок. Белый клочок бумаги. Надежное место.

На пороге он ощупал задний карман брюк, тут ли ключ от входной двери. Его нет. В брюках, которые я снял. Надо его взять. Картофелина здесь. Гардероб скрипит. Не стоит ее будить. Только что она ворочалась сонная. Он очень осторожно потянул за собой входную дверь. Еще, пока нижняя планка не дошла до порога, прикрыта. Кажется запертой. Сойдет до моего прихода.

Он перешел на солнечную сторону, обойти открытый люк подвала в № 75. Солнце приближалось к шпилю церкви св. Георгия. Пожалуй. Пожалуй, день будет жаркий. Да еще в черном костюме. Черное проводит, поглощает (или преломляет?) тепло. Но нельзя же идти в светлом. Точно на прогулку. На ходу время от времени он блаженно жмурился, пригретый мягким теплом. Фургоны Боленда каждый день доставляют нам на лотках наш насущный, но он предпочитает вчерашние сдобные булочки с хрустящей горячей корочкой. Чувствуешь себя моложе. Где-нибудь на Востоке: раннее утро; отправиться на заре, ехать впереди солнца, украсть у него день пути. И так все время, теоретически не становиться старше ни на один день. Идти прибрежной полосой, призрачная страна, прийти к городским воротам, там часовой, тоже старый солдат, с длинными усами старика Твиди, опирается на длинное копье. Бродить по улицам, затененным навесами. Лица под тюрбанами проходят мимо. Темные пещеры-лавки ковров, грузный человек, страшный Турка, сидит, скрестив ноги, курит изогнутую спиральную трубку. Крики торговцев на улицах. Пить воду, пахнущую укропом, — шербет. Бродить целый день. Может быть, встретить разбойника. Ну что же, и встречу. Приближаться к закату. Тени мечетей вдоль столбов; мулла со свитком в руках. Дрогнет листва, сигнал, вечерний ветер. Я прохожу мимо. Блекнущее золото неба. Женщина смотрит с порога. Зовет домой своих детей на непонятном языке. Высокая стена, из-за нее звуки струн. Луна ночного неба, лиловая, цвета новых подвязок Молли. Струны. Слушай. Девушка играет на одном из этих инструментов, как они называются: лютня, что ли. Я прохожу.

А на самом деле, наверное, совсем не так. Похоже на описание в книге. По следам солнца. Солнце, вспыхнувшее на титульном листе. Он улыбнулся, довольный. Как сказал Артур Гриффитс по поводу заставки к передовице в «Фримен». Солнце гомруля, встающее на северо-западе из переулочка, позади Ирландского банка. Он продолжил довольную улыбку. Что-то еврейское: солнце гомруля, встающее на северо-западе.

Он подошел к бару Ларри О'Рурка. Сквозь решетку подвала доносился мягкий плеск портера. Из открытой двери бара вырывался запах имбиря, чайной пыли, бисквитных крошек. Хорошее, в общем, место. Как раз где кончаются трамвайные линии. А вот там, где Мак-Оли, гроша ломаного не стоит. Понятно, если они проведут трамвайную линию вдоль северного кольца от рынка рогатого скота до набережной, цена сразу подскочит.

Лысая голова над занавеской. Хитрый старый скряга. К нему не подъедешь насчет объявления. Впрочем, это его дело. Вот он, молодчина Ларри, без пиджака, облокотился над ящиком с сахаром и смотрит, как подручный орудует ведром и шваброй. Симон Дедалус прекрасно его передразнивает.

Остановиться и заговорить с ним о похоронах, что ли. Слышали, мистер О'Рурк, бедняга Дигнэм-то?

Сворачивая на Дорсерт-стрит, он бодро крикнул в дверь:

— Добрый день, мистер О'Рурк.

— Добрый день.

— Прекрасная погода, сэр.

— Совершенно верно.

Откуда они берут деньги? Приезжают красноголовые подручные из провинции Лейтрим, полощут пустые бутылки и сливают опивки. А затем раз, и готово, они процветают, как все эти Адамы Финдлетеры и Даны Таллоны. А ведь какая конкуренция. Всеобщая жажда. Хорошая головоломка: пересечь Дублин, не пройдя мимо бара? Скопить не из чего. Разве только на пьяных? Подадут три — запишут пять. Гроши. Какие это деньги? Шиллинг там, шиллинг здесь, по зернышку. А может быть, на оптовых заказах? Шахер-махер с коммивояжерами. Округлите счет с хозяином, а куш пополам, ладно?

Сколько можно нажить на портере в месяц? Скажем, десять бочонков. Скажем, он наживает десять. Нет, больше. Десять. Пятнадцать. Он прошел мимо школы святого Иосифа. Крики ребят. Открытые окна. Когда свежий воздух, легче заучить. Или когда нараспев: Абиси, диеефжи, каелем, энопи, арэстью, видэбллью. Что это, мальчики? Да, Айнинтерк, Айнишарк, Айнишбоффин[1]. У них география. Моя. Сливе-Блум[2].

Он остановился перед окном Длугача, рассматривая гроздья сосисок, кровяных колбас, черных и белых. Пятьдесят, умноженное на семь. Задача поблекла у него в уме, неразрешенная: недовольный, он дал ей исчезнуть. Блестящие звенья, набитые фаршем, насыщали его взгляд, и он спокойно вдыхал тепловатые пряные испарения сваренной свиной крови.

Капельки крови сочились из почки на фарфоровое блюдо с синим китайским рисунком: последняя. Он остановился у прилавка рядом с соседской служанкой. А вдруг спросит ее, читая, что ей нужно купить по записке в руке. Кожа, потрескавшаяся от соды. И еще полтора фунта сосисок. Его глаза задержались на ее могучих бедрах. Вуде — его фамилия. Интересно, как он? Жена старовата. Молодая кровь. Не приводить мужчин. Сильные

---

[1] Острова в Атлантическом океане, у берегов Ирландии.
[2] Горы в южной части острова.

руки, когда хлопает по ковру, выбивая его. И хлопает же, черт возьми! Посмотреть только, как взлетает, закручиваясь, ее юбка при каждом хлопке.

Хорькоглазый мясник складывал сосиски, которые только что оторвал веснушчатыми пальцами, мясисто-розовыми. Здоровое мясо откормленной телушки.

Взял листок из стопки нарезанной бумаги. Образцовая ферма в Киннерете на берегу Тивериадского озера. Идеальное место для зимнего санатория. Моисей Монтефиоре. Так и знал, что он. Ферма, кругом стена, и — неясно — пасущийся скот. Он отодвинул от себя листок: интересно: придвинул поближе, неясный пасущийся скот, шуршит бумага. Молодая белая телка. По утрам на рынке рогатого скота, когда животные мычат в загонах, клейменые бараны, падает и шлепается навоз, в подбитых гвоздями сапогах скотоводы ходят по грязной подстилке, держа в руках свежесрезанный прутик, похлопывают ладонью по откормленному заду, вот это первый сорт. Он терпеливо держал наклоненную страницу, обуздывая себя, свои желания, с покорным неподвижным взглядом. Закручиваясь, юбка взлетает хлоп и хлоп и хлоп.

Мясник взял два листка из стопки, завернул лучшие сосиски, скорчив красную рожу.

— Пожалуйте, мисс, — сказал он.

Она подала монету, дерзко улыбаясь, протягивая толстую руку.

— Спасибо, мисс! Вот сдачи один шиллинг три пенса. Для вас что прикажете?

Мистер Блум поспешно указал. Догнать и идти за ней, если она еще недалеко, позади ее раскачивающихся ляжек. Первое, на что приятно посмотреть утром. Поторапливайся, черт тебя дери. Куй железо, пока горячо. Она остановилась перед лавкой на солнце и лениво пошла вправо. Он вздохнул через нос: они никогда не понимают. Руки в цыпках от соды. И грязные ногти на ногах. Рваные плечики защищают ее с обеих сторон. Жало равнодушия внутренне доставило ему удовольствие. Не для меня: снявшийся с поста полицейский тискал ее в Экклс-лэйн. Им нравится, когда они в теле. Сосиска первый сорт. Ах, господин полисмен, я сбилась с дороги.

— Три пенса, пожалуйста.

Его рука приняла влажную, мягкую железу и опустила ее в боковой карман. Потом она извлекла из кармана брюк три монеты и положила их на резиновые колючки. Легли, были быстро сосчитаны и быстро скользнули кружок за кружком в кассу.

— Благодарю вас, сэр. Заходите в следующий раз.

Искра беспокойного огня в лисьих глазах поблагодарила его. Через минуту он отвел взгляд. Нет, не стоит: в следующий раз.

— До свидания, — сказал он, уходя.

— До свидания, сэр.

Никаких признаков. Ушла. Ну и пускай.

Он пошел обратно по Дорсет-стрит, внимательно читая. Агенда Нетаим: общество плантаторов. Приобрести у турецкого правительства обширные песчаные участки и засадить их эвкалиптами. Дают прекрасную тень, топливо и строевой лес. Апельсиновые рощи и необъятные поля дынь к северу от Яффы. Вы платите восемь марок, и для вас засаживают дунам земли оливами, апельсинами, миндалем или лимонами. Оливы дешевле, для апельсинов требуется искусственное орошение. Ежегодно вам присылают часть урожая. Ваше имя, как пожизненного владельца, заносится в книгу Общества. Можно внести только десять наличными, а остаток ежегодными взносами. Блейбтрейштрассе 34 Берлин B 15.

Не по мне. Однако в этом кое-что есть.

Он посмотрел на стадо, неясное в серебристом зное. Серебристые, запыленные оливковые деревья. Спокойные длинные дни: подрезка, созревание. Оливки упаковывают в стеклянные банки, не так ли? У меня немного осталось от Эндрью. Молли их выплевывала. Теперь поняла, в чем вкус. Апельсины в папиросной бумаге, уложенные в ящики. Цитрусы тоже. Интересно, жив ли бедняга Цитрон в Сент-Кевин-Перэд? А Мастянский со своей старой цитрой? Славно проводили тогда вечера. Молли в плетеном кресле Цитрона. Приятно держать прохладный восковой плод. Держать в руке, поднести к ноздрям, вдыхать аромат. Вот так, тяжелый, сладкий, одуряющий аромат. Все тот же, из года в год. Майзель говорил, берут хорошую цену за них. Площадь Арбутус; Плезентс-стрит; добрые старые времена. Он говорил, должны быть без изъяна. Идут таким далеким путем: Испания, Гибралтар, Средиземное море, Левант. Ящики, выстроенные в ряд на набережной в Яффе, конторщик отмечает их в книге, грузчики в просаленных дунгари уносят их. Вот, как его там, выходит из. Здравств. Не видит. Шапочное знакомство; утомительный субъект. Со спины похож на того капитана, норвежца. Интересно, встречу я его сегодня? Машины для поливки улиц. Чтобы вызвать дождь. На земле, как и на небе.

Туча наползает на солнце, большая, медленная, большая. Серая. Далеко.

Нет, совсем не так. Бесплодная земля, голая пустыня. Вулканическое озеро. Мертвое море: ни рыб, ни водорослей, глубоко запавшее в землю. Ветер не всколыхнет эти волны, серо-свинцовые, ядовито-туманные воды. Серным дождем называли они это, города равнины: Содом, Гоморра, Эдом. Все мертвые имена. Мертвое море в мертвой стране, серой и древней. Древней теперь. Она выносила древнейший первый род. Сгорбленная карга вышла из лавки Кассиди, пересекла улицу, сжимая в руке горлышко бутылки. Самый древний народ. Скитающийся по свету, от плена к плену, размножаясь, умирая, рождаясь по всей земле. И вот она лежит. Она больше не может рождать. Мертвое, старушечье: серое, впалое лоно земли.

Опустошенность.

Серый ужас пронизал его тело. Сложив листок, он сунул его в карман и повернул на Экклс-стрит, торопясь домой. Тяжелое масло скользило по венам, холодя кровь; годы наслаивали кору, соляной покров. Вот и со мной начинается. Горько во рту, дурные мысли. Встал с левой ноги. Придется опять делать гимнастику по Сэндоу. Стоять на руках. Красные кирпичные корявые дома. Номер восьмидесятый все еще не сдан. Странно. Плата всего двадцать восемь. Тауэрс, Бэттерсби, Норс, Мак-Артур: нижние окна заплатаны объявлениями. Пластырь на больном глазу. Вдыхать приятный запах чая, кухонного чада, шипящего масла. Быть подле пышного, согретого постелью тела. Да, да.

Быстрый, теплый солнечный луч бежит от Беркли-роуд, проворно, в легких сандалиях, по светлеющему тротуару. Бежит. Она бежит мне навстречу, девушка с золотыми волосами по ветру.

Два письма и открытка лежали на полу в передней. Он нагнулся и поднял их. Миссис Мэрион Блум. Медленней забилось сердце. Уверенный почерк. Миссис Мэрион.

— Польди!

Войдя в спальню, он полузакрыл глаза, прошел сквозь теплый желтый сумрак к ее растрепанной голове.

— Кому письма?

Он посмотрел на них. Мэллингер. Милли.

— От Милли, мне письмо, — осторожно сказал он, — а тебе открытка. И еще письмо тебе.

Он положил открытку и письмо на тканьевое одеяло, возле ее согнутых коленей.

— Штору поднять?

Поднимая легкими толчками штору до половины окна, он уголком глаза видел, как она взглянула на письмо и сунула его под подушку.

— Так хорошо? — спросил он, повертываясь.

Она читала открытку, опершись на локоть.

— Она получила посылку.

Он подождал, пока она отложила открытку и медленно, с уютным вздохом, свернулась в клубочек.

— Поскорее чаю, — сказала она. — В горле пересохло.

— Уже кипит, — сказал он.

Он задержался, чтобы освободить стул: полосатая юбка, смятое грязное белье; захватив все в охапку, положил в ногах на постель.

Когда он спускался в кухню, она окликнула:

— Польди!

— Что?

— Ополосни кипятком чайник.

Конечно, вскипел: перистый пар из носика. Он влил кипяток, сполоснул, положил четыре полных ложки и наклонил большой чайник налить воды. Пока чай настаивался, он снял большой чайник, поставил на горячие угли сковородку и посмотрел, как скользнул и растаял кусочек масла. Пока он развертывал почку, кошка терлась о него, жадно мяукая. Давать ей много мяса — не будет ловить мышей. Говорят, они не едят свинины. Кошер. На вот! Он бросил ей запачканную кровью бумагу и положил почку в шипящее масло. Перцу. Он взял щепотку из разбитой рюмочки для яиц и посыпал кругообразно.

Потом разорвал пакет и пробежал письмо. Спасибо: новый берет; мистер Кохлен; пикник на озере Оуэлл; молодой студент; девушки взморья Блэза Бойлена.

Чай настоялся. Он наполнил свою чашку, поддельный Краун Дэбри, улыбаясь. Подарок ко дню рождения от милой Милли. Ей было всего пять лет. Нет, постой: четыре. Я подарил ей нитку поддельного янтаря, она ее разорвала. Опускал для нее в ящик для писем сложенные листочки оберточной бумаги. Он улыбался, наливая чай.

> О Милли Блум, моя душа!
> Я мысленно всегда с тобою рядом.
> Ты для меня милее без гроша,
> Чем Кэт Кеог, с ослом ее и садом!

Бедный старый профессор Гудвин. Старая развалина. Все же он был весьма учтивый старик. Старомодным поклоном он провожал Молли с эстрады. И зеркальце в цилиндре. Вечер, когда Милли принесла его в гостиную. Ай, посмотрите, что я нашла в шляпе у профессора Гудвина. Все мы смеялись. Уже тогда сказывалась женщина. Маленькая проказница.

Он воткнул вилку в почку и перевернул ее; потом поставил чайник на поднос. Покоробленный поднос громыхнул, прогибаясь. Все здесь? Хлеб с маслом, четыре ломтика, сахар, ложка, сливки для нее. Да. Он понес все наверх, зацепив большим пальцем за ручку чайника.

Толкнув коленом дверь, он вошел, неся поднос, и поставил его на стул, у изголовья кровати.

— Как ты долго, — сказала она.

Медные шары на кровати зазвенели, когда она порывисто поднялась, опершись локтем на подушку. Он спокойно смотрел на углубление между большими мягкими грудями, свисающими под ночной рубашкой, словно вымя козы. Теплота ее пышного тела поднималась в воздух, смешиваясь с ароматом крепкого чая.

Обрывок конверта высунулся из-под примятой подушки. Уходя, он остановился поправить одеяло.

— От кого письмо? — спросил он.

Уверенный почерк. Марион.

— Да от Бойлена, — сказала она. — Он занесет программу.

— Что ты будешь петь?

— *«La ci darem»*[1] с Дж. Дойлем и «Старую сладкую песню любви».

Ее полные губы пили, улыбаясь. Затхлый запах на другой день от этих курений. Как загнившая вода из-под цветов.

— Не приоткрыть ли окно?

Кладя в рот сложенный вдвое ломтик хлеба, она спросила:

— В котором часу похороны?

— Кажется, в одиннадцать, — ответил он. — Я еще не видел газет.

Он посмотрел, куда указывал ее палец, и приподнял с постели ее грязные панталоны. Не то? Тогда, значит, чулок с перекрученной серой подвязкой: смятая лоснящаяся пятка.

— Нет, книгу.

Другой чулок. Юбка.

— Упала, наверно, — сказала она.

Он пошарил кругом. *Voglio e non vorrei*[2]. Интересно, правильно ли она выговаривает *voglio*? На постели нет. На пол, верно, упала. Он наклонился и поднял подзор. Книга, раскрытая, валялась возле ночного горшка в оранжевых разводах.

— Дай сюда. Я там заложила. Хочу тебя спросить одно слово.

Она отпила глоток чая, держа чашку за край, и, небрежно вытерев кончики пальцев о простыню, стала водить по строчкам шпилькой, пока не нашла нужного слова.

— Не там что? — переспросил он.

— Вот, — сказала она. — Что это значит?

Он нагнулся и прочел у ее отполированного ногтя:

— Метампсихоз?

— Да. Что это за зверь такой?

— Метампсихоз, — повторил он, хмуря брови. — Это греческое слово: с греческого. Значит — переселение душ.

— О, силы небесные! — сказала она. — Объясни своими словами.

Он улыбнулся, искоса взглянув в ее насмешливые глаза. Все те же молодые глаза. Вечером после шарад. Долфинс-Бари. Он перелистал замызганные страницы: «Руби: гордость арены». А вот картинка. Свирепый итальянец с хлыстом. Верно, это и есть Ру-

---

[1] Ария из оперы Моцарта «Дон Жуан».

[2] Хочу и не хотела бы (*итал.*).

би — гордость, на полу, обнаженный. Любезно одолжил простыню. «Изверг Маффеи отступил на один шаг и с проклятием отшвырнул свою жертву». Жестокость везде. Одурманенные звери. Трапеция в цирке Хенглера. Не мог смотреть. Глазеют, разинув рот. Сверни себе шею, и мы будем надрываться от хохота. Целыми семьями. Выламывают им суставы смолоду, вот и получается метампсихоз. Что мы живем после смерти. Наши души. Это душа человека, когда он умрет. Душа Дигнэма...

— Ты до конца прочла? — спросил он.

— Да, — сказала она. — Ничего пикантного. Неужели она все время любит того, первого?

— Никогда не читал. Принести другую?

— Да. Принеси что-нибудь Поль де Кока. Приятное имя.

Она налила себе еще чаю, сбоку смотря, как он льется. Надо переменить книгу в библиотеке на Кэпел-стрит, а то они напишут Кэрни — моему поручителю. Перевоплощение — вот как это называется.

— Есть люди, которые верят, — сказал он, — что после смерти мы продолжаем жить в другом теле, что мы жили раньше. Это и называется перевоплощением, что все мы уже жили когда-то на Земле или на другой планете. И позабыли это. А некоторые говорят, что они помнят свои прежние жизни.

Сливки медлительно расходились в чае, завиваясь спиралью. Надо напомнить ей слово «метампсихоз». Надо привести пример. Какой?

«Купающаяся нимфа» над кроватью. Приложение к пасхальному номеру «Фотоновостей»: шедевр цветной фотографии. Чай, куда еще не налили молока; немного похожа на нее, когда волосы распущены: стройнее. Три шиллинга шесть пенсов отдал за раму. Она сказала, хорошо повесить над кроватью. Обнаженные нимфы, Греция и, скажем, люди, которые жили тогда.

Он перелистал книгу еще раз.

— Метампсихоз, — сказал он, — так называли это древние греки. Они верили, что можно превратиться в животное или, скажем, в дерево. Вот, например, нимфы, как они их называли.

Ее ложечка перестала размешивать сахар. Она принюхивалась, раздувая ноздри, пристально смотря перед собой.

— Пахнет горелым, — сказала она. — Ты что-нибудь оставил на огне?

— Почка! — вдруг вскрикнул он.

Он резким движением сунул книгу во внутренний карман и, стукнувшись носком о расшатанный комод, поспешил на запах, сбегая вниз по лестнице ногами спугнутого аиста. Едкий дым сердитой струей валил с одного края сковородки. Поддев вилкой почку, он отодрал ее и слегка перевернул на другую сторону.

Только чуть-чуть подгорела. Он вытряхнул ее со сковороды на тарелку и дал стечь остаткам темной подливки.

Теперь — чашку чая. Сел, отрезал и намазал маслом ломтик хлеба. Срезал подгоревший край и бросил его кошке. Потом, подцепив вилкой кусок, положил себе в рот и стал жевать, смакуя вкусное податливое мясо. В самый раз. Глоток чая. Потом он нарезал квадратиками хлеб, обмакнул в подливку, положил в рот. Что она там пишет про молодого студента и пикник? Он развернул письмо, положил рядом с тарелкой и стал медленно читать, жуя хлеб, обмакнув еще квадратик в подливку и поднеся его ко рту.

Милый папуля.

Большущее спасибо за чудесный подарок к рожденью. Страшно идет мне. Все говорят, я просто красавица в новом берете. От мамочки получила чудесную коробку тянучек — пишу ей. Замечательно вкусные. С фотографией дело идет на лад. Мистер Кохлен снял меня с миссис, пришлю, когда будет готово. Вчера прямо гонка была. Чудесная погода, и отбоя не было от разряженной публики. В понедельник устраиваем пикник на озере Оуэлл. Передай от меня привет мамочке, тебя крепко целую и благодарю. Внизу играют на рояле. В субботу концерт в Гревиль-Армс. Вечером к нам иногда заходит один студент, его зовут Бэннон, его родственники какие-то важные люди. Он поет песенку Бойлена о девушках на взморье. Скажи ему, что милая Милли шлет ему почтительный привет. Ну, прощай, целую крепко.

                          Твоя любящая дочь М и л л и.
P.S. Прости за каракули, спешу. Всего, всего.

Вчера исполнилось пятнадцать. Странно, как раз пятнадцатого. Первый раз день рождения далеко от дома. Разлука. Помнишь солнечное утро, когда она родилась; бежал на Дензелл-стрит будить миссис Торнтон. Боевая старуха. Скольким ребятам она помогла родиться на свет. Она сразу поняла, что наш Руди не будет жить. Что же, Бог не без милости, сэр. Она сразу поняла. Ему было бы теперь одиннадцать, если бы он жил.

Его невидящий взгляд грустно смотрел на постскриптум. Прости за каракули. Спешу. Внизу играют на рояле. Вылупливается из куколки. Отчитал ее за браслет в кафе. Не стала есть пирожных, не говорила, не глядела. Вести себя не умеет. Он обмакнул еще несколько квадратиков хлеба в подливку и кусок за куском ел почку. Двенадцать шиллингов шесть пенсов в неделю. Не много. Могло быть и хуже. Хористкой в мюзик-холле. Молодой студент. Он отхлебнул остывшего чая — запить еду. Потом снова прочел письмо: дважды.

Ну ладно: сама позаботится о себе. А если? Но ведь пока ничего нет. Конечно, все возможно. Когда что-нибудь будет, тогда посмотрим. Маленький бесенок. Ее стройные ноги, бегущие вверх по лестнице. Судьба. Становится женщиной. Кокетлива, и очень.

С нежной тревогой он улыбнулся кухонному окну. Когда я случайно встретил ее на улице, нащипывала себе щеки, чтобы они покраснели. Малокровие. Поздно отняли от груди. А в тот день на «Короле Эрике» вокруг маяка Киш. Проклятая старая лохань раскачивалась во все стороны. Ни капельки не трусила. Бледно-голубой шарф и волосы ее развевались по ветру.

> В ямочках щечки, кудряшки,
> Вихрем кружатся милашки.

Девушки взморья. Разорванный конверт. Засунув руки в карманы, подгулявший кучер напевает. Друг дома. Произносит: крюжатся. Освещенный мол, летний вечер, оркестр.

> Ах, девушки, девушки,
> Милые девушки взморья...

Милли тоже. Юные поцелуи: первый. Давным-давно. Миссис Мэрион. А сейчас читает, лежа в постели, перебирает пряди волос, улыбается, заплетает.

Смутная горечь; пробежало вдоль спинного хребта, усиливаясь. Так оно и будет, да. Помешать. Бесполезно: все равно не изменишь. Нежные, сладкие девичьи губы. И будет. Он чувствовал, как разливается по всему телу смутная горечь. Бесполезно пытаться изменить. Губы целованные, целуя целованные. Полные льнущие женские губы.

Лучше для нее, что она там, далеко. Все-таки занятие. Хотела собаку для развлечения. Можно бы съездить туда. В августе банковский праздник[1], всего два шиллинга шесть пенсов туда и обратно. Но это будет через шесть недель. Можно достать корреспондентский билет. Или через Мак-Коя.

Кошка, вылизав дочиста свою шкурку, вернулась к испачканной мясом бумаге, понюхала ее и важно направилась к двери. Оглянулась на него, замяукав. Хочет выйти. Подождать у двери, она и откроется. Пусть подождет. Возбуждена. Электричество. В воздухе гроза. Умывалась, сидя спиной к очагу.

Он почувствовал себя отяжелевшим, наполненным: потом легкий позыв. Он встал, расстегивая брюки. Кошка мяукнула ему.

---

[1] Общий выходной день для всех служащих банков и торговых предприятий, установленный в Англии с середины XIX века.

— Мяу! — сказал он в ответ. — Подожди, пока я соберусь.

Тяжесть: день будет жаркий. Наверх не сто́ит.

Газету. Он любил читать на стульчаке. Надеюсь, ни один дьявол не постучится, пока я...

В ящике стола нашел старый номер «Новостей». Сложив, сунул под мышку, подошел к двери и открыл ее. Кошка мягкими прыжками побежала по лестнице. А-а, наверх захотелось, свернуться клубочком на постели.

Прислушавшись, он услыхал ее голос:

— Иди, иди, кисанька. Иди.

Он вышел в сад через дверь кухни; остановился, прислушиваясь, что в соседнем саду. Ни звука. Может быть, развешивает белье. Служанка гуляла по саду. Прекрасное утро.

Нагнулся посмотреть на грядку чахлой мяты вдоль стены. Устроить здесь беседку. Турецкие бобы. Дикий виноград. Надо унавозить все это место, больная почва. Удобрить серной печенью. Всякая почва так, без навоза. Домашние помои. Суглинок, что это такое? Куры в соседнем саду: их помет — очень хорошее поверхностное удобрение. Но лучше всего скот, если его кормить жмыхами. Компост. Незаменимо для чистки дамских лайковых перчаток. Грязь, а чистит. Зола тоже. Улучшить весь участок. Вон там, в углу, посадить горошек, салат. Всегда будет свежая зелень. Но огород тоже имеет свои неудобства. Тогда, в Духов день, пчела, или это была мясная муха?

Он пошел дальше. А где моя шляпа, между прочим? Повесил, должно быть, обратно на вешалку. Или внизу оставил. Странно, что я не помню. На вешалке в передней негде повесить. Четыре зонта, ее непромокаемое пальто. Когда поднимал письма. В магазине Дрэго дребезжал звонок. Странно, что как раз тогда я думал. Темные напомаженные волосы над воротничком. Только что из парикмахерской. Успею ли я сегодня принять ванну? Тара-стрит. Говорят, тот парень из кассы сплавил Джемса Стивенса. О'Брайен.

Какой низкий голос у этого Длугача! Агенда, как это? Пожалуйста, мисс. Восторженный.

Толкнув ногой, он открыл шаткую дверь уборной. Надо поосторожней, как бы не запачкать брюк до похорон. Вошел, нагнув голову под низкой притолокой. Притворив дверь, расстегнул подтяжки посреди вони заплесневелой штукатурки и затхлой паутины. Прежде чем сесть, он посмотрел через щель на соседское окно. Король в казначействе сидел. Никого.

Устроившись на стульчаке, развернул газету, разложив ее на голых коленях. Что-нибудь новенькое и легкое. Спешить некуда. Погоди немного. Первая премия. «Блестящий удар Мэтчема». Мистера Филиппа Бофоя, Клуб театралов, Лондон. Авторский гонорар одна гинея за столбец. Три с половиной. Три фунта три. Три фунта, тринадцать и шесть.

338

Вчерашнего легкого запора как не бывало. Да, все в порядке. В случае запора одну таблетку каскара саграда. Так могло быть и в жизни. Его это не волновало и не трогало, но написано легко и живо. Теперь все печатают. Мертвый сезон. Он продолжал читать, спокойно сидя над собственным подымавшимся запахом. Очень живо. «Мэтчем часто думал о том ударе, которым он покорил эту насмешливую волшебницу, которая теперь...» Нравоучительное начало и конец. «Рука об руку». Здорово. Он пробежал то, что уже прочел, и добродушно позавидовал мистеру Бофою, написавшему это и получившему гонорар в три фунта тринадцать и шесть.

Я мог бы состряпать скетч. Подпись: Мистер и миссис Л. М. Блум. Сочинить рассказ на пословицу, какую? Когда-то записывал на манжете, что она говорила, одеваясь. Неприятно одеваться вместе. Порезался, когда брился. Закусив нижнюю губу, застегивала крючки на юбке. Хронометрировал ее. 9.15. Что, Робертс еще не заплатил? 9.20. В чем была Грета Конрой? 9.23. Угораздило меня купить этот гребень! 9.24. Меня совсем раздуло от капусты. Пыльное пятнышко на ее лакированном ботинке.

Ловко вытирает один рант за другим об икры в чулках. На другой день после благотворительного бала, где оркестр Мэй исполнял танец часов Понкиелли. Объясняла: это утренние часы, полдень, наступает вечер, затем ночные часы. Чистила зубы. Это был первый вечер. Голова у нее кружилась. Палочки веера стучали. Что, этот Бойлен богатый? У него есть деньги. А что? Когда мы танцевали, я заметила, что от него приятно пахнет. Не нужно напевать, а то вспомнит. Странная была музыка вчера вечером. Зеркало в тени. Она проворно потерла зеркальце о шерстяную фуфайку, обтягивающую ее полные отвислые груди. Смотрелась в него. Рябит в глазах. Все равно ничего не видно.

Вечерние часы, девушки в дымчатом газе. Ночные часы — в черном, с кинжалами, в полумасках. Поэтично: розовое, потом золотое, потом серое и черное. И очень натурально. День, затем ночь.

Он резко оторвал половину премированного рассказа и подтерся. Потом подтянул брюки, поднял подтяжки, застегнулся. Захлопнул тряскую дверь уборной и вышел на свет из полумрака.

На ярком свете, облегченный и свежий, он внимательно осмотрел свои черные брюки, внизу, колени, икры. В котором часу похороны? Надо посмотреть в газете. Скрип и хриплый скрежет вверху в воздухе. Колокола церкви св. Георгия. Выбивают часы: звучный темный металл.

Хей-го! Хей-го!

Хей-го! Хей-го!

Хей-го! Хей-го!

Без четверти. Еще раз: детонирующий отзвук в воздухе. Терция.

Бедняга Дигнэм!

— ◊ —

М-р Блум спокойно прошел мимо тележек на набережной Сэра Джона Роджерсона, мимо Виндмилл-лейн, маслобойки Лиска, почтово-телеграфной конторы. Можно было дать и этот адрес. И мимо дома моряка. Он отвернулся от утренних шумов набережной и пошел по Лайм-стрит. У коттеджей Бредди околачивался мальчишка, на руке у него висело мусорное ведро, он курил изжеванный окурок. Девочка еще меньше его, со следами экземы на лбу, глазела на него, рассеянно придерживая поломанный обруч. Сказать ему, что, если он будет курить, он перестанет расти. Бог с ним! Ему тоже не очень сладко живется. Дежурит у трактиров, чтобы отвести папу домой. Идем домой к маме, папа. Мертвый час, наверно, там народу будет немного. Он пересек Таунсэнд-стрит, прошел мимо хмурого фасада церкви Бетэл. Эл, да: дом: Алеф, Бет. И мимо похоронного бюро Николза. Назначено в одиннадцать. Времени достаточно. Кажется, Корни Келлехер устроил О'Нилу это дело. Поет с закрытыми глазами. Корни. Встретил ее как-то раз у парка. Им было жарко. Вот так дикарка. Полицейский шпик. Потом сказала свое имя и адрес с искренним тамтарарам пампам. Ну, конечно, он все прибрал к рукам. Похороните его по дешевке в каком-нибудь где вам будет угодно. С искренним тамтарарам тамтарарам.

На Вестлэнд-роу он остановился у витрины Белфастской и Восточной чайной компании и прочел ярлыки на цибиках из свинцовой бумаги: лучшая смесь, высшего качества, семейный чай. До чего жарко. Чай. Надо достать у Тома Кернана. На похоронах, впрочем, неудобно спрашивать. Пока глаза его кротко читали, он снял шляпу, спокойно вдохнул жирный запах своих волос и с медлительной грацией провел правой рукой по лбу и волосам. Очень жаркое утро. Из-под опущенных век его глаза нашли узенький кожаный ободок внутри его высшей марки шля. Здесь его правая рука нырнула внутрь шляпы. Его пальцы быстро нашли за кожаным ободком карточку и переложили ее в жилетный карман.

Как жарко. Его правая рука еще медленней еще раз скользнула по волосам: смесь высшего качества из лучших цейлонских сортов. Дальний Восток. Должно быть, дивная страна: сад мира, большие, ленивые листья, на которых можно плавать, кактусы, лужайки в цветах, змеистые лианы, так они называются. Так ли это на самом деле? Сингалезы нежатся на солнце, этакое *dolce far niente*[1]. За весь день пальцем не шевельнут. Спят шесть месяцев

---

[1] Сладостное безделье (*итал.*).

в году. Такая жара, что не хочется ссориться. Влияние климата. Летаргия. Цветы безделья. Воздух — лучшее питание. Азот. Оранжереи в ботанических садах. Растения не-тронь-меня. Водяные лилии. Лепестки до того вялые, что. В воздухе сонная болезнь. Идешь по розовым лепесткам. Попробовали бы они поесть потрохов и телячьих ножек. Где это он был, тот парень, я видел его на какой-то картинке? Ах да, на Мертвом море, плыл на спине, читая книгу под открытым зонтом. Невозможно утонуть, если даже захочешь: до того много соли. Это потому, что вес воды, нет, вес тела, погруженного в воду, равен весу... Или объем равен весу? Словом, есть какой-то закон в этом роде. Вэнс в школе хрустел на уроках суставами пальцев. Курс занятий. Хрустящий курс. Что такое в сущности вес, когда говорят «вес»? Тридцать два фунта в секунду, за секунду. Закон падения тел. В секунду, за секунду. Все тела падают на Землю. Земля. Закон земного притяжения, это и есть вес.

Он отвернулся и побрел на ту сторону улицы. Как это она шла со своими сосисками? Вот как-то так. На ходу он вынул из бокового кармана сложенную газету, развернул ее, скатал в трубку и стал похлопывать себя по штанине в такт волочащимся шагам. Безразличный вид: так только, заглянуть. В секунду, за секунду. В секунду. В секунду означает каждую секунду. Он смело заглянул с панели в двери почтового отделения. Ящик для запоздавших писем. Почта здесь. Никого. Войти.

Он подал карточку через медную решетку.

— Есть для меня письма? — спросил он.

Покуда почтовая барышня рылась в гнезде, он загляделся на вербовочный плакат, изображавший солдат всех родов оружия на параде: и приставил трубку к носу, нюхая пахнущую свежей типографской краской тряпичную бумагу. Вероятно, ответа нет. В последний раз зашел слишком далеко.

Барышня вернула ему через решетку его карточку при письме. Он поблагодарил и быстро взглянул на печатный адрес:
Генри Флауэру[1], эсквайру,
До востребования,
Почт. отд. Вестлэнд-роу,
Сити.

Все-таки ответила. Он сунул карточку и письмо в боковой карман, еще раз взглянул на парадирующих солдат. А где полк старика Твиди? Отставной солдат. Вот: медвежья шапка и петушиные перья. Нет, он гренадер. Остроконечные обшлага на рукавах. Вот он: королевские дублинские стрелки. Красные куртки.

---

[1] Флауэр — по-английски «цветок».

Слишком расфуфырены. Оттого бабы из-за них и вешаются. Мундир. Легче вербовать и муштровать. Статья Мод Гонн, чтобы их ночью не пускали на О'Коннелл-стрит: позор для нашей ирландской столицы. И газета Гриффитса долбит теперь то же самое. Гниющая от венерических болезней армия: заморская держава, ей море по колено. Вид у них, точно они не в своем уме: как под гипнозом. Смирно! Шаг на месте. Стол: ол. Кровать: ать. Собственная его величества. Никогда не видал его в полицейском мундире. Масон, да.

Он медленно вышел из почтового отделения и свернул направо. Болтовня: как будто от этого что-нибудь изменится. Он сунул руку в карман, и указательный палец пролез под клапан конверта, разорвав его несколькими толчками. Женщины наверняка не принимают таких мер предосторожности. Его пальцы вытащили письмо и смяли конверт в кармане. Что-то приколото: может быть, фото. Волосы? Нет.

Мак-Кой. Поскорей отвязаться от него. Мешает. Терпеть не могу общества, когда я.

— Алло, Блум. Куда направляетесь?

— Алло, Мак-Кой. Да так, собственно, никуда.

— Как жизнь?

— Чудно. А как вы?

— Живем помаленьку, — сказал Мак-Кой.

Он посмотрел на черный галстук и черный костюм и спросил тише, с уважением:

— У вас кто-нибудь... Надеюсь, ничего серьезного? Я вижу, вы...

— О, нет, — сказал м-р Блум. — Бедняга Дигнэм, вы ведь знаете. Сегодня хоронят.

— Верно! Бедняга. Да, да. В котором часу? Нет, не фото. Может быть, значок какой-нибудь.

— О... одиннадцать, — ответил м-р Блум.

— Попробую подъехать, — сказал Мак-Кой. — Вы говорите, в одиннадцать? Я узнал только вчера вечером. Кто это мне рассказал? Холохан. Вы знаете Хоппи?

— Знаю.

М-р Блум посмотрел через улицу на карету, стоявшую у дверей Грювнора. Носильщик вскидывал чемодан на крышу. Она стояла неподвижно, ждала, покуда мужчина, муж, брат, похож на нее, искал в карманах мелочь. Стильное платье с круглым воротником, для такой погоды жарковато, похоже на байку. Стоит в равнодушной позе, засунув руки в накладные карманы. Как та чванная особа на состязании в поло. Все женщины задаются, покуда не попадаешь им в точку. Хороша собой и хорошо держится. Прежде чем отдаться, упирается. Почтенная госпожа, и Брут, конечно, человек почтенный. Один раз взять ее — и всю спесь как рукой снимает.

342

— Я был с Бобом Дорэном, он опять сбился с пути, и, ну, как его зовут, Бентамом Лайонзом. Мы как раз были у Конвэя.

Дорэн, Лайонз у Конвэя. Она поднесла руку в перчатке к волосам. Вошел Хоппи. Уже успел промочить горло. Откинув голову и глядя вдаль из-под опущенных век, он увидел яркую рыжеватую лайку, вспыхнувшую на солнце, вышитые раструбы. Как я сегодня хорошо вижу. Должно быть, в сырую погоду лучше видишь. Говорит что-то. Барская ручка. С какой стороны она сядет?

— И он говорит: как жаль нашего бедного Пэдди! Какого Пэдди? — говорю я. Бедняжку Пэдди Дигнэма, говорит он.

Едет на дачу: наверно, в Бредстон. Высокие коричневые ботинки. Шнурки болтаются. Красивая нога. Что это он так долго ищет мелочь? Заметил, что я смотрю. Вечно за всеми следит. Всегда что-нибудь в запасе. Не то, так это.

— Как? — говорю я. Что с ним случилось? — говорю я.

Гордая: богатая: шелковые чулки.

— Да, — сказал м-р Блум.

Он чуточку отстранился от говорящей головы Мак-Коя. Сию минуту сядет.

— Что с ним случилось? — говорит он. Он умер, говорит он. И, честное слово, заплакал. Неужели Пэдди Дигнэм? — говорю я. Я не хотел верить, когда услышал. Еще так недавно, в прошлую пятницу, нет, в четверг, я был с ним в «Ковчеге». Да, говорит он. Покинул нас. Он умер в понедельник, бедняжка.

Гляди! Гляди! Шелк блеск белый чулок. Гляди!

Тяжелый трамвайный вагон, гудя звонком, разъединил их.

Исчезла. Черт бы тебя побрал, тупорылый! Недоступен никаким чувствам. Рай и пери. Вечно одно и то же. В ту самую минуту. Как с той девицей на Юстэс-стрит в парадной, в понедельник это было, поправляла подвязку. Подруга заслонила ее, все закрыла. *Esprit de corps*[1]. Ну, чего ты глазеешь?

— Да, да, — сказал мистер Блум, тупо вздохнув. — Еще одним меньше.

— Одним из лучших, — сказал Мак-Кой.

Трамвай проехал. Они умчались по направлению к мосту Лун-Лайн, ее рука в элегантной перчатке на стальном поручне. Проблеск, проблеск, кружевные искры ее шляпы на солнце: проблеск, блеск.

— Жена, надеюсь, здорова? — спросил изменившийся голос Мак-Коя.

— О да, — сказал м-р Блум. — В полном порядке, спасибо.

Он лениво раскатал газету и лениво прочел:

---

[1] Дух корпоративности (*франц.*).

В доме, где нет мясных консервов Пломтри,
нет совершенства.
Где они есть,
там рай на земле.

— Моя старуха только что получила ангажемент. То есть еще не совсем.

Сейчас начнет про чемодан. Валяй, валяй, не стесняйся. Со мной этот номер не пройдет.

М-р Блум неторопливо и дружелюбно перевел на него глаза с тяжелыми веками.

— Моя жена тоже, — сказал он. — Она будет петь двадцать пятого в Ульстерском зале, в Белфасте, большое дело.

— Вот как? — сказал Мак-Кой. — Очень рад, старина. Кто устраивает?

Миссис Мэрион Блум. Еще не встала. Королева ела в своей опочивальне хлеб с. Книги нет. Почерневшие короли, дамы, валеты лежали по семь в ряд возле ее ложки. Брюнетка и блондин. Кошка меховой черный шар. Оторванная полоска конверта.

Старинная сладкая

Сладкая

Песнь

Любви

Любовь приди...

— Понимаете, это нечто вроде турне, — задумчиво сказал м-р Блум. — Песнь любви. Там образован целый комитет. Расходы поровну, и прибыли поровну.

Мак-Кой кивнул, пощипывая пучки усов.

— Ах так, — сказал он, — приятные новости.

Сейчас уйдет.

— Ну, я очень рад, что у вас дела хороши, — сказал он. — Я к вам загляну.

— Да, — сказал м-р Блум.

— Да, вот что еще, — сказал Мак-Кой. — Поставьте, пожалуйста, мое имя в списке на похоронах, хорошо? Мне очень хочется пойти, но, вероятно, не удастся. В Сэндикове кто-то утонул, если труп найдут, мне придется съездить туда со следователем. Вы просто впишите мое имя, если меня не будет, хорошо?

— Хорошо, — сказал м-р Блум, собираясь уходить. — Будет сделано.

— Отлично, — весело сказал Мак-Кой. — Спасибо, старина. Я бы пошел, если бы была возможность. Ну, пока. Просто Дж. С. Мак-Кой — и все дело.

— Будет исполнено, — твердо ответил м-р Блум.

Врасплох он меня не поймал. Этого еще недоставало. К чемоданам у меня особенное пристрастие. Кожа. Металлические углы, заклепанные края, двойной замок. Боб Каули одолжил ему свой чемодан для концерта на парусных гонках в Виклоу, и по сей день о нем ни слуху ни духу.

М-р Блум пошел по направлению к Брунсвик-стрит, улыбаясь. Моя старуха только что получила. Ржавое, скрипучее сопрано. Нос, как корка от сыра. По-своему неплохо для короткой баллады. Изюминки нет. Мы оба, понимаете? В одной лодке. Лезет без мыла. Прямо злиться начинаешь. Неужели он не чувствует разницы? Кажется, он к этому тоже имеет склонность. А я не любитель таких шуток. Так и знал, что Белфаст подействует. Надеюсь, с оспой там не стало хуже. Вдруг она не захочет еще раз сделать прививку. Ваша жена и моя жена.

Не следит ли он за мной?

М-р Блум постоял на углу, водя глазами по многокрасочным рекламам Имбирное пиво Кэндреля и Кочрэн (ароматическое). Летняя распродажа у Клери. Нет, он идет прямо. Ага! Сегодня вечером «Лия». Миссис Бандмен-Палмер. Охотно посмотрел бы еще раз. Вчера она играла «Гамлета». Мужская роль. Может быть, он был женщиной. Почему Офелия покончила с собой? Бедный папа! Как он часто рассказывал про Кэйт Бейтмэн в этой роли. В Лондоне весь день торчал у входа в «Адельфи», чтоб попасть. За год до моего рождения это было: в шестьдесят пятом. И Ристори в Вене. Как это называется? Сочинение Мозенталя «Рахиль», что ли? Нет. Там еще есть сцена, о которой он всегда рассказывал, как старый слепой Авраам узнает голос и кладет ему пальцы на лицо.

— Голос Натана! Голос его сына! Я слышу голос Натана, который покинул своего отца, умирающего от горя и нужды на моих руках, который покинул дом своего отца и Бога своего отца.

Каждое слово такое глубокое. Леопольд.

Бедный папа! Бедный! Я рад. Я не пошел в его комнату и не видел лица. Ох, этот день. Боже, Боже! Ффу! А может быть, это был для него лучший выход.

М-р Блум завернул за угол и прошел мимо понурых извозчичьих кляч. Не стоит больше об этом думать. Сейчас их как раз кормят. Жаль, что я встретил этого Мак-Коя.

Он подошел ближе и услышал хруст золотого овса, мягкое чавканье челюстей. Их большие оленьи глаза смотрели на него, когда он шел мимо, сквозь сладкий овсяный запах лошадиной мочи. Их Эльдорадо. Бедные дуралеи! На все на свете им наплевать. Уткнули себе длинные морды в торбы, и дело с концом. Так полны, что и говорить не хотят! И пищу имеют вовремя и пристанище. Вид у них бодрый и глупый.

Он достал письмо из кармана и сунул его в газету, которую он держал в руке. Еще, пожалуй, налечу на нее тут. В переулке спокойнее.

Он пошел мимо извозчичьего трактира. Удивительная жизнь у извозчиков, в любую погоду, куда прикажут, в любое время, нет собственной воли. *Voglio e non.* Я их обычно угощаю папиросой. Общительны. Проезжая, непременно что-нибудь крикнут. Он замурлыкал:

Là ci darem la mano
Ля ля ляля ля ля.

Он свернул на Кэмберленд-стрит и, пройдя несколько шагов, остановился у вокзальной стены. Никого. Лесной двор Мида. Балки навалены. Руины и казарменные дома. Он осторожно шагнул через детский чертеж на панели с забытым камешком. Ни души. Невдалеке от лесного двора ребенок играл на корточках в шарики, один, ловко подкидывая шарик большим пальцем. Умная пестрая кошка, моргающий сфинкс, следила за ним со своего теплого порога. Жалко их спугивать. Магомет вырезал кусок из своего плаща, чтобы не будить ее. Теперь открою. И я когда-то играл в шарики, когда ходил в школу к той старой даме. Она любила резеду. Миссис Элис. А м-р? Он развернул письмо, не вынимая его из газеты.

Цветок. Кажется, это... Желтый цветок с придавленными лепестками. Значит, не сердится. Ну, что она пишет?

Дорогой Генри,
я получила твое последнее письмо и очень тебе за него благодарна. Мне жаль, что тебе понравилось мое последнее письмо. Почему ты приложил марки? Я ужасно сердита на тебя. Мне очень хочется тебя за это наказать. Я назвала тебя гадким мальчишкой, потому что я не люблю этот другой мир. Объясни мне, пожалуйста, что значит это слово. Разве ты не счастлив в семейной жизни, мой бедный, маленький, гадкий мальчишка? Мне бы хотелось помочь тебе. Пожалуйста, напиши, что ты обо мне думаешь? Я часто думаю, какое у тебя чудесное имя. Дорогой Генри, когда мы встретимся? Ты себе представить не можешь, как часто я о тебе думаю. Никогда в жизни ни одним мужчиной я так не увлекалась. Я ужасно корю себя за это. Пожалуйста, напиши длинное письмо и расскажи все. Помни, что, если ты этого не сделаешь, я накажу тебя. Теперь ты знаешь, гадкий мальчишка, что я с тобой сделаю, если ты мне не напишешь. О, как я жажду встречи. Генри, дорогой, исполни мою просьбу, пока у меня не истощилось терпение. Тогда я расскажу тебе все. Ну, прощай, мой любимый, гадкий мальчишка. У меня сегодня ужасная головная боль, и напиши с обратной почтой твоей тоскующей по тебе

Марте.

P.S. Напиши мне, какими духами душится твоя жена. Мне хочется знать.

Он сосредоточенно снял цветок с булавки, понюхал его, почти нет запаха, и положил в грудной карман. Язык цветов, они любят его, потому что никто его не слышит. Или отравленный букет, чтобы убить его. Потом, медленно двинувшись дальше, он перечел письмо, время от времени бормоча какое-нибудь слово. Сердита тюльпан на тебя душка мужецвет накажу тебя кактус если ты не пожалуйста бедный незабудка как я жажду фиалка дорогой роза когда мы скоро анемон увидимся все гадкий белладонна жена Марты духи. Дочитав, он вынул его из газеты и положил обратно в боковой карман.

Тихая радость раздвинула его губы. Изменилась с тех пор, как прислала первое письмо. Интересно, сама ли она его писала. Прикидывается возмущенной: такая, как я, приличная барышня, достойный характер. Могли бы встретиться как-нибудь в воскресенье после церкви. Благодарю вас: не имею намерения. Обычная любовная ссора. Потом беготня за угол. Противно, как сцена с Молли. Сигара действует успокоительно. Наркотик. В следующий раз пойду дальше. Гадкий мальчишка: накажу: боится слов, конечно. Жестокость, почему нет? Все-таки попробую. Потихоньку, помаленьку.

Все еще ощупывая пальцами письмо, он вытащил из него булавку. Обыкновенная булавка, а? Он бросил ее на землю. Откуда-нибудь с платья: все сколото. Смешно, до чего много на них булавок. Нет розы без шипов.

Зычные дублинские голоса горланили в его голове. Те две девки ночью в Куме, рука об руку под дождем.

> Ах, Мэ-эри потеряла булавку от штанов.
> Что ей делать,
> Чтоб она не падала,
> Чтоб она не падала.

Она? Они. Ужасная головная боль. Наверно, у нее это самое. Или весь день стучит на пишущей машинке. Неправильный зрительный фокус, вредно для желудочных нервов. Какими духами душится твоя жена? Ну и ну.

Чтоб она не падала.

Марфа, Мария. Я видел где-то картину, не помню кто, старинный мастер или подделка на заказ. Он сидит у них в доме, разговаривает. Таинственно. Те две девки из Кума тоже заслушались бы.

Чтоб она не падала.

Чудесная вечерняя атмосфера. Никуда больше не ходить. Лечь и лежать: спокойные сумерки: пускай все идет, как идет. Забыть. Рассказывать о всех местах, где ты побывал, о чужих нравах. Другая, с кувшином на голове, готовила ужин. Фрукты, маслины, замечательная свежая вода из колодца, как камень, как из источника в стене в Эштауне. Надо будет захватить бумажный стаканчик, когда в следующий раз пойду на бега. Она слушает, раскрыв темные, мягкие глаза. Рассказывать ей: еще и еще: все. Потом вздох: молчанье. Долгий долгий долгий отдых.

Проходя под железнодорожным мостом, он достал конверт, быстро разорвал его на части и бросил на дорогу. Обрывки улетели; утонули в тумане: белый взлет, потом все утонуло.

Генри Флауэр. Можно было с тем же успехом разорвать чек на сто фунтов. Простой клочок бумаги. Лорд Айви как-то раз получил в Ирландском банке по семизначному чеку. Один миллион. Вот вам, сколько денег можно заработать на портере. А другому брату, лорду Ардилону, приходится, говорят, по четыре раза в день менять рубашку. В коже заводятся вши или гниды. Миллион фунтов, ну-ка, подождите. Два пенса за пинту, четыре пенса за кварту, восемь пенсов за галлон портера, нет, шиллинг и четыре пенса за галлон портера. Один и четыре на двадцать: примерно пятнадцать. Да, верно. Пятнадцать миллионов бочек портера.

Что я говорю — бочек? Галлонов. Все равно около миллиона бочек.

Прибывший поезд тяжело простучал над его головой, вагон за вагоном. Бочки грохотали в его голове; тусклый портер хлюпал и пенился в них. Затычки выскочили, и мощные тусклые струи хлынули, сливаясь в один поток, извиваясь по топким равнинам, ленивый, растекающийся водоворот, уносящий на своей пене широколиственные цветы.

Он дошел до открытой задней двери Всех Святых. Взойдя под портик, он снял шляпу, достал из кармана карточку и сунул ее обратно за кожаный ободок. Фу, черт. Как это я не попросил Мак-Коя достать мне бесплатный билет в Мэллингер.

Та же самая наклейка на двери. Проповедь преподобного Джона Конми, О.И., о святом Питере Клэвере и африканской миссии. Спасти в Китае миллионы. Интересно, как это они все объясняют язычникам-китаёзам. Предпочитают унцию опиума. Сыны неба. Для них это сущая ересь. Об обращении Гладстона они тоже молились, когда тот был уже почти без сознания. Протестанты точно такие же. Приведи д-ра Вильяма Дж. Уолша, д-ра прав, в лоно истинной веры. Будда, их бог, лежит в музее на боку. Удобно устроился, рука под щекой. Горят ароматические свечи. Не то что Се человек. Терновый венец и крест. Хорошо придумано — св. Патрик и трилистник. Китайские палочки для еды? Конми: Мартин Каннингхэм его знает: представительная внешность. Жаль, что я обратился не к нему, чтобы он устроил Молли в хор, а к патеру Фарли, который выглядел дураком, а вовсе им не был. Их этому учат. Уж он-то ни за что не поедет в своих синих очках обливаться потом, крестить черномазых.

Стекла сверкали бы, только бы их внимание. Интересно поглядеть на них, как они сидят, собравшись в кружок, толстогубые, слушают, как в трансе. Натюрморт. Наверно, лакают, точно молоко.

Холодный запах священного камня влек его. Он поднялся по истертым ступеням, толкнул дверь и тихо вошел с заднего хода.

Что-то есть: какое-то братство. Жаль, что так пусто. Чудесное укромное местечко, если рядом какая-нибудь девочка. Кто мой сосед? Все время бок о бок, под медленную музыку. Та женщина, во время ночной мессы. Седьмое небо. Женщины стояли перед скамьями на коленях, с кумачовыми лентами на шеях, склонив головы. Одна кучка стояла на коленях у самой решетки алтаря. Священник прошел мимо них, бормоча, держа в руках эту штуку. Возле каждой он останавливался, вынимал причастие, стряхивал с нее одну-две капли (они лежат в воде?) и аккуратно клал ей в рот. Ее шляпа и голова опускались. Потом следующая: маленькая старушка. Священник нагнулся, чтобы положить ей в рот, все время что-то бормоча. Латынь. Следующая. Закрой глаза и открой ротик. Что? *Corpus*[1]. Тело. Труп. Хорошо придумано — латынь. Сразу же оглушает. Прибежище для умирающих. Они, кажется, и не жуют его: прямо глотают. Здорово придумано: есть куски тела, каннибалы, те прямо в восторге.

Он стоял в стороне, следя, как их слепые маски тянулись по проходу, одна за другой, искали свои места. Он подошел к скамье и, сев в углу, занялся своей шляпой и газетой. Этакие котлы нам приходится носить. Следовало бы делать шляпы прямо на голове. Они были вокруг него со всех сторон, с красными лентами, все еще кланялись, ждали, чтобы оно растворилось в их желудках. Вроде мацы: тот же сорт хлеба: пресные хлебы предложения. Поглядите-ка на них. Держу пари, что они сейчас счастливы. Леденец. Факт. Ну да, так и называется — ангельский хлеб. Тут заложена глубокая мысль, примерно так — царство Божие внутри нас. Первопричастники. Мороженое, пенни за порцию. Чувствуют себя членами одной семьи, как в театре, общий восторг. Наверняка. Я уверен. Не так одиноки. В нашем братстве. Потом выходят чуточку не в себе. Выпускают пар. Во что ты по-настоящему веришь, то и существует. В Лурде излечиваются; воды забвения, явление Нока, кровоточащие статуи. Около исповедальни спит старик. Оттуда и храп. Слепая вера. Я в царство Божие войду. Усыпляет все страдания. Разбудите меня в будущем году, в это же время.

Он увидел, как священник осторожно отставил чашу с причастием и на секунду опустился перед ней на колени, вынув боль-

---

[1] Тело (*лат.*).

шую серую подушку из-под надетой на него кружевной штуки. А вдруг он потеряет булавку от своих. Что ему делать, чтоб. Темя выбрито. На спине буквы И.Н.Р.И. Нет: И.Х.С. Молли мне как-то объясняла, я ее спрашивал. Истинно хулу сотворил: вот так. А та другая? Избавителя нашего распяли изверги.

Встретиться в воскресенье после обедни. Исполни мою просьбу. В вуали и с черной сумочкой. Сумрак и свет за ее спиной. Она с таким же успехом могла прийти сюда с лентой на шее и потихоньку заниматься тем, другим. Их характер. Тот тип, что предал «непобедимых», каждое утро ходил, Кэри его звали, к причастию. В эту самую церковь. Питер Кэри, нет, это я имею в виду Питера Клэвера. Дэнис Кэри. Подумать только, дома жена и шестеро детей. И все время готовиться к убийству. Эти черные крысы, самое подходящее для них имя, глазки у них вечно бегают. И в делах тоже не честны. Нет, ее тут нет: цветок: нет, нет. Кстати, я порвал конверт? Да: под мостом.

Священник сполоснул чашу: потом аккуратно выплеснул осадок. Вино. Гораздо аристократичней, чем, например, пить что-нибудь будничное, портер Гиннеса или какое-нибудь безалкогольное пойло, дублинскую горькую Уитли или имбирное пиво Кэндреля и Кочрэн (ароматическое). А им не дает ни капли: вино предложения, только другое. Холодное утешение. Благочестивый обман, но в общем совершенно правильно: а то бы сбежались все пьянчуги, один другого хуже, и стали бы выклянчивать выпивку. Странная какая вся атмосфера этого. Совершенно правильно. Все это абсолютно правильно.

М-р Блум оглянулся на хор. Музыки, очевидно, не будет. Жаль. Кто тут играет на органе? Старик Глинн, у того инструмент прямо-таки говорил, такое у него было вибрато; говорят, получал пятьдесят фунтов в год на Гардинер-стрит. Молли в тот день была в голосе, *Stabat Mater*[1] Россини. Сначала проповедь патера Бернарда Воэна. Христос или Пилат? Христос, только не растягивайте, пожалуйста, на весь вечер. Музыки они хотели. Перестали шаркать ногами. Слышно было, как падает булавка. Я сказал ей, чтобы она направляла звук вон в тот угол. Я чувствовал напряжение в воздухе, полное звучанье, публика подняла глаза:

Quis est homo![2]

Кое-что из старой церковной музыки замечательно. Меркаданте: Семь последних слов. Двенадцатая месса Моцарта: там

---

[1] Stabat Mater (dolorosa) — скорбящая Божия Матерь (*лат.*). Начальные слова католического гимна.

[2] Кто Тот Человек! (*лат.*) См. от Иоанна, 5:12.

есть такая *Gloria*[1]. В старину Папы здорово понимали в музыке, в искусстве, в статуях, в разных картинах. Или, например, Палестрина. Хорошее было для них время. И для здоровья пенье полезно, точное расписание, потом варили ликеры. Бенедиктин. Зеленый шартрез. И кастраты были у них в хоре, это уж, пожалуй, чуточку слишком. Что это за голос? Забавно, должно быть, слушать, после их собственного глубокого баса. Знатоки. Вероятно, потом уже ничего не чувствовали. Вроде успокоительного средства. Никаких переживаний. Жиреют, верно? Обжоры, огромные, ноги длинные. Кто знает? Кастрат.

Он видел, как священник нагнулся и поцеловал алтарь. Потом поглядел по сторонам и благословил народ. Все перекрестились и встали. М-р Блум осмотрелся и тоже встал, глядя поверх поднявшихся шляп. Когда будут читать Евангелие, конечно, тоже придется стоять. Потом все опять опустились на колени, а он спокойно уселся на скамью. Священник вышел из алтаря, держа перед собой ту штуку, и стал переговариваться с причетником по-латыни. Потом священник встал на колени и начал читать по карточке:

— Господи, наше прибежище и наша сила...

М-р Блум подался вперед, чтобы расслышать слова. По-английски. Бросают им кость. Я смутно припоминаю. Сколько времени ты уже не был в церкви? Глория и Непорочная Дева. Иосиф, Ее супруг. Петр и Павел. Гораздо интересней, когда понимаешь, о чем идет речь. Блестящая организация, это факт, работает как часы. Исповедь. Каждому хочется. Тогда я расскажу вам все. Накажите меня, пожалуйста. В их руках сильное орудие. Сильней, чем у врача или стряпчего. Женщины прямо до смерти. И я шушушушушу. А ты шашашашашаша? А почему ты?.. Смотрит на свое кольцо, ищет оправданья. Галерея шепотов, стены имеют уши. Супруг узнает к крайнему своему удивлению. Господь Бог пошутил. Потом она выходит. Раскаянье·до мозга костей. Сладостный стыд. Молитва у алтаря. Радуйся дева и Святая Дева. Цветы, ладан, оплывающие свечи. Прячет румянец. Армия спасения — грубая имитация. Раскаявшаяся проститутка сейчас произнесет речь. Как я пришла к Господу. Неглупые люди сидят в Риме: режиссируют весь этот спектакль. И деньги немалые загребают. И завещания: ныне здравствующему папе в полное распоряжение. Чтоб служили обедню за упокой души моей при открытых дверях. Монастыри мужские и женские. Священник выступит свидетелем по делу о завещании. Его ничем не собьешь, у него на все есть ответ. Свобода и возвышение нашей Святой

[1] Слава (*лат.*).

Матери церкви. Церковные ученые: здорово они разработали это свое богословие.

Священник молился:

— Святой Михаил-архангел, защити нас в бедственный час. Будь нам защитником от зла и дьявольских козней (мы смиренно молим Господа, да оградит он нас от них): и ты, князь небесного воинства, низринь через могущество Господне сатану в ад и вместе с ним всех злых духов, что бродят по миру и ищут погибели человеческих душ.

Священник и причетник встали и ушли. Кончилось. Женщины остались. Благодарственная молитва.

Лучше потихоньку уйти. Брат Давай сюда. Как раз подойдет с тарелкой. Внесите вашу пасхальную лепту.

Он встал. Вот тебе раз! Неужели две пуговицы на жилете были все время расстегнуты? Женщине смешно. Злятся, если ты не. Почему вы мне раньше не сказали? Никогда не скажут. А мы. Простите, барышня, на вас (пфф) маленькая (пфф) пушинка. Или юбка у нее сзади расстегнулась. Видно что-то белое. Луна выглянула. Все-таки больше нравится, когда беспорядок в туалете. Хорошо, что не ниже. Он пошел, незаметно застегиваясь, по проходу и вышел через главную дверь на свет. Он секунду постоял, ослепленный, у холодной черной мраморной чаши, пока двое верующих впереди и позади него небрежно окунали руки в святую воду на донышке. Трамваи: фургон красильни Прескотта: вдова в трауре. Я заметил, потому что сам в трауре. Он надел шляпу. Который час? Четверть. Времени хватит. Пойду сейчас и закажу туалетную воду. Где это? Ах, да, в тот раз. У Свени на площади Линкольна. Аптекари редко переезжают. Слишком трудно перетаскивать эти их зеленые и золотые светящиеся шары. Хамилтон Лонг, осн. в год Всемирного потопа. Неподалеку от гугенотского кладбища. Надо как-нибудь сходить туда.

Он пошел вдоль Вестлэнд-роу по направлению к югу. А рецепт остался в других брюках. Фу, и ключ от парадной я тоже забыл. Утомительная штука эти похороны. Да, но он, бедняжка, тут ни при чем. Когда же это я ее в последний раз заказывал? Подожди-ка. Помню, я еще менял соверен. Значит, не то первого числа, не то второго. Ах да, он же сам может проверить по книге заказов.

Аптекарь переворачивал страницу за страницей. Весь песочный, весь точно пропах чем-то сушеным. Сморщенный череп. И старый. Ищет философский камень. Алхимики. От наркотиков сначала возбуждаешься, потом старишься. Потом летаргия. Почему? Реакция. Целая жизнь за одну ночь. Медленно меняется характер. Весь день среди трав, мазей, дезинфицирующих средств. Все эти алебастровые горшочки. Ступка и пестик. Aq. Dist. Fol.

Laur. Te Viriu[1]. Самый запах почти излечивает, как когда звонишь к зубному врачу. Доктор Трах. Себя бы самого полечил. Электуарий или эмульсия. Первый, кто сорвал травку, чтобы вылечиться ею, был дьявольски смелый человек. Лекарственные травы. Надо быть осторожным. Тут достаточно специй, чтобы захлороформировать человека. Доказательство: синяя лакмусовая бумажка становится красной. Хлороформ. Слишком сильная доза опия. Усыпительные средства. Любовные напитки. Парагорик, маковый настой, усиливает кашель. Закупоривает поры, оседает на слизистой оболочке. Яды — единственное лекарство. Вылечивает то, от чего ты меньше всего ожидаешь исцеления. Это природа ловко устроила.

— Примерно недели две тому назад, сэр?

— Да, — сказал м-р Блум.

Он стоял у прилавка, вдыхая острый запах лекарств, пыльный сухой запах губок и мочалок. Сколько времени уходит на рассказы о своих недомоганиях и болях.

— Миндальное масло и бензойная тинктура, — сказал м-р Блум, — и потом померанцевый цвет...

Конечно, от этого у нее и кожа такая мягкая и белая, точно воск.

— И еще белый воск, — сказал он.

Подчеркивает, что у нее темные глаза. Смотрела на меня, натянув одеяло на нос, по-испански, нюхая собственный запах, когда я вставлял запонки в манжеты. Часто домашние рецепты — самые лучшие: земляника от зубной боли: крапива и дождевая вода: говорят, овсяная мука в сыворотке от масла. Питанье для кожи. Один из сыновей старой королевы, герцог Олбэни, что ли, имел только одну кожу. Леопольд, да. А у нас их три. Бородавки, мозоли, прыщи портят ее. А тебе тоже нужны духи. Какими духами душится твоя? *Peau d'Espagne*[2]. Этот померанцевый цвет. Химически чистое мыло. Вода такая свежая. Замечательный запах бывает у мыла. Еще есть время сходить в баню за углом. Горячая. По-турецки. Массаж. Грязь набивается катышками в пупок. Еще приятней, когда этим занимается хорошенькая девица. Я думаю, я. Да, я. Не прочь в ванне. Странное желанье. Вода к воде. Приятное с полезным. Жаль не хватит времени на массаж. Потом весь день чувствуешь себя свежим. Похороны — мрачное занятие.

— Да, сэр, — сказал аптекарь. — Стоило два и девять. Вы бутылочку захватили?

[1] Дистиллированная вода, лавровый лист, зеленый чай (*лат.*).

[2] Испанская кожа (*франц.*).

353

— Нет, — сказал м-р Блум. — Приготовьте, пожалуйста, я зайду попозже днем и возьму кусок вот этого мыла. Почем оно?

— Четыре пенса, сэр.

Блум поднес кусок к носу. Сладкий лимонный воск.

— Вот это я возьму, — сказал он. — Итого, значит, три и один.

— Да, сэр, — сказал аптекарь. — Можете заплатить за все сразу, когда пойдете обратно.

— Хорошо, — сказал м-р Блум.

Он медленно вышел из лавки, газета, свернутая трубкой, под мышкой, мыло в восковой бумаге — в левой руке.

Из-за его плеча голос и рука Бентама Лайонза сказали:

— Алло, Блум, ну, что слышно? Сегодняшняя? Покажите-ка на минутку.

Ей-Богу, опять сбрил усы! Длинная, холодная верхняя губа. Чтобы моложе выглядеть. Дурацкий вид. Моложе меня.

Желтые, с черными ногтями, пальцы Бентама Лайонза раскатали трубку. Тоже не мешало бы помыться. Соскрести слой грязи. Доброе утро, вы мылись мылом «Пирс»? На плечах перхоть. Надо мазать жиром кожу на голове.

— Я хотел прочесть про ту французскую лошадь, что сегодня бежит, — сказал Бентам Лайонз. — Черт, ну где же это?

Он зашуршал сложенными листами, ворочая шеей в высоком воротничке. Зудит после бритья. Тугой воротничок, у него выпадут волосы. Лучше оставить ему газету и отвязаться от него.

— Можете взять себе, — сказал м-р Блум.

— Аскет. Золотой кубок. Подождите-ка, — бормотал Бентам Лайонз. — Одно мгнове. Максимум секунду.

— Я хотел бросить ее, — сказал м-р Блум.

Бентам Лайонз внезапно поднял глаза и слегка скосил их.

— Что такое?— спросил его крикливый голос.

— Я говорю, можете оставить себе, — ответил м-р Блум. — Я как раз собирался выбросить ее.

Бентам Лайонз одно мгновение колебался, кося: потом бросил развернутые листы на руки м-ру Блуму.

— Я рискну, — сказал он. — Возьмите, спасибо.

Он помчался к углу Конвэй-стрит. Ни пуха ни пера.

М-р Блум опять сложил листы в аккуратный четырехугольник и завернул в него мыло, улыбаясь. Дурацкая харя у этого типа. Пари. Рассыльные мальчишки воруют, чтобы поставить шесть пенсов. В кости можно выиграть большую, нежную индейку. Рождественский обед за три пенса. Джек Флеминг растратил казенные деньги на игру, потом удрал в Америку. Теперь имеет собственную гостиницу. Они никогда не возвращаются. Египетские мясные горшки.

Он бодро пошел по направлению к турецкой бане. Похожа на

мечеть, красный кирпич, минареты. Сегодня, очевидно, университетские состязания. Он поглядел на плакат в виде подковы над воротами университетского парка: велосипедист, скрючившийся, как стручок. Удивительно скверная реклама. Надо было бы круглую в виде колеса. И спицы: состязанья, состязанья, состязанья: и большая втулка: университетские. Что-нибудь такое, что бы бросалось в глаза.

А вон в швейцарской стоит Хорнблауэр. Подкатиться к нему: можно будет пройти задаром. Здравствуйте, м-р Хорнблауэр. Здравствуйте, сэр.

Прямо-таки божественная погода. Если бы жизнь всегда была такой. Погода для крикета. Сидят под навесами. Овер и овер. Аут. Тут они бы не могли играть. Капитан Буллер разбил окно в клубе на Килдэр-стрит ударом по левому краю. Им больше подходит базар в Доннибруке. Затрещали черепа, как Мак-Карзи появился. Волна жары. Это не надолго. Вечно течет, поток жизни, то, что мы оставляем в потоке жизни, дороже, чем все они, вместе взятые.

Сейчас выкупаться: чистая ванна с водой, прохладная эмаль, мягкая, теплая струя. Вот это мое тело.

Он уже видел свое бледное тело, лежащее в ней, голое, в чреве тепла, умасленное душистым, тающим мылом, нежно омываемое. Он видел свое туловище и члены, оплескиваемые и поддерживаемые водой, слегка выталкиваемые вверх, лимонно-желтые; свой пупок, бутон плоти; видел темный спутанный клубок завитков своих плавающих волос, струи потока вокруг обмякшего отца потомства, вялый, плывущий цветок[1].

---

[1] В настоящем издании в последнем абзаце этого эпизода восстановлена купюра, сделанная в журнальной редакции. — *Прим. составителя.*

— ◇ —

Мартин Каннингхэм первый сунул голову в цилиндре в скрипучую карету и, ловко вскочив, уселся. Мистер Пауэр вошел за ним, осторожно сгибая свое длинное туловище.

— Садитесь, Саймон.

— Садитесь, садитесь, — сказал мистер Блум.

Мистер Дедалус поспешно надел цилиндр и влез в карету, говоря:

— Да, да.

— Все здесь? — спросил Мартин Каннингхэм. — Садитесь, Блум.

Мистер Блум вошел и сел на свободное место. Он потянул за собой дверь и, плотно прихлопнув, плотно закрыл ее. Он продел руку в петлю и сосредоточенно посмотрел в открытое окно кареты на приспущенные шторы вдоль всей авеню. Одна приподнялась: какая-то старуха выглядывает. Нос добела приплюснутый к стеклу. Благодарит судьбу, что ее миновало. Поразительно, как они интересуются покойниками. Рады, когда мы уходим, наше появление на свет им так трудно дается. Эта работа им, кажется, по душе. Шушукаются по углам. Шмыгают взад и вперед, шлепая шлепанцами, — как бы он не проснулся. Потом убирают его. Одевают. Молли и мисс Флеминг оправляют постель. Потяните немного на себя. Наш саван. Никогда не знаешь, кто будет трогать тебя мертвого. Обмоют тело. Вымоют голову. Кажется, стригут ногти и волосы. Кладут в конверт. Все равно после отрастают. Грязная работа.

Все ждали. Не говоря ни слова. Выносят венки, должно быть. Я сижу на чем-то твердом. А-а, это мыло в заднем кармане. Надо бы переложить его оттуда. Подожду удобного момента.

Все ждали. Потом впереди послышался скрип колес; потом ближе; потом цоканье подков. Толчок. Их карета тронулась, скрипя и покачиваясь. Сзади тоже зацокали подковы, заскрипели колеса. Проплыли шторы авеню и девятый номер с крепом на дверном молотке, дверь приоткрыта. Шагом.

Они все еще ждали, их колени сталкивались, потом карета свернула и поехала по трамвайной линии. Тритонвилл-роуд. Быстрее. Колеса гремя грохотали по булыжникам мостовой, и расшатанные стекла гремя дребезжали в дверцах кареты.

— Как он нас везет? — спросил мистер Пауэр, вопрошая оба окна.

— Айриштаун, — сказал Мартин Каннингхэм. — Рингсенд. Брунсвик-стрит.

Мистер Дедалус кивнул, посмотрев в окно.

— Вот прекрасный старый обычай, — сказал он. — Приятно, что он все еще держится.

Все четверо смотрели в окна на шляпы и цилиндры, приподнимаемые прохожими. Уважение. Карета свернула с трамвайной линии на более ровную дорогу за Уотери-лейн. Мистер Блум настороженно взглянул на стройного молодого человека в трауре, широкополая шляпа.

— Вон идет один ваш знакомый, Дедалус, — сказал он.

— Кто?

— Ваш сын и наследник.

— Где? — спросил мистер Дедалус, потянувшись к окну.

Карета, миновав разрытые трубы и водостоки, развороченную мостовую перед жилыми домами, завернула за угол и, въехав опять на трамвайную линию, загромыхала дальше, стуча колесами. Мистер Дедалус сел на место и спросил:

— А этот прохвост Маллиган тоже с ним? Его *fidus Achates*?[1]

— Нет, — сказал мистер Блум. — Он шел один.

— Должно быть, к своей тете Салли пошел, — сказал мистер Дедалус, — Гулдинговская клика, спившийся адвокатишка и Крисси, папочкина любимая какашка. В отца, не в прохожего молодца.

Мистер Блум невесело улыбнулся. Рингсенд-роуд. Стекольный завод бр. Уоллес, Доддерский мост.

Ричи Гулдинг и портфель с бумагами. Гулдинг, Коллис и Уорд — так он зовет свою фирму. Его шутки отдают плесенью. А когда-то ходил козырем. Отплясывал вальс с Игнатиусом Галлахером в воскресенье утром на Стеймер-стрит, напялив на голову две шляпы своей квартирной хозяйки. Куролесил целыми ночами. Теперь это начинает сказываться: подозрительны его боли в спине. Жена утюжит ему спину. Думает, вылечится пилюлями. А в них только и есть, что хлебный мякиш. Процентов шестьсот прибыли.

— Связался со сворой проходимцев, — ворчал мистер Дедалус. — Этот паршивец сопливый Маллиган повсюду слывет отпетым мерзавцем. Его имени слышать не могут в Дублине. Но с помощью Господа и его Пресвятой матери я как-нибудь на днях напишу такое письмецо его мамаше или тетке, или как там она ему приходится, что она глаза вылупит. Посмотрим, как он у меня тогда запляшет.

Он кричал, заглушая стук колес:

— Я не потерплю, чтобы этот ее сукин племянник погубил моего сына. Приказчичий сын. Отец тесьму продавал в лавке моего дяди Питера Поля Мак-Суини. Как бы не так.

Он замолчал. Мистер Блум перевел взгляд с его сердитых усов на кроткое лицо мистера Пауэра и на глаза и бороду Мартина Каннингхэма, спокойно покачивавшегося. Крикливый самодур.

---

[1] Верный Ахат (*лат.*). Ахат — один из спутников Энея (см. Вергилий «Энеида»).

Полон своим сыном. Он прав. Есть что оставить после себя. Если бы маленький Руди был жив. Видеть, как он растет. Слышать его голос в доме. Гуляет с Молли в Итонской курточке[1]. Мой сын. Я в его глазах. Странное чувство, должно быть. От меня. Чистая случайность. Должно быть, в то утро на Реймонд-тэррес, она стояла у окна, смотрела, как две собаки проделывали это самое у стены. Не содейте зла. И ухмыляющийся полицейский. На ней было то кремовое платье, разорванное, так и не собралась зашить. Давай, Польди. Господи, до чего мне. Так начинается жизнь.

Тогда и забеременела. Пришлось отказаться от Грэйстонских концертов. Мой сын в ней. Я поставил бы его на ноги. Поставил бы. Обеспечил бы его. И немецкому выучил бы.

— Мы не опаздываем? — спросил мистер Пауэр.

— На десять минут, — сказал Мартин Каннингхэм, взглянув на часы.

Молли. Милли. Почти то же, только пожиже. Ругается как мальчишка. О Зевс зевластый! Боги всемогущие, огольцы плывущие. Все-таки славная девочка. Скоро будет женщиной, Мэллингер. Милый папуля. Молодой студент. Да, да: тоже женщина. Жизнь. Жизнь.

Карету тряхнуло вперед и назад. Все четыре туловища качнулись.

— Корни мог бы дать нам рыдван получше, — сказал мистер Пауэр.

— Конечно, мог бы, — сказал мистер Дедалус, — только он глаза не в ту сторону скосил. Вы меня понимаете?

Он прищурил левый глаз. Мартин Каннингхэм принялся смахивать хлебные крошки из-под своих ляжек.

— Господи помилуй, — сказал он, — что это такое? Крошки?

— Здесь, должно быть, пикник кто-то устраивал, — сказал мистер Пауэр.

Все стали приподнимать свои ляжки, неодобрительно разглядывая заплесневелую потертую кожу сиденья. Мистер Дедалус, сморщив нос, сердито посмотрел вниз и сказал:

— Как по-вашему, я прав, Мартин?

— Пожалуй, что и так, — сказал Мартин Каннингхэм.

Мистер Блум опустил ляжку. Хорошо, что я принял ванну. Приятно, что ноги чистые. Вот только миссис Флеминг неважно носки заштопала.

Мистер Дедалус покорно вздохнул.

---

[1] Детский костюм, напоминающий покроем форму Итонского колледжа.

— В конце концов, — сказал он, — это самая естественная вещь на свете.

— А Том Кернан пришел? — спросил Мартин Каннингхэм, легонько посучивая кончик бороды.

— Да, — ответил мистер Блум. — Он сзади, с Нэдом Ламбертом и Хайнзом.

— А сам Корни Келлехер? — спросил мистер Пауэр.

— На кладбище, — сказал Мартин Каннингхэм.

— Я встретил сегодня утром Мак-Коя, — сказал мистер Блум. — Он сказал, что постарается прийти.

Карета резко остановилась.

— Что такое?

— Мы застряли.

— Где мы?

Мистер Блум высунул голову из окна.

— Большой Канал, — ответил он.

Газовый завод. Говорят, вылечивает коклюш. Хорошо, что у Милли никогда не было. Несчастные дети! Иссиня-черные, корчатся в конвульсиях. Просто ужас. Она еще легко отделалась. Только корь. Настой из льняного семени. Эпидемии скарлатины и инфлюэнцы. Агенты смерти. Не упускайте случая. А вон убежище для собак. Бедный старый Атос! Не забывай Атоса, Леопольд, это моя последняя воля. Да будет воля твоя.

Мы повинуемся им, когда они в могиле. Предсмертные каракули. Он затосковал, умер от горя. Стройное животное. У стариков собаки всегда такие.

Дождевая капля плюнула ему на шляпу. Он спрятался и увидел, как короткий дождь спрыснул серый булыжник. Редкий. Забавно. Как сквозь сито. Так он и думал. Башмаки скрипели, теперь вспоминаю.

— Погода меняется, — спокойно сказал он.

— Жаль, что недолго продержалась, — сказал Мартин Каннингхэм.

— Полям нужно, — сказал мистер Пауэр.

А вот опять солнце. Мистер Дедалус, взглянув сквозь очки на затянутое облаками солнце, послал небу немое проклятие.

— Ненадежно, как детское донышко, — сказал он.

Поехали. Карета опять завертела тугими колесами, их туловища легонько качнулись. Мартин Каннингхэм быстрее засучил кончик бороды.

— Том Кернан был бесподобен вчера, — сказал он. — А Пэдди Леонард в глаза издевался над ним.

— Представьте его, Мартин, — оживленно сказал мистер Пауэр. — Вы только послушайте, Саймон, о том, как Бен Доллард исполняет «Стриженого».

— Бесподобен, — торжественно сказал Мартин Каннингхэм. — *Никогда в жизни не приходилось мне слышать, Мартин, более сочного исполнения этой простой баллады.*

— Сочного, — смеясь, сказал мистер Пауэр. — Это его любимое словечко. И еще — ретроспективная аранжировка.

— Читали речь Дэна Даусона? — спросил Мартин Каннингхэм.

— Нет еще, — сказал мистер Дедалус. — А где?

— В сегодняшней газете.

Мистер Блум вынул газету из внутреннего кармана. Книгу надо переменить для нее.

— Нет, нет, — перебил мистер Дедалус. — После, сделайте милость.

Взгляд мистера Блума пробежал по краю газеты, задерживаясь на извещениях о смерти. Арбрайт, Дигнэм, Коулмэн, Кэллен, Лаури, Науманн, Пик, какой это Пик? тот самый, что служил у Кросби и Эллана? нет, Секстон Фаусет. Жирные буквы быстро стираются на истрепанной мягкой бумаге. Возносим благодаренье Маленькому Цветку[1]. Убитые горем. С прискорбием извещают о. В возрасте 88 лет после продолжительной и тяжкой болезни. Панихида по Куинлену, Иисусе сладчайший, помилуй его душу.

> Вот уж месяц обитель его в небесах,
> Милый Генри оставил всех нас.
> И, скорбя о потере, взывает семья
> О, когда же свидания час.

Я разорвал конверт? Да. Куда же я дел ее письмо, после того, как читал его в ванне? Он пощупал жилетный карман. Все в порядке — здесь. Милый Генри оставил всех нас. Пока терпение мое не истощится.

Церковно-приходская школа. Лесной склад Мида. Извозчичья биржа. Только две остались. Клюют носом. Наелись до отвала. Неповоротливые у них мозги. Третья тащится с седоком. Час тому назад я проходил здесь. Возницы приподняли шляпы. Спина стрелочника выпрямилась неожиданно рядом с трамвайной остановкой под окошком мистера Блума. Неужели не могут изобрести что-нибудь автоматическое, чтобы колеса сами. Гораздо удобнее. Да, но тогда этот человек потеряет работу? Да, но тогда другой человек получит работу, изготовлять новый прибор.

Антьенновский концертный зал. Ничего нет сейчас. Человек в светло-коричневом костюме с крепом на рукаве. Не очень-то он горюет. Неполный траур. Родственник по жене, должно быть.

Они проехали мимо сумрачной кафедры св. Марка, под виадуком, мимо театра Королевы: в молчании. Афиши. Юджин

---

[1] Эмблема святого Антония.

Стрэттон. Миссис Бандмен-Палмер. Может быть, я еще попаду на «Лию» сегодня. Я сказал, что я. Или «Килларнийскую Лилию»? Оперная труппа Элстера Граймса. Полная перемена программы. Пестрые, сырые афиши на следующую неделю. «Бристольские забавы». Мартин Каннингхэм может достать контрамарку в Варьете. Придется угостить разок-другой. То же на то же выйдет.

Он зайдет днем. Ее выступление.

Пласто. Памятник с фонтаном сэру Филиппу Крэмптону. А кто он такой был?

— Здравствуйте, — сказал Мартин Каннингхэм, поднимая руку ко лбу в знак приветствия.

— Он нас не видит, — сказал мистер Пауэр. — Нет, увидел. Здравствуйте.

— Кто? — спросил мистер Дедалус.

— Блэйзес Бойлен, — ответил мистер Пауэр. — Вон он проветривает свою шевелюру.

А я как раз думал.

Мистер Дедалус потянулся к окну поклониться. От дверей Рэд-Бэнка блеснул в ответ белый диск соломенной шляпы: прошел мимо.

Мистер Блум стал разглядывать ногти на левой руке, потом на правой. Ногти, да. И что в нем они, она находит? Наваждение. Самый дрянной человек в Дублине. Этим он и живет. Они иногда берут чутьем. Инстинкт. И все-таки подобный субъект. Мои ногти. Я как раз смотрю на них: хорошо подстрижены. А после одна размышляет. Тело становится дрябловатым. Я-то вижу, помню, каким раньше было. Оттого, должно быть, что кожа не поспевает стягиваться, когда мясо опадает. Но формы да. Формы все те же. Плечи. Бедра. Пухлые. В тот вечер, когда одевалась на бал. Рубашка застряла между ягодицами.

Он зажал руки между колен и, удовлетворенный, обвел рассеянным взглядом их лица. Мистер Пауэр спросил:

— Ну, как турне, Блум?

— О, прекрасно, — сказал мистер Блум. — Об этом много говорят. Это блестящая идея, знаете...

— А вы сами едете?

— Да нет, — сказал мистер Блум. — Мне, собственно говоря, надо съездить в графство Клэр по своим делам. Они, видите ли, решили объехать все большие города. Прогорят в одном, наверстают в другом.

— Правильно, — сказал Мартин Каннингхэм. — Мэри Андерсен сейчас тоже в поездке.

— А у вас хорошие силы?

— Ее импресарио Луис Вернер, — сказал мистер Блум. — Да,

первоклассные. Дж. С. Дойл и, надеюсь, Джон Мак-Кормэк и. Можно сказать, лучшие.

— Не говоря уже о Madame, — сказал мистер Пауэр, улыбаясь.

Мистер Блум разжал руки, вежливо протестуя, и снова сжал их. Смит О'Брайен. Кто-то положил здесь цветы. Женщина. Должно быть, годовщина его смерти. Дай Бог и в будущем году. Карета, огибая памятник Фарреллу, бесшумно соединила их несопротивляющиеся колени.

Ы-ы: плохо одетый старик протягивал с края панели свой товар, рот открывался: ы-ы.

— Четы-ыре шнурка за пенни.

Интересно, за что его выгнали из суда. Была своя контора на Хьюм-стрит. В том же доме, где однофамилец Молли, Твиди, королевский прокурор в Уотерфордском суде. Все тот же цилиндр на нем. Остатки былого величия. Тоже в трауре. Здорово опустился бедняга. Выгнали отовсюду, как шелудивого пса. О'Калахэн при последнем издыхании.

Не говоря уже о Madame. Двадцать минут двенадцатого. Встала. Миссис Флеминг пришла убираться. Причесывается, напевая: *Voglio e non vorrei*. Нет: *Vorrei e non*. Рассматривает кончики волос, не секутся ли. *Mi trema un poco il*[1]. Прекрасно у нее звучит голос на этом *tre*: рыдающий звук. Горлица, горлинка. Есть такое слово — горлинка, которое выражает это.

Его глаза скользнули по благообразному лицу мистера Пауэра. Начинают седеть виски, Madame, улыбаясь. Я тоже улыбнулся. Улыбкой многое можно сказать. А может быть, простая вежливость. Славный человек. Неужели правда, что он содержит какую-то женщину? Мало приятного для жены. Но говорят, кто это мне рассказывал, будто отношения у них платонические. Небось живо надоело бы. Да, это Крофтон, встретил его как-то вечером, нес ей фунт вырезки. Кто она такая? Официантка у Джури. Или у Мойра, что ли?

Они проехали под статуей Освободителя[2] в широком плаще. Мартин Каннингхэм подтолкнул локтем мистера Пауэра.

— Из колена Рувимова, — сказал он.

Высокий чернобородый человек, опираясь на палку, проковылял за угол мимо Слона Элвери, показал им скрюченную руку, заложенную за спину.

— Во всей своей первобытной красе, — сказал мистер Пауэр. Мистер Дедалус взглянул вслед ковыляющей фигуре и сказал кротко:

---

[1] Слегка дрожит мое... (*итал.*)
[2] Имеется в виду Дэнниел О'Коннелл.

362

— Чтобы тебе черт спину сломал!

Мистер Пауэр, трясясь от холода, заслонил лицо от окна, когда карета проезжала мимо памятника Грэю.

— Все мы там были, — просто сказал Мартин Каннингхэм.

Его глаза встретились с глазами мистера Блума. Он погладил бороду и добавил:

— Вернее, почти все.

Мистер Блум вдруг оживленно заговорил, обращаясь к лицам своих спутников:

— Замечательный анекдот ходит про Дж. Рувима и его сына.

— Это что, с лодочником? — спросил мистер Пауэр.

— Да. Правда, замечательно?

— А в чем дело? — спросил мистер Дедалус. — Я не слышал.

— Тут была замешана какая-то девица, — начал мистер Блум, — и он решил отправить его на остров Мэн подальше от греха, но когда они оба...

— Что? — спросил мистер Дедалус. — Этот жалкий недоношенный сопляк?

— Да, — сказал мистер Блум. — Они шли вместе к пароходу, и он хотел утопи...

— Топи Варавву! — крикнул мистер Дедалус. — Ей-Богу, я бы ничего против не имел!

Мистер Пауэр протяжно фыркнул сквозь заслоненные ноздри.

— Нет, — сказал мистер Блум, — это сын хотел...

Мартин Каннингхэм резко перебил его речь:

— Дж. Рувим мчался вместе с сыном по набережной к Мэнскому пароходу, и этот молокосос вдруг вырвался и махнул прямо в Лиффи.

— Господи помилуй! — испуганно воскликнул мистер Дедалус. — Утонул?

— Утонул! — крикнул Мартин Каннингхэм. — Как бы не так! Лодочник выудил его багром за мотню и доставил отцу прямо на набережную. Еле живого. Весь город сбежался.

— Да, — сказал мистер Блум. — Но самое смешное...

— А Дж. Рувим, — сказал Мартин Каннингхэм, — дал лодочнику флорин[1] за спасение сына.

Приглушенный вздох раздался из-под ладони мистера Пауэра.

— В самом деле дал, — повторил Мартин Каннингхэм. — Как герою. Серебряный флорин.

— Ну, разве это не замечательно? — оживленно сказал мистер Блум.

— Переплатил шиллинг и восемь пенсов, — сухо сказал мистер Дедалус.

[1] Флорин — два шиллинга.

Сдавленный смех мистера Пауэра тихо огласил карету.

Колонна Нельсона.

— Восемь слив на пенни! Восемь на пенни!

— Неудобно, господа, давайте будем немного посерьезнее, — сказал Мартин Каннингхэм.

Мистер Дедалус вздохнул.

— А что, в самом деле, — сказал он, — бедняга Пэдди не стал бы обижаться, что мы немного посмеялись. Он сам немало хороших анекдотов на своем веку рассказал.

— Господи, прости меня грешного! — сказал мистер Пауэр, вытирая пальцами влажные глаза. — Бедный Пэдди! Не думал и неделю назад, когда я в последний раз видел его в добром здравии, что придется так вот провожать его. Ушел он от нас.

— Один из самых порядочных людей на свете, — сказал мистер Дедалус. — Скоропостижно скончался.

— Удар, — сказал Мартин Каннингхэм. — Сердце.

Он грустно постучал пальцем по груди.

Воспаленное лицо: горит огнем. Питал пристрастие к Джону Ячменное Зерно[1]. Лекарство от красноты носа. Пьет, пока нос не станет как аделит. Сколько он денег извел, подкрашивая свой нос.

Мистер Пауэр с тоскливым опасением смотрел на мелькавшие мимо дома.

— Он умер скоропостижно, бедняга, — сказал он.

— Самая лучшая смерть, — сказал мистер Блум.

Их широко открытые глаза уставились на него.

— Никаких страданий, — сказал он. — Мгновение — и все кончено. Как смерть во сне.

Никто ничего не сказал.

Мертво на этой стороне улицы. Никакого оживления днем, земельные агентуры, гостиница без подачи спиртного, ж.-д. справочник Фалконера, коммерческое училище, Гилл, католический клуб, убежище для слепых. Почему? Есть какие-нибудь причины. Солнце или ветер. Вечером тоже. Трубочисты и кухарочки. Под покровительством покойного отца Мэтью. Камень для будущего памятника Парнеллу. Удар. Сердце. Белые лошади с белыми султанчиками на лбу вынесли галопом из-за угла Ротонды. Маленький гроб промелькнул. Второпях зарыть прах. Траурная карета. Не женатый. Женатым вороные. Холостякам пегие. Монашке мышастую коняшку.

— Печально, — сказал Мартин Каннингхэм. — Ребенок.

Лицо карлика, лиловое и морщинистое, у маленького Руди было такое же. Тело карлика, мягкое, как замазка, в сосновом

---

[1] Имеется в виду пиво и другие горячительные напитки.

ящике с белой обивкой. Погребение за счет страхового общества. Пенни в неделю за кусочек дерна. Наш. Малютка. Шалунишка. Бессмысленно. Ошибка природы. Если здоров, значит в мать. Если нет, в отца. Ну, Бог пошлет еще.

— Бедняжка, — сказал мистер Дедалус. — Отделался.

Карета медленно взбиралась в гору на Ратлэнд-сквер. Кости встряхнут. По камням повезут. Стал ты ничей. Маленький плут.

— В расцвете сил, — сказал Мартин Каннингхэм.

— Но самое ужасное, — сказал мистер Пауэр, — это когда человек сам лишает себя жизни.

Мартин Каннингхэм порывисто вынул часы, кашлянул и сунул их обратно.

— Величайший позор для всей семьи, — добавил мистер Пауэр.

— Временное помешательство, конечно, — решительно сказал Мартин Каннингхэм, — не надо относиться к этому с такой суровостью.

— Говорят, что тот, кто это делает, — трус, — сказал мистер Дедалус.

— Не нам судить, — сказал Мартин Каннингхэм.

Мистер Блум хотел что-то сказать, но закрыл рот. Большие глаза Мартина Каннингхэма. Смотрит в сторону. Добрый мягкий человек. Неглупый. Похож на Шекспира. Всегда найдет доброе слово. Здесь не прощают этого или детоубийства. Отказывают в христианском погребении. А раньше вбивали в сердце кол, в могиле. Как будто оно и так не разбито. Иногда они раскаиваются, в последнюю минуту. Найден на дне реки; вцепившись в камыши. Он смотрел на меня. А жена у него какая ужасная пьяница. Сколько раз обставлял квартиру, а она чуть не каждую субботу закладывает мебель от его имени. Не жизнь, а сущий ад. Этак и камень не выдержит. В понедельник начинай все сначала. Как белка в колесе. Ну и видик у нее был, Дедалус рассказывал в тот вечер, когда он зашел к ним, бегает по комнатам и размахивает зонтиком Мартина:

Я слыву жемчужиной Азии,
Азии.
Гейша.

Он смотрит в сторону. Он знает. Кости встряхнут.

День, когда производили следствие. Бутылка с красным ярлычком на столе. Комната в гостинице, на стенах охотничьи картинки. Душно было. Солнце сквозь щели жалюзи. Уши следователя, большие и волосатые. Коридорный дает показания. Сначала думал, что он спит. Потом увидел как будто желтые полосы на лице. Соскользнул к ногам кровати. Заключение: слишком большая доза. Несчастный случай. Письмо. Моему сыну Леопольду.

Нет больше страданий. Больше не проснешься. Стал ты ничей.

Карета быстро прогромыхала по Блессингтон-стрит. По камням повезут.

— Во весь опор мчимся, — сказал Мартин Каннингхэм.

— Как бы он не вывалил нас посреди дороги, — сказал мистер Пауэр.

— Надо надеяться, что нет, — сказал Мартин Каннингхэм. — Завтра в Германии большой скаковой день. Гордон Беннет.

— А ведь верно, — сказал мистер Дедалус. — Вот бы посмотреть.

Когда они свернули на Беркли-стрит, шарманка пустила им вслед от угла Бассейна разудалую, рокочущую шансонетку. Кто видел здесь малютку Келли? Ка е два эл и. Похоронный марш из «Саула». Скуп, как старик Антонио. Не дал мне ни дублонио. Пируэт. *Mater Misericordiae*[1]. Экклз-стрит. Недалеко от моего дома. Большое здание. Убежище для неизлечимых. Утешительно, нечего сказать. Больница Богоматери для умирающих. Мертвецкая тут же внизу. Где умерла старуха Райордэн. Женщины ужасно выглядят. Ее мисочка, стараются пропихнуть ей ложку в рот. Потом ширмы перед кроватью, пусть умирает. Симпатичный студентик: перевязку делал, когда меня пчела ужалила. Говорят, перешел в родильный дом. Из одной крайности в другую.

Карета во весь опор завернула за угол; остановилась.

— Что там еще?

Разделенный надвое гурт клейменого скота прошел мимо окон, мыча, тяжело ступая расшлепанными копытами, медленно обмахивая хвостами грязные костлявые крупы. По сторонам и вперемежку с быками метались меченые овцы, выблеивая свой испуг.

— Эмигранты, — сказал мистер Пауэр.

— У-у-у! — голос погонщика кричал, кнут щелкал их по бокам. — У-у-у! Шевелись!

Ах да, четверг. Завтра бойни работают. Бычки. Кафф продавал их чуть ли не по двадцати семи фунтов с головы. Для Ливерпуля, должно быть. Ростбиф для старой Англии. Скупают самых откормленных. А голье пропадает: все это сырье, кожа, шерсть, рога. За год составит порядочную сумму. Торговля мертвым мясом. Отходы боен на кожевенные заводы, мыло, маргарин. Интересно, продолжаются эти махинации, скупка несвежего мяса прямо с поезда в Клонсилле.

---

[1] Милосердная Богоматерь (*лат.*) — больница в Дублине.

Карета продвигалась вперед сквозь гурт.

— Не понимаю, почему городской совет не проведет трамвайной линии от загона к пристани, — сказал мистер Блум. — Можно было бы подвозить скотину к пароходам прямо на платформах.

— Вместо того, чтобы запружать улицы, — сказал Мартин Каннингхэм. — Правильно. Совершенно необходимо.

— Да, — сказал мистер Блум, — и вот еще о чем я часто думаю, о похоронных трамваях, знаете, как в Милане. Провести линию к самым воротам кладбища и подавать специальные трамваи, катафалки, карету и все, что полагается. Вы понимаете, что я хочу сказать?

— Придумали тоже, просто анекдот, — сказал мистер Дедалус. — Со спальными местами и с вагоном-рестораном.

— Печальные перспективы для Корни, — добавил мистер Пауэр.

— А что? — спросил мистер Блум, повернувшись к мистеру Дедалусу. — Разве приличнее нестись вскачь вот так по двое в ряд?

— Да, отчасти это правильно, — согласился мистер Дедалус.

— По крайней мере, — сказал Мартин Каннингхэм, — не было бы таких случаев, как помните, когда катафалк опрокинулся на углу возле бара Данфи и вывалил гроб прямо на дорогу.

— Это было ужасно, — сказало содрогнувшееся лицо мистера Пауэра, — покойник вывалился на дорогу. Ужасно!

— Первым пришел к бару Данфи, — сказал мистер Дедалус, кивнув. — Кубок Гордон-Беннета.

— Господи помилуй! — набожно сказал Мартин Каннингхем.

Трах! Набок. Гроб шлепнулся о землю. Отскочила крышка. Пэдди Дигнэм грохнулся в пыль, перевернулся колодой, в коричневом костюме не по росту. Красное лицо: теперь серое. Рот разинут. Спрашивает, что случилось. Правильно, что подвязывают. Ужасно, когда открыт. Да и внутренности скорее разлагаются. Самое лучшее — заткнуть все отверстия. И там. Воском. Сфинктер ослабевает. Все запечатать.

— Бар Данфи, — объявил мистер Пауэр, когда карета свернула направо.

Бар Данфи на углу. Траурные кареты теснятся, топят горе в вине. Остановка в пути. Великолепное место для бара. Должно быть, заедем на обратном пути выпить за его здоровье. Круговая чаша во утешение. Эликсир жизни.

А что, если бы это случилось на самом деле? Потекла бы кровь, если бы, он, ну скажем, на гвоздь напоролся от тряски? Не то да, не то нет. Смотря какое место. Кровообращение останавливается. Все-таки из артерии может просочиться. Надо бы хоронить в красном: темно-красном.

Молча они проехали по Фибсборо-роуд. Пустой катафалк

протрусил мимо, возвращаясь с кладбища: как будто с облегчением.

Кроссганский мост: Королевский канал.

Вода с ревом рвалась сквозь шлюзы. Человек стоял на медленно оседающей барже посреди кусков торфа. На тропинке вдоль канала лошадь на слабо натянутой бечеве. На барже Бугабу.

Их глаза следили за ним. По ленивому, заросшему каналу он плыл на своем плоту через всю Ирландию к морю, тащился на бечеве мимо зарослей камыша, поверх ила, забитых тиной бутылок, собачьей падали. Атлон, Мэллингер, Мойвэлли, можно бы пешком вдоль канала, повидать Милли. Или на велосипеде. Взять напрокат какое-нибудь старье, безопасней. На аукционе у Рэйна продавался один, только дамский. Развитие водных путей. Излюбленное занятие Джемса Мак-Кэнна перевозить меня на лодке через реку. Дешевый способ передвижения. Небольшими рейсами. Плавучие дома. На вольном воздухе. И катафалки. По воде на небеса. Пожалуй, не стану предупреждать письмом, приеду неожиданно, Лейкслин, Клонсилла. Из одного шлюза в другой, и так до самого Дублина. Вместе с торфом с ирландских болот. Приветствие. Он приподнял коричневую соломенную шляпу, приветствуя Пэдди Дигнэма.

Они проехали мимо дома Брайена Бороимхе. Теперь близко.

— Интересно, что поделывает наш друг Фогарти, — сказал мистер Пауэр.

— Об этом надо спросить Тома Кернана, — сказал мистер Дедалус.

— А что? — сказал Мартин Каннингхэм. — Должно быть, оставили его в слезах.

— Хоть с глаз долой, — сказал мистер Дедалус, — а сердцу дорог.

Карета свернула влево на Финглас-роуд.

Мастерская надгробных памятников справа. Последний пробег. Столпившиеся на клочке земли, показались безмолвные фигуры, белые, скорбные, простирая неподвижные руки, горестно преклоняя колена, подымая указующий перст. Фрагменты статуй, высеченные из камня. В белом молчании: взывают. Художественное выполнение. Т. Х. Деннэни, надгробные памятники и изваяния.

Мимо.

На краю тротуара перед домом Джимми Гири, кладбищенского сторожа, сидел старый бродяга, ворча себе под нос, вытряхивая песок и камни из громадного, порыжевшего от пыли рваного башмака. Конец странствия земного.

Сумрачные сады прошли мимо, один за другим: сумрачные дома.

Мистер Пауэр показал.

— Вот здесь убили Чайлдса, — сказал он. — В последнем доме.

— Да, — сказал мистер Дедалус. — Жуткая история. Сеймур Буш вызволил его. Убил родного брата. По крайней мере так говорят.

— У обвинений не было улик, — сказал мистер Пауэр.

— Только косвенные, — сказал Мартин Каннингхэм. — Это принцип правосудия. Лучше оправдать девяносто девять виновных, чем осудить одного невинного.

Они смотрели. Место убийства. Оно осталось позади, мрачное. Закрытые ставни, нежилой, запущенный сад. Все пошло прахом. Осудить невинного. Убийство. Лицо убийцы в зрачках убитого. Любят читать про это. Отрубленная голова на садовой дорожке. На убитой было. Причина смерти. Следы насилия. Оружие убийцы. Ведутся розыски преступника. Улики. Шнурок от ботинка. Отдано распоряжение вырыть тело. Убийство раскроется.

Тесно в этой карете. Может быть, она будет недовольна, если я приеду без предупреждения. С женщинами надо поосторожней. Застанешь, чего доброго, со спущенными панталонами. Никогда не простят. Пятнадцать.

Высокие прутья кладбищенской ограды зарябили в глазах. Темные тополя, редкие белые статуи. Статуи чаще, белые фигуры, теснящиеся между деревьями, белые статуи и фрагменты проплывают мимо безмолвно, тщетным движением простирают застывшие руки.

Обод колеса чиркнул о край тротуара: остановились. Мартин Каннингхэм потянулся к ручке и, повернув ее, толкнул дверцу коленом. Он вышел. Мистер Пауэр и мистер Дедалус последовали за ним.

Теперь переложить мыло. Рука мистера Блума быстро расстегнула задний карман брюк и сунула мыло с прилипшей оберткой во внутренний карман сюртука. Он сошел на тротуар, сунув в карман газету, которую все еще держала его другая рука.

Убогие похороны: катафалк и три кареты. Не все ли равно. Пышный покров, золоченые поводья, реквием, ружейный салют. Церемониал смерти. Позади последней кареты стоял разносчик возле своего лотка с пирожками и фруктами. Сладкие пирожки на лотке, слипшиеся: пирожки для мертвых. Собачьи галеты. Кто их ест? Провожающие, выходя с кладбища.

Он пошел за своими спутниками. Мистер Кернен и Нэд Ламберт пошли вслед за ними, Хайнз позади всех. Корни Келлехер остановился у открытого катафалка и снял оба венка. Один он передал мальчику.

А куда девался тот катафалк с детским гробом?

Упряжка лошадей показалась на дороге со стороны Фингласа, тянутся, тяжело ступая, тащат сквозь погребальную тишину скрипучую телегу, на которой лежит гранитная глыба. Ломовой извозчик шагает рядом с лошадьми, снял шляпу.

Теперь гроб. Поспел раньше нас, даром что мертвый. Лошадь оглядывается на него, султанчик съехал набок. Тусклый глаз: хомут режет шею, давит на кровеносный сосуд или еще что-то. Знают они, что́ им приходится возить сюда каждый день? Должно быть, двадцать или тридцать похорон каждый день. Кроме того, Маунт-Джером для протестантов. Похороны во всем мире, повсюду, каждую минуту. Зарывают их в землю целыми возами, наспех. Тысячами каждый час. Слишком много народу на свете.

Провожающие показались в воротах: женщина и девочка. Скуластая гарпия, такая своего не упустит, шляпа съехала набок. У девочки по лицу размазаны слезы и грязь, держит женщину за руку, смотрит на нее, надо ли плакать. Рыбье лицо, бескровное и серое.

Факельщики подняли гроб на плечи и внесли его в ворота. Столько-то мертвого груза. Я сам почувствовал себя более тяжелым, когда выходил из ванны. Сначала падаль; потом друзья падали. Корни Келлехер и мальчик двинулись следом за венками. Кто это там с ними? А-а, шурин.

Все пошли следом.

Мартин Каннингхэм прошептал:

— Я просто не знал, куда деваться, когда вы заговорили при Блуме о самоубийствах.

— Что? — прошептал мистер Пауэр. — Почему?

— У него отец отравился, — прошептал Мартин Каннингхэм. — Содержал «Отель Королевы» в Эннисе. Вы же слышали, он собирается в Клэр. Годовщина.

— Господи помилуй! — прошептал мистер Пауэр. — Первый раз слышу. Отравился!

Он обернулся на лицо с темными, задумчивыми глазами, следовавшее за ними к мавзолею кардинала. Говорит.

— А он был застрахован? — спросил мистер Блум.

— Да, как будто, — ответил мистер Кернен, — но страховой полис заложен и перезаложен. Мартин хочет устроить младшего в Артэйн.

— А сколько после него осталось детей?

— Пятеро. Нэд Ламберт обещает устроить одну из девочек к Тодду.

— Печальная история, — мягко сказал мистер Блум. — Пятеро ребятишек.

— Какой удар для бедной жены, — добавил мистер Кернен.

— О, да, — подтвердил мистер Блум.

Она ему теперь сто очков вперед даст.

Он посмотрел на свои башмаки, которые он сам начистил. Пережила его, потеряла мужа. Для нее он более мертв, чем для меня. Кто-нибудь должен умереть первым. Так умные люди говорят. Женщин на свете больше, чем мужчин. Выразить ей свое соболезнование. Ужасная потеря. Надеюсь, вы скоро последуете за ним. Это только для индусских вдов. Она выйдет замуж за другого. За него? Нет. Впрочем, кто знает. Вдовство не в моде с тех пор, как умерла старая королева. Везли на лафете. Виктория и Альберт. Траурная годовщина в Фрогморе. Но в последнюю минуту она все-таки приколола пучок фиалок к шляпе. Суетна до мозга костей. Все ради тени. Супруг всего-навсего — не король. Вся суть была в сыне. Что-то новое, на что можно надеяться, непохожее прошлое, которое ей хотелось вернуть, ждала. Никогда не вернется. Кому-то надо уходить первым: один под землей: и никогда больше не ляжет в ее теплую постель.

— Как живете, Саймон? — мягко сказал Нэд Ламберт, пожимая ему руку. — Не видел вас целую вечность.

— Как нельзя лучше. Что слышно в славном городке Корке?

— Я ездил туда в понедельник на Пасхальной неделе на скачки, — сказал Нэд Ламберт. — По старинке, те же шесть шиллингов и восемь пенсов. Останавливался у Дика Тайви.

— А как Дик-крепыш?

— Чисто между ним и небесами, — ответил Нэд Ламберт.

— Святые апостолы! — сдерживая удивление, сказал мистер Дедалус. — Дик Тайви облысел?

— Мартин хочет пустить подписной лист в пользу малышей, — сказал Нэд Ламберт, показав пальцем вперед. — По нескольку шиллингов с рыла. Надо как-нибудь поддержать их, пока не выяснится со страховкой.

— Да, да, — неуверенно сказал мистер Дедалус. — Это что, его старший сын впереди?

— Да, — сказал Нэд Ламберт, — с братом жены. А Джон Хенри Ментон позади. Он подписался на соверен.

— Ну еще бы, — сказал мистер Дедалус. — Сколько раз я говорил бедняге Пэдди, что нужно держаться за это место. И похуже Джона Хенри бывают.

— А почему он его потерял? — спросил Нэд Ламберт. — Пил, что ли?

— Много хороших людей этим страдают, — сказал мистер Дедалус со вздохом.

Они остановились у дверей часовни. Мистер Блум встал сзади мальчика с венком, глядя на его гладко причесанные волосы и тонкую с ложбинкой посередине шею в новеньком воротничке. Бедняжка! Был он там, когда отец? Оба не сознавали. Очнуться в последнюю минуту и узнать близких в последний раз. Сколько еще он мог сделать. Я должен три шиллинга О'Грэди. Понимал ли он? Факельщики внесли гроб в часовню. С какого конца его голова?

Минутой позже он вошел вслед за другими, щуря глаза в полумраке. Гроб стоял на возвышении перед алтарем, четыре высоких желтых свечи по углам. Всегда впереди нас. Корни Келлехер положил венки к двум передним углам, знаком велел мальчику опуститься на колени. Провожающие опустились на колени у своих пюпитров. Мистер Блум встал позади у купели и, когда все опустились на колени, незаметно выронил из кармана сложенную газету и поставил на нее свое правое колено. Он аккуратно поставил свой черный цилиндр на левое колено и, придерживая его за поля, набожно склонил голову.

Прислужник появился в дверях, неся наполненное чем-то медное ведерко. Священник вошел вслед за ним, одной рукой приглаживая орарь, другой поддерживая на жабьем животе маленькую книжку. Кто прочтет вслух? Я, встал петух.

Они остановились у гроба, и священник быстро заквакал по своей книжке.

Отец Грабб. Я помнил, что похоже на «гроб». *Domine-namine*[1]. Наглая рожа. Заправляет спектаклем. Мускулистый христианин. Горе тому, кто посмотрит на него косо: священнослужитель. И наречется тебе имя Петр. Лопнет по всем швам, как овца, обожравшаяся клевером, Дедалус про него говорит. Брюхо как у отравленного щенка. Забавные речи говорит этот человек. Х-х-хи: по всем швам.

— *Non intres in judicium cum servo tuo, Domine*[2].

Чувствуют себя более значительными, когда о них молятся по-латыни. Реквием. Креповые плерезы. Почтовая бумага с траурной каемкой. Запишут на вечное поминание. Холодно здесь. Должен как следует наедаться, сидит тут все утро в полутьме, томится, ждет, когда прибудет следующий, будьте любезны. И глаза как у жабы. Почему это его так пучит? Молли пучит от капусты. Воздух, что ли, здесь такой. Должно быть, полно газов. Здесь, небось, этих газов чертова пропасть. Мясники, например, становятся как сырой бифштекс. Кто это мне рассказывал? Мервин Браун. В склепах у св. Уэрборо, чудесный старый орган полтораста лет, приходится время от времени буравить дыры в гробах, выпускать газы и потом поджигать. Вихрем оттуда: голубое. Дыхнуть разок — и спета твоя песенка.

Коленная чашечка заболела. Ох. Вот так.

Священник вынул из ведерка, которое держал мальчик, палочку с шишкой на конце и покропил ею над гробом. Потом он

---

[1] Имя Господне (*искаж. лат.*).

[2] Да не осудишь раба Твоего, Господи (*лат.*).

зашел с другого конца и снова покропил. Потом он вернулся на прежнее место и положил ее назад в ведерко. Каким ты был до твоего упокоения. Все это в книжке написано: так он и должен делать.

— *Et ne nos inducas in tentationem*[1].

Служка дискантом выводил ответы. Я часто думал, что лучше всего брать в слуги мальчиков. Лет до пятнадцати, скажем. Старше, конечно...

Святая вода, наверное. Кропит оттуда сном. Опротивело ему это занятие, должно быть, кропить этой штукой всех мертвецов, которых сюда свозят. А почему бы ему не видеть то, над чем он кропит. Каждый Божий день новая партия: пожилые мужчины, старухи, дети, женщины, умершие от родов, бородатые мужчины, лысые дельцы, чахоточные девушки с узкой цыплячьей грудью. Круглый год бормочет над ними одно и то же, а потом попрыскает их сверху водичкой: спите. Теперь над Дигнэмом.

— *In paradisium*[2].

Сказал, что он будет в раю, или уже в раю. Говорит это над каждым. Скучное занятие. Но надо же ему что-нибудь говорить.

Священник закрыл книгу и ушел, сопровождаемый служкой. Корни Келлехер распахнул боковую дверь, могильщики вошли, снова подняли гроб, вынесли его и поставили на тележку. Корни Келлехер дал один венок мальчику, другой шурину. Все вышли следом за ним через боковую дверь на мягкий, серенький воздух. Мистер Блум вышел последним, засовывая сложенную газету опять в карман. Он сосредоточенно смотрел себе под ноги, пока тележка с гробом не завернула налево. Железные колеса вгрызались в гравий, громко взвизгивая, и несколько пар больших башмаков шли за тележкой вдоль склепов.

Та-ри тара, та-ри та-ра та-ру. Господи, что это я распелся здесь.

— Склеп О'Коннелла, — сказал мистер Дедалус возле него.

Мягкие глаза мистера Пауэра посмотрели на верхушку высокого обелиска.

— Он обрел покой, старик Дэн О', — сказал он, — окруженный своим народом. Но сердце его похоронено в Риме. Сколько разбитых сердец похоронено здесь, Саймон!

— Вон там ее могила, Джэк, — сказал мистер Дедалус. — Скоро и я лягу рядом с ней. Пусть Господь призовет меня, когда на то будет Его воля.

Растроганный, он стал тихонько плакать про себя, слегка спотыкаясь на ходу. Мистер Пауэр взял его под руку.

---

[1] И не введи нас во искушение (*лат.*).
[2] В раю (*лат.*).

— Ей лучше там, — мягко сказал он.

— Наверное, — сказал мистер Дедалус, слабо всхлипнув. — Она на небесах, наверное, если только есть небеса.

Корни Келлехер шагнул в сторону и пропустил мимо себя провожающих.

— Вот где привелось встретиться, — вежливо начал мистер Кернен.

Мистер Блум закрыл глаза и дважды грустно склонил голову.

— Все надевают шляпы, — сказал мистер Кернен. — По-моему, нам тоже можно. Мы с вами последние. Это кладбище — предательское место.

Они надели цилиндры.

— Его преподобие что-то уж очень быстро отбарабанил службу, не правда ли? — укоризненно сказал мистер Кернен.

Мистер Блум кивнул, серьезно взглянув в быстрые, налитые кровью глаза.

Скрытные глаза, скрытные, пытливые глаза. Масон, я думаю: не уверен. Опять рядом с ним. Мы с вами последние. В одной упряжке. Надеюсь, он скажет что-нибудь еще.

Мистер Кернен добавил:

— Служба ирландской церкви, как на Маунт-Джером, проще, внушительнее, я бы сказал.

Мистер Кернен торжественно сказал:

— Аз есмь воскресение и жизнь. Это проникает в самые глубины человеческого сердца.

— Верно, — сказал мистер Блум.

Твоего сердца, может быть, а на кой черт это бедняге, сыгравшему в ящик шесть футов на два? Туда не проникнет. Седалище страстей. Разбитое сердце. Насос, только и всего, перекачивает тысячи галлонов крови в день. А в один прекрасный день застопорило — и здравствуйте пожалуйста. Сколько их лежит здесь: легких, сердец, печенок. Старые ржавые насосы: и ни черта больше. Воскресение и жизнь. Умер так умер. Придумали еще этот Страшный суд. Вышибают всех из могил. Лазарь, тебе говорю: иди вон! Лазарь и вышел вон и остался без места. Встаньте! Страшный суд! И все, как один, копошатся, собирают свои печенки и легкие и прочие потроха. Изволь тут все разыскать в такое утро. 0,05 унции порошка в черепе. Двенадцать граммов ноль целых пять сотых унции. Тройский вес.

Корни Келлехер зашагал в ногу с ними рядом.

— Все сошло блестяще, — сказал он. — А?

Он посмотрел на них своими тягучими глазами. Плечи, как у полицейского. Со своим тра-ля-ля, тра-ля-ля.

— Как и подобает, — сказал мистер Кернен.

— А? Что? — сказал Корни Келлехер.

Мистер Кернен успокоил его.

— Кто этот субъект позади с Томом Керненом? — спросил Джон Хенри Ментон. — Знакомое лицо.

Нэд Ламберт оглянулся.

— Блум, — сказал он. — Мадам Марион Твиди, помните? Была такая певица, собственно, она и сейчас поет, сопрано. Это его жена.

— А-а, как же, как же, — сказал Джон Хенри Ментон. — Давно я ее не видел. Я танцевал с ней, позвольте, годков пятнадцать-семнадцать тому назад у Мэта Диллона в Раундтауне. Было за что подержаться.

Он посмотрел назад через плечи своих спутников.

— А кто он такой? — спросил он. — Чем он занимается? Кажется, был коммивояжером писчебумажной фирмы? Припоминаю, я как-то поссорился с ним за игрой в шары.

Нэд Ламберт улыбнулся.

— Да, верно, — сказал он, — в «Мудрости» Хелли. Разъезжал с промокашками.

— Господи, твоя воля, — сказал Джон Хенри Ментон, — с чего это она вышла за такого мозгляка? Ведь с огоньком была бабенка.

— И сейчас такая, — сказал Нэд Ламберт. — Он агент по сбору объявлений.

Большие глаза Джона Хенри Ментона смотрят прямо перед собой.

Тележка свернула на боковую аллею. Дородный человек, стоявший среди могил, почтительно снял шляпу. Могильщики дотронулись до своих фуражек.

— Джон О'Коннелл, — сказал мистер Пауэр, довольный. — Никогда не забудет друга.

Мистер О'Коннелл молча пожал всем руки. Мистер Дедалус сказал:

— Вот я опять к вам пожаловал.

— Дорогой Саймон, — низким голосом ответил смотритель кладбища. — Я бы не хотел иметь вас своим клиентом.

Поклонившись Нэду Ламберту и Джону Хенри Ментону, он пошел рядом с Мартином Каннингхэмом, пальцами перебирая за спиной два ключа.

— Вы слышали эту историю, — спросил он их, — про Малкэи из Кума?

— Нет, не слышал, — сказал Мартин Каннингхэм. Все дружно наклонили к нему цилиндры, Хайнз подставил ухо. Смотритель зацепил большими пальцами кольца золотой цепочки от часов и заговорил сдержанным тоном, обращаясь к их безразличным улыбкам.

— Рассказывают, — сказал он, — что двое пьянчужек пришли сюда как-то в туманный вечер разыскать могилу своего приятеля.

Они спросили Малкэи из Кума, и им сказали, где он похоронен. Проблуждав некоторое время в тумане, они наконец нашли могилу. Один кое-как прочел надпись: Теренс Малкэи. Другой в это время разглядывал статую Спасителя, которую вдова поставила на могиле.

Смотритель сощурился на могилу, мимо которой они проходили. Он продолжал:

— Сощурил глаза на фигуру Христа. *Черта с два — похоже, говорит, это не Малкэи, говорит, не знаю, какой болван это делал.*

Вознагражденный улыбками, он отстал от них и заговорил с Корни Келлехером, принимая от того бумаги, перелистывая их, пробегая глазами на ходу.

— Это он с намерением, — объяснил Хайнзу Мартин Каннингхэм.

— Знаю, — сказал Хайнз, — я знаю.

— Подбодрить человека, — сказал Мартин Каннингхэм, — из добрых чувств: только и всего.

Мистер Блум любовался внушительной осанкой смотрителя. Все стараются поддерживать с ним хорошие отношения. Добрый малый Джон О'Коннелл, прекрасный человек. Ключи: как объявление фирмы Клютчей: гарантируем, что никто отсюда не выйдет, пропуска на выход не выдаются. *Habeas corpus*[1]. Надо будет зайти насчет этого объявления после похорон. Написал я Боллбридж на конверте, которым прикрыл письмо к Марте, когда она застала меня? Надеюсь, не затеряется в отделе невостребованной корреспонденции. Не мешало бы побриться. Борода седеет. Первый сигнал, когда волосы начинают седеть у корней и характер портится. Блещут нити серебра. Каково быть его женой. Удивляюсь, как у него хватило нахальства сделать предложение. Давай будем жить на кладбище. Поманить ее этим. Сначала могло показаться увлекательным. Смерть-поклонник... Ночные тени реют, а вокруг столько мертвецов. Тени могил, когда погосты разевают пасть, и Дэниел О'Коннелл, должно быть, потомок, кто это мне рассказывал, он был на редкость плодовитым, к тому же ярый католик, точно огромный великан во тьме. Блуждающий огонек. Могильные газы. Отвлечь ее мысли, а то не сможет зачать. Женщины народ впечатлительный. Рассказать ей историю с привидениями на сон грядущий. Ты видела когда-нибудь привидение? А я видел. Ночь была темная, хоть глаз выколи. На башенных часах пробило полночь. Ничего — целуются, если их настроить как

---

[1] Имеешь тело (*лат.*). Начальные слова правовой средневековой формулы, провозглашаемой при аресте.

надо. Шлюхи на турецких кладбищах. Научатся всему, если попадут в хорошие руки смолоду. Можно было бы подцепить здесь молоденькую вдовушку. Мужчинам это нравится. Любовь среди могильных плит. Ромео. Острей удовольствие. В царстве смерти мы живые. Крайности сходятся. Муки Тантала бедным мертвецам. Запах бифштекса голодным, гложущим свои внутренности. Желание подразнить. Молли, которой хотелось проделать это у окна. Восемь человек детей у него все-таки.

Немало их тут зарыли при нем, лежат вокруг него поле за полем. Священные поля. Больше бы места оставалось, если бы хоронили стоя. Сидя или на коленях нельзя. Стоя? Его голова вылезет как-нибудь наружу при оползне, рука, простертая ввысь. Земля должна быть как соты: продолговатые ячейки. А чистенько у него здесь, газоны, дерн. Мой садик майор Гэмбл называет Маунт-Джером. Что ж, так оно и есть. Надо бы цветы сна. Китайские кладбища с гигантскими маками, дают самый лучший опиум, Мастянский мне говорил. Ботанический сад тут неподалеку. Это кровь, впитывающаяся в землю, рождает новую жизнь. На каждого своя цена. Хорошо сохранившийся жирный труп джентльмена, эпикурейца, незаменимо для фруктовых садов. Выгодная сделка. За останки покойного Уильяма Уилкинтона, инспектора и бухгалтера, недавно скончавшегося, три фунта тринадцать шиллингов шесть пенсов. С благодарностью...

Наверное, почва становится жирной от удобрения трупами, кости, мясо, ногти, общие могилы. Ужасно. Зеленеют и розовеют, разлагаясь. Быстро гниют во влажной почве. Тощие старики крепче. Потом вроде как сало, вроде как сыр. Потом начинают чернеть, патока сочится из них. Потом высыхают. Бабочка мертвая голова. Конечно, клетки, или как их там, продолжают жить. Меняются. Живут вечно, в сущности. Нечем питаться, питаются сами собой.

Но здесь, должно быть, чертова уйма червей. Кишат тут кругом, во всех этих ямах. В ямочках щечки, кудряшки. Вихрем кружатся милашки. Он довольно жизнерадостно ко всему этому относится. Испытывает ощущение своей силы, глядя, как другие отправляются на тот свет раньше его. Интересно, как он смотрит на жизнь. Анекдоты рассказывает: согревают ему сердце. Например, про сводку. Спарджон отбыл в рай сегодня в 4 ч. утра. 11 ч. вечера (ворота закрываются). Еще не прибыл. Петр. Мертвецы сами, мужчины по крайней мере, не прочь бы услышать свежий анекдот, а женщины — узнать, что теперь носят. Сочная груша или дамский пунш, горячий, крепкий и сладкий. Предохраняет от сырости. Надо же иногда посмеяться, уж лучше так. Могильщики в «Гамлете». Показывает глубокое знание человеческого сердца. Нельзя смеяться над покойниками года два по крайней мере. *De mortuis nil nisi prius*[1]. Пусть траур кончится. Трудно представить себе его похороны. На анекдот похоже. Если прочесть извещение о собственной смерти, говорят, будешь дольше жить. Дух перевести. Возобновить контракт на жизнь.

— Сколько у вас на завтра? — спросил смотритель.

— Двое, — сказал Корни Келлехер. — Половина одиннадцатого и одиннадцать.

Смотритель положил бумаги в карман. Тележка перестала катиться. Провожающие разделились и подошли с двух сторон к яме, осторожно обходя могилы. Могильщики поднесли гроб и поставили его головой на край ямы, продернув снизу лямки.

Хороним его. Мы Цезаря пришли похоронить. Его иды марта или июня. Он не знает, кто сейчас здесь, ему все равно.

Ну кто же этот долговязый там в макинтоше? Ну, кто же это такой? Ну, все бы отдал, чтобы узнать. Всегда кто-нибудь такой выскочит, кто никогда и во сне не снился. Человек может прожить один-одинешенек всю жизнь. Да, может. И все-таки кто-нибудь должен закопать его в могилу, хоть вырыть ее он и сам бы смог. Все мы так делаем. Только человек хоронит своих мертвецов. Нет, еще муравьи. Первое, что приходит в голову каждому. Похоронить мертвеца. Говорят, Робинзон Крузо жил на самом деле. Ну, Пятница и похоронил его. Каждая Пятница хоронит свой Четверг, если уж на то пошло.

> Ах, бедный Робинзон Крузо,
> Зачем нам такая обуза?

Бедняга Дигнэм! Последний раз лежит на земле в своем ящике. Как подумаешь о них обо всех, сколько же это дерева уходит. Все сгрызают. Можно было бы изобрести изящный катафалк с выдвижной доской и спускать их таким образом. Да, но, пожалуй, не захотят, чтобы хоронили в том, что уже было в употреблении. Народ привередливый. В родной земле меня зарóйте. Щепотка праха из Святой земли. Только мать и мертворожденного ребенка всегда хоронят в одном гробу. Я понимаю, в чем тут дело. Понимаю. Защищать его как можно дольше даже в земле. Дом ирландца — это его гроб. Набальзамированные трупы в катакомбах, мумии, та же мысль.

Мистер Блум стоял далеко позади с цилиндром в руках, считая обнаженные головы. Двенадцать. Я тринадцатый. Нет. Этот субъект в макинтоше тринадцатый. Число смерти. Откуда он выскочил? Черт его знает. В часовне его не было, даю голову на отсечение. Глупейший предрассудок насчет тринадцати.

---

[1] О мертвых хорошо либо ничего (*лат.*).

У Нэда Ламберта костюм из хорошей мягкой шерсти. Лиловатый оттенок. У меня был вроде этого, когда мы жили на Ломбард-стрит, Уэст. Он щеголем был когда-то. Переодевался по три раза в день. Надо отдать перелицевать мой серый костюм Мессии. Здравствуйте. Он у него крашеный. Хоть бы жена, или нет, он не женат, квартирная хозяйка позаботилась выпороть эти нитки.

Гроб нырнул в яму, опущенный могильщиками, раскорячившимися на перекладинах. Они выпрямились, отошли: обнажили головы. Двадцать.

Пауза.

Если бы каждый из нас превратился в кого-нибудь другого.

Где-то далеко закричал осел. К дождю. Не такой уж он осел. Говорят, никто не видел дохлого. Стыдятся смерти. Прячутся. Бедный папа тоже уехал.

Легкий нежный ветер овеял обнаженные головы шепотом. Шепот. Мальчик у изголовья могилы держал венок обеими руками, спокойно глядя в зияющий черный провал. Мистер Блум стал за спиной дородного доброго смотрителя. Хорошо сшитый сюртук. Взвешивает в уме, должно быть, кто следующий. Что ж, долгий покой. Ничего не чувствовать. Только одно это мгновение и чувствуешь. Ужасно противно, должно быть. Сначала не веришь. Ошибка, должно быть: кто-нибудь другой. Справьтесь в доме напротив. Подождите, я хотел. Я еще не. Потом полутемная комната умирающего. А им света нужно. Шепчутся вокруг. Не позвать ли тебе священника? Потом бормотанье, забытье. В бреду все, что таил всю свою жизнь. Агония. У него сон неестественный. Оттяни нижнее веко. Смотрят, не заострился ли нос, не отвисает ли челюсть, не пожелтели ли подошвы ног. Уберите подушку и кончайте все это на полу, раз уж он обречен. Дьявол на той картинке смерть грешника показывающий ему женщину. В одной рубашке рвется обнять ее. Заключительная сцена в «Лючии». *Ужель в последний раз с тобою?* Бац! Отходит. Умер наконец. Некоторое время о тебе говорят, потом забывают. Не забывай помолиться о нем. Помяни его в своих молитвах. Даже Парнелла. День плюща отходит в область преданий. Потом за ним следом: падают в яму один за другим.

Мы молимся сейчас за упокой его души. Надеемся, вам хорошо сегодня и вы не в преисподней. Приятная перемена климата. Из огня жизни в полымя чистилища.

Думает он когда-нибудь, что и его ждет яма. Говорят, от этого вздрагиваешь на солнцепеке. Кто-то проходит по моей могиле. Ваш выход. Совсем рядом. Моя там, ближе к Фингласу, купил место. Мама, бедная мама и маленький Руди.

Могильщики взялись за лопаты и стали бросать тяжелые комья глины на гроб. Мистер Блум отвернулся. А что, если он еще жив? Ух ты! Вот было бы ужасно! Нет, нет: он мертв, конечно. Конечно, он мертв. В понедельник умер. Надо бы издать такой закон, пускай прокалывают сердце, чтобы удостовериться, или электрический звонок или телефон в гробу и какую-нибудь отдушину, затянутую парусиной. Сигнал бедствия. Три дня. Многовато по летнему времени. Лучше уж отделаться сразу, как только убедишься, что нет.

Глина падала мягче. Начинает исчезать из памяти. С глаз долой, из сердца вон.

Смотритель отошел в сторону на несколько шагов и надел цилиндр. Хватит. Провожающие один за другим согнали с лиц печаль, незаметно надели шляпы. Мистер Блум надел цилиндр и увидел, как дородная фигура пробирается сквозь лабиринт могил. Спокойно, уверенно ступая, проходил он полями скорби.

Хайнз, строчащий что-то в блокноте. А-а, фамилии. Но ведь он всех знает. Нет: идет ко мне.

— Я записываю присутствующих, — сказал Хайнз вполголоса. — Как ваше имя? Я что-то забыл.

— Л., — сказал мистер Блум. — Леопольд. И запишите, кстати, Мак-Коя. Он просил меня об этом.

— Чарли, — сказал Хайнз, записывая. — Знаю. Он когда-то работал в «Фримене».

Да, верно, до того как устроился в морг к Луису Берну. Неплохо придумано для врачей — вскрытие. Ищут чего-то, думают, что понимают. Он умер во вторник. Получил расчет. Собрал за объявления и смылся. Чарли, ты мой красавчик. Поэтому он меня и попросил. Ну что ж, мне не трудно. Я не забыл, Мак-Кой. Спасибо, дружище: премного обязан. Пусть чувствует себя обязанным, а мне ничего не стоит.

— И будьте так любезны, — сказал Хайнз, — кто этот человек, на нем был, он стоял вон там, на нем был...

Он оглянулся по сторонам.

— Макинтош. Да, я видел, — сказал мистер Блум. — Куда он делся?

— Мак-Интош, — сказал Хайнз, торопливо записывая. — Не знаю, кто он такой. Значит, Мак-Интош?

Он отошел, оглядываясь по сторонам.

— Нет, — начал было мистер Блум, повернувшись на месте. — Послушайте, Хайнз. Не слышал. Что такое? Куда он делся? И след простыл. Вот так история. Кто видел здесь? Ка е два эл. Испарился. Господи, куда он провалился?

Седьмой могильщик подошел к мистеру Блуму подобрать брошенную лопату.

— Простите, пожалуйста!

Он проворно шагнул в сторону.

Глина бурая, влажная уже виднелась в яме. Растет. Почти до

краев. Холмик из влажных комьев рос все выше, рос, и могильщики опустили лопаты. Все снова обнажили головы на несколько секунд. Мальчик прислонил свой венок к одному из углов; шурин свой — к кучке земли. Могильщики надели фуражки и понесли залепленные землей лопаты к тележке. Потом слегка постучали лезвиями о дерн: чисто. Один нагнулся снять с черенка длинный пучок травы. Один, оставив товарищей, медленно пошел, оружие на плече, лезвие синесияет. Молча у изголовья могилы другой сматывал веревку. Его пуповина. Шурин, отвернувшись, положил что-то в его свободную руку. Благодарит. Молча. Не извольте беспокоиться, сэр. Кивок. Я знаю, как. Это вам за труды.

Провожающие расходились медленно, бессильно, не выбирая дорожек, по пути останавливались прочесть имя на могиле.

— Давайте пойдем с той стороны мимо могилы Парнелла, — сказал Хайнз. — У нас еще есть время.

— Давайте, — сказал мистер Пауэр.

Они свернули направо, следуя за своими медленными мыслями. С благоговением тусклый голос мистера Пауэра сказал:

— Некоторые уверяют, что его нет в этой могиле. Что в гроб наложили камней. Что когда-нибудь он вернется.

Хайнз покачал головой.

— Парнелл никогда не вернется, — сказал он. — Он здесь, здесь все, что было в нем бренного. Мир праху его.

Мистер Блум шел, никем не замечаемый, по аллее, мимо опечаленных ангелов, крестов, обломков колонн, фамильных склепов, каменных надежд, молящихся возведши очи горе, мимо рук и сердец старой Ирландии. Гораздо разумней было бы пожертвовать деньги на что-нибудь благотворительное для живых. Молитесь за упокой души. Неужели кто-нибудь в самом деле? Зарыли, и дело с концом. Спускать по желобу, как уголь. И всех их в одну кучу, чтобы сэкономить время. День всех усопших. Двадцать седьмого я буду у него на могиле. Десять шиллингов садовнику. Следит, чтобы не зарастала сорной травой. Сам уже старик. Согнулся вдвое, ходит чикает ножницами. У врат смерти. Скончавшийся. Ушедший в иной мир. Как будто они сделали это по собственному желанию. Выставили всех до одного. Сыгравший в ящик. Гораздо интереснее, если бы рассказали, кем они были при жизни. Такой-то, колесник. Я был коммивояжер по линолеуму. Я платил кредиторам пять шиллингов за фунт. Или могила женщины с кастрюлей. Я хорошо готовила тушеное мясо. Как в Эклоге на сельском кладбище[1], чье это стихотворе-

---

[1] Имеется в виду «Элегия, написанная на сельском кладбище» Томаса Грея.

ние, Вордсворта или Томаса Кэмпбелла? Нашел упокоение, как говорят протестанты. Могила старика Маррена, доктора. Великий лекарь призвал его к себе. Да, для них это Божья нива. Уютная загородная вилла. Заново отштукатурена и покрашена. Идеальный уголок спокойно покуривать трубку и почитать «Церковный вестник». Извещения о бракосочетании никогда не приукрашивают. Ржавые венки на прутьях ограды, гирлянды из бронзовой фольги. По крайней мере денег не жалко. А все-таки живые цветы гораздо поэтичнее. Металлические ужасно надоедливо, никогда не вянут. Ничего не выражают. Бессмертники.

Птица невозмутимо сидела на ветке тополя. Похожа на чучело. Похожа на свадебный подарок, который поднес нам олдермен Хукер. Кш. Хоть бы шевельнулась. Знает, что из рогатки по ней стрелять не будут. На мертвых животных еще грустнее смотреть. Милая Милли хоронит мертвую птичку в спичечном коробке с кухни, гирлянда маргариток и обрывки разорванной гирлянды на могиле.

Сердце Христово на виду. Выставил всем напоказ. Надо бы посадить его на груди сбоку и выкрасить красным, чтобы как настоящее сердце. Ирландия была ему посвящена, или как там это называется. Кажется, не очень ему приятно. За что такое поношение? Будут птицы слетаться и клевать, как мальчика с корзиной фруктов, но он сказал нет, потому что они побоятся мальчика. Аполлон то есть.

Сколько их здесь! А все когда-то разгуливали по Дублину. Верующие, ушедшие в иной мир. Таким, как ты сейчас, были когда-то и мы.

К тому же всех разве запомнишь? Глаза, походку, голос. Ну, голос еще куда ни шло: граммофон. Поставить граммофон в каждой могиле, можно и на дому держать. После обеда в воскресенье. Поставь старенького прадедушку. Краараак! Хеллолеллохелло чрчайнорад краак чрчайнорадповидатьвсех хеллохелло чрчайн кидз. Напоминает голос так же, как фотография напоминает лицо. Иначе разве вспомнить лицо лет через пятнадцать, скажем. Например, кого? Например, того субъекта, который умер, когда я работал в «Мудрости» Хели.

Ртстстр! Заскрипел гравий. Стоп.

Он внимательно посмотрел в каменный склеп. Какой-то зверок. Погоди. Вот она.

Тучная серая крыса ковыляла вдоль стены склепа, шурша гравием. Старый пройдоха: прадедушка: все ходы и выходы знает. Серое живое распласталось под плинтусом, протиснулось под ним внутрь. Хороший тайник для сокровищ.

Кто здесь живет? Покоятся останки Роберта Эмери. Роберта Эмери хоронили здесь при свете факелов, так, кажется? Ходит дозором.

Вот и хвост ушел.

Такая быстро расправится. Обгложет кости и не посмотрит, с кем имеет дело. Самое обыкновенное мясо для них. Труп — это протухшее мясо. Ну, а что такое сыр? Труп молока. Я читал «Путешествие по Китаю», китайцы говорят, что от белых пахнет трупом. Кремация лучше. Священники и слышать не хотят. Стараются для другой фирмы. Оптовая торговля кремационные и голландские печи. Черная смерть. В ямы, негашеная известь съедает их. Летальная камера. Прах в прах. Или в море хоронить. Где это находится башня молчания парсов? Птицы съедают их. Земля, огонь, вода. Утонуть, говорят, приятней всего. Всю свою жизнь видишь за один миг. Зато, когда откачивают, — благодарю покорно. А вот в воздухе не похоронишь. С аэропланов. Интересно, узна́ют они там, когда спускают новенького? Подземное сообщение. Это они нам сказали. Ну что ж, ничего удивительного. Обычная еда для них. Мухи облепляют, когда еще не успел умереть. Прослышали про Дигнэма. Им наплевать на запах. Белая, как соль, рассыпчатая кашица трупа: запах, вкус сырой белой брюквы.

Ворота поблескивали впереди: все еще открыты. Назад в мир. Довольно здесь побыли. С каждым разом все ближе. Последний раз я был здесь на похоронах миссис Синико. И бедный папа тоже. Любовь, которая убивает. Даже разрывают землю ночью с фонарем, как в том процессе, я читал, ищут только что похороненных женщин или даже разложившихся, с сочащимися могильными язвами. От таких вещей мороз по коже подирает. Я приду к тебе после смерти. Ты увидишь мой призрак после смерти. Мой призрак будет преследовать тебя после смерти. Существует другой мир после смерти, так называемый ад, или есть еще другое слово: геенна. Я не люблю того, другого слова. Да и я тоже. Еще столько осталось видеть, слышать, чувствовать. Чувствовать рядом с собой живые, теплые, человеческие существа. Пусть их спят в своих червивых постелях. На этот раз не удалось меня заполучить. Теплые постели: теплая, полнокровная жизнь.

Мартин Каннингхэм вышел из боковой аллеи, солидно разговаривая.

Нотариус, кажется. Знакомое лицо. Ментон. Джон Хенри, нотариус, заверяет показания, данные под присягой. Дигнэм когда-то работал у него в конторе. У Мэта Диллона, давным-давно. Веселые вечера у доброго старого Мэта. Холодная дичь, сигары, танталовы графинчики[1]. Золотое сердце. Да, Ментон. Рассвирепел в тот вечер на лужайке, когда играли в шары, потому что я угодил прямо в него. Чистая случайность: скат. Почему он так и

---

[1] Графины, из которых можно налить вино, только зная секрет.

невзлюбил меня. Ненависть с первого взгляда. Молли и Флои Диллон, под сиренью обнявшись, смеются. Мужчины всегда так, когда при дамах.

Цилиндр продавлен сбоку. В карете, должно быть.

— Простите, сэр, — сказал мистер Блум, поравнявшись с ними. Они остановились.

— У вас цилиндр немного помялся, — сказал мистер Блум, показывая.

Джон Хенри Ментон несколько секунд смотрел на него, не двигаясь.

— Вот здесь, — помог Мартин Каннингхэм, тоже показывая.

Джон Хенри Ментон снял цилиндр, выправил продавленное место и аккуратно пригладил ворс о рукав пальто. Он снова надел цилиндр.

— Теперь в порядке, — сказал Мартин Каннингхэм.

Джон Хенри Ментон ответил коротким кивком.

— Благодарю вас, — сказал он сухо. Они пошли к воротам. Мистер Блум, приунывший, отстал на несколько шагов, чтобы не слышать, о чем они говорят. Мартин изрекает истины. Мартин обведет такого простачка вокруг мизинца так, что тот и не заметит.

Глаза как устрицы. Ну и пусть. После, может быть, сам пожалеет, когда пораздумает как следует. Хоть на этом отыграюсь.

Благодарю вас. Как мы сегодня великодушны.

В СЕРДЦЕ ИБЕРНИЙСКОЙ СТОЛИЦЫ

У колонны Нельсона трамваи замедляли ход, сворачивали, переводили ролик, расходились на Блэкрок, Кингстаун и Долки, Клонски, Рэтгар и Теренюр, Палмерстон-парк и верхний Рэтмайнз, Сэндимонт-Грин, Рэтмайнз, Рингсенд и Сэндимонт-Тауэр, Гарольдс-Кросс. Охрипший диспетчер Дублинской объединенной трамвайной компании выкрикнул:

— Рэтгар и Теренюр!

— Сэндимонт-Грин — на линию!

Справа и слева, параллельно, звякая, лязгая, один с империалом и один простой, тронулись из своих тупиков, выехали на линию, заскользили параллельно.

— К отправлению, Палмерстон-парк!

ВЕНЦЕНОСЕЦ

Под порталом главного почтамта чистильщики сапог зазывали клиентов и начищали башмаки. Выстроенные вдоль Норт-Принс-стрит его величества краснокирпичные почтовые кареты с королевскими инициалами E.R.[1] на дверцах принимали с шумом кидаемые мешки писем, открыток, почтовых карточек, посылок заказных и ценных, местную, иногороднюю, английскую и континентальную корреспонденцию.

ГОСПОДА ЖУРНАЛИСТЫ

Грузчики в тяжелых сапогах выкатывали глухогрохотные бочки из склада Принса и громоздили их на фургоны пивоварни. На фургонах пивоварни громоздились бочки, глухогрохотно выкатываемые грузчиками в тяжелых сапогах из склада Принса.

— Вот оно, — сказал Ред Мюррэй. — Александр Клютчей.

— Вы мне его вырежьте, — сказал м-р Блум, — и я снесу его в редакцию «Телеграфа».

Дверь в кабинет Рэтледжа снова скрипнула. Дэви Стивенс, крошечный в своем огромном плаще, в маленькой фетровой шляпе поверх кудряшек, вышел со свертком бумаг под полой, королевский курьер.

---

[1] Eduard Rex (*лат.*) — король Эдуард.

25 – 1413

Длинные ножницы Реда Мюррэя выкроили объявление из газеты четырьмя четкими взмахами. Ножницы и клей.

— Я пройду через типографию, — сказал м-р Блум, беря вырезанный квадратик.

— Ну, а если ему еще нужна заметка, — сказал Ред Мюррэй солидно, засунув перо за ухо, — мы можем ему написать.

— Отлично, — сказал м-р Блум, кивнув. — Я это устрою. Мы.

ВИЛЬЯМ БРАЙДЕН, ЭСКВАЙР, ПОМЕСТЬЕ ОКЛЭНДС, СЭНДИМОНТ

Ред Мюррэй тронул ножницами локоть м-ра Блума и шепнул:

— Брайден.

М-р Блум обернулся и увидел, как швейцар в ливрее приподнял свою фуражку с буквами перед величавой фигурой, проходившей между витринами еженедельника «Фримен энд Нейшнл Пресс» и газеты «Фримен энд Нейшнл Пресс». Глухогрохотные бочки Гиннесса. Фигура величаво взошла по лестнице, буксируемая зонтиком, торжественное, обрамленное бородой лицо. Шевиотовая спина поднималась со ступеньки на ступеньку: спина. У него все мозги в затылке, говорит Саймон Дедалус. Валики мяса сзади. Жирная в складках шея, жирная, шея, жирная, шея.

— Вам не кажется, что у него лицо как у Спасителя? — шепнул Ред Мюррэй.

Дверь в кабинет Рэтледжа шепнула: ии; скрин. Всегда делают одну дверь напротив другой, чтобы ветер. Вход. Выход.

Спаситель: обрамленное бородой овальное лицо: говорит в сумерках Мария, Марфа. Буксируемый зонтиком-мечом к рампе: Марио, тенор.

— Или как у Марио, — сказал м-р Блум.

— Да, — согласился Ред Мюррэй. — Но, говорят, Марио был вылитый Спаситель.

Иисус Марио с нарумяненными щеками, колет и журавлиные ноги.

Рука к сердцу, в «Марте».

> При-иди, погибшая,
> При-иди, любимая.

ПОСОХ И ПЕРО

— Его высокопреосвященство два раза звонил сегодня, — торжественно сказал Ред Мюррэй.

Они смотрели, как колени, ноги, башмаки исчезали. Шея.

Мальчик-рассыльный проворно вбежал, бросил пакет на барьер и умчался, как на почтовых, выкрикнув одно слово:

— Фримен!

М-р Блум сказал медленно:

— Что ж, и он — один из наших спасителей.

Кроткая улыбка провожала его, когда он поднимал створку барьера, когда он шел к боковой двери и теплой темной лестнице и коридором по дрожавшим теперь половицам. Но спасет ли он тиражи? Стук, стук.

Он толкнул стеклянную дверь и вошел, перешагнув через груду оберточной бумаги. Меж рядами лязгающих валов он направился к загородке Нанетти.

С НЕПОДДЕЛЬНОЙ СКОРБЬЮ МЫ ИЗВЕЩАЕМ О КОНЧИНЕ ВСЕМИ УВАЖАЕМОГО ДУБЛИНСКОГО ГРАЖДАНИНА

Хайнз тоже здесь: отчет о похоронах, наверно. Стук-тук-тук. Сегодня утром останки покойного мистера Патрика Дигнэма. Машины. Сотрут человека в порошок, только попадись им. Правят миром теперь. Его механизм изнашивается тоже. Вот как эти: начинаются перебои. Заедает, срывается. А та старая серая крыса надрывается, чтобы пробраться внутрь.

КАК ДЕЛАЕТСЯ БОЛЬШАЯ ЕЖЕДНЕВНАЯ ГАЗЕТА

Мистер Блум остановился за тщедушной спиной метранпажа, любуясь его глянцевитой макушкой.

Странно, что он никогда не видел своей настоящей родины. Ирландия моя родина. Депутат от Колледжгрин. Из кожи вон лез, чтоб поставить свое дело на рельсы. Еженедельнику цену придают объявления и мелкие заметки, а не заплесневелые газетные новости. Скончалась королева Анна. Правительственные сообщения за год тысяча. Поместье, расположенное в округе Розеналлис, баронство Тинначинч. Всем заинтересованным лицам и учреждениям официальная сводка данных о числе мулов и кобыл, экспортированных из Баллины. Дневник природы. Карикатуры. Пат и Булл, еженедельный фельетон Фила Блэйка. Страничка дяди Тоби для маленьких ребят. Письма деревенского читателя. Уважаемый господин редактор, укажите средство от ветров в желудке. Я бы взял себе этот отдел. Многое узнаёшь, поучая других. Светская хроника В. М. К. Весь мир в картинках.

Стройные купальщицы на золотом пляже. Самый большой воздушный шар в мире. Свадьба двух сестер в один день. Два жениха весело подсмеиваются друг над другом. И Купрани, печатник, тоже. Больше ирландец, чем сами ирландцы.

Машины позвякивали в трехдольном ритме. Стук, стук, стук. А вдруг его хватит удар и никто не будет знать, как их остановить, они и будут звякать все так же и так же, печатать снова и снова, одно и то же. Вот кутерьма поднялась бы. Нужно иметь ясную голову.

— Дайте в вечернем выпуске, советник, — сказал Хайнз.

Скоро будем называть его лорд-мэром. Говорят, Длинный Джон держит его руку. Метранпаж, не отвечая, нацарапал в углу листка «в печать» и сделал знак наборщику. Он молча передал листок поверх грязной стеклянной перегородки.

— Так; спасибо, — сказал Хайнз, отходя.

М-р Блум загородил ему дорогу.

— Если хотите получить деньги, кассир сейчас уходит завтракать, — сказал он, указывая через плечо большим пальцем.

— А вы получили? — спросил Хайнз.

— Мм, — сказал м-р Блум. — Не зевайте, так еще застанете.

— Спасибо, старина, — сказал Хайнз. — Постараюсь его поймать.

Он торопливо побежал в редакцию газеты. Три шиллинга одолжил ему у Мигера. Три недели. Третий раз намекаю.

АГЕНТ ЗА РАБОТОЙ

М-р Блум положил газетную вырезку на стол м-ра Нанетти.

— Простите, советник, — сказал он. — Видите ли, это объявление. Помните, Клютчей.

М-р Нанетти некоторое время разглядывал вырезку, потом кивнул.

— Он хочет, чтобы оно пошло в июле, — сказал м-р Блум.

Не слышит шума. Наннан. Железные нервы. Метранпаж протянул свой карандаш к вырезке.

— Нет, постойте, — сказал м-р Блум. — Он теперь хочет по-другому. Клютчей, понимаете? Он хочет, чтоб вверху была пара ключей.

Черт знает, что за шум. Может быть, он понимает, что я.

Метранпаж повернулся, чтобы терпеливо выслушать, и, подняв локоть, стал медленно почесывать под мышкой своего альпакового пиджака.

— Вот так, — сказал м-р Блум, скрестив указательные пальцы. Сначала пусть это сообразит.

М-р Блум, отведя взгляд от своих скрещенных пальцев, увидел изжелта-бледное лицо метранпажа, должно быть, желтухой болен, а позади послушные барабаны, подающие огромные роли бумаги. Звяк. Звяк. Разматываются целые мили. Куда она пойдет потом? А, на завертку мяса, пакеты: мало ли куда, тысяча и одно применение.

Ловко вставляя слова в промежутки между звякающими стуками, он быстро рисовал на исцарапанном дереве.

ДОМ КЛЮ(Т)ЧЕЙ

— Вот так, понимаете? Здесь два ключа крест-накрест. И круг. А здесь имя Александр Клютчей, торговля чаем, винами, водочными изделиями. И так далее.

Ученого учить — только портить.

— Вы сами знаете, советник, что ему нужно. Потом сверху полукругом капителью: Дом Ключей. Понимаете? Как по-вашему, удачная мысль?

Метранпаж передвинул руку к нижним ребрам и спокойно почесывал там.

— Мысль такая, — сказал м-р Блум, — Дом Ключей. Знаете, советник, парламент острова Мэн. Намек на гомруль. Туристы, знаете, с острова Мэн. Бросается в глаза, понимаете? Можно это сделать?

Пожалуй, его я мог бы спросить, как произносится *voglio*. А вдруг он не знает, выйдет неудобно. Лучше не надо.

— Сделать можно, — сказал метранпаж. — У вас рисунок есть?

— Могу достать, — сказал м-р Блум. — Это было в одной Килкеннийской газете. У него там тоже магазин. Я съезжу к нему и спрошу. Значит, можно дать это и еще небольшую заметку, чтобы привлечь внимание. Знаете, как обычно. Первоклассная фирма. Давно назревшая необходимость. И так далее.

Метранпаж на мгновение задумался.

— Можно сделать, — сказал он. — Пусть даст продление на три месяца.

Наборщик принес ему сырую полосу. Он молча принялся читать ее. М-р Блум стоял рядом, слушая громкое биение рычагов, глядя на молчаливых наборщиков у реалов.

ИЗ ОБЛАСТИ ПРАВОПИСАНИЯ

Должен быть тверд в орфографии. Корректорская лихорадка. Как это Мартин Каннингхэм забыл сегодня задать нам свою задачу на правописание? Извозчик зэ че так кажется? разносчику эс че стоя на остановке говорил с ра два эс сстановкой! вот на кладбище да найти клад бы еще, можно было бы жить без забот. Глупо, правда? Кладбище тут конечно только из-за клад бы еще.

Надо было сказать, когда он надел свой цилиндр. Благодарю вас. Я должен был сказать что-нибудь насчет старого цилиндра или еще что-нибудь. Нет, надо было сказать. Теперь совсем как новый. Посмотреть бы тогда на его физию.

Сллт. Нижний вал первой машины вытолкнул вперед фальц-аппарат и с ним первую полосу сфальцованных газет. Почти по-человечески это сллт, чтоб привлечь внимание. Только что не говорит. И дверь тоже сллт скрипит, просит, чтоб ее закрыли. Каждая вещь разговаривает по-своему. Сллт.

ДУХОВНАЯ ОСОБА СРЕДИ СОТРУДНИКОВ

Метранпаж вдруг вернул полосу, говоря:

— Стойте! Где письмо архиепископа? Его нужно дать еще раз в «Телеграфе». Где этот, как его?

Он огляделся среди своих шумных невнемлющих машин.

— Монкс, сэр? — спросил голос из отливочной.

— Вот-вот. Где Монкс?

— Монкс!

М-р Блум взял вырезку. Пора уходить.

— Значит, я достану рисунок, м-р Нанетти, — сказал он, — и я надеюсь, что вы дадите его на видном месте.

— Монкс!

— Да, сэр.

Продление на три месяца. Придется попыхтеть. Ну, попытка не пытка. Упирать на август: хорошая мысль: время конской выставки. Боллсбридж. Наплыв туристов на выставку.

ОТЕЦ ГАЗЕТНЫЙ СТОЛБЕЦ

Он прошел через наборную, мимо старика в очках, сгорбленного, в фартуке. Старый Монкс, Отец газетный столбец. Что только не проходило через его руки за все эти годы: извещения о смерти, реклама баров, речи, бракоразводные процессы, утопленники. Теперь уж скоро на покой. Серьезный, рассудительный старик, и на книжку, должно быть, кое-что отложено. Жена умеет и сготовить и постирать. Дочка за швейной машинкой в гостиной. Простушка, без всяких затей.

И ТО БЫЛ ПРАЗДНИК ИСХОДА

Он остановился по дороге посмотреть на наборщика, ловко разбирающего набор. Сначала прочитывает справа налево. Быстро он это делает. Трудно, должно быть, без привычки мэнгиД киртаП. Бедный папа, читающий мне из своей «Агады», водя пальцем справа налево. Пейсах. В будущем году в Иерусалиме. Фу-ты ну-ты. Вся эта длинная история о том, как вывел нас из земли египетской и привел нас в дом рабства *аллилуйя. Шма Исроэл Адонай Элохейну.* Нет, не то. Потом двенадцать братьев, сыновья Иакова. И потом ягненок и кот и пес и палка и вода и резник, а потом Ангел Смерти убил резника, а тот убил быка, а пес убил кота. Звучит довольно глупо, пока не приглядишься, в чем дело. Означает справедливость, ведь каждый поедает другого. В сущности, такова жизнь. Как быстро он справляется с этим. Дело мастера боится. Словно видит пальцами.

М-р Блум вышел из звякающих шумов по галерее на площадку лестницы. Что ж я потащусь трамваем в такую даль, а потом еще не застану его. Лучше сначала позвонить. Телефон? Как номер дома Цитрона. Двадцать восемь. Двадцать восемь. Два раза четыре.

ОПЯТЬ ЭТО МЫЛО

Он спустился по лестнице. Какой дурак исчиркал здесь все стены спичками? Старался, словно на пари. Тяжелый жирный запах всегда почему-то в типографиях. Тепловатый клей у Тома, рядом, когда я был там.

Он вытащил платок, чтобы зажать нос. Цитронлимон. А, мыло я положил туда. Легко выронить из этого кармана. Засовывая платок обратно, он вынул мыло, переложил его в задний карман брюк и застегнул на пуговичку.

Какими духами душится ваша жена? Можно бы еще зайти домой: трамвай: что-то позабыл. Хоть бы взглянуть перед тем, как одеваться. Нет. Здесь. Нет.

Взрыв визгливого хохота донесся из редакции «Вечернего телеграфа». Знаю, кто это. Что там такое? Забежать на минутку к телефону. Нед Ламберт, вот кто.

Он тихо вошел.

ЭРИН, СМАРАГД СЕВЕРНОГО МОРЯ

— Явление призрака, — полным печенья ртом шепнул потихоньку профессор Мак-Хью пыльной оконной раме.

М-р Дедалус, переведя глаза с пустого камина на насмешливое лицо Неда Ламберта, сказал недовольным тоном:

— Страсти Господни, да от этого изжога в заду может сделаться.

Нед Ламберт, сидя на столе, читал:

— *Или вот, взгляните на извилины журчащего ручья, когда он весело бежит вперед, овеянный нежнейшими зефирами, споря со скалистыми преградами на пути, к стремительным водам синего Нептунова царства, средь мшистых берегов, в переливах сверкающего солнца или под сенью отбрасываемого на его задумчивое лоно зелеными сводами блистательного сада.* Что вы на это скажете, Саймон? — спросил он, глядя поверх газеты. — Каков слог, а?

— Видно, что с перепою, — сказал м-р Дедалус.

Нед Ламберт, хохоча, колотил газетой по колену, повторяя:

— *Задумчивое лоно и блистательный зад.* Ой, не могу! Ой, не могу!

— И Ксенофонт смотрел на Марафон, — сказал м-р Дедалус, снова переводя глаза от камина к окну, — а Марафон смотрел на море.

— Довольно, — крикнул с подоконника профессор Мак-Хью. — Я не хочу больше слушать эту чушь.

Он догрыз выеденное полумесяцем печенье и, расхохотавшись, приготовился грызть печенье в другой руке.

Высокопарная чушь. Пустозвонство. Нед Ламберт решил прогулять денек, как видно. С этими похоронами весь день кувырком. Говорят, он пользуется влиянием. Он не то внучатый, не то правнучатый племянник старика Чэттертона, вице-канцлера. Тому, говорят, чуть не под девяносто. Некролог для первой полосы, наверно, давно уже заготовлен. Живет назло им. Может, раньше сам на тот свет отправится. Подвинься, Джонни, дай место дяде. Достопочтенный Хэджс Эйр Чэттертон. Наверно, перепадает ему в черные деньки чек-другой с дрожащей подписью. Вот-то радость, когда старичка в могилу сдует. Аллилуйя.

— Ну, еще один пароксизм, — сказал Нед Ламберт.

— Что это такое? — спросил м-р Блум.

— Недавно найденный отрывок Цицерона, — ответил профессор Мак-Хью напыщенно. — *Наша прекрасная родина.*

НЕ В БРОВЬ, А В ГЛАЗ

— Чья родина? — простодушно спросил м-р Блум.

— Весьма уместный вопрос, — сказал профессор, прожевывая. — С ударением на чья.

— Родина Дэна Доусона, — сказал м-р Дедалус.

— Это его вчерашняя речь? — спросил м-р Блум.

Нед Ламберт кивнул.

392

— Нет, послушайте вот это, — сказал он. Дверь толчком отворилась, и ручка ударила м-ра Блума в поясницу.

— Простите, — сказал Дж. Дж. О'Моллой, входя.

М-р Блум проворно отодвинулся.

— Ничего, пожалуйста, — сказал он.

— Добрый день, Джек.

— Входите, входите. Добрый день.

— Как поживаете, Дедалус?

— Ничего, а вы?

Дж. Дж. О'Моллой покачал головой.

ГРУСТНО

В свое время был самым способным среди молодых адвокатов. Чахоточный, бедняга. Этот лихорадочный румянец — начало конца. Висит на волоске. Каким ветром его принесло, хотел бы я знать. Деньги нужны.

— *Или же взберемся на сомкнутые тесным строем вершины.*

— Вы прекрасно выглядите.

— Что, редактора можно видеть? — спросил Дж. Дж. О'Моллой, глядя на дверь кабинета.

— Еще бы, — сказал профессор Мак-Хью. — И видеть и слышать. Он в своем святилище с Ленехэном.

Дж. Дж. О'Моллой побрел к конторке и стал перелистывать розовые страницы комплекта.

Практики все меньше. Неудачник. Опустился. Стал играть. Долги чести. Пожинает бурю. Хороших клиентов имел, бывало, у Д. и Т. Фицджеральдов. Носят парики, чтобы показать серое вещество. Выставляют мозги напоказ, как та статуя на кладбище. Кажется, пишет статьи для «Экспресса» вместе с Габриэлем Конроем. Начитанный субъект. Майлз Кроуфорд начинал в «Независимом». Забавно, как все эти газетчики держат нос по ветру. Флюгеры. Одним духом и нашим и вашим. Не знаешь, чему верить. Один поет хорошо, а другой еще лучше, пишут для газет, так готовы друг другу глотку перервать, а потом как ни в чем не бывало. Не успеешь оглянуться, они уж друзья-приятели.

— Да послушайте вы, ради всего святого, — взмолился Нед Ламберт. — Или же взберемся на сомкнутые тесным строем вершины.

— Болтология, — раздраженно перебил профессор. — Хватит с нас этой надутой галиматьи.

— *Вершины*, — продолжал Нед Ламберт, — *громоздящиеся все выше и выше, словно омывая наши души...*

— Язык бы он свой омыл, — сказал м-р Дедалус. — Господи спаси и помилуй. Ну и ну. И ему еще платят за это?

— Наши души бесподобной панорамой просторов Ирландии, которая, несмотря на прославленные прообразы в иных краях, кичащихся своей красотой, не имеет себе равных в чередовании раскидистых рощиц и волнистых долин и роскошных пастбищ, зеленых как весна, погруженных в прозрачное и призрачное мерцание наших метких таинственных ирландских сумерек...

ЕГО РОДНОЙ ДИАЛЕКТ

— А луна? — сказал профессор Мак-Хью. — Он забыл Гамлета.

— *Окутавших ширь и даль, и будем ждать, пока взойдет лучезарный диск луны, разливая повсюду свое серебряное сияние.*

— О, — воскликнул м-р Дедалус со стоном отчаяния. — Дерьмо всмятку. Хватит, Нед. Жизнь слишком коротка.

Он снял свой цилиндр и, раздраженно пыхтя в щетинистые усы, всей пятерней по-валлийски взлохматил себе волосы.

Нед Ламберт отшвырнул газету, клохча от восторга. Мгновение спустя хриплый лающий хохот взорвал небритое, в черных очках лицо профессора Мак-Хью.

— Сдобный Доу, — закричал он.

КАК ГОВОРИЛ ВЕЗЕРЭП

Сейчас-то смешно это видеть черным по белому, а когда слушаешь такое, пожалуй, развесишь уши. Пекарня у него была, кажется. Потому его и прозвали Сдобный Доу. А гнездышко себе выстлал неплохо. Дочку выдает за этого типа из Налогового Управления, с автомобилем. Ловко подцепил. Приемы, открытый дом. Умеем вкусно накормить. Везерэп всегда говорил. Хочешь поймать — хватай за брюхо.

Дверь кабинета распахнулась толчком, и багровое клювоносое лицо с хохлом взъерошенных перистых волос просунулось в комнату.

Наглые голубые глаза оглядели всех, и крикливый голос спросил:

— Что тут такое?

— И вот вошел сам лжебарон, — провозгласил профессор Мак-Хью.

— Подите вы к черту, педагогус несчастный, — сказал редактор вместо приветствия.

— Идем, Нед, — сказал м-р Дедалус, надевая цилиндр. — После этого необходимо выпить.

— Выпить! — воскликнул редактор. — До обедни напитки не подаются.

— Что верно, то верно, — сказал м-р Дедалус, выходя. — Пошли, Нед.

Нед Ламберт боком соскользнул со стола. Голубые глаза редактора наткнулись на лицо м-ра Блума, где блуждала тень улыбки.

— Вы с нами, Майлз? — спросил Нед Ламберт.

УПОМИНАНИЕ О ВЕЛИКИХ БИТВАХ

— Добровольцы из Северного Корка! — воскликнул редактор, устремляясь к камину. — Мы всегда побеждали. Северный Корк и испанские офицеры.

— Где это было, Майлз? — спросил Нед Ламберт, задумчиво глядя на носки своих башмаков.

— В Охайо! — гаркнул редактор.

— Верно, черт побери, — согласился Нед Ламберт. Выходя, он шепнул Дж. Дж. О'Моллою: — Первая стадия белой горячки. Прискорбный случай.

— Охайо! — высоким дискантом кукарекнуло его запрокинутое багровое лицо. — Мой Охайо!

— Идеальный кретик, — сказал профессор. — Долгий, короткий и долгий.

О, АРФА ЭОЛОВА

Он вынул катушку вощеного шелка из жилетного кармана и, оторвав нитку, стал звонко дергать ее, сразу в двух местах просовывая между своими нечищеными зубами.

Бинт-бант, бинт-бант.

М-р Блум, видя, что путь свободен, направился к двери кабинета.

— Разрешите на минутку, м-р Кроуфорд, — сказал он. — Мне только позвонить насчет объявления.

Он вошел.

— Ну что с передовицей для вечернего выпуска? — спросил профессор Мак-Хью, подойдя к редактору и тяжело опустив руку ему на плечо.

— Все будет в порядке, — сказал Майлз Кроуфорд более спокойно. — Не тревожьтесь. Хелло, Джэк. Все в порядке.

— Добрый день, Майлз, — сказал Дж. Дж. О'Моллой, выпуская из рук страницы, мягко упавшие на свое место в комплекте. — Вы сегодня даете что-нибудь об этом канадском мошенничестве?

За дверью трещал телефон.

— Двадцать восемь... Нет, двадцать... Два раза четыре. Да.

ОТГАДАЙТЕ ПОБЕДИТЕЛЯ

Ленехэн вышел из кабинета редактора с оттисками «Спорта».

— Хотите знать наверняка, кто возьмет Золотой кубок? — спросил он. — Скипетр под О'Мэдденом.

Он швырнул оттиски на стол.

Визг босоногих газетчиков в коридоре приблизился, и дверь распахнулась настежь.

— Шш, — сказал Ленехэн. — Я слышу шам шагов.

Профессор Мак-Хью прошел через комнату и схватил за шиворот хнычущего мальчишку, в то время как остальные пустились наутек из коридора по лестнице вниз. Оттиски зашуршали на сквозняке, мягко взвились на воздух синие каракули и под столом опустились на землю.

— Это не я, сэр. Это меня тот длинный толкнул, сэр.

— Вышвырните его вон и закройте дверь, — сказал редактор. — Тут форменный ураган.

Ленехэн стал сгребать с полу оттиски, ворча, когда ему пришлось нагнуться во второй раз.

— Дожидались экстренного с результатами скачек, сэр, — сказал газетчик. — Это Пат Фаррелл толкнул меня, сэр.

Он показал на две физиономии, заглядывавшие в дверь.

— Вот этот, сэр.

— Пошел вон отсюда, — сердито сказал профессор Мак-Хью. — Он вытолкал мальчика и захлопнул дверь.

Дж. Дж. О'Моллой с шуршанием перелистывал комплект, бормоча, отыскивая.

— Продолжение на странице шестой, столбец четвертый.

— Да... Говорят из «Вечернего телеграфа», — кричал м-р Блум в кабинете. Позовите, пожалуйста, хозяина... Да, «Телеграф»... Куда?.. Ага... Какой аукционный зал?.. Ага. Понимаю... Хорошо, я его там найду.

ПРОИСХОДИТ СТОЛКНОВЕНИЕ

Звонок затрещал снова, когда он дал отбой. Он торопливо вошел и наткнулся на Ленехэна, который воевал со вторым оттиском.

— *Pardon, monsieur,* — сказал Ленехэн, на секунду ухватываясь за него и делая гримасу.

— Виноват, — сказал м-р Блум, не пытаясь высвободиться. — Я вас ушиб? Я очень тороплюсь.

— Колено, — сказал Ленехэн. Он состроил смешную рожу и захныкал, потирая колено, — До смерти заживет.

— Простите, — сказал м-р Блум.

Он подошел к двери и, притворив ее, остановился. Дж. Дж. О'Моллой с шумом захлопнул тяжелый комплект. Звук двух пронзительных голосов, губной гармоники, раскатился по пустому коридору, со ступенек, где примостились газетчики.

> *Мы Вексфордские ребята,*
> *Сильны духом, крепки в драке.*

ТЕ ЖЕ БЕЗ БЛУМА

— Я сейчас слетаю на Бэчелор-уок, — сказал м-р Блум, — насчет объявления Клютчей. Хочу уладить это дело. Он у Диллона, мне сказали.

С минуту он нерешительно глядел на их лица. Редактор, который облокотился на камин, подперев кулаком голову, вдруг широким жестом простер руку.

— Иди, — сказал он. — Весь мир перед тобою.

— Я мигом вернусь, — сказал м-р Блум, поспешно выходя.

Дж. Дж. О'Моллой взял из рук Ленехэна оттиски и стал читать их, дуя, чтобы отделить один от другого, не говоря ни слова.

— Он добудет это объявление, — сказал профессор, глядя в окно сквозь очки в черной оправе. — Посмотрите, как эти юные бездельники скачут за ним.

— Покажите. Где? — закричал Ленехэн, бросаясь к окну.

УЛИЧНАЯ ПРОЦЕССИЯ

Оба, улыбаясь, глядели поверх занавески на вереницу мальчишек-газетчиков, которые вприпрыжку шли по пятам за м-ром Блумом, белыми зигзагами на ветру, насмешливый змей, хвост из белых бабочек.

— Вот паршивец, смотрите, что он вытворяет у него за спиной, — сказал Ленехэн, — умереть можно. Ой, лопну! Передразнивает его плоскоступие, его походку. Чертенята.

Он быстро прошелся карикатурной мазуркой, скользя подошвами мимо камина к Дж. Дж. О'Моллою, который положил оттиски в его вытянутые руки.

— В чем дело? — сказал, вздрогнув, Майлз Кроуфорд. — А где те двое?

— Кто? — спросил профессор, обернувшись. — Пошли к Овалю, пропустить стаканчик. Пэдди Хупер тоже там, и Джэк Холл. Приехал вчера вечером.

— Что ж, пойдем и мы, — сказал Майлз Кроуфорд. — Где моя шляпа?

Он вприпрыжку пошел в кабинет, раздвинув полы пиджака и звеня ключами в заднем кармане. Потом они зазвенели в воздухе и о дерево стола, когда он запирал свои ящики.

— Дела у него недурны, — сказал профессор Мак-Хью вполголоса.

— Кажется, да, — пробормотал Дж. Дж. О'Моллой, в задумчивости вынимая портсигар, — но не всегда то верно, что кажется. Кто спичками богат?

ТРУБКА МИРА

Он протянул портсигар профессору и сам взял папиросу. Ленехэн проворно чиркнул спичкой и по очереди дал закурить. Дж. Дж. О'Моллой снова открыл портсигар и протянул ему.

— *Merci* вам, — сказал Ленехэн, беря папиросу.

Редактор вышел из кабинета в соломенной шляпе набекрень.

Он продекламировал нараспев, сурово указывая пальцем на профессора Мак-Хью:

> *Тебя пленил имперский трон,*
> *Тебя прельстила слава.*

Профессор сделал гримасу, поджав свои длинные губы.

— Как дела, старый римлянин времен империи? — сказал Майлз Кроуфорд.

Он взял папиросу из раскрытого портсигара.

Ленехэн, поднося ему зажженную спичку с грациозной поспешностью, сказал:

— Внимание, слушайте новую загадку.

— *Imperium Romanum*[1], — тихо сказал Дж. Дж. О'Моллой. — Звучит благороднее, чем Британская или Брикстонская. Что за слово, шипит словно масло на сковороде.

Майлз Кроуфорд с силой выпустил первое облако дыма к потолку.

---

[1] Римская империя (*лат.*).

— Так оно и есть, — сказал он. — Масло — это мы. Вы и я все равно что масло на сковороде. У нас не больше шансов уцелеть, чем у снежка в пекле.

ВЕЛИЧИЕ БЫЛОЕ РИМА

— Погодите минутку, — сказал профессор Мак-Хью, спокойно поднимая две когтистые лапы. — Пусть не отвлекают нас слова, звучания слов. Речь идет о Риме, имперском, императорском, императивном.

Он высунул красноречивые руки из грязных обтрепанных манжет, выдерживая паузу.

— Какова была их цивилизация? Пространна, согласен, но презренна. Клоаки: канализация. Евреи в пустыне и на вершине горы говорили: *быть здесь нам назначено. Воздвигнем алтарь Иегове.* Римлянин, подобно англичанину, который идет по его стопам, на каждый новый берег, куда ступала его нога (на наш она никогда не ступала), приносил лишь свою клоакальную манию. Он оглядывался кругом, драпируясь в свою тогу, и говорил: *быть здесь нам назначено.* Построим ватерклозет.

— Что они и делали, — сказал Ленехэн. — Наши античные предки, как сказано в первой главе у Гиннесса, питали пристрастие к журчащей водичке.

— Они были прирожденными джентльменами, — пробормотал Дж. Дж. О'Моллой. — Но есть еще Римское право.

— И Понтий Пилат, пророк его, — возгласил профессор Мак-Хью.

— Вы знаете эту историю о Поллзе, председателе суда казначейства? — спросил Дж. Дж. О'Моллой. — Это было на обеде в Королевском университете. Все шло как по маслу...

— Сначала моя загадка, — сказал Ленехэн, — вы готовы?

М-р О'Мэдден Бэрк, высокий, в элегантном донегальском маренго, вошел из коридора. Позади него Стефен Дедалус снял шляпу, входя.

— *Entrez, mes enfants*[1], — крикнул Ленехэн.

— Я сопровождаю просителя, — сказал м-р О'Мэдден Бэрк певуче. — Юность, ведомая Мудростью, в гостях у Гласности.

— Здравствуйте, — сказал редактор, протягивая руку. — Входите. Ваш родитель только что ушел.

???

Ленехэн сказал, обращаясь ко всем:

---

[1] Входите, дети мои (*франц.*).

— Внимание! Когда девушка похожа на соломенную шляпку? Подумайте, взвесьте, догадайтесь, отвечайте.

Стефен протянул отпечатанные на машинке листы, указывая на заглавие и подпись.

— Кто? — спросил редактор.

Оторван конец.

— М-р Гаррет Дизи, — сказал Стефен.

— Этот старый скряга, — сказал редактор. — А кто оторвал? Что ему, приспичило?

В алом огне парусов
Сквозь туч нависших грот
Идет он, бледный вампир,
Впиться в мой слабый рот.

— Добрый день, Стефен, — сказал профессор, подходя и заглядывая через плечо. — Ящур? Уж не сделались ли вы?..

Бард Благодетель Быков.

СКАНДАЛ В ФЕШЕНЕБЕЛЬНОМ РЕСТОРАНЕ

— Добрый день, сэр, — ответил Стефен, краснея. — Это не я писал. М-р Гаррет Дизи просил меня...

— А, я его знаю, — сказал Майлз Кроуфорд, — и жену его знал. Мир не видал другой такой старой ведьмы. Вот уж у кого, наверно, ящур был. Как она тогда выплеснула весь суп в лицо официанту в «Звезде и Подвязке». Ого!

Через женщину грех вошел в мир. Из-за Елены, беглой жены Менелая, десять лет греки. О'Рурк, принц Бреффни.

— Он вдовец? — спросил Стефен.

— Соломенный, — сказал Майлз Кроуфорд, пробегая глазами рукопись. — Императорские лошади. Габсбург. Ирландец спас ему жизнь на городском валу в Вене. Не забывайте. Максимилиан Карл О'Доннел, граф фон Тирконнель в Ирландии. Послал своего наследника, чтоб передать королю звание австрийского фельдмаршала. Рано или поздно там возникнут осложнения. Перелетные птицы. Можно ждать в любой час. Не забывайте об этом.

— Не забыл ли он сам об этом, вот в чем вопрос, — сказал спокойно Дж. Дж. О'Моллой, вертя в руках подкову-пресс-папье. — Спасать коронованных особ — значит работать за спасибо.

Профессор Мак-Хью повернулся к нему.

— А если забыл? — сказал он.

— Я вам расскажу, как было дело, — начал Майлз Кроуфорд. Один венгерец как-то раз...

ПРОИГРАННОЕ ДЕЛО.
УПОМЯНУТО ИМЯ БЛАГОРОДНОГО МАРКИЗА

— Мы всегда были верны проигранному делу, — сказал профессор. — Успех, это для нас гибель интеллекта и воображения. Мы никогда не были верны победившим. Мы им служим. Я преподаю блеющую латынь. Я говорю на языке расы, квинтэссенция сознания которой это изречение: время — деньги. Материальное господство. Господи! *Dominus!* А где духовность? Господь Иисус! Господин лорд Сэлисбэри! Диван в вест-эндском клубе. Зато греческий!

KYRIE ELEISON![1]

Улыбка света озарила его темнооправленные глаза, удлинила его длинные губы.

— Греческий, — сказал он снова. — *Kyrios!* Сверкающее слово. Гласные, которых не знают семиты и саксы. *Kyrie!* Излучения интеллекта. Мне бы нужно преподавать греческий, язык разума. *Kyrie eleison!* Никогда клозетоделам и клоакоделам не быть господами нашего духа. Мы вассалы католического рыцарства Европы, которое пало при Трафальгаре, империи духа — не *imperium*, — которая погибла с афинским флотом у Эгоспотамоса. Да, да. Они погибли. Пирр, обманутый оракулом, сделал последнюю попытку вернуть Греции ее счастливый жребий. Верный проигранному делу.

Он зашагал от них к окну.

— Они шли в бой, — сказал м-р О'Мэдден Бэрк тускло, — но они всегда погибали.

— Ой-ой-ой, — заплакал Ленехэн негромко. — От кирпича в голову во втором отделении *matinée*[2]. Бедный, бедный, бедный Пирр.

Он прошептал затем у самого уха Стефена:

ЛИМЕРИК ЛЕНЕХЭНА

*Наш мудрец знаменитый Мак-Хью
Вечно в черных очках на носу,
Их не снимет он никогда,*

---

[1] Господи помилуй (*греч.*).
[2] Утренник (*франц.*).

В трауре по Саллюстию, говорит Маллиган. У которого подохла мать.

Майлз Кроуфорд сунул скомканные листки в карман.

— Все будет в порядке, — сказал он. — Дочитаю после. Все будет в порядке.

Ленехэн вытянул руку в знак протеста.

— А моя загадка, — сказал он. — Когда девушка похожа на соломенную шляпку?

— Девушка? — Сфинксоподобное лицо м-ра О'Мэддена Бэрка озагадочилось.

Ленехэн радостно объявил:

— Когда она совершеннолетняя. Понятно, в чем соль? Совершенно летняя. Ага!

Он легонько ткнул м-ра О'Мэддена Бэрка под ребро. М-р О'Мэдден грациозно пошатнулся и с изяществом оперся на свой зонтик, притворяясь, что ему дурно.

— Помогите, — вздохнул он. — Я чувствую сильную слабость.

Ленехэн, поднявшись на цыпочки, стал быстро обмахивать его лицо шуршащими оттисками.

Профессор, на обратном пути проходя мимо комплектов, провел рукой по свободно повязанным галстукам Стефена и м-ра О'Мэддена Бэрка.

— Париж вчера и сегодня, — сказал он. — Вы похожи на коммунаров.

— На тех молодчиков, что разрушили Бастилию, — сказал Дж. Дж. О'Моллой со спокойной насмешкой. — Или, может быть, это вы на пару прикончили генерал-губернатора Финляндии? Вид у вас такой, словно это ваших рук дело. Генерала Бобрикова.

ВСЯКОЙ ТВАРИ ПО ПАРЕ

— Мы только собирались это сделать, — сказал Стефен.

— Сбор всех талантов, — сказал Майлз Кроуфорд, — право, классика...

— Спорт, — вставил Ленехэн.

— Литература, печать.

— Еще Блума бы сюда, — сказал профессор. — Благородное искусство рекламы.

— И мадам Блум, — добавил О'Мэдден Бэрк. — Муза вокального искусства. Первая фаворитка Дублина.

Ленехэн громко закашлялся.

— Э-хм! — сказал он вполголоса. — Ах, воздух свежего глотка. Простудился в парке. Ворота были открыты.

«ВЫ МОЖЕТЕ ЭТО СДЕЛАТЬ»

Редактор положил нервную руку Стефену на плечо.

— Я хочу, чтобы вы что-нибудь для меня написали. Что-нибудь такое, с изюминкой. Вы можете это сделать. Я вижу по вашему лицу. *На языке юности...*

Вижу по вашему лицу. Вижу по вашим глазам. Ленивый праздный интриганишка.

— Ящур! — воскликнул редактор с презрительным укором. — Большой митинг националистов в Боррис-ин-Оссори. Чушь. Нагоняют сон на читателей. Дайте им что-нибудь с изюминкой. Выведите всех нас, черт возьми. Отца, Сына и Святого Духа и Джейка Мак-Карти.

— Мы все снабжаем его духовной пищей, — сказал м-р О'Мэдден Бэрк.

Стефен поднял глаза навстречу наглому внимательному взгляду.

— Он хочет завербовать вас в журналистскую банду, — сказал Дж. Дж. О'Моллой.

ВЕЛИКИЙ ГАЛЛАХЕР

— Вы можете это сделать, — повторил Майлз Кроуфорд, выразительно сжав ему руку. — Погодите минутку. Мы парализуем Европу, как говорил, бывало, Игнатиус Галлахер, когда он был бильярдным маркером у Клэренса. Галлахер, вот это был всем журналистам журналист. Это было перо. Знаете, как он сделал карьеру? Я вам расскажу. Это был самый блестящий журналистский трюк в мире. Эта было в восемьдесят первом году, шестого мая, во времена Непобедимых, убийство в Феникс-парке, вас тогда еще на свете не было, вероятно. Я вам сейчас покажу.

Он помчался мимо них к комплектам.

— Глядите сюда, — сказал он, обернувшись. — «Нью-Йорк Уорлд» запросил по кабелю для экстренного. Помните?

Профессор Мак-Хью кивнул.

— «Нью-Йорк Уорлд», — сказал редактор, возбужденно сдвигая на затылок свою соломенную шляпу. Где произошло убийство. Тим Келли, то есть я хотел сказать Каванах, Джо Брэди и

403

все прочие. Где ехал Козлиная Шкура со своей повозкой. Весь маршрут, понимаете?

— Козлиная шкура, — сказал м-р О'Мэдден Бэрк. — Фицгаррис. Говорят, это он содержит извозчичий двор у Бэттбридж. Я слышал это от Холохэна. Знаете Холохэна?

— Тот самый, хромуля под мухой, да? — спросил Майлз Кроуфорд.

— И Гэмли, бедняга, тоже там, говорят. Он охраняет городские каменоломни. Ночной сторож.

Стефен повернулся, изумленный.

— Гэмли? — сказал он. — Да не может быть. Гэмли, друг моего отца?

— Да бросьте вы Гэмли, — сердито сказал Майлз Кроуфорд. — Пусть Гэмли занимается своими камнями, смотрит, чтоб они не сбежали. Глядите сюда. Что же сделал Игнатиус Галлахер? А вот я вам скажу. Гениальная идея. Немедленно телеграфировал. Найдите еженедельник Фримена от 17 марта. Так. Нашли?

Он перелистал несколько страниц комплекта и ткнул пальцем в какую-то точку.

— Возьмите страницу четвертую, объявление о кафе Бренсома, скажем. Нашли? Так.

Затрещал телефон.

ГОЛОС ИЗДАЛЕКА

— Я подойду, — сказал профессор, выходя.

— Б — ворота парка. Так.

Его палец перескакивал из точки в точку и, нажимая, вибрировал.

— Т — дворец вице-короля, С — место, где произошло убийство, К — Нокмэрун-гэйт.

Отвислая складка его шеи тряслась, как сережка у петуха. Плохо накрахмаленная манишка выбилась из жилета, и он резким движением заправил ее на место.

— Алло! «Вечерний телеграф»... Алло!.. Кто говорит? Да... Да...

— От Ф до П — путь, проделанный Козлиной Шкурой в повозке, чтобы обеспечить алиби. Инчикор, Раундтаун, Гавань Ветров, Палмерстон-парк, Рэнелах. Ф. А. Б. П. Нашли? Х — пивная Дэви на верхней Лизон-стрит.

Профессор показался в дверях кабинета.

— Это Блум, — сказал он.

— Пошлите его к черту, — живо сказал редактор. — Значит, Х — пивная Бэрка, понимаете?

ХИТРО, ОЧЕНЬ

— Выложил им как на блюдечке, — сказал Майлз Кроуфорд, — всю жуткую историю.

Кошмар, от которого ты никогда не пробудишься.

— Я сам видел, — с гордостью сказал редактор. — Я был при этом. Дик Адамс, самая, черт подери, добрая душа, когда-либо родившаяся в Корке, и я.

Ленехэн отвесил поклон в пространство, объявив:

— Дама, я Адам. Я иду с мечом судии.

— История! — воскликнул Майлз Кроуфорд. — Старуха с Принс-стрит прибежала туда первая. Стон и скрежет зубовный поднялся там из-за этого. С помощью объявления. Чертеж делал Грегор Грей. С тех пор он пошел в гору. Потом Падди Хупер обработал Тэй Пэя, и тот его взял в «Звезду». И теперь он у Блуменфельда. Вот это журналист. Это талант. Пьятт! Вот от кого они все пошли.

— Отец сенсационного журнализма, — подтвердил Ленехэн, — и шурин Крисса Каллинана.

— Алло!.. Вы слушаете?! Да, он еще здесь. Идите сами сюда.

— Где вы теперь найдете таких журналистов? — воскликнул редактор.

Он с силой захлопнул комплект.

— Хитро придумано, — сказал Ленехэн м-ру О'Мэддену Бэрку.

— Очень остроумно, — сказал м-р О'Мэдден Бэрк.

Профессор Мак-Хью вышел из кабинета.

— Кстати, о Непобедимых, — сказал он, — заметили вы, что к суду притянули нескольких разносчиков...

— Да, да, — с живостью сказал Дж. Дж. О'Моллой. — Леди Дэдлей шла парком домой, чтобы посмотреть на те деревья, что в прошлом году повалил циклон, и ей захотелось купить вид на Дублин. А это оказалась открытка в память подвигов Джо Брэди, или Номера Первого, или Козлиной Шкуры. У самого вице-королевского дворца, подумайте!

— Только и годятся теперь, что для отдела смеси, — сказал Майлз Кроуфорд. — Пша! Печать, адвокатура! Где вы найдете таких адвокатов, как Уайтсайд, как Айзек Бэтт, как золотоустый О'Хаган? А? А теперь что? Только для галерки.

Его рот продолжал безмолвно корчиться в нервной гримасе презрения.

Кто захочет к этому рту своим поцелуем? Как знать. А зачем ты тогда об этом писал?

РИФМЫ И РЕЗОНЫ

Грот, рот. Разве грот это рот чей-нибудь? Или рот — грот? Как-то так. Грот, пот, от, флот, крот. Рифмы: два человека одинаково одетых, одинаковых по виду, по два.

.....................................*la tua pace*[1]
........................*chè parlar ti piace*[2]
...*mentrechè il vento, come fa si, tace*[3]

Он видел, как по три приближались девушки, в зеленом, в розовом, в ржавом, сплетаясь, *per l'aer perso*[4], в лиловом, в пурпурном *quella pacifica oriafiamma*[5], в золоте орифламмы, *di rimirar fè più ardenti*[6]. А я, старики, кающиеся, свинцовоногие под ночепокровом тьмы: — рот, грот, утроба гроба.

— По себе не судите, — сказал м-р О'Мэдден Бэрк.

ДОВЛЕЕТ ДНЕВИ...

Дж. Дж. О'Моллой, бледно улыбаясь, принял вызов.

— Дорогой мой Майлз, — сказал он, отбросив папиросу. — Вы ложно истолковали мои слова. Я не собираюсь выступать, так как это теперь не принято, в защиту третьей профессии как таковой, но ваше коркское воображение заводит вас слишком далеко. Почему не упомянуть еще Генри Граттана, и Флуда, и Демосфена, и Эдмунда Бёрка? Все мы знаем Игнатиуса Галлахера и его хозяина из Чэпелизода, Хармсворта грошовых изданий, и его американских родичей из бульварных листков Бауэри, не говоря уже о «Бюджете Пэдди Келли», «Новостях Пью» и о нашем бдительном друге, «Скиберинском Орле». Зачем приплетать сюда такого мастера судебного красноречия, как Уайтсайд? Довлеет дневи газета его.

ЧТО ВОЗВРАЩАЕТ НАС
К ДАВНО МИНУВШИМ ДНЯМ

— Граттан и Флуд писали для этой самой газеты, — крикнул ему в лицо редактор. — Ирландские волонтеры! Теперь

---

[1] Твой покой.

[2] Чей говор тебе нравится.

[3] В то время как ветер молчит. Концовки строк из «Божественной Комедии». Ад, V.

[4] Через темный воздух («Ад», V).

[5] Эта мирная орифламма («Рай», XXXI).

[6] Впилась еще более пламенно. (Там же.)

не то! Основана в 1736 году. Д-р Лукас. Кого вы поставите теперь на одну доску с Джоном Фильпотом Кэрраном? Пша!

— Кого? — сказал Дж. Дж. О'Моллой. — Хотя бы Буша из Королевского Совета.

— Буш? — сказал редактор. — Что ж, пожалуй, Буш, пожалуй. В нем еще осталась старая закваска. Кендаль Буш, то есть я хотел сказать, Сеймур Буш.

— Он давно уже надел бы судейскую мантию, — сказал профессор Мак-Хью, — если бы не... Впрочем, это неважно.

Дж. Дж. О'Моллой обернулся к Стефену и сказал спокойно и медленно:

— Один из самых стройных периодов, которые я когда-либо в жизни слыхал, был произнесен устами Сеймура Буша. Это было на том процессе о братоубийстве, процессе Чайлдса. Буш его защищал.

И тихо влил в преддверия ушей.

Между прочим, откуда он мог знать это? Он умер во сне. Или то, другое, с животным о двух спинах?

— А что за период? — спросил профессор.

ITALIA, MAGISTRA ARTIUM[1]

— Он говорил про положение о судебных доказательствах Римского права, — сказал Дж. Дж. О'Моллой, — противопоставляя его более древнему Моисееву кодексу, *lex talionis*[2]. И он упомянул о Моисее Микеланджело в Ватикане.

— А-а!

— Несколько хорошо подобранных слов, — предварил Ленехэн. — Внимание!

Пауза. Дж. Дж. О'Моллой вынул свой портсигар.

Ложная тревога. Что-нибудь совсем обыкновенное.

Вестник в раздумье вынул спички и закурил свою сигару.

Я не раз впоследствии думал, оглядываясь назад на то странное время, что именно это ничтожное действие, такое обыденное само по себе, это чирканье спички, определило всю дальнейшую жизнь обоих нас.

---

[1] Италия, наставница искусств (*лат.*).

[2] Право на месть (*лат.*).

СТРОЙНЫЙ ПЕРИОД

Дж. Дж. О'Моллой заговорил, чеканя слова.

— Он сказал о нем: *Подобное застывшей музыке, рогатое и страшное изваяние божественного образа человека, непреходящий символ всей мудрости — если когда-нибудь фантазия или рука художника, духовно преображенная и преображающая, высекала из мрамора творение, достойное бессмертия, оно достойно бессмертия.*

Его тонкая рука грациозным движением отметила подхват и падение.

— Прекрасно, — сейчас же сказал Майлз Кроуфорд.

— Божественное вдохновение, — сказал м-р О'Мэдден Бэрк.

— Вам нравится? — спросил Дж. Дж. О'Моллой Стефена. Стефен, чью кровь заворожила грация фразы и жеста, покраснел. Он взял из портсигара папиросу, Дж. Дж. О'Моллой протянул портсигар Майлзу Кроуфорду. Ленехэн, как и прежде, дал всем закурить и взял себе обычную дань, говоря:

— Премногибус благодарнибус.

ЧЕЛОВЕК ВЫСОКОЙ НРАВСТВЕННОСТИ

— Профессор Мадженнис говорил мне о вас, — сказал Дж. Дж. О'Моллой Стефену. — Какого вы, собственно, мнения об этой герметической компании, о поэтах Опалового Безмолвия: А.Е., мастер мистик? Это Блаватская, с нее все и началось. Она была неисчерпаемым кладезем всяких фокусов. А.Е., давая интервью какому-то янки, говорил, что вы однажды пришли к нему на рассвете спросить о планах сознания. Мадженнис думает, что вы хотели позабавиться на его счет. Это человек высокой нравственности, Мадженнис.

Говорил обо мне. Что он сказал? Что он сказал? Что он сказал обо мне? Не спрашивай.

— Нет, благодарю вас, — сказал профессор Мак-Хью, отстраняя портсигар. — Погодите-ка. Послушайте, что я вам скажу. Самый замечательный образец ораторского искусства, какой я только слышал, это речь Джона Тэйлора в университетском историческом обществе. Выступал судья Фицгиббон, теперь председатель апелляционного суда, шло обсуждение работы, написанной (в то время это было еще ново) в защиту возрождения ирландского языка.

Он повернулся к Майлзу Кроуфорду и сказал:

— Вы знаете Джеральда Фицгиббона. Так что можете представить стиль его речи.

— Ходят слухи, — сказал Дж. Дж. О'Моллой, — что он сидит с Тимом Хили в Административной комиссии Тринити-колледжа.

— Он сидит с миленьким созданием в детском платьице, — сказал Майлз Кроуфорд. — Ну ладно. Дальше?

— Заметьте, — сказал профессор, — это была речь законченного оратора, полная изысканно вежливого высокомерия и безукоризненным слогом изливавшая потоки, не скажу ярости, но горделивого презрения на новое веяние. Тогда это было новое веяние. Мы были в то время слабы и, следовательно, немного стоили.

Он на мгновение сжал свои длинные тонкие губы, но, горя желанием продолжать, поднес раскрытую ладонь к носу и дрожащими большим и безымянным пальцами, слегка прикоснувшись к черной оправе, поправил очки.

ЭКСПРОМТ

Праздничным тоном он обратился к Дж. Дж. О'Моллою:

— Тэйлор явился туда, нужно вам сказать, больной, с постели. Не думаю, чтобы он заранее приготовил свою речь, так как в зале не было ни одной стенографистки. Его темное худое лицо обросло щетиной. Галстук его был свободно повязан, и вообще он казался (хотя это и не было так) умирающим.

Его взгляд сразу, но медленно перешел с лица Дж. Дж. О'Моллоя на лицо Стефена и потом сразу опустился вниз, ища слова. Его тусклый полотняный воротничок показался позади его склоненной головы, грязный от редеющих волос. Продолжая искать, он сказал:

— Когда речь Фицгиббона была окончена, Джон Ф. Тэйлор поднялся, чтобы отвечать. Вкратце, насколько я могу сейчас припомнить, его слова были таковы.

Он уверенно поднял голову. Его глаза все еще припоминали. Неразумные моллюски плавали в толстых линзах взад и вперед, ища выхода.

Он начал.

— *Господин председатель, леди и джентльмены! Велико было мое восхищение, когда, несколько минут тому назад, я слушал замечания моего ученого друга, обращенные к ирландской молодежи. Мне казалось, я перенесся в страну, далекую от нашей страны, в эпоху, отдаленную от нашей эпохи, что я нахожусь в древнем Египте и что я слушаю речь верховного жреца, обращенную к юному Моисею.*

Его слушатели держали в руках недокуренные папиросы, их дым поднимался хрупкими стеблями фимиама, расцветавшими от его речи. *Наш фимиам от алтарей священных.* Сейчас услышишь благородные слова. Внимание. А не попробовать ли и тебе тоже?

— И мне казалось, что я слышу этого египетского жреца, возвысившего свой голос столь же надменно и столь же горделиво. Я слышал его слова, и значение их открылось мне.

ИЗ ОТЦОВ ЦЕРКВИ

Мне открылось, что хорошо и вместе с тем испорчено может быть лишь то, что, будь оно слишком хорошо или не будь хорошо вовсе, не могло бы быть испорчено. Ах, черт! Это же св. Августин.

— Отчего не хотите вы, иудеи, принять нашу веру, нашу религию и наш язык? Вы — племя кочующих пастухов, мы — могущественный народ. У вас нет ни городов, ни богатств; наши города — муравейники, кишащие людьми, а наши галеры, триремы и квадриремы, нагруженные всевозможными товарами, бороздят моря земного шара. Вы едва вышли из первобытного состояния; у нас есть литература, каста жрецов, многовековая история и государственное устройство.

Нил.

Дитя, муж, изваяние.

На берегах Нила — женщины на коленях, тростниковая колыбель; муж, искусный в бою; камнерогий, камнебородый, сердце из камня.

— Вы поклоняетесь темному безвестному кумиру; в наших храмах, величественных и таинственных, обитают Изида и Озирис, Горус и Аммон Ра. Ваш удел — рабство, страх и унижение; наш — владычество над громами и морями. Израиль слаб, и малочисленны его сыны; Египет — несметное воинство, и грозно его оружие. Скитальцами, поденщиками называют вас; мир трепещет при звуке нашего имени.

Сдавленная голодная отрыжка подсекла его речь. Покрывая ее, он смело возвысил голос.

— Но леди и джентльмены, если бы юный Моисей внял и принял эту точку зрения, если бы он склонил свою голову и склонил свою волю и склонил свой дух перед этим надменным поучением, он никогда не вывел бы избранный народ из дома рабства и не шел бы за облачным столпом. Он никогда бы не говорил с предвечным среди сверкания молний на вершине Синая и не сошел бы со светом вдохновения на челе, неся в руках скрижали закона, начертанного на языке стоящих вне закона.

Он умолк и посмотрел на них, наслаждаясь их молчанием.

НЕДОБРЫЙ ЗНАК — ДЛЯ НЕГО

Дж. Дж. О'Моллой сказал не без сожаления:

— И все же он умер, не войдя в Землю обетованную.

— Внезапно — безвременно — хотя — и — после — продолжительной и тяжелой болезни — последовавшая кончина, — сказал Ленехэн, — а ведь с большим будущим позади.

Стремительный топот босоногой команды послышался в коридоре и потом на лестнице.

— Вот это ораторское искусство, — сказал профессор, не встретив возражений.

Слова на ветер. Скопища в Муллагмастере и Тара королей. Бесконечные мили преддверий ушей. Слова трибуна, провозглашенные и развеянные по ветру. Голос, вместивший в себе весь народ. Мертвый шум. Акаша-хроника[1] все, что когда-либо, где-либо было. Хвалят и славят его: уже не меня.

У меня есть деньги.

— Господи, — сказал Стефен, — вношу предложение к порядку дня, не отложить ли нам заседание палаты?

— Не нахожу слов для выражения признательности. Это случайно не французский оборот? — спросил м-р О'Мэдден Бэрк. — Сдается мне, настал тот час, когда кувшин с вином, выражаясь метафорически, сулит особенные радости в таверне Доброе Старое Время.

— Да будет так, и тем самым решительно разрешено. Все, кто за, говорят да, — объявил Ленехэн. — Кто против — нет. Предложение принято. А теперь, в какое именно злачное место? Я голосую за Муни.

Он открыл шествие, увещевая.

— Мы категорическим образом отказываемся от крепких напитков, не правда ли? Безусловно неправда. Ни в малой мере.

М-р О'Мэдден Бэрк, следуя за ним, дружественно ткнул его зонтом.

— Рази, Макдуфф.

— Яблочко от яблони недалеко падает! — воскликнул редактер, хлопнув Стефена по плечу. — Пошли. Где эти чертовы ключи?

Он порылся в карманах, вытащив смятые листки.

— Ящур. Знаю, знаю. Будет в порядке. Пойдет. Где же они? Ага, все в порядке.

Он засунул листки обратно и вошел в кабинет.

---

[1] Термин, распространенный среди теософов и спиритов и означающий некое грансцендентное космическое сознание, хранящее память обо всех, даже самых ничтожных, событиях мировой истории.

БУДЕМ НАДЕЯТЬСЯ

Дж. Дж. О'Моллой, собираясь идти за ним, сказал Стефену спокойно:

— Надеюсь, вы доживете до того времени, когда это будет напечатано. Майлз, на одну минуту.

Он вошел в кабинет, притворив за собой дверь.

— Идемте, Стефен, — сказал профессор. — А ведь правда хорошо? Видение пророка. *Fuit Ilium*[1]. Разгром Трои у города ветров. Царства этого мира. Властители Средиземья теперь обратились в феллахов.

Первый газетчик кубарем скатился с лестницы за ними следом и вылетел на улицу, вопя:

— Экстренный выпуск — результаты скачек!

Дублин. Я многому, многому должен учиться.

Они свернули влево на Эбби-стрит.

— Предо мной тоже встает видение, — сказал Стефен.

— Да, — сказал профессор, перескакивая, чтобы попасть в ногу. — Кроуфорд сейчас нас догонит.

Другой газетчик промчался мимо них, вопя на бегу:

— Экстренный выпуск!

ДОРОГОЙ, ДРЯННОЙ ДУБЛИН

Дублинцы.

— Две дублинские весталки, — сказал Стефен, — набожные и немолодые, прожили пятьдесят и пятьдесят три года на Фамбаллис-лейн.

— Где это такое? — спросил профессор.

— За Блэкпиттсом.

Сырая ночь, пахнущая голодной опарой. У стены. Лицо, сально поблескивающее под байковым платком. Неистовые сердца. Акаша-хроника. Скорей, милый.

Дальше. Посмей. Да будет жизнь.

— Им хочется полюбоваться видом на Дублин с высоты колонны Нельсона. Они скопили три шиллинга десять пенсов в копилке — в почтовом ящике из красной жести. Они вытряхивают трехпенсовые монеты и один шестипенсовик и ножиком выковыривают мелочь. Два шиллинга три пенса серебром, один семь медью. Они надевают шляпки, праздничные платья и берут с собой зонтики на случай, если пойдет дождь.

— Мудрые девы, — сказал профессор Мак-Хью.

---

[1] Был Илион (*лат.*).

КАРТИНА С НАТУРЫ

— Они покупают на четыре пенса грудинки и четыре ломтика свежего хлеба в ресторанчике на Марлборо-стрит, у мисс Кейт Коллинз, владелицы... Они выбирают двадцать четыре спелые сливы ренклод у девочки возле колонны Нельсона, потому что после грудинки захочется пить. Они отдают две трехпенсовые монетки джентльмену у турникета и медленно начинают ковылять вверх по винтовой лестнице, ворча, подбодряя друг друга, напуганные темнотой, задыхаясь, спрашивая друг друга: грудинка у вас, славя Господа и Пречистую Деву, грозясь спуститься, не дойдя доверху, выглядывая в вентиляционные щели. Преблагий Господи. Им и в голову не приходило, что это так высоко.

Их зовут Энн Кирнс и Флоренс Мак-Кейб. Энн Кирнс страдает ломотой в пояснице и лечится лурдской водой, которую ей дала одна дама, получившая целую бутылку от знакомого священника. Флоренс Мак-Кейб по субботам ужинает жареной свининой, запивая ее бутылочкой пива.

— Антитеза, — сказал профессор, дважды кивнув. — Девственные весталки. Я так и вижу их. Что задержало нашего друга?

Он обернулся. Стадо мальчишек-газетчиков галопом неслось вниз по ступеням лестницы, галопом в разные стороны, размахивая белеющими газетами. Следом за ними Майлз Кроуфорд показался на ступенях, разговаривая с Дж. Дж. О'Моллоем, шляпа ореолом вокруг багрового лица.

— Идем же, — крикнул профессор, махая рукой.

Он зашагал бок о бок со Стефеном.

ВОЗВРАЩЕНИЕ БЛУМА

— Да, — сказал он. — Я вижу их.

М-р Блум, запыхавшийся, подхваченный ветром неистовствующих газетчиков перед зданием «Ирландского католика» и «Дублин-пенни-журнала», крикнул:

— М-р Кроуфорд, минуточку!

— Экстренный «Телеграф»! Результаты скачек!

— В чем дело? — спросил Майлз Кроуфорд, делая шаг назад. Мальчишка-газетчик выкрикнул в лицо м-ру Блуму:

— Жуткая драма в Рэтмайнз. Ребенка убило кочергой!

БЕСЕДА С РЕДАКТОРОМ

— Насчет этого объявления, — сказал м-р Блум, проталкиваясь к ступеням, отдуваясь и вытаскивая из кармана газетную вырезку. — Я только что говорил с м-ром Клютчей. Он даст продление на два месяца. Говорит, потом видно будет. Но он еще хочет заметочку в «Телеграфе», в субботнем приложении, чтобы привлечь внимание. И он хочет, если еще не поздно, я советнику Нанетти говорил, как в «Килкеннийском гражданине». Я могу достать в Национальной библиотеке. Дом Ключей. Понимаете? Его фамилия Ключчей. Получается игра слов. Но он почти обещал дать продление. Только нужно подать это как следует. Так что же мне сказать ему, м-р Кроуфорд?

П. М. З.

— Скажите ему, пусть поцелует меня в зад, — сказал Майлз Кроуфорд, выразительно выбрасывая вперед руку. — И скажите ему это, не откладывая в долгий ящик.

Не в духе. Берегись бури. Выпить все отправились. Идут под ручку. Капитанка Ленехэна позади: норовит примазаться на даровщину. Обычная трепотня. Должно быть, тут молодой Дедалус первая скрипка. В приличных ботинках сегодня. В прошлый раз у него башмаки каши просили. Ходил где-нибудь по грязи. Неряха. Что он делал в Айриштауне?

— Собственно говоря, — сказал м-р Блум, переводя взгляд на редактора, — если я достану рисунок, стоит дать несколько строк текста, он согласится продлить, я уверен. Я скажу ему...

П. М. И. К. З.

— Пусть поцелует мой ирландский королевский зад, — громко крикнул Майлз Кроуфорд через плечо, — в любое время, так и передайте.

Пока м-р Блум стоял, взвешивая доводы и готовый улыбнуться, редактор порывисто зашагал вперед.

НА МЕЛИ

— *Nulla bona*[1] Джек, — сказал он, поднося руку к подбородку. — Я сам вот до этих пор в долгах. Сижу на мели. Не далее как на прошлой неделе я искал поручителя, чтобы выдать вексель. Будь у меня хоть малейшая возможность. Очень сожалею, Джек. От всей души, если б только знал, у кого достать.

---

[1] Ничего хорошего (*лат.*).

У Дж. Дж. О'Моллоя вытянулось лицо, и он шел молча. Они нагнали остальных и пошли рядом.

Доев грудинку и хлеб и вытерев все двадцать пальцев о бумагу, в которую был завернут хлеб, они подходят к перилам.

— Специально для вас, — объяснил профессор Майлзу Кроуфорду. — Две дублинские старушки на верхушке колонны Нельсона.

ВОТ ЭТО КОЛОННА — СКАЗАЛА КАРГА НОМЕР ПЕРВЫЙ

— Тоже новость, — сказал Майлз Кроуфорд. — Кто ж этого не знает? Отправились в паноптикум Даргль. Две старые ведьмы, ну а дальше что?

— Но они боятся, что колонна упадет, — продолжал Стефен. — Они разглядывают крыши и спорят о том, где какая церковь: синий купол Рэтмайнз, Адама и Евы, св. Лаврентий О'Тул. Но у них начинает кружиться голова, поэтому они поднимают подолы...

СЛЕГКА ФРИВОЛЬНЫЕ ОСОБЫ ЖЕНСКОГО ПОЛА

— Но-но, — сказал Майлз Кроуфорд. — Никаких поэтических вольностей. Мы находимся в архиепархии.

И усевшись на свои полосатые нижние юбки, они посматривают вверх на статую однорукого прелюбодея.

— Однорукий прелюбодей! — воскликнул профессор. — Это мне нравится. Понимаю, в чем тут дело. Понимаю, что вы хотите сказать.

ДАМЫ ДАРЯТ ДУБЛИНСКИМ ЖИТЕЛЯМ НЕЧТО ПОХОЖЕЕ НА СВЕРХСКОРОСТНЫЕ АЭРОПЛАНЫ

— От этого у них сводит шею, — сказал Стефен, — и они так устали, что не хотят смотреть ни вниз, ни вверх, ни даже разговаривать. Они кладут посредине пакетик со сливами, и одну за другой съедают все сливы, отирая носовым платком сок, который течет у них по губам, и неторопливо сплевывая косточки между прутьями перил.

В заключение он залился внезапным громким молодым смехом.

Ленехэн и м-р О'Мэдден Бэрк, услышав, оглянулись, поманили их рукой и повернули по направлению к Муни.

— Все? — спросил Майлз Кроуфорд. — Слава Богу, что ничего похуже не было.

УДАРОМ ПО СОПАТКЕ СОФИСТ ЗАСТАВЛЯЕТ ЗАТКНУТЬСЯ НАДМЕННУЮ ЕЛЕНУ. В СПАРТЕ СКРЕЖЕТ ЗУБОВНЫЙ. В ИТАКЕ ПОБЕДА ПРИЗНАНА ЗА ПЕНЕЛОПОЙ

— Вы мне напоминаете Антисфена, — сказал профессор, — ученика софиста Горгия. Говорят, что никто не мог понять, на кого он больше озлоблен, на других или на самого себя? Он был сыном знатного афинянина и рабыни. И он написал книгу, в которой отнял пальму первенства у аргивянки Елены и отдал ее бедной Пенелопе.

Бедная Пенелопа. Пенелопа Рич.

Они приготовились перейти на другую сторону О'Коннелл-стрит.

АЛЛО, ЦЕНТРАЛЬНАЯ!

В разных местах по всем восьми линиям трамваи с неподвижными роликами стояли, прервав свой маршрут, на пути в или из Рэтмайнз, Рэтфарнхэм, Блэкрок-Кингстаун, и Долки, Сэндимонт-Грин, Рингсенд и Сэндимонт-Тауэр, Доннибрук, Палмерстон-парк и Верхний Рэтмайнз, недвижные в штиле короткого замыкания. Наемные экипажи, кебы, фургоны, почтовые кареты, частные выезды, подводы с минеральной газированной водой, тарахтя барахтающимися в корзинах бутылками, грохотали, гремели, запряженные битюгами, громко.

КАК? И — РАВНЫМ ОБРАЗОМ — ГДЕ?

— Ну, а как же это назвать? — спросил Майлз Кроуфорд. — И где они взяли сливы?

416

ИЗ ВЕРГИЛИЯ, ГОВОРИТ ПЕДАГОГ. ВТОРОКУРСНИК ГОЛОСУЕТ ЗА СТАРИКА МОИСЕЯ

— Как назвать, погодите, — сказал профессор, в раздумье раздвигая свои длинные губы. — Как назвать, стойте, нужно подумать. Назвать так: *Deus nobis haec otia fecit*[1].

— Нет, — сказал Стефен, — я называю это *Вид на Палестину с горы Фасги, или Притча о сливах*.

— Понимаю, — сказал профессор.

Он сочно рассмеялся.

— Понимаю, — сказал он еще раз с новым удовольствием. — Моисей и обетованная Земля. Это мы навели его на эту мысль, — добавил он, обращаясь к Дж. Дж. О'Моллою.

ГОРАЦИО — ПУТЕВОДНАЯ ЗВЕЗДА В ЭТОТ ПРЕКРАСНЫЙ ИЮЛЬСКИЙ ДЕНЬ

Дж. Дж. О'Моллой бросил искоса долгий усталый взгляд на статую и молчал.

— Понимаю, — сказал профессор.

Он остановился на островке у памятника сэру Джону Грэю и посмотрел вверх на Нельсона сквозь сетку своей кривой улыбки.

ОСТАВШИЕСЯ ПАЛЬЦЫ ПРИЯТНО ЩЕКОЧУТ ХРАБРЫХ ХРЫЧОВОК. ЭНН ШАТАЕТСЯ, ФЛО КАЧАЕТСЯ — НО КТО ИХ ОСУДИТ

— Однорукий прелюбодей, — сказал он задумчиво, — это мне нравится.

— И старушкам нравилось тоже, — сказал Майлз Кроуфорд, — знай мы святую истину.

---

[1] Боги даровали нам досуг (*лат.*). Строка из «Буколик» Вергилия.

Ананасные леденцы, лимонная карамель, сливочная помадка. Липкосладкая девушка, сыплющая совком тянучки для отца наставника.

Какой-нибудь школьный праздник. Только желудки портить. Карамель и монпансье, поставщик его величества. Боже. Храни. Короля. Сидит себе на троне, обсасывает красную карамель добела.

Мрачный юноша из Х. С. М. Л.[1], на посту среди теплых сладких испарений кондитерской Грэхем Лимон, сунул листок в руку мистера Блума.

Душеспасительные беседы.

Бл... Я? Нет.

Благословенна кровь агнца.

Ноги медленно вели его к реке, читающего. Спасены ли вы? Всех омывает кровь агнца. Богу нужны кровавые жертвы. Рождение, брак, мученичество, войны, закладки зданий, жертвоприношения, всесожжение почек, алтари друидов. Грядет Илия. Грядет д-р Джон Александр Доуи, обновитель церкви Сионской.

Грядет! Грядет! Грядет!
Приветствуйте его!

Выгодное дело. А в прошлом году Торри и Александер. Полигамия. Жена это мигом прекратит. Чья это была реклама, какая-то бирмингемская фирма, светящееся распятие? Наш Спаситель. Проснуться среди ночи и увидеть Его на стене, висящего. Пепперов призрак. Истину ненавидящие распяли Иисуса.

Должно быть, добавляют фосфор. Если оставить кусок трески, например. Как будто подернулся голубоватым серебром. В ту ночь, когда я спустился на кухню, в кладовую. Не люблю, все эти запахи скопляются там, рвутся наружу. Чего это ей захотелось? Изюм Малага. Испанию вспомнила. Перед тем как родился Руди. Фосфоресценция, этот голубовато-зеленоватый. Полезно для мозга.

С угла возле памятника Батлеру он бросил взгляд на Бачелорс-Уок. Дочь Дедалуса все еще там перед аукционной камерой Диллона. Верно, продает что-нибудь из старой мебели. Сразу узнал по глазам, отцовские. Околачивается тут, поджидает его. Семья всегда распадается, когда мать умирает. Пятнадцать человек детей было. Роды почти каждый год. Это так по их закону полагается, а то священник не даст бедняжке отпущения, не разрешит от грехов. Плодитесь и размножайтесь. Слышали вы что-нибудь подобное? Этак по миру пойдешь. Самим-то не нужно

---

[1] Христианский союз молодых людей.

кормить семью. Все сливки снимают. Их кладовые и подвалы. Посмотрел бы я, как они стали поститься в Йом Кипур[1]. В Страстную пятницу и то булочки с крестом. Ест один раз в день и подкрепляется, чтоб не падать в обморок у алтаря. Экономка какого-нибудь из этих голубчиков, попробуй-ка выуди из нее. Ни за что не выудишь. Все равно, что просить у него денег. Гостей не бывает. Все для собственной персоны. Следит за своей мочой. Хлеб и масло приносите с собой. Его преподобие. Держи язык за зубами.

Господи, у бедняжки все платье в дырах. И недоедает, как видно. Картошка и маргарин, маргарин и картошка. После скажется. Качество пудинга познается. Подрывает здоровье.

Когда он ступил на мост О'Коннелла, клуб перистого пара всплыл над парапетом. Баржа с экспортным элем. В Англию. Говорят, прокисает от морского воздуха. Интересно бы достать через Хенкока пропуск, посмотреть завод. Совсем особый мир. Бочки с портером, изумительные. И крысы туда попадают. Допьются до того, что плавают, раздувшись, величиной с собаку. Мертвецки пьяные портером. Пьют, покуда не начнут блевать, точно христиане. А мы это пьем, подумать только! Крысята: бочата. Конечно, если б мы знали. Глядя вниз, он увидел с силой бьющих крыльями, кружащих у голых стен набережной чаек. В открытом море шторм. А что, если броситься вниз? Сын Дж. Рувима, верно, наглотался досыта этих помоев. Переплатил шиллинг и восемь пенсов. Забавно, как он вдруг выпаливает ни с того ни с сего. И анекдоты умеет рассказывать.

Они кружили ниже. В поисках пищи. Погодите.

Он бросил им вниз смятую в комок бумагу. Грядет Илия. Тридцать два фута в сек. Не тут-то было, комок, нетронутый, закачался среди зыбей, уплыл под мостовые быки. Не так-то они просты. А в тот день, когда я им бросил черствую булку с «Короля Эрина», выудили ее из струи пены в пятидесяти ярдах за кормой. Смекалка кормит. Они кружили, хлопая крыльями.

> *Голодная чайка, махая крылами,*
> *С пронзительным криком кружит над волнами.*

Вот как пишут поэты, созвучиями. А у Шекспира нет рифмы — белый стих. Плавное течение речи. Мысли. Торжественно.

> *Гамлет, я твой отец,*
> *Блуждать везде на время обреченный.*

— Пара яблок на пенни! Пара яблок на пенни!

---

[1] Судный день, день поста у евреев.

Взгляд его скользнул по рядам блестящих яблок у нее на лотке. Должно быть, австралийские в это время года. Блестящая кожица: полирует их тряпкой или носовым платком.

Погоди. Бедные птицы. Он снова остановился, купил у старой торговки яблоками две бенберийские лепешки за пенни, разломил рассыпчатое тесто и бросил куски вниз в воды Лиффи. Нате. Чайки бесшумно ринулись вниз, две, потом стая, с высоты хватая добычу. Все. До последнего куска.

Зная, как они ловки и жадны, он стряхнул с рук порошистые крошки. Они этого не ожидали. Манна небесная. Приходится питаться рыбьим мясом всем морским птицам, чайкам, морским гусям. Лебеди из Анна-Лиффи заплывают сюда иной раз, чистят перья. О вкусах не спорят. Интересно, на что похоже лебединое мясо. Робинзону Крузо пришлось питаться им.

Они кружили, слабо махая крыльями. Больше бросать не стану. Вполне достаточно на пенни. Благодарность, нечего сказать. Хоть бы крикнули. К тому же разносят ящур. Если откармливать индейку, скажем, каштанами, мясо приобретает их вкус. Кто ест свинью, сам свинья. А почему же тогда морские рыбы не соленые? Как же так?

Глаза его искали ответа у реки и увидели лодку на якоре, качавшую на паточной зыби свои заклеенные рекламами борта.

Брюки 11 шил. Кайно

Удачная мысль. Интересно, платит он городскому совету? В самом деле, разве можно владеть водой? Она всегда течет потоком, всегда иная, что в потоке жизни бренной. Ибо жизнь есть поток. Любое место годится для рекламы. Этот шарлатан, что лечил триппер, бывало, наклеивал во всех писсуарах. Теперь нигде не видно. Соблюдение тайны. Д-р Гай Фрэнкс. Не стоило ему ни гроша, как Магинни, учителю танцев, самореклама. Находил таких, которые ему расклеивали, — а то и сам расклеивал потихоньку, забегая расстегнуть пуговицу. Тать в нощи. Как раз подходящее место. Афиш не клеить. Фи, не лей. Какой-нибудь бедняк, едва живой от боли.

А если он?..

О!

А?

Нет... Нет...

Нет, нет. Не может быть. Никогда не поверю.

Нет, нет.

Мистер Блум пошел дальше, подняв встревоженные глаза. Не думать больше об этом. Второй час. Шар на морском агентстве спущен. Время по Дэнсинку. Увлекательная книжечка этого сэра Роберта Болла. Параллакс. Никогда толком не мог понять. Священник идет; спросить бы у него. Пар — это по-гречески: параллел параллакс. Не там все козы, она так прочла, пока я не сказал ей о переселении душ. О, силы небесные.

Мистер Блум улыбнулся, о силы небесные, двум окнам морского агентства. Она права, в конце концов. Слова пышные, а суть обыкновенная, чтоб лучше звучало. Она не то чтоб остроумна. Бывает и груба. Что у меня на уме, то у нее на языке. А все же как сказать. Говорила же, что у Бена Долларда бас из бочки. У него ноги, как бочки, и поет, словно из бочки. Разве не остроумно? Его прозвали Большой Бен. Гораздо хуже, чем бас из бочки. Прожорлив, как альбатрос. Управляется с целым ростбифом. И пиво Басса тоже лакает здорово. Бочка Басса. Видите? Все сходится в точку.

Вереница белозубых людей медленно выступала ему навстречу вдоль канавы, красные шарфы поперек рекламных щитов. Вроде того священника сегодня утром; Иисус Христос Спаситель: и Хэли спаситель. Он прочел красные буквы на пяти белых цилиндрах: М. Х. Э. Л. И. «Мудрость» Хэли Л., немного отстав, вытащило из-под переднего щита кусок хлеба и засунуло в рот, прожевывая на ходу. Хлеб насущный. Три шиллинга в день, шагать вдоль канав, из улицы в улицу. Как раз на хлеб и похлебку, лишь бы не умереть с голоду. Они не от Бойля, нет: от Мак-Глэйда. И толку от этого мало. Я ему предлагал что-нибудь вроде застекленного фургона и внутри посадить двух девиц, интересных, пишут письма, тетради, конверты, пропускная бумага. Пари держу, это подействовало бы. Интересные, что-то пишут, сразу бросилось бы в глаза. Каждому до смерти хочется знать, что они там пишут. Человек двадцать соберется вокруг, только начни глядеть в одну точку. Везде сунут свой нос. Женщины тоже. Любопытство. Соляной столб. Не захотел, конечно, потому что не ему первому пришло в голову. Или бутылки чернил я предлагал с фальшивым пятном из черного целлулоида. А ему нравились рекламы вроде паштета «Ренклод» под извещениями о смерти. Мясное отделение. Нет в мире равных. Чему? Нашим конвертам. Эй, Джонс, погоди минутку. Не могу, Робинсон, бегу покупать единственную в мире резинку «Смерть чернилам» Акц. О-ва Хэли, Дэй-стрит, 85. Слава Богу, выбрался из этой помойки. Чертова работа получать по счетам с этих монастырей. Монастырь «Транквилла». А хорошенькая там была монашка, приятное личико. Покрывало на маленькой головке, к лицу. Сестра? Сестра? Не иначе как пережила насчастную любовь, по глазам видно. Как-то неловко торговаться с такими женщинами. Потревожил ее на молитве в то утро. А все-таки радовалась, что общается с внешним миром. Наш великий день, сказала она. Праздник Божьей Матери с горы Кармель. И название приятное: карамель. Она знала, должно быть знала, судя по тому как. Выйди она замуж, была бы совсем другая. Пожалуй, у них и в самом деле было туго с деньгами. И все-таки готовили на сливочном масле. Сала в рот не возьмут. Не переношу жирного. Умащают себя изнутри и снаружи. Молли попробовала, приподняв вуалетку. Сестра? Пэт Клаффи, дочь поставщика. Говорят, это монахиня изобрела колючую проволоку.

Он перешел через Уэстморлэнд-стрит, когда последнее. И протащилось мимо. «Ровер», ремонт велосипедов. Сегодня как раз гонки. Когда это было? В тот год умер Фил Гиллигэн. Мы жили на Ломбард-стрит, Уэст. Нет, тогда я работал у Тома. Получил место в «Мудрости» Хэли в год свадьбы. Шесть лет. Десять лет назад: в девяносто четвертом он умер, ну, конечно, большой пожар у Арнота. Вэл Диллон был лорд-мэром. Обед в Гленкри. Олдермен Роберт О'Рэйли вылил портвейн в свою тарелку с супом и вылакал за собственное здоровье, перед тем как спустили флаги. Не слышно было, что играет оркестр. За все ниспосланное ныне возблагодарим. Милли была тогда совсем крошка. На Молли был тот слоново-серый костюм с тесьмой. Английский с обтяжными пуговицами. Не любила его потому, что я растянул сухожилие в первый день, как она надела. Пикник хора в «Сахарной голове». Как будто от того. Цилиндр старика Гудвина, вымазанный в чем-то липком. И для мух пикник. Такого костюма у нее с тех пор не было. Сидел как перчатка, обтягивая плечи и бедра. Только-только начинала полнеть. В тот день мы взяли с собой паштет из кролика. Все оборачивались на нее.

Счастливое. Самое счастливое. Уютная комнатка с красными обоями. От Докрелла, шиллинг и девять пенсов кусок. Вечера, когда купали Милли. Американское мыло я купил: цвет бузины. Приятный запах мыльной воды в ванночке. Смешная она была с ног до головы в мыле. И сложена хорошо. А теперь фотография. Дагерротипное ателье бедного папы, он мне рассказывал. Унаследовала склонность.

Он шел по краю тротуара. Поток жизни. Как звали того, поповская рожа, всегда косился в наши окна, когда проходил мимо? Слабое зрение, женщина. Останавливался у Цитрона на Сент-Кевин-Перэд. Пен, а дальше как? Пенденнис. Память у меня становится. Пен?.. еще бы, столько лет. Верно, от грохота трамваев. Чего уж, если не мог вспомнить, как зовут дневного выпускающего, которого видит изо дня в день.

Бартель д'Арси, тенор, тогда еще только начинал. Провожал ее домой с репетиций. Самодовольный, с нафиксатуаренными усиками. Дал ей тот романс *Ветры, что веют с юга*.

Ветреная была ночь, когда я зашел за ней. Было собрание ложи насчет лотерейных билетов после концерта Гудвина в банкетном или дубовом зале городской думы. Мы с ним позади. Ее ноты вырвало у меня из рук, ветром прибило к ограде школы. Хорошо еще, что не. Могло бы испортить ей все впечатление от вечера. Профессор Гудвин под руку с ней впереди. Ноги уж не держат, старый пьяница. Его прощальные концерты. Безусловно, последнее выступление на эстраде. Быть может, на время, быть может, на век. Помнишь, она смеялась ветру, подняв меховой воротник? На углу Харкорт-роуд помнишь тот порыв ветра? Бррфуу! Взлетели кверху все юбки, и боа чуть не задушило старика Гудвина. Она раскраснелась на ветру. Помнишь, когда мы вернулись домой, раздул уголья и жарил ей на ужин бараньи котлетки с ее любимым четнейским соусом? И горячий грог. Видел, стоя у очага, как она в спальне расстегивает планшетку корсета. Белый.

Свист и мягкий хлоп корсета, брошенного на кровать. Всегда теплый от нее. Всегда любила отдохнуть от. Потом сидела чуть не до двух, выбирая шпильки Милли в домике из одеяла. Счастливое. Счастливое. В ту самую ночь...

— А, м-р Блум, как поживаете?

— А, как поживаете, м-с Брийн?

— Что толку жаловаться. А как Молли? Целый век ее не видела.

— Цветет, — сказал м-р Блум весело, — Милли получила место в Мэллингаре, вы знаете.

— Да что вы! Как это удачно для нее!

— Да, в фотографии там. Чувствует себя отлично. А как ваши питомцы?

— Все живы и есть просят, — сказала м-с Брийн.

Сколько их у нее? Прибавления не предвидится.

— Вы в трауре, я вижу. У вас не...

— Нет, — сказал м-р Блум. — Я только что с похорон.

Теперь пристанет на целый день. Кто умер, когда, от какой болезни? Не отвяжешься, как от фальшивой монеты.

— О, Боже мой, — сказала м-с Брийн, — надеюсь, что не близкая ваша родня.

Ну что ж, пусть посочувствует.

— Дигнэм, — сказал м-р Блум. — Старый мой друг. Скончался скоропостижно, бедняга. От болезни сердца, кажется. Хоронили сегодня утром.

Твои похороны завтра,
А ты гуляешь на лугу.
Динь-дон, динь-дон,
Динь-дон.

— Грустно терять старых друзей, — меланхолично сказали женские глаза м-с Брийн.

Ну и вполне достаточно об этом. А теперь спокойно: муж.

— А ваш супруг и повелитель?

М-с Брийн подняла два больших глаза. Хоть это сохранилось по крайней мере.

— Ох, не спрашивайте, — сказала она. — Он стал теперь настоящее пугало. Он сейчас роется там в книгах, ищет закон о диффамации. Сущее горе с ним. Погодите, я вам покажу.

Горячий пар супов а-ля тортю и запах свежеиспеченных слоек с вареньем вырвались из закусочной Харрисона. Тяжкий дух полдня щекотал небо м-ра Блума. Чтобы сделать хорошее пирожное, надо лучшую муку, сливочное масло, тростниковый сахар, а то будет чувствоваться, когда с горячим чаем. Или это от нее? Босоногий мальчишка стоял над решеткой, вдыхая испарения. Заглушить терзания голода этим. Наслаждение или мука? Грошовый обед. Нож и вилка, прикованные к столу.

Открывает сумочку, потертая кожа, шляпная булавка; нужно бы наконечник на нее. Выколет глаз кому-нибудь в трамвае. Роется. В открытой. Мелочь. Попробуй-ка, возьми. Как ведьмы, стоит им потерять сикспенс. Поднимут крик. Муж придирается. Где эти десять шиллингов, что я дал тебе в понедельник? Прикармливаешь семейство брата? Грязный платок; пузырек с лекарством. Таблетка, что ли, упала. Что она там?..

— Скоро новолуние, — сказала она. — Он всегда плох в это время. Знаете, что он сделал вчера ночью?

Рука ее перестала рыться. Глаза остановились на нем, тревожно раскрытые, но улыбающиеся.

— Что? — спросил м-р Блум.

Пусть говорит. Смотреть ей прямо в глаза. Я верю тебе. Доверься мне.

— Разбудил меня среди ночи, — сказала она. — Сон видел, кошмар.

Несваре.

— Будто бы туз пик поднимается по лестнице.

— Туз пик! — сказал м-р Блум.

Она достала сложенную открытку из сумочки.

— Вот прочтите, — сказала она. — Он получил это сегодня утром.

— Что это? — спросил м-р Блум, взяв открытку. — Ум и Рай?

— Ум и Рай: умирай, — сказала она. — Кто-то над ним издевается. Стыдно им, кто бы это ни был.

— Да, действительно, — сказал м-р Блум.

Она взяла у него открытку, вздыхая.

— А теперь он пошел в контору к м-ру Ментону. Говорит, что хочет учинить иск на десять тысяч фунтов.

Она положила открытку в неопрятную сумку и щелкнула замком.

Тот же костюм синего шевиота, что и два года назад, ворс

вытерся. Видел лучшие дни. Волосы выбились на висках. И эта безобразная шляпа, три старые виноградины, чтобы скрасить. Приличная бедность. А когда-то одевалась со вкусом. Морщинки в углах рта. На какой-нибудь год старше Молли.

Как ее оглядела эта женщина, проходя. Без жалости. Свирепый пол.

Он все еще глядел на нее, скрывая за этим взглядом недовольство. Острый запах супов а-ля тортю, из бычьих хвостов, меллигатоуни. Я тоже голоден. Крошки пирожного на отворотах ее костюма; комок сахарной пудры пристал к щеке. Ревенный торт с сочной начинкой из лучших фруктов. И это Джози Пауэлл. У Люка Дойля, давным-давно, в Долфинс-Барн, шарады. Ум и Рай, умирай.

Переменим тему.

— Видите вы когда-нибудь м-с Бьюфой? — спросил м-р Блум.

— Мину Пьюрфой? — сказала она.

Филипп Бьюфой, вот о ком я думал. Клуб театралов. Мэтчем часто думал о том блестящем ударе. Спустил я воду? Да. Последнее действие.

— Да.

— Я только что заходила по дороге узнать, как она. Она в родильном доме на Холлес-стрит. Ее туда направил д-р Хорн. У нее уже три дня как начались схватки.

— О, — сказал м-р Блум, — очень грустно слышать.

— Да, — сказала м-с Брийн. — А дома полно детей. Роды очень трудные, сиделка говорила.

— О, — сказал м-р Блум.

Его пристальный сожалеющий взгляд вбирал ее слова. Язык сочувственно прищелкнул. Тц! Тц!

— Очень грустно слышать, — сказал он. — Бедняжка! Три дня! Как это ужасно.

М-с Брийн кивнула.

— Схватки начались во вторник.

Мистер Блум осторожно дотронулся до ее локтя, предостерегая.

— Берегитесь! Дайте ему пройти.

Костлявая фигура шагала по краю тротуара со стороны реки, смотря остановившимся взглядом на солнце сквозь пенсне на широкой ленте. Тесная, словно ермолка, шапочка облегала его голову. На руке сложенный дождевик, палка и зонт раскачивались в такт шагам.

— Смотрите на него, — сказал м-р Блум. — Всегда обходит фонари по самому краю. Смотрите.

— Кто это, если не секрет? — спросила м-с Брийн. — Он сумасшедший?

— Его зовут Кэшел Бойл О'Коннор Фицморис Тисдел Фаррел, — сказал м-р Блум, улыбаясь. — Смотрите!

— Имен у него больше чем достаточно, — сказала она. — Вот и Денис скоро будет такой же.

Она сразу оборвала.

— Вот он, — сказала она. — Нужно идти к нему. Прощайте. Передайте Молли привет, хорошо?

— Передам, — сказал м-р Блум.

Он следил, как она пробирается сквозь толпу к витринам. Денис Брийн, в поношенном сюртуке и синих брезентовых туфлях, шаркая выходил от Харрисона, прижимая два тяжелых тома к ребрам. С луны свалился. Ископаемое. Не выказав удивления, когда она обогнала его, он вытянул к ней свою тусклую серую бороду, заговорил горячо, тряся дряблым подбородком.

Мешугге. Не в своем уме.

М-р Блум неторопливо пошел дальше, видя впереди в солнечном свете тесную ермолку, раскачивающуюся палку, зонт, дождевик. За два дня сразу. Смотрите на него! Опять появился. Еще один способ заработать на хлеб. А тот полоумный старик в своих отрепьях. Должно быть, ей нелегко с ним приходится.

Ум и Рай. Умирай. Готов присягнуть, что это или Алф Бергэн, или Ричи Гулдинг. Забавлялись, сидя в «Шотландском», даю голову на отсечение. Отправился в контору Ментона. Глаза как устрицы, уставившиеся на открытку. Праздник, достойный богов.

Он прошел мимо «Айриш Таймс». Может быть, и другие ответы лежат здесь. Хотелось бы ответить на все. Удобная система для преступников. Шифр. Теперь завтракают. Тот клерк в очках никогда меня не узнает. А пускай себе коптятся здесь! Не так легко сладить и с этими сорока четырьмя. Нужна опытная машинистка помогать джентльмену в литературной работе. Я назвала вас гадким мальчиком, потому что не люблю того, другого слова. Скажите мне, что значит. Скажите мне, какими духами душится ваша жена. Скажите мне, кто сотворил мир. Так и забрасывают вопросами. А другая Лиззи Туигг. Моим литературным опытам посчастливилось заслужить одобрение знаменитого поэта А. Э. (м-ра Джона Рэссела). Причесаться некогда, пьет жидкий чай не отрываясь от книжки стихов.

Лучшая газета для мелких объявлений. Завоевывает провинцию. Кухарки и одной прислуги: лучш. кухня, имеется горничная. Требуется энергичный продавец спиртных напитков. Интеллиг. особа (катол.) ищет места во фруктовой или колбасной лавке. А завел это Джемс Карлайл. Шесть с половиной процентов дивиденда. Здорово нажился на акциях Коатса. Полегоньку да потихоньку. Продувной старый скряга-шотландец. Сплетничал как приживалка. Наша милостивая, обожаемая вице-королева. Приобрел в «Айриш Филд». Леди Маунткэшел, вполне оправив-

426

шись после родов, впервые выехала вчера со сворой гончих из Уорд-Юньона в Загородный парк. Несъедобная лисица. За дичью тоже охотятся. От страха выделяются соки, мясо становится нежней. В мужском седле. И посадка мужская. Искусная охотница. На дамское не сядет и подушку не подложит, ни за что. Первая на сборе, первая и на травле. Выносливы, как породистые кобылы, эти наездницы. Расхаживают вокруг конюшен. Хлопнуть стакан бренди не успеешь и «ах» вымолвить. А та, у Гровенора сегодня утром. Сесть бы с ней вместе в вагон; хочухочу. Одним махом через барьер или банкетку. Наверно, тот курносый вожатый назло мне так старался. На кого это она похожа? Ах да! На м-с Мириам Дэндрэйд. Я еще купил у нее старые платья и черные дессу в Шельбурн-отеле. Разведенная испано-американка. Глазом не сморгнула, когда я перебирал ее тряпки. Словно я для нее вешалка. Видел ее в кавалькаде вице-короля в тот день, когда лесничий Стэббс пустил меня в парк с Уиланом из «Экспресса». Остатки с господского стола. Пикник. Положил майонеза в компот из слив, думал, это сабайон. Уши у нее, должно быть, целый месяц после того горели. Нужно быть быком чтобы. Прирожденная куртизанка. С пеленками возиться, спасибо.

Бедная м-с Пьюрфой! Муж методист. И сумасшествие у него методическое. Шафранная булочка и молоко с содой, завтрак в педагогической молочной. Ест по секундомеру тридцать два жевка в минуту. А бакенбарды все-таки отращивает котлетками. Говорят, будто у него высокопоставленная родня. Кузен Теодора в Дублинском замке. В каждой семье есть знатный родственник. Ежегодно преподносит ей по сюрпризу. Видел его возле «Трех веселых пьяниц», шел без шляпы, а старший мальчик тащил младшего в сумке для провизии. Крикуны. Бедняжка! А потом корми их грудью год за годом по ночам чуть не каждый час. Эгоисты все эти трезвенники. Собака на сене. Мне только один кусок сахару, пожалуйста.

Он стоял на перекрестке Флит-стрит. Позавтракать, что ли, за шесть пенсов у Роу? Нужно сначала разыскать это объявление в Национальной библиотеке. За восемь пенсов у Бартона. Лучше. По дороге.

Он прошел мимо уэстморлендского магазина «Болтон-Хауз». Чай. Чай. Чай. Забыл попросить у Тома Кернана.

Ссс. Тц, тц, тц! Три дня, подумайте только, стонать в постели с мокрым платком на лбу, со вздувшимся животом! Фью! Просто ужас! Слишком большая голова у ребенка — щипцы. Согнувшись пополам, в утробе бьется головой, ищет выход вслепую, ощупью ищет выхода. Я бы не выдержал. Какое счастье, что у Молли прошли легко. Должны что-нибудь придумать, положить этому конец. Жизнь начинается с мучительных потуг. Придумали под наркозом: королеве Виктории давали. Девятерых родила. Хорошая несушка. Старушка жила в башмаке, детей она много имела. Говорят, он чахоточный. Пора бы об этом подумать, вместо того чтобы пустословить насчет этого, как его — задумчивое лоно серебряного сияния. Галиматья, только дураков пичкать. Устроили бы большое заведение. Чего проще. Совершенно безболезненно, отчислять со всех налогов на каждого ребенка пять фунтов под сложные проценты до совершеннолетия, пять процентов — это сто шиллингов и опять те же пять фунтов, помножить на двадцать, десятичная система, заставило бы людей экономить, за двадцать один год сто десять с чем-то, нужно бы высчитать с карандашом, выйдет кругленькая сумма, больше, чем можно подумать.

Конечно, кроме мертворожденных. Этих даже не регистрируют. Зря старалась.

Забавно было видеть их вдвоем с такими животами. Молли и м-с Мойзель. Встреча матерей. Чахотка затихает на это время, потом возвращается. Какими плоскими они сразу становятся после! Умиротворенные глаза. Бремя с души. Старая м-с Торнтон, боевая была старуха. Все мои ребята, говорила она. Ложечку кашки себе в рот, прежде чем их кормить. А вот ням-ням. Руку ей повредил сын старого Тома Уолла. Первый выход на сцену. Голова как премированная тыква. Протабаченный д-р Мэррен. Стучатся к ним и днем и ночью. Ради Бога, доктор. Жена рожает. А потом не платят им целыми месяцами. За визит к вашей жене. Нет благодарности в людях. Гуманный народ эти доктора, большинство из них.

Перед громадными громоздкими дверями ирландского парламента летала стайка голубей. Развлекаются после обеда. Над кем мы теперь подшутим? Выбираю вон того, в черном. Вот, пожалуйста. Вот это метко. Должно быть забавно с воздуха. Энджон, я и Оуэн Гольдберг на деревьях близ Гусиного Луга играли в обезьян. Макрель, они меня прозвали.

Отряд констеблей выступил с Колледж-стрит, маршируя гуськом. Гусиный шаг. Сыто-красные лица, потные шлемы, помахивая дубинками. После кормежки, тяжелый груз жирного супа распирает им пояса. Нередко счастлив жребий полисмена. Они разбились на группы и направились, отдавая честь, к своим постам. Пустили на подножный корм. Лучшее время напасть врасплох, когда за пудингом. Тумаки на обед. Другой отряд, маршируя вразбивку, огибал ограду Тринити, направляясь в участок. На штурм кормушек. К атаке на кавалерию приготовься. К атаке на суп приготовься.

Он переходил улицу под шаловливым пальчиком Томми Мура. Правильно, что поставили его над писсуаром: стечение вод. Нужно бы устроить и для женщин. Забегают в кондитерские. Мне только поправить шляпу. *Где сыщу я такой уголок.* Коронный номер Джулии Моркэн. Сохранила свой голос до последнего дня. Ученица Майкла Балфа, кажется?

Он смотрел вслед последнему мундиру. Не очень-то приятно попасть к ним в лапы. Джек Пауэр мог бы кое-что порассказать: отец жандарм. Если кто сопротивляется при аресте, они потом изобьют до полусмерти в каталажке. Нельзя их и винить, в конце концов, дело у них такое, особенно с этими студентами. Тому конному полисмену в день, когда Джо Чемберлену поднесли докторский диплом в Тринити, пришлось-таки попотеть за свои деньги. Да еще как пришлось! Цоканье подков его коня за нами по Эбби-стрит. Счастье, что я не растерялся, нырнул к Мэннингу, не то досталось бы. Вот это была потасовка! Должно быть, разбил череп о булыжники. К чему только я увязался за этими медиками. И старые хрычи из Тринити в квадратных шапках. Лезут на рожон. А все-таки познакомился с молодым Диксоном, вытащил у меня это жало в больнице Богоматери, а теперь он на Холлес-стрит, где м-с Пьюрфой. Мир тесен. Полицейский свисток как сейчас слышу. Все врассыпную. Что я ему дался. Засадить меня хотел? Тут-то и началось.

— Да здравствуют буры!

— Ура-ура-ура Де-Вету!

— Вздернем Джо Чемберлена на первой осине!

Дурачье, мальчишки: свора щенков — разлаялись, того и гляди кишка лопнет. Винигер-Хилл. Оркестр с Масляной Биржи. А года через три половина из них чиновники и судьи. А война будет, все опрометью в армию: те же самые, что «эшафот ли высокий нас ждет».

Никогда нельзя знать, с кем разговариваешь. Корни Келлехер следит за Харри Деффом. Как тот Питер, или Денис, или Джемс Кэри, что видал непобедимых. А сам из той же лавочки. Обрабатывает зеленых юнцов, чтобы выведать у них. Все время получает жалованье за особые услуги из городской управы. Шарахаются как от чумного. Потому-то эти шпики всегда ухаживают за кухарками. Сразу видно, что привык к мундиру. Торчит на черной лестнице. Помять ее слегка. Потом следующий номер программы. А что это за джентльмен ходит к вам в гости? Не говорил ли чего молодой хозяин? Подглядывает в замочную скважину. Пойманная утка. Пылкий молодой студент вертится вокруг, ее толстые руки водят утюгом.

— Это ваше, Мэри?

— Я таких не ношу... Перестаньте, а то пожалуюсь на вас хозяйке. Шатаетесь до поздней ночи.

— Великое время наступает, Мэри. Вот увидите.

— А, подите вы с вашим великим временем.

Девушка из бара тоже. Продавщицы из табачных лавок. Джемс Стивен придумал лучше всего. Знал их наизусть.

Кружки из десяти человек, так что доносить могли только на членов своей десятки. Шинифейнеры. Изменникам нож в спину. Рука неизвестного. Не вырвешься. Карательный отряд. Дочь тюремщика помогла ему бежать из Ричмонда, близ Лэска. Скрывался в отеле «Бэкингэм-Пэлес» под самым их носом. Гарибальди.

Тут нужно известное обаяние: Парнелл. Артур Гриффитс — человек с головой, а успеха у толпы не имеет. Нужно разглагольствовать насчет нашей прекрасной родины. Шпик со шпинатом. Чайная Общества дублинских булочных. Дискуссионные кружки. Что республика лучшая форма правления. Что вопрос о языке следует решить прежде экономических вопросов. Пусть ваши дочери заманивают их в ваш дом. Закармливайте до полусмерти. Гусь на Михайлов день. А вот у меня под фартуком для вас приправа — пучок тмина. Еще подливка пока не застыла. Недокормленные энтузиасты. Грошовая булочка и прогулка под музыку. Только знай подкладывай. Мысль, что не я плачу, лучше всякого соуса. Не стесняются, чувствуют себя как дома. Подвиньте-ка нам сюда абрикосы, а на столе персики. Близок тот отдаленный день. Солнце гомруля, встающее на северо-западе.

Улыбка сбегала с его лица, тяжелая туча медленно наползала на солнце, затеняла угрюмый фасад Тринити. Трамваи проезжали, встречаясь, в центр, из центра, позванивая. Бесполезная болтовня. Все идет по-старому, изо дня в день: отряды полисменов маршируют вперед, назад: трамваи в центр, из центра. Эти двое полоумных слоняются тут. Дигнэма свезли. Мина Пьюрфой, вздутый живот на кровати, стонет, ждет, чтоб вытащили ребенка. Каждую секунду кто-нибудь где-нибудь рождается. Каждую секунду кто-нибудь другой умирает. С тех пор как я кормил голубей пять минут. Триста сыграли в ящик. Другие триста родились, смывают кровь, всех омывает кровь агнца, блеют мээээ.

Город уходит, другой город приходит и уходит тоже; другие приходят, уходят. Дома, ряд домов, улицы, мили мостовой, груды кирпича, камня. Переходят из рук в руки. Тот владеет, этот. Хозяин, говорят, никогда не умирает. Другие становятся на его место, когда он получает расчет. Покупают дом на золото, и все-таки золото остается у них. Что-то тут нечисто. Скопляется в городах, стирается век за веком. Пирамиды в песках. Построены на хлебе и луке. Рабы Китайскую стену. Вавилон. Большие камни остались. Круглые башни. Россыпи щебня, развалины пригородов, строенных наскоро, дома-грибы. Кэрвена, подбитые ветром. Приют на ночь.

Никто ничего не значит.

Самый скверный час во всем дне. Жизнеспособность. Тусклый, мрачный: ненавижу этот час. Такое чувство, будто меня съели, а потом выблевали.

Дом ректора. Достопочтенный доктор Сом: закупоренный в

банку Сом. Плотно закупорен в нем. Не стал бы здесь жить ни за какие деньги. Надеюсь, у них есть сегодня печенка с салом. Природа боится пустоты.

Солнце высвободилось медленно и зажгло блики света на серебре в витрине Уолтера Секстона напротив, мимо которой проходил Джон Хоуард Парнелл, не видя.

Вот он: брат. Похожи как две капли воды. Такое лицо не забудешь. Вот это совпадение. Конечно. Сотни раз думаешь о человеке и не встречаешь его. Ходишь как во сне. Никто его не знает. Должно быть, сегодня заседание муниципалитета. Говорят, он ни разу не надевал мундира городского олдермена за все время, что занимает это место. Чарли Боулджер разъезжал, бывало, на своем коне, треуголка, надутый, напудренный и выбритый. Смотрите, идет пригорюнившись. Тухлым яйцом подавился. Глаза в мешочек, выпучился на. Скорблю о нем. Брат великого человека: брат своего брата. Хорош бы он был на городском скакуне. Идет, наверно, в О. Д. Б. выпить кофе, сыграть в шахматы. Брат его играл людьми как пешками. Пусть хоть все передохнут. Боялись слово сказать о нем. Заморозит этим своим взглядом. Обаяние имени. Все малость тронуты. Сумасшедшая Фанни и другая его сестра м-с Дикинсон, разъезжает с красной сбруей. Держится прямо, как хирург Мак-Ардль. А все-таки Дэвид Шихи обскакал его в Саут-Мите. Ушел в отставку кандидатом округа Чильтерн, синекура. Банкет в честь патриота. Едят апельсинные корки в Феникс-парке. Саймон Дедалус сказал, когда его выбрали в парламент, что Парнелл встанет из гроба и за ручку выведет его из палаты общин.

— Двуглавого осьминога, одна из его голов та, на которой чуть было не сошлись края света, а другая говорит с шотландским акцентом. Щупальца...

Они обошли мистера Блума по краям тротуара. Борода и велосипед. Молодая женщина.

А вот и он. Ну это действительно совпадение: во второй раз. Грядущие события бросают тень впереди себя. С одобрения знаменитого поэта м-ра Дж. Рэссела. А с ним, верно, Лиззи Туиг. А. Э. Что бы это значило? Может быть, инициалы. Альберт Эдуард, Альберт Эдмонд. Альфонс Эб Эд Эл Эсквайр. Что это он говорил? Края света с шотландским акцентом. Щупальца: осьминог. Что-то оккультное: символизм. Разглагольствует. А она-то развесила уши. Словечка не вымолвит. Помогать джентльмену в литературной работе.

Глаза его следили за высокой фигурой в домодельной ткани, борода и велосипед, слушающая женщина рядом. Из вегетарианки. Корешки да фрукты. Не ешьте бифштекса. Если съедите, глаза той коровы будут вас преследовать во веки веков. Они говорят, это здоровее. Однако гонит ветры и мочу. Пробовал. Целый день приходится бегать. Хуже селедки. Сны всю ночь. Почему та штука, что мне подавали, называется у них репштекс? Репарианцы. Фрукторианцы. Чтобы казалось, будто ешь ромштекс. Чепуха. Солоно к тому же. Прибавляют соды. И сиди у крана всю ночь.

Чулки морщат на лодыжках. Терпеть этого не могу, так безвкусно. Уж эти литераторы, все они в облаках витают. Туманное, сонное, символическое. Эстеты, вот они кто. Я бы не удивился, если окажется, что такая пища производит эти самые волны в мозгу, поэтические. Взять хоть любого из этих полисменов, потеющих тушеным мясом в свои рубашки, из него и строчки стихов не выжмешь. Не знают даже, что за штука стихи. Нужно особое настроение.

Туманная чайка, махая крылами,
С пронзительным криком летит над волнами.

На углу Нассау-стрит он перешел на другую сторону и остановился перед витриной Йейтса и сына, оценивая взглядом бинокли. Или зайти к старому Харрису и поболтать с молодым Синклером? Воспитанный человек. Завтракает, должно быть. Нужно бы отдать в починку мой старый бинокль. Герцовские линзы, шесть гиней. Немцы всюду пролезут. Продают по дешевке, лишь бы завоевать рынок. В убыток. Можно бы купить по случаю в бюро утерянных вещей на вокзале. Удивительно, чего только не забывают люди в поездах и гардеробных. И о чем они думают? Женщины тоже. Невероятно. В прошлом году, когда ездил в Эннис, пришлось подобрать сумку за этой фермерской дочкой, передал ей на станции Лимерик. Невостребованные деньги тоже. Там есть маленькие часы на крыше банка, по ним можно проверить бинокль.

Веки его опустились до нижнего края радужной оболочки. Не вижу. Если знать, что они там, то почти видно. Не вижу.

Он повернулся и, стоя между навесами витрин, вытянул правую руку к солнцу. Давно хотел попробовать. Да: совсем. Кончик его мизинца закрыл солнечный диск. Должно быть, фокус, где пересекаются лучи. Если бы у меня были черные стекла. Интересно. Много было разговоров об этих солнечных пятнах, когда мы жили на Ломбард-стрит, Уэст. Оттого что там ужасные извержения. В этом году будет полное затмение, осенью, что ли.

Теперь сообразил, пожалуй, этот шар падает по Гринвичскому времени, потому что механизм управляется по электрическому проводу из Дэнсинка. Надо бы туда съездить как-нибудь в первую субботу месяца. Если бы удалось достать рекомендации к профессору Джоли или разузнать что-нибудь о его семье. Это бы хорошо: человек всегда чувствует себя польщенным. Лесть, от кого меньше всего ожидаешь. Дворянин, гордящийся происхождением от любовницы короля. Его прабабка. Маслом каши не испортишь. Коль кланяться не лень, везде тебе дорога. Не войти же и брякнуть, когда знаешь, что не следует: что такое параллакс? Проводите этого джентльмена до двери.

А.

Рука его снова опустилась. Так и не узнаешь никогда. Потеря времени. Газошары вращаются, сталкиваются друг с другом, исчезают. Все та же старая музыка. Газ, потом твердое, потом мир, потом остывает, потом мертвая скорлупа мчится в пространстве, оледенелая глыба вроде того ананасного леденца. Луна. Должно быть, новолуние, сказала она. Думаю, что да.

Он проходил мимо Мэзон-Клэр.

Погода. Полнолуние было в ту ночь, когда мы в воскресенье, две недели назад, значит, теперь новолуние. Ходили гулять к Толке. Вид при луне не плохой. Она напевала: *И майская луна сияет, любовь моя.* По другую сторону он. Локоть, рука. Он. *И светлячок фонарь свой зажигает, любовь моя.* Прикосновение. Пальцы. Вопрос, ответ. Да.

Довольно. Довольно. Было так было. Ничего не поделаешь. Мистер Блум, дыша быстрее, двигаясь медленнее, проходил мимо Адем-Корт.

С облегчением — успокойся — глаза его отметили: это улица, середина дня, бутылочные плечи Боба Дорэна. Его ежегодный тарарам, сказал Мак-Кой. Они пьют для того, чтоб сказать или сделать что-нибудь, или *cherchez la femme*[1]. Там в Куме с солдатами и шлюхами, а остальное время года трезвый как судья.

Ну да. Так и есть. Завернул в «Эмпайр». Скрылся. Чистая содовая была бы ему полезней. Тут Пат Кинселла держал свой театр «Арфа», еще до того как Уитбред открыл «Театр Королевы». Молодец малый. Подражая Диону Бусико, с лицом как полнолуние, в крошечной шляпке. Три веселых школьницы. Как время летит, а? Длинные красные панталоны из-под его юбок. Пьяницы пили, смеялись, брызжа, поперхнувшись пивом. Наддай, Пат. Ярко-красные; на потеху пьяницам; хохот и дым. Сними-ка эту белую шляпу. Его недоваренные глаза. Где-то он теперь? Просит милостыню где-нибудь. Та «Арфа», что когда-то разорила нас.

Я был счастливее тогда. А был ли это я? А я теперь, это я? Мне было двадцать восемь. Ей двадцать три, когда мы уехали с Ломбард-стрит, Уэст, что-то переменилось. Не находила в этом удовольствия после смерти Руди. Прошлого не вернешь, все равно что удержать воду в руке. Ты бы хотел вернуться к тогда? Снова начать с тогда. Ты бы хотел? Так, значит, вы несчастливы

---

[1] Ищите женщину (*франц.*).

в семейной жизни, милый, бедненький, гадкий мальчик? Хочешь пришивать мне пуговицы? Надо ответить. Напишу ей в библиотеке.

Графтон-стрит, пестрая от спущенных навесов, манила его. Разноцветный муслин, шелка, элегантные дамы и почтенные вдовы, звяканье упряжи, глухой стук подков по размякшему асфальту. Толстые ноги у той женщины в белых чулках. Хорошо бы дождь забрызгал их грязью. С деревенских хлебов. От толстопятых девиц отбою не было. У женщин от этого всегда неуклюжая походка. Молли становится нескладной.

Он проходил, замедлив шаг, мимо витрин «Браун Томас, торговля шелком». Водопады лент. Легкие китайские шелка. Из наклоненной урны струился поток кроваво-красного поплина: глянцевитая кровь. Гугеноты сюда занесли. *La causa è santa!*[1]. Тарата́ра. Замечательный хор. Тара. Стирать в дождевой воде. Мейербер. Тара: бом, бом, бом.

Подушки для булавок. С которых пор грожусь купить. Втыкает по всей квартире. Иголки в оконных занавесках.

Он слегка завернул левый рукав. Царапина: почти зажила. Не сегодня, во всяком случае. Нужно еще зайти за этим лосьоном. Может быть, ко дню ее рождения. Июньиюль, августсентябрь, восьмое. Почти целых три месяца. Да еще и понравится ли ей. Женщины не любят подбирать булавки. Говорят, любить не бу.

Блестящие шелка, юбки на тонких медных прутах, лучи плоских шелковых чулок.

Не стоит возвращаться. Так суждено. Скажи мне все.

Звонкие голоса. Солнцетеплый шелк. Звякающая упряжь. Все для женщины, семья и дом, паутина шелка, серебро, сочные плоды, пряные из Яффы. Агенда Нетаим. Богатства мира.

Теплая человеческая полнота опустилась на его мозг. Его мозг сдался. Благоухание объятий им завладело. Смутно томящейся плотью он безмолвно ждал преклониться.

Дьюк-стрит. Вот мы и пришли. Надо поесть. Бэртон. Тогда будет лучше.

Он завернул за угол ресторана Комбриджа, все еще преследуемый. Звякающий стук подков. Благоухающие тела, теплые, полные. Все целуемые, отдающиеся: в глубоких летних полях, спутанной примятой траве, в сочащихся сыростью подъездах, на диванах, скрипящих кроватях.

— Джек, любовь моя!
— Милый!
— Поцелуй меня, Реджи!
— Мой мальчик!

---

[1] Дело святое (*итал.*).

434

— Любовь моя!

С бьющимся сердцем он толкнул дверь ресторана Бэртона. Вонь стиснула его дрожащее дыхание: острый запах мясной подливки, бурды из овощей. Скотина у кормушки.

Мужчины, мужчины, мужчины.

Взобравшись на высокие табуреты у стойки, сдвинув шляпы на затылок, за столиками, требуя еще хлеба бесплатно, прихлебывая, по-волчьи глотая ложками помои, выпуча глаза, вытирая мокрые усы. Бледный сальнолицый юноша вытирал стакан, нож, вилку и ложку своей салфеткой. Свежая порция микробов. Человек с закапанной соусом салфеткой, по-детски подвязанной вокруг шеи, пропуская булькающий суп в свою гортань. Другой, выплевывая что-то на тарелку: полупрожеванный хрящ: зубов нет, нечем жеважеважевать. Подошва, поджаренная на рашпере. Давится, чтоб поскорее. Угрюмые глаза пьяницы. Много откусил, не прожевать. Неужели я такой? Посмотри на себя со стороны. Пусто в брюхе, сам не в духе. Работают не за страх, а за совесть. Стой! А! Кость попалась! Последний ирландский король-язычник Кормак, из хрестоматии, подавился насмерть в Слетти, к югу от Бойна. Интересно, что он ел. Уж, верно, какие-нибудь деликатесы. Святой Патрик обратил его в христианство. А все-таки подавился.

— Ростбиф с капустой.

— Одно рагу.

Запахи мужчин. Его затошнило. Заплеванные опилки, сладковатый тепловатый папиросный дым, вонь табачной жвачки, пролитое пиво, пропитанная пивом моча, затхлость гниения.

И куска бы не проглотил здесь. Один точит нож о вилку, готовится съесть все, что перед ним, старик ковыряет в дуплах. Легкая отрыжка, по горло, жует жвачку. До и после. Молитва после еды. Посмотри-ка на этого и вот еще на того. Подбирает подливку кусочками корки. Вылизал бы языком, приятель! Скорей отсюда!

Он обвел взглядом едоков за столиками и на стульях, сжимая ноздри.

— Два портера сюда.

— Одна солонина с капустой.

Вон этот запихивает в рот полный нож капусты, спешит, как будто жизнь его от этого зависит. Ловко попал. У меня от этого мороз по коже. Безопасней есть своими тремя руками. Рвать на части. Его вторая натура. Родился с серебряным ножом во рту. Это, пожалуй, остроумно. Или нет. Серебряный — значит родился в богатстве. Родился с ножом. А тогда пропадает намек.

Мешковатый слуга собирал лишние стучащие тарелки. Рок, судебный пристав, стоя у стойки сдувал шапку пены у своей кружки. До краев полная: расплескалось, желтое, рядом с его башмаками. Один из обедающих, нож и вилка кверху, локти на столе, дожидаясь второго блюда, уставился на подъемник из кухни поверх закапанного квадрата своей газеты. Другой рассказывал ему что-то с набитым ртом. Сочувствующий слушатель. Застольная беседа. Я було думул он мул в Бунке. Вот как? Неужели? М-р Блум нерешительно поднял два пальца к губам. Глаза его сказали:

— Здесь нет. Не вижу его.

Скорей отсюда. Терпеть не могу, когда неряшливо едят. Он попятился к дверям. Закушу слегка у Дэви Бирна. Червячка заморить. Для поддержания сил. Позавтракал сытно.

— Жаркое и пюре сюда.

— Пинту портера.

Все вцепились в свои тарелки, не оторвешь. Жевок. Глоток. Жевок. Жратва.

Он вышел на чистый воздух и повернул назад к Графтон-стрит. Ешь, или тебя съедят. Убивай! Убивай!

Представить себе общую кухню. Все бегут рысью, подставляют миски и судки. Пожирают содержимое на улице. Джон Хоуард Парнелл, например, ректор Тринити, каждая живая душа, не говоря уже о ваших ректорах, и ректор Тринити, женщины и дети, извозчики, патеры, пасторы, фельдмаршалы, архиепископы. С Эйлсбери-роуд, с Клайд-роуд, из рабочих кварталов, из Дублинского дома призрения, лорд-мэр в своей пряничной карете, старая королева в кресле на колесиках. А теперь положите мне. После вас, из нашей паевой кружки. Как у фонтана сэра Филиппа Крэмптона. Сотри микробы твоим платком. А следующий вотрет новую порцию своим. Отец О'Флинн всех их поднял бы на смех. И все равно скандалы. Все для собственной персоны. Дети, дерущиеся за оскребки в горшке. Понадобится суповой горшок величиной с Феникс-парк. Выуживать из него окорока и ростбифы. Ненавижу, когда много народу. В Сити-Армс-Отеле она называла это табльдот. Суп, мясо и сладкое. Никогда не знаешь, чьи мысли жуешь. А кто станет мыть все тарелки и вилки? Возможно, все будем питаться пилюлями? Зубы все хуже и хуже.

В конце концов, есть что-то в этом вегетарианстве, тонкий вкус плодов земли, от чеснока, конечно, воняет итальянцами-шарманщиками, хрусткий лук, грибы, трюфели. К тому же животным больно. Ощипывают и потрошат птицу. Несчастное животное на скотном рынке, ожидающее, когда резак раскроит череп. Муу. Бедные дрожащие телята. Недельный теленок. Рубленое мясо. Радужные блики в лоханях мясников. Сними-ка этот кусок грудинки с крюка. Шлеп. Череп и окровавленные кости. Ободранные овцы с остекленелыми глазами висят вниз головой, с овечьих морд в кровавой бумаге каплет красный сок на опилки. Требуху вынимают. Не испорти туши, малец.

Теплую свежую кровь прописывают от чахотки. Кровь всегда нужна. Предательская болезнь. Лижи ее, дымящуюся, теплую, густую как патока. Оголодавшие духи.

Ах, есть хочется.

Он вошел к Дэви Бирну. Приличный бар. Не болтает. Иной раз выставит угощение. Но в високосный год раз в четыре. Как-то раз инкассировал мой чек.

Чего же мне взять? Он вынул часы. Позвольте, надо подумать. Лампопо?

— Хелло, Блум! — сказал Носастый Флинн из своего уголка.

— Хелло, Флинн!

— Как дела?

— Как нельзя лучше. Позвольте. Я возьму стакан бургундского и... позвольте.

Сардины на полках. Вкус почти чувствуется на взгляд. Сэндвич? Ветчина и ее потомство местного изделия. Консервы из мяса. Что дом, где не знают консервы «Ренклод»? Урод. Какое глупое объявление. Загнали под извещения о смерти. Висят на дереве. Консервы из мяса Дигнэма. Людоеды бы его с лимоном и рисом. Белый миссионер слишком соленый. Как свинина в маринаде. Надо полагать, вождь съедает архиепископский кусочек. Жестковат, должно быть, от сидячего образа жизни. Его жены сидят рядом, смотрят, что будет. *Негритянский царек с берегов реки Нигера. Отъел нечто его преподобию Триггеру.* Где знают блаженства приют. Чего тут только не намешано. Брюшина, гнилая требуха, горло, изрубленное и сдобренное чем-нибудь. Загадка, а где же мясо? Кошер. Не есть мясного с молочным. Теперь это назвали бы гигиеной. Пост в Йом Кипур, весеннее очищение изнутри. Война и мир зависят от чьего-нибудь пищеварения. Религии. Рождественские индейки и гуси. Избиение младенцев. Ешь, пей и веселись. А потом все приемные покои переполнены. С обвязанными головами. Сыр переваривает все, кроме самого себя. Молодец сыр.

— Есть у вас сэндвич с сыром?

— Да, сэр.

Хорошо бы еще маслин, если у них есть. Предпочитаю итальянские. Добрый стакан бургундского: смоет это. Смазка. Вкусный салат, свеженький как огурчик. Том Кернен умеет его заправлять. И с душой делает. Чистое прованское масло. Милли подала мне ту котлету с зеленью петрушки. Взять одну испанскую луковицу. Бог сотворил пищу, дьявол — поваров. Крабы а-ля дьябль.

— Жена здорова?

— Да, благодарю. Значит, сэндвич с сыром. Есть у вас горгонзола?

— Да, сэр.

Носастый Флинн прихлебывал грог.

— Выступает сейчас где-нибудь?

Ну и рот у него, может насвистывать себе в ухо. И вислоухий к тому же. Музыка. Смыслит как свинья в апельсинах. А все-таки лучше сказать ему. Не повредит. Даровая реклама.

— Она приглашена в большое турне в конце месяца. Может быть, слыхали?

— Нет. Вот это здорово. А чья антреприза?

Официант подал сэндвич.

— Сколько с меня?

— Семь пенсов, сэр... Благодарю вас, сэр.

Мистер Блум нарезал свой сэндвич тонкими полосками. *Негритянский царек с реки Нигера.* Куда понятней, чем туманное, сонное. *И пятьсот своих жен. Ублажал часто он.*

— Горчицы, сэр.

— Благодарю вас.

Он капнул под каждую приподнятую полоску желтую каплю. *Ублажал часто он.* Вспомнил. *Негритянский царек с реки Нигера.*

— Чья антреприза? — сказал он. — Видите ли, это как бы на паях. Доля в издержках и доля в прибылях.

— Да, теперь вспоминаю, — сказал Носатый Флинн, запуская руку в карман и почесывая в паху. — Кто же это мне рассказывал? Кажется, Горячка Бойлен тоже там?

Легкий ожог горчицы щипнул мистера Блума за сердце. Он поднял глаза и встретил взгляд желчных часов. Два. Часы в баре на пять минут спешат. Время идет. Стрелки движутся. Два. Еще нет. Под ложечкой у него заныло, екнуло, заныло тягуче, томительно.

Вино.

Он, смакуя, отхлебнул радушного сока и, заставив свое горло проглотить его, осторожно поставил стакан.

— Да, — сказал он. — В сущности он организатор.

Не страшно. Не умен.

— Ему здорово повезло, я слышал от Джека Муни, в том матче бокса, когда Майлер Кеог опять побил того солдата из казарм Портобелло. Клянусь Богом, он держал своего голубчика в округе Карлоу, сам мне рассказывал.

Надеюсь, эта капля не попадет ему в стакан. Нет, втянул обратно.

— Почти целый месяц, до поры до времени. Держал его на манной кашке, клянусь Богом, впредь до распоряжений. Подальше от бутылки, понимаете? О, клянусь Богом, Горячка парень не промах.

Дэви Бирн вышел из-за стойки бара с засученными рукавами, утерев губы двумя взмахами салфетки. Щучий оскал. Улыбка на лице сияет и чем-то таким полна. Слишком много масла в пастернаке.

— А вот и он собственной персоной, — сказал Носатый Флинн. А ну-ка посоветуйте, кто возьмет «Золотой кубок»?

— Я этим не занимаюсь, мистер Флинн, — ответил Дэви Бирн. — Никогда не ставлю на лошадей.

— И хорошо делаете, — сказал Носатый Флинн.

Мистер Блум ел полоски сэндвича, свежий белый хлеб, смакуя с отвращением, острая горчица, запах ног от зеленого сыра. Глотки вина нежили его небо. Это не кампеш. Больше чувствуется букет в такую погоду, когда не холодное.

Приятный тихий бар. Приятное дерево на этой стойке. Приятно отделано. Мне нравится этот изгиб.

— Вот уж не стал бы этим заниматься, — сказал Дэви Бирн. — Многие разорились дотла на этих самых лошадях.

Состязаются в этом с виноторговцами. Дозволяется продажа пива, вина и водок распивочно и навынос. Орел мой выигрыш, решка твой проигрыш.

— Ваша правда, — сказал Носатый Флинн. — Другое дело, если знаешь наверняка. Теперь ведь нет настоящих честных скачек. У Ленехэна есть верные лошадки. Сегодня он ставит на Скипетр. Фаворит Цинфандель, лорда Хоуарда де Валден, победитель на Ипсомских. Жокей Морни Кеннон. А две недели назад я мог бы получить семь за один на Сент-Амана.

— Вот как? — сказал Дэви Бирн.

Он отошел к окну и, взяв приходо-расходную книгу, начал просматривать ее.

— Честное слово, мог бы, — сказал Носатый Флинн, шмыгая носом. — Лошадь редкая. От Сен-Фрускина. В грозу пришла первая, Ротшильдова кобылка, с ватой в ушах. Камзол синий, картуз желтый. Не повезло Большому Бену Долларду и его Джону О'Гоонт. И меня с толку сбил. Да.

Он безропотно пил из своей кружки, проводя пальцами вдоль желобков.

— Да, — сказал он, вздыхая.

Мистер Блум стоял, жуя, смотря на его вздох. Носатый олух. Сказать ему, какую лошадь Ленехэн? Знает уже. Лучше бы он позабыл. Пойдет еще проиграет. Дурак со своей казной. Опять капля повисла. Нос, должно быть, холодный, когда целует женщин. А может быть, им нравится. Колючие бороды нравятся. Холодные собачьи носы. Старая миссис Райордэн в «Сити-Армс-Отеле», у скайтерьера урчит в животе. Молли держит его на коленях, гладит. У-ти какой песик, гаугаугау!

Вино пропитало и размягчило комок хлебного мякиша, горчицы, на мгновенье противного сыра. Приятное вино. Лучше чувствую букет оттого, что нет жажды. Это, конечно, от ванны. Так только, перекусить. А потом часов в шесть можно. Шесть, шесть. Тогда все кончится. Она...

Мягкий огонь вина воспламенил его кровь. Этого-то мне и не хватало. Чувствовал себя из рук вон плохо. Глаза его неголодно оглядывали ряды жестянок, сардины, яркие клешни омара. Отыскивают повсюду всякую дрянь себе в пищу. Из раковин, моллюсков булавкой, с деревьев, с земли улиток, что едят французы, из моря приманкой на крючке. Глупая рыба, за тысячи лет ничему не научилась. Если бы не знал, что можно и чего нельзя, и куска не решился бы в рот взять. Ядовитые плоды. Волчьи ягоды. Округлость привлекает. Яркий цвет отпугивает. Один сказал другому, и пошло дальше. Испытаю сначала на собаке. Судят по запаху и виду. Соблазнительный плод. Мороженое. Сливки. Инстинкт. Апельсинные рощи, например. Нуждаются в искусственном орошении Блейбтрейштрассе. Да, ну а как же устрицы? Неаппетитны, точь-в-точь сгусток мокроты. Раковины в грязи. Открывать их тоже возни до черта. Кто это их выдумал? Питаются отбросами, помоями. Устрицы с отмелей Физз и Ред. Действуют на половой. Возбужда. Он был в Ред-банке сегодня утром. Может быть, он старый хрен за едой. А может быть, он в постели герой. Нет. В июне нет р, не бывает устриц. А некоторые любят дичь с душком. Рагу из зайца. Сначала надо поймать зайца. В Китае едят зайца пятидесятилетней давности, голубовато-зеленые внутри. Обед из тридцати блюд. По отдельности каждое блюдо безвредно, а когда смешаются в желудке. Вот вам и таинственное отравление. Кто это, эрцгерцог Леопольд, что ли? Нет. Да, или Оттон, словом какой-то из Габсбургов. Кто же это из них ел перхоть с собственной головы? Самый дешевый завтрак. Уж эти аристократы. А потом другие подражают, чтоб не отстать от моды. Милли тоже, керосин и муку. Сырое тесто я и сам люблю. Половину улова устриц выбрасывают обратно в море, чтоб цены не падали. Дешево. Никто не станет покупать. Икра. Разыгрывают вельмож. Рейнвейн в зеленых бокалах. Пускают пыль в глаза. Леди какая-то. Напудренная грудь, жемчуга, избранное общество, *creme de la creme*[1]. Требуют особых блюд, а то никто не поверит, что они. Отшельник с горсточкой гороха умерщвляет плоть. Чтобы узнать меня, раздели со мной трапезу. Королевский осетр. Главный шериф. Коффи, мясник, разрешение охотиться на оленей от его сия. Отдавать ему половину туши. Видел, как готовится званый обед у председателя суда на кухне. Повар в белой шапке, точно раввин. Опаленные утки. Кудрявая капуста а-ля дюшесс де Парм. Так бы и писали в меню, чтоб знать, что ешь, насуют неведомо чего, только кушанье портят. Я и сам знаю. Приправляют сухим бульоном Эдвардса. Гусей для них закармливают до одурения. Омаров варят живьем. Пожалуйста, скушайте

---

[1] Сливки общества (*франц.*).

кусочек куропатки. Недурно бы служить официантом в шикарном ресторане. Чаевые, фраки, полуголые дамы. Разрешите предложить вам еще кусочек этого филе из камбалы, мисс Дюбеда? Я бы, да. Конечно, она бы да. Гугенотская фамилия, по-моему. Какая-то мисс! Дюбеда жили в Киллини, я помню. *Du, de la,* по-французски. А все-таки это только рыба, может быть, старый Микки Хенлон с Мур-стрит потрошил ее, богатея на всех парах, запустив руки в рыбьи жабры, еле-еле может вывести фамилию на чеке, рот скривит, как будто картину губами пишет. М-мууики Хаэ Хэ. Чурбан неотесанный, а нажил пятьдесят тысяч фунтов.

Сцепившись на стекле, две мухи жужжали, сцепившись.

Жаркое вино задерживалось на его небе, проглоченное. Давильные прессы давят в Бургундии гроздья. Солнечный зной в нем. Как будто тайное прикосновение говорит мне. Его чувства, увлажненные прикосновением, вспоминали. Укрывшись в зарослях папоротника на Хоутс. Под нами залив спящее небо. Ни звука. Небо. Залив лиловый у Львиной головы. Зеленый у Друмлека. Желто-зеленый к Сэттону. Подводные поля, слабо темнеющие линии среди травы, затонувшие города. Подложив мое пальто, она распустила волосы, уховертки среди вереска щекотали мою руку под ее затылком, ты меня всю изомнешь. О Боже! Прохладно-мягкая от втираний ее рука касалась меня, ласкала: глаза ее смотрели на меня не отворачиваясь. Восхищенный, я лежал, полные губы полно раскрыты, целовал ее рот. Йум. Мягко она вложила в мой рот печенье теплое пережеванное. Приторная кашица, изжеванная ее ртом, сладкая, кисловатая от слюны. Радость: я съел его: радость. Юная жизнь, протянутыми губами вложила мне в рот. Мягкие, теплые, липкие, клейкосладкие губы.

Цветы были ее глаза, возьми меня, уступающие глаза. Сыпались камешки. Она лежала неподвижно. Коза. Ни души. Среди рододендронов Бен Хоута на круче уверенно расхаживала коза, роняя орешки. Скрытая под папоротниками, она смеялась, теплая в объятиях. Буйно я целовал ее; глаза, ее губы, напрягшуюся шею с бьющейся жилкой, женские груди полные под вуалевой блузкой, плотные торчащие соски. Горячо я ласкал их. Она целующая меня. Я целуемый ею. Вся покорная она трепала мои волосы. Целуемая она целовала меня.

Меня. А теперь меня.

Сцепившись, мухи жужжали.

Его опущенные глаза следили за немыми прожилками дубовой доски. Красота: она в изгибах: изгибы это красота. Стройные богини, Венера, Юнона: изгибами их тел восхищается мир. Можно бы посмотреть на них в библиотеке, музей, стоят в круглом зале, голые богини. Помогает пищеварению. Им все равно, кто бы на них ни смотрел. Все видно. Ничего не говорят, я хочу сказать, таким, как этот Флинн. А вдруг она как Галатея с Пигмалионом, что бы она сказала? Смертный! Сразу поставила бы на место. Хлещут нектар вместе с богами, золотые блюда, все на амброзии. Не то что у нас завтрак за шесть пенсов: вареная баранина, морковь и репа, бутылка пива. Нектар, вообразить только пить электричество, пища богов. Красивые женские формы, скульптурные, Юноны. Бессмертная красота. А мы суем пищу в одно отверстие, а из другого выходит, пища, соки, кровь, помет, земля, пища: приходится подкладывать топливо как в машину. У них нет. Никогда не смотрел. Сегодня посмотрю. Сторож не заметит. Наклониться, будто поднимаю что-нибудь, посмотреть, есть ли у нее.

Просачиваясь тихая весть из пузыря дошла до идти сделать не здесь туда сделать. Чувствуя себя мужем и готовый, он осушил свой стакан до дна и вышел, смертным мужам они тоже отдавались, сознавая мужественным, возлежали с возлюбленными, юноша наслаждался ею, во двор.

Когда скрип его башмаков затих, Дэви Бирн сказал, не отрываясь от книги:

— Чем он занимается? Не по страховой части?

— Давно уже это оставил, — сказал Носастый Флинн. — Работает по сбору объявлений для «Фримена».

— По виду я его хорошо знаю, — сказал Дэви Бирн. — У него что-нибудь случилось?

— Случилось? — сказал Носастый Флинн. — Не слыхал. А что?

— Я заметил, что он в трауре.

— Разве? — сказал Носастый Флинн. — Да, да, верно. Я спросил его, как у него дома. Вы правы, клянусь Богом. Да, да.

— Я этой темы никогда не касаюсь, — сказал Дэви Бирн гуманно, — если вижу, что с джентльменом случилось что-нибудь такое. Только растравлять их горе.

— Это не жена во всяком случае, — сказал Носастый Флинн. — Я встретил его третьего дня, он выходил из этой ирландской молочной, что держит жена Джона Уайз Нолэна на Генри-стрит, с кувшинчиком сливок, нес его домой своей дражайшей половине. Отлично упитана, скажу я вам, разве птичьего молока не хватает.

— А он хорошо зарабатывает во «Фримене»? — спросил Дэви Бирн.

Носастый Флинн поджал губы.

— Сливки он покупает не на доходы от объявлений. Этого хватит разве на грудинку.

— А что? — спросил Дэви Бирн, отрываясь от книги.

Носастый Флинн проделал быстрые пассы жонглирующими руками. Он подмигнул.

— Он состоит в братстве, — сказал он.

— Что вы говорите? — сказал Дэви Бирн.

— Ну еще бы, — сказал Носастый Флинн. — Старинный вольный и тайный орден. Свет, жизнь и любовь, клянусь Богом. Они его продвигают. Мне это говорил, э-э... впрочем, не могу сказать кто.

— В самом деле?

— О, замечательное братство, — сказал Носастый Флинн. — Стоят за своих, когда они в беде. Я знал одного, который пробовал к ним пролезть, да куда там, держатся замкнуто. Клянусь Богом, правильно делают, что не принимают женщин.

Дэви Бирн зевнулулыбнулсякивнул — все сразу.

— Ииииихэээх!

— Была одна женщина, — сказал Носастый Флинн, — так она спряталась в стенные часы, разузнать, что они делают. Не тут-то было, они ее учуяли и сразу посвятили в мастера ложи. Это была Донерайльская ложа в Сент-Леджере.

Дэви Бирн, пресыщенный своим зевком, сказал с омытыми слезой глазами:

— В самом деле? Приличный тихий человек. Я часто вижу его здесь и, знаете ли, ни разу не видел, чтобы он выпил лишнего.

— Сам Господь Всемогущий не смог бы напоить его, — сказал Носастый Флинн убежденно. — Скрываются потихоньку, когда начинают веселиться вовсю. Разве вы не заметили, как он смотрел на часы? Ах да, вас не было. Если вы его приглашаете выпить, он первым долгом смотрит на часы, полагается ему в это время пить или нет. Бог свидетель, он всегда так делает.

— Бывают такие люди, — сказал Дэви Бирн. — Он человек осторожный, скажу я вам.

— Неплохой парень, — сказал Носастый Флинн, втягивая каплю. — Говорят, при случае и других из беды выручал. Надо отдать ему должное. Нет, у Блума есть свои хорошие стороны. Одного только он никогда не сделает.

Его рука нацарапала подпись рядом со стаканом грога.

— Понимаю, — сказал Дэви Бирн.

— Черным по белому никогда, — сказал Носастый Флинн.

Вошли Падди Леонард и Бентам Лайонс. Том Рочфорд следовал за ними, поглаживая рукой свой жилет винного цвета.

— Здрасте, мистер Бирн.

— Здрасте, джентльмены.

Они остановились у стойки.

— Чья очередь угощать? — спросил Падди Леонард.

— Я свою уступаю, — ответил Носастый Флинн.

— Ну, чем вас угостить? — спросил Падди Леонард.

— Мне имбирного лимонада, — сказал Бентам Лайонс.

— Что с вами? — воскликнул Падди Леонард. — С каких это пор, ради Бога? А вам чего, Том?

— Как идут осушительные работы? — спросил Носастый Флинн, потягивая грог.

Вместо ответа Том Рочфорд прижал руку к груди и икнул.

— Не будете ли вы так добры дать мне стакан холодной воды, мистер Бирн, — сказал он.

— Конечно, сэр.

Падди Леонард оглядел своих собутыльников.

— Господи помилуй, — сказал он, — вы только посмотрите, что мне приходится ставить. Водичку из-под крана и лимонад! И ведь народ такой, что не побрезговали бы из грязной лужи налакаться спирту. Боится разболтать, какую лошадку наметил себе для «Золотого кубка». И ни гу-гу.

— Цинфандель, что ли? — спросил Носастый Флинн.

Том Рочфорд высыпал порошок из сложенной бумажки в свой стакан воды.

— Не варит, проклятый, — сказал он, прежде чем выпить.

— Сода очень помогает, — сказал Дэви Бирн.

Том Рочфорд кивнул и выпил.

— Так, значит, Цинфандель?

— Помалкивайте, — подмигнул Бентам Лайонс. — Собираюсь своих кровных пять шиллингов поставить.

— Скажите-ка нам, если вы недаром хлеб едите, и ступайте к черту, — сказал Падди Леонард. — Кто вам посоветовал?

Мистер Блум, выходя, поднял три пальца в знак привета.

— До скорого, — сказал Носастый Флинн.

Остальные обернулись.

— Этот самый мне и посоветовал, — шепнул Бентам Лайонс.

— Пфф! — сказал Падди Леонард презрительно. — Мистер Бирн, теперь мы возьмем два маленьких стаканчика виски и...

— Имбирный лимонад, — прибавил Дэви Бирн вежливо.

— Да, — сказал Падди Леонард. — Сосочку для деточки.

Мистер Блум шел к Доусон-стрит, языком облизывая начисто зубы. Для этого нужна какая-нибудь зелень: скажем, шпинат. А тогда рентгеновскими лучами можно было бы.

Возле Дьюк-лейн прожорливый терьер выхаркнул непрожеванный комок жвачки на камни мостовой и подлизал с новым удовольствием. Излишества. Возвращаю с благодарностью, переварив содержимое без остатка. Вкусно и аппетитно. Мистер Блум обошел с осторожностью. Жвачное. Его второе блюдо. Двигают верхней челюстью. Интересно, сделает Том Рочфорд что-нибудь со своим изобретением. Потеря времени объяснять этому ротозею Флинну. Тощие люди — большие рты. Нужно бы какую-нибудь залу, место, где изобретатели собирались бы и изобретали бы себе на досуге. Правда, тогда и от маньяков отбоя не будет.

Он напевал, сопровождая торжественным эхом последние такты:

Don Giovanni, a cenar teco
M'invitasti[1].

Чувствую себя лучше. Бургундское подбодряет. Кто первый гнал вино? Хандра напала, вот и выдумал. Пьяному море по колено. Теперь в библиотеку, посмотреть «Килкеннийского гражданина».

Чистые унитазы, без сидений, ожидающие, в витрине Уильяма Миллера, все для канализации, вернули его мысли назад. Да, можно было бы: и проследить весь путь, иногда проглотят булавку, а через много лет выходит между ребрами, турне по всему телу, закупоривает желчный канал, печень, всасывающая желчь, желудочный сок, кольца кишечника точно трубы. Только пришлось бы бедняге все время стоять с внутренностями напоказ. Наука.

— *A cenar teco.*

Что значит это самое *teco*[2]? *Может быть, «сегодня»?*

> Дон Жуан, ты сегодня
> На ужин меня пригласил.
> Та там та та там.

Что-то не получается.

Ключчей: на два месяца, если уговорю Нанетти. Это будет два фунта десять, или нет, два фунта восемь. Три мне должен Хайнс. Два одиннадцать. Объявление Прескотта. Два пятнадцать. Около пяти гиней. С паршивой овцы.

Можно было бы купить шелковую нижнюю юбку для Молли, цвета ее новых подвязок.

Сегодня, сегодня. Не думать.

А потом съездить бы на юг. А как насчет английских курортов? Брайтон, Маргэйт. Мол при луне. Ее голос парящий. Милые девушки взморья. Возле бара Джона Лонга какой-то сонный ротозей, угрюмо задумавшись, грыз заскорузлый палец. Мастер на все руки ищет работы. За небольшое вознаграждение. Готов питаться чем угодно.

Мистер Блум взглянул на витрину кондитерской Грэя с нераспроданными тортами и прошел мимо книжной лавки его преподобия Томаса Конэллена. Почему я оставил Римско-католическую церковь? Родное гнездо. Женщины за ним бегают. Говорят, они давали детям нищих суп, чтобы обратить их в протестантство, когда был картофельный голод. А вон напротив, туда еще

---

[1] Дон Жуан, поужинать с тобой
Ты пригласил меня (*итал.*).

[2] С тобой (*итал.*).

папа ходил, общество для обращения бедных евреев. Та же приманка. Почему мы оставили Римско-католическую церковь?

Слепой юноша стоял, постукивая по краю тротуара своей тонкой тростью. Трамваев не видно. Хочет перейти.

— Вы хотите перейти? — спросил мистер Блум.

Слепой юноша не ответил. Его замурованное лицо слабо нахмурилось. Он неуверенно шевельнул головой.

— Вы сейчас на Доусон-стрит, — сказал мистер Блум. — А напротив Молсворт-стрит. Вы хотите перейти? Путь свободен.

Трость, дрожа, передвинулась влево. Глаза мистера Блума следили за ней и снова увидели фургон красильной, остановившийся перед магазином Дрэго. Вот здесь я видел его напомаженные волосы, как раз когда я. Лошадь дремлет. Возница у Джона Лонга. Промочить горло.

— Тут есть фургон, — сказал мистер Блум, — но он стоит. Я переведу вас. Вам нужно на Молсворт-стрит?

— Да, — ответил юноша. — На Саут-Фредерик-стрит.

— Пойдемте, — сказал мистер Блум.

Он осторожно дотронулся до острого локтя: потом взял вялую видящую руку, чтобы вести ее вперед.

Сказать ему что-нибудь. Только не снисходительным тоном. Недоверчиво слушают, когда им говоришь. Что-нибудь безразличное.

— А дождь-то перестал.

Молчание.

Пятна на пиджаке. Должно быть, роняет, когда ест. Все для него имеет другой вкус. Сначала приходится кормить с ложечки. Точно рука ребенка его рука. Как была у Милли. Восприимчивая. Верно судит обо мне по моей руке. Интересно, есть у него имя. Фургон. Осторожней, как бы он не задел ног лошади своей тростью, заморенная кляча, вздремнуть на досуге. Вот так. Осторожней. Быка сзади; лошадь спереди.

— Благодарю вас, сэр.

Знает, что я мужчина. По голосу.

— Теперь найдете? Первый поворот налево.

Слепой юноша постукал по краю тротуара и пошел своей дорогой, водя тростью, снова нащупывая.

Мистер Блум шел позади безглазых ног, плохо скроенный костюм, серый в елочку. Бедный малый! Как он узнал, что там стоит фургон? Должно быть, почувствовал. А может быть, они все видят шестым чувством. Что-то вроде чувства объема. Ну а заметит ли он, если что-нибудь станет легче? Почувствует пустоту. Странное он должен иметь представление о Дублине, выстукивая тростью дорогу по камням. А мог бы он идти по прямой линии без трости? Бескровное постное лицо, точно собирается быть пастором.

Пенроз! Вот как того звали.

А ведь их многому можно выучить. Читать пальцами. Настраивать пианино. А мы еще удивляемся, что у них вообще есть мозги. Почему мы считаем, что горбун или калека умен, если он скажет что-нибудь такое, что мы сами могли бы сказать? Конечно, другие чувства более. Вышивать. Плести корзины. Им бы надо помогать. Рабочую корзинку я мог бы купить Молли ко дню рождения. Терпеть не может шить. Пожалуй, обидится. Темные люди, так их зовут.

Обоняние тоже должно быть острее. Запахи со всех сторон целым букетом. Каждый человек пахнет. Потом весна, лето: запахи. Вкусы. Говорят, что вкус вина не чувствуешь с закрытыми глазами или когда насморк. И курить в темноте тоже, говорят, никакого удовольствия.

Или, например, с женщиной. Бесстыдней, когда не видишь. Вот та девушка проходит мимо Института Стюарта, задрав голову. Посмотри на меня. Какая я нарядная. Должно быть, странно не видеть ее. Что-то смутное представляется ему. Голос, теплота, когда он прикасается к ней пальцами, должен почти видеть линии, изгибы. Его руки на ее волосах, например. Скажем, черные, например. Хорошо. Мы называем это черное. Потом переходит к ее белой коже. Может быть, другое ощущение. Ощущение белого.

Почта. Нужно ответить. И так устал сегодня. Послать ей по почте переводом два шиллинга, ну два с половиной, полкроны. Примите этот маленький подарок. Кстати и писчебумажный магазин рядом. Погоди. Надо обдумать.

Осторожным пальцем он очень медленно провел по волосам, зачесанным назад над ушами. Еще раз. Волокна тонкой-тонкой соломы. Затем палец осторожно ощупал кожу на правой щеке. И там тоже пушок, не такая гладкая. На животе всего глаже. Никого нет. Вот он сворачивает на Фредерик-стрит. Должно быть, к Левенстону в танцкласс, пианино. А может быть, я подтяжки поправляю.

Проходя мимо пивной Дорэна, он засунул руку между жилетом и брюками и, осторожно отодвинув рубашку, нащупал дряблую складку живота. Я и так знаю, желтовато-белая. Надо попробовать в темноте поглядеть.

Он вынул руку и оправил одежду.

Бедняга! Совсем еще мальчик. Ужас. Просто ужас. Что может ему сниться, незрячему? Жизнь для него сон. Где же справедливость — родиться вот таким? А те женщины и дети, экскурсия с даровым угощением, сгорели и утонули в Нью-Йорке, Гекатомба. Они называют это карма, переселение душ за грехи в прошлой жизни, перевоплощение, не там все козы. Боже мой, Боже мой. Жаль их, конечно; а все-таки другим с ними трудно.

Сэр Фредерик Фолкинэр, входящий в залу масонских собраний. Величественный, как монумент. После плотного завтрака на Элсфорт-террэс. Старые приятели-законники распивают бутылочку. Россказни о суде и присяжных, летописи старой лондонской школы. Я ему закатил десять лет. Должно быть, того вина, что я пил, он и в рот не возьмет. Им подавай старое винцо, год проставлен на запыленной бутылке. У него свое представление о справедливости в городском суде. Благодушный старик. Папки, битком набитые полицейскими протоколами, получают известный процент, фабрикуя преступления. Посылают их ко всем чертям. С ростовщиками сущий дьявол. Дал Дж. Рувиму хороший нагоняй. Но он в своем деле настоящий Шейлок. Власть у этих судей. Старые сухари в париках, пьяницы. Медведь с занозой в лапе. И да помилует Господь твою душу.

Ага, афиша. Благотворительный базар. Его сиятельство лорд наместник. Сегодня шестнадцатое. Сбор в пользу больничного фонда. «Мессию» в первый раз исполняли с этой целью. Да. Гендель. Не зайти ли туда. Боллас-бридж. Забежать насчет Клютчей. Что толку липнуть к нему как лишай. Портить отношения. Наверно, хоть кто-нибудь найдется знакомый при входе.

Мистер Блум вышел на Килдер-стрит. Сначала нужно. Библиотека.

Соломенная шляпа в солнечном свете. Желтые башмаки. Подвернутые брюки. Это. Это.

Сердце его чуть дрогнуло. Направо. Музей. Богини. Он свернул направо.

Разве это? Да, почти наверно. Не стану смотреть. Покраснел от вина. И зачем я? Слишком крепкое. Да, это он. Походка. Не видеть. Не видеть. Скорей.

Направляясь к воротам музея большими легкими шагами, он поднял глаза. Красивое здание. По проекту сэра Томаса Дина. Не идет за мной?

Может быть, не видел? Свет ему в глаза.

Учащенное дыхание вырывалось короткими вздохами. Скорей. Холодные статуи: там тихо. Через минуту спасен.

Нет, не видел меня. Третий час. У самого входа.

Сердце!

Его глаза, мигая, пристально смотрели на кремовые изгибы камня. Сэр Томас Дин, это греческая архитектура.

Куда же я девал?

Его торопливая рука быстро нырнула в карман, вынула прочитанную развернутую «Агенда Нетаим». Куда же я?

Занят поисками.

Он быстро сунул назад «Агенда».

Она сказала днем.

Я ищу это. Да, как его. Во всех карманах. Платок. «Фримен». Куда же я? Ах, да. В брюки. Кошелек. Картофелина. Куда же я? Скорей. Идти спокойно. Еще секунда. Сердце.

Рука его искавшая куда же я девал нащупала в заднем кармане мыло надо зайти за лосьоном теплое приставшее к бумаге. А, мыло здесь! Да. Вход.

Спасен!

Учтивый, успокаивая их, библиотекарь-квакер промурлыкал:

— И мы имеем, не правда ли, бесценные страницы *Вильгельма Мейстера*? Великий поэт о великом брате-поэте. Колеблющаяся душа, что ополчается на море смут, разрываемая сомнениями, как в подлинной жизни.

Он сделал один шаг в синкапасе вперед воловьекожаными ногами со скрипом и один шаг назад в синкапасе по торжественному паркету.

Бесшумный помощник, слегка приоткрыв дверь, подал ему бесшумно знак.

— Сейчас, — сказал он, со скрипом поворачиваясь, чтобы идти, однако же медля. — Прекрасный бессильный мечтатель, терпящий неудачу при столкновении с жестокими фактами. Просто поразительно, до какой степени суждения Гёте всегда правильны. Правильны при более глубоком анализе.

Тихо поскрипывая при анализе, он в куранте отошел. Плешивый, полный рвения, у двери он подставил свое широкое ухо словам помощника; выслушал их: и был таков.

В остатке двое.

— Рона, — усмехнулся Стефен, — впадает в Средиземное море.

— Вы уже нашли шестерку бравых медикусов, — с желчностью старшего спросил Джон Эглинтон, — которые будут писать под вашу диктовку *Потерянный Рай*? Он зовет эту штуку *Скорбь Сатаны*.

Улыбнись. Улыбнись улыбкой Крэнли.

— Пожалуй, для Гамлета вам понадобился бы и еще один. Число семь дорого мистическому сознанию. Сияющая семерка, называет его У. Б.

Блескоокий, его красно-бурый череп у зеленого колпака настольной лампы искал лицо, бородатое в зелено-темной тени, оллав святооокое. Он тихо рассмеялся: смех студента Тринити: не получив ответа.

> *Рыдает сатана оркестровый навзрыд*
> *Слезами ангелов*
> *Ed egli avea del cul fatto trombetta*[1]

Заложниками у него мои безумства.

Одиннадцать верных виклоусцев Крэнли, спасающих землю своих предков. Щербатая Кэтлин, ее четыре прекрасных зеленых поля, чужестранец в ее доме. И еще один, чтобы приветствовать

---

[1] Он сделал из зада трубу (*итал.*).

его: *ave rabbi*[1]. Двенадцать из Тинахели. В тени горной долины он кличет их. Юность моей души я отдавал ему, вечер за вечером. Счастливый путь. Бог в помощь.

Маллиган получил мою телеграмму.

Безумство. Упорствуй.

— Нашим юным ирландским бардам, — наставительно сказал Джон Эглинтон, — еще предстоит создать образ, который мир поставит рядом с Гамлетом англосакса Шекспира, который, впрочем, во мне, как и в старике Бене, вызывает самое искреннее восхищение.

— Все эти вопросы представляют интерес чисто академический, — изрек Рэссел из глубины своей тени. — Я имею в виду спор о том, кто такой Гамлет — сам Шекспир, или Иаков I, или Эссекс. Спор священников об историчности Иисуса. Искусство призвано раскрывать нам идеи, лишенные формы, духовные сущности. Насколько глубок тот слой жизни, в котором берет истоки творение искусства, вот первый вопрос, который мы должны задавать. Живопись Гюстава Моро[2] — это живопись идей. Самые глубокие стихи Шелли, слова Гамлета, позволяют нашему сознанию приобщиться к вечной мудрости. Платоновский мир идей. Все остальное — это лишь умствования учеников для учеников.

А.Э., давая интервью какому-то янки, говорил. Убей меня Бог.

— Все учителя были сначала учениками, — сверхлюбезно сказал Стефен. — Аристотель был некогда учеником Платона.

— Таким он и остался, надо думать, — степенно сказал Джон Эглинтон. — Так и видишь его, примерного ученика с дипломом под мышкой.

Он снова рассмеялся улыбающемуся теперь бородатому лицу.

Лишенные формы духовные. Отец, Слово и Святой Дух. Отче наш, иже еси на небеси. Хиезос Кристос, маг красоты, логос, страдающий в нас каждое мгновение. Истинно так. Я есмь пламя на алтаре. Я есмь жертвенный маргарин.

Дэнлоп, судья, благодарнейший римлянин из всех, А. Э., Арваль, неизреченное имя, в небесном свете, К. Х., их учитель, чья истинная сущность не тайна для посвященных. Братья великой белой ложи неусыпно наблюдают, смотрят, готовые помочь. Христос и его супруга-сестра, влага света, рожденная от приявшей дух Девы, кающаяся София, отбывшая в план бодхи. Эзотерическая жизнь не для обычного человека. О. Ч. должен сначала изжить свою дурную карму. Миссис Купер Окли однажды сподобилась увидеть элементаль нашей прославленной сестры Е. П. Б[3].

---

[1] Привет тебе, учитель (*лат.*).
[2] Французский художник-символист (1826—1898).
[3] Имеется в виду Е. П. Блаватская (1831—1891).

Фи, как можно! Что вы! *Pfui Teufel!*[1] Разве можно смотреть, мадам, ну разве можно, когда у леди элементаль видно!

Вошел мистер Без, высокий, юный, легкий, мягкий. Он с грацией нес в руке блокнот, широкий, новый, чистый, яркий.

— Этот примерный ученик, — сказал Стефен, — счел бы размышления Гамлета о будущей жизни своей сиятельной души монологом неправдоподобным, незначительным и недраматичным, столь же плоским, как монологи Платона.

Джон Эглинтон, нахмурясь, сказал, нагнетая гнев:

— Честное слово, у меня желчь разливается, когда кто-нибудь при мне сравнивает Аристотеля с Платоном.

— Который из них, — спросил Стефен, — изгнал бы меня из своего идеального государства?

Вынь из ножен кинжал своих определений. Стольность есть самость всех столов. Потокам стремлений и эонам они поклоняются. Бог: крик на улице: очень перипатетично. Пространство: то, что ты хочешь не хочешь, а видишь. Сквозь пространства мельче красных шариков в крови человека они ползут на пузе вслед за ягодицами Блэйка в вечность, которой этот растительный мир лишь тень. Придерживайся того сейчас, того здесь, сквозь которое все грядущее проваливается в прошедшее.

Мистер Без подошел, любезный, к своему коллеге.

— Гэйнс ушел, — сказал он.

— Вот как?

— Я показал ему книгу Жюбенвиля. Он, понимаете, в полном восторге от *Любовных Песен Коннахта*, изданных Хайдом. Он ни за что не хотел идти сюда и слушать спор. Он пошел к Гиллу покупать их.

> *Выходи, моя книжонка, ты на суд эстетов тонких.*
> *Написал тебя в угоду*
> *Я суровому народу.*
> *На английском, очень скучном, языке неблагозвучном.*

— Дым наших торфяных болот ударил ему в голову, — высказался Джон Эглинтон.

Мы, англичане, чувствуем. Кающийся тать. Ушел. Я курил его махорку. Зеленый мерцающий камень. Смарагд, оправленный в кольцо морей.

— Никто не знает, как опасны могут быть любовные песни, — оккультно предостерегла яйцевидная аура Рэссела. — Силы, приводящие в движение мировые перевороты, рождаются из грез и видений, что возникают в сердце крестьянина, сидящего на скло-

---

[1] Тьфу, черт! (*нем.*)

не холма. Для них земля — это не возделываемая почва, но живая мать. Разреженный воздух академий и арен порождает толстый роман и мюзик-холльную песенку, Франция породила тончайший цветок порока — Малларме, но откровение подлинной жизни, жизни Гомеровых феакийцев, доступно лишь нищим духом.

От этих слов мистер Без повернул безобидное лицо к Стефену.

— Малларме, знаете, — сказал он, — написал чудесные стихотворения в прозе; Стефен Мак-Кенна читал мне их в Париже. Там есть одно о Гамлете. Он говорит: *Il se promène, lisant au livre de lui-même*[1]. Он описывает постановку «Гамлета» в каком-то французском городе, понимаете, в провинции. На афише значилось.

Свободная рука его грациозно начертила в воздухе крошечные знаки.

HAMLET
ou
LE DISTRAIT
Pièce de Shakespeare[2]

Он повторил снова нахмурившемуся лбу Джона Эглинтона:

— *Pièce de Shakespeare*, понимаете. Это так по-французски, восприятие французов. Гамлет или...

— Или растяпа, — докончил Стефен.

Джон Эглинтон рассмеялся.

— Да, пожалуй, именно так, — сказал он. — Французы, конечно, народ замечательный, но в некоторых случаях они проявляют удручающую близорукость.

Пышное преувеличенное изображение убийств.

— Роберт Грин назвал его палачом души, — сказал Стефен. — Не зря он был сыном мясника, орудовавшего остро отточенным резаком, поплевывая себе на ладони. Девять жизней принес он в жертву за одну жизнь своего отца, Отче Нашего, иже еси в чистилище. Гамлеты в хаки стреляют без колебаний. Кровавая бойня пятого акта — прообраз концентрационного лагеря, воспетого мистером Суинберном[3].

Крэнли, я его немой ординарец, издали следящий за битвами.

> *Злобных врагов наших жен и детей*
> *Сами же мы пощадили!*

Между улыбкой сакса и ржаньем янки. Сцилла и Харибда.

---

[1] Он прогуливается, читая книгу самого себя (*франц.*).
[2] Гамлет, или Рассеянный. Пьеса Шекспира (*франц.*).
[3] См. примеч. к с. 279.

— Он утверждает, что «Гамлет» — это просто история с привидениями, — пояснил Джон Эглинтон мистеру Безу. — Как жирный парень в «Пиквике», он хочет, чтобы мы оледенели от ужаса.

Слушай! Слушай! О слушай!

Моя плоть слышит его: леденея слышит.

— Если ты хоть раз...

— Что такое привидение? — сказал Стефен с заразительной энергией. — Нечто, превращенное в неосязаемое смертью, отсутствием или переменой нравов. Елизаветинский Лондон был так же далек от Стрэтфорда, как порочный Париж далек от девственного Дублина. Кто такой этот призрак из *Limbo patri*[1], возвращающийся в мир, что позабыл о нем? Кто такой король Гамлет?

Джон Эглинтон переместил свое тщедушное тело, откинулся на спинку, чтобы лучше судить.

Клюнуло.

— Дело происходит в два часа дня в середине июня, — сказал Стефен, быстрым взглядом приглашая слушать. — Флаг поднят на театре у берега реки. Около него в Парижском Саду медведь Саккерсон рычит на арене. Матросня, плававшая по морям вместе с Дрейком, жует свои сосиски в партере.

Couleur locale[2]. Всади сюда все, что знаешь. Сделай их своими сообщниками.

— Шекспир вышел из дома гугенота на Силвер-стрит и шагает мимо лебединых заводей по берегу реки. Но он не останавливается покормить самку, ведущую свой выводок к тростникам. Иные мысли занимают ум Эвонского лебедя.

Мизансцена готова. Игнатий Лойола, спеши мне на помощь!

— Представление начинается. На затененную часть сцены выходит актер, одетый в отслужившую кольчугу придворного щеголя, хорошо сложенный мужчина с густым басом. Это призрак, это король, король и не король, а играет его Шекспир, изучавший Гамлета все годы своей жизни, не растраченные впустую, для того, чтобы сыграть роль привидения. Он обращается к Барбеджу, юному актеру, стоящему перед ним по ту сторону парусиновой занавеси, называя его этим именем:

Гамлет, я дух твоего отца, —

---

[1] Лимб отцов (*итал.*).
[2] Местный колорит (*франц.*).

454

повелевая выслушать себя. С сыном он говорит, с сыном своей души, с принцем, юным Гамлетом, и с сыном своей плоти, Гамнетом Шекспиром, умершим в Стрэтфорде ради того, чтобы его тезка жил вечно.

Возможно ли, что актер Шекспир, призрак благодаря отсутствию, одетый в одежды погребенного короля Дании, призрака благодаря смерти, обращающийся к имени своего сына (если бы Гамнет Шекспир жил, он был бы близнецом принца Гамлета), — возможно ли, спрашиваю я вас, допустимо ли, что он не сделал или не предвидел логического вывода из этих посылок: ты сын, лишенный трона: я отец, падший от руки убийцы: твоя мать, эта преступная королева, Анна Шекспир, урожденная Хатвей...

— Это копание в грязном белье великого человека, — раздраженно начал Рэссел.

Ты здесь, приятель!

— Представляет интерес только для псаломщика. Я хочу сказать, что у нас есть его трагедия. Я хочу сказать, что, когда мы читаем поэтические страницы «Короля Лира», нам нет никакого дела до частной жизни поэта. Подглядывание и подслушивание закулисных сплетен, пьянство поэта, долги поэта. У нас есть «Король Лир»: и он бессмертен.

Лицо мистера Беза, к которому он обратился, выразило одобрение.

Стреми над ними волны и валы своих морей, Мананаан,
Мананаан Мак Лир...

Как так, бездельник, а тот фунт, что дал тебе взаймы он, когда ты голодал?

Клянусь, он был мне нужен.

Возьми сей нобль.

Брось трепаться! Ты истратил его в постели Джорджины Джонсон, дочери священника. Скверна души.

Намерен ты отдать свой долг?

Еще бы.

Когда? Сейчас?

Да н...нет.

А когда же?

Я заплатил за все. Я заплатил за все.

Успокойся. Он родом из-за Бойна. С северо-востока.

Я Обязуюсь Уплатить.

Погоди. Пять месяцев. Молекулы все другие. Я теперь другой я. Другой я получил фунт.

Кш, кш.

Но я, энтелехия, форма форм, есмь я благодаря памяти, ибо под вечно изменчивыми формами.

Я, который грешил и молился и постился.

Маленький мальчик, спасенный отцом Конми от розог.

Я, Я и Я. Я.

Я. О. У. А. Э.

— Или вам нет никакого дела до трехсотлетней трагедии? — спросил колкий голос Джона Эглинтона. — Ее призрак по крайней мере не тревожил никого. Она умерла, для литературы по крайней мере, до своего рождения.

— Она умерла, — отпарировал Стефен, — через шестьдесят семь лет после своего рождения. Она встретила его в этом мире и проводила его в мир иной. Она принимала его первые ласки. Она вынашивала его детей, и она положила медяки на его веки, чтобы они не поднимались, когда он покоился на смертном одре.

Мать на смертном одре. Свеча. Завешенное зеркало. Принесшая меня в этот мир лежит там, медновекая, украшенная скудными дешевыми цветами.

Liliata rutilantium[1]

Я плакал один.

Джон Эглинтон взглянул на светящийся червячок своей лампы.

— Мир считает, что Шекспир сделал ошибку, — сказал он, — и постарался покончить со всем этим как можно скорей.

— Вздор! — грубо сказал Стефен. — Гений не делает ошибок. Его заблуждения намеренны, они — преддверия открытий.

Преддверия открытий распахнулись, и через них вышел библиотекарь-квакер, тихоскрипоногий, плешивый, ушастый и усердный.

— Строптивую, — строго сказал Джон Эглинтон, — вряд ли можно считать особенно ценным преддверием открытий. Каким ценным открытием Сократ обязан Ксантиппе?

— Диалектикой, — ответил Стефен, — а своей матери — умением помогать мыслям появляться на свет. А чем он обязан своей другой жене, Мирто (*absit nomen!*[2]), Эпипсихидиону Сократидидиона, ни одна душа никогда не узнает. Но ни мудрость повитухи, ни лекции сварливой профессорши не спасли его от архонтов Шинн Фейна и от их бутылочной цикуты.

— Но Анна Хатвей? — спокойный голос мистера Беза сказал беззаботно. — Похоже на то, что мы так же мало заботимся о ней, как сам Шекспир.

Он перевел взгляд с бороды мечтателя на череп скептика, на-

---

[1] Лилейная сияющих (*лат.*): из католической заупокойной службы («Да окружит тебя лилейная толпа сияющих исповедников» и т. д.).

[2] Да не будет имени! (*лат.*)

456

помнить, беззлобно пожурить, затем на лысорозовую дурацкую башку, невинную, хотя и не лишенную ехидства.

— У него было на грош ума, — сказал Стефен, — и память работала на совесть. Он нес памятку в своей котомке, когда тащился в город Рим, насвистывая *Я оставил там девчонку*. Даже если бы не было землетрясения, мы все равно знали бы, когда происходило все это, — бедный Зайка, сидящий в своей норе, лай гончих, разукрашенная уздечка и ее голубые окна. Эта самая памятка, «Венера и Адонис», лежала в спальне каждой лондонской куртизанки. Была ли строптивая Катарина обижена судьбой? Гортензио называет ее юной и прекрасной. Или, по-вашему, автор «Антония и Клеопатры», страстный пилигрим, вдруг настолько ослеп, что выбрал себе в подруги жизни самую безобразную девку во всем Уоркшире? Допустим: он покинул ее и завоевал мир мужчин. Но его героини-мальчики — это героини мальчика. Их жизнь, мысль, речь заимствована у мужчин. Его выбор был неудачен? Но, по-моему, он не выбирал, его выбрали. Вольному воля, безвольному Анна Хатвей. Черт возьми, но ведь вина-то ее. Она заковала его в цепи Гименея, она, нежная, двадцатишестилетняя. Сероглазая богиня, склоняющаяся над мальчиком Адонисом, идущая на унижение, чтобы, победив, овладеть им, — это на самом деле бесстыдная стрэтфордская девица, опрокидывающая в пшеничном поле любовника, более юного, чем она сама.

А мой черед? Когда?

Приди!

— В ржавом поле, — сказал мистер Без ярко и весело, подымая свой новый блокнот, веселый и яркий.

Затем он пробормотал, белокурый бедокур, на радость всем:

Во ржи, на солнечной поляне,
Лежат, обнявшись, поселяне.
Парис: пленительный пленитель.

Высокая фигура в косматой домодельной ткани поднялась из тени и разоблачила свои кооперативные часы.

— Боюсь, мне пора в Усадьбу. Куда его несет? Возделываемая почва.

— Вы уже уходите, — спросили подвижные брови Джона Эглинтона. — Мы увидим вас сегодня вечером у Мура? Пипер придет.

— Пипер! — пискнул мистер Без. — Пипер вернулся?

Питер Пипер пинту пива пил не пикнув.

— Не знаю, смогу ли я. Четверг. У нас собрание. Если мне удастся вырваться.

Иогигоги и магоги в апартаментах Доусона. *Разоблаченная*

Изида[1]. Их священную книгу мы пытались заложить. Скрестив ноги под зонтиком зонтичника он восседает, ацтекский логос, функционирующий в астральном плане, их сверхдуша, махамахатма. Верные герметисты ожидают света, созревшие для посвящения, кольцом окружая его Луис Х. Виктори. Т. Каулфилд Ирвин. Леди лотоса впиваются в него глазами, их мозговые железы пламенеют. Исполненный своим богом, он восседает, Будда под платаном. Ловец душ, душелов. Мужедуши, женодуши, стан душ. Уловленные, испускают вопли, увлекаемые в водоворот, увлеченные, они вопят.

Средь квинтэссенциальной пошлости
В тюрьме телесной плакала женодуша.

— Говорят, нам предстоит приятный литературный сюрприз, — сказал библиотекарь-квакер, дружелюбный и серьезный. — Ходят слухи, что мистер Рэссел готовит цветник стихов наших начинающих поэтов. Мы все сгораем от нетерпения.

В нетерпении он глянул в конус света, где три лица, освещенные, сияли.

Наблюдай. Запомни.

Стефен бросил взгляд на широкий безголовый головной убор, висящий над коленом на ручке его ясеневой трости. Мой шлем и меч. Притронься указательным и средним пальцем. Опыт Аристотеля. Один или два? Необходимость есть то, вследствие чего исключается возможность того, чтобы нечто было чем-либо иным. Следственно, одна шляпа есть одна шляпа.

Слушай.

Молодой Колэм и Старки. Коммерческой частью ведает Джордж Робертс. Лонгуорс создает нам хорошую рекламу в «Экспрессе». Ах, в самом деле? Мне понравился «Погонщик» Колэма. Да, мне кажется, к нему подходит это странное слово «гений». Вы думаете, он в самом деле гений? Йейтс в восторге от его строчки: *Как в пустыне греческая ваза.* Да? Надеюсь, вы все-таки придете сегодня вечером. Малаки Маллиган тоже будет. Мур просил его привести Гэйнса. Вы слышали остроту мисс Митчелл о Муре и Мартине? Что Мур — это бурная молодость Мартина? Страшно остроумно, не правда ли? Они напоминают Дон Кихота и Санчо Пансу. Доктор Сигерсон считает, что Ирландии еще предстоит создать свой национальный эпос. Мур самый подходящий человек для этого. Рыцарь печального образа здесь, в Дублине. В шафранной шотландской юбочке? О'Нейль Рэссел? О да, он, вероятно, говорит на великом древнем языке. А его Дульцинея? Джемс

---

[1] Книга Е. П. Блаватской.

Стивенс делает очень любопытные зарисовки. Мы, кажется, начинаем возбуждать интерес.

Корделия. *Cordoglio*[1]. Самая одинокая из дочерей Лира.

Забившись в уголок. А теперь покажи свой парижский лоск.

— Очень благодарен вам, мистер Рэссел, — сказал Стефен, вставая. — Не будете ли вы так добры передать это письмо мистеру Норману...

— С удовольствием. Если он сочтет его интересным, оно пойдет. Мы получаем столько корреспонденции.

— Понимаю, — сказал Стефен. — Спасибо.

Спаси тебя Бог. Свинарный листок. Благодетель Быков.

— Синг обещал мне статью для «Даны». Будут ли нас читать? Я чувствую, что будут. Гэльская лига требует чего-нибудь на ирландском языке. Надеюсь увидеть вас сегодня вечером. Приведите с собой Старки.

Стефен снова сел на свое место.

Библиотекарь-квакер отошел от прощающихся. Краснея, его личина произнесла:

— Мистер Дедалус, ваши взгляды проливают свет на многое.

Он поскрипывал взад и вперед, вставая на цыпочки, ближе к небу на высоту каблука, и его тихий голос, заглушаемый шумом ухода, произнес:

— Так, значит, ваше мнение таково, что она изменяла поэту?

Встревоженное лицо вопрошает меня. Почему он подошел? Вежливость или внутреннее озарение?

— Где есть примирение, — сказал Стефен, — там до этого должен был быть разрыв.

— Да.

Христолис в кожаных штанах, беглец, скрывающийся в трухлявых дуплах от улюлюканья и травли. Без подруги, одиноко выходящий на охоту. Женщины, покоренные им, нежный пол, блудница вавилонская, супруги лордов-судей, жены кабатчиков. Лис и гусыни. А в Стрэтфорде на новой площади опустившееся обесчещенное тело, некогда бывшее привлекательным, нежным и свежим, как кинамон, теперь лишенное листвы, обнаженное, боящееся тесной могилы и непрощенное.

— Да. Так по-вашему...

Дверь закрылась за ушедшим.

Покой внезапно снизошел на скромную сводчатую келью, покой нагретого дыханием гнезда.

Светильник весталки.

Здесь он размышляет над тем, чего не было: что совершил бы Цезарь, если бы он поверил прорицателю и остался в живых: что

---

[1] Печаль (*итал.*).

могло бы быть: возможности возможного как возможного: то, чего не знают: какое имя носил Ахиллес, когда жил среди женщин.

Вокруг меня мысли, заключенные в гроба, в футляры мумий, набальзамированные пряностями слов. Тот, бог библиотек, птицебог, увенчанный луной, и я услышал слова верховного жреца Египта. *В чертогах расписных, где груды книг.*

Они недвижны. Некогда живые в мозгу людей. Недвижны: но трупный зуд в них, мне на ухо рассказ слезливый нашептать, заставить меня осуществить их волю.

— Разумеется, задумчиво, — сказал Джон Эглинтон, — из всех великих людей он самый загадочный. Единственное, что мы знаем о нем, — это то, что он жил и страдал. Собственно, даже этого мы толком не знаем. Другие удовлетворяли наше любопытство. Все остальное покрыто мраком неизвестности.

— Но в «Гамлете» столько личного, не правда ли? — вступился мистер Без. — Я хочу сказать, это своего рода интимный дневник, понимаете, о его интимной жизни. Я хочу сказать, что мне в высшей степени безразлично, понимаете, кого убили и чья вина...

Он положил невинную книжку на край стола, улыбкой смягчая вызов. Оригинал его интимного дневника. *Ta an bad ar an tir. Taim imo shagart*[1]. Наложи свое вето, малютка Джон.

Изрек малютка Джон Эглинтон.

— По тому, что рассказывал нам Малаки Маллиган, я был готов к парадоксам, но я должен предупредить вас, что, если вы хотите поколебать мою веру в то, что Гамлет — это сам Шекспир, вам предстоит тяжелая задача.

Прошу снисхождения.

Стефен выдержал змеиный взгляд недоверчивых глаз, тяжело поблескивающих под нахмуренным лбом. Василиск. *E quando vede l'uoto l'attosca*[2]. Мессер Брунетто, благодарю тебя за эти слова.

— Подобно тому как мы, или как мать Дана, ткем и распускаем ткань наших тел, — сказал Стефен, — изо дня в день, и их молекулы снуют взад и вперед по основе, так художник ткет и распускает ткань своего образа. И подобно тому, как родинка на правой стороне моей груди находится все там же, где она была в день моего рождения, хотя мое тело за это время не раз обновляло свою ткань, так образ сына, живущего призрачной жизнью, смотрит на нас сквозь призрак отца, не знающего покоя. В тот миг, когда воображенье напряжено, когда сознанье, по словам Шелли, подобно тлеющему углю, тот, которым я был, сливается в одно с тем, который я теперь, и с тем, которым я, может быть,

---

[1] Есть такой край, есть такая страна (*ирланд.*).

[2] И когда видит человека, отравляет его (*итал.*).

стану. Так в будущем, сестре прошедшего, я, может быть, увижу самого себя, сидящего здесь, теперь, но лишь отраженного в том я, которым я стану тогда.

А вот это ты украл у Дреммонда из Хаусоридена.

— Да, — молодо сказал мистер Без, — Гамлет мне кажется совсем молодым. Своей горечью он может быть обязан отцу, но сцены с Офелией — безусловно от сына.

Пальцем в небо. Он в моем отце. Я в его сыне.

— Эта родинка исчезнет последней, — сказал Стефен со смехом.

Джон Эглинтон придал своему лицу не слишком любезное выражение.

— Если бы таковы были отметины гения, — сказал он, — всякий мог бы купить его по дешевке. Позднейшие драмы Шекспира, которыми так восхищался Ренан, исполнены иного духа.

— Духа примирения, — дохнул библиотекарь-квакер.

— Примирение было бы невозможно, — сказал Стефен, — если бы до этого не было разрыва.

Уже говорил это.

— Если вы хотите знать, каковы те события, что омрачают беспросветные годы «Короля Лира», «Отелло», «Гамлета», «Троила и Крессиды», посмотрите, где и когда рассеивается мрак. Чем смягчается сердце человека, потерпевшего кораблекрушение средь бурь, прошедшего через испытания подобно Улиссу, — Перикла, князя Тира?

Голова, красноконусом околпаченная, опощеченная, слезоослепленная.

— Дитя, девочка на его руках, Марина.

— Склонность софистов к окольным путям апокрифов есть величина постоянная, — отметил Джон Эглинтон. — Столбовые дороги скучны, но они ведут прямо в город.

Добрый Бэкон: старо. Шекспир бурная молодость Бэкона. Жонглеры шифрами ходят по столбовым дорогам. Искатели в великих поисках. Какой город, люди добрые? В масках имен: А. Э., эон: Маги, Джон Эглинтон. Восточней солнца, западней луны: *Tir na n-og*[1]. Оба в сапогах с посохами.

> *Сколько миль до Дублина, скажите?*
> *Трижды двадцать и четыре, сэр.*
> *Мы туда до ночи доберемся?*

— Мистер Брандес считает «Перикла», — сказал Стефен, — первой драмой последнего периода.

— В самом деле? А что говорит по этому поводу мистер Сидней Ли, или, как некоторые именуют его, мистер Симон Лазарь?

---

[1] Край вечной юности (*ирланд.*).

— Марина, — сказал Стефен, — дитя бури, Миранда, чудо, Пердита, утраченная. Утраченное возвращено ему: дитя его дочери. *Моя покойная жена*, говорит Перикл, *была подобна этой деве*. Какой мужчина полюбит дочь, если он не любил мать?

— Искусство быть дедушкой, — пробормотал мистер Без. — *L'art d'être grand*[1].

— Для человека, к которому подходит это странное слово «гений», его собственный образ есть мерило всякого опыта, материального и морального. Лишь его собственный образ может его тронуть. Образы других самцов одной с ним крови отталкивают его. Он видит в них уродливые попытки природы предсказать или повторить его самого.

Добродушный лоб библиотекаря-квакера зарозовел румянцем надежды.

— Надеюсь, мистер Дедалус разработает свою теорию для просвещения читающей публики. Следовало бы упомянуть также другого комментатора-ирландца, мистера Джорджа Бернарда Шоу. Не нужно забывать и мистера Франка Гарриса. Его статьи о Шекспире в «Сэтэрдэй Ревью» написаны с большим блеском. Как это ни странно, но он также делает особенный упор на роковой связи с темноволосой леди сонетов. Счастливый соперник — это Вильям Герберт, граф Пемброк. Должен сказать, что, если даже поэт и был отвергнут, это гармонирует скорее с нашими — как бы это выразиться? — с нашими представлениями о том, что не должно было быть.

Поздравляя себя с удачным оборотом речи, он замолк, протягивая им свою кроткую голову, яйцо кайры, награду их турнира.

Он обращается к ней с торжественными супружескими словами. Ты возлюбила меня, Мириам? Ты возлюбила своего супруга?

— Возможно, так оно и было, — сказал Стефен. — У Гёте есть одна фраза, которую любит цитировать мистер Мэги. Остерегайтесь ваших желаний в юности, ибо они исполняются в зрелом возрасте. Зачем он посылает ухаживать за женщиной, имя которой *buonaroba*[2], за кобылой, на которой все мужчины ездили, за фрейлиной со скандальным прошлым юного лордика? Он сам был лордом речи, он сделал себя оруженосцем, он написал «Ромео и Джульетту». Почему? Потому что вера в себя была безвременно убита. Он начал с того, что был побежден в пшеничном поле (я хотел сказать, в ржаном), и после этого он никогда не будет чувствовать себя победителем и не сумеет победоносно играть в игру «засмейся и ложись». Напускное донжуанство не спа-

---

[1] «Искусство быть дедом» (*франц.*) — известное стихотворение Виктора Гюго.

[2] Проститутка (*итал.*).

сет его. Сколько бы он ни побеждал, он никогда не победит в себе страх побежденного. Клык кабана ранил его там, где, истекая кровью, покоится любовь. Хотя строптивая укрощена, у нее осталось ее незримое орудие женщины. За его словами я чувствую бич плоти, толкающий его к новой страсти, еще более темной тени первой, затемняющей даже его понимание самого себя. То же ожидает его, и двойное исступление сливается в водоворот.

Они слушают. И я в преддверия ушей вливаю.

— Душа его была поражена смертельно, яд был влит в преддверие спящего уха. Но как узнают, какой смертью они умерли, те, кого смерть настигла во сне, если творец не наделит этим знанием их души в будущей жизни? Яд и животное о двух спинах, давшее яд, — дух короля Гамлета мог узнать об этом лишь потому, что творец наделил его этим знанием. Вот почему его речь (его тощий неприятный английский язык) всегда обращена куда-то еще, в прошлое. Изнасилованный и насильник, то, чем он хотел быть и не хотел, он ведет нас от полушарий Лукреции, слоновая кость с синими жилками, к груди Имогены, обнаженной, запятнанной пятью родинками. Утомленный творениями, которые он нагромоздил, чтобы спрятаться от самого себя, он возвращается вспять, старый пес, зализывающий старую рану. Но потому, что поражения его — победы, он уходит в бессмертие все таким же, неоскудневшим, ничему не наученным мудростью, которую он создал, законами, которые он открыл. Его забрало поднято. Теперь он призрак, он тень, он ветер на скалах Эльсинора, все, что хотите, голос моря, голос, которому внемлет лишь сердце того, кто есть сущность его тени, сын, единосущный с отцом.

— Аминь! — послышалось от входной двери.

Ты настиг меня, о враг мой?

Антракт.

Похабное лицо, угрюмое, как лицо дьякона. Бак Маллиган вошел тогда в пестром шутовском наряде, направляясь к приветствию их улыбок. Моя телеграмма.

— Если не ошибаюсь, вы говорили о газообразном позвоночном? — спросил он у Стефена.

Желтожилетный, он весело приветствовал их снятой панамой, точно погремушкой.

Они радушно принимают его. *Was Du verlachst wirst Du noch dienen*[1].

Племя насмешников: Фотий, псевдомалахия, Иоганн Мост.

Тот, Кто Сам Себя зачал через Духа Святого и Сам послал

---

[1] Над чем смеешься, тому послужишь (*нем.*). Цитата из «Фауста» Гёте.

Себя посредником между Собой и другими, Кто, осмеянный Своими врагами, разоблаченный и поруганный, был пригвожден, как нетопырь, к дверям сарая, взалкал на кресте, был погребен, восстал, сошел в ад, вознесся на небеса и там все девятнадцать веков восседает одесную Самого Себя, но вновь придет в последний день судить живых и мертвых, когда все живые будут уже мертвые.

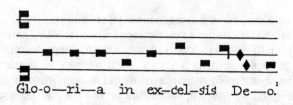

Glo-o—ri—a in ex-cel-sis De—o.[1]

Он воздевает руки. Покрывала спадают. О, цветы! Колокола колоколам колоколами звенят.

— Вот именно, — сказал библиотекарь-квакер. — Весьма поучительный спор. Я уверен, что у мистера Маллигана тоже есть своя теория относительно этой драмы и относительно Шекспира. Должны быть представлены все стороны жизни.

Он улыбнулся поровну на все стороны.

Бак Маллиган задумался, озадаченный.

— Шекспир? — сказал он. — Сдается мне, я где-то слыхал это имя.

Летучая солнечная улыбка покрыла лучами его одутловатое лицо.

— Ну конечно, — сказал он, радостно припоминая. — Тот самый, что пишет, как Синг.

Мистер Без повернулся к нему.

— Вас искал Гэйнс, — сказал он. — Вы его не встретили? Он хотел увидеться с вами попозже в О. Д. Б. Он отправился к Гиллу, покупать хайдовские «Любовные песни Коннахта».

— Я прошел через музей, — сказал Бак Маллиган. — А он был здесь?

— Соотечественникам барда, — ответил Джон Эглинтон, — кажется, порядком наскучили наши блестящие теории. Я слыхал, что вчера вечером в Дублине какая-то актриса в четыреста восьмой раз выступала в роли Гамлета. Вайнинг утверждал, что принц был женщиной. Неужели никто еще не открыл, что он был ирландец? Судья Бертон, вероятно, уже ищет какие-нибудь намеки на это. Он клянется (его высочество, а не его сиятельство) святым Патриком.

---

[1] Слава в вышних Богу (*лат.*).

— Самый блестящий из всех — это этюд Уайльда, — сказал мистер Без, подымая кверху свой блестящий блокнот. — Я говорю о «Портрете В. Х.», где он доказывает, что сонеты написаны неким Вилли Хьюзом, любимцем его музы.

— Посвящены Вилли Хьюзу, вы хотите сказать? — спросил библиотекарь-квакер.

Или Хьюи Вильям. Мистер Вильям Художник. В. Х.: кто я такой?

— Я хотел сказать, посвящены Вилли Хьюзу, — сказал мистер Без, на ходу исправляя свою глоссу. — Конечно, все это парадокс, понимаете, Хьюз и муз и обуз; но как он разрабатывает свою тему! Уайльд чистейшей воды, понимаете. Порхание мотылька.

Его взгляд мотыльком порхнул по лицам, когда он улыбнулся, белокурый эфеб. Уайльд, разбавленный чистейшей водой.

Ты чертовски остроумен. Три драхмы эсквибо ты выпил на дукаты Дана Дизи.

Сколько я истратил? Пустяки, несколько шиллингов.

Угощал шайку щелкоперов. Юмор трезвый и пьяный.

Остроумие. Ты отдал бы все свое остроумие за горделивую ливрею юности, в которой щеголяет он. Следы удовлетворенного желания.

Бывают такие минуты. Возьми ее вместо меня. В брачный период. Юпитер, пошли им прохладу во время течки. Да, обхаживай ее.

Ева. Обнаженный пшеничнолонный грех. Змий обвивает ее, жало в его поцелуе.

— Так, по-вашему, это всего лишь парадокс? — вопрошал библиотекарь-квакер. — Насмешника не принимают всерьез, когда он наиболее серьезен.

Они серьезно обсуждали серьезность насмешника. Тем временем опять застывшее лицо Бака Маллигана глазело на Стефена. Затем, мотая головой, он подошел ближе, вытащив сложенную телеграмму из кармана. Его подвижные губы читали, улыбаясь, снова радостно.

— Телеграмма! — сказал он. — Вдохновение свыше! Телеграмма! Папская булла!

Он примостился на краю неосвещенного стола, жизнерадостно читая вслух:

— *Сентиментален тот, кто хочет наслаждаться, не принимая на себя неоплатного долга благодарности.* Подпись: Дедалус. Откуда ты ее послал? Из педагогического бедлама? Нет. Колледж Грин. Ты что, пропил все четыре соверена? Тетушка собирается нанести визит твоему ненасущному отцу. Телеграмма! Малаки Маллигану, Корабль, Эбби-стрит. О, бесподобный скоморох! О, миропомазанный архикинч!

Жизнерадостно он сунул послание и конверт в карман, но сейчас же сердито запричитал с простонародным акцентом:

— Вот я тебе и говорю, приятель, было нам с Гэйнсом тошно и муторно, а тут ее и несут. И уж так нам нужно было клюкнуть, что и слов нет, и такого, что и монаха подняло бы, хоть бы он весь обмяк, словно мокрая мочалка после веселой ночки. А мы сидим у Коннери как дураки, сидим час, сидим два и ждем, когда это наконец нам посчастливится выпить по пинте каждому.

Он заголосил:

— И сидим это мы там как неприкаянные, а он и в ус себе не дует, да еще телеграммы шлет, и невдомек ему, что у нас в горле пересохло и языки на добрую милю висят, как у причетников с похмелья.

Стефен рассмеялся.

Поспешно, предостерегающе Бак Маллиган наклонился к его уху:

— Бродяга Синг ищет тебя, сказал он, хочет прикончить тебя. Ему рассказали, что ты обмочил его парадное в Гластуле. Он натянул ботфорты и рыщет повсюду, грозясь прикончить тебя.

— Меня! — воскликнул Стефен. — Но ведь это был твой вклад в литературу!

Бак Маллиган весело откинулся всем телом назад и захохотал, обращаясь к темному подслушивающему потолку.

— Прикончить тебя! — хохотал он.

Злобная оскаленная морда, ополчавшаяся против меня за тарелкой искрящегося светом рагу на *rue Saint-Audrèdes-Arts*. Словами о словах ради слов, болтология. Ошин со святым Патриком. Фавн встретился ему в лесу Клямар, размахивающий бутылкой вина. *C'est vendredi saint!*[1] Кровожадный ирландец. Его образ, блуждая, встретился ему. Мне мой. Я встретил дурака в лесу.

— Мистер Листер, — позвал помощник из приоткрытой двери.

— ...в котором каждый находит то, что ищет. Так, судья Мадден в своем *Дневнике Мастера Уильяма Саймонса* находит, что охотничьи термины... Да? Что такое?

— Тут пришел один джентльмен, сэр, — сказал помощник, подходя ближе и протягивая визитную карточку. — Из «Фримена». Он хочет просмотреть комплект «Килкенийского гражданина» за прошлый год.

— Ну конечно, ну конечно, ну конечно. А этот джентльмен?..

Он взял проворную карточку, посмотрел, ничего не увидел, отложил нерассмотренную, взглянул, спросил, скрипнул, спросил:

— А он?.. Ах, там!

Проворно, в темпе гальярди он снялся с места и за дверь. В

___

[1] Сегодня Страстная пятница! (*франц.*).

солнечном коридоре он с многословным рвением говорил, на боевом посту, любезнейший, добрейший и честнейший кваквакакер.

— Этот джентльмен? «Фримен»? «Килкенийский гражданин»? Разумеется. Добрый день, сэр «Килкенийский»... Ну конечно, имеется...

Терпеливый силуэт ожидал, слушая.

— Все крупнейшие провинциальные... «Северный либерал», «Голос Корка», «Страж Эннискорти», 1903... Разрешите вам показать? Эванс, проводите джентльмена... Будьте любезны, пройдите за моим помощ... Или нет, лучше я сам... Вот сюда... Будьте любезны, сэр...

Многословный, исполнительный, он вел ко всем провинциальным газетам темную фигуру, следовавшую за его поспешными шагами.

Дверь закрылась.

— Вот проныра! — крикнул Бак Маллиган. Он соскочил со стола и схватил карточку. — А как его зовут? Ицка Мойше? Блум.

Он болтал, не унимаясь.

— Нет больше Иеговы! Я повстречал его в музее, где я приветствовал пенорожденную богиню. Греческий рот, не оскверненный молитвой. Мы каждый день должны приходить к ней на поклонение. *Жизни жизнь, твои воспламеняют губы.*

Внезапно он повернулся к Стефену:

— Он знает тебя. Он знает твоего родителя. О, я боюсь, он больше грек, чем сами греки.

— Мы хотим услышать еще, — с одобрения мистера Беза решил Джон Эглинтон. — Миссис Ш. начинает нас интересовать. До сих пор если мы о ней и думали, то считали ее терпеливой Гризельдой, домоседкой Пенелопой.

— Антисфен, ученик Горгия, — сказал Стефен, — отнял пальму первенства у племенной матки Кириоса Менелая, у аргивянки Елены, троянской деревянной кобылы, в которой спали двадцать героев, и вручил ее бедной Пенелопе. Два десятилетия он прожил в Лондоне, и были времена, когда он получал жалованья не меньше, чем лорд-канцлер Ирландии. Жил он богато. Его искусство, в большей степени даже, чем то, что Уолт Уитмен называет искусством феодализма, — это искусство излишеств. Паштеты, зеленые бутыли с хересом, медовые соусы, розовый сироп, марципаны, голуби, фаршированные крыжовником, имбирные леденцы. На сэре Уолтере Рэли в день ареста было на полмиллиона драгоценностей, в том числе вышитый корсет. Белью процентщицы Элизы Тюдор позавидовала бы сама царица Савская. Двадцать лет он болтался там, имея все возможности выбирать между супружеской любовью с ее чистыми наслаждениями и незаконной любовью с ее нечистыми соблазнами. Вы знаете рассказ Маннингема о том, как некая горожанка, увидев Дика Барбеджа в «Ричарде III», предложила ему разделить с ним ложе, и как Шекспир, подслушав разговор, взял корову за рога, не подымая шуму из-за ничего, и как он, когда Барбедж постучался в дверь, ответил ему с постели, где он нежился среди одеял рогоносца: «Вильгельм Завоеватель владел Англией раньше Ричарда III».

Кур-ля-Рен. *Encore vingt sous. Nous ferons de petites cochonneries Minette? Tu veux?*[1]

— Сливки общества. И матушка сэра Вильяма Давинанта из Оксфорда с ее чашей канарского вина для каждого кенаря.

Бак Маллиган, возведя благочестивые очи горе, забормотал:

— Блаженная Маргарита Мария Канарейка!

— И дочка шестиженца Гарри и многие другие подруги из окрестных мест, по выражению Лаун Теннисона, джентльмена-поэта. А что же, по-вашему, делала все эти двадцать лет бедная Пенелопа в своем стрэтфордском уединении, за бубновым переплетом окон?

Сделай это. То, что делают. В феттер-лейнском розариуме Джерарда, ботаника, он гуляет, седеющий шатен. Лазоревый колокольчик как жилки на ее руке. Веки Юноны, фиалки. Он гуляет. Мы живем только раз. Только раз у нас тело. Ну сделай же. Там, среди испарений похоти и нищеты, руки ощупывают белизну.

Бак Маллиган энергично стукнул по столу Джона Эглинтона.

— А на кого падает подозрение? — вызывающе сказал он.

— Допустим, что в сонетах он отвергнутый любовник. Отвергнутый раз отвергнут снова. Но придворная ветреница отвергла его ради лорда, ради любимого.

Любовь, которая себя назвать не смеет.

— Вы хотите сказать, что он, как всякий англичанин, — вставил Джон стойкий Эглинтон, — любил своего лорда.

Полуразрушенная стена, где молнией мелькают ящерицы. В Шарантоне я наблюдал за ними.

— Очевидно, так, — сказал Стефен, — раз он готов был совершать на благо ему, и на благо всем неувлажненным нивам, святой обряд, совершаемый конюхом на благо жеребцу. Возможно, как у Сократа, у него была мать-повитуха и строптивая жена. Но она, вертлявая ветреница, не нарушила обета. Два деяния преследуют душу призрака: нарушенный обет и пустоголовый мужлан, которого она осчастливила своими милостями, брат покойного супруга. У нежной Анны, надо думать, кровь была горячая. Обольстившая раз обольщает снова.

Стефен развязно повернулся на стуле.

— Факты на моей стороне, не на вашей, — сказал он, хму-

---

[1] Еще двадцать су. Мы с тобой позабавимся. Хочешь? (*франц.*)

рясь. — Если вы отрицаете, что в пятой сцене «Гамлета» он заклеймил ее позором, объясните мне, пожалуйста, почему в продолжение всех тридцати четырех лет, протекших со дня, когда она женила его на себе, и до дня, когда она его похоронила, он ни разу не упоминает о ней. Все эти женщины уложили своих мужчин в могилу: Мэри своего муженька Джона, Анна своего бедного миленького Виля, когда он возьми да и помри подле нее, боясь, что ему приходится уходить первому, Джоан своих четырех братьев, Юдифь своего супруга и четырех сыновей, Сусанна тоже супруга, тогда как дочка Сусанны, Елизавета, выражаясь словами ее дедушки, вышла за второго, сначала первого убив.

Впрочем, одно упоминание имеется. В те годы, когда он жил на широкую ногу в королевском Лондоне, ей пришлось занять у отцовского пастуха сорок шиллингов, чтобы расплатиться с долгами. Объясните мне это. Объясните и лебединую песнь, которой он прославил ее в веках.

Он бросил вызов их молчанию.

На что Эглинтон:

> О завещаньи говорите вы.
> Ей получать по праву надлежало
> Всю вдовью часть. Он был силен в законах,
> Так говорят нам судьи,
>
>   Сатана в ответ,
>
> Насмешник:
> И поэтому он не назвал ее имени.
> В первом списке, хотя перечислил
>
>   подробно
>
> Все подарки своим дочерям, и сестре,
> И внучке, и старым приятелям в Стрэтфорде
> И в Лондоне. А когда наконец убедили его,
> Как мне кажется, имя ее назвать,
> Он завещал ей свою
> Без тюфяка
> Кровать.
> *Punkt*[1]
>
> Ейзавещал
>
> Безтюфяка
>
> Своюкровать
>
> Ейзатюфял
>
> Безтюкровать
>
> Тпру!

---

[1] Точка (*нем.*).

— Движимое имущество веселых поселян сводилось к очень немногому в те дни, — заметил Джон Эглинтон, — как и в наши дни, впрочем, если верить пьесам из крестьянской жизни.

— Он был богатым помещиком, — сказал Стефен, — у него был герб и поместье в Стрэтфорде и дом в Ирландском подворье в Лондоне, он был крупным акционером, человеком с большими связями, фермером, платившим десятину со своих земель. Почему он не оставил ей свою лучшую свою кровать с тюфяком, если ему хотелось, чтоб остаток дней она прохрапела в мире?

— Не подлежит сомнению, что были две кровати: одна, получше, с тюфяком, другая без, — тонко заметил мистер Без.

— *Separatio a mensa et a thalamo*[1], — уточнил Бак Маллиган, вызывая улыбки.

— В древней истории упоминаются знаменитые кровати, — сморщился бездарный Эглинтон, бесстыдно улыбаясь. — Дайте-ка вспомнить.

— В древней истории упоминается о том, как стагиритский школьник, лысый языческий мудрец, — сказал Стефен, — умирая в изгнании, освободил и наградил своих рабов, воздал должное своим престарелым родителям, пожелал лечь в землю рядом с останками своей покойной супруги и попросил своих друзей не забывать его старую возлюбленную (вспомним, Нелл Гвинн Херпилис) и позволить ей жить в его вилле.

— Так, по-вашему, он умер именно так? — слегка встревоженно спросил мистер Без. — Я хочу сказать...

— Он умер мертвецки пьяный, — поставил точку Бак Маллиган. — Кварта эля — королевский напиток. О, я должен рассказать вам, что изрек Доуден!

— Что? — спросил Безэглинтон.

— Акц. О-во Вильям Шекспир и К°. Общедоступный Вильям. За всеми справками обращаться по адресу: Э. Доуден, Хайфилдхаус...

— Чувство красоты сбивает нас с правильного пути, — сказал прекрасногрустный Без уроду Эглинтону.

Стойкий Джон ответил сурово:

— Что значат эти слова, может объяснить нам врач. Нельзя одновременно и невинность соблюсти и капитал приобрести.

Ах, ты так? Неужели они будут оспаривать у нас, у меня пальму первенства?

— А равным образом и чувство собственности, — сказал Стефен. — Он вытащил Шейлока из собственного поместительного кармана. Сын хмелеторговца и ростовщика, он сам был хлеботорговцем и ростовщиком; десять возов хлеба хранились у него в

---

[1] Отлучение от стола и ложа (*лат.*).

470

амбарах во время голодных бунтов. Его должники и есть, наверное, те самые знатные особы, которых упоминает Четль Фальстаф, похваляющийся своей честностью в делах. Он упек под суд одного из своих собратьев-актеров за несколько мешков солода и за каждый ссуженный в долг грош требовал своего фунта мяса в виде процентов. А как бы иначе мог бы конюх Обрея и суфлер разбогатеть так быстро? Каждое событие лило воду на его мельницу. История Шейлока совпадает по времени с еврейскими погромами, начавшимися после повешения и четвертования придворного лекаря королевы, Лопеса, у которого заживо вырвали сердце из груди; «Гамлет» и «Макбет» — со вступлением на престол шотландского горе-философа, питавшего пристрастие к поджариванию ведьм. В «Тщетных усилиях любви» он издевается над погибшей Армадой. Величественные корабли его исторических хроник плывут по взбаламученному морю ярого шовинизма. Начинается процесс уорикширских иезуитов — и вот перед нами лакейская теория словоблудия. «Отважный мореход» возвращается на родину с Бермудских островов, и в результате появляется драма, приводившая в восторг Ренана, в которой выведен Патси Калибан, наш американский родич. В своих сладких как сахар сонетах он идет по стопам Сиднея. Что же до златовласой феи Елизаветы, иначе рыжей кошки Бесс, бесстыдной девы, вдохновившей «Виндзорских проказниц», пусть какой-нибудь мейнгер из Неметчины роется всю свою жизнь в бельевой корзине, отыскивая на дне ее глубокие скрытые смыслы.

Это у тебя ловко получилось. Теперь подмешай сюда еще теологико-филологической микстурки.

— Докажите, что он был еврей, — вызывающе сказал Джон Эглинтон, насторожившись. — Ваш декан утверждает, что он был правоверный католик. *Sufflaminandus sum*[1].

— Он был германского производства, — ответил Стефен, — премированный французский лакировщик итальянских скандалов.

— Мириадоумый человек, — надоумил мистер Без. — Кольридж назвал его мириадоумым.

Amplius. In societate humana hoc est maxime necessarium ut sit amicitia inter mutos[2].

— Святой Фома, — начал Стефен.

— Молись о нас, — простонал монах Маллиган, бросаясь в кресло. Оттуда он разразился протяжным воем: — *Pogue mahone!*

---

[1] Я заторможен (*лат.*).

[2] Далее. В человеческом обществе самое главное — содружество многих (*лат.*).

Acushla machree![1] Пропали теперь наши бедные головушки! Как пить дать пропали!

Все улыбнулись, каждый по-своему.

— Святой Фома, — сказал Стефен, улыбаясь, — чьи толстопузые труды я имею удовольствие читать в оригинале, подходя к вопросу о кровосмешении с точки зрения, отличной от точки зрения новейшей венской школы, о которой рассказывал нам мистер Мэги, уподобляет его, с присущим ему своеобразием и мудростью, эмоциональной скупости. Он хочет сказать этим, что тот, кто дарит свою любовь кровному родичу, как бы отнимает ее у постороннего, который, может быть, жаждет этой любви. Евреи, обвиняемые христианами в скупости, из всех народов наиболее склонны к бракам между членами одной семьи. Подобные обвинения бросают в пылу гнева. Христианские законы, помогавшие евреям (которым, как и лоллардам, буря служила убежищем) накоплять сокровища, сковывали их чувства стальными обручами. Добродетель это или грех — об этом поведает нам Отче Ничей в день Страшного суда. Но человек, цепляющийся за то, что он называет своими правами, в ущерб тому, что он называет своими обязанностями, будет крепко цепляться за то, что он называет своими правами, в ущерб той, кого он зовет своей женой. Никакой сэр Смайл из соседей не пожелает вола ближнего своего ни жены его ни раба его ни рабыни его ни осла его.

— Ни ослицы его, — возгласил в ответ Бак Маллиган.

— С кротким Виллом обошлись довольно круто, — кротко сказал кроткий мистер Без.

— С каким Виллом[2]? — мягко ввернул Бак Маллиган. — Я что-то совсем запутался.

— Воля к жизни, — зафилософствовал Джон Эглинтон, — ибо бедная Анна, вдова Вилла, есть воля к смерти.

— Requiescat![3] — взмолился Стефен.

> *Где ты, воля к совершенью?*
> *Ты исчезла как виденье.*

— Даже если вам удастся доказать, что кровать в те дни была такой же редкостью, как теперь автомобиль, и резные украшения на ней были чудом семи приходов, — она все-таки лежит, окоченевшая, жалкая царица, на той самой кровати без тюфяка. В старости она пристрастилась к проповедникам (один из них проживал на Новой площади и выпивал за счет города кварту хереса, но на какой кровати он спал — не пристало спрашивать) и узнала, что у нее есть душа. Она читала или ей читали его лу-

---

[1] Милый мой! Голубчик мой! (*ирланд.*)
[2] «Вилл» (will) по-английски значит «воля».
[3] Покойся! (*лат.*).

бочные книжки, которые она предпочитала «Виндзорским проказницам», и, орошая ночными водами урыльник, размышляла над «Крючками и Петлями для Штанов Истинно Верующих» и над «Наидуховнейшей Табакеркой для Благочестивых Душ». Венера осквернила свои губы молитвой. Скверна души: угрызения совести. Возраст, когда отставные шлюхи ищут своего бога.

— История подтверждает это, — *inquit Eglintonus Chronologos*[1]. — Один возраст сменяется другим. Но из высокоавторитетных источников мы знаем, что худшие враги человека — это домашние его, его семья. Пожалуй, Рэссел прав. Какое нам дело до его жены и отца? Я сказал бы, что только у поэтов домашнего очага бывает домашний очаг. У Фальстафа домашнего очага не было. Пожалуй, тучный рыцарь был его шедевром.

Тощей спиной он прислонился к спинке стула. Робко, отрекаясь от своих, неверный родич. Робко, за круговой чашей с нечестивыми, пропускает свой черед. Отец из Ульстерского Антрима заповедал ему. Навещает его четыре раза в год. Мистер Мэги, сэр, там джентльмен, желает вас видеть. Меня? Говорит, он ваш отец, сэр. Дайте мне моего Вордсворта. Входит Мэги Мор Мэтью, суровый седовласый мужлан в суровом сукне, в штанах с застегнутым на все пуговицы гульфиком, его чулки, замаранные грязью десяти лесов, ветвь дичка как жезл в его руке.

А мой? Он знает твоего родителя. Вдовец.

Когда спешил к ее убогому смертному одру из веселого Парижа, на пристани прикоснулся к его руке. Голос, незнакомая прежде теплота, говорит. Доктор Боб Кэнни лечит ее. Глаза, желающие мне добра. Но не знающие меня.

— Отец, — сказал Стефен, борясь со своею подавленностью, — неизбежное зло. Он написал свою трагедию через несколько месяцев после смерти отца. Утверждая, что он, седеющий муж с двумя дочерьми на выданье, с тридцатью пятью годами жизни за плечами, *nel mezzo del cammin di nostra vita*[2], с пятьюдесятью годами житейского опыта, и есть безбородый виттенбергский студент, вы тем самым утверждаете, что его семидесятилетняя старуха мать — это похотливая королева. Нет. Труп Джона Шекспира не скитается по ночам. Из часа в час он гниет и гниет. Он покоится, обезоруженный отец, передавший мистическое состояние отцовства своему сыну. Именно на этой тайне, а вовсе не на мадонне, которую лукавый итальянский ум бросил как кость европейской черни, зиждется церковь, неколебимо зиждется, ибо, подобно вселенной, подобно макро- и микрокосму, она

---

[1] Промолвил Эглинтон Хронолог (*лат.*).

[2] «Земную жизнь пройдя до половины...» (*итал.*); начало «Божественной комедии» Данте.

зиждется на пустоте. На невероятном, на неправдоподобном. Возможно, *amor matris*[1], субъективный и объективный родительный падеж, — это единственная реальность в жизни. Возможно, отцовство — это лишь юридическая фикция. Есть ли в мире хоть один отец хоть одного сына, любимый этим сыном или любящий его?

К чему это ты клонишь, приятель?

Знаю, знаю. Замолчи. Ступай к черту! Значит, так надо.

Amplius. Adhuc. Iterum. Postea[2].

Или ты обречен на это?

— Плотский стыд ставит между нами столь прочные преграды, что криминальная хроника мира, пестрящая всеми возможными видами инцестов и извращений, почти не знает подобных случаев. Сыновья с матерями, отцы с дочерьми, лесбийские сестры, любовь, которая себя назвать не смеет, внуки с бабушками. Нерожденный сын умаляет красоту матери; рожденный, он причиняет страдания, требует долю любви, умножает заботы. Он самец: его расцвет — это закат отца, его юность на зависть отцу, его друг — враг отцу.

Эта мысль пришла мне в голову на *rue Monsieur le-Prince*.

— Чем связывает их природа? Мгновением слепой похоти.

А я отец? А если бы я был? Отдернутая неуверенная рука.

— Африканец Савеллий, самый лукавый из всех ересиархов, утверждал, что Бог Отец сам был своим собственным сыном. Бульдог Аквинский, для которого нет ничего невозможного, опровергает его. Итак: если отец, не имеющий сына, не есть отец, может ли сын, не имеющий отца, быть сыном? Когда Рэтлендбэконсаутгемптоншекспир или другой поэт, носящий то же имя в «Комедии ошибок», написал «Гамлета», он был не только отцом своего сына, но также, перестав быть сыном, он был и чувствовал себя отцом всего своего рода, отцом своего собственного деда, отцом своего нерожденного внука, который по той же причине так и не родился, потому что природа, как понимает ее мистер Мэги, боится совершенства.

Глаза Эглинтона, робкояркие, вспыхнули от удовольствия, глянули на него робкоярко. Глядящий с довольным блеском, веселый пуританин, сквозь сморщенную, в иглах, розу.

Польстить. Изредка. Но польстить.

— Сам собственный отец, — сказал самому себе Сынмаллиган. — Постойте-ка. Я в положении. В моем мозгу шевелится нерожденное дитя. Афина Паллада! Пьеса! Пьеса, вот что! Разрешите мне разрешиться от бремени!

---

[1] Любовь матери (*лат.*).

[2] Дальше еще. Опять. После (*лат.*).

Он схватился за свой брюхатый лоб обеими принимающими руками.

— Что же касается его семьи, — сказал Стефен, — имя его матери живо в Арденнском лесу. Ее смерть дала ему сцену с Волумнией в «Кориолане». Смерть его малолетнего сына — это смерть юного Артура в «Короле Джоне». «Гамлет», черный принц, — это Гамнет Шекспир. Кто такие девушки в «Буре», в «Перикле», в «Зимней сказке», мы уже знаем. Кто такая Клеопатра, котел с мясом в земле Египетской, Крессида и Венера, мы можем догадаться. Но в его пьесах упоминается и еще один член его семьи.

— Интрига усложняется, — сказал Джон Эглинтон.

Библиоквакер, подпрыгивая, на цыпочках, вошел, прыг-прыг, его лицо, прыг-прыг, поспешно, прыг-прыг и квак.

Дверь закрылась. Келья. День.

Они внимают. Трое. Они.

Я ты он они.

Идемте, г-да.

СТЕФЕН: У него было три брата: Гилберт, Эдмунд, Ричард. Гилберт в старости рассказывал своим приятелям дворянчикам, как он задарма достал пропуск у господина Сборщика, лопни мои глаза, если я вру, и видел в Лондоне своего братца господина Виля, того, что драмы пишет, и тот камедь ломал, а драка там была, что только держись, а на закорках у Виля здоровенный дядя сидел. Театральные сосиски пленили душу Гилберта. Его нет нигде: но Ричарда и Эдмунда кроткий Вильям помянул в своих драмах недобрым словом.

МЭГИГЛИНДЖОН: Имена! Что имя?

БЕЗ: Это мое имя, Ричард, понимаете. Я надеюсь, что вы замолвите словечко за Ричарда, а то мне будет обидно, понимаете?

(*Смех*)

БАК МАЛЛИГАН: (*Piano, diminuendo*)

> *И тогда промолвил медик Дик:*
> *Слушай, друг, сердешный, медик Дэви...*

СТЕФЕН: Из троицы злодеев, которых он вытряхнул, как боевых петухов, на помостки. Яго, Ричард Горбун, Эдмунд в «Короле Лире», двое носят имена злых дядей. И заметьте — «Король Лир» был создан или создавался в то самое время, когда его брат Эдмунд умирал в Соуэрке.

БЕЗ: Я надеюсь, самое худшее достанется на долю Эдмунда. Я не хочу, чтобы Ричард, мое имя...

(*Смех*)

КВАКЕРЛИСТЕР: (*A tempo*) Но тот, кто имя доброе мое отнимет...

СТЕФЕН: (*Stringendo*). Он скрыл свое имя, хорошее имя, Вильям, в одной драме под маской статиста, в другой — под маской шута, подобно старому мастеру итальянцу, помещавшему свое лицо где-нибудь в углу холста. Он раскрыл его в сонетах, где Witts, пожалуй, даже слишком много. Так же, как Джону О'Гонту, его имя дорого ему, не менее дорого, чем дворянский герб, ради которого он пресмыкался, на поле черни копье из посеребренной стали, honorificabilitudinitatibus[1] дороже, чем слава величайшего потрясателя сцены в Англии. Что имя? Об этом мы спрашиваем себя в детстве, когда пишем то имя, которое, по словам взрослых, принадлежит нам. Звезда, хвостатая звезда, немеркнущее днем светило зажглось при его рождении. Днем оно одно сияло в небесах, сияло ярче, чем Венера ночью, а по ночам оно сияло над дельтой Кассиопеи, над возлежащим созвездием, начертавшим среди звезд его инициал. Его глаза следили за светилом, склонявшимся все ниже к горизонту, восточнее Медведицы, когда в полночь он проходил по сонным летним полям, возвращаясь из Шоттери и из ее объятий.

Оба довольны. Я тоже.

Не говоря им, что ему было девять лет, когда оно исчезло.

И из ее объятий.

Ждешь, чтобы тебя улещали, обольщали? Ах ты, дурень. Кто это станет тебя обольщать?

Читать в небесах. *Auton timerumenos. Bous Stephanoumenos*[2]. Где твое созвездие, Стиви, Стиви, зад в крапиве. *S. D. Sua donna. Già: di lui. Gelindo risolve di non amar S. D.*[3].

— А что это такое было, мистер Дедалус? — спросил библиотекарь-квакер. — Какое-нибудь небесное явление?

— Ночью звезда, — сказал Стефен, — днем облачный столб.

Больше ничего не скажешь.

Стефен посмотрел на свою шляпу, свою трость, не свои башмаки.

Stephanos[4]. Мой венец. Мой меч. Его башмаки уродуют форму моих ног. Купить себе пару. Носки дырявые. И носовой платок.

— Вы умеете обыграть имя, — признал Джон Эглинтон. — Ваше имя тоже нельзя назвать обычным. Мне кажется, оно объясняет ваш причудливый ум.

Мое, Мэги и Маллигана.

Легендарный искусник, соколоподобный муж. Ты летел. Куда? Ньюхэвен — Дьепп, пассажир третьего класса. Париж и обратно.

---

[1] «Достопочтенный» с прибавлением нескольких суффиксов (*лат.*).

[2] Сам себя называющий; бык, носящий венок (*греч.*).

[3] С. Д.: свою даму. Ага: его. Дженни решает не любить С. Д. (*итал.*).

[4] Венок (*греч.*).

Пигалица. Икар. *Pater, ait*[1]. Обрызганный морской пеной, упавший, барахтающийся в луже. Пигалица ты. Пигалица он.

Мистер Без спокойнорьяно поднял свой блокнот и произнес:

— Все это крайне интересно, потому что этот мотив, знаете, мотив братьев, мы находим также в древнеирландских мифах. Как раз то самое, о чем вы говорите. Три брата Шекспира. У Гримма тоже, знаете, в сказках. Третий брат, который женится на Спящей красавице и получает безценную награду.

Безценнейший из безценных братьев. Ценный, ценнейший, бесценный.

Библиотекарь-квакер припрыгал и остановился.

— Мне хотелось бы знать, — сказал он, — какого брата вы. Насколько я вас понимаю, вы хотите намекнуть, что имел место адюльтер с одним из братьев... Но, может, я забегаю вперед?

Он спохватился: посмотрел на всех: воздержался.

Помощник позвал из коридора:

— Мистер Листер! Отец Динин просит...

— О! Отец Динин! Сейчас!

Проворно слез скрипя счас счас он счас ушел.

Джон Эглинтон поднял перчатку.

— Продолжайте, — сказал он. — Нам хочется послушать, что вы скажете о Ричарде и об Эдмунде. Вы приберегли их напоследок, не так ли?

— Обращаясь к вам с просьбой не забывать об этих двух благородных родичах поэта, о дяде Ричи и дяде Эдмунде, — ответил Стефен, — я, кажется, прошу слишком многого? Брата забывают с такой же легкостью, как, скажем, зонтик.

Пигалица.

Где твой брат? Клуб аптекарей. Мой оселок. Он, потом Крэнли, Маллиган: теперь эти. Говори, говори. Но действуй. Действуй, говоря. Они издеваются, желая испытать тебя. Действуй. Противодействуй.

Пигалица.

Мне надоел мой голос, голос Исава. Полцарства за бокал.

Дальше.

— Вы мне возразите, что эти имена он заимствовал из тех самых хроник, из которых он черпал материал для своих трагедий. Но почему он взял именно эти, а не другие имена? Ричард, горбатый отпрыск шлюхи, выродок, любезничает со вдовствующей Анной, улещает и обольщает ее: отпрыск шлюхи — веселую вдову. Ричард завоеватель, третий брат, овладел ею после Вильгельма завоеванного. Остальные четыре действия драмы — дряблый привесок к первому. Ричард — единственный из всех его коро-

---

[1] Отец говорит (*лат.*); цитата из «Метаморфоз» Овидия.

лей, не охраняемый Шекспировым почтеньем, ангелом мира сего. Почему в «Короле Лире» побочная интрига, где фигурирует Эдмунд, была заимствована из «Аркадии» Сиднея и пристегнута к старой как мир кельтской легенде?

— Обычная манера Виля, — заступился Джон Эглинтон. — Мы теперь не стали бы сочетать скандальную сагу с отрывком из романа Джорджа Мередита. Que voulez-vous?[1] — сказал бы Мур. Он помещает Богемию на берегу моря и заставляет Улисса цитировать Аристотеля.

— Почему? — ответил Стефен сам себе. — Потому что тема брата-предателя, или узурпатора, или прелюбодея, или всех трех в одном лице, никогда не покидает Шекспира. Тема изгнания, изгнания из сердца, изгнания из дома, проходит красной нитью сквозь все его драмы начиная с «Двух веронцев» и до «Бури», где Просперо ломает свой жезл. Закапывает его на глубину нескольких футов в землю и бросает в море свою книгу. В его зрелые годы эта тема раздваивается, отражается в других темах, повторяется, протазис, эпитазис, кататазис, катастрофа. Она вновь появляется, когда он уже на краю могилы, когда его замужнюю дочь Сусанну, яблочко, упавшее недалеко от яблони, обвиняют в прелюбодеянии. Первородный грех омрачил его разум, ослабил его волю и внушил ему сильное пристрастие к злу. Выражаясь словами милордов епископов из Майнута, скажем: первородный грех, совершенный, подобно изначальному первородному греху, той, чьим грехом он также согрешил. То же самое находим мы и когда читаем между строк его последней воли, и когда разбираем надпись на его могильном камне, под которым ее останки не будут лежать. Годы не вытравили эту тему. Красота и умиротворение не победили ее. Она повсюду в бесконечном многообразии, в сотворенном им мире, в «Много шуму из ничего», дважды в «Как вам это нравится», в «Буре», в «Гамлете», в «Мере за меру» и во всех остальных драмах, которых я не читал.

Он рассмеялся, освобождая свой ум от оков ума.

Судья Эглинтон резюмировал.

— Обе стороны правы, — заявил он. — Шекспир и дух отца и принц. Он все во всем.

— Совершенно верно, — сказал Стефен. — Мальчик первого действия и зрелый муж пятого — это одно лицо. Все во всем. В «Цимбелине», в «Отелло» он сводник и рогоносец. Он действует и противодействует. Влюбленный в идеал или в извращение, он, как Хозе, убивает реальную Кармен. Его неуклюжий интеллект — это одержимый Яго, непрестанно стремящийся причинить страдания мавру внутри себя.

---

[1] Что вы хотите? (франц.)

478

— Ку-ку! Ку-ку! — непристойно проклохтал кукушка Маллиган. — Этот звук источник мук!

Темный свод принял, отдал.

— А Яго — что за фигура! — воскликнул отважный Джон Эглинтон. — Нет, что ни говорите, Дюма-fils (или это Дюма-père?) был прав. После Бога Шекспир величайший творец.

— Ни мужчины, ни женщины не радуют его, — сказал Стефен. — Пробыв в отсутствии всю жизнь, он возвращается на тот самый клочок земли, где родился, где он, муж и мальчик, был безмолвным свидетелем, и там, в конце жизненного пути, он сажает в землю свое тутовое дерево. Потом умирает. Спектакль окончен. Могильщики хоронят Гамлет-père'а и Гамлет-fils'а, возведенного наконец смертью в сан короля и принца, с музыкальным сопровождением. Пусть убитого и обманутого, но зато оплакиваемого всеми хрупкими и нежными сердцем датчанками и дублинками, и скорбь о покойном — вот единственный супруг, с которым они отказываются расстаться. Если вам нравится эпилог, вчитайтесь-ка в него: преуспевающий Просперо, вознагражденная добродетель, Лиззи, дедушкина любимая внучка, и гадкий дядя Ричи, сопровожденный поэтическим правосудием туда, куда попадают все гадкие арапы. Занавес. Он нашел во внешнем мире действительным все то, что в его внутреннем мире было возможным. Метерлинк сказал: Если Сократ сегодня утром покинет свой дом, он найдет мудреца, сидящего на пороге. Если Иуда сегодня вечером отправится в путь, этот путь приведет его к Иуде. Жизнь каждого из нас — это много дней, день за днем. Проходя через самих себя, мы встречаем грабителей, духов, великанов, стариков, юношей, жен, вдов, братьев-соперников. Но встречаем всегда самих себя. Драматург, написавший фолио этого мира, и написавший плохо (он сотворил сначала свет и только через два дня солнце), повелитель вещей, каковы они есть, тот, кого самые правоверные из католиков называют *dio boia*, бог-палач, есть, конечно, все во всем во всех нас — конюх и мясник, и он был бы сводником и рогоносцем, если бы не то обстоятельство, что в предсказанной Гамлетом небесной экономии нет больше браков, ибо облеченный славой человек, андрогинный ангел, есть сам себе жена.

— Эврика! — воскликнул Бак Маллиган. — Эврика.

Внезапно просияв, он вскочил с места и одним прыжком очутился у стола Джона Эглинтона.

— Можно? — сказал он. — Дух Божий сошел на Малаки.

Он принялся писать на листке бумаги.

Взять листков с кафедры, уходя.

— Женатые, — сказал мистер Без, — герольд нежности, все, кроме одного, будут жить. Прочие останутся как они есть.

Он рассмеялся, неженатый, обращаясь к Эглинтону Иоганну, холостяку и бакалавру.

Невенчанные, необрученные, боящиеся брачных уз, они листают еженощно комментированное издание «Укрощения строптивой».

— Вы только и делаете, что обманываете ожидания, — сказал напрямик Джон Эглинтон Стефену. — Все, что вы говорили, было сказано лишь для того, чтобы показать нам французский треугольник. Сами-то вы верите в свою теорию?

— Нет, — поспешно сказал Стефен.

— Вы напишете все это? — спросил мистер Без. — Вы бы сделали из этого диалог, знаете, вроде платоновских диалогов Уайльда.

Джон Эклектикон улыбнулся надвое.

— Ну, а в таком случае, — сказал он, — мне не совсем ясно, почему вы рассчитываете получить за все это вознаграждение, раз вы сами не верите. Дауден верит, что в Гамлете скрыта какая-то тайна, но больше он ничего не говорит. Герр Блейбтрей, тот самый господин, которого Пипер встретил в Берлине, работает над рэтлендовской теорией; он верит, что тайна погребена под стрэтфордским надгробием. Пипер говорит, что он собирается посетить теперешнего герцога и доказать ему, что драмы написал его предок. Для его светлости это будет приятным сюрпризом. Но он верит в свою теорию.

Верую, Господи, помоги моему неверию. Как это понимать: помоги мне верить или помоги мне не верить? Кто помогает верить? *Egomen*[1]. А кто не верить? Чужой дядя.

— Вы единственный сотрудник «Даны», требующий сребреников. К тому же я не знаю, будет ли у нас место в ближайшем номере. Фред Райен хочет поместить статью по экономике.

Фредрайен. Два сребреника он дал мне в долг. Выручил тебя. Экономика.

— За гинею, — сказал Стефен, — вы можете опубликовать это интервью.

Бак Маллиган оторвался от своего смеющегося писания, смеясь: и серьезно проговорил, медоточа ехидство:

— Посетив барда Кинча в его летней резиденции на Мекленбург-стрит, я нашел его погруженным в изучение *Summa contra Gentiles* в обществе двух гонореидальных дам, Нелли Персик и Розали, феи с угольной пристани.

Он сорвался с места.

— Идем, Кинч. Идем, блуждающий Энгус Покровитель Птиц.

---

[1] Я сам (*лат.*).

Идем, Кинч, ты уже доел все, что осталось. Конечно. Я буду подавать вам остатки и отбросы.

Стефен поднялся.

Жизнь — это много дней. Этот день кончится.

— Надеюсь, мы увидимся сегодня вечером, — сказал Джон Эглинтон. — *Notre ami*[1] Мур говорит, что Малаки Маллиган обязательно должен прийти.

Бак Маллиган в придворном поклоне взмахнул листком бумаги и панамой.

— Мусью Мур, — сказал он, — просвещающий ирландскую молодежь по части французской непечатной словесности. Как же, обязательно приду. Идем, Кинч, бардам необходимо выпить. Ты еще держишься на ногах?

Смеясь, он...

Дым коромыслом до одиннадцати. Ирландские афинские ночи. Увалень...

Стефен шел следом за увальнем.

Однажды в Национальной библиотеке у нас был спор. Шекс. Следом за спиной увальня я шел. Я наступаю ему на мозоли.

Стефен, раскланявшись, уныло следовал за увальнем-шутом, за холеной шевелюрой, свежеподстриженной, из сводчатой кельи на шумный дневной свет бездумья.

Чему я научился? У них? У самого себя?

Ходишь теперь как Гэйнс.

Комната тихого чтения. Кэшел Бойл О'Коннор Фицморис Тисдэл Фэррел украшает книгу посетителей своим многословным росчерком. Тема: был Гамлет сумасшедшим? Плюшка квакер в разгаре душеспасительно-ученой беседы с попиком.

— Пожалуйста, пожалуйста, сэр... Я буду в восторге...

Турникет.

Кто?.. Шляпа с синей лентой... Небрежно пишет... Что? Посмотрел?..

Изгиб балюстрады; плавноскользящий Минций.

Пэк Маллиган, панамошлемый, спускался со ступеньки на ступеньку, в ритме ямба напевая:

> *Джон Эглинтон, мой ангел Джон,*
> *Зачем ты не женился?*[2]

Он брызнул слюной в воздух:

— О, бескостный китаез! Джон Без Жен Эг Лин Тон. Мы с Гэйнсом зашли в их театрик; в клубе водопроводчиков. Наши актеры готовятся подарить Европе новое искусство, на манер

---

[1] Наш друг (*франц.*).
[2] Перифраз стихотворения Р. Бёрнса «Джон Андерсон».

греков или М. Метерлинка. Театр Аббатства! В публике будет вонять монахами.

Он лихо сплюнул.

Забыл: так же, как он не забыл, как отхлестал его лупоглазый сэр Люси. И бросил свою *femme de trente ans*[1]. А почему больше не родились дети? А почему его первенец — девочка?

Задним умом крепок. Вернуться назад.

Непреклонный затворник все еще там (этот невинность сохранил) и нежный отрок, баловень любви, светлые кудри Федона приятно ласкать.

Я... видите ли, я... я только хотел... я забыл... он...

— Лонгуорс и Мак-Карди Аткинсон были там...

Пэк Маллиган приплясывал вприпрыжку, выделывая трели:

> *Когда ругается солдат*
> *Иль раздается звучный блат,*
> *Передо мною как живой,*
> *С его искусственной ногой,*
> *Встает Мак-Карди Аткинсон,*
> *А с ним китаец Эглинтон,*
> *Иначе Джон без подбородка.*
> *Они хлестать боялись водку,*
> *Жениться тоже не решались*
> *И ежечасно удручались...*

Шути, шути. Познай самого себя.

Остановившись ступенькой ниже, насмешник смотрит на меня. Я останавливаюсь.

— Ах ты, скорбный скоморох, — простонал Бак Маллиган. — Синг перестал носить черное, чтобы быть ближе к природе. Черны только вороны, попы и английский уголь.

Улыбка прошла по его губам.

— Лонгуорс зол, как тысяча чертей, — сказал он, — после того, что ты написал об этой старой селедке Грегори. Ах ты, проспиртованный инквизитор-иудей-иезуит! Она тебя устроила в газету, а ты вместо благодарности разносишь в пух и прах его писанину. Не мог ты, что ли, обойтись с ней а-ля Йейтс?

Он продолжал спускаться, напевно завывая, размахивая грациозными руками:

— Самая прекрасная из книг, какие появились за мое время в нашей стране. Невольно вспоминается Гомер!

Он остановился у подножия лестницы.

— Я разрешился пьесой для скоморохов, — торжественно сказал он.

Многоколонный мавританский зал, сплетенные попарно тени. Кончилась мореска девяти человечков в колпачках квадратов и кубов.

---

[1] Тридцатилетняя женщина (*франц.*).

Нежно модулируя, Бак Маллиган прочел свой листок:

Национальный имморалитэ в трех оргазмах
Малаки Хулигана.

Он повернулся к Стефену грязной заплатой счастливой ухмылки, говоря:

— Боюсь, не слишком ли это прозрачно. Ну, слушай.

Он прочел, *marcato*:

— Действующие лица:
Товий Тостофф (потрепанный поляк)
Краб (джентльмен с большой дороги)
Медикус Дик (парочка монорфистов)
и Медикус Дэви
Матушка Гроган (водоносица)
Нелли Персик и
Розали (фея с угольной пристани).

Он хохотал, мотая головой из стороны в сторону, шагая впереди Стефена: и весело он говорил теням, душам людей:

— О, та ночь в Кэдмен-Холл, когда дочерям Эрина приходилось подымать юбки, переступая через тебя, а ты лежал в своей маренгоцветной, многоцветной, многообразной блевотине!

У дверей, чувствуя, что сзади кто-то идет, он посторонился.

Расстанься. Самый подходящий момент. А то где же? Если Сократ сегодня утром покинет дом, если Иуда сегодня ночью отправится в путь. Не все ли равно? Все лежит в пространстве, к чему я во времени должен прийти, непреодолимо.

Моя воля, его воля, противостоящая мне. Пропасть между нами. Человек прошел между ними, кланяясь, приветствуя.

— Здравствуйте еще раз, — сказал Бак Маллиган.

Портик.

Здесь я гадал по птицам. Энгус Покровитель Птиц. Прилетают, улетают. Прошлой ночью я летал. Легко летал. Люди удивлялись. Потом улицы проституток. Дыню рупеллию он поднес мне. Войдем. Вы увидите.

День. Тележка солнца над аркой моста.

Темная спина шла впереди них. Шаг леопарда, вниз, на улицу через ворота, под зубцами ограды.

Они шли следом.

Продолжай оскорблять меня. Говори.

Мягкий воздух подчеркивал углы домов на Килдер-стрит. Птиц нет. Нежные, над крышами домов две перистые струйки дыма подымались, дымный плюмаж, и легким порывом ветра были легко унесены.

Перестань бороться. Покой друидских жрецов в «Цимбелине», иерофантов; из необъятной земли алтарь.

Богов мы славим.
Наш фимиам от алтарей священных
Да вознесется к ним.

Ректор, его высокопреподобие Джон Конми, О.И., положил свои гладкие часы обратно во внутренний карман и сошел с крыльца своего дома. Без пяти три. Как раз время прогуляться до Артэна. Как его зовут, этого мальчика? Ах да, Дигнэм. *Vere dignum et justum est*[1]. Надо повидать брата Суона. Письмо мистера Каннингхэма. Да, оказать ему услугу, если возможно. Хороший усердный католик: такие полезны при сборах на миссию.

Одноногий матрос, ленивыми скачками ковыляя на своих костылях, хрипло пропел несколько слов. Доковыляв до монастыря Сестер Милосердия, он круто остановился и протянул картуз его высокопреподобию Джону Конми, О. И. Отец Конми благословил его, так как в кошельке у него, он знал, была только одна серебряная крона.

Отец Конми перешел через улицу к Маунтджой-сквер. Идя, он думал, но не очень долго, о солдатах и матросах, которым оторвало ноги пушечными ядрами и которые кончают свои дни где-нибудь в богадельне, и о словах кардинала Уолси: «Если бы я служил Богу так, как служил королю, он не оставил бы меня в дни моей старости». Он шел в тени деревьев под солнцемигающей листвой, навстречу ему шла жена мистера Дэвида Шихи, Ч. П.

— Очень хорошо, благодарю вас, отец. А вы как, отец?

Отец Конми чувствовал себя прекрасно. Должно быть, поедет в Бэкстон на воды. А ее мальчики, как они в Бельведере? Ах, вот как. Отец Конми рад это слышать. А сам мистер Шихи? Все еще в Лондоне. Сессия парламента еще не кончилась, да, конечно. Прекрасная погода, прямо на редкость. Да, весьма возможно, что отец Бернард Воган опять будет говорить проповедь. О да, огромный успех. Замечательный человек.

Отец Конми был очень рад видеть жену м-ра Дэвида Шихи, Ч. П., в добром здравии, и он попросил передать от него привет мистеру Дэвиду Шихи, Ч.П. Да, он непременно зайдет.

— Всего лучшего, миссис Шихи.

Отец Конми снял шляпу, кланяясь черному стеклярусу ее мантильи, чернильноблеснувшему на солнце. И снова улыбнулся, уходя. Зубы у него, он знал, были вычищены эвкалиптовой пастой.

Отец Конми шел и, идя, улыбался, вспоминая смеющиеся глаза и простонародные словечки отца Бернарда Вогана.

— Пилат! Что ты не приструнишь этих горластых бездельников?

Ревностный служитель церкви тем не менее. Несомненно. И

---

[1] Достойно и праведно (*лат.*).

несомненно делает много добра. На свой лад. Вне всякого сомнения. Любит Ирландию, говорил он, и любит ирландцев. И из хорошей семьи. Кто бы подумал. Кажется, они родом из Уэльса?

Ах да, как бы не забыть. Письмо к отцу-провинциалу.

Отец Конми остановил трех маленьких школьников на углу Маунтджой-сквер. Да: они из Бельведера. Из приготовительного, ага. А они хорошо ведут себя в школе? Ну вот какие молодцы. А как тебя зовут? Джек Сохан. А тебя? Гер Галлахер. А того малыша? Брунни Линэм. Какое славное имя.

Отец Конми достал письмо из внутреннего кармана, дал его Брунни Линэму и показал на красный почтовый ящик на углу Фицгиббон-стрит...

— Смотри только сам не проскочи в ящик, малыш, — сказал отец Конми.

Мальчики, шестиглазея на отца Конми, рассмеялись.

— О, сэр!

— Ну покажи мне, что ты умеешь опускать письма, — сказал отец Конми.

Брунни Линэм перебежал дорогу и сунул письмо отца Конми к отцу-провинциалу в щель ярко-красного почтового ящика. Отец Конми улыбнулся, кивнул, улыбнулся и пошел дальше по Маунтджой-сквер.

Мистер Денис Дж. Магинни, учитель танцев и т.п., в цилиндре и грифельном сюртуке с шелковыми отворотами, в белом галстуке, в узких сиреневых брюках, канареечных перчатках и остроносых лаковых ботинках, важно шествуя, весьма почтительно отступил на край тротуара, пропуская леди Максвелл на углу Дигнэм-корт.

А это ведь, кажется, миссис Мак-Гиннес.

Миссис Мак-Гиннес, статная, сребороволосая, поклонилась отцу Конми с дальнего тротуара, по которому она плыла. И отец Конми улыбнулся и отдал поклон. Как она поживает?

Прекрасная у нее осанка. Чем-то похожа на Марию, королеву Шотландскую. И подумать, что она держит ссудную кассу. Да. И такой — как это сказать? — такой царственный вид.

Отец Конми шел дальше по Грейт-Чарльз-стрит; он поглядел на запертую протестантскую церковь на левой стороне. Его преподобие Т. Р. Грин, Б. И.[1], произнесет (D. V.[2]) проповедь. Священная обязанность, так его прозвали, я чувствую, что моя священная обязанность сказать вам несколько слов. Но надлежит быть милосердным. Непобедимое невежество. Не ведают, что творят.

Отец Конми завернул за угол и пошел по Норд-Сиркулар-ро-

---

[1] Бакалавр искусств.

[2] Deo Volente — с соизволения Божия (*лат.*).

уд. Удивительно, что до сих пор на такой оживленной улице нет трамвая. Совершенно необходимо провести.

Стайка школьников с сумками выбежала с Ричмонд-стрит. Все приподняли засаленные картузы. Отец Конми несколько раз благосклонно ответил на их поклоны. Из школы Христианских братьев.

Отец Конми, идя, ощутил с правой стороны запах ладана. Церковь святого Иосифа. Портленд-роу. Для престарелых добродетельных женщин. Отец Конми снял шляпу перед Святыми дарами. Добродетельны; но иногда при этом сварливы.

Проходя мимо дворца Олдборо, отец Конми подумал об этом расточительном дворянине. А теперь там контора или что-то вроде.

Отец Конми вышел на Норд-Стрэнд-роуд, и мистер Уильям Галлахер, стоявший в дверях своей лавки, поклонился ему. Отец Конми поклонился мистеру Уильяму Галлахеру и вдохнул запахи, исходившие от засоленных окороков и объемистых брусков масла. Он прошел мимо табачной лавки Грогана, где у стены стояли газетные плакаты, сообщавшие об ужасной катастрофе в Нью-Йорке. В Америке постоянно случаются подобные вещи. Несчастные люди — погибнуть так, не приготовившись к смерти. Впрочем, чистосердечное раскаяние.

Отец Конми прошел мимо бара Дэниеэла Бергина, где, лениво прислонясь к окну, стояли двое праздных мужчин. Они поклонились ему и получили поклон в ответ.

Отец Конми миновал похоронное бюро Х. Дж. О'Нейла, где Корни Келлехер заносил цифры в журнал, пожевывая соломинку. Констебль, стоявший на посту, поклонился отцу Конми, и отец Конми поклонился констеблю. В мясной Юкстеттера отец Конми заметил колбасы, белые, черные, красные, аккуратно свернутые кругами.

На Чарлевилль-Молл отец Конми увидел пришвартованную под деревьями торфяную баржу, свесившую голову лошадь в лямках, матроса в грязной соломенной шляпе, сидевшего посередине баржи, покуривая и глазея на ветку тополя у себя над головой. Совсем идиллия; и отец Конми предался размышлениям о мудром Провидении, повелевшем в болотах быть торфу, дабы люди могли его выкопать и привезти в города и села, где он будет обогревать дома бедняков.

На Ньюкоменском мосту его высокоблагородие Джон Конми, О. И., из церкви святого Франсуа Ксавье на Гардинер-стрит, вошел в трамвай, идущий из центра.

С трамвая, идущего в центр, сошел на Ньюкоменский мост его преподобие Николас Дэдлей, С. Г.[1], из церкви святой Агаты на Северной Уильям-стрит.

---

[1] Советник графства.

486

На Ньюкоменском мосту отец Конми вошел в трамвай, идущий из центра, ибо ему не хотелось пешком переходить через топкую дорогу выше Грязного Острова.

Отец Конми сидел в углу трамвая, синий билет был аккуратно засунут в глазок одной из его тугих лайковых перчаток, а четыре шиллинга, сикспенс и пять пенни падали в его кошелек из ладони другой его тугой перчатки. Проезжая мимо плющевой церкви, он подумал о том, что контролер является обычно как раз тогда, когда легкомысленно выбросишь билет.

Торжественность на лицах пассажиров показалась отцу Конми чрезмерной для такой короткой дешевой поездки. Отец Конми любил благопристойную веселость.

Это был спокойный день. Джентльмен в очках напротив отца Конми кончил объяснять и опустил глаза. Должно быть, его жена, решил отец Конми. Крошечный зевок чуть-чуть приоткрыл рот жены джентльмена в очках. Она подняла маленький, затянутый в перчатку кулачок, тихонько зевнула, постукивая маленьким, затянутым в перчатку кулачком по своему раскрывшемуся рту, и улыбнулась тихонько, нежно.

Отец Конми заметил запах ее духов. Он заметил также, что нескладный старик по другую руку от нее сидел на самом крае шке скамьи.

Отец Конми на амвоне с трудом вкладывал облатку в рот нескладного старика с трясущейся головой.

На мосту Эннесли трамвай остановился, и, когда он уже трогался, старуха внезапно поднялась со своего места. Кондуктор дернул звонок, чтобы задержать вагон. Старуха пошла к выходу со своей корзинкой и веревочной сумкой, и отец Конми увидел, как кондуктор выгружал ее, и корзинку, и сумку; и отец Конми подумал, что она чуть не проехала свою остановку, она, как видно, из тех простых душ, которым всегда нужно дважды повторить «идите с миром, дитя мое», что они уже получили отпущение, молитесь за меня. Но у них столько забот в жизни, столько огорчений, бедные создания.

С афиши мистер Юджин Стрэттон ухмыльнулся отцу Конми толстыми негритянскими губами.

Отец Конми подумал о душах черных, коричневых и желтых людей, и о своей проповеди на тему о святом Питере Клевере, О. И., и об африканской миссии, и о распространении истинной веры, и о миллионах черных, коричневых и желтых душ, которые не успеют получить святого крещения к тому времени, когда их последний час подкрадется к ним, яко тать в нощи. Эта книга бельгийского иезуита *Le Nombre des Élus*[1], как казалось отцу Кон-

---

[1] Сонм избранных (*франц.*).

ми, защищает правильный тезис. Этим миллионам душ, сотворенных Богом по образу своему и подобию, истина (D. V.) не была открыта. Но это были Божьи души, сотворенные Богом. Отец Конми сожалел, что все они погибнут, чистый убыток, если можно так выразиться.

На Хоут-роуд отец Конми сошел, провожаемый поклоном кондуктора и отдав ему поклон.

На Малахайд-роуд безлюдно. Отцу Конми нравилась и улица, и названье. И весело звонят колокола в веселом Малахайде. Лорд Тальбот де Малахайд, наследный лорд-адмирал Малахайда и прилежащих морей. Потом пропела военная труба, и в один день она стала невестой, женой и вдовой. То были добрые старые времена, дни верности и славы в веселых старых городах, давние дни во владениях барона.

Отец Конми, идя, думал о своей книжечке «Старые времена во владениях барона» и о книге, которую можно бы написать об иезуитских общинах, и о Мэри Рочфорт, дочери лорда Молсворта, первой графине Бельведер.

Грустная леди, молодость прошла, прогуливаясь в одиночестве по берегам озера Эннол, Мэри, первая графиня Бельведер, грустно гуляя по вечерам, не вздрагивала, когда выдра ныряла в воду. Кто может знать правду? Не лорд Бельведер, ревнивец, и даже не ее духовник, если только она не совершила прелюбодеяния до конца с братом ее мужа. Если она согрешила не до конца, она и на исповеди призналась бы наполовину, по женскому обычаю. Знал один Бог и она, и он — брат ее мужа.

Отец Конми думал о тирании плотских вожделений, необходимой, однако, для продления человеческого рода, и о путях Господних, которые не наши пути.

Джон Конми пребывал в давно минувших днях. Он был тогда милостив и всеми почитаем. Он хранил в душе тайны исповеди и улыбался улыбающимся благородным лицам в гостиной с лощеным паркетом, с потолком в гирляндах спелых плодов. И руки невесты и жениха, благородная кровь к благородной крови, соединил Джон Конми.

Прелестный день.

Воротца, ведущие в поле, открыли отцу Конми вид на грядки с кочанами капусты, приседавшими перед ним в своих пышных нижних листьях. Небо показало ему стадо белых облаков, медленно плывших по ветру. *Moutonner*[1], так говорят французы. Простое и меткое слово.

Отец Конми, читая свой часослов, следил за стадом облачных барашков, проплывших над Раскофи. Его щиколотки в тонких носках покалывало жнивье на полях Клонгауса. Он гулял там,

---

[1] Завиваться барашками (*франц.*).

читая, по вечерам и слышал крики мальчиков, игравших на площадке, юные крики в тихом вечернем воздухе. Он был их ректором; он правил кротко.

Отец Конми снял перчатки и достал из кармана требник с красивым обрезом. Закладка из слоновой кости отмечала страницу.

Часы. Это следовало прочитать до завтрака. Но пришла леди Максвелл.

Отец Конми прочитал про себя *Pater* и *Ave*[1] и перекрестился. *Deus in adiutorium*[2].

Он шел не спеша и про себя читал часы, идя и читая, пока не дошел до *Res*[3] в *Beati immaculati: Principium verborum tuorum veritas: in eternum omnia indicia institioe tuoe*[4].

Сквозь просвет в живой изгороди пробрался раскрасневшийся молодой человек, а за ним молодая женщина с пучком кивающих ромашек в руке. Молодой человек отрывисто приподнял шляпу; молодая женщина отрывисто поклонилась и медленно, заботливо отцепила сучок, повисший на ее легкой юбке.

Отец Конми с достоинством благословил обоих и перевернул тонкую страничку требника. Шин[5]. *Principes persecuti sunt me gratis: et a verbis tuis formidant con meum*[6].

* * *

Корни Келлехер закрыл длинный журнал и посмотрел из-под опущенных век на сосновую крышку гроба, как часовой стоявшую в углу. Он выпрямился, подошел к ней и, повернув ее вокруг оси, осмотрел ее выпуклость и медные украшения. Пожевывая соломинку, он отставил гробовую крышку и пошел к дверям. Здесь он надвинул шляпу на лоб, чтобы затенить глаза, и прислонился к притолоке, лениво глядя на улицу.

Отец Джон Конми на Ньюкоменском мосту садился в трамвай, идущий на Долимаунт.

Корни Келлехер скрестил свои огромнобашмачные ноги и глядел, надвинув шляпу на лоб, пожевывая соломинку.

Констебль номер 57 на своем посту от скуки заговорил с ним:

— Прекрасная погода, мистер Келлехер.

— Да, — сказал Корни Келлехер.

---

[1] Отче наш ... Богородицу (*лат.*).

[2] Бог наше прибежище и сила (*лат.*).

[3] Реш — буква еврейского алфавита.

[4] Блаженны непорочные: Основание слова Твоего истинно, и вечен суд правды Твоей (*лат.*).

[5] Шин — буква еврейского алфавита.

[6] Князья мира сего гнали меня: и словом Твоим укрепилось сердце мое (*лат.*)

— Очень душно, — сказал констебль.

Корни Келлехер пустил дугой изо рта беззвучную струю соломенного сока; а в это время из окна на Экклз-стрит щедрая белая рука бросала вниз мелкую монетку.

— Что новенького? — спросил он.

— Я видел этого типа вчера вечером, — сказал констебль, понизив голос.

* * *

Одноногий матрос прокостылял за угол Мак-Коннел-стрит, огибая тележку мороженщика, и заковылял дальше по Экклз-стрит. Перед Ларри О'Рурком, без пиджака стоявшим в дверях, он недружелюбно прохрипел:

— За Англию...

Он резким прыжком перепрыгнул дальше, мимо Кэти и Буди Дедалус, остановился и прохрипел:

— ...за родину и красоту.

Бледному, озабоченному лицу Дж. Дж. О'Моллоя сообщили, что мистер Ламберт на складе с посетителем.

Полная леди остановилась, достала из кошелька медную монету и сбросила ее в протянутый картуз. Матрос проворчал «спасибо», кисло оглядел невнемлющие окна, опустил голову и проковылял на четыре шага дальше.

Он остановился и сердито прохрипел:

— За Англию...

Двое босоногих мальчишек, сосавших длинные лакричные леденцы, остановились возле него, с открытыми, желтоизмазанными ртами, глазея на его обрубок ноги.

Он заковылял дальше энергичными рывками, остановился, поднял голову к окну и басом пролаял:

— ...за родину и красоту.

Веселое нежное чириканье за окном продолжалось еще один-два такта.

Оборвалось. Занавески раздвинулись. Карточка с надписью «Сдаются квартиры без мебели» соскользнула с рамы и упала. Пухлая белая рука сверкнула, стала видна вместе с белым лифчиком и тугими бретельками. Женские пальцы бросили монетку поверх ограды палисадника. Она упала на тротуар.

Один из мальчишек подбежал, поднял ее и опустил в картуз менестреля, сказав:

— Пожалуйста, сэр.

* * *

Кэти и Буди Дедалус распахнули дверь в душную, полную пара кухню.

— Ты носила книги? — спросила Буди.

Мэгги у плиты дважды ткнула палкой в серую массу в пузырящейся мыльной пене и отерла лоб.

— Ничего за них не дают, — сказала она.

Отец Конми прогуливался по полям Клонгауса, жнивье покалывало его щиколотки в тонких носках.

— А ты куда ходила? — спросила Буди.

— К Мак-Гиннес.

Буди топнула ногой и швырнула сумку на стол.

— Чтоб ей лопнуть, толстой дуре, — крикнула она.

Кэти подошла к плите и осмотрела ее косыми глазами.

— Что в горшке? — спросила она.

— Рубашки, — сказала Мэгги.

Буди сердито закричала:

— Черт, а поесть нечего?

Кэти, прихватив крышку подолом своей испачканной юбки, сняла ее с котла.

— А тут что?

В ответ вылетела густая струя пара.

— Гороховый суп, — сказала Мэгги.

— Откуда достала? — спросила Кэти.

— Сестра Мэри Патрик принесла, — сказала Мэгги.

Служитель потряс колокольчиком.

— Тарам!

Буди села к столу и сказала жадно:

— Давай его сюда!

Мэгги налила из котла густого желтого супа в миску.

Кэти уселась напротив Буди и, кончиками пальцев подбирая в рот рассыпанные по столу крошки, сказала мирно:

— Хорошо, что хоть это есть. А где Дилли?

— Пошла к Диллону, туда придет отец, — сказала Мэгги.

Буди, кроша ломти хлеба в желтый суп, добавила:

— Отец наш, иже не еси на небеси.

Мэгги, наливая желтый суп в миску Кэти, воскликнула:

— Буди! Как тебе не стыдно!

Кораблик, скомканный листок, грядет Илья, легко плыл вниз по Лиффи, под Луплайнским мостом, мчался через стремнины там, где вода разбивалась о сваи, держа курс на восток, мимо корабельных бортов и якорных цепей, между старым доком Таможни и набережной Джорджа.

* * *

Белокурая девушка у Торнтона устилала дно плетеной корзинки шуршащей стружкой. Горячка Бойлен подал ей бутылку, завернутую в розовую бумагу, и небольшую банку.

— Это на дно, — сказал он.

— Да, сэр, — сказала белокурая девушка, — а фрукты сверху.

— Правильно, вот умница, — сказал Горячка Бойлен.

Она аккуратно уложила мясистые груши, попарно, хвостиками в разные стороны, а между ними спелые, стыдливощекие персики.

Горячка Бойлен в новых коричневых ботинках расхаживал взад и вперед по пахнущей плодами лавке, трогая фрукты, молодые сочные, сморщенные и пухлые красные помидоры, принюхиваясь к запахам.

М. Х. Э. Л. И. продефилировали перед ним в белых цилиндрах, вдоль Танжер-лейн, шагая к своей цели.

Он вдруг отвернулся от решета с клубникой, вынул золотые часы из кармана и протянул их вперед, насколько позволила цепочка.

— Можете вы их послать сейчас же? На трамвае?

Темноспинная фигура под Аркой Купцов просматривала книги на тележке букиниста.

— Разумеется, сэр. Это в центре?

— О да, — сказал Горячка Бойлен, — десять минут отсюда.

Белокурая девушка подала ему карточку и карандаш.

— Напишите адрес, сэр.

Горячка Бойлен написал, стоя у прилавка, и подвинул к ней карточку

— Пошлите сейчас же, — сказал он. — Это для больной.

— Хорошо, сэр. Сейчас же пошлю, сэр.

Горячка Бойлен позвякал веселыми монетами в кармане.

— На сколько вы меня разорили? — спросил он.

Тонкие пальцы девушки пересчитали фрукты.

Горячка Бойлен заглянул в вырез ее блузки. Хорошенькая курочка. Он вынул красную гвоздику из высокой стеклянной вазочки.

— Разрешите взять? — спросил он игриво.

Девушка бочком поглядела на него, одетого небрежно, с галстуком немного набок, и порозовела.

— Пожалуйста, сэр, — сказала она.

Кокетливо наклонясь, она снова пересчитала мясистые груши и розовеющие персики.

Горячка Бойлен еще благосклонней заглянул ей в блузку, зажав стебель красного цветка в смеющихся зубах.

— Разрешите воспользоваться вашим телефоном, мисс? — спросил он развязно.

* * *

— *Ma!*[1] — сказал Альмидано Артифони. Он смотрел через плечо Стефена на шишковатую башку Голдсмита.

Два битком набитых туристами шарабана проехали медленно,

[1] Но! (*итал.*)

женщины сидели впереди, без стеснения цепляясь за поручни. Бледные лица. Руки мужчин без стеснения обнимали их тощие талии. От входа в Тринити-колледж они смотрели на слепой, весь в колоннах, портал Ирландского банка, где гургурковали голуби.

— *Anch'io ho avuto di queste idee*, — сказал Альмидано Артифони, — *quand'ero giovine come Lei. Eppoi mi sono convinto che il mondo è una bestia. È peccato. Perchè la sua voce... sarebbe un cespite di rendita, via. Invece, Lei si sacrifica*[1].

— *Sacrifizio incruento*[2], — сказал Стефен, медленно качельнокачая свою ясеневую трость, держа ее за середину.

— *Speriamo*, — дружелюбно сказало круглое усатое лицо. — *Ma, dia retta a me, Cirifletta*[3].

Возле грозной гранитной руки Граттана, повелевающей остановиться, трамвай Инчикорской линии выгрузил духовой оркестр Шотландского полка.

— *Ci riflettero*[4], — сказал Стефен, глядя на его массивную штанину.

— *Ma, sul serio, eh?*[5] — сказал Альмидано Артифони.

Его тяжелая рука крепко сжала руку Стефена. Человеческие глаза. Мгновенье они смотрели на него с любопытством и торопливо обратились к трамваю, шедшему в Долки.

— *Escollo*, — сказал Альмидано Артифони с дружелюбной поспешностью. — *Venga a trovarmi e ci pensi. Addio, caro*[6].

— *Arrivederla, maestro*, — сказал Стефен, приподнимая шляпу, когда его рука освободилась. — *E grazie*[7].

— *Di che?* — сказал Альмидано Артифони. — *Se usi, eh? Tante belle cose*[8].

Альмидано Артифони, высоко подняв, как сигнал, свернутые трубочкой ноты, затрусил на толстых штанинах вслед за трамваем на Долки. Тщетно он трусил, тщетно давал сигнал в шумной толпе головоколенных шотландцев, протаскивавших свои инструменты через ворота Тринити.

---

[1] Я тоже так думал, когда был молод, как вы. Потом я убедился, что мир — животное. Это жаль. Потому что ваш голос... он был бы источником дохода. Вместо этого вы приносите себя в жертву (*итал.*).

[2] Бескровная жертва (*итал.*).

[3] Будем надеяться. Скажите мне. Подумайте об этом (*итал.*).

[4] Подумайте (*итал.*).

[5] Но только серьезно, да? (*итал.*)

[6] Вот он. Приходите ко мне и подумайте. Прощайте, дорогой (*итал.*).

[7] До свидания, маэстро. И спасибо (*итал.*).

[8] За что? Простите! Всего хорошего (*итал.*).

* * *

Мисс Дэни спрятала «Женщину в белом» из библиотеки на Кэпел-стрит подальше в ящик стола и заложила листок безвкусной почтовой бумаги в машинку.

Уж очень много туману напущено. Интересно, влюблен он в эту, Марион? Переменить ее, взять что-нибудь Мэри Сесил Хэй.

Кружок скользнул вниз по желобку, покружился на месте, затих и показал число: шесть.

Мисс Дэни отстукала на клавиатуре:

— 16 июня 1904 г.

Пять сэндвичменов в высоких белых цилиндрах прозмеились между углом Монипени-стрит и постаментом, на котором не стоял памятник Уолфу Тону, завернули — М. Х. Э. Л. И. — обратно и удалились точь-в-точь так же, как пришли.

Затем она уставилась на большую афишу с портретом Мэри Кендал, прелестной субретки, и, лениво развалясь, принялась выводить на блокноте палочки, шестерки и заглавные «S». Горчичные волосы и накрашенные щеки. Ну что красивого? И юбочку-то как подхватила. Интересно, будет тот сегодня на музыке? Если б эта портниха сшила мне плиссированную юбку, как у Сюзи Нагл. Шикарно развеваются. Шаннон и все франты из Яхт-клуба глаз с нее не спускали. Только бы он не задержал меня здесь после семи.

Телефон грубо зазвонил ей в ухо.

— Алло. Да, сэр. Нет, сэр. Да, сэр. Я позвоню им после пяти. Только те два, сэр, в Белфаст и в Ливерпуль. Хорошо, сэр. Значит, я могу уйти после шести, если вы не придете. В четверть седьмого. Да, сэр. Двадцать семь и шесть. Я ему скажу. Да: один, семь, шесть.

Она записала три цифры на конверте.

— Мистер Бойлен! Алло! Заходил этот господин из «Спорта», хотел вас видеть. Да, мистер Ленехэн. Он сказал, что будет у Ормонда, в четыре. Нет, сэр. Да, сэр. Я им позвоню после пяти.

* * *

Два розовых лица повернулись в свете крошечного факела.

— Кто это? — спросил Нед Ламберт. — Это Кротти?

— Рингабелла и Кроссхавен, — ответил голос человека, ощупью искавшего, куда поставить ногу.

— Хэлло, Джек, это вы! — сказал Нед Ламберт, в знак приветствия поднимая гибкую рейку к мерцающим сводам. — Идите сюда. Осторожней на ступеньках.

Восковая спичка в поднятой руке священника вспыхнула на-

494

последок длинным мягким пламенем и была обронена. Красная искра угасла у их ног: и заплесневелый воздух сомкнулся вокруг них.

— Как интересно! — сказал в темноте изысканный голос.

— Да, сэр, — радушно сказал Нед Ламберт. — Мы находимся в историческом зале совещаний аббатства св. Марии, где шелковый Томас поднял мятеж в 1534 году. Это самое историческое место во всем Дублине. О'Мэдлен Бэрк собирается что-то написать об этом. До Унии старый Ирландский банк помещался напротив через улицу, а старая еврейская молельня тоже стояла здесь до того, как они построили синагогу на Аделенд-роуд. Вы здесь раньше никогда не бывали, Джек?

— Нет, Нед.

— Он проехал по аллее Дам, — произнес изысканный голос, — если память мне не изменяет. Дворец Килдаров был в Томаскорте.

— Правильно, — сказал Нед Ламберт. — Совершенно правильно, сэр.

— Быть может, — сказал священник, — вы будете так добры, сэр, и в следующий раз позволите мне...

— Разумеется, — сказал Нед Ламберт. — Приходите с фотоаппаратом, когда вам будет угодно. Я велю убрать мешки с подоконников. Можно снимать отсюда или вот отсюда.

Он двигался во все еще слабом свете, постукивая рейкой по наваленным один на другой мешкам с семенами и показывая на полу места, откуда лучше снимать.

С длинного лица борода и взгляд опускались на шахматную доску.

— Чрезвычайно вам обязан, мистер Ламберт, — сказал священник. — Не смею отнимать у вас драгоценное время...

— Милости просим, сэр, — сказал Нед Ламберт. — Приходите, когда вам будет удобно. Скажем, на той неделе. Вам видно?

— Да, да. Прощайте, мистер Ламберт. Очень рад был познакомиться с вами.

— И я не меньше, сэр, — ответил Нед Ламберт. Он проводил своего гостя до выхода, затем швырнул рейку в темноту между столбами. Вместе с Дж. Дж. О'Моллоем он медленно вышел во двор аббатства св. Марии, где возчики нагружали полки мешками с пальмовой мукой и со сладкими рожками в адрес О'Коннер, Уэксфорд.

Он остановился и поглядел на карточку, которую держал в руке.

— Его преподобие Хью С. Лов, Раскоффи. Временный адрес: Сент-Майкл, Саллинс. Очень милый молодой человек. Говорит, что пишет книгу о Фицджеральдах, на истории он собаку съел, сразу видно.

Молодая женщина медленно, заботливо отцепила сучок, повисший на ее легкой юбке.

— Я думал, вы готовите новый пороховой заговор, — сказал Дж. Дж. О'Моллой.

Нед Ламберт щелкнул пальцами в воздухе.

— Ах, черт, — воскликнул он. — Я забыл ему рассказать про графа Килдарского, что он сказал после того, как поджег Кэшельский собор. Знаете? Страшно жалею, что это сделал, — сказал он, — но, видит Бог, я думал, что архиепископ там. Впрочем, ему бы, пожалуй, не понравилось. Что? Нет, я ему все-таки расскажу. Это был тот знаменитый граф Фицджеральд Мор. Горячие были ребята, все эти Джералдайны.

Лошади, мимо которых он шел, беспокойно дергались в слабо натянутой упряжи. Он шлепнул по вздрагивающему крупу ближайшей лошади и крикнул:

— Тихо, сынок!

Он повернулся к Дж. Дж. О'Моллою и спросил:

— Ну, Джек? Что такое? В чем дело? Минуточку. Держись!

С разинутым ртом и запрокинутой головой он секунду стоял неподвижно и вдруг громко чихнул.

— Апчхи! — сказал он. — Ах, чтоб тебя!

— Пыль от мешков, — вежливо сказал Дж. Дж. О'Моллой.

— Нет, — просипел Нед Ламберт, — я простудился... третьего дня... ах, чтоб тебя... третьего дня вечером... дьвольские сквозняки...

Он держал платок перед носом, готовясь...

— А сегодня утром я был... этот бедняга... как его там... Апчхи!.. Господи помилуй!

* * *

Том Рочфорд взял верхний кружок из стопки, которую он прижимал к своему винно-красному жилету.

— Понимаете? — сказал он. — Скажем, идет номер шестой. Вот. Здесь, понимаете? Текущий Номер.

Он опустил для них кружок в левое отверстие. Кружок скользнул вниз по желобку, покрутился на месте, затих, показывая число: шесть.

Юристы былых времен, надменные, в судейских мантиях, смотрели, как из податного суда в уголовный прошел Ричи Гулдинг, неся портфель с бумагами Гулдинга, Коллиса и Уорда, и слышали, как прошуршала из адмиралтейского отдела королевского суда в апелляционный суд пожилая особа женского пола с недоверчиво оскаленными искусственными зубами, в черной шелковой юбке необъятной ширины.

— Понимаете? — сказал он. — Смотрите, последний, что я

пропустил, вот он, сверху. Прошедшие номера. Толчок. Действие рычага, понимаете?

Он показал на растущую стопку кружков справа.

— Остроумно, — сказал Носастый Флинн, шмыгая носом. — Так что, если кто опоздал, он сразу увидит, какой номер идет сейчас и какие прошли.

— Понимаете? — сказал Том Рочфорд. Он опустил кружок для себя и следил, как он скользнул, покрутился, показал, замер: четыре. Текущий Номер.

— Я его сейчас увижу у Ормонда, — сказал Ленехэн, — и его позондирую. Услуга за услугу.

— Да, пожалуйста, — сказал Том Рочфорд. — Скажите ему, что я в Горячке от нетерпения.

— Прощайте, — сказал Мак-Кой резко, — не люблю, когда вы, ребята, начинаете...

Носастый Флинн наклонился над рычагом, шмыгая носом.

— Но как эта штука действует, Томми? — спросил он.

— Ну, пока, — сказал Ленехэн, — еще увидимся. — Он прошел вслед за Мак-Коем, через крошечную площадь Кремптон-корта. — Он герой, — сказал он просто.

— Я знаю, — сказал Мак-Кой. — Вы про сточную трубу?

— Сточную трубу? — сказал Ленехэн.— Это был смотровой колодец.

Они прошли мимо мюзик-холла Дана Лоури, где Мэри Кендалл, прелестная субретка, улыбалась им с афиши накрашенной улыбкой.

Идя по тротуару Сикамор-стрит возле мюзик-холла «Эмпайр», Ленехэн показывал Мак-Кою, как все произошло. Открытый смотровой колодец, словно этакая вонючая газовая труба, и этот бедняга застрял там и почти уж задохнулся от сероводорода. И Том Рочфорд без дальних разговоров, как был в своем новеньком костюмчике, так и полез туда, только веревкой обвязался. И черт возьми, ухитрился обвязать того веревкой, и их вытащили обоих.

— Героический поступок, — сказал он.

На Долфин они остановились, пропуская карету «Скорой помощи», галопом мчавшуюся к Джервис-стрит.

— Сюда, — сказал он, сворачивая направо. — Я хочу зайти к Линзму, узнать, какие ставки на Скипетра. Который час на ваших золотых с цепочкой?

Мак-Кой заглянул в темную контору Марка Терция Мозеса, потом посмотрел на башенные часы.

— Четвертый час, — сказал он. — А кто жокей?

— О'Мэдден, — сказал Ленехэн. — Лошадка классная.

Дожидаясь возле бара Темпла, Мак-Кой, осторожно подталкивая носком банановую корку, сбросил ее с тротуара в сточную

497

канаву. А то еще расшибется кто-нибудь, как пойдет тут в темноте под хмельком.

Ворота мирно распахнулись, выпуская вице-королевский кортеж.

— Один на один, — сказал Ленехэн, возвращаясь. — Я там наскочил на Бантома Лайонса, пришел ставить на какую-то дурацкую лошадь — кто-то ему посоветовал, а шансов у нее, можно сказать, никаких. Теперь сюда.

Они поднялись по ступенькам под Арку Купцов. Темноспинная фигура листала книги на тележке букиниста.

— А вот и он, — сказал Ленехэн.

— Интересно, что он покупает, — сказал Мак-Кой, оглядываясь.

— *Леопольдо или Блюм в поисках клада*, — сказал Ленехэн.

— Ни одной распродажи не пропустит, — сказал Мак-Кой. — Я раз был с ним, и он купил книжонку у букиниста на Лаффи-стрит за два шиллинга. А в ней были прекрасные гравюры, которые одни стоили вдвое дороже, звезды и луна и кометы с длинными хвостами. Что-то по астрономии.

Ленехэн расхохотался.

— Насчет комет с хвостами я могу вам кое-что рассказать, — сказал он. — Перейдем на солнышко.

Они перешли через улицу к железному мосту и пошли по Веллингтонской набережной вдоль парапета.

Юный Патрик Алоизий Дигнэм вышел из мясной Мэнгана, бывшей Ференбаха, неся полтора фунта свиных котлет.

— Был фестиваль в исправительной тюрьме Гленри, — оживленно сказал Х. Ленехэн. — Знаете, ежегодный банкет. Просят быть во фраках. Присутствовал лорд-мэр, тогда это был Вэл Диллон, и сэр Чарльз Камерон и Дан Доусон говорили речи, и был концерт. Бартелл д'Арси пел, и Бенджамен Доллард...

— Я знаю, — прервал Мак-Кой. — Моя супруга как-то раз там пела.

— Вот как? — сказал Ленехэн.

Карточка «Сдаются квартиры без мебели» снова появилась на оконной раме в доме номер 7 по Эклз-стрит.

Он на минуту замолчал, но сейчас же разразился сиплым смехом.

— Так дайте же рассказать, — сказал он. — Делахент с Кемден-стрит поставил жратву, а ваш покорнейший был за виночерпия. Блум с женой тоже там были. Спиртного хоть залейся. Портвейн и херес и кюрасо, и мы всему воздали должное. Дым коромыслом. После жидких тел пошли твердые. Холодный филей и паштеты...

— Я знаю, — сказал Мак-Кой. — В тот год, когда моя супруга...

Ленехэн горячо сжал его локоть.

— Дайте же рассказать, — сказал он. — В полночь мы еще

раз закусили после всех развеселостей, и когда мы, наконец, пустились в обратный путь, это уже был Бог знает какой час завтрашнего утра. Возвращение прекрасной зимней ночью через гору Пуховик. Блум и Крис Кэллинам на одном сиденье, а я с его женой на другом. Мы распевали песенки и дуэты: *Вот утра первый луч.* Она за ужином зарядилась хорошей порцией Делахентовского портвейна, и каждый толчок этой чертовой колымаги ее швыряло прямо на меня. Ах, черт возьми! У нее парочка таких, дай ей Бог здоровья... Вот.

Он на целый локоть отставил согнутые руки, нахмурясь.

— Я все время подтыкал вокруг нее плед и поправлял ее боа. Понимаете?

Его руки лепили из воздуха пышные формы. Он крепко зажмурился от удовольствия, пожимаясь всем телом, и издал губами мелодичное чириканье.

— Она кобылка хоть куда, — сказал он со вздохом, — ничего не скажешь. Блум показывал Крису Кэллинаму и вознице все звезды и все кометы, какие есть на небе: и Большую Медведицу, и Геркулеса, и Дракона, и прочую шушеру. Ну а я, так сказать, утопал в Млечном Пути. Он их все знает, честное слово. Под конец она высмотрела какую-то крошечку-каплюшечку. И спрашивает его: Полди, а это какая звезда? Приперла Блума к стенке, честное слово.

Ленехэн остановился и прислонился к парапету, задыхаясь от тихого смеха.

— Ой, помру, — захлебнулся он.

Белое лицо Мак-Коя временами улыбалось рассказу, затем стало строгим. Ленехэн опять зашагал. Он поднял свою капитанку и почесал затылок. Он боком поглядел в солнечном свете на Мак-Коя.

— Он разносторонний человек, этот Блум, — сказал он серьезно. — Не какой-нибудь, знаете ли?.. В нем есть что-то артистическое, в нашем Блуме.

* * *

Мистер Блум лениво переворачивал страницы жутких разоблачений Марии Монк, потом Аристотелева «Органона». Крючковатый неуклюжий шрифт. Цветные таблицы: младенцы, свернувшиеся клубочком в кроваво-красных утробах, похожих на печенки зарезанных коров. Множество точь-в-точь таких в эту самую минуту по всей земле. Все толкаются своими черепами, чтобы выйти вон. Каждую минуту кто-нибудь где-нибудь рождается. Миссис Пьюрфой.

Он отложил обе книги и взглянул на третью: «Рассказы из гетто» Леопольда фон Захер-Мазоха.

— Это у меня было, — сказал он, откладывая ее в сторону.

Букинист бросил два томика на прилавок.

— Вот хорошие книги, — сказал он.

Луковый запах его дыхания долетел через прилавок из его беззубого рта. Он нагнулся, чтобы захватить стопку других книг, прижал их к своему расстегнутому жилету и унес за грязную занавеску.

На мосту О'Коннелла многочисленные прохожие обращали внимание на важную осанку и легкомысленный наряд мистера Дениса Магинни, учителя танцев и т. п.

Мистер Блум, в одиночестве, читал заглавия. «Тираны в юбках» Джемса Ловберча. Знаю, про что это. Читала она? Да.

Он раскрыл ее. Так и знал.

Женский голос позади грязной занавески. Слушай: мужчина. Нет: это ей навряд ли понравится. Уже приносил ей такие.

Он прочитал другое заглавие: «Прелести греха». Это больше в ее вкусе. Посмотрим.

Он прочел, открыв наугад страницу.

Все золото, которым осыпал ее муж, она тратила в магазинах на роскошные платья и дорогие безделушки. Ради него! Ради Рауля!

Да. Вот. Эта. Подойдет. А дальше?

Их губы слились в сладкострастном поцелуе, в то время как его руки ласкали ее пышные формы под легкой тканью матинэ.

Да. Возьму эту. А чем кончается?

Вы запоздали, хрипло сказал он, бросая на нее подозрительный и злобный взгляд. Стройная красавица сбросила отороченное собольим мехом манто, обнажив свои царственные плечи и высоко вздымавшуюся пышную грудь. Неуловимая улыбка играла на ее безупречных губах, когда она спокойно повернулась к нему.

Мистер Блум перечел: *Стройная красавица.* Тепло медленно залило его, расслабляя его плоть. Податливая плоть под смятым платьем. Белки закатившихся глаз? Его ноздри раздулись. Тающее притирание для груди (*Ради него! Ради Рауля!*)... Лукавый запах подмышек. Липкий студень. (*Пышная грудь!*) Трогай! Сжимай! Стисни! Серый львиный навоз!

Юность! Юность!

Пожилая особа женского пола, юность миновала, вышла из здания судебной палаты, королевский суд, податной и гражданский суд, прослушав в суде лорд-канцлера дело о помешательстве Поттертона, в адмиралтейском суде дело о претензии владельцев «Леди Кэйрнс» к владельцам барки «Мона», в апелляционном суде кассацию по делу Гарвея против Морского страхового общества.

Клокочущий кашель потряс воздух в книжной лавке, колебля

500

грязную занавеску. Нечесаная седая голова букиниста появилась из-за занавески и его небритое покрасневшее лицо, сотрясаемое кашлем. Он громко отхаркнул, сплюнув мокроту на пол. Он наступил башмаком на свой плевок, растер подошвой и нагнулся, показывая розовую скудоволосую макушку.

Мистер Блум созерцал ее.

Сдерживая свое взволнованное дыхание, он сказал:

— Я возьму вот эту.

Букинист поднял глаза, гноящиеся от застарелого насморка.

— «Прелести греха», — сказал он, похлопывая по переплету. — Хорошая вещь.

* * *

Служитель в дверях аукционного зала Диллона снова дважды потряс колокольчиком и посмотрел в замазанное мелом зеркало туалетного стола.

Дилли Дедалус, стоявшая на тротуаре, услышала удары колокольчика и выкрики аукциониста внутри. Четыре девять. Вот красивые занавески. Пять шиллингов. Вот нарядные занавески. За новые две гинеи отдадите. Пять шиллингов, кто больше? Идет за пять шиллингов.

Служитель поднял колокольчик и потряс:

— Тарам!

Удар колокола пришпорил велосипедистов на их полумильном пробеге. Дж. А. Джексон, У. К. Уайли, А. Мэнро и Х. Т. Гэхан, напрягая вытянутые шеи, брали поворот возле университетской библиотеки.

Мистер Дедалус, подергивая длинный ус, вышел из-за угла Уильямс-роуд. Он остановился возле дочери.

— Пора уж тебе прийти, — сказала она.

— Держись прямо, ради всего святого, — сказал мистер Дедалус. — Ты хочешь быть как твой дядя Джон, кларнетист, плечи выше головы! Святые угодники!

Дилли пожала плечами. Мистер Дедалус взял ее за плечи и распрямил их.

— Держись прямо, девочка, — сказал он. — Наживешь себе искривление позвоночника. Знаешь, на что ты похожа?

Он вдруг свесил голову, втянул ее в плечи и раскрыл рот.

— Будет, отец, — сказала Дилли. — На тебя все смотрят.

Мистер Дедалус выпрямился и снова подергал свой ус.

— Денег достал? — спросила Дилли.

— Где я тебе достану денег? — сказал мистер Дедалус. — Ни одна душа в Дублине не даст мне и пенни.

— У тебя есть деньги, — сказала Дилли, глядя ему в глаза.

— А ты почем знаешь? — спросил Дедалус, подпирая языком щеку.

Мистер Кернан, радуясь полученному заказу, гордо шагал по Джемс-стрит.

— А вот знаю, — сказала Дилли. — Ты был сейчас в Шотландском баре?

— А вот и не был, — сказал мистер Дедалус, улыбаясь. — Это тебя монашки научили дерзить отцу? Держи.

Он протянул ей шиллинг.

— Постарайся как-нибудь этим обойтись, — сказал он.

— Ты небось целых пять достал, — сказала Дилли. — Давай еще.

— Смотри ты у меня, — сказал ей мистер Дедалус угрожающе. — И ты такая же, как твои сестрицы, да? С тех пор как умерла ваша мать, вы словно свора нахальных сучек стали. Но вы когда-нибудь дождетесь. Негодяйки этакие. Я с вами много разговаривать не буду. Вот загоните меня в гроб, тогда сами заплачете. Он умер. Господин из верхней квартиры умер.

Он оставил ее и зашагал дальше.

Дилли побежала за ним и ухватила его за полу.

— Ну, чего тебе? — сказал он, останавливаясь.

Служитель потряс колокольчиком у них за спиной:

— Тарам!

— Провались ты, — крикнул мистер Дедалус, оборачиваясь к нему.

Служитель, взяв скрипку, снова качнул болтающимся языком колокольчика, но уже тихонько:

— Трам!

Мистер Дедалус воззрился на него.

— Вот, полюбуйтесь, — сказал он. — Поучительное зрелище. Хотел бы я знать, даст он нам поговорить?

— Ты ведь больше достал, отец, — сказала Дилли.

— Я с вами сыграю штуку, вот увидите, — сказал мистер Дедалус. — Брошу вас, как Христос евреев. Смотри, вот все, что у меня есть. Я занял два шиллинга у Джека Пауэра и два пенса истратил, чтоб побриться, когда шел на похороны.

Он раздраженно вытащил горсть медных монет.

— Неужели ты не можешь и еще где-нибудь разыскать денег, — сказала Дилли.

Мистер Дедалус подумал и кивнул.

— Сейчас, — сказал он серьезно. — Я уже искал в канаве на О'Коннелл-стрит. Теперь поищу на этой улице.

— Ты все остришь, — сказала Дилли с кривой усмешкой.

— Вот тебе, — сказал мистер Дедалус, протягивая два пенни. — Купи себе стакан молока и булочку. Я скоро приду домой.

Он сунул остальные монеты в карман и зашагал дальше.

Вице-королевский кортеж, приветствуемый подобострастными полисменами, выехал из ворот парка.

— Я уверена, что у тебя еще есть шиллинг, — сказала Дилли.

Служитель зазвонил громко.

Мистер Дедалус среди трезвона шагал, бормоча себе под нос жеманно, сердечно складывая губы:

— Маленькие монашки! Милые маленькие созданьица! Ах, что вы, как можно! Ах, что вы, ни за что на свете! Неужели это сестрица Моника!

* * *

От солнечных часов к Джемс-Гэйт шагал мистер Кернан, радуясь заказу, полученному от Пульбрика Робертсона, гордо по Джемс-стрит, мимо конторы Шекльтона. Здорово это у меня получилось. Как поживаете, мистер Кримминс? Очень хорошо, сэр. Я боялся, что сейчас вы в вашей другой конторе, в Пимлико. Как дела? Потихоньку. Чудесная погода стоит. Да, чудесная. Хорошо для полей. Ну фермеры всегда ворчат. Пожалуй, я выпью рюмочку вашего замечательного джина, мистер Кримминс. Джин отличный. Прошу вас, сэр. Какая ужасная катастрофа, и этот взрыв на «Генерале Слокаме». Ужасно, ужасно. Тысячи жертв и душераздирающие сцены. Мужчины топтали ногами женщин и детей. Чудовищно. А какая причина, что об этом говорят? Самовозгорание в трюме: скандальные разоблачения. Ни одной исправной спасательной лодки и пожарной кишки, все в дырах. Чего я не могу понять, это как инспекторы допустили, чтоб такое судно... Вы совершенно правы, мистер Кримминс. А знаете почему? Подмазали кого надо. Неужели! Никаких сомнений. Вы только подумайте. А еще говорят, что Америка страна свободы. Я думал, что это только у нас.

Я улыбнулся ему. *Америка*, сказал я, очень спокойно, вот так. *Что такое Америка? Это отбросы всех стран, включая и нашу. Разве не правда?* Так оно и есть.

Взятки, дорогой сэр. Разумеется, где много денег, там всегда найдутся охотники поживиться.

Заметил, как он смотрел на мой сюртук. Все дело в костюме. Ничто так не импонирует, как хороший костюм. Уважают тебя.

— Хелло, Саймон, — сказал отец Каули. — Как живем?

— Хелло, Боб, старина, — ответил мистер Дедалус, останавливаясь.

Мистер Кернан остановился, прихорашиваясь перед наклонным зеркалом возле парикмахерской Питера Кеннеди. Элегантный сюртук, вне всякого сомнения. От Скотта с Доусон-стрит.

Стоит того полусоверена, что я отдал за него Нифи. Цена ему никак не меньше трех гиней. Сидит как влитой. Должно быть, принадлежал какому-нибудь клубному щеголю. Джон Маллиган, директор Ибернийского банка, вчера на Карлайлском мосту так на меня посмотрел, как будто он меня узнал.

А-гм. Приходится держать фасон с этой публикой. Рыцарь с большой дороги. Джентльмен. Надеемся, мистер Кримминс, что вы и впредь не откажете нам в своем внимании, сэр. Напиток, который веселит, но не пьянит, как говорили в старину.

Северная стена и набережная Сэра Джона Роджерсона; борта судов и якорные цепи, плывя на запад, проплывал кораблик, скомканный листок, качался на зыби от парома, грядет Илия.

Мистер Кернан бросил прощальный взгляд на свое отраженье. Раскраснелся, так и есть. Седеющие усы. Отставной офицер индийской армии. Он браво нес свое квадратное туловище на ногах в светлых гетрах, расправляя плечи. Это кто, брат Ламберта, на той стороне, Сэм? Что? Да. Чертовски похож. Нет. Щиток этого автомобиля на солнце. Сверкнуло. Чертовски похож.

А-гм. Горячий спирт с можжевеловым соком согрел ему внутренности и дыхание. Славный был джин. Фалды его сюртука подмигивали в ярком солнечном свете в такт его жирной походке.

Вон там Эммет[1] был повешен, колесован и четвертован. Сальная черная веревка. Собаки лизали кровь на мостовой, когда жена лорда-наместника проезжала мимо в своей коляске.

Позвольте. Где он похоронен, на кладбище в Сент-Майкэн? Нет, хоронили в полночь на Гласневине. Тело пронесли через потайную дверь в стене. Теперь Дигнэм тоже там. Умер внезапно. Да, да. Лучше свернуть здесь. Сделать крюк.

Мистер Кернан повернул и спустился на Уотлинг-стрит мимо угла, где ожидалка для посетителей завода Мак-Гиннесса. Перед складами Дублинской винокуренной компании стояла деревенская повозка без кучера и седока, вожжи привязаны к колесу. Чертовски опасная штука. Какой-то болван из Типпирери подвергает опасности жизнь горожан. Сбежала лошадь.

Денис Брийн, со своими фолиантами, устав ждать целый час в конторе Джона Генри Ментона, вел свою жену через мост О'Коннелла, держа курс на контору Коллиса и Уорда.

Мистер Кернан приближался к Айленд-стрит.

Смутные времена. Надо попросить у Неда Ламберта мемуары сэра Джонса Баррингтона. Когда видишь все это словно в рет-

---

[1] Роберт Эммет, деятель ирландского национального движения. В 1803 г. был казнен.

504

роспективной оранжировке. Картеж у Дали. Тогда опасно было передергивать. Одному пригвоздили руку к столу кинжалом. Где-то здесь лорд Эдвард Фицджеральд убежал от майора Сирра. Через конюшни позади дома Мойра.

Отличный был джин.

Блестящий юный дворянин. Конечно, из знатного рода. Этот негодяй самозваный сквайр, в лиловых перчатках, предал его. Конечно, они защищали неправое дело. Им жить пришлось в дни мрака и войны. Прекрасные стихи: Ингрэм. Они были джентльменами. Очень трогательно Бен Доллард поет эту балладу. Мастерское исполнение.

И отец мой пал под стенами Росса.

Кортеж мелкой рысью проезжал вдоль Пемброкской набережной, форейторы скоком, скоком в своих седлах, седлах. Сюртуки. Кремовые зонтики. Мистер Кернан ускорил шаг, тяжело отдуваясь.

Его сиятельство! Какая досада! На одну секунду опоздал! Черт возьми! Какая жалость!

* * *

Стефен Дедалус смотрел сквозь затянутое пылью окно, как пальцы ювелира ощупывали тусклую от времени цепочку. Пыль паутиной затянула стекло и полки витрин. Пыль темнила шевелящиеся пальцы с ястребиными когтями. Пыль дремала на тусклых завитках бронзы и серебра, на финифтяных подвесках, на рубинах, на изъеденных проказой винно-темных камнях.

Рожденные в темной червивой земле, застывшие искры, злые огоньки, сверкающие в темноте. Где падшие архангелы обронили звезды со своего чела. Грязные свиные рыла, руки, роют и роют, хватают, исторгают их.

Она пляшет в зловонной полутьме, где пахнет чесноком и горящей смолой. Матрос, ржавобородый, потягивает ром из кружки и смотрит на нее. Долгая, морем вскормленная молчаливая похоть. Она пляшет, кружится, трясет своими окороками, на толстом ее животе подпрыгивает рубиновое яйцо.

Старик Рэссел снова потер грязным куском замши драгоценный камень, повернул его и поднес к кончику своей Моисеевой бороды. Дедушка орангутанг, любующийся украденным сокровищем.

А вы, что исторгаете древние образы из могильной земли. Бредовые слова софистов: Антисфен, наркоз мудрости. Восточная бессмертная пшеница, пребывающая от века и до века.

Две старухи, наглотавшись морского воздуха, тащились через

Айриштаун по Лондон-бридж-роуд, одна с испачканным в песке зонтиком, другая с акушерской сумкой, в которой побрякивали одиннадцать сердцевидок.

Жужжание хлопающих кожаных ремней и гудение динамо-машины на силовой станции побудили Стефена тронуться в путь. Существа, лишенные существования. Стой. Вечное биение вне тебя и вечное биение внутри. О сердце своем ты поешь. Я между ними. Где? Между двумя грохочущими мирами, там, где они сливаются в водовороте, я. Рассеять их, оба. Но и тебя оглушит ударом. Пусть рассеет тот, кто может. Сводня и мясник — вот как нужно было сказать. А что, если? Только не сейчас. Пройтись немножко.

Да, совершенно верно. Очень большие, замечательные, прекрасный ход. Вы правы, сэр. В понедельник утром. Ну да, именно.

Стефен подошел к Бедфорд-роуд, ручка ясеневой трости постукивала по его лопатке. В витрине Клохиси выцветшая гравюра 1860 года «Матч Хинан—Сэйерс» привлекла его внимание. Зрители в цилиндрах раструбом, глазея, стояли вокруг обведенного веревкой ринга. Тяжеловесы в легких набедренных повязках любезно протягивали друг другу свои шарообразные кулаки. И у них внутри бьется: сердце героев.

Он повернул и остановился у тележки букиниста.

— Любая за два пенса, — сказал торговец. — Четыре на сикспенс.

Истрепанные страницы. «Ирландский пчеловод». «Жизнь и чудеса кюре из Арса». «Карманный путеводитель по озерам Килларней».

Не тут ли мои школьные награды, которые они снесли в заклад?

Stephano Dedalo, alumno optimo, palmam ferenti[1].

Отец Конми, кончив читать часы, шел через деревушку Донникарни, бормоча вечерню.

Нет, у моих, пожалуй, переплеты слишком хороши, что это такое? Восьмая и девятая Книги Моисея. Тайна тайн. Печать царя Давида. Захваченные страницы: усердно читали. Кто тут был до меня? Как смягчить потрескавшуюся кожу. Рецепт изготовления уксуса из белого вина. Как добиться успеха у женщины. Это для меня. Сложив руки, трижды прочитай следующее заклинание:

— *Se el yilo nebrakada femininum! Amor me solo! Sanktus! Amen*[2].

---

[1] Стефену Дедалусу, лучшему ученику, в награду.

[2] Набор слов. Последние слова: люби меня одного, да святится, аминь.

Кто это написал? Заговоры и заклинания благословеннейшего аббата Питера Саланка, обнародованные для всех верующих. Ничем не хуже тех, которые бормочет любой аббат, косноязычный Иоахим например. Вниз плешивая башка, как бы тебе совсем не оплешиветь.

— Что ты тут делаешь, Стефен?

Сутулые плечи Дилли и поношенное платье.

Скорей закрыть книгу. Чтоб не видала.

— А ты что? — сказал Стефен.

Стюартовское лицо несравненного Чарльза, плоские локоны, свисающие вдоль щек. Оно пылало, когда она сидела на корточках, подбрасывая в огонь старые башмаки. Я рассказывал ей о Париже. Валяется подолгу в постели, укрывшись старыми пальто, играя томпаковым браслетом, подарком Дана Келли. *Nebrakada femininum.*

— Что это у тебя? — спросил Стефен.

— Я это купила на том лотке, за пенни, — сказала Дилли, нервно смеясь. — Эта годится?

Говорят, у нее мои глаза. Значит, таким меня видят другие? Быстрая, далекая и дерзкая. Тень моего интеллекта.

Он взял растрепанную книжонку у нее из рук. Элементарный курс французского языка Шарденаля.

— Зачем ты это купила? — спросил он. — Хочешь французскому учиться?

Она кивнула, покраснев и плотно сжав губы.

Не выказывай удивления. Вполне естественно.

— Возьми, — сказал Стефен. — Ничего, годится. Смотри, чтоб Мэгги и его не заложила. Мои книги, наверно, все спустили.

— Кое-какие, — сказала Дилли. — Пришлось.

Она тонет. Скверна. Спаси ее. Скверна. Все против нас. Она утопит и меня с собой, мои глаза и волосы. Водоросли волос плоскими завитками вокруг меня, мое сердце, моя душа. Горькая зеленая смерть.

Мы.

Скверна души. Душа в скверне.

Горе! Горе!

* * *

— Хелло, Саймон, — сказал отец Каули. — Как живем?

— Хелло, Боб, старина, — сказал мистер Дедалус, останавливаясь.

Они громко хлопнули друг друга по ладоням возле лавки «Редди и Дочь». Отец Каули, сложив руки горсткой, несколько раз провел по усам, сверху вниз.

— Что хорошего? — сказал мистер Дедалус.

— Хорошего мало, — сказал отец Каули. — Не могу попасть в собственный дом, Саймон, двое молодцов караулят у подъезда, ждут случая, чтобы проникнуть ко мне.

— Весело, — сказал мистер Дедалус. — А кто это вам удружил?

— О, — сказал отец Каули. — Небезызвестный вам процентщик.

— Ах, этот горбатый? — спросил мистер Дедалус.

— Он самый, Саймон, — ответил отец Каули. — Из колена Рувимова. Я здесь жду Бена Долларда. Он хотел замолвить словечко Длинному Джону, уговорить его, чтоб он убрал этих молодцов. Мне бы только небольшую отсрочку.

Со смутной надеждой он поглядел вправо и влево, вдоль набережной, большой кадык выпячивался на его шее.

— Знаю, — сказал мистер Дедалус, кивнув. — Добрый старый косолапый Бен. Всегда готов выручить приятеля. Эй, смотрите!

Он надел пенсне и секунду смотрел по направлению к железному мосту.

— Вот и он, честное слово, — сказал он, — собственной задницей.

Цилиндр раструбом, мешковатая синяя визитка и широкие брюки Бена Долларда быстро двигались от железного моста по набережной. Он иноходью приближался к ним, усердно почесывая сзади под фалдами.

Когда он подошел, мистер Дедалус приветствовал его:

— Держите его за обе штанины.

— А ну, попробуйте, — сказал Бен Доллард.

Мистер Дедалус холодным, презрительным взглядом обвел фигуру Бена Долларда. Затем, многозначительно подмигнув Каули, он пробормотал с насмешкой:

— Подходящий костюмчик, а, для такой погоды?

— Будьте вы прокляты, — свирепо проворчал Бен Доллард, — я на своем веку столько костюмов сносил, сколько вам и во сне не снилось.

Он, сияя улыбкой, посмотрел сперва на них, потом на свой просторный костюм: мистер Дедалус сдул с него в некоторых местах пушинки и сказал:

— В этот костюм, Бен, таких, как ты, влезло бы двое.

— Нелегкая бы взяла того болвана, который его сшил, — сказал Бен Доллард. — Одно утешение, что ему еще не заплачено.

— А как поживает *basso profondo*[1], Бенджамен? — спросил отец Каули.

---

[1] Глубокий бас (*итал.*).

Кэшел Бойл О'Коннор Фицморис Тисдалл Фаррелл, бормочущий, стеклянноглазый, прошел мимо клуба на Килдар-стрит.

Бен Доллард нахмурился и, внезапно округлив рот, как певец, издал низкую ноту.

— О-о-о! — сказал он.

— Вот это голос, — сказал мистер Дедалус, одобрительно кивая.

— Каково? — сказал Бен Доллард. — Не заржавел, а? Что? Он обратился к обоим.

— Недурно, — сказал отец Каули, тоже кивая.

Его преподобие Хью С. Лов шел от старого Дома Капитула аббатства св. Марии мимо ректификационного завода Джемса и Чарльза Кеннеди, сопровождаемый Джеральдайнами, статными красавцами, по направлению к Телзелу за Хэрдлской переправой.

Бен Доллард, тяжело кренясь в сторону витрин, потащил их вперед, взмахивая в воздухе веселыми пальцами.

— Идемте со мной в контору помощника шерифа, — сказал он. — Хочу показать вам, какого себе Рокк завел красавчика судебного пристава. Нечто среднее между лешим и ломовым. Стоит посмотреть. Уверяю вас. Идемте. Я только что случайно встретил Джона Генри Ментона в Бодеге, и побей меня Бог, если я не... дайте срок, мы на правильном пути. Боб, поверьте мне.

— Скажите ему, что это только на несколько дней, — сказал отец Каули.

Бен Доллард остановился и глядел на него, разинув свой громогласный рот. Блестящая пуговица, болтавшаяся на ниточке, подрагивала у него на визитке, когда он, чтобы лучше слышать, вытирал капли пота, туманившие ему глаза.

— Как, несколько дней? — прогремел он. — Разве наш домохозяин не подал ко взысканию?

— Подал, — сказал отец Каули.

— Тогда исполнительный лист нашего приятеля не стоит даже той бумаги, на которой он написан, — сказал Бен Доллард. — Иск домохозяина удовлетворяется в первую очередь. Я ему все подробно рассказал. Виндзор-авеню, 29. Его, кажется, зовут Лов?

— Совершенно верно, — сказал отец Каули. — Его преподобие мистер Лов. У него приход где-то в провинции. Но вы уверены, что это так?

— Можете передать от меня Варавве, — сказал Бен Доллард, — пусть он засунет свой исполнительный лист туда, куда Жако засунул орехи.

Он весело потащил за собой отца Каули, пришвартованного к его корпусу.

— Не орехи, а каштаны, — сказал мистер Дедалус, роняя пенсне на свой пластрон и следуя за ними.

* * *

— Ничего, устроим юнца, — сказал Мартин Каннингхэм, когда они вышли из ворот Замка.

Полисмен взял под козырек.

— Будьте здоровы, — весело сказал Мартин Каннингхэм. Он
сделал знак дожидавшемуся извозчику, который тотчас дернул
вожжи и тронулся по направлению к Лорд-Эдвард-стрит. Бронза
и золото, голова мисс Кеннеди и голова мисс Дус, появились над
занавеской в окне Ормонд-отеля.

— Да, — сказал Мартин Каннингхэм, пощипывая бороду. — Я
написал отцу Конми и изложил ему все обстоятельства дела.

— Можно было бы еще обратиться к вашему другу, — робко
вставил мистер Пауэр.

— Бойду? — коротко сказал Мартин Каннингхэм. — Благодарю покорно.

Джон Уайз Нолан, который отстал от них, читая подписной
лист, быстро шел им вдогонку по Корк-Хилл.

На лестнице Сити-Холла советник Наннетти, спускавшийся,
приветствовал олдермена Каули и советника Абрагама Лайона,
поднимавшихся.

Муниципальный фургон, пустой, завернул на Эксчендж-стрит.

— Смотрите, Мартин, — сказал Джон Уайз Нолан, нагнав их
возле редакции «Утренней почты». — Блум подписался на пять
шиллингов.

— Совершенно верно, — сказал Мартин Каннингхэм, беря
лист. — Мало того, тут же их выложил.

— И не пикнул, — сказал мистер Пауэр.

— Невероятно, но факт, — сказал Мартин Каннингхэм.
Джон Уайз Нолан широко открыл глаза.

— Есть чувства добрые в еврее этом, — проскандировал он.
Они пошли дальше по Парламент-стрит.

— Вон Джимми Генри, — сказал мистер Пауэр, — к Кавенеху
держит путь.

— Ага, — сказал Мартин Каннингхэм, — идем за ним.

Перед *la Maison Claire* Горячка Бойлен изловил зятя Джека
Муни, горбатого, под хмельком, направлявшегося в «Либертиз».

Джон Уайз Нолан и мистер Пауэр немного отстали, а тем
временем Мартин Каннингхэм взял под руку аккуратного человека в сером с искрой костюме, неуверенно, быстрыми шажками
проходившего мимо часов Микки Андерсона.

— Как видно, мозоли порядком беспокоят помощника городского клерка, — сказал Джон Уайз Нолан мистеру Пауэру.

Они свернули за угол к погребку Джеймса Кавенеха. Муниципальный фургон, пустой, стоял напротив неподвижно, в Эссекс-

ских воротах. Мартин Каннингхэм все продолжал говорить, то и дело показывая Джимми Генри подписной лист, но тот ни разу не взглянул на него.

— Длинный Джон Фаннинг тоже тут, — сказал Джон Уайз Нолан. — В натуральную величину.

Высокая фигура Длинного Джона Фаннинга заполняла собой всю дверь.

— Добрый день, господин помощник шерифа, — сказал Мартин Каннингхэм, когда они остановились, здороваясь.

Длинный Джон Фаннинг не посторонился. Он решительно снял свою большую шляпу, и его большие надменные глаза проницательно и хмуро оглядели все их лица.

— Что, римские сенаторы все еще предаются мирной беседе? — с выразительно-едкой интонацией спросил он помощника городского клерка.

— Адский кавардак они развели, — сказал Джимми Генри раздраженно из-за своего проклятого ирландского языка. — Хотел бы я знать, чем занимается Джон Парнелл вместо того, чтоб поддерживать порядок в зале заседаний. А у старика Барлоу, хранителя жезла, припадок астмы, жезла на столе нет, беспорядок полный, даже кворума нет, а Хэтчинсон, лорд-мэр, уехал в Ландудно и оставил за себя этого мальчишку, Лориана Шерлота. Будь он проклят, этот язык наших предков.

Длинный Джон Фаннинг выпустил изо рта перистую струйку дыма.

Мартин Каннингхэм обращался по очереди, покручивая кончик своей бороды, то к помощнику городского клерка, то к помощнику шерифа; а Джон Уайз Нолан хранил молчание.

— Какой это Дигнэм? — спросил Длинный Джон Фаннинг.

Джимми Генри сделал гримасу и поднял левую ногу.

— Ох, мои мозоли, — сказал он жалобно. — Пойдем, ради Бога, наверх, я хоть сяду. Уф. Ох. Осторожно.

Он сердито протиснулся в дверь мимо Длинного Джона Фаннинга и пошел вверх по лестнице.

— Пойдемте наверх, — сказал Мартин Каннингхэм помощнику шерифа. — Не думаю, что вы его знали, а впрочем, может быть.

Мистер Пауэр вместе с Джоном Уайзом Ноланом последовали за ними.

— Хороший был человек, — сказал мистер Пауэр плотной спине Длинного Джона Фаннинга, поднимаясь навстречу Длинному Джону Фаннингу в зеркале.

— Небольшого роста, знаете, Дигнэм, который служил в конторе Ментона, — сказал Мартин Каннингхэм.

Длинный Джон Фаннинг никак не мог вспомнить. Цоканье подков донеслось с улицы.

— Что это? — сказал Мартин Каннингхэм.

Все повернулись, кто где стоял; Джон Уайз Нолан снова спустился вниз. Из прохладной тени на пороге он увидел, как лошади проскакали по Парламент-стрит, упряжь и лоснящиеся бабки сверкнули на солнце. Весело прошли они перед его холодным, недружелюбным взглядом, не быстро. В седлах на уносах, скоком на уносах, форейторы скакали.

— Что это было? — спросил Мартин Каннингхэм, когда они опять стали подниматься.

— Лорд-наместник и генерал-губернатор Ирландии, — ответил снизу Джон Уайз Нолан.

* * *

Когда они шли по толстому ковру, Бак Маллиган, заслонившись панамой, шепнул Гэйнсу:

— Брат Парнелла. Там, в углу.

Они выбрали столик возле окна, напротив длиннолицего человека, чей напряженный взгляд и борода опускались на шахматную доску.

— Это он? — спросил Гэйнс, поворачиваясь на стуле.

— Да, — сказал Маллиган, — это Джон Хоуард, его брат, наш олдермен.

Джон Хоуард Парнелл спокойно передвинул белого слона, и его серая лапа снова поднялась ко лбу, где и осталась.

Через мгновение из-под ее прикрытия его глаза, замогильно блеснув, быстро взглянули на противника и снова опустились на участок боя.

— Дайте мне меланж, — сказал Гэйнс официантке.

— Два меланжа, — сказал Бак Маллиган. — И дайте нам булочек, масла и пирожных.

Когда она ушла, он сказал, смеясь:

— Мы называем это кафе «О. Д. Б.» потому, что у них отменно дрянные булочки. Жаль, вы не слышали, как Дедалус говорил о Гамлете.

Гэйнс открыл только что купленную книгу.

— Очень жаль, — сказал он. — Шекспир — богатая тема для всех умов, утративших равновесие.

Одноногий матрос у подъезда номер 14 по Нельсон-стрит прохрипел:

— Англия ждет...

512

Светло-желтый жилет Бака Маллигана весело сотрясался от смеха.

— Посмотрели б вы на него, — сказал он, — когда его тело утрачивает равновесие. Я его зову «блуждающий Энгус».

— Я уверен, что у него есть какая-то *idée fixe*[1], — сказал Гэйнс, задумчиво пощипывая подбородок большими и указательными пальцами. — Одного не могу понять, какая именно. Такие люди всегда страдают навязчивыми идеями.

Бак Маллиган с серьезным лицом перегнулся через стол.

— Ему повредили мозги, — сказал он, — виденьями ада. Он никогда не проникнется аттическим духом. Духом Суинберна и всех поэтов, Белая смерть и алое рождение. В этом его трагедия. Он никогда не будет поэтом. Радость творчества...

— Вечные муки, — сказал Гэйнс, коротко кивнув. — Понимаю. Я с ним беседовал сегодня утром о вере. Я сразу понял, что его что-то грызет. Это любопытно, потому что венский профессор Покорный строит на этом любопытную теорию.

Бдительные глаза Бака Маллигана заметили приближающуюся официантку. Он помог ей разгрузить поднос.

— Он не находит никаких упоминаний в древних ирландских мифах, — сказал Гэйнс среди веселых чашек. — По-видимому, в них отсутствует этический момент, идея судьбы, возмездия. Странно, что у него именно эта навязчивая идея. Он пишет что-нибудь для вас?

Он ловко опустил два куска сахару в чашку вдоль стенки сквозь взбитые сливки. Бак Маллиган разрезал пополам горячую булочку и намазал маслом ее дымящееся нутро. Он жадно откусил мягкий кусок.

— Лет через десять, — сказал он, жуя и смеясь. — Напишет что-нибудь лет через десять.

— Порядочный срок, — сказал Гэйнс, задумчиво поднимая ложку. — Однако не удивлюсь, если он в конце концов это сделает.

Он ковырнул ложечкой белый конус на своей чашке и положил в рот.

— Вот это настоящие ирландские сливки, — сказал он снисходительно. — Люблю, когда без обмана.

Илия, кораблик, скомканный листок, плыл к востоку вдоль бортов кораблей и траулеров посреди архипелага пробок, минуя Уоплинг-стрит за Бенсоновским перевозом, мимо трехмачтовой шхуны «Розвен», шедшей с грузом кирпичей из Бриджуотера.

---

[1] Навязчивая идея (*франц.*).

Альмидано Артифони шагал мимо Холлес-стрит, мимо Сью-елл-Ярда. Позади него Кэшел Бойл О'Коннор Фицморис Тисдалл Фаррелл с тростьюзонтикомпальто, болтавшимся на руке, обошел фонарь перед домом мистера Лоу Смиса и, перейдя на другую сторону, зашагал вдоль Меррион-сквер. За ним, поодаль, слепой юноша, постукивая палочкой, шел вдоль ограды Университетского парка.

Кэшел Бойл О'Коннор Фицморис Тисдалл Фаррелл дошел до приветливых окон мистера Льюиса Уернера, затем повернул и пошел обратно по Меррион-сквер, с болтающимся на руке тростьюзонтикопальто.

На углу, у бара Уайльда, он остановился, насупился на имя Илия на афише Метрополитен-Холла, насупился на зеленый газон дальнего сквера. Его монокль, насупясь, сверкнул на солнце. Обнажив красивые зубы, он пробормотал:

— *Coactus volui*[1].

Он зашагал к Клер-стрит, пережевывая свои свирепые слова. Когда он шагал мимо зубоврачебных окон мистера Блума, он взмахом пальто грубо сшиб под углом поставленную тонкую постукивающую трость и помчался дальше, хлестнув по хилому телу. Слепой юноша повернул свое болезненное лицо вслед шагающей фигуре.

— Будь ты проклят, — сказал он горько, — кто бы ты ни был. Ты еще слепей, чем я, сукин ты сын.

* * *

Напротив лавки Регги О'Доннохе юный Патрик Алоизий Дигнэм, прижимая к себе полтора фунта свиных котлет от Мангена, бывшего Ференбаха, за которыми он был послан, шел по теплой Виклоу-стрит, глазея по сторонам. Чертова скука сидеть в полутемной гостиной с миссис Стер и миссис Квигли и миссис Мак-Доуэлл, и все они сморкаются и по капельке прихлебывают первосортный красный портвейн, что дядя Барни привез из Теннея. И подбирают крошки домашнего сладкого пирога, и целый день.

За Виклоу-лейн окно мадам Дойл, придворной портнихи, остановило его. Он стоял, глядя на двух боксеров, голых до пояса, выставивших свои кулаки. Из боковых зеркал молчаливо глазели два юных Дигнэма в трауре. Матч между Майлером Кеогом, любимцем Дублина, и сержантом Баннетом из казарм Портобелло, на приз в пятьдесят соверенов, ух ты, вот это стоило бы посмотреть. Майлер Кеог — это вон тот, нацелился на того, в

[1] Хочу по принуждению (*лат.*).

зеленом поясе. За вход два шиллинга, военным 50% скидки. Я бы удрал, мама и не заметит. Юный Дигнэм слева от него повернулся. Это я в трауре. Когда это? Мая, двадцать второго числа. Ах, черт, это уже было. Он повернулся направо, и справа от него юный Дигнэм повернулся, шапка на боку, воротник вылез. Застегивая его, приподняв подбородок, он увидел изображение Мэри Кендалл, прелестной субретки, рядом с двумя боксерами. Вот такие красотки бывают на картинках в коробках с папиросами. Стер такие курил, еще родитель выдрал его, когда поймал.

Юный Дигнэм заправил воротничок и поплелся дальше. Самый сильный удар был у Фицсиммонса. Он если трахнет тебя под ложечку, так неделю не разогнешься. Но самый ловкий был Джем Корбет, пока Фицсиммонс не вышиб из него всю его премудрость.

На Графтон-стрит юный Дигнэм увидел красный цветок в зубах щеголя и шикарные ботинки на нем; а сам слушает, что ему говорит пьянчужка, и скалится во всю пасть.

Трамвая на Сэндимаунт не было.

Юный Дигнэм пошел по Нассау-стрит, переложив свиные котлеты в другую руку. Воротничок у него опять выскочил, он опять заправил его. Чертова запонка не лезет в петлю, черт бы ее взял. Он встретил школьников с сумками. Завтра я тоже не пойду, буду дома до самого понедельника. Он встретил еще школьников. Заметили они, что я в трауре? Дядя Барни сказал, что вечером это будет в газете. Тогда они все это увидят и прочитают мое имя в газете и папино имя.

Лицо у него стало совсем серое, а не красное, как всегда, и вверх по лицу к глазам ползла муха. Как скрипело, когда привинчивали крышку гроба; и как стукался гроб о перила, когда несли по лестнице.

Папа был в гробу, и мама плакала в гостиной, и дядя Барни объяснял, как пронести его на повороте. Большой был гроб и высокий и тяжелый на вид. Как это случилось? В тот вечер, когда папа был пьян, он стоял на площадке лестницы и орал, чтоб ему дали башмаки, он пойдет к Тенни и еще напьется, и он был такой толстый и короткий в рубашке. Никогда больше его не увижу. Это смерть. Папа умер. Мой отец умер. Он сказал мне, чтоб я был маме хорошим сыном. Я не мог разобрать, что он еще сказал, но я видел его язык и зубы, он старался сказать яснее. Бедный папа. Это был мистер Дигнэм, мой отец. Я надеюсь, что он сейчас в чистилище, потому что он исповедовался в субботу вечером у отца Конроя.

* * *

Уильям Хембл, граф Дэдли, и леди Дэдли, сопровождаемая полковником Хессельтайном, выезжали после завтрака из ворот вице-королевской резиденции. Во втором экипаже были превосходительная миссис Педжэт, мисс де Курси и превосходительный Джеральд Уорд, дежурный адъютант.

Кортеж выехал из Феникс-парка через боковые ворота, приветствуемый подобострастными полисменами, и проследовал мимо Королевского моста по набережной. Население сердечно приветствовало вице-короля на его пути через столицу. У Кровавого моста мистер Томас Кернан издали тщетно кланялся с того берега. Между мостом Королевы и мостом Уитворт вице-королевские экипажи лорда Дэдли проехали и не удостоились приветствия мистера Дадли Уайта Б. Ю. Н. М. И.[1], стоявшего на Арранской набережной возле ссудной кассы миссис М. Е. Уайт на углу Арран-стрит, поглаживая нос указательным пальцем, не зная, как быстрей добраться до Фисборо, поехать трамваем с тремя пересадками, или взять кэб, или пойти пешком через Смитфилд, холм Конституции и Бродстонский вокзал. В подъезде судебной палаты Ричи Гулдинг с портфелем фирмы «Гулдинг Коллис и Уорд», увидел кортеж и удивился. За Ричмондским мостом на крыльце конторы Рувима Дж. Додда, стряпчего, агента Патриотического Страхового Общества, пожилая особа женского пола, уже собиравшаяся войти, передумала, пошла в обратном направлении мимо витрины Кароля, доверчиво улыбаясь наместнику его величества. Из стока в стене Дровяной набережной под конторой Тома Девена речка Поддл верноподданно высунула язык сточной жижи. Над занавеской в Ормонд-отеле, золото и бронза, голова мисс Кеннеди и голова мисс Дус наблюдали и восхищались. На Ормондской набережной мистер Саймон Дедалус, держа путь из общественной уборной в контору помощника шерифа, остановился посреди улицы и низко опустил шляпу. Его сиятельство милостиво ответило мистеру Дедалусу на его поклон. С угла у бара Кэхилл его преподобие Хью С. Лов М. И., незамеченный, поклонился, памятуя о вице-королях, что издавна щедрой рукой раздают богатые приходы. На мосту Граттана Ленехэн и Мак-Кой, прощаясь друг с другом, посмотрели на проезжающие экипажи. Проходя мимо конторы Роджера Грина и большой красной типографии Долларда, Герти Мак-Доуэлл, несшая горчичники своему отцу, который лежал в постели больной, сразу догадалась, что это выезд их сиятельств, но так и не разглядела, в каком туалете была ее сиятельство, потому что трамвай и большой мебельный фургон Спринга, как назло, остановились прямо против нее. Возле Ленди-Фут, с затененного порога погребка Кавенеха Джон Уайз Нолан усмехнулся при виде лорда-наместника и генерал-губернатора Ирландии с холодно-

[1] Бакалавр юридических наук. Магистр искусств.

стью, которая осталась незамеченной. Его высокопревосходительство Уильям Хембл, граф Дэдли К. О. В., проезжал мимо вечно тикающих часов Микки Андерсона и восковых шикарнокостюмных румянощеких манекенов Генри и Джемса, джентльмена Генри, *dernier cri*[1] Джемс. В воротах Дам Том Рочфорд и Носатый Флинн следили за приближением кортежа. Том Рочфорд, заметив на себе взгляд леди Дэдли, поспешно вынул большие пальцы из карманов винно-красного жилета и снял перед ней шляпу. Прелестная субретка, знаменитая Мэри Кендалл, с накрашенными щеками и приподнятой юбочкой накрашенно улыбалась с афиши Уильяму Хемблу, графу Дэдли, и полковнику Хессельтайну, а также превосходительному Джеральду Уорду, дежурному адъютанту. Из окна О. Д. Б. Бак Маллиган весело, а Гэйнс серьезно посмотрели вниз на вице-королевский экипаж через плечи любопытных гостей, чья масса тел бросала тень на шахматную доску, на которую напряженно смотрел Джон Хоуард Парнелл. На Фаунз-стрит Дилли Дедалус, оторвав взгляд от элементарного курса французского языка Шарденаля, увидела раскрытые зонтики и вертящиеся в солнечном блеске спицы. Джон Генри Ментон, стоящий в дверях Дома торговли, смотрел опухшими от вина глазами-устрицами, держа жирные золотые часы, не глядя на них, в левой руке, не чувствуя их. Там, где переднее копыто коня короля Билли повисло в воздухе, миссис Брийн спасла своего спешащего супруга от форейторских копыт. Она прокричала ему на ухо, кто едет. Поняв, он переложил свои фолианты под левую руку и поклонился второму экипажу. Превосходительный Джеральд Уорд, приятно удивленный, поспешил ответить. На углу у бара Понсонби усталая белая бутыль М. остановилась, и четыре белых бутыли в цилиндрах остановились позади нее, Х. Э. Л. И., пока форейторы и экипажи мчались мимо. Напротив склада музыкальных инструментов Пиготта мистер Денис Дж. Магинни, учитель танцев и т. п., в легкомысленном наряде шествовал важно, опереженный вице-королем и не замеченный им.

У Стены Старшин бойко шагал Горячка Бойлен, ступая ногами в желтых ботинках и носках с небесно-голубыми стрелками в такт припеву *Моя девчонка родом из Йоркшира*.

Навстречу небесно-голубым налобникам и энергичному галопу форейторских коней Горячка Бойлен выставил небесно-голубой галстук, широкополую соломенную шляпу, ухарски надетую набекрень, и синий шевиотовый костюм. Его руки, засунутые в карманы пиджака, позабыли снять шляпу, но он презентовал трем дамам дерзкое восхищение своих глаз и красный цветок в зубах. Когда

---

[1] Последний крик (*франц.*).

они ехали по Нассау-стрит, его сиятельство обратил внимание своей кивающей супруги на программу концерта, который шел в Университетском парке. Невидимые музыканты шотландского военного оркестра трубили и барабанили вслед кортежу.

> Хоть одна девушка простая
> И прост ее наряд,
> Бум-бум,
> А все же йоркширец я
> И роза из Йоркшира
> Милей всех для меня,
> Бум-бум...

По ту сторону стены участники гандикапа на четверть мили М. С. Грин, Н. Трифт, Т. М. Пэти, С. Скайф, Дж. Б. Джеффс, Г. Н. Морфи, Ф. Стивенсон, С. Эддерли и У. С. Хеггард стартовали по очереди. Шагая мимо гостиницы Финна, Кэшел Бойл О'Коннор Фицморис Тисдалл Фаррелл вперился сквозь свирепый монокль поверх экипажей в голову мистера Е. М. Соломонса в окне австро-венгерского вице-консульства. В глубине Лейнстер-стрит, возле калитки Тринити, верный подданный короля Хорн-блоуер дотронулся до своей егерской фуражки. Когда лоснящиеся лошади проскакали по Меррион-сквер, юный Патрик Алоизий Дигнэм, дожидаясь, увидел, как все кланялись господину в цилиндре, и сам тоже поднял свою новую черную фуражку пальцами, испачканными о бумагу, в которой были котлеты. Воротничок у него опять вылез. Вице-король, выехавший на открытие благотворительного базара в пользу больничного фонда, проехал вместе со своим эскортом по направлению к Маунт-стрит. Напротив Бродбента они проехали мимо слепого юноши. На Маунт-стрит пешеход в коричневом макинтоше, жуя сухой хлеб, быстро и благополучно перебежал вице-королю дорогу. На мосту Королевского Канала мистер Юджин Стреттон, улыбаясь с афиши своими толстыми губами, приветствовал прибывающих в Пемброкский квартал. На углу Хаддингтон-роуд две женщины, все в песке, остановились с зонтиком и с сумкой, в которой побрякивали одиннадцать сердцевидок, глядя с удивлением на лорд-мэра с лорд-мэршей, без золотой цепи. На Нортемберлэнд-роуд и на Лэндсдаун-роуд его сиятельство добросовестно ответил на поклоны немногих прохожих мужского пола, на поклоны двух маленьких школьников у садовой калитки того дома, которым, как говорят, восхищалась покойная королева, когда посетила ирландскую столицу вместе с принцем-супругом в 1849 году, и на поклон толстых штанин Альмидано Артифони, проглоченных захлопнувшейся дверью.

ПРИЛОЖЕНИЕ

УТРО М-РА БЛУМА

(ГЛАВА ИЗ «УЛИССА»)

М-р Леопольд Блум охотно ел внутренние органы животных и птиц.

Он любил жирный суп из гусиных потрохов, начиненную орехами шейку, фаршированное жареное сердце, рубленую печенку с хлебной корочкой, запеченные наважьи молоки. Больше всего он любил жаренные на углях бараньи почки, оставлявшие на его нёбе легкий, еле уловимый вкус мочи.

О почках он и думал, бесшумно расхаживая по кухне и собирая на покоробленный поднос завтрак. Свет и воздух в кухне были прохладны, но за дверью — мягкое летнее утро повсюду. От этого чуточку хотелось есть.

Угли багровели.

Еще ломтик хлеба с маслом: три, четыре: так. Она не любит, когда тарелка полная. Так. Он отошел от подноса, снял чайник с конфорки и поставил его боком на огонь. Чайник уселся, тупой и толстый, выставив носик. Скоро чашка чая. Хорошо. Во рту сухо. Кошка ходила на несгибающихся лапах вокруг ножки стола, хвост кверху.

— Мяу!

— Ах, вот ты где, — сказал м-р Блум, отвернувшись от очага.

Кошка мяукнула в ответ и опять чопорно зашагала вокруг ножки стола, мяукая. Вот так точно она разгуливает по моему письменному столу. Прр. Почеши мне голову. Прр.

Мистер Блум с добродушным любопытством следил за грациозным черным существом. Приятно смотреть: глянцевитая, мягкая шерсть, белая пуговка под хвостом, зеленые мерцающие глаза. Он нагнулся к ней, ладонями в колени.

— Кисеньке молока, — сказал он.

— Мяу! — крикнула кошка.

Говорят, что они глупые. Они понимают все, что мы говорим, лучше, чем мы их. Она понимает все, что она хочет понять. И мстительная. Интересно, каким я ей кажусь. Вышиной с башню? Нет, она ведь может вспрыгнуть на меня.

— Мы цыплят боимся, — поддразнил он. — Цыпочек боимся. В жизни не видал такой глупой кисеньки, как наша кисенька.

Жестока. От природы. Забавно, мыши никогда не пищат. Нравится, должно быть.

— Мяу! — громко сказала кошка.

Она поглядела вверх жадными, стыдливо сощуренными глазами, жалобно и протяжно мяукая, показывая ему молочно-белые зубы. Он следил, как темные глазные щели алчно сужались до тех пор, пока ее глаза не превратились в зеленые камни. Тогда он подошел к кухонному шкафу, достал кувшин, только что наполненный молочником от Ханлона, налил в блюдце тепло пузырящегося молока и осторожно поставил его на пол.

— Гуррхр! — закричала она и, подбежав, принялась лакать.

Пока она три раза подряд тыкалась в блюдце и осторожно лакала, он смотрел на ее усы, сверкавшие, как проволока, в слабом свете. Интересно, это правда, что, если обрезать им усы, они потом не могут ловить мышей? Почему? Блестят в темноте, может быть, кончики. Или вроде щупальцев в темноте, может быть.

Он слушал, как она лакала и глотала. Яичницу с ветчиной, нет. Когда так сухо во рту, яйца нехорошо. Хорошо бы чистой, свежей воды. Четверг: сегодня у Бэркли не найти хорошей бараньей почки. Поджарить на масле, подбавить перцу. Лучше свиную почку у Длугача. Покуда чайник закипит. Она стала лакать медленней, потом не дочиста вылизала блюдце. Почему у них такой шершавый язык? Чтобы удобней лакать, сплошь поры. Чего бы ей еще дать поесть? Он огляделся. Нет.

Тихо поскрипывая башмаками, он поднялся по лестнице в холл, остановился у двери спальни. Может быть, ей хочется чего-нибудь вкусного. Она любит по утрам тоненькие ломтики хлеба с маслом. Может быть: как когда.

Он тихо сказал в пустом холле:

— Я до угла. Через минуту вернусь.

И, услышав свой голос, произнесший эту фразу, он прибавил:

— Что ты хочешь к завтраку?

Сонный, тихий храп ответил:

— Мн.

Нет, она ничего не хотела. Потом он услышал теплый, тяжелый вздох тише, это она повернулась на другой бок, и расшатанные медные шишки на кровати задребезжали. Надо как следует подвинтить их. Жалко. С самого Гибралтара. Немножко знала испанский и то забыла. Интересно, сколько ее отец заплатил за нее. Старинная. Ну да, конечно. Купил на аукционе у губернатора за гроши. В денежных делах тверд, как кремень, старик Твиди. Да, сударь. Было это под Плевной. Я, сударь, из рядовых выбился и горжусь этим. А все-таки хватило сообразительности скупить почтовые марки. Определенно дальновидный старик.

Его рука сняла шляпу с крюка, на котором висели его осеннее пальто с монограммой и купленный по случаю в бюро находок дождевик. Марки: картинки с клеем назади. Убежден, что этим делом занимаются многие офицеры. Несомненно. Пропотелое клеймо на дне шляпы сказало ему молча: Пласто высшая марка шля. Он быстро заглянул за кожаный ободок. Белая бумажная полоска. В полной безопасности.

На пороге он поискал в заднем кармане ключ от парадной. Нету. В тех штанах, что я снял, надо поискать. Картофель у меня есть. Шкаф скрипит. Не стоит ее будить. Она как раз повернулась во сне на другой бок. Он очень тихо потянул за собой дверь, еще, покуда низ двери не примкнул к порогу, усталое веко. Выглядит так, словно заперто. Как-нибудь сойдет, пока я не вернусь.

Он перешел на солнечную сторону, обойдя поднятую крышку люка № 75. Солнце приближалось к колокольне церкви св. Георгия. Сегодня будет тепло, я думаю. В черном костюме особенно чувствуется. Черный цвет проводит, отражает (или преломляет?) тепло. В светлом костюме я бы не мог выйти. Точно на пикник. Его веки часто спокойно опускались, пока он шел в блаженном тепле. Хлебные фургоны Болэна, развозящие в ящиках наш насущный, но он предпочитает вчерашние хлебцы, яблочные пироги, поджаренную хрустящую горбушку. Сразу чувствуешь себя молодым. Где-нибудь на востоке: раннее утро: встать на заре, все время идти по миру впереди солнца, опережая его на один день. Остановить его навсегда, никогда ни на один день не состаришься, рассуждая теоретически. Потом по берегу, чужая страна, городские ворота, там постовой, тоже старый служака, усищи как у старика Твиди, склонившийся на этакое длинное копье. Блуждать по улицам с тентами. Мимо — лица под тюрбанами. Темные пещеры ковровых лавок, огромный дядя. Страшный турок, сидит, поджав ноги, курит изогнутую трубку. Торговцы орут на улицах Пить воду, пахнущую укропом, шербет. Весь день бродить. Пожалуй, встретиться с разбойником, с двумя. Ну что ж, ну и встретиться. Так до вечера. Тени мечетей на пилястрах: священник с развернутым свитком. Трепет в деревьях, сигнал, вечерний ветер. Я иду дальше. Блекнет золотое небо. Мать стоит на пороге. Она зовет детей домой на темном их языке. Высокая стена: за ней звенят струны. Ночь, небо, луна, фиолетовая, как новые подвязки Молли. Струны. Слушай. Девушка играет на этом инструменте, ну, как он называется: цитра. Я иду дальше.

На самом деле, вероятно, ничего подобного. Все от чтива: по пути солнца. На титульном листе солнечный восход. Он улыбнулся, довольный. Как это Артур Гриффитс сказал про заставку над передовой в «Фримэне»: солнце гомруля, встающее на северо-западе из переулка за Ирландским банком. Он задержал довольную улыбку. Звучит по-еврейски: солнце гомруля, встающее на северо-западе.

Он подошел к магазину Ларри О'Рурка. Из-за решетки погребка вздымались густые испарения портера. Бар дышал в открытую дверь запахами имбиря, чайной пыли, бисквитного теста. Хорошее местечко все-таки: тут как раз кончается уличное движение. Например, трактир Мак-Оли там внизу н. х. место. Конечно, если бы проложили трамвайную линию вдоль Северного круга от скотного рынка до набережных, цена бы моментально вскочила.

Лысая голова над шторой. Хитрый старый скряга. Не имеет смысла уговаривать его насчет объявления. Он сам знает, что ему нужно. Вот он собственной персоной, работяга Ларри, без пиджака, прислонился к ящику с сахаром, смотрит, как его приказчик в переднике орудует шваброй и ведром. Саймон Дэдалус замечательно изображает его, как он щурит глаза. Знаете, что я вам скажу? Ну что, м-р О'Рурк? Знаете, что? Японцы в два приема слопают русских.

Остановлюсь, перекинусь парой слов: насчет похорон, что ли. До чего жалко беднягу Дигнэма, м-р О'Рурк.

Свернув в Дорсет-стрит, он бодро сказал, здороваясь через порог:

— Добрый день, мистер О'Рурк.

— Добрый день.

— Хороша погодка, верно?

— Лучше не бывает.

Откуда они достают деньги? Приезжают этакими рыжеволосыми мальчишками из какого-нибудь захолустья и хлещут пиво в погребе. А потом, в один прекрасный день, — хлоп, расцветают, как какой-нибудь Адам Финдлэтер или Дан Таллон. И при этом еще не забудьте — конкуренция. Всеобщая жажда. Вот была бы неплохая задачка — пройти по Дублину, не встретив по дороге ни одного кабака. Копить им не из чего. Может быть, с пьяных. Пишем три, пять в уме. А много ли получится? Тут шиллинг, там шиллинг, потихоньку, помаленьку. Может быть, на оптовых заказах. Снюхиваются с коммивояжерами. Вкрути хозяину, а мы с тобой поделимся, понял?

Сколько же это получится в месяц, хотя бы с портера? Скажем, десять бочек. Скажем, он получает десять процентов. Нет, больше. Десять. Пятнадцать. Он прошел мимо св. Иосифа, народного училища. Мальчишки орут. Окна открыты. Свежий воздух укрепляет память или песенка. Эйбиси дифиджи кэломэн опикю рэстюви дэблью. Они мальчики? Да. Иништурк. Инишарк. Инишбоффин. Урок гиаграфии. Гора Блум.

Он остановился у витрины Длугача, уставился на гирлянды сосисок, болонских колбас, черных и белых. Пятьдесят помножим на. Цифры блекли в его сознании, нерешенные: недовольный, он позволил им растаять. Сверкающие цепочки, начиненные мясом, радовали его взор, и он спокойно вдыхал тепловатое дыхание вареной, приправленной специями свиной крови.

Почка сочилась кровью на блюде, разрисованном листьями ивы: последняя. Он стоял у прилавка рядом с прислугой из соседнего дома. Пожалуй, она ее купит, перечитывает, что ей заказали, — держит в руке записку. Изъедена: щелоком. И полтора фунта сосисок. Его глаза остановились на ее мощных икрах. Вудс его зовут. Не знаю, чем занимается. Жена старовата. Свежая кровь. Чтоб никаких ухажеров. Крепкие руки. Выбивает ковер на веревке, ей-Богу, выбивает. Как ее неровный подол взлетает при каждом взмахе.

Мясник с глазами хорька сложил сосиски, которые он срезал пятнистыми пальцами, сосиско-розовыми. Крепкое мясо, точно откормленная телка.

Он взял лист из кучи нарезанной бумаги. Образцовая ферма в Киннерете на берегу Тивериады. Можно создать идеальный зимний санаторий. Мозес Монтефиоре. Я знал, что это он. Ферма, кругом стена, расплывшийся скот пасется. Он отвел лист подальше от глаз: интересно. Надо прочесть как следует заглавие, расплывшийся скот на пастбище, лист шуршал. Молодая, белая телка. Те утра на скотном рынке, скот мычит в загоне, клейменые овцы, шлепанье навоза, скотопромышленники увязают подкованными сапогами в подстилке для скота, хлопают ладонью по мясистой задней части, вот огузок первый сорт, в руках сыромятные бичи. Он терпеливо держал листок наискось, склоняя чувства и волю, глядя прямо перед собой тихим, покорным взором. Неровный подол взлетал при каждом взмахе.

Мясник выхватил два листа из кучи, завернул ей сосиски высшего сорта и скривил красную морду.

— Пожалуйте, барышня, — сказал он.

Она подала монету, нахально улыбаясь, вытянув толстую руку.

— Спасибо, барышня. Шиллинг три пенса сдачи. Вам что угодно?

М-р Блум поспешно указал. Скорей взять и за ней, если она пойдет медленно, за ее колышущимися окороками. Первое впечатление дня, приятно. Поскорей, черт возьми. Куй железо, пока горячо. Она постояла у лавки в солнечном свете и лениво поплелась направо. Он выдохнул воздух носом: они ни черта не понимают. Изъеденные щелоком руки. Роговые ногти на пальцах ног. Коричневая, рваная власяница, защищающая ее со всех сторон. Колючее презрение разгорелось в легкую радость в его груди. Для другого: отставной констебль мял ее на Экклз-лэйн. Было бы за что подержаться. Сосиски первый сорт. Ах, простите, г-н полицейский, я заблудилась в лесу.

— Три пенса, пожалуйста.

Его рука взяла влажную, мягкую железу и сунула ее в боковой

карман. Потом она достала из брючного кармана три монеты и положила их на резиновые пупырышки. Они полежали, были быстро сосчитаны и быстро смахнуты, кружок за кружком, в ящик.

— Благодарю вас, сэр, заходите в другой раз.

Жадная вспышка лисьих глаз поблагодарила его. Через мгновенье он отвел взгляд. Нет, лучше не надо: в другой раз.

— Добрый день, — сказал он, уходя.

— Добрый день, сэр.

Ни следа. Ушла. Ну и что ж?

Он пошел домой по Дорсет-стрит, углубившись в чтение. Агендат Нехаим: товарищество плантаторов. На предмет покупки у турецкого правительства незаселенных песчаных участков и посадки на них эвкалиптовых деревьев. Огромные достоинства: тень, топливо и строительный материал. Апельсинные рощи и необозримые бахчи к северу от Яффы. Вы платите восемь марок, и вам засаживают один дунам земли маслинами, апельсинами, миндалем и цитрусами. Маслины дешевле. Апельсины нуждаются в искусственном орошении. Ежегодно будете получать образцы урожая. Имя владельца вносится в пожизненную книгу товарищества. Первый платеж — десять, остальное — ежегодными взносами. Блейбтрейштрассе, 34, Берлин СВ, 15. Номер не пройдет. Но что-то в этом есть. Он увидел стадо, расплывшееся в серебряном зное. Серебряные, припудренные масличные деревья. Спокойные, долгие дни: подрезка, созреванье. Маслины укладывают в банки, да? У меня осталось несколько штук от Эндруза. Молли их выплевывает. Теперь она находит в них вкус. Апельсины в папиросной бумаге укладывают в корзины. Цитрусы тоже. Интересно, живет ли еще бедняга Цитрон в Сэнт-Кэвинс-Параде? И Мастянский со своей старой цитрой. Хорошие у нас бывали вечера. Молли в плетеном кресле Цитрона. Приятно подержать в руке холодный, восковой фрукт, подержать в руке, поднести к носу и вдохнуть аромат. Вот так, тяжелый, сладкий, дикий аромат. Всегда один и тот же, из года в год. Да и цены они берут неплохие, Мойзель мне говорил. Арбэтэс-плейс: Плезентстрит: добрые старые времена. Должны быть без малейшего изъяна, он говорил. А дорога какая. Испания, Гибралтар, Средиземное море, Левант. Корзины выстроились на набережной в Яффе, какой-то парень отчеркивает их в книжке, моряки в грязных робах ворочают их. А вон тот как его зовут из мое вам. Не видит. Шапочное знакомство, скучно. Со спины похож на того норвежского капитана. Интересно, встречу ли я его сегодня. Фургон для поливки улиц. Чтобы вызвать дождь. Яко на небеси и на земли.

Облако постепенно наползало на солнце, все больше, медленно, все больше. Серое. Далекое.

Нет, не так. Бесплодная земля, голая пустыня. Вулканическое

526

озеро, мертвое море: без рыб, без водорослей, запавшее глубоко в землю. Никакой ветер не поднимет этих волн, серого металла, ядовитых туманных вод. Серный дождь, так они называли эту штуку с неба: города в долине: Содом, Гоморра, Эдом. Все мертвые имена. Мертвое море в мертвой стране, серой и древней. Теперь древней. Она вскормила самый древний, самый первый народ. Сгорбленная старая ведьма вышла от Кассиди, вцепившись в горлышко водочной бутылки. Самый древний народ. Странствовал по всему миру, из плена в плен, размножаясь, умирая, повсюду рождаясь вновь. Он лежит там теперь. Теперь больше не может рожать. Мертв: как у старухи: серое, запавшее влагалище мира.

Запустение.

Серый ужас палил его плоть. *Сложив лист и сунув его в карман, он свернул в Экклз-стрит, торопясь домой.* Холодные маслянистые струи скользили по его венам, холодная кровь: старость сковывала его соляным покровом. Ну вот, я и пришел. По утрам постоянно всякая гадость мерещится. Встал не с той ноги. Надо опять начать делать гимнастику по системе Сандова. Ходить на руках. Пятнистые, коричневые кирпичные дома. Номер восьмидесятый все еще не сдан. Почему это? Ведь сто́ит всего-навсего двадцать восемь. Тауэрз, Бэттерзби, Норз, Мак-Артур: на окнах в первом этаже билетики. Пластыри на больном глазу. Вдохнуть нежный чайный пар, чад сковороды, шипящее масло. Ближе к ее обильному, согретому постелью мясу. Да, да.

Быстрый, теплый солнечный свет прибежал в мягких сандалиях с Бэркли-сквер вдоль светлеющего тротуара. Бежит, она бежит мне навстречу, девушка с золотыми волосами по ветру.

Два письма и открытка лежали на полу в передней. Он нагнулся и поднял их. Миссис Мэрион Блум. Его быстрое сердце сразу забилось медленней. Нахальный почерк. Миссис Мэрион.

— Польди!

Войдя в спальню, он полузакрыл глаза и подошел сквозь теплый желтый сумрак к ее взлохмаченной голове.

— Кому письма?

Он посмотрел на них. Мэллингэр. Милли.

— Мне от Милли письмо, — *сказал он медленно,* — а тебе открытка. И письмо тебе.

Он положил открытку и письмо на пикейное покрывало у сгиба ее колен.

— Поднять штору?

Осторожными рывками поднимая штору до половины, он увидел, скосив глаза, как она взглянула на письмо и сунула его под подушку.

— Так довольно? — *спросил он, обернувшись.*

Она читала открытку, опершись на локоть.

— Она получила вещи, — сказала она.

Он подождал; она отложила открытку и снова медленно с блаженным вздохом свернулась клубком.

— Сделай скорей чай, — сказала она, — у меня внутри все пересохло.

— Вода кипит, — сказал он.

Но он остался и убрал со стула: ее полосатую нижнюю юбку, смятую, запачканную рубашку: взял все в охапку и положил в ногах кровати. Когда он спускался в кухню, она позвала:

— Польди!

— Что?

— Сполосни чайник.

Определенно кипит: хвост пара из носика. Он прокипятил и сполоснул фарфоровый чайник и положил в него четыре полных ложки чая, потом наполнил его водой, наклонив большой чайник. Поставив чай завариваться, он снял большой чайник и поставил сковороду на горящие угли и стал следить, как скользит и тает комок масла. Покуда он разворачивал почку, кошка, мяукая, терлась об него. Дашь ей слишком много мяса, она перестанет ловить мышей. Говорят, они не едят свинины. Кошер. На. Он уронил измазанную кровью бумагу и бросил почку в шипящее масло. Перец. Он щепотью, кругообразно посыпал ее перцем из надтреснутой рюмки для яиц.

Потом он вскрыл письмо, пробежал глазами страницу и перевернул ее. Спасибо: новый берет: м-р Кофлэн: пикник на озеро Оуэл: молодой студент: купальщицы Блэйзиса Бойлена.

Чай заварился. Он наполнил свою собственную чашку, фальшивый «Краун-Дерби», улыбаясь. Глупышка Милли подарила в день рождения. Ей было тогда всего пять лет. Нет, постойте: четыре. Я подарил ей поддельные янтарные бусы, она их разорвала. Совал для нее в ящик для писем сложенные пополам листы коричневой бумаги. Он улыбался, наливая чай.

> О Милли Блум, ты моя душка,
> Кроме тебя, мне никого не надо,
> Ты мне милее без одной полушки,
> Чем Кэти Кио с осликом и садом.

Бедный старый профессор Гудвин. Ужасный старый хрен. А все-таки был воспитанный старик. Как он по-старомодному кланялся, уводя Милли с эстрады. А это его зеркальце в цилиндре! Милли однажды вечером принесла его в гостиную. Посмотрите, что я нашла в шляпе профессора Гудвина! Мы все смеялись. Уже тогда чувствовалась женщина. Живая была девчонка.

Он воткнул вилку в почку и шлепнул ее на другую сторону: потом поставил чайник на поднос. Крышка запрыгала, когда он взял поднос. Все поставил? Бутерброды, четыре, сахар, ложка, сливки для нее. Да. Он понес его наверх, зацепив большим пальцем ручку чайника.

Толкнув дверь коленом, он внес поднос и поставил его на стул подле кровати.

— Как ты долго возился, — сказала она.

Медные шишки зазвенели, когда она резко выпрямилась, упершись локтем в подушку. Он спокойно посмотрел сверху вниз на ее жирное туловище и между большими, мягкими грудями, висевшими в ночной рубашке, как козье вымя. Тепло, поднимавшееся от ее лежачего тела, мешалось с запахом чая, который она наливала.

Полоска разорванного конверта выглядывала из-под смятой подушки. Уходя, он остановился и выровнял покрывало.

— От кого письмо? — спросил он.

Нахальный почерк. Мэрион.

— Ах, это от Бойлена, — сказала она. — Он прислал мне программу.

— Что ты будешь петь?

— *La ci darem* с Дж. С. Дойлем, — сказала она, — и «Старинную песню любви».

Ее полные пьющие губы улыбнулись. От этого ладана на следующий день остается довольно противный запах. Как протухшая вода из-под цветов.

— Не открыть ли мне на минутку окно?

Она отправила в рот сложенный пополам ломтик хлеба, спросила:

— В котором часу похороны?

— Кажется, в одиннадцать, — ответил он, — я еще не читал газет.

Следя за ее вытянутым пальцем, он за одну штанину поднял с кровати ее грязные панталоны. Нет? Тогда скрученную серую подвязку с чулком: слежавшаяся, блестящая пятка.

— Нет: книгу.

Другой чулок. Ее нижняя юбка.

— Наверно, упала, — сказала она.

Он пошарил. *Voglio e non vorrei*. Правильно ли она произносит: *voglio*. В кровати нет. Наверно, завалилась. Он нагнулся и приподнял подзор. Упавшая книга распласталась на округлости оранжевотонного ночного горшка.

— Посмотри-ка, — сказала она. — Я заложила это место. Я тебя хотела спросить про одно слово.

Она хлебнула глоток чая из чашки, которую она держала не за ручку, и, быстро вытерев пальцы о простыню, стала водить шпилькой по странице, покуда не нашла слова.

— Метем — что? — спросил он.

529

— Вот, — сказала она. — Что это значит?

Он нагнулся и прочел слово около лакированного ногтя ее мизинца.

— Метемпсихоз?

— Да. Кто это такой?

— Метемпсихоз, — сказал он, хмурясь. — Это по-гречески: из греческого. Это означает трансмиграцию душ.

— Вот тебе раз! — сказала она. — Расскажите нам своими словами.

Он улыбнулся, искоса взглянув в ее смеющиеся глаза. Те же самые молодые глаза. Та первая ночь после шарад. Долфинз-Барн. Он перевернул сальные страницы. *Руби, гордость арены.* Ага! Иллюстрация. Разъяренный итальянец с бичом. А эта голая на полу, должно быть, и есть Руби, гордость. Страница предусмотрительно загнута. *Чудовище Маффеи бросил свою жертву и с проклятием оттолкнул ее.* В основе всего жестокость. Оглушенные наркозом животные. Трапеция у Хенглера. Пришлось отвернуться. Чернь разевала рот. Сломай себе шею, и мы надорвемся от смеха. Целыми семьями. С детства выкручивают им суставы, иначе не будет метемпсихоза. Чтобы мы жили после смерти. Наши души. Чтобы душа человека после его смерти. Душа Дигнэма...

— Ты ее прочла? — спросил он.

— Да, — сказала она. — В ней нет ничего похабного. И она все время любит первого?

— Не читал. Хочешь другую?

— Да. Достань мне Поль де Кока. Какое славное имя!

Она налила себе еще чаю, следя сбоку за струей.

Надо продлить абонемент на ту книгу в библиотеке на Кэпел-стрит. А то они напишут Кирни, моему поручителю. Реинкарнация: вот это правильно.

— Некоторые люди верят, — сказал он, — что мы после смерти продолжаем жить в другом теле, что мы жили еще раньше. Это называется реинкарнацией, перевоплощением. Что мы все жили раньше, тысячи лет тому назад, на земле или какой-нибудь другой планете. Они говорят, что мы забыли. Некоторые говорят, что они помнят свои прошлые жизни.

Ленивые сливки вились в чае волокнистыми спиралями. Чтобы она запомнила слово: метемпсихоз. Хорошо бы какой-нибудь пример. Пример?

«Купанье нимфы» над кроватью. Приложение к пасхальному номеру «Фото-Битс»: роскошное многокрасочное произведение искусства. Как чай без молока. Чуточку похожа на нее с распущенными волосами: стройней. За рамку отдал три и шесть. Она сказала, что над кроватью будет чудно выглядеть. Нагие нимфы. Греция: и пример — все люди, жившие тогда.

Он опять раскрыл книгу.

— Древние греки, — сказал он, — называли это метемпсихозом. Они верили, что человек может превратиться в животное или, например, в дерево. Ну, то, что они называли нимфами, к примеру.

Ее ложка перестала размешивать сахар. Она смотрела прямо перед собой, втягивая воздух раздутыми ноздрями.

— Пахнет горелым, — сказала она. — Ты не оставил ли чего на огне?

— Почка! — крикнул он вдруг.

Он небрежно сунул книжку во внутренний карман и, ушибив пальцы ног о сломанный комод, побежал на запах, торопливо перебирая по ступенькам журавлиными ногами. Удушливый дым поднимался сердитым лучом над одной стороной сковороды. Подцепив зубцом вилки почку, он оторвал ее и перевернул, как черепаху, на спину. Только чуточку подгорела. Он спихнул ее со сковороды на тарелку и полил коричневым соусом.

Теперь чашку чаю. Он сел, отпилил и намазал маслом ломтик хлеба. Он отрезал подгорелое мясо и бросил его кошке. Потом он отправил себе в рот вилку с большим куском и стал вдумчиво жевать вкусное, податливое мясо. Поджарено в самый раз. Глоток чая. Потом он нарезал хлеб на кусочки, обмакнул один из них в соус и положил себе в рот. Что это она там пишет про молодого студента и пикник? Он разложил письмо подле себя и медленно стал читать его, жуя, макая новый кусок хлеба в соус и поднося его ко рту.

Дорогой папуля.

Спасибо большущее за дивный подарок ко дню рождения. Он мне замечательно идет. Все говорят, что я в новом берете прямо красавица. Мамочкину дивную коробку сливочных конфект я тоже получила и могу сказать одно: они дивные. Я теперь очень увлекаюсь фотографией. М-р Кофлэн сделал с меня снимок, и его жена пошлет вам его, когда он будет проявлен. Вчера у нас было очень много дела. Был день ярмарки, явилась вся наша компания. В понедельник мы собираемся устроить настоящий пикник на озеро Оуэл. Передай привет мамочке, а тебя я крепко целую и благодарю. Я слышу, как внизу играют на рояле. В субботу в Гревилл-Армз будет концерт. К нам иногда вечером приходит один молодой студент по фамилии Бэннон, его двоюродные братья или что-то в этом роде, какие-то важные господа, он поет песенку Бойлена (я чуть не написала Блэйзиса Бойлена) о купальщицах. Передай ему сердечный привет от глупышки Милли. Кончаю с горячей любовью.

Твоя любящая дочь
Милли.
P. S. Прости за скверный почерк, очень спешила. Пока.

М.

Вчера пятнадцать. Забавно, как раз пятнадцатого числа. Первый день рождения не у себя дома. Разлука. Помню то летнее утро, когда она родилась. Побежал на Дензилл-стрит, стучался к миссис Торнтон. Бодрая старушка. Сколько младенцев она вытащила на свет Божий. Она сразу же поняла, что бедняжка Руди не выживет. Что поделаешь, Бог милостив, сэр. Она сразу же поняла. Ему было бы теперь одиннадцать, если бы он был жив.

Он грустно уставился пустым лицом на постскриптум. Прости за скверный почерк. Спешила. Внизу играют на рояле. Вылупляется из яйца. Как мы с ней повздорили в кафе из-за браслетки. Не притрагивалась к пирожному, не разговаривала, не смотрела. Дерзкая девчонка. Он обмакнул еще несколько кусочков хлеба в соус и кусок за куском съел почку. Двенадцать и шесть в неделю. Не так много. Но могло бы быть хуже. Статисткой в мюзик-холле. Молодой студент. Он глотнул остывшего чая, чтобы запить еду, потом перечитал письмо: дважды.

Ничего, ничего: она знает, как уберечь себя. А если нет? Нет, ничего не случилось. Но может случиться, конечно. Во всяком случае, подождем до тех пор. Сумасшедшая девчонка. Какие у нее стройные ножки, когда она взбегает по лестнице. Судьба. Как раз теперь созревает. Тщеславная: очень.

Взволнованный, тронутый, он улыбнулся кухонному окну. Как я ее тогда накрыл на улице — щипала себе щеки, чтобы были румяными. Чуточку малокровна. Слишком долго кормили грудью. А тогда — на «Короле Эрина» вокруг Киша. Поганая старая лоханка еле ползла. Ни капли не испугалась. Ее бледно-голубой шарф развевался по ветру вместе с волосами.

Ах, эти ямочки, ах, эти пряди!
Крюжится голова при первом взгляде.

Купальщицы. Разорванный конверт. Руки в карманах, кучер в выходной день, поет. Друг семьи. Он произносит: крюжится. Мол с фонарями, летний вечер, музыка.

Купальщицы, купальщицы,
Ах, эти чудные купальщицы.

Милли тоже. Юные поцелуи: первые. Теперь уже в далеком прошлом. Миссис Мэрион. Теперь лежит на спине, читает, перебирает пряди волос, улыбается, сплетает их.

Легкая дрожь сожаления пробежала по его спине, усилилась.

Будет то же самое, да. Предупредить. Бесцельно: ничего не поделаешь. Сладкие, яркие девичьи губы. Будет то же самое. Он почувствовал, как дрожь охватывает его тело. Бесцельно: теперь ничего не поделаешь. Губы целованные, целующие целованные. Полные липкие женские губы.

Хорошо, что она там: уехала. Занять бы ее чем-нибудь. Просила собаку; чтобы не скучать. Надо бы туда съездить. В августе, в первый понедельник, банк будет закрыт, обратный билет всего-навсего два шесть. Как-никак шесть недель. Может быть, достану бесплатный билет по газетному удостоверению. Или через Мак-Коя.

Кошка, вылизавшая всю свою шкурку, вернулась к запачканной мясом бумаге, обнюхала ее и пошла к двери. Она обернулась, мяуча. Хочет выйти. Подожди у двери, когда-нибудь она откроется. Пусть подождет. Не может посидеть на месте. Электричество. Гроза в воздухе. Моет ухо, повернувшись спиной к огню.

Он почувствовал себя тяжелым, полным: потом кишки слегка осели. Он встал, расстегнул пояс брюк. Кошка замяукала на него.

— Мяу! — сказал он в ответ. — Подожди, пока я справлюсь.

Парит: будет жаркий день. Не стоит подниматься наверх на площадку.

Газету. Он любил читать в уборной. Надеюсь, никто не сунется, пока я. В ящике стола он нашел старый номер «Титбис». Он сунул его под мышку, подошел к двери и открыл ее. Кошка мягкими прыжками помчалась по лестнице. Ага, хотела наверх, свернуться клубком на кровати. Он прислушался, услышал ее голос:

— Иди, иди, кисенька. Иди сюда!

Черным ходом он вышел в сад: остановился послушать, что делается в соседнем саду. Ни звука. Может быть, развешивает белье для сушки. Служанка была в саду. Чудное утро.

Он нагнулся, чтобы рассмотреть тощую мятую траву, росшую вдоль ограды. Построить бы тут беседку. Красные турецкие бобы. Плющ. Надо бы удобрить весь участок. Скверная земля. Слой удобрения. Если не удобрять, земля будет всюду такая. Кухонные отбросы. Глина, что это в сущности такое? Куры в соседнем саду: их помет — очень хорошее удобрение. Хотя лучше всего — коровий, особенно если кормить их жмыхами. Перегной. Лучшее средство для чистки лайковых дамских перчаток. Грязь очищает. Зола тоже. Перепланировать весь участок. Вон в том углу посадить горошек. Салат-латук. Всегда будет свежая зелень. Хотя сады имеют и свои недостатки. Та пчела или муха в Духов день.

Он пошел дальше. Кстати, где моя шляпа? Должно быть, повесил ее обратно на вешалку. Или в передней. Странно, не могу вспомнить. Вешалка совсем полна. Четыре зонтика, ее дождевик. Поднимал письма. В лавке у Драго звонил колокольчик. Удивительно, я как раз в этот момент думал. Коричневые напомаженные волосы над его воротником. Только что мыл голову и причесывался. Успею ли я сегодня сходить в баню? Тара-стрит. Говорят, этот тип за кассой помог убрать Джеймса Стивенса. О'Брайен.

Низкий какой голос у этого Длугача. Агенда... как это там? И так, мадмазель. Энтузиаст.

Он толкнул ногой ветхую дверь нужника. Надо быть осторожней, не запачкать к похоронам брюк. Он вошел, нагнув голову под низкой притолокой. Оставив дверь полуоткрытой, среди вони заплесневелой известки и пыльной паутины, он отстегнул подтяжки. Прежде чем сесть, он глянул в щель на соседнее окошко. Царь был один в своей сокровищнице. Никого.

Усевшись на стульчак, он разложил газету на голых коленях и стал переворачивать листы. Что-нибудь новое и легонькое. Не надо торопиться. Чуточку придержать. Наш конкурс. *Мастерской удар Мэтчэма.* Автор — м-р Филипп Бофуа, Театральный клуб, Лондон. Автор получил по одной гинее за колонку. Три с половиной. Три фунта три. Три фунта тринадцать и шесть.

Он спокойно прочел, сдерживаясь, первую колонку и, уступая, но все еще придерживая, начал вторую. Дойдя до середины, он уступил окончательно и позволил своему кишечнику спокойно опорожниться, терпеливо читая, покуда не прошел весь небольшой вчерашний запор. Надеюсь, не слишком толсто, чтоб опять не было геморроя. Нет, в самый раз. Так. А! При запоре одну лепешку каскара саграда. Может быть, такова жизнь. Рассказ не взволновал и не тронул его, но было в нем что-то живое и приятное. Нынче все печатают. Мертвый сезон. Он продолжал читать, спокойно сидя над своим вздымающимся снизу запахом. Определенно ловко. *Мэтчэм часто вспоминает о мастерском ударе, благодаря которому он завоевал смеющуюся колдунью, которая теперь.* Начало и конец нравоучительные. *Рука об руку.* Здорово. Он еще раз пробежал глазами прочитанное и, чувствуя, как спокойно течет его вода, беззлобно позавидовал м-ру Бофуа, который написал этот рассказ и получил за него гонорар в размере трех фунтов тринадцати и шести.

Попробовать написать скетч. Авторы — Л. и М. Блум. Выдумать какую-нибудь историю, взять темой пословицу, какую? Когда-то я пробовал записывать на манжете все, что она говорила, одеваясь. Терпеть не могу одеваться вместе. Порезался, бреясь. Закусывает нижнюю губу, застегивая юбку. Проверял ее по часам. 9.15. Робертс тебе уже заплатил? 9.20. Как Грета Конрой была одета? 9.23. Черт меня дернул купить эту гребенку! 9.24. Меня пучит от капусты. Пылинка на ее лакированной туфле.

Быстро, по очереди трет носки туфель об икру в чулке. Утро после благотворительного базара, где оркестр Мэя играл «Танец часов» Понкиелли. Объяснял, что сначала утренние часы, полдень, потом наступает вечер, потом ночные часы. Чистит зубы. Это была первая ночь. Ее голова плясала. Лопасти ее веера потрескивали. Он богатый, этот Бойлен? У него есть деньги. Почему? Во время танца я заметила, что у него хорошо пахнет изо рта. Тогда какой смысл хмыкать? Намекнуть. Странная музыка вчера вечером. Зеркало было в тени. Она быстро потерла свое ручное зеркальце о шерстяной жакет на полной, зыбкой груди. Погляделась в него. Морщинки под глазами. Не так уж спокойно.

Вечерние часы, девицы в сером газе. Потом ночные часы, в черном, с кинжалами и в масках. Поэтическая выдумка, розовое, потом золотое, потом серое, потом черное. И при этом абсолютно жизненно. День, потом ночь.

Он одним махом оторвал половину премированного рассказа и подтерся ею. Потом он подтянул брюки, пристегнул подтяжки и застегнулся. Он толкнул тугую, тряскую дверь нужника и вышел из полумрака на воздух.

На ярком свету, облегченный и посвежевший, он внимательно осмотрел свои черные брюки, низ, колени, складки на коленях. В котором часу похороны? Лучше всего справиться по газете.

Скрип и глухое гуденье высоко в воздухе. Колокола церкви св. Георгия. Они отзванивали время: громкое, глухое железо.

        Бимбом! Бимбом:
        Бимбом! Бимбом!
        Бимбом. Бимбом!

Без четверти. Потом опять: обертон держался в воздухе. Терцию.

Бедный Дигнэм!

М-р Блум спокойно прошел мимо тележек на набережной Сэра Джона Роджерсона, мимо Виндмилл-лэйн, маслобойки Лиска, почтово-телеграфной конторы. Можно было дать и этот адрес. И мимо Дома моряка. Он отвернулся от утренних шумов набережной и пошел по Лайм-стрит. У коттеджей Брэди околачивался мальчишка, на руке у него висело мусорное ведро, он курил изжеванный окурок. Девочка еще меньше его, со следами экземы на лбу, глазела на него, рассеянно придерживая поломанный обруч. Сказать ему, что, если он будет курить, он перестанет расти. Бог с ним! Ему тоже не очень сладко живется. Дежурит у трактиров, чтобы отвести папу домой. Идем домой к маме, папа. Мертвый час: наверно, там народу будет немного. Он пересек Таунсенд-стрит, прошел мимо хмурого фасада церкви Бетэл. Эл, да: дом: Алеф, Бет. И мимо похоронного бюро Николза. Назначено в одиннадцать. Времени достаточно. Кажется, Корни Келлехер устроил О'Нилу это дело. Поет с закрытыми глазами. Корни. Встретил ее как-то раз у парка. Им было жарко. Вот так дикарка. Полицейский шпик. Потом сказала свое имя и адрес с искренним тамтарарам пампам. Ну, конечно, он все прибрал к рукам. Похороните его по дешевке в каком-нибудь где вам будет угодно. С искренним тамтарарам тамтарарам.

На Вестлэнд-роуд он остановился у витрины Белфастской и Восточной чайной компании и прочел ярлыки на цибиках из свинцовой бумаги: лучшая смесь, высшего качества, семейный чай. До чего жарко. Чай. Надо достать у Тома Кернана. На похоронах, впрочем, неудобно спрашивать. Пока глаза его кротко читали, он снял шляпу, спокойно вдохнул жирный запах своих волос и с медлительной грацией провел правой рукой по лбу и волосам. Очень жаркое утро. Из-под опущенных век его глаза нашли узенький кожаный ободок внутри его высшей марки шля. На месте. Его правая рука нырнула внутрь шляпы. Его пальцы быстро нашли за кожаным ободком карточку и переложили ее в жилетный карман.

Как жарко. Его правая рука еще раз еще медленней скользнула по волосам: смесь высшего качества из лучших цейлонских сортов. Дальний Восток. Должно быть, дивная страна: сад мира, большие, ленивые листья, на которых можно плавать, кактусы, лужайки в цветах, змеистые лианы, так они называются. Так ли это на самом деле? Сингалезы нежатся на солнце, этакое *dolce far menete*. За весь день пальцем не шевельнут. Спят шесть месяцев в году. Такая жара, что не хочется ссориться. Влияние климата. Летаргия. Цветы безделья. Воздух — лучшее питание. Азот. Оранжереи в ботанических садах. Растения не-тронь-меня. Водяные лилии. Лепестки до того вялые, что. В воздухе сонная болезнь. Идешь по розовым лепесткам. Попробовали бы они поесть потрохов и телячьих ножек. Где это он был, тот парень, я видел его на какой-то картинке? Ах да, на Мертвом море, плыл на спине, читал книгу под открытым зонтом. Невозможно утонуть, если даже захочешь: до того много соли. Это потому, что вес воды, нет, вес тела, погруженного в воду, равен весу... Или объем равен весу? Словом, есть какой-то закон в этом роде. Вэнс в школе хрустел на уроках суставами пальцев. Курс занятий. Хрустящий курс. Что такое в сущности вес, когда говорят «вес»? Тридцать два фута в секунду, в секунду. Закон падения тел. В секунду, в секунду. Все тела падают на землю. Земля. Закон земного притяжения, это и есть вес.

Он отвернулся и побрел на ту сторону улицы. Как это она шла со своими сосисками? Вот как-то так. На ходу он вынул из бокового кармана сложенную газету, развернул ее, скатал в трубку и стал похлопывать себя по штанине в такт волочащимся шагам. Безразличный вид: так только, заглянуть. В секунду, в секунду. В секунду означает каждую секунду. Он смело заглянул с панели в двери почтового отделения. Ящик для запоздавших писем. Почта здесь. Никого. Войти.

Он подал карточку через медную решетку.

— Есть для меня письма? — спросил он.

Покуда почтовая барышня рылась в гнезде, он загляделся на вербовочный плакат, изображавший солдат всех родов оружия на параде: и приставил трубку к носу, нюхая пахнущую свежей типографской краской тряпичную бумагу. Вероятно, ответа нет. В последний раз зашел слишком далеко.

Барышня вернула ему через решетку его карточку при письме. Он поблагодарил и быстро взглянул на печатный адрес.

Генри Флауеру, эсквайру,
До востребования,
Почт. отд. Вестлэнд-роуд,
Сити.

Все-таки ответила. Он сунул карточку и письмо в боковой карман, еще раз взглянув на парадирующих солдат. А где полк старика Твиди? Отставной солдат. Вот: медвежья шапка и петушиные перья. Нет, он гренадер. Остроконечные обшлага на рукавах. Вот он: королевские дублинские стрелки. Красные куртки. Слишком расфуфырены. Оттого бабы на них и вешаются. Мундир. Легче вербовать и муштровать. Статья Мод Гонн, чтобы их ночью не пускали на О'Коннелл-стрит: позор для нашей ирландской столицы. И газета Гриффитса долбит теперь то же самое. Гниющая от венерических болезней армия: заморская держава, ей море по колено. Вид у них, точно они не в своем уме: как под гипнозом. Смирно! Шаг на месте. Стол: ол. Кровать: ать. Собственная его величества. Никогда не видал его в полицейском мундире. Масон, да.

Он медленно вышел из почтового отделения и свернул направо. Болтовня: как будто от этого что-нибудь изменится. Он сунул руку в карман, и указательный палец пролез под клапан конверта, разорвав его несколькими толчками. Женщины наверняка не принимают таких мер предосторожности. Его пальцы вытащили письмо и смяли конверт в кармане. Что-то приколото: может быть, фото. Волосы? Нет.

Мак-Кой. Поскорей отвязаться от него. Мешает. Терпеть не могу общества, когда я.

— Алло, Блум. Куда направляетесь?

— Алло, Мак-Кой. Да так, собственно, никуда.

— Как жизнь?

— Чудно. А вы как?

— Живем помаленьку, — сказал Мак-Кой.

Он посмотрел на черный галстук и черный костюм и спросил тише, с уважением:

— У вас кто-нибудь... Надеюсь, ничего серьезного? Я вижу, вы...

— О, нет, — сказал м-р Блум. — Бедняга Дигнэм, вы ведь знаете. Сегодня хоронят.

— Верно! Бедняга. Да, да. В котором часу?

Нет, не фото. Может быть, значок какой-нибудь.

— О... одиннадцать, — ответил м-р Блум.

— Попробую подъехать, — сказал Мак-Кой. — Вы говорите, в одиннадцать? Я узнал только вчера вечером. Кто это мне рассказывал? Холохан. Вы знаете Хоппи?

— Знаю.

М-р Блум посмотрел через улицу на карету, стоявшую у дверей Грювнора. Носильщик вскидывал чемодан на крышу. Она стояла неподвижно, ждала, покуда мужчина, муж, брат, похож на нее, искал в карманах мелочь. Стильное пальто с круглым воротником, для такой погоды жарковато, похоже на байку. Стоит в равнодушной позе, засунув руки в накладные карманы. Как та чванная особа на состязании в поло. Все женщины задаются, покуда не попадаешь им в точку. Хороша собой и хорошо держится. Прежде чем отдаться, упирается. Почтенная госпожа, и Брут, конечно, человек почтенный. Один раз взять ее — и всю спесь как рукой снимает.

— Я был с Бобом Дорэном, он опять сбился с пути, и, ну, как его зовут, Бэнтамом Лайонзом. Мы как раз были у Конвэя.

Дорэн, Лайонз у Конвэя. Она поднесла руку в перчатке к волосам. Вошел Хоппи. Уже успел промочить горло. Откинув голову и глядя вдаль из-под опущенных век, он увидел яркую рыжеватую лайку, вспыхнувшую на солнце, вышитые раструбы. Как я сегодня хорошо вижу. Должно быть, в сырую погоду лучше видишь. Говорит что-то. Барская ручка. С какой стороны она сядет?

— И он говорит: *Как жаль нашего бедного Пэдди! Какого Пэдди?* — говорю я. *Бедняжку Пэдди Дигнэма,* говорит он.

Едет на дачу: наверно, в Бродстон. Высокие коричневые ботинки, шнурки болтаются. Красивая нога. Что это он так долго ищет мелочь? Заметил, что я смотрю. Вечно за всеми следит. Всегда что-нибудь в запасе. Не то, так это.

— *Как?* — говорю я. *Что с ним случилось?* — говорю я.

Гордая: богатая: шелковые чулки.

— Да, — сказал м-р Блум.

Он чуточку отстранился от говорящей головы Мак-Коя. Сию минуту сядет.

— *Что с ним случилось?* — говорит он. *Он умер,* говорит он. И, честное слово, заплакал. *Неужели Пэдди Дигнэм?* — говорю я. Я не хотел верить, когда услышал. Еще так недавно, в прошлую пятницу, или нет, в четверг, я был с ним в Ковчеге. *Да*, говорит он. *Он покинул нас. Он умер в понедельник, бедняжка.*

Гляди! Гляди! Шелк блеск белый чулок. Гляди!

Тяжелый трамвайный вагон, гудя звонком, разъединил их. Исчезла. Черт бы тебя побрал, тупорылый! Недоступен никаким чувствам. Рай и пери. Вечно одно и то же. В ту самую минуту. Как с той девицей на Юстэс-стрит в парадной, в понедельник это было, поправляла подвязку. Подруга заслонила ее, все закрыла. *Esprit de corps.* Ну, чего ты глазеешь?

— Да, да, — сказал м-р Блум, тупо вздохнув. — Еще одним меньше.

— Одним из лучших, — сказал Мак-Кой.

Трамвай проехал. Они умчались по направлению к мосту Луп-Лайн, ее рука в элегантной перчатке на стальном поручне. Проблеск, проблеск: кружевные искры ее шляпы на солнце: проблеск, блеск.

— Жена, надеюсь, здорова? — спросил изменившийся голос Мак-Коя.

— О да, — сказал м-р Блум. — В полном порядке, спасибо.

Он лениво раскатал газету и лениво прочел:

> В доме, где нет Мясных консервов Пломтри,
> нет совершенства.
> Где они есть,
> там рай на земле.

— Моя старуха только что получила ангажемент. То есть еще не совсем.

Сейчас начнет про чемодан. Валяй, валяй, не стесняйся. Со мной этот номер не пройдет.

М-р Блум неторопливо и дружелюбно перевел на него глаза с тяжелыми веками.

— Моя жена тоже, — сказал он. — Она будет петь двадцать пятого в Ульстерском зале в Белфасте, большое дело.

— Вот как? — сказал Мак-Кой. — Очень рад, старина. Кто устраивает?

Миссис Мэрион Блум. Еще не встала. Королева ела в своей опочивальне хлеб с. Книги нет. Почерневшие короли, дамы, валеты лежали по семь в ряд возле ее ляжки. Брюнетка и блондин. Кошка меховой черный шар. Оторванная полоска конверта.

> Старинная
> Сладкая
> Песнь
> Любви
> Любовь приди...

— Понимаете, это нечто вроде турне, — задумчиво сказал

м-р Блум. — *Песнь любви*. Там образован целый комитет. Расходы поровну, и прибыли поровну.

Мак-Кой кивнул, пощипывая пучки усов.

— Ах так, — сказал он, — приятные новости.

Сейчас уйдет.

— Ну, я очень рад, что у вас дела хороши, — сказал он. — Я к вам загляну.

— Да, — сказал м-р Блум.

— Да, вот что еще, — сказал Мак-Кой. — Поставьте, пожалуйста, мое имя в списке на похоронах, хорошо? Мне очень хочется пойти, но, вероятно, не удастся. В Сэндикове кто-то утонул, если труп найдут, мне придется съездить туда со следователем. Вы просто впишите мое имя, если меня не будет, хорошо?

— Хорошо, — сказал м-р Блум, собираясь уходить. — Будет сделано.

— Отлично, — весело сказал Мак-Кой. — Спасибо, старина. Я бы пошел, если бы была возможность. Ну, пока. Просто Дж. С. Мак-Кой — и все дело.

— Будет исполнено, — твердо ответил м-р Блум.

Врасплох он меня не поймал. Этого еще недоставало. К чемоданам у меня особенное пристрастие. Кожа. Металлические углы, заклепанные края, двойной замок. Боб Каули одолжил ему свой чемодан для концерта на парусных гонках в Виклоу, и по сей день о нем ни слуху ни духу.

М-р Блум пошел по направлению к Брунсвик-стрит, улыбаясь. Моя старуха только что получила. Ржавое, скрипучее сопрано. Нос как корка от сыра. По-своему неплохо для короткой баллады. Изюминки нет. Мы оба, понимаете? В одной лодке. Лезет без мыла. Прямо злиться начинаешь. Неужели он не чувствует разницы? Кажется, он к этому тоже имеет склонность. А я не любитель таких штук. Так и знал, что Белфаст подействует. Надеюсь, с оспой там не стало хуже. Вдруг она не захочет еще раз сделать прививку. Ваша жена и моя жена.

Не следит ли он за мной?

М-р Блум постоял на углу, водя глазами по многокрасочным рекламам. Имбирное пиво Кэндрелл и Кочрэн (ароматическое). Летняя распродажа у Клери. Нет, он идет прямо. Ага! Сегодня вечером «Лия». Миссис Бандмэн-Памер. Охотно посмотрел бы еще раз. Вчера она играла «Гамлета». Мужская роль. Может быть, он был женщиной. Почему Офелия покончила с собой? Бедный папа! Как он часто рассказывал про Кэйт Бэйтмэн в этой роли. В Лондоне весь день торчал у входа в «Адельфи», чтоб попасть. За год до моего рождения это было: в шестьдесят пятом. И Ристори в Вене. Как это называется? Сочинение Мозенталя. «Рахиль», что ли? Нет. Там еще есть сцена, о которой он всегда рассказывал, как старый слепой Авраам узнает голос и кладет ему пальцы на лицо.

— Голос Натана! Голос его сына! Я слышу голос Натана, который покинул своего отца, умирающего от горя и нужды на моих руках, который покинул дом своего отца и покинул Бога своего отца.

Каждое слово — такое глубокое, Леопольд.

Бедный папа! Бедный! Я рад. Я не пошел в его комнату и не видел лица. Ох, этот день. Боже, Боже! Ффу! А может быть, это был для него лучший выход.

М-р Блум завернул за угол и прошел мимо понурых извозчичьих кляч. Не стоит больше об этом думать. Сейчас их как раз кормят. Жаль, что я встретил этого Мак-Коя.

Он подошел ближе и услышал хруст золотого овса, мягкое чавканье челюстей. Их большие оленьи глаза смотрели на него, когда он шел мимо, сквозь сладкий овсяной запах лошадиной мочи. Их Эльдорадо. Бедные дуралеи! На все на свете им наплевать. Уткнули себе длинные морды в торбы, и дело с концом. Так полны, что и говорить не хотят. И пищу имеют вовремя, и пристанище. Вид у них бодрый и глупый.

Он достал письмо из кармана и сунул его в газету, которую держал в руке. Еще, пожалуй, налечу на нее тут. В переулке спокойнее.

Он пошел мимо извозчичьего трактира. Удивительная жизнь у извозчиков, в любую погоду, куда прикажут, в любое время, нет собственной воли. *Voglio e non*. Я их обычно угощаю папиросой. Общительны. Проезжая, непременно что-нибудь крикнут. Он замурлыкал:

> La ci darem la mano
> Ля ля ляля ля ля

Он свернул на Кэмберлэнд-стрит и, пройдя несколько шагов, остановился у вокзальной стены. Никого. Лесной двор Мида. Балки навалены. Руины и казарменные дома. Он осторожно шагнул через детский чертеж на панели с забытым камешком. Ни души. Невдалеке от лесного двора ребенок играл на корточках в шарики, один, ловко подкидывая шарик большим пальцем. Умная пестрая кошка, моргающий сфинкс, следила за ним со своего теплого порога. Жалко их спугивать. Магомет вырезал кусок из своего плаща, чтобы не будить ее. Теперь открою. И я когда-то тоже играл в шарики, когда ходил в школу к той старой даме. Она любила резеду. Миссис Эллис. А м-р? Он развернул письмо, не вынимая его из газеты.

Цветок. Кажется, это... Желтый цветок с придавленными лепестками. Значит, не сердится. Ну, что она пишет?

Дорогой Генри,

я получила твое последнее письмо и очень тебе за него благодарна. Мне жаль, что тебе не понравилось мое последнее письмо. Почему ты приложил марки? Я ужасно сердита на тебя. Мне очень хочется тебя за это наказать. Я назвала тебя гадким мальчишкой, потому что я не люблю этот другой мир. Объясни мне, пожалуйста, что значит это слово. Разве ты несчастлив в семейной жизни, мой бедный, маленький, гадкий мальчишка? Мне бы хотелось помочь тебе. Пожалуйста, напиши, что ты обо мне думаешь? Я часто думаю, какое у тебя чудное имя. Дорогой Генри, когда мы встретимся? Ты себе представить не можешь, как часто я о тебе думаю. Никогда в жизни я ни одним мужчиной так не увлекалась. Я ужасно корю себя за это. Пожалуйста, напиши мне длинное письмо и расскажи все. Помни, что, если ты этого не сделаешь, я накажу тебя. Теперь ты знаешь, гадкий мальчишка, что я с тобой сделаю, если ты мне не напишешь. О, как я жажду встречи. Генри, дорогой, исполни мою просьбу, пока у меня не истощилось терпение. Тогда я расскажу тебе все. Ну, прощай, мой любимый, гадкий мальчишка. У меня сегодня ужасная головная боль, и напиши с *обратной почтой* твоей тоскующей по тебе

Марте.

P. S. Напиши мне, какими духами душится твоя жена. Мне хочется знать.

Он сосредоточенно снял цветок с булавки, понюхал его, почти незапах, и положил его в грудной карман. Язык цветов. Они любят его, потому что никто его не слышит. Или отравленный букет, чтобы убить его. Потом, медленно двинувшись дальше, он перечитал письмо, время от времени бормоча какое-нибудь слово. Сердита тюльпан на тебя душка мужецвет накажу тебя кактус если ты не пожалуйста бедный незабудка как я жажду фиалки дорогой розы когда мы скоро анемона увидимся все гадкий белладонна жена Марты духи. Дочитав, он вынул его из газеты и положил обратно в боковой карман.

Тихая радость раздвинула его губы. Изменилась с тех пор, как прислала первое письмо. Интересно, сама ли она его писала. Прикидывается возмущенной: такая, как я, приличная барышня, достойный характер. Могли бы встретиться как-нибудь в воскресенье после церкви. Благодарю вас: не имею намерения. Обычная любовная ссора. Потом беготня за угол. Противно, как сцена с Молли. Сигара действует успокоительно. Наркотик. В следующий раз пойду дальше. Гадкий мальчишка; накажу: боится слов, конечно. Жестокость, почему нет? Все-таки попробую. Потихоньку, помаленьку.

Все еще ощупывая пальцами письмо, он вытащил из него булавку. Обыкновенная булавка, а? Он бросил ее на землю. Откуда-нибудь с платья: все сколото. Смешно, до чего много на них булавок. Нет розы без шипов.

Зычные дублинские голоса горланили в его голове. Те две девки ночью в Куме, рука об руку под дождем.

> Ах, Мэ-эри потеряла булавку от штанов.
> Что ей делать,
> Чтоб она не падала,
> Чтоб она не падала.

Она? Они. Ужасная головная боль. Наверно, у нее это самое. Или весь день стучит на пишущей машинке. Неправильный зрительный фокус, вредно для желудочных нервов. Какими духами душится твоя жена? Ну и ну.

Чтоб она не падала.

Марфа, Мария. Я видел где-то картину, не помню кто, старинный мастер или подделка на заказ. Он сидит у них в доме, разговаривает. Таинственно. Те две девки из Кума тоже заслушались бы.

Чтоб она не падала.

Чудесная вечерняя атмосфера. Никуда .больше не ходить. Лечь и лежать: спокойные сумерки: пускай все идет, как идет. Забыть. Рассказывать о всех местах, где ты побывал, о чужих нравах. Другая, с кувшином на голове, готовила ужин. Фрукты, маслины, замечательная свежая вода из колодца, холодная, как камень, как из источника в стене в Эштауне. Надо будет захватить бумажный стаканчик, когда в следующий раз пойду на бега. Она слушает, раскрыв темные, мягкие глаза. Рассказывать ей: еще и еще: все. Потом вздох: молчанье. Долгий долгий долгий отдых.

Проходя под железнодорожным мостом, он достал конверт, быстро разорвал его на части и бросил на дорогу. Обрывки улетели, утонули в тумане: белый взлет, потом все утонуло.

Генри Флауер. Можно было бы с тем же успехом разорвать чек на сто фунтов. Простой клочок бумаги. Лорд Айви как-то раз получил в Ирландском банке по семизначному чеку. Один миллион. Вот вам, сколько денег можно заработать на портере. А другому брату, лорду Ардилону, приходится, говорят, по четыре раза в день менять рубашку. В коже заводятся вши или гниды. Миллион фунтов, ну-ка, подождите. Два пенса за пинту, четыре пенса за кварту, восемь пенсов за галлон портера, нет, шиллинг и четыре пенса за галлон портера. Один и четыре на двадцать: примерно пятнадцать. Да, верно. Пятнадцать миллионов бочек портера.

Что я говорю «бочек»? Галлонов. Все равно около миллиона бочек.

Прибывший поезд тяжело простучал над его головой, вагон за вагоном. Бочки грохотали в его голове: тусклый портер хлюпал и пенился в них. Затычки выскочили, и мощные тусклые струи хлынули, сливаясь в один поток, извиваясь по топким равнинам, ленивый, растекающийся водоворот, уносящий на своей пене широколиственные цветы.

Он дошел до открытой задней двери Всех святых. Взойдя под портик, он снял шляпу, достал из кармана карточку и сунул ее обратно за кожаный ободок. Фу, черт. Как это я не попросил Мак-Коя достать мне бесплатный билет в Мэллингэр.

Та же самая наклейка на двери. Проповедь преподобного Джона Конми, О. И., о святом Питере Клэвере и африканской миссии. Спасти в Китае миллионы. Интересно, как это они все объясняют язычникам-китаёзам. Предпочитают унцию опиума. Сыны неба. Для них это сущая ересь. Об обращении Гладстона они тоже молились, когда тот был уже почти без сознания. Протестанты точно такие же. Привели д-ра Вильяма Дж. Уолша, д-ра прав, в лоно истинной веры. Будда, их бог, лежит в музее на боку. Удобно устроился, рука под щекой. Горят ароматические свечи. Не то что Се человек. Терновый венец и крест. Хорошо придумано — св. Патрик трилистник. Китайские палочки для еды? Конми: Мартин Кэннингхэм его знает: представительная внешность. Жаль, что я обратился не к нему, чтобы он устроил Молли в хор, а к патеру Фарли, который выглядел дураком, но вовсе им не был. Их этому учат. Уж он-то ни за что не поедет в своих синих очках обливаться потом, крестить черномазых. Стекла сверкали бы, только отвлекали бы их внимание. Интересно поглядеть на них, как они сидят, собравшись в кружок, толстогубые, слушают, как в трансе. Натюр-морт. Наверно, лакают, точно молоко.

Холодный запах священного камня влек его. Он поднялся по истертым ступеням, толкнул дверь и тихо вошел с заднего хода.

Что-то есть: какое-то братство. Жаль, что так пусто. Чудесное укромное местечко, если рядом какая-нибудь девочка. Кто мой сосед? Все время бок о бок, под медленную музыку. Та женщина, во время ночной мессы. Седьмое небо. Женщины стояли перед скамьями на коленях, с кумачовыми лентами на шеях, склонив головы. Одна кучка стояла на коленях у самой решетки алтаря. Священник прошел мимо них, бормоча, держа в руках эту штуку. Возле каждой он останавливался, вынимал причастие, стряхивал с него одну-две капли (они лежат в воде?) и аккуратно клал ей в рот. Ее шляпа и голова опускались. Потом следующая: маленькая старушка. Священник нагнулся, чтобы положить ей в рот, все время что-то бормоча. Латынь. Следующая. Закрой глаза и открой ротик. Что? *Corpus.* Тело. Труп. Хорошо придумано — латынь. Сразу же оглушает. Прибежище для умирающих. Они, кажется, и не жуют его: прямо глотают. Здорово придумано: есть куски тела, каннибалы, те прямо в восторге.

Он стал в стороне, следя, как их слепые маски тянулись по проходу, одна за другой, искали свои места. Он подошел к скамье и, сев в углу, занялся своей шляпой и газетой. Этакие котлы нам приходится носить. Следовало бы делать шляпы прямо по голове. Они были вокруг него со всех сторон, с красными лентами, все еще кланялись, ждали, чтобы оно растворилось в их желудках. Вроде мацы: тот же сорт хлеба: пресные хлебы предложения. Поглядите-ка на них. Держу пари, что они сейчас счастливы. Леденец. Факт. Ну да, так и называется — ангельский хлеб. Тут заложена глубокая мысль, примерно так — Царство Божие внутри нас. Первопричастники. Мороженое, пенни за порцию. Чувствуют себя членами одной семьи, как в театре, общий восторг. Наверняка. Я уверен. Не так одиноки. В нашем братстве. Потом выходят, чуточку не в себе. Выпускают пар. Во что ты по-настоящему веришь, то и существует. В Лурде излечиваются, воды забвения, явление Нока, кровоточащие статуи. Около исповедальни спит старик. Оттуда и храп. Слепая вера. Я в Царство Божие войду. Усыпляет все страдания. Разбудите меня в будущем году, в это же время.

Он увидел, как священник осторожно отставил чашу с причастием и на секунду опустился перед ней на колени, высунув большую серую подошву из-под надетой на него кружевной штуки. А вдруг он потеряет булавку от своих. Что ему делать, чтоб. Темя выбрито. На спине буквы И. Н. Р. И. Нет: И. Х. С. Молли мне как-то объясняла, я ее спрашивал. Истинно хулу сотворил: вот так. А та другая? Избавителя нашего распяли изверги.

Встретиться в воскресенье после обедни. Исполни мою просьбу. В вуали и с черной сумочкой. Сумрак и свет за ее спиной. Она с таким же успехом могла бы прийти сюда с лентой на шее и потихоньку заниматься тем, другим. Их характер. Тот тип, что предал «непобедимых», каждое утро ходил, Кэри его звали, к причастию. В эту самую церковь. Питер Кэри, нет, это я имею в виду Питера Клэвера. Денис Кэри. Подумать только, дома жена и шестеро детей. И все время готовиться к убийству. Эти черные крысы, самое подходящее для них имя, глазки у них вечно бегают. И в делах тоже не честны. Нет, ее тут нет: цветок: нет, нет. Кстати, я порвал конверт? Да: под мостом.

Священник сполоснул чашу: потом аккуратно вытряхнул осадок. Вино. Гораздо аристократичней, чем, например, пить что-нибудь будничное, портер Гиннеса или какое-нибудь безалкогольное пойло, Дублинскую горькую Уитли или имбирное пиво Кэндрелл и Кочрэн (ароматическое). А им не дает ни капли: вино предложения, только другое. Холодное утешение. Благочестивый обман, но в общем совершенно правильно: а то бы сбежались все пьянчуги, один другого хуже, и стали бы выклянчивать выпивку. Странная какая вся атмосфера этого. Совершенно правильно. Все это абсолютно правильно.

М-р Блум оглянулся на хор. Музыки, очевидно, не будет. Жаль. Кто тут играет на органе? Старик Глинн, у того инструмент прямо-таки говорил, такое у него было вибрато: говорят, получал на Гардинер-стрит пятьдесят фунтов в год. Молли в тот день была в голосе, *Stabat Mater* Россини. Сначала проповедь патера Бернарда Воэна. Христос или Пилат? Христос, только, пожалуйста, не растягивайте на весь вечер. Музыки они хотели. Перестали шаркать ногами. Слышно было, как падает булавка. Я сказал ей, чтобы она направляла звук вон в тот угол. Я чувствовал напряжение в воздухе, полное звучанье, публика подняла глаза:

Quis est homo?

Кое-что из старой церковной музыки замечательно. Меркаданте: Семь последних слов. Двенадцатая месса Моцарта: там есть такая *gloria*. В старину Папы здорово понимали в музыке, в искусстве, в статуях, в разных картинах. Или, например, Палестрина. Хорошее было для них время. И для здоровья пенье полезно, точное расписанье, потом варили ликеры. Бенедиктин. Зеленый шартрез. И кастраты были у них в хоре, это уж, пожалуй, чуточку слишком. Что это за голос? Забавно, должно быть, слушать, после их собственного глубокого баса. Знатоки. Вероятно, потом уже ничего не чувствовали. Вроде успокоительного средства. Никаких переживаний. Жиреют, верно? Обжоры, огромные, ноги длинные. Кто знает? Кастрат.

Он видел, как священник нагнулся и поцеловал алтарь. Потом поглядел по сторонам и благословил народ. Все перекрестились и встали. М-р Блум осмотрелся и тоже встал, глядя поверх поднявшихся шляп. Когда будут читать евангелие, конечно, тоже придется стоять. Потом все опять опустились на колени, а он спокойно уселся на скамью. Священник вышел из алтаря, держа перед собой ту штуку, и стал переговариваться с причетником по-латыни. Потом священник встал на колени и начал читать по карточке:

— Господи, наше прибежище и наша сила...

М-р Блум подался вперед, чтобы расслышать слова. По-английски. Бросают им кость. Я смутно припоминаю. Сколько времени ты уже не был в церкви? Глория и Беспорочная Дева. Иосиф, ее супруг. Петр и Павел. Гораздо интересней, когда понимаешь, о чем идет речь. Блестящая организация, это факт, работает, как часы. Исповедь. Каждому хочется. Тогда я расскажу вам все. Покаянье. Накажите меня, пожалуйста. В их руках сильное орудие. Сильней, чем у врача или стряпчего. Женщины прямо до смерти. И я шушушушушу. А ты шашашашаша? А почему ты?.. Смотрит на свое кольцо, ищет оправданья. Галерея шепотов, стены имеют уши. Супруг узнает к крайнему своему удивлению. Господь Бог пошутил. Потом она выходит. Раскаянье до мозга костей. Сладостный стыд. Молитва у алтаря. Радуйся, дева и Святая Дева. Цветы, ладан, оплывающие свечи. Прячет румянец. Армия спасения — грубая имитация. Раскаявшаяся проститутка сейчас произнесет речь. Как я пришла к Господу. Неглупые люди сидят в Риме: режиссируют весь этот спектакль. И деньги немалые загребают. И завещания: ныне здравствующему Папе в полное его распоряжение. Чтобы служили обедни за упокой моей души при открытых дверях. Монастыри мужские и женские. Священник выступит свидетелем по делу о завещании. Его ничем не собьешь. У него на все есть ответ. Свобода и возвышение нашей Святой матери-церкви. Церковные ученые: здорово они разработали это свое богословие.

Священник молился:

— Святой Михаил-архангел, защити нас в бедственный час. Будь нам защитником от зла и дьявольских козней (мы смиренно молим Господа, да оградит он нас от них): и ты, князь небесного воинства, низринь через могущество Господне Сатану в ад и вместе с ним всех злых духов, что бродят по миру и ищут погибели человеческих душ.

Священник и причетник встали и ушли. Кончилось. Женщины остались. Благодарственная молитва.

Лучше потихоньку уйти. Брат Давайсюда. Как раз подойдет с тарелкой. Внесите вашу пасхальную лепту.

Он встал. Вот тебе раз! Неужели две пуговицы на жилете были все время расстегнуты? Женщине смешно. Злятся, если ты не. Почему вы мне раньше не сказали? Никогда не скажет. А мы. Простите, барышня, на вас (пфф!) маленькая (пфф!) пушинка. Или юбка у нее сзади расстегнулась. Видно что-то белое. Луна выглянула. Все-таки больше нравится, когда беспорядок в туалете. Хорошо, что не ниже. Он пошел, незаметно застегиваясь, по проходу и вышел через главную дверь на свет. Он секунду постоял, ослепленный, у холодной черной мраморной чаши, пока двое верующих впереди и позади него небрежно окунали руки в святую воду на донышке. Трамваи: фургон красильни Прескотта: вдова в трауре. Я заметил, потому что сам в трауре. Он надел шляпу. Который час? Четверть. Времени хватит. Пойду сейчас и закажу туалетную воду. Где это? Ах да, в тот раз. У Свени на площади Линкольна. Аптекари редко переезжают. Слишком трудно перетаскивать эти их зеленые и золотые светящиеся шары. Хамилтон Лонг, осн. в год Всемирного потопа. Неподалеку от гугенотского кладбища. Надо как-нибудь сходить туда.

Он пошел вдоль Вестлэнд-роуд по направлению к югу. А рецепт остался в других брюках. Фу, и ключ от парадной я тоже забыл. Утомительная штука эти похороны. Да, но он, бедняжка, тут ни при чем. Когда же это я ее в последний раз заказывал? Подожди-ка. Помню, я еще менял соверен. Значит, не то первого числа, не то второго. Ах да, он же сам может проверить по книге заказов.

Аптекарь переворачивал страницу за страницей. Весь песочный, весь точно пропах чем-то сушеным. Сморщенный череп. И старый. Ищет философский камень. Алхимики. От наркотиков сначала возбуждаешься, потом старишься. Потом летаргия. Почему? Реакция. Целая жизнь за одну ночь. Медленно меняется характер. Весь день среди трав, мазей, дезинфицирующих средств. Все эти алебастровые горшочки. Ступка и пестик. *Aq. Dist. Fol. Laur Te vinid*. Самый запах уже почти излечивает, как когда звонишь к зубному врачу. Доктор Трах. Себя бы самого полечил. Электуарий или эмульсия. Первый, кто сорвал травку, чтобы вылечиться ею, был дьявольски смелый человек. Лекарственные травы. Надо быть осторожным. Тут достаточно специй, чтобы захлороформировать человека. Доказательство: синяя лакмусовая бумажка становится красной. Хлороформ. Слишком сильная доза опия. Усыпительные средства. Любовные напитки. Парегорик, маковый настой, усиливает кашель. Закупоривает поры, оседает на слизистой оболочке. Яды — единственное лекарство. Вылечивает то, от чего ты меньше всего ожидаешь исцеления. Это природа ловко устроила.

— Примерно недели две тому назад, сэр?

— Да, — сказал м-р Блум.

Он стоял у прилавка, вдыхая острый запах лекарств, пыльный, сухой запах губок и мочалок. Сколько времени уходит на рассказы о своих недомоганиях и болях.

— Миндальное масло и бензойная тинктура, — сказал м-р Блум, — и потом померанцевый цвет...

Конечно, от этого у нее и кожа такая мягкая и белая, точно воск.

— И еще белый воск, — сказал он.

Подчеркивает, что у нее темные глаза. Смотрела на меня, натянув одеяло на нос, по-испански, нюхая собственный запах, когда я вставлял запонки в манжеты. Часто домашние рецепты — самые лучшие: земляника от зубной боли: крапива и дождевая вода: говорят, овсяная мука в сыворотке от масла. Питанье для кожи. Один из сыновей старой королевы, герцог Олбэни, что ли, имел только одну кожу. Леопольд, да. А у нас их три. Бородавки, мозоли и прыщи портят ее. А тебе тоже нужны духи. Какими духами душится твоя? *Peau d'Espagne*. Этот померанцевый цвет. Химически чистое мыло. Вода такая свежая. Замечательный запах бывает у мыла. Еще есть время сходить в баню за углом. Горячая. По-турецки. Массаж. Грязь набивается катышками в пупок.

Еще приятней, когда этим занимается хорошенькая девица. Я думаю, я. Да, я. Не прочь в ванне. Странное желанье я. Вода к воде. Приятное с полезным. Жаль, не хватит времени на массаж. Потом весь день чувствуешь себя свежим. Похороны — мрачноватое занятие.

— Да, сэр, — сказал аптекарь. — Стоило два и девять. Вы бутылочку захватили?

— Нет, — сказал м-р Блум. — Приготовьте, пожалуйста, я зайду попозже днем и возьму кусок вот этого мыла. Почем оно?

— Четыре пенса, сэр.

Блум поднес кусок к носу. Сладкий лимонный воск.

— Вот это я возьму, — сказал он. — Итого, значит, три и один.

— Да, сэр, — сказал аптекарь. — Можете заплатить за все сразу, когда пойдете обратно.

— Хорошо, — сказал м-р Блум.

Он медленно вышел из лавки, газета, свернутая в трубку, под мышкой, мыло в восковой бумаге — в левой руке.

Из-за его плеча голос и рука Бэнтама Лайонза сказали:

— Алло, Блум, ну, что слышно? Сегодняшняя? Покажите-ка на минутку.

Ей-Богу, опять сбрил усы! Длинная, холодная верхняя губа. Чтобы моложе выглядеть. Дурацкий вид. Моложе меня.

Желтые, с черными ногтями, пальцы Бэнтама Лайонза раскатали трубку. Тоже не мешало бы помыться. Соскрести слой грязи. Доброе утро, вымылись мылом «Пирс»? На плечах перхоть. Надо мазать жиром кожу на голове.

— Я хотел прочесть про ту французскую лошадь, что сегодня бежит, — сказал Бэнтам Лайонз. — Черт, ну где же это?

Он зашуршал сложенными листами, ворочая шеей в высоком воротничке. Зудит после бритья. Тугой воротничок, у него выпадут волосы. Лучше оставить ему газету и отвязаться от него.

— Можете взять себе, — сказал м-р Блум.

— Аскот. Золотой кубок. Подождите-ка, — бормотал Бэнтам Лайонз. — Одно мгнове. Максимум секунду.

— Я хотел бросить ее, — сказал м-р Блум.

Бэнтам Лайонз внезапно поднял глаза и слегка скосил их.

— Что такое? — спросил его крикливый голос.

— Я говорю, можете оставить себе, — ответил м-р Блум. — Я как раз собирался выбросить ее.

Бэнтам Лайонз одно мгновенье колебался, кося: потом бросил развернутые листы на руки м-ру Блуму.

— Я рискну, — сказал он. — Возьмите, спасибо.

Он помчался к углу Конвэй-стрит. Ни пуха ни пера.

М-р Блум опять сложил листы в аккуратный четырехугольник и завернул в него мыло, улыбаясь. Дурацкая харя у этого типа.

Пари. Рассыльные-мальчишки воруют, чтобы поставить шесть пенсов. В кости можно выиграть большую, нежную индейку. Рождественский обед за три пенса. Джек Флеминг растратил казенные деньги на игру, потом удрал в Америку. Теперь имеет собственную гостиницу. Они никогда не возвращаются. Египетские мясные горшки.

Он бодро пошел по направлению к турецкой бане. Похожа на мечеть, красный кирпич, минареты. Сегодня, очевидно, университетские состязания. Он поглядел на плакат в виде подковы над воротами университетского парка: велосипедист, скрючившийся, как стручок. Удивительно скверная реклама. Надо было бы круглую, в виде колеса. И спицы: состязанья, состязанья, состязанья: и большая втулка: университетские. Что-нибудь такое, чтобы бросалось в глаза.

А вон в швейцарской стоит Хорнблауэр. Подкатиться к нему; можно будет пройти задаром. Здравствуйте, м-р Хорнблауэр. Здравствуйте, сэр.

Прямо-таки божественная погода. Если бы жизнь всегда была такой. Погода для крикета. Сидят под навесами. Овер и овер. Аут. Тут они бы не могли играть. Капитан Буллер разбил окно в клубе на Килдэр-стрит ударом по левому краю. Им больше подходит базар в Доннибруке. Затрещали черепа, как Мак-Карзи появился. Волна жары. Это не надолго. Вечно течет, поток жизни, то, что мы оставляем в потоке жизни, дороже, чем все они, вместе взятые.

Сейчас выкупаться: чистая ванна с водой, прохладная эмаль, мягкая, теплая струя. Вот это мое тело.

Он уже видел свое бледное тело, лежащее в ней, голое, в чреве тепла, умасленное душистым, тающим мылом, нежно омываемое. Он видел свое туловище и члены, оплескиваемые и зыблемые маленькими волнами, чуть вздыбленные, как поплавок лимонно-желты...

ПОХОРОНЫ ПАТРИКА ДИГНЭМА

(ОТРЫВОК ИЗ «УЛИССА»)

Мартин Кэннингхэм первым всунул оцилиндренную голову в скрипучую карету и, ловко протиснувшись, уселся. М-р Пауер шагнул за ним, осторожно согнув свое длинное тело.

— Садитесь, Саймон.

— После вас, — сказал м-р Блум.

М-р Дэдалус быстро надел шляпу и влез со словами:

— Да, да.

— Все уселись? — спросил Мартин Кэннингхэм. — Давайте, Блум.

М-р Блум вошел и сел на свободное место. Он потянул за собой дверь и крепко прихлопнул ее, так что она захлопнулась. Он всунул руку в поручень и серьезно поглядел из открытого окна кареты на спущенные шторы улицы. Одна отодвинута вбок: какая-то старуха выглядывает. Нос добела приплюснут к стеклу. Благодарит судьбу, что ее пронесло. Удивительно, как они интересуются трупами. Радуются, когда мы уходим, — мы им доставляем столько волнений, когда приходим. Нравится им это дело. Шушукаются по углам. Шмыгают в шлепанцах, только бы не проснулся. Потом приготавливают его. Укладывают. Молли и миссис Флеминг стелют постель. Потяните-ка чуточку к себе. Наш саван. Неизвестно, кто тебя будет трогать, когда ты умрешь. Помыть и шампунем. Кажется, стригут ногти и волосы. Хранят обрезки в конверте. Все равно потом отрастают. Грязное дело.

Все ждали. Никто ничего не говорил. Укладывают венки, должно быть. Я сижу на чем-то твердом. Ах, да, мыло в заднем кармане. Надо будет вынуть. Подожду, когда будет удобно.

Все ждали. Потом впереди раздался шум, завертелись колеса. Потом ближе. Потом копыта. Толчок. Карета двинулась, скрипя и раскачиваясь. Сзади зацокали еще копыта и заскрипели колеса. Мимо поплыли шторы улицы и номер 10 с дверным молотком в крепе, двери настежь. Шагом.

Они всё ждали, тряся коленями, покуда не свернули и не поехали вдоль трамвайных рельсов Тритонвилл-роуд. Скорей. Колеса, крутясь, громыхали по булыжной мостовой, и сумасшедшие стекла тряслись, громыхая в дверных рамах.

— Как он нас везет? — спросил м-р Пауер в оба окна.

— Айриштаун, — сказал Мартин Кэннингхэм. — Рингсэнд. Брунсвик-стрит.

М-р Дэдалус кивнул, выглянув.

— Чудесный старый обычай, — сказал он, — я рад, что он не вымер.

Некоторое время все смотрели в окна на прохожих, снимавших кепи и шляпы. Уважение. Карета свернула с трамвайного пути на более ровную дорогу мимо Уотери-лэйн. М-р Блум пристально смотрел вслед изящному молодому человеку в трауре, в широкополой шляпе.

— Вот прошел ваш друг, Дэдалус, — сказал он.

— Кто именно?

— Ваш сын и наследник.

— Где он? — сказал м-р Дэдалус, перегибаясь через соседей.

Миновав разрытые сточные канавы и холмы развороченной мостовой перед казарменными домами, карета нырнула за угол и, снова выехав на трамвайный путь, загрохотала дальше разболтанными колесами.

М-р Дэдалус откинулся и сказал:

— Был с ним этот прощелыга Мэллингэн. Это его *bidus Achates.*

— Нет, — сказал м-р Блум. — Он был один.

— Наверно, был у своей тетки, у Салли, — сказал м-р Дэдалус, — у Гулдингов, пьяненький чинуша и Крисси, папенькина какашка, умный ребеночек, хорошо знающий своего отца.

М-р Блум безрадостно улыбнулся на Рингсэнд-роуд. Бутылочная фабрика бр. Голлес. Доддер-бридж.

Ричи Гулдинг и портфель с делами. «Гулдинг, Коллис и Уорд» называет он фирму. Его шутки становятся пошловатыми. А был бедовым парнем. Танцевал как-то раз в воскресенье утром вальс с Игнешиэсом Галлахером на Стэмер-стрит, напялив на голову две хозяйкины шляпы. Хлестал всю ночь напролет. Теперь все сказывается: эти его боли в спине, боюсь я. Жена гладит ему утром спину утюгом. Думает, что вылечится пилюлями. Все до одного — лишь хлебные крошки. Свыше 600 процентов дохода.

— Он возится с какими-то подонками, — проворчал м-р Дэдалус. — Этот Мэллингэн во всех смыслах законченный, закоренелый, отпетый негодяй. Его имя воняет по всему Дублину. Но с помощью Божьей и Его Присноблаженной Матери я на днях напишу такое письмо его мамаше или тете, или кто у него там есть, что она глаза выпучит. Я ему еще покажу, где раки зимуют, можете мне поверить.

Он старался перекричать стук колес:

— Я не желаю, чтобы этот ублюдок, ее племянник, губил моего сына. Сын приказчика. Продает галантерею у моего кузена, Питера Пола Мак-Суини. Нечего сказать!

Он замолчал. М-р Блум перевел взгляд с его гневных усов на кроткое лицо м-ра Пауера и на глаза и важно колышущуюся бороду Мартина Кэннингхэма. Шумный, своевольный человек. Носится со своим сыном. Он прав. Что-то можно передать. Если бы малютка Руди был жив. Видеть, как он подрастает. Слышать его голос в доме. Идет в итонской куртке рядом с Молли. Мой сын.

Я в его глазах. Странное чувство было бы. От меня. Чистая случайность. Должно быть, в то утро в Раймонд-террас она стояла у окна, смотрела на двух собак, которые занимались у стены бросьте делать гадости. И ухмыляющийся сержант. На ней был тот кремовый халат с прорехой, которую она никак не удосуживалась заштопать. Ну-ка, Польди, давай и мы. Господи, я не выдержу. Так начинается жизнь.

Стала потом брюхатой. Пришлось отказаться от грейстонского концерта. Мой сын в ней. Я бы его поставил на ноги. Я мог бы сделать его независимым. Научить по-немецки.

— Мы опаздываем? — спросил м-р Пауер.

— На десять минут, — сказал Мартин Кэннингхэм, глядя на часы.

Молли. Милли. То же самое, только пожиже. Ругается как мальчишка. Ах, черт подери! Разрази меня Бог! Все-таки славная девчонка. Скоро будет женщиной. Мэллингар. Миленький папуля. Молодой студент. Да, да: тоже женщина. Жизнь. Жизнь.

Карету тряхнуло вперед и назад, четыре туловища закачались.

— Корни мог бы дать нам колымагу поудобней, — сказал м-р Пауер.

— Конечно, — сказал м-р Дэдалус, — если бы он не косил. Вы меня понимаете?

Он прищурил левый глаз. Мартин Кэннингхэм начал сметать хлебные крошки из-под своих ляжек.

— Что это такое, — сказал он, — черт возьми! Крошки.

— Кто-нибудь, вероятно, ездил на пикник, — сказал м-р Пауер. Все приподнялись, неодобрительно осмотрели прелую, с оборванными пуговками кожу сидений. М-р Дэдалус сморщил нос, нахмурился и сказал:

— Или же я жестоко ошибся. Как по-вашему, Мартин?

— Я тоже был удивлен, — сказал Мартин Кэннингхэм.

М-р Блум опустил свои ляжки. Хорошо, что я принял ванну. Ноги абсолютно чистые, я чувствую. Вот только миссис Флеминг могла бы получше заштопать носки.

М-р Дэдалус смиренно вздохнул.

— В конце концов, — сказал он, — это самая естественная вещь на свете.

— Том Кернан тоже едет? — спросил Мартин Кэннингхэм, слегка покрутив кончик своей бороды.

— Да, — ответил м-р Блум. — Он сзади с Недом Ламбертом и Хайнзом.

— А сам Корни Келлехер? — спросил м-р Пауер.

— На кладбище, — сказал Мартин Кэннингхэм.

— Я сегодня утром встретил Мак-Коя, — сказал м-р Блум. — Он сказал, что постарается прийти.

Карета резко остановилась.

— Что случилось?

— Мы стоим.

— Где мы находимся?

М-р Блум высунул голову из окна.

— Большой канал, — сказал он.

Газовый завод. Говорят, излечивает от коклюша. Хорошо, что у Милли его никогда не было. Бедные дети. Сгибаются пополам, чернеют и синеют от конвульсий. Прямо ужасно. В смысле болезней сравнительно легко отделалась. Только корь. Чай из льняного семени. Эпидемии скарлатины, инфлюэнцы. Кампания в пользу смерти. Не упускайте удобного случая. А вон там приют для собак. Бедный старый Атос. Будь ласков с Атосом, Леопольд, это мое последнее желание. Да будет воля Твоя. Мы покорны им до могилы. Предсмертные каракули. Он принял близко к сердцу, зачах. Спокойное животное, как все собаки, принадлежащие старикам.

Дождевая капля плюнула на его шляпу. Он отодвинулся и увидел, как мгновенный дождь брызнул пунктиром на серые тротуарные плиты. Отдельными каплями. Забавно. Как сквозь сито. Так я и думал. У меня башмаки скрипели, теперь вспоминаю.

— Погода меняется, — сказал он спокойно.

— Жалко, что она портится, — сказал Мартин Кэннингхэм.

— Полезно для сельского хозяйства, — сказал м-р Пауер. — А вот и солнце выглянуло.

М-р Дэдалус, щурясь сквозь очки на затуманенное солнце, швырнул в небо немое проклятье.

— Капризно, как зад младенца, — сказал он.

— Поехали.

Неповоротливые колеса кареты снова завертелись, и их тела слегка заколыхались. Мартин Кэннингхэм стал еще быстрей крутить кончик своей бороды.

— Том Кернан был вчера вечером прямо великолепен, — сказал он. — А Пэдди Леонард идеально копировал его.

— Это еще что, Мартин, — оживленно сказал м-р Пауер. — Вы послушайте, Саймон, что он говорит о пении Бена Долларда, как тот поет «Юного мятежника».

— Колоссально, — важно сказал Мартин Кэннингхэм. — «За всю мою практику, Мартин, я еще ни разу не слышал более яркого исполнения этой в сущности такой простой баллады».

— Яркого! — сказал м-р Пауер, смеясь. — Он прямо-таки помешался. И еще в обратном порядке!

— Читали речь Дана Даусона? — спросил Мартин Кэннингхэм.

— Еще не успел, — сказал м-р Дэдалус. — Где она была напечатана?

— В утренней газете.

М-р Блум достал газету из внутреннего кармана. Да, надо еще обменять ей книжку.

— Нет, нет, — быстро сказал м-р Дэдалус. — Пожалуйста, потом.

Взгляд м-ра Блума скользнул вниз по краю газеты, остановился на смертях: Кэллэн, Колмэн, Дигнэм, Фаусетт, Лаури, Науман, Пик, который это Пик? не тот ли, что у Кросби и Аллейна? Нет, Секстон, Орбрайт. Печатные буквы быстро стираются с волокнистой, ломкой бумаги. Благодарность Литтл Флауер. Оплакивают потерю. К невыразимой скорби его... В возрасте 88 лет, после долгой и мучительной болезни. Панихида по усопшему Квинлэну. Да смилуется Иисус Сладчайший над его душой.

Вот уж месяц прошел незаметно с тех пор,
Как наш Генри покинул семью.
Безутешно скорбя, с ним надеемся мы
Повстречаться в Господнем раю.

Я конверт разорвал? Да. Куда я сунул письмо, после того как прочел его в ванне? Он ощупал жилетный карман. Так, все в порядке. Наш Генри покинул семью. Пока у меня не лопнуло терпенье.

Народное училище. Двор Мида. Ломовые клячи. Сейчас их всего две. Кивают. Нажрались до отвала. Черепа у них слишком костистые. Другие возят седоков. Час тому назад я тут проходил. Кучера снимали шапки.

Выпрямленная спина стрелочника внезапно прижалась к трамвайному столбу перед окном м-ра Блума. Почему бы не изобрести что-нибудь такое автоматическое, чтобы колесо само, гораздо удобней. Ну да, тогда этот парень потеряет работу. Ну да, а кто-нибудь другой получит работу, будет реализовать новое изобретение.

Старый концертный зал. Ни черта там нет. Человек в кожаной куртке с крепом на рукаве. Вид не особенно скорбный. Четверть траура.

Они проехали мимо сумрачного портика церкви св. Марка, под железнодорожным мостом, мимо театра Королевы: в молчанье. Рекламные щиты. Юджин Страттон. Миссис Бандманн Памер. Смогу я сегодня вечером попасть на «Лию»? Я сказал, я. Или на «Лилию Килларни»? Оперная труппа Элстера Граймза. Полная перемена программы. Влажные, яркие афиши на следующую неделю. «Бристольская шутка». Мартин Кэннингхэм мог бы устроить контрамарку в «Гэйти». Придется ставить выпивку. Шило на швайку.

Он придет после обеда. Ее песни.

Пласто. Фонтан с бюстом сэра Филиппа Крэмптона. Кем он был?

— Здравствуйте, — сказал Мартин Кэннингхем, поднося в знак приветствия ладонь ко лбу.

— Он нас не видит, — сказал м-р Пауер. — Нет, видит. Здравствуйте.

— Кто? — спросил м-р Дэдалус.

— Блэйзис Бойлен, — сказал м-р Пауер. — Вон он снимает свой парик.

А я о нем как раз думал.

М-р Дэдалус нагнулся, чтобы поздороваться. С порога Красного банка белый диск соломенной шляпы взметнулся в ответ: мимо. М-р Блум осмотрел ногти на левой руке, потом на правой. Ногти, да. Что в нем еще есть, что они, она видит? Обаяние. Самая гнусная личность во всем Дублине. Этим он и держится. Иногда они чувствуют нутро человека. Инстинкт. Но этакий тип! Мои ногти. Я как раз смотрю на них — хорошо подстрижены. А потом: думает, одна. Тело чуточку дряблеет. Я замечаю, потому что помню, какой она была раньше. Наверно, оттого, что кожа не успевает стягиваться, когда мясо опадает. Но формы еще есть. Формы еще остались. Плечи. Бедра. Зад. Тот вечер, когда она собиралась на бал. Рубашка защемилась между ягодицами.

Он зажал руки между коленями и, удовлетворенный, поглядел пустым взглядом на их лица.

М-р Пауер спросил:

— Что слышно с концертным турне, Блум?

— О, все очень хорошо, — сказал м-р Блум. — Я получаю самые лучшие отзывы. Понимаете, это блестящая идея...

— Вы тоже поедете?

— Нет, — сказал м-р Блум. — Дело в том, что я должен съездить по частному делу в округ Клэр. Понимаете, они решили останавливаться только в больших городах. В одном доложили — в другом заработали.

— Совершенно верно, — сказал Мартин Кэннингхэм. — Мэри Андерсон тоже поехала.

— У вас хорошие актеры?

— Делом руководит Луис Вернер, — сказал м-р Блум. — О да, у нас сплошь первоклассные номера. Дж. К. Дойл и Джон Мак-Кормак, я надеюсь, и. Действительно первый сорт.

— И *мадам*, — сказал м-р Пауер, улыбаясь. — На последнем месте, но не последняя.

М-р Блум застенчиво-вежливым жестом высвободил руки и опять зажал их. Смит О'Брайен. Кто-то возложил букет. Женщина. Должно быть, годовщина смерти. Даст Бог, еще не раз. Карета проколесила мимо статуи Фарелла, беззвучно столкнув их вялые колени.

556

Шнуурки: оборванный старик предлагал с панели свой товар, разевал рот: шнуурки.

— Четыре сапожных шнурка за пенни.

Как это он так сошел на нет? Имел собственную контору на Хьюм-стрит. В том же доме, где однофамилец Молли. Твиди, Уотерфордский прокурор. Все в том же цилиндре. Остатки былого величия. Тоже в трауре. Какое страшное падение, бедняга! Все отпихивают его ногой, точно окурок. О'Каллахан при последнем издыхании.

И *мадам*. Двадцать двенадцатого. Встала. Миссис Флеминг зашла убирать. Причесывается, мурлычет: *voglio e vorrei*. Нет: *vorrei e non*. Разглядывает кончики волос, не секутся ли. *Mi tremaun poco il*. Чудесно у нее выходит это *tre*: такой рыдающий тон. Дрозд. Певчий дрозд. Есть такое слово «дрозд», которое это выражает.

Его взгляд скользнул по красивому лицу м-ра Пауера. Виски седеют. *Мадам*: улыбаясь. Я тоже улыбнулся. Улыбка многое означает. А может быть, только из вежливости. Славный парень. Интересно, правда ли это про женщину, которую он будто бы содержит? Жене не особенно приятно. Но мне говорили, кто это мне рассказывал, что плотской связи между ними нет. Ну, тогда надо полагать, все скоро кончится.

Да, это Крофтон встретил его как-то вечером, он нес ей фунт вырезки. Позвольте, кто же она такая? Кельнерша от Джури или из «Мойры».

Они проехали под статуей Освободителя в широком плаще. Мартин Кэннингхэм подтолкнул локтем м-ра Пауера.

— Из колена Рубенова, — сказал он.

Высокая, чернобородая фигура проковыляла, опираясь на палку, за угол зверинца Элвери, показав им спину и на ней открытую скрюченную ладонь.

— Во всей своей былой красе, — сказал м-р Пауер.

М-р Дэдалус поглядел вслед ковыляющей фигуре и сказал мягко:

— Пусть черт тебе сломает хребет.

М-р Пауер, корчась от хохота, заслонил окно рукой, в то время как карета проезжала мимо памятника Грею.

— Мы все там были, — открыто сказал Мартин Кэннингхэм.

Его взгляд встретился со взглядом м-ра Блума. Он погладил бороду, прибавив:

— То есть почти все.

М-р Блум с неожиданной страстностью заговорил к лицам своих спутников:

— Замечательную историю рассказывают про Рубена Дж. и его сына.

— Это насчет лодочника? — спросил м-р Пауер.

— Да. Правда, замечательно?

— Что именно? — спросил м-р Дэдалус. — Я ничего не знаю.

— Там была замешана одна девица, — начал м-р Блум, — и он решил отправить его на остров Мэн, подальше от греха, и вот когда они оба...

— Кто? — спросил м-р Дэдалус. — Это тот самый отъявленный прохвост?

— Да, — сказал м-р Блум. — Они вместе шли на пристань, и он сделал попытку утопиться...

— Утопите Варавву! — крикнул м-р Дэдалус. — Ей-Богу, жалко, что он этого не сделал.

М-р Пауер пустил из прикрытых ладонью ноздрей протяжный смех.

— Нет, — сказал м-р Блум. — Сын сам...

Мартин Кэннингхэм резко перебил его:

— Рубен Дж. и его сын шли по набережной к пароходу, уходившему на остров Мэн, и вдруг юный бездельник вырвался и хоп через ограду в Лиффи.

— Бога ради! — воскликнул м-р Дэдалус в ужасе. — Он умер?

— Умер? — крикнул Мартин Кэннингхэм. — Только не он. Какой-то лодочник достал багор, зацепил его за штаны, выудил и вручил отцу на набережной. Ни живого, ни мертвого. Полгорода сбежалось.

— Да, — сказал м-р Блум. — Но самое смешное то...

— А Рубен Дж., — сказал Мартин Кэннингхэм, — дал лодочнику флорин за спасение сына.

Заглушенный вздох вырвался из-под ладони м-ра Пауера.

— Ну, да, — подтвердил Мартин Кэннингхэм. — Как герой. Серебряный флорин.

— Правда, замечательно? — пылко сказал м-р Блум.

— На шиллинг и восемь пенсов больше, чем следовало, — сухо сказал м-р Дэдалус.

Заглушенный смех м-ра Пауера огласил карету.

Колонна Нельсона.

— Восемь слив за пенни! Восемь за пенни!

— Не мешало бы нам быть посерьезней, — сказал Мартин Кэннингхэм.

М-р Дэдалус вздохнул.

— Ах, право же, — сказал он, — бедняжка Пэдди не рассердился бы на нас за то, что мы смеемся. Он сам любил рассказывать смешные истории.

— Да простит мне Господь, — сказал м-р Пауер, вытирая пальцами влажные глаза. — Бедный Пэдди! Не думал я неделю тому назад, когда я в последний раз видел его в добром здравии, что мне придется так вот провожать его. Он покинул нас.

— Не часто можно встретить такого достойного человека, — сказал м-р Дэдалус. — Как он неожиданно ушел от нас.

— Удар, — сказал Мартин Кэннингхэм. — Сердце.

Он скорбно постучал себя по груди.

Пылающее лицо: багрово-красное. Выпивает лишнее. Средство от красноты носа. Пить до тех пор, пока он не посинеет. Сколько он денег потратил, чтобы добиться этого цвета.

М-р Пауер грустно и опасливо поглядел на проплывающие мимо дома.

— Он умер внезапно, бедняга, — сказал он.

— Самая лучшая смерть, — сказал м-р Блум.

Они поглядели на него широко раскрытыми глазами.

— Никаких страданий, — сказал он. — Секунда, и все кончено. Все равно что умереть во сне.

Никто ничего не сказал.

Мертвая сторона улицы, эта вот. Весь день жалкая торговлишка, земельные маклеры, гостиница для трезвенников, железнодорожный справочник Фоконера, школа гражданской службы, Джилл, католический клуб, убежище для слепых. Почему? Какая-нибудь причина есть. Солнце или ветер. Ночью то же самое. Мастеровые и горняшки. Имени покойного патера Мэтью. Закладка памятника Парнеллу. Удар. Сердце.

Белые лошади с белыми плюмажами на лбу галопом вынеслись из-за угла Ротонды. Детский гроб промелькнул. Торопятся хоронить. Траурная карета. Неженатые. Черное для женатых. Пестрое для холостяков. Темно-коричневое для старых дев.

— Грустно, — сказал Мартин Кэннингхэм. — Ребенок.

Лицо карлика, розовое и сморщенное, как у малютки Руди. Тело карлика, мягкое, как оконная замазка, в сосновом ящике, внутри белая обивка. Погребение любезно оплачивается обществом. Пенни в неделю за кусок лужайки. Наш. Маленький. Плутишка. Бэби. Ничего не означал. Ошибка природы. Если здоров, значит, от матери. Если нет, от отца. В следующий раз больше повезет.

— Бедняжка, — сказал м-р Дэдалус. — Он уже отделался.

Карета медленно взбиралась на пригорок Рутлэнд-сквер. Кости стучат. Камни гремят. Жалкий бедняк. Больше ничей.

— В расцвете жизни, — сказал Мартин Кэннингхэм.

— Но самое страшное, — сказал м-р Пауер, — это когда человек кончает жизнь самоубийством.

Мартин Кэннингхэм внезапно вынул часы, кашлянул и положил их обратно в карман.

— Большего позора для семьи не придумаешь, — прибавил м-р Пауер.

— Временное умопомешательство, ничего больше, — решительно сказал Мартин Кэннингхэм. — К таким вещам надо быть снисходительным.

— Говорят, что человек, совершающий самоубийство, — трус, — сказал м-р Дэдалус.

— Не нам судить, — сказал Мартин Кэннингхэм.

М-р Блум, хотевший что-то сказать, снова сжал губы. Большие глаза Мартина Кэннингхэма. Смотрит в сторону. Симпатичный, гуманный человек. Шекспировское лицо. Всегда найдет доброе слово. Они не знают пощады ни к этим вот, ни к детоубийцам. Отказывают в христианском погребении. Когда-то вгоняли деревянный кол в могилу, в сердце. Точно оно и без того не разбито. А бывает, раскаиваются, слишком поздно. Найден на дне реки, в камышах. Он поглядел на меня. И эта его ужасная пьяница-жена. Сколько раз обставлял ей квартиру, а она чуть ли не каждую субботу закладывала от его имени обстановку. Жизнь как у грешника в аду. Камень и тот растрогается. В понедельник утром начинай сначала. Шею под ярмо. Господи, хороша она, должно быть, была в тот вечер. Дэдалус мне рассказывал, он был при этом. Пьяная по квартире, машет зонтиком Мартина:

> Я зовусь жемчужиной Азии,
> Азии,
> Гейша.

Он отвернулся. Он знает. Кости стучат.

Тот день, когда было дознание. Склянка с красным ярлычком на столе. Номер в гостинице с охотничьими сценами. Душно было. Солнечный свет сквозь щели жалюзи. Уши следователя, большие и волосатые. Коридорный дает показания. Сначала решил, что он спит. Потом заметил вроде как желтые полосы на лице. Сполз в ноги кровати. Вердикт: слишком сильная доза. Смерть по неосмотрительности. Письмо. Сыну моему Леопольду.

Нет больше мук. Не проснется больше. Больше ничей.

Карета быстро загрохотала по Блессингтон-стрит. Камни гремят.

— Здорово быстро едем, верно? — сказал Мартин Кэннингхэм.

— Даст Бог, он не вывалит нас на мостовую, — сказал м-р Пауэр.

— Надеюсь, — сказал Мартин Кэннингхэм. — Завтра в Германии большие скачки. Гордон-Беннет.

— Да, черт возьми, — сказал м-р Дэдалус. — Определенно стоило бы посмотреть.

Когда они свернули в Беркли-стрит, около Бассейна шарманка пустила им вслед бодрую, дробную уличную песенку. Не видали ли вы Келли? Ка е эл эл и. Похоронный марш из «Савла».

Какая же он бестия. Сижу на том же месте я. Пируэт! *Mater misericordiae*. Экклз-стрит. Там в конце мой дом. Большая площадь. Убежище для неизлечимых там. Очень утешительно. Приют Божьей Матери для умирающих. Морг тут же под рукой. Где умерла старая миссис Риордан. Они ужасно выглядят, женщины. Ее чашка для еды и как она царапала себе рот ложкой. А потом ширма у ее кровати, когда пришло помирать. Милый молодой студент, делавший мне перевязку, когда меня укусила пчела. Перешел теперь в родовспомогательное заведение, мне говорили. Из одной крайности в другую.

Карета прогалопировала за угол: остановилась.

— Что там опять стряслось?

Разделенное надвое стадо клейменого скота прошло мимо окон, мыча, шлепая копытами, медленно хлеща хвостами по загаженным, костистым крупам. По бокам и в середине стада бежали убойные овцы, выблеивая свой страх.

— Эмигранты, — сказал м-р Пауер.

— Хууу! — кричал погонщик, щелкая бичом по их бокам. — Хууу! Давай!

Конечно, четверг. Завтра день убоя. Молодняк. Куфф продает их фунтов по двадцать семь за голову. В Ливерпуль, вероятно. Ростбиф для старой Англии. Они скупают все самые сочные. А потом и шкура и жир пропадают: все это сырье, кожа, волос, рога. В год получается здорово много. Торговля мертвым мясом. Побочные продукты боен для кожевенных заводов, мыла, маргарина. Интересно, это жульничество с продажей тухлого мяса франко-поезд в Клонзилле еще продолжается?

Карета проехала сквозь стадо.

— Не понимаю, почему компания не проложит трамвайную линию от ворот парка до набережных, — сказал м-р Блум. — Тогда можно было бы грузить весь скот из скотных вагонов прямо на пароход.

— Чем устраивать пробку на улице, — сказал Мартин Кэннингхэм. — Совершенно верно. Так и следовало бы.

— Да, — сказал м-р Блум, — и еще об одном я часто думаю — что им стоит завести городские похоронные трамваи, знаете, как в Милане? Проложить линию от кладбищенских ворот, оборудовать специальные вагоны, дроги, колесницы и прочее. Понимаете, что я хочу сказать?

— О, это было бы чертовски здорово! — сказал м-р Дэдалус. — Пульмановский вагон и вагон-ресторан.

— Хорошенькая перспектива для Корни, — прибавил м-р Пауер.

— Почему? — спросил м-р Блум, поворачиваясь к м-ру Дэдалусу. — Ведь это гораздо приличней, чем трястись по двое в ряд.

— Что ж, доля правды в этом есть, — снизошел м-р Дэдалус.

561

— И, — сказал Мартин Кэннингхэм, — мы бы избавились от сцен вроде той, у Дэнфи, когда дроги опрокинулись и гроб вывалился на мостовую.

— Это было ужасно, — сказало возмущенное лицо м-р Пауера, — и труп покатился по мостовой. Ужасно.

— Первым на повороте Дэнфи, — сказал м-р Дэдалус, кивая. — Кубок Гордон-Беннета.

— Восхвалим Господа, — набожно сказал Мартин Кэннингхэм.

Бац! Опрокинулся. Гроб бахнулся на мостовую. Раскололся. Пэдди Дигнэм выскочил и покатился как колода в пыли, в коричневом костюме, слишком для него широком. Красное лицо — теперь серое. Рот разинут. Спрашивает, что случилось. Совершенно правильно делают, что подвязывают. Ужасно выглядит, когда раскрыт. Кроме того, внутренности быстро разлагаются. Гораздо лучше затыкать все отверстия. Да, тоже. Воском. Сфинктер ослабевает. Все запечатать.

— Дэнфи, — сообщил м-р Пауер, когда карета свернула направо. Угол Дэнфи. Траурные колесницы съехались, заливают горе вином. Остановка у края дороги. Отличное место для трактира. Надеюсь, мы остановимся тут на обратном пути, выпьем за его здоровье. Передайте-ка мне утешительное средство. Эликсир жизни.

А вот, предположим, это сейчас бы случилось. Пойдет у него кровь, если он, вываливаясь, напорется, скажем, на гвоздь? И да и нет, я думаю. Зависит от того, каким местом. Кровообращение останавливается. И все-таки из какой-нибудь артерии, может, потечет немножко. Следовало бы хоронить их в красном: темно-красном.

Молча они ехали по Фибсборо-роуд. Пустые дроги протрюхали мимо, возвращаясь с кладбища: вид довольный.

Кроссгэнс-бридж: Королевский канал.

Вода с ревом рвалась сквозь шлюз. Человек стоял среди торфяных куч на своей барже, проходившей шлюзом. На боковой дорожке у шлюзных ворот кое-как привязанная лошадь. На борту «Бугабу».

Их глаза следили за ним. Медленным травянистым водным путем плыл он на своем плоту через всю Ирландию к побережью, его волокли на бечеве мимо зарослей камыша, по илу, засосанным бутылкам, собачьей падали. Эзлон, Мэллингар, Мойвэлли. Я бы мог проехаться к Милли по каналу. Или на велосипеде. Взять напрокат какую-нибудь старую двухколесную трясучку. На днях Ренн купил себе на аукционе, только дамский. Развитие водных путей. Джэймс Мак-Кенни вбил себе в голову, непременно хочет перевезти меня на пароме. Более дешевый вид транспорта. Короткими этапами. Лагерь на открытом воздухе. И дроги тоже. В небеса по водам. Может быть, и поеду, не предупреждая письмом. Сюрприз. Лейклип, Клонзилла. Из шлюза в шлюз до Дублина. С торфом с Мидлэндских болот. Привет. Он снял коричневую соломенную шляпу, приветствуя Пэдди Дигнэма.

Они поехали дальше, мимо дома Брайана Бороимхи. Теперь близко.

— Интересно, как живется нашему другу Фогэрти? — сказал м-р Пауер.

— Спросите Тома Кернана, — сказал м-р Дэдалус.

— То есть как это? — сказал Мартин Кэннингхэм. — Вероятно, оплакивает его.

— С глаз долой, — сказал м-р Дэдалус, — но не из сердца вон.

Карета свернула налево, на Финглас-роуд.

Направо мастерская надгробных памятников. Последний круг. Столпившись на клочке земли, возникали молчаливые фигуры, белые, горестные, простирая спокойные руки, скорбно преклоняя колени, указуя перстом. Бюсты, высеченные из камня. В белом безмолвии: взывая. Высшего качества. Тос. Г. Деннэни, скульптор и мастер надгробных памятников.

Мимо.

На тумбе перед домом могильщика Джимми Гири сидел старый бродяга, что-то бормоча, вытряхивая грязь и камешки из огромного, темно-коричневого, зияющего башмака. Окончен жизненный путь.

Потом проплыли сумрачные сады, один за другим: сумрачные дома.

М-р Пауер указал пальцем.

— Вот там убили Чайльдза, — сказал он. — Последний дом.

— Совершенно верно, — сказал м-р Дэдалус. — Ужасная история. Сеймур Буш вытянул его. Убил его брата. Так по крайней мере говорят.

— Обвинение не могло выставить свидетелей, — сказал м-р Пауер.

— Только косвенные улики, — сказал Мартин Кэннингхэм. — Таков основной принцип законодательства. Лучше отпустить девяносто девять виновных, чем осудить одного невинного.

Они посмотрели. Дом, где было совершено убийство. Темный, проплыл мимо. Ставни заколочены, никто не живет, запущенный сад. Проклятое угодье. Невинно осужден. Убийца. Образ убийцы в зрачке убитого. Любят читать такие штуки. В саду найдена мужская голова. Одежда ее состояла из. Как она встретила смерть. Насилие. Орудием убийства служило. Убийца все еще на свободе. Путеводная нить. Сапожный шнурок. Тело будет вырыто. Убийство будет раскрыто.

563

Судороги сводят в этой карете. Пожалуй, она будет недовольна, если я приеду так вот, не предупреждая. С женщинами надо осторожно. Попробуй накрой их, когда у них штаны спущены. В жизни не простят. Пятнадцать.

Высокая ограда Проспекта зарябила мимо их взгляда. Темные тополя, редкие белые фигуры. Фигуры все чаще, белые силуэты, томящиеся среди деревьев, белые фигуры и бюсты молча текут мимо, бессмысленно помахивая руками.

Колесо скрежетнуло о край тротуара: стоп. Мартин Кэннингхэм высунул руку и, повернув ручку, толкнул дверцу коленом. Он вышел. М-р Пауэр и м-р Дэдалус последовали за ним.

Теперь надо положить мыло в другой карман. Рука м-ра Блума быстро расстегнула задний карман и переложила завернутое в бумагу мыло в передний карман, туда, где носовой платок. Он вылез из кареты и спрятал газету, которую все еще держала другая его рука.

Жалкие похороны: колесница и три кареты. Не все ли равно? Служители, поддерживающие концы покрова, заупокойная месса, золотые поводья, траурный салют. Помпа смерти. Позади последней кареты стоял разносчик у своей тележки с пирожными и фруктами. Это песочные пирожные, слиплись: пирожные для мертвецов. Собачьи галеты. Кто их ест? Провожающие, покидая кладбище.

Он пошел за своими спутниками. Пришли м-р Кернан и Нед Ламберт, вслед за ними Хайнз. Корни Келлехер стоял у раскрытого катафалка и вынимал два венка. Один он отдал мальчику. А куда делись дроги с ребенком?

С Финглас-роуд медленным, плетущимся шагом прошли лошади, волоча сквозь похоронную тишину скрипучую подводу, на которой лежала гранитная глыба. Извозчик, шедший впереди, снял шапку.

Теперь гроб. Приехал раньше нас, хоть и мертвый. Лошадь оглядывается на него, перья скособочились от ветра. Тусклый взгляд: хомут жмет, давит какую-нибудь артерию или что-нибудь в этом роде. А знают они, что́ они сюда каждый день возят? Похорон двадцать-тридцать в день, должно быть. И потом еще Маунт-Джером для протестантов. Похороны во всем мире повсюду каждую минуту. Закапывают в спешном порядке партиями с телег. Тысячи в час. Слишком их много на свете.

Из ворот выходили в трауре: женщина и девочка. Впалощекая гарпия, жесткая баба, не дай Бог с такой иметь дело. Шляпа набекрень. Лицо у девочки все в подтеках от грязи и слез, висит у той на руке, следит за ней, ждет сигнала, когда зареветь. Рыбье лицо, бескровное и бледное.

Носильщики подняли гроб на плечи и внесли его в ворота. Какой огромный мертвый вес. Я чувствовал себя еще тяжелей, когда выходил из ванны. Сначала покойник: потом друзья покойника. Корни Келлехер и мальчик несли венки. А кто это рядом с ним? Ах, да, зять. Потом все прочие.

Мартин Кэннингхэм шепнул:

— Я чуть не умер от страха, когда вы в присутствии Блума заговорили о самоубийстве.

— Как так? — шепнул м-р Пауер. — Почему?

— Его отец отравился, — шепнул Мартин Кэннингхэм. — Держал в Эннисе «Отель королевы». Вы же слышали, он сказал, что едет в Клэр. Годовщина.

— Ах ты, Боже мой! — шепнул м-р Пауер. — Первый раз слышу. Отравился!

Он оглянулся туда, где лицо с темными, задумчивыми глазами было обращено к мавзолею кардинала. Разговаривает.

— Он был застрахован? — спросил м-р Блум.

— Кажется, да, — ответил м-р Кернан, — но полис заложен за крупную сумму. Мартин пытается устроить мальчишку в Артэн.

— Сколько детей после него осталось?

— Пятеро. Нед Ламберт говорит, что попробует устроить девочку к Тодду.

— Грустная история, — тихо сказал м-р Блум. — Пятеро маленьких детей.

— Для жены тяжелый удар, — прибавил м-р Кернан.

— Еще бы, — согласился м-р Блум.

Теперь можете радоваться.

Он поглядел на свои ботинки, наваксенные и начищенные. Она пережила его, потеряла мужа. Для нее он мертвее, чем для меня. Всякий должен кого-нибудь пережить. Говорят умные люди. Женщин на свете больше, чем мужчин. От души ей сочувствую. Ваша ужасная потеря. Надеюсь, вы скоро последуете за ним. Это только вдовы индусов. Пожалуй, выйдет за другого. За него. Нет. Впрочем, кто знает. Вдовство не в моде с тех пор, как умерла старая королева. Везли на лафете. Виктория и Альберт. Панихида в Фрогморе. Но в конце концов она таки сунула себе в шляпу фиалки. Суетна до глубины души. Все ради тени. Принц-супруг даже не король. Самое главное был сын. Что-то новое, на что можно было надеяться, непохожее на прошлое, по которому она тосковала. Она никогда не вернется. Кто-нибудь должен уйти первым: один, в землю; и больше никогда не лежать в ее теплой постели.

— Как живете, Саймон? — тихо сказал Нед Ламберт, пожимая руку. — Целую вечность вас не видел.

— Отлично. Что слышно в богоспасаемом городе Корке?

— Я был на бегах в Корк-парке в понедельник на Светлой неделе, — сказал Нед Ламберт. — Все те же гроши. Жил у Дика Тайви.

— А как почтенный Дик?

— Между ним и небом нет ничего, — ответил Нед Ламберт.

— Вот так раз! — сказал м-р Дэдалус со сдержанным удивлением. — Дик облысел!

— Мартин хочет сделать сбор в пользу детей, — сказал Нед Ламберт и показал пальцем вперед. — Два-три шиллинга с носа. Чтоб не дать им помереть, покуда не выяснится со страховкой.

— Да, да, — нерешительно сказал м-р Дэдалус. — Вон тот впереди, это старший?

— Да, — сказал Нед Ламберт, — рядом с братом жены. А позади него Джон Генри Ментон. Он подписался на фунт.

— Я так и думал, — сказал м-р Дэдалус. — Я не раз говорил бедняге Пэдди, чтоб он за него держался. Джон Генри лучше многих.

— Как это так вышло? — спросил Нед Ламберт. — Пил, должно быть?

— Многие хорошие люди пьют, — сказал м-р Дэдалус, вздохнув.

Они остановились у двери часовни. М-р Блум стоял за мальчиком с венком, смотрел на его гладкие, прилизанные волосы и тонкую морщинистую шею над новеньким, чистеньким воротничком. Бедный мальчик. Он был при том, как отец? Оба без сознанья. В последнюю секунду приходят в себя и узнают в последний раз. Сколько еще дел было! Я должен О'Грэди три шиллинга. Понял ли бы он? Носильщики внесли гроб в часовню. В каком конце голова?

Через секунду он вошел вслед за другими, щурясь в полумраке. Гроб стоял на помосте перед алтарем, по углам — четыре высокие желтые свечи. Всегда перед нами. Корни Келлехер положил на два передних угла по венку, сделал мальчику знак стать на колени. Провожающие стали на колени, каждый у своего пюпитра. М-р Блум стоял позади у купели и, когда все опустились на колени, осторожно выронил из кармана неразвернутую газету и опустился на нее правым коленом. Он осторожно повесил свою черную шляпу на левое колено и, держа ее за поля, набожно склонил голову.

Причетник с медным ведром, в котором что-то было, вышел из дверей. Священник в белом вышел вслед за ним, оправляя одной рукой епитрахиль, прижимая другой маленькую книжку к своему жабьему брюху. Кто будет читать эту книжку? Я, сказал поп.

Он остановился у гроба, и священник, плавно квакая, начал читать свою книжку.

Патер Коффи. Я знаю, что его фамилия похожа на гроб[1].

---

[1] Гроб по-английски «коффин».

Domineamine. А морда у него толстая. Командует всем. Мускульный христианин. Горе тому, кто на него косо взглянет: священник. Ты — Петр. Он лопнет сбоку, как овца в клеверном поле, говорит про него Дэдалус. Брюхо у него как у отравленной дворняги. До чего смешные выражения этот человек придумывает! Хххн: лопнет сбоку.

Non intris in judicium cum servo tuo, Domine[1].

Чувствуют себя более важными, когда над ними молятся по-латыни. Заупокойная месса. Траурные вуали. Почтовая бумага с черной каймой. Имя в церковной книге. Холодно тут. Должно быть, хорошо питается, сидит тут все утро в темноте, потопывает ножками, ждет следующего, пожалуйста. И глаза как у жабы. С чего у него так брюхо вспучило? У Молли пучит живот от капусты. Воздух здесь такой, может быть? Точно у него брюхо полно газов. Тут, должно быть, чертовски много газов. Мясники, например: становятся как сырые бифштексы. Кто это мне рассказывал? Мервин Браун. Под сводом Сент-Вербэрга чудесный старинный орган, сто пятьдесят, иногда приходится делать дырки в гробу, чтобы газ вышел, и поджигать его. Так и дует оттуда: голубой. Вдохнешь его раз, и каюк.

Коленная чашечка у меня болит. Ой! Вот так лучше.

Священник достал из ведра, поданного причетником, палку с набалдашником и помахал ею над гробом. Потом он перешел на другую сторону и опять помахал. Потом он вернулся и положил ее обратно в ведро.

Все точно написано: он обязан так делать.

Et ne nos inducas in tentationem[2].

Причетник отвечал писклявым дискантом. Я часто думал, надо брать в услужение мальчиков. Так лет до шестнадцати. Потом, разумеется...

Кажется, это была святая вода. Сыпал из нее сон. Должно быть, ему здорово надоело махать этой штукой над любым трупом, какой ему ни притащат. Не мешало бы ему посмотреть, над кем он машет. Каждый день свежая порция: мужчины средних лет, старухи, дети, умершие от родов женщины, бородатые мужчины, лысые дельцы, чахоточные девушки с крошечными, воробьиными грудями. Круглый год он говорил одни и те же слова молитвы над ними и кропил их водой: сном. Теперь Дигнэма.

— *In paradisum[3].*

Сказал, что он переселился в рай или находится в раю. Говорит это над каждым. Скучное занятие. Но должен же он что-то

---

[1] Да не внидешь в суд рабом Твоим, Господи (*лат.*).

[2] И не введи нас во искушение (*лат.*).

[3] В рай (*лат.*).

говорить. Священник закрыл свою книжку и ушел в сопровождении причетника. Корни Келлехер отворил боковые двери, вошли могильщики, опять подняли гроб, вынесли его и поставили на тачку. Корни Келлехер дал один венок мальчику, а другой зятю. Все вышли вслед за ними через боковые двери на свежий, серый воздух. М-р Блум вышел последним, засовывая газету в карман. Он строго смотрел в землю, покуда тачка не свернула налево. Металлические колеса мололи гравий с резким скрежещущим криком, и стадо грубых сапог топало за тачкой по аллее могил.

Та-ри, та-ра, та-ри, та-ра, ти-ру. Батюшки, здесь нельзя петь.

— Могила О'Коннелла, — тихо сказал м-р Дэдалус.

Кроткие глаза Пауера глянули на вершину величавого конуса.

— Он покоится, — сказал он, — среди своего народа, старый Дан О. Но сердце его погребено в Риме. Как много погребено здесь разбитых сердец, Саймон!

— Ее могила вон там, Джэк, — сказал м-р Дэдалус. — Вскоре я лягу подле нее. Да призовет Он меня к Себе, когда Ему будет угодно.

Он съежился и начал тихо плакать про себя, слегка спотыкаясь на ходу. Пауер взял его под руку.

— Ей там лучше, — сказал он мягко.

— Я надеюсь, — сказал м-р Дэдалус, слабо всхлипывая. — Надеюсь, что она на небесах, если они существуют.

Корни Келлехер вышел из рядов и пропустил процессию вперед.

— Какая грустная история, — вежливо начал м-р Кернан.

М-р Блум закрыл глаза и дважды грустно наклонил голову.

— Все уже надевают шляпы, — сказал м-р Кернан. — Я думаю, мы можем сделать то же самое. Мы последние. Это кладбище прямо ловушка.

Они надели шляпы.

— Его преподобие читал мессу слишком быстро, как по-вашему? — сказал м-р Кернан неодобрительно.

М-р Блум строго кивнул, поглядел в быстрые, налитые кровью глаза. Таинственные глаза, проникающие в тайну глаза. Кажется, масон: не наверно. Опять рядом с ним. Мы последние. В одной лодке. Надеюсь, он еще что-нибудь скажет.

М-р Кернан прибавил:

— Богослужение в протестантской церкви на Маунт-Джером гораздо проще, производит больше впечатления, должен признаться.

Блум осторожно согласился. Язык, конечно, совсем другое дело. М-р Кернан сказал торжественно:

— Я есмь воскресение и жизнь. Это хватает за сердце.

— Определенно, — сказал м-р Блум.

Может быть, и сердце, но какое до всего этого дело тому, в

ящике шесть на два фута, пятками на маргаритках? Не за что хватать. Средоточие всех чувств. Разбитое сердце. В сущности, всего-навсего насос, перекачивающий ежедневно тысячи галлонов крови. В один прекрасный день он закупоривается, и — конец всему. Сколько их тут лежит кругом: легких, сердец, печеней. Старые, ржавые насосы: ну их к черту! Воскресение и жизнь. Раз ты мертв, ты мертв. Эта идея о Страшном суде. Всех вытащат из гробов. Лазарь, иди вон! И он пришел шестым и проиграл скачки. Встань. Страшный суд. Все начнут тогда искать свои печени, легкие и прочее барахло. Попробуй найди все в одно утро. Пыли на вес пенни в черепе. В весе пенни двенадцать граммов. Монетный вес.

Корни Келлехер поравнялся с ними.

— Все идет как по маслу, — сказал он. — Что?

Он поглядел на них выпученными глазами. Плечи как у полицейского. Ну тебя с твоим трам-тарарамом.

— Как и следовало ожидать, — сказал м-р Кернан.

— Что? А? — сказал Корни Келлехер.

М-р Кернан успокоил его.

— Кто это там сзади, с Томом Кернаном? — спросил Джон Генри Ментон. — Мне его лицо знакомо.

Нед Ламберт оглянулся.

— Блум, — сказал он. — Мадам Мэрион Твиди, та, что пела, то есть поет. Она его жена.

— Совершенно верно, — сказал Джон Генри Ментон. — Я давно ее не видел. Она была красивой женщиной. Я танцевал с ней, постойте-ка, шестнадцать, семнадцать невозвратных лет тому назад, у Мата Диллона, в Раундтауне. Хороший был кусочек.

Он оглянулся.

— Кто он такой? — спросил он. — Чем он занимается? Кажется, он по писчебумажной части? Помнится, мы с ним как-то повздорили за игрой в шары.

Нед Ламберт улыбнулся.

— Верно, — сказал он, — служил у Висдома Хели. Вояжером по промокательной бумаге.

— Господи, — сказал Джон Генри Ментон, — как она могла выйти за такого болвана? Она тогда была бедовая баба.

— И сейчас такая, — сказал Нед Ламберт. — А он сборщик объявлений.

Большие глаза Джона Генри Ментона устремились вперед. Тачка свернула в боковую аллею. Тучный господин, скрытый кустарником, благоговейно снял шляпу. Могильщики притронулись к козырькам.

— Джон О'Коннелл, — сказал м-р Пауер, довольный. — Он никогда не забывает друзей.

М-р О'Коннелл молча пожал всем руки. М-р Дэдалус сказал:

— Вот я и опять посетил вас.

— Мой дорогой Саймон, — сказал смотритель кладбища тихим голосом, — я вовсе не хочу, чтобы вы были моим клиентом.

Поздоровавшись с Недом Ламбертом и Джоном Генри Ментоном, он пошел рядом с Мартином Кэннингхэмом, поигрывая за спиной двумя ключами.

— Слышали историю, — спросил он их, — про Молкэхи из Кума?

— Я не слышал, — сказал Мартин Кэннингхэм.

Они как по команде склонили свои цилиндры, а Хайнз подставил ухо. Смотритель зацепил большими пальцами золотую часовую цепочку и конфиденциально нагнулся к их пустым улыбкам.

— История начинается с того, — сказал он, — что однажды туманным вечером двое пьяных явились сюда на могилу какого-то их друга. Они заявили, что его зовут Молкэхи из Кума, и им указали, где он лежит. Долго блуждали они в тумане, покуда наконец не нашли могилу. Один из них читает по буквам имя: Теренс Молкэхи. Другой поднимает голову и видит статую Спасителя, поставленную вдовой покойного.

Смотритель посмотрел на памятник, мимо которого они шли. Потом продолжал:

— И говорит, поглядев на священное изображение: ни капли сходства! Какой же это, говорит, Молкэхи, что ты мне рассказываешь?

Вознагражденный улыбками, он отстал и заговорил с Корни Келлехером; он взял у него бумаги, перелистал их и просмотрел на ходу.

— Все это нарочно, — объяснил Мартин Кэннингхэм Хайнзу.

— Я знаю, — сказал Хайнз, — знаю.

— Чтоб подбодрить, — сказал Мартин Кэннингхэм. — По доброте душевной, ни что иное.

М-р Блум подивился на толстое брюхо смотрителя. Все стараются быть с ним в хороших отношениях. Приличный человек этот Джон О'Коннелл, настоящий крепкий парень: как в объявлении о ключах Киз: не бойтесь, никто не пройдет, все виды пропусков отменены. *Habeas corpus*[1]. Надо будет после похорон заняться этим объявлением. Я, кажется, написал «Болс-бридж» на том конверте, которым я накрыл письмо к Марте, когда она вошла и помешала мне. Надеюсь, оно не попало в ящик для неотправленных писем. Не мешало бы побриться. Седая, колючая борода. Это первый признак, волосы седеют, и настроение портится. Серебряные нити в серых волосах. Смешно это, быть его

[1] См. коммент. к стр. 376.

женой. Откуда у него только взялась смелость сделать девице предложение? Переезжай ко мне, будем жить на кладбище. Соблазняет. Сначала ее, должно быть, захватило. Ухаживать за смертью. Ночами тени бродят, а кругом лежат мертвые. Тени могил, когда зевают кладбища, и Даниэль О'Коннелл несомненно потомок; кто это утверждал, что он был удивительно плодовитый человек и притом великий католик, точно гигант во мраке? Блуждающий огонек. Газ из могил. Должен отвлекать ее внимание, чтобы она вообще забеременела. Женщины особенно возбудимы. Рассказывать ей в постели историю о привидениях, чтобы она заснула. Ты когда-нибудь видела привидение? А я да. Была непроглядная ночь. Часы только что пробили двенадцать. Здорово целуются, если их как следует взвинтить. Шлюхи на турецких кладбищах. Если поймать молодой, можно всему научить. Тут можно подцепить молодую вдовушку. Мужчины это любят. Любовь среди могил. Ромео. Приправа к удовольствию. В царстве смерти мы живы. Оба конца сходятся. Муки Тантала для бедных мертвецов. Запах поджариваемого бифштекса для голодных, грызущих корку. Появляется желанье. Молли хотела у окна. Как-никак у него восемь детей.

Многих на его глазах опускали в могилу, вот тут они лежат вокруг него, поле за полем. Священные поля. Было бы больше места, если бы хоронили стоя. Сидя или на коленях не годится. Стоя. Если случится землетрясение, покажется голова и простертая ввысь рука. Всю землю надо разбить на соты: прямоугольные клетки. А в какой он чистоте его содержит: подстриженная трава и бордюрчики. Свой сад майор Гэмбл называет Маунт-Джером. Так оно и есть. Надо бы посадить мак. Китайские кладбища с исполинскими маками дают самый лучший опиум, мне Мастянский говорил. Ботанический сад как раз напротив. Кровь, просачиваясь в землю, дает новую жизнь. Тот же принцип, что у евреев, убивавших, говорят, христианских мальчиков. У каждого своя цена. Хорошо сохранившийся, жирный джентльменский труп недавно скончавшегося Вильяма Вилькинсона, бухгалтера-эксперта, три фунта тринадцать и шесть. С благодарностью.

Во всяком случае, почва чрезвычайно жиреет от трупного удобрения; кости, мясо, ногти, костехранилища. Ужасно. Зеленеют и розовеют, разлагаются. Моментально гниют в тощей сырой земле. Худые старики покрепче. Становятся солеными, что ли, вроде сыра. Потом чернеют, сукровица из них сочится. Потом высыхают. Мертвые головы. Клетки, или как их там, конечно, продолжают жить. Изменяются. Фактически вечная жизнь. Ничем не питаются, питаются собой.

Только червей, должно быть, чертовски много. Земля, наверно, прямо кишит ими. Прямо голова кружится. Те чюдные маленькие девочки на пляже. А он довольно весело взирает на все это. Испытывает чувство превосходства, когда видит, как других закапывают раньше его. Интересно, как он относится к жизни, острит: согревает себе сердечную полость. С бюллетенем. Спэрджон вознесся в небо сегодня в 4 часа пополуночи. 11 часов пополудни (конец занятий). Еще не прибыли. Петр. Сами мертвые — мужчины наверняка — хотели бы услышать какую-нибудь остроту, а женщины узнать, какие нынче моды. Сочную грушу или дамский пунш, горячий, крепкий и сладкий. От сырости. Надо же когда-нибудь посмеяться, тогда уж лучше так. Могильщики в «Гамлете». Показывают глубочайшее знание человеческого сердца. По поводу мертвых нельзя шутить по меньшей мере два года. *De mortuis nil nisi prius*[1]. Сначала пусть кончится траур. Трудно представить себе свои похороны. Что-то вроде шутки. Прочтите объявление о вашей смерти — говорят, будете дольше жить. Дает новую зарядку. Новый контракт на жизнь.

— Сколько у вас на завтра? — спросил смотритель.

— Двое, — сказал Корни Келлехер. — В половине десятого и в одиннадцать.

Провожающие разбились на группы и, осторожно обходя могилы, выстроились по обе стороны ямы. Могильщики принесли гроб и поставили его передним концом на край ямы, обвязав веревками.

Хоронят. Мы Цезаря пришли похоронить. Его мартовские или июньские иды. Он не знает, кто тут есть, а ему и плевать.

Что это там за тощий тип в макинтоше? Кто это такой, интересно знать? А в конце концов не все ли равно. Вечно встречаешь кого-нибудь, о ком меньше всего думаешь. Человек может всю жизнь прожить в одиночестве. Ну да, может. Только надо иметь кого-нибудь, чтобы зарыл тебя, когда ты умрешь, впрочем, могилу можно самому вырыть. Что мы и делаем. Только люди хоронят. Нет, муравьи тоже. Первое, о чем думаешь. Похоронить мертвеца. Вот Робинзон Крузо был верен природе. А Пятница и похоронил его. Пятница всегда хоронит Четверг, если вдуматься.

Ах, бедный Робинзон Крузо,
Как это тебя угораздило?

Бедный Дигнэм. В последний раз лежит на земле в своем ящике. Подумать только, какое количество ящиков — зря расходуют лес. Насквозь изъеден. Надо бы изобрести изящные носилки с этаким спуском, так и спускать их. Так-то так, только будут претензии, чтоб не хоронили с чужих носилок. Этакие чудаки. Положите меня в родную землю. Пригоршня пыли из Святой земли. Только мать и мертворожденного ребенка можно хоронить

---

[1] О мертвых хорошо либо ничего (*лат.*).

572

в одном гробу. Понимаю, что это значит. Понимаю. Чтобы оберегать его как можно дольше даже в земле. Дом ирландца — его гроб. Бальзамирование в катакомбах, мумии, тот же принцип.

М-р Блум стоял далеко позади, с шляпой в руке, считая обнаженные головы. Двенадцать. Со мной тринадцать. Нет. Тот, что в макинтоше, тринадцатый. Роковое число. Откуда он, черт побери, взялся? В часовне его не было, я готов поклясться. Дурацкое это суеверие насчет тринадцати.

Из хорошего, мягкого материала у Неда Ламберта костюм. Красноватый оттенок. У меня был в этом роде, когда мы жили на Ломбард-стрит. Он был когда-то франтом. По три раза в день менял костюм. Надо дать Мессиасу перелицевать мой серый костюм. Фу-ты! Он же крашеный. Его жена — я забыл, он не женат — или хозяйка могла бы для него вытаскивать нитки.

Гроб исчезал из виду, люди, стоящие на мостках над могилой, широко расставив ноги, спускали его. Они потянули, готово: и все без шапок. Двадцать.

Пауза.

Если бы мы все вдруг стали кем-нибудь другим.

Вдали закричал осел. Дождь. Совсем не так уж глуп. Говорят, никто никогда не видел мертвого осла. Стыдятся смерти. Прячутся. Бедный папа тоже ушел.

Мягкий, сладкий ветерок обвевал обнаженные головы шепотом. Шепот. Мальчик у изголовья могилы двумя руками держал венок, спокойно глядя в черную открытую яму. М-р Блум встал позади дородного доброжелательного смотрителя. Сюртук хорошо сшит. Всех разглядывает — должно быть, примеривает, кто следующий. Да, покой надолго. Больше ничего не чувствовать. Только ту секунду чувствуешь. Чертовски, должно быть, неприятно. Сначала невозможно поверить. Ошибка, должно быть: кто-нибудь другой. Обратитесь в дом напротив. Подождите, я еще не хочу. Я еще не... Потом затемненная комната смерти. Света требуют. Вокруг шепчутся. Не хотите ли священника. Потом беготня, суетня. Делириум, все, что ты всю жизнь скрывал. Борьба со смертью. Сон у него какой-то неестественный. Нажмите на нижнее веко. Следят, не заострился ли у него нос, не отвалилась ли у него челюсть, не пожелтели ли у него пятки. Убирают из-под головы подушки, пусть кончается на полу, все равно ничего не поделаешь. Дьявол на картине «Смерть грешника», показывающий ему женщину. Помирает, до того хочется обнять ее в рубашке. Последний акт «Лючии». *Ужель тебя я не увижу?* Бац! умирает. Наконец-то. Еще немножко поговорят о тебе: забудут. Не забудьте помолиться о нем. Помяните его в ваших молитвах. Даже Парнелла. Потом очередь за ними: один за другим валятся в яму.

Ныне мы молимся за упокой его души. Надо надеяться, вам

не плохо и вы не в аду. Славная перемена воздуха. Со сковородки жизни в огонь чистилища.

А сам-то он думает о яме, которая его ожидает? Говорят, если вздрогнешь на солнце, значит, вспомнил. Кто-то прошел по ней. Первый звонок. Скоро и тебе. Моя в том конце, напротив Фингласа, купил себе там место. Мама, бедная мама, и маленький Руди.

Могильщики взялись за лопаты и стали наваливать тяжелые комья глины на гроб. М-р Блум отвернулся. Что, если он еще жив? Фу! Черт возьми, до чего это паршиво! Нет, нет. Он мертв, конечно. Конечно, он мертв. В понедельник умер. Надо издать закон, чтобы для верности прокалывали сердце или проводили в гроб электрический звонок или телефон и чтоб было какое-нибудь отверстие для воздуха, прикрытое полотном. Сигнал бедствия. Три дня. Летом это довольно долго. И как только уверенность, что все, — моментально от них избавляться.

Глина падала глуше. Уже начинается забвение. С глаз долой, из сердца вон.

Смотритель отошел на несколько шагов и надел шляпу. Хватит с него. Провожающие успокаивались один за другим и скромно надевали шляпы. М-р Блум надел шляпу и поглядел вслед дородной фигуре, быстро удалявшейся по лабиринту могил. Спокойно, уверенный в себе, шел он по полям скорби.

Хайнз что-то заносит в записную книжку. А, фамилии. Да ведь он их все знает. Нет: подходит ко мне.

— Я записываю имена, — шепнул Хайнз. — Как вас зовут по имени? Я не помню точно.

— Л, — сказал м-р Блум, — Леопольд. И запишите также Мак-Коя. Он меня просил.

— Чарли, — сказал Хайнз, записывая. — Я знаю. Он когда-то работал в «Фримэне».

Действительно работал, до того, как устроился в морге у Луиса Бэрна. Превосходная идея для врачей вскрытие трупов. Находят то, что, им кажется, они знают. Он умер во вторник. Его выгнали. Удрал с деньгами за несколько объявлений. Чарли, ты мой душка. Вот почему он меня просил. Ну, ладно, не беда. Все в порядке, Мак-Кой. Спасибо, старина; премного обязан. Пусть остается со своим обязательством: ничего не стоит.

— Послушайте, — сказал Хайнз, — а вы не знаете того парня, в этом, того парня, что стоял там, на нем еще был этот...

Он поглядел по сторонам.

— Макинтош. Да, я его видел, — сказал м-р Блум. — А где он теперь?

— Мак-Интош, — сказал Хайнз, записывая. — Я его не знаю. Это его фамилия?

Он отошел, глядя по сторонам.

— Нет, — начал м-р Блум, обернулся и остановился. — Слушайте, Хайнз.

Не слышит. Что? Куда он пропал? Ни следа. Что за чушь! Кто-нибудь видел? Ка е эл эл и. Стал невидимым. Господи Боже мой, что с ним случилось?

Седьмой могильщик остановился подле м-ра Блума и поднял свободную лопату.

— Ах, простите!

Он поспешно отошел в сторону.

Глина, коричневая, влажная, стала видима в яме. Она поднималась почти через край. Насыпь влажных комьев росла все выше, росла, и могильщики бросили лопаты. Снова все на несколько секунд сняли шляпы. Мальчик прислонил свой венок к углу: зять свой к куче. Могильщики надели шапки и понесли облепленные землей лопаты к тачке. Потом слегка постукали ими о землю: чисто. Один нагнулся и снял с лопаты длинный пучок травы. Другой отделился от товарищей и медленно пошел, держа на плече свое синеблещущее оружие. Еще один молча сматывал у изголовья могилы канат, на котором спускали гроб. Его пуповина. Зять, отвернувшись, сунул ему что-то в свободную руку. Безмолвная благодарность. Сожалею, сэр: беспокойство. Кивок. Знаю. Это вам.

Провожающие уходили медленно, без цели, боковыми тропинками, на минутку останавливаясь, чтобы прочесть имя на плите.

— Пойдем кругом, мимо могилы вождя[1], — сказал Хайнз. — У нас еще есть время.

— Пойдем, — сказал м-р Пауер.

Они свернули направо, вслед за своими медленными мыслями. Беззвучный голос м-ра Пауера сказал благоговейно:

— Говорят, его вовсе и нет в могиле. В гроб будто бы положили камни. Настанет день — и он вернется..

Хайнз покачал головой.

— Парнелл никогда не вернется, — сказал он. — Он лежит здесь, все, что в нем было смертного. Мир праху его.

М-р Блум, никем не замеченный, пошел вдоль аллеи грустных ангелов, крестов, сломанных колонн, фамильных склепов, каменных надежд, молитвенно поднимавших очи горе, сердец и рук старой Ирландии. Гораздо умней было бы все эти деньги потратить на помощь живым. Молитесь за упокой его души. А кто-нибудь в самом деле молится? Сунули в землю, и дело с концом. Как в угольную яму. Потом сваливают в кучу, чтобы скорей от-

---

[1] Речь идет о Чарльзе Парнелле (1846—1891), популярнейшем лидере ирландского освободительного движения.

вязаться. День всех усопших. 27-го приду на его могилу. Десять шиллингов садовнику. Выпалывает сорные травы. Сам уже старик. Согнувшись пополам, щелкает ножницами. На пороге смерти. Покинувший. Ушедший из жизни. Как будто они это делают добровольно. Дали дуба, все до одного. Который сыграл в ящик. Гораздо интересней, если бы было сказано, кто они такие были. Такой-то и такой-то, каретник. Я был вояжером по линолеуму. Я платил пять шиллингов за фунт. Или у женщины, со сковородкой. Я чудно готовила тушеное мясо по-ирландски. Эклога на сельском кладбище названье стихотворенья чье это не то Вордсворта не то Томаса Кэмпбелла. Обрел вечный покой, говорят протестанты. Как у старого д-ра Муорена. Великий врач призвал его к себе. Ну, конечно, для них это Божья пашня. Чудная загородная дача. Все заново оштукатурено и окрашено. Идеальный уголок, можно спокойно покурить и почитать «Церковную газету». Брачные объявления без всяких прикрас. Ржавые венки висят на шестах, гирлянды из бронзовых листьев. Лучше бы превратить все это в деньги. Впрочем, цветы поэтичней. А эти приедаются; никогда не вянут. Ничего не выражают. Иммортели.

Птица сидела, как ручная, на тополевой ветке. Точно набитая. Точно подарок на свадьбу, который нам преподнес гласный Купер. Кш! Ни с места. Знает, что тут нет рогаток, нечем в нее стрелять. Мертвое животное еще грустней. Мусинька-пусинька хоронит маленькую мертвую птичку на кухне в спичечной коробке, венок из маргариток и осколки пестрого стекла на могилу.

А это Святое Сердце: показывает. Нараспашку. Должно бы быть сбоку и красное, как настоящее сердце. Ирландская святыня или что-то в этом роде. Вид почему-то очень недовольный. К чему все это? Может, птицы прилетят и будут клевать, как у того мальчика с фруктами в корзине, но он сказал нет, потому что они могли испугаться мальчика. Это Аполлон был.

Как их много. Все когда-то гуляли по Дублину. В Бозе почили. Что ты ныне есть, тем некогда были мы.

Кстати, как их всех запомнить? Глаза, походка, голос, ну, голос, да: граммофон. Держите граммофон в каждой могиле или в каждом доме. После обеда в воскресенье. Поставь-ка бедного дорогого прадедушку. Краараак. Аллооалло чрезвычайнорад краак чрезвычайнорадвидетьвасопять алло-алло чрезвра коптфс. Напоминает голос, как фотография лицо. Иначе как вы вспомните лицо через пятнадцать лет? Чье, например? Например, того парня, что умер, когда я служил у Висдом Хели.

Ртстстр! Камешки гремят. Обожди. Стоп.

Он напряженно заглянул в каменный склеп. Какое-то животное. Подожди. Вот оно бежит.

Жирная серая крыса пробежала вдоль стены склепа, гремя камешками. Старожил: прадедушка: знает все ходы и выходы. Серое проползло под плинтус, свернулось под ним. Тут клад спрятать хорошо.

А кто тут лежит? Покоятся останки Роберта Эмери. Кажется, Роберта Эммета хоронили здесь при свете факелов.

Теперь хвост исчез.

Этакая бестия в одну минуту с тобой справится. Дочиста обгложет кости, плевать ей, кто и что. Обыкновенная пища для них. Труп — это испортившееся мясо. Ну а сыр что такое? Труп молока. Я читал в «Путешествиях в Китай»: китайцы говорят, что белый воняет трупом. Сжигать лучше. Священники слушать об этом не хотят, хлопочут за конкурирующую фирму. Оптовые сжигатели и поставщики голландских печей. Эпоха чумы. Ямы с негашеной известью, сжигают дотла. Живодерня. Прах к праху. Или хоронить в море. Где это башня молчания парсов? Съеден птицами. Земля, огонь, вода. Говорят, приятней всего тонуть. В один миг проносится вся жизнь. А снова возвращаться к жизни — нет. А в воздухе хоронить никак нельзя. С воздухоплавательной машины. Интересно, скоро ли распространится новость, когда спустят свежего? Подземное сообщение. Мы от них и научились. Нисколько бы не удивился. Регулярное здоровое питание для них. Еще и умереть как следует не успеешь, а мухи уже тут как тут. Учуяли Дигнэма. На вонь не обращают внимания. Белая, как соль, рассыпчатая трупная каша: на запах, на вкус как сырая белая репа.

Впереди мерцали ворота: еще отперты. Обратно в мир. Довольно. Всякий раз приближаешься на шаг. В последний раз, когда я тут был, хоронили миссис Синико. Бедный папа тоже. Любовь, которая убивает. Даже разрывают ночами землю с фонарем, вроде того случая, что я читал, ищут свежепогребенных женщин или даже разлагающихся с открытыми трупными язвами. Сразу мороз по коже. Я явлюсь к тебе после смерти. Мой дух явится к тебе после смерти. Есть другой мир после смерти, называется ад. Я терпеть не могу тот другой мир, писала она. Я тоже. Еще много чего можно увидеть и услышать и почувствовать. Чувствовать подле себя живые, теплые существа. Пусть они спят в своих червивых постелях. До меня еще очередь не дошла. Теплая полнокровная жизнь.

Из боковой аллеи вынырнул Мартин Кэннингхэм, говоря что-то серьезное. Стряпчий, я думаю. Я знаю его лицо. Ментон. Джон Генри, стряпчий, комиссионер по клятвам и присягам. Дигнэм часто ходил в его контору. Мат Диллон, давным-давно. Веселые вечеринки у Мата. Холодная дичь, сигары, бокалы. Поистине золотое сердце. Да, Ментон. Чуть не лопнул от бешенства в тот вечер на площадке для игры из-за того, что я налетел на него. Чистая случайность: мой косой бросок. С того момента он меня и невзлюбил. Ненависть с первого взгляда. Молли и Флуи Дил-

577

лон под руку под кустом сирени, хохотали. Такие, как он, всегда смертельно обижаются, когда присутствуют женщины.

На цилиндре сбоку пролом. В карете, наверно.

— Простите, — сказал м-р Блум подле них.

Они остановились.

— У вас цилиндр слегка помялся, — сказал м-р Блум и показал. Джон Генри Ментон секунду смотрел на него, не шевелясь.

— Вот тут, — помог Мартин Кэннингхэм и тоже показал. Джон Генри Ментон снял цилиндр, выправил складку и тщательно обтер ворс рукавом. Он снова напялил цилиндр на голову.

— Теперь все в порядке, — сказал Мартин Кэннингхэм.

Джон Генри Ментон дернул головой в знак благодарности.

— Благодарю вас, — сказал он коротко.

Они пошли к воротам. М-р Блум уныло поплелся сзади, на расстоянии нескольких шагов, чтобы не подслушивать. Мартин поучал. Мартин может обкрутить такого болвана вокруг пальца так, что тот даже не заметит.

Глаза как у устрицы. Ничего. После еще пожалеет, когда поймет. Превосходство на моей стороне, таким образом.

Благодарю вас. Как мы сегодня утром великолепны.

СИРЕНЫ

(ГЛАВА ИЗ «УЛИССА»)

Бронза близ золота слышит копытбулат, стализвон Возмутютю тютютю.

Сколь, сколь сколол со скалистых ногтей, осколки.

Ужасная! И заалелась еще золотее.

Два темных тона дунул.

Бум. Белый плюмаж на.

Золотые бельведеры волос.

Скачет роза на бархатных грудях бархатной, роза Кастилии.

Трели, трели: Идолорес.

Ау! Кто, кто в... Аузлато?

Дзинь крикнул бронзе на ее жалость.

И зов, чистый, долгий, бьющийся. Долзанеумирающий зов.

Манок. Нежное слово. Но чу! Ясные звезды меркнут. О роза! Ноты защебетали в ответ. Кастилии. Заря занялася.

Бодро бренчит бойко брякает бричка.

Монета шваркнула. Часы чухнули.

Признания. *Sonnez.* Я не мог. Отдачей подвязки. Тебя покинуть.

Шлеп. *La cloche!* Ляжке шлеп. Признания. Теплой. Прощай, милая!

Бреньк Блюююю

Бухая бомбардирующие аккорды. Когда любовь охватит. Войну! Войну! Барабанн.

Парус! Веет платок вслед волнам.

Утрачено. Щебетал щегол. Сейчас все потеряно.

Рожок. Крыжовник.

Раз он увидел. Увы!

Радтак. Радбой.

Рулады. О прелесть, прельщай!

Марта! Приди!

Хлопклоп. Хлюпхлоп. Хлипклоп.

Обоже онни когдавж изнине

Пот Пат промокашку принес,

Лунсвет ночьзов: даль: даль.

Мне так грустно. P.S. Одиноким блюднем.

Чу!

Колючий витой морской рог. Заторчал или что? Друг дружке плеск и безмолвный гул.

Жемчуга: когда она. Рапсодии Листа. Ш-ш-ш.

Вы не?

Не верит: нет, нет: верит: Лидлид.

Петухом охеревшим кукареком.

Черный.

Низкозвучащий. Давай, Бен, давай.

Подает, пока ты поддаешь. Огого. Подает, пока огогон.

Внизу во мраке средиземья. Вкрапления руды.

Именедамине. Все кануло. Все сгинули.

Именедамине. Все кануло. Все сгинули.

Гори цветом, девичья краса.

Аминь! Он яростно заскрежетал.

Сюда. Туда, сюда. Дрын прохладный заторчал.

Бронзалид у Миназлата

За бронзой, за златом, в океанской тени. Блюм. Старый Блюм.

Кто-то стукнул, кто-то трахнул молотком петухом

Молитесь за него! Молись, народ честной!

Его подагристые пальцы лязгают.

Большой Бен. Биг Бен. Бенабен.

Последняя роза Кастилии лета плюмажем упавшим мне так грустно одному.

Пуук! Маахонький порыв пугачом пук. Честной люд. Лид Кер Кау Де и Долл. Браво. Как один. Подымет с чинк свой чунк.

Ффф! Уу!

Где бронза вблизи? Где злато вдали? Где копыта?

Рррпр. Краа. Краандль.

Тогда и только тогда. Напфишшшутф. Мою эпфритапфрию.

Свершил.

Начнем!

Бронза у золота головка мисс Дус у головки мисс Кеннеди сквозь жалюзи бара «Ормонда» слышит несутся вицекоролевские копыта, звеня сталью.

— Это она? — спросила мисс Кеннеди.

Мисс Дус сказала, она, сидит с его сьяс, жемчужно-серый с *eau de Nil*.

— Восхитительный контраст, — сказала мисс Кеннеди.

Вся на взводе, мисс Дус сказала взволнованно:

— Глянь на этого в шелковом цилиндре.

— Кого? Где? — спросило золото взволнованнее.

— Во второй карете, — сказали влажные уста мисс Дус, смеясь на солнце. — Он смотрит. Погоди, дай глянуть.

Она метнулась, бронза, в заднейший закут, сплющила лицо о стекло в нимбе запаленного дыхания.

Ее влажные губы хихикнули:

— Поражен наповал, оглядывается.

Она рассмеялась:

— Хоть плачь! Ну не идиоты ли мужчины!

С грустью.

Мисс Кеннеди грустно отбрела от яркого света, загибая вырвавшуюся прядь за ухо. Грустно бредя, отзолотев, она скрутила загнула прядь. Грустно она загнула выбредшую золотую прядь за изгибом уха.

— Ихнее дело одно удовольствие, — грустно сказала она.

Мужчина.

Блюмон брел мимо, мимо волынок Муланга, нес в груди сладость греха, мимо антиквара Уайна, в памяти нес сладкие греховные слова, мимо стертой залузганной вывески Каррола, для Рауля.

К ним половой, ним у бара, к девам бара пришел. Для них, не внимающих ему, шваркнул о стойку поднос с дребезжащим фарфором. И

— Вот ваши чаи, — сказал он.

Мисс Кеннеди церемонно переставила поднос вниз на вздыбленный ящик с нарзаном, подальше от взглядов, пониже.

— Это чо еще? — громкий половой бесцеремонно спросил.

— Догадайся, — отпарировала мисс Дус, покидая свою наблюдательную вышку.

— Твой хахаль небось?

Высокомерная бронза отразила:

— Я обращусь к миссис де Масси, если еще раз услышу ваши возмутительные дерзости.

— Возмутютю тютютю, — полорыло хрюкнуло грубо, отступая от ее угрозы от его поведения.

Блюмцвет.

На цветок свой нахмурясь, сказала мисс Дус:

— Безумно раздражает этот юный выродок. Если он не будет вести себя как следует, я ему ухо на сажень вытяну.

Как леди в восхитительном контрасте.

— Не обращайте внимания, — мисс Кеннеди ответствовала.

Она налила чай в чайшку, затем обратно чай в чайник. Они сгрудились под утесом стойки, ждали на подножках, ящики на попа, ждали, пока заварится чай. Они лапали свои блузки, обе из черного бархата два и девять за ярд, пока заварится чай, и два и семь. Да, бронза вблизи близ злата вдали слышит сталь вблизи звон копыт вдали, слышит стальнокопыт звонкопыт сталезвон.

— Я ужасно сгорела?

Мисс Бронза разблузила шею.

— Нет, — сказала мисс Кеннеди. — Потом потемнеет. Вы не пробовали борное мыло с лавровым настоем?

Мисс Дус привстала, искоса глянула на свою кожу в зеркале бара, раззолотобуквенном, где мерцали бокалы и фужеры, а посреди — морская раковина.

— К рукам липнет, — сказала она.

— Попробуйте с глицерином, — посоветовала мисс Кеннеди.

Посылая своим плечам и рукам прощальный привет, мисс Дус:

— Только сыпь вскочит от таких штук, — приметила и присела. — Просила я у этого старого хрыча в Бойде что-нибудь для моей кожи.

Мисс Кеннеди, разливая вполне натянувший чай, корчила рожицы, умоляла:

— О, не напоминайте мне о нем, Бога ради!

— Погоди, я сейчас расскажу о нем, — взывала мисс Дус. Сладость чая мисс, Кеннеди разливая с молоком, мизинчиками заткнула оба уха.

— О нет, не надо, — вскричала она.

— Не хочу слышать, — вскричала она.

Но Блюм?

Мисс Дус хмыкнула носовым голосом хрыча:

— Для вашей чего? говорит он.

Мисс Кеннеди откупорила уши слышать, говорить, но сказала, заклиная вновь:

— Не заставляйте меня думать о нем, не то я испущу дух. Этот мерзкий старикашка! Той ночью в Антьенском концертном зале.

Она хлебнула с неудовольствием свой напиток, горячий чай, глоток сладкого чая.

— Тут он был, — сказала мисс Дус, склоняя свою бронзовую голову на три четверти, раздувая ноздри. — Уф! Уф!

Пронзительный взвизг смешка взмыл из горла мисс Кеннеди. Мисс Дус гневно выфыркнула раздутые ноздри, трубившие возмутютю как охотничий клич.

— О! — взвизгивая, мисс Кеннеди воскликнула. — Как можно забыть этого пучеглаза?

Мисс Дус рассыпалась бронзовым перезвоном смеха, выкрикнула:

— Не сглазь!

Ключей темноглаз читал имя Аарона Фигаеса. Почему я всегда думаю Фигаеда? Фигоеда в смысле, наверно. И гугенотское имя Проспера Лоре. Мимо блаженных дев Басси прошли темноглаза Блюма. Синепокровная, белая споднизу, приди ко мне. Бог, они верят, она: или богиня. У этих сегодня. Не разглядел я. Заговорил со мной. Студент. Потом с сыном Дедалуса. Наверно, это Маллиган. Все пригожие девицы. Это и возбуждает повес: ее белизна.

Мимо прошли его глаза. Сладость греха. Сладка сладость. Греха.

В пересмешном перезвоне слились юные бронзолотые голоса, Дус с Кеннеди не сглазя. Закинули юные головы, бронза смехзлато, льетечет стихихией смехаха, визг, и еще один, и знаки друг дружке, высокие пронзительные ноты.

Ах, отдышались, вздохнули. Вздохнули, ох, изнеможденное стихло их ликование.

Мисс Кеннеди вновь пригубила свою чашку, взвила, глотнула и всхихихикнула. Мисс Дус, вновь перегибаясь над подносом, вновь взъерошила ноздри и закатила зажиревшие задорные глаза. Вновь Кеннеди, склоняя дивные бельведеры своих кудрей, склоняясь, блестя черепаховой гребенкой на затылке, прыская чаем изо рта, захлебываясь от смеха и чая, кашляя и задыхаясь, восклицая:

— Ах, сальные глаза! Представь — быть замужем за таким мужчиной, — воскликнула она. — С его бородой кукишем!

Дус полнокровно испустила восхитительный вопль, полнокровный вопль полнокровной женщины, восторг, радость, возмущение.

— Замужем за сальным носом! — завопила она.

Визг, грудной смех, бронзалотом, к перезвону за перезвоном звали они друг друга, звеня хохокольчиками по очереди, бронзолото, златбронза, глуховизг, смешок за смешком. А затем закатывались еще похлеще. Сальный, понимаешь. Выдохшиеся, запыхавшиеся, своими трясущимися головами они поникли, в косах и бельведерах гребенок, к укосине бара. Раскрасневшиеся (О!), задыхаясь, потея (О!), перехватя дух.

Замужем за Блюмом, за Сальсольблюмом.

— Клянусь всеми святыми! — мисс Дус сказала, вздыхая над своей скачущей розой. — Лучше так не смеяться. Я вся взмокла.

— Ах, мисс Дус! — запротестовала мисс Кеннеди. — Ах, ужасное существо!

И заалелась еще больше (ах ужасная!), еще золотее.

Мимо дверей Кантвелла плыл Сальсольблюм, мимо дев Сеппи, в сиянии их масел. Отец Нанетти торговал такими штуками вразнос, от двери к двери, как я. Религия окупается. Спросить его насчет условий Кейса. Сначала есть. Хочу. Еще нет. В четыре, она сказала. Время бежит. Стрелки крутятся. Вперед. Где поесть? «Кларенс». «Дельфин». Дальше. Для Рауля. Есть. Если заработаю пять гиней чистыми с этой рекламы. Шелковую сиреневую комбинацию. Нет еще. Сладость греха.

Разалелись меньше, еще меньше, золотисто побледнели.

Фланируя, в бар вошел м-р Дедалус. Сколь, сколь сколол со скалистых ногтей. Осколки. Фланирует.

— С возвращением, мисс Дус.

Он взял ее за руку. Хорошо прошел отпуск?

— Тип-топ.

Он надеялся, что погода в Ростреворе была хорошей.

— Изумительной, — сказала она. — Посмотрите, каким чучелом я. Лежала на берегу день-деньской.

Белизна бронзы.

— Какое недостойное поведение, озорница, — отчитал ее м-р Дедалус и, жалуя, жал ее ладонь. — Искушать нас, бедных простаков.

Бархатная мисс Дус, как дуся, отвела руку.

— Бросьте вы это, — она сказала, — нашелся простак, не похоже.

Он нашелся.

— Что ж, я такой, — рассудил он. — Я выглядел таким простаком в колыбели, что меня окрестили Саймон Простак.

— Это от слабоумия, — отпарировала мисс Дус. — Что вам на сегодня доктор прописал?

— Что ж, он рассудил, что скажете. Я бы затруднил вас, попросив чистой воды и полстакана виски?

Бренчка.

— С превеликим рвением, — согласилась мисс Дус.

С изяществом рвения к зеркалу с золотыми «Кантрелл и Кокрэйн» обратилась она. С изяществом отцедила она меру златого виски из хрустального графина. Вовне из полы сюртука м-р Дедалус извлек кисет и трубку. Рвение она подала. Он продул сквозь дым два темных тона.

— Клянусь Юпитером, он рассудил. Мне часто хотелось повидать горы Морна. Воздух там должен бодрить весьма. Но, говорят, кто ждет — дождется. Да, да.

Да. Пальцем засунул волосинки, ее девичьи власы девичьей красы девы моря в чашку трубки. Скол. Влас. Рассудил. Стих.

Никто не сказал ничего. Да.

Бодро мисс Дус начищала стопку, выводя трели:

— *О Идолорес, краса восточных морей!*

— М-р Лидуэлл заходил сегодня?

Вовнутрь вступил Ленеган. Вкруг себя озирался Ленеган. М-р Блюм достиг Тассекского моста. Да-с, м-р Блюм пересек Дассекс. Марте надо написать. Купить бумагу. У Дэйли. Продавщица там любезная. Блюм. Старый Блюм. Белый плюмаж во ржи.

— Он был здесь в обед, — мисс Дус сказала.

Ленеган выступил вперед.

— М-р Бойлан искал меня?

Он спросил. Она ответила:

— Мисс Кеннеди, м-р Бойлан заходил, пока я была наверху?

Она спросила. Мисс голос Кеннеди ответила, вторая чайшка застыла, взор на листе.

— Нет. Не заходил.

Мисс взор Кеннеди, слышна не видна, читала дальше. Ленеган вкруг колпака круглое тело обвил кругом.

— Ау! Кто, кто в уголочке живет?

Не наградила его взором Кеннеди, но он все же заигрывал. Следи за точками. Только за черными: круглые о и витые и.

Бряк бренчит бричка.

Златдева читала и не взирала. Не обращай внимания. Она не обращала внимания, пока он сольфеджил ей басню, монотоня по складам:

— По-встре-чал аист ли-су. По-про-си-ла ли-са у аиста: за-сунь клюв мне в гор-ло и вы-та-щи кость.

Попусту талдычил. Мисс Дус обратилась к чаю, в сторону.

Он вздохнул, в сторону:

— Ох я! Ох уж!

Он приветствовал м-ра Дедалуса и получил кивок в ответ.

— Привет от прославленного сына прославленного отца.

— Кто это мог бы быть? — м-р Дедалус спросил.

Ленеган наисердечнейшие руки развел. Кто?

— Кто это мог бы быть? — он спросил. — И вы спрашиваете? Стивен, сей младый бард.

Сухо.

М-р Дедалус, знаменитый боец, отложил свою сухо набитую трубку.

— Понятно, — он сказал. — Я не узнал его сначала. Я слыхал, что он держится особо избранного общества. Видали ли вы его недавно?

Он видал.

— Я испил чашу нектара с ним прямо сегодня, — сказал Ленеган. — У Муни *en ville*[1] и у Муни *sur mer*[2]. Он получил чекушку за плод своих родильных мук.

Он улыбнулся омытым чаем устам бронзы, внимающим устам и очам.

— Elite[3] Эрина пила мед его уст. Весомый ведей Хью Мак-Хью, самый блестящий щелкопер и редактор Дублина, и этот министреленок с дикого дождливого Запада, известный под благозвучным наименованием О'Мадден Бурк.

После перерыва м-р Дедалус поднял свой грог и

— Это должно быть крайне развлекательно, — сказал он. — Представляю.

Он представляю. Он пил. Грустящим взором в горные дали. Поставил свой стакан.

Он обернулся к двери салуна.

— Итак, вы передвинули фортепьяно.

---

[1] В городе (*франц.*).

[2] На море (*франц.*).

[3] Элита (*франц.*).

— Сегодня приходил настройщик, — ответствовала мисс Дус, — настроил его для концерта в курильной. Я в жизни не слыхала такого восхитительного пианиста.

— Неужели?

— Не правда ли, мисс Кеннеди? Настоящая классика, понимаете. И слепой вдобавок, бедняжка. Ему еще и двадцати лет, клянусь, не стукнуло.

— Неужели? — м-р Дедалус сказал.

Он выпил и отвалил.

— Так грустно было заглянуть ему в лицо, — пособолезновала мисс Дус.

Божью кару сучьему выблядку.

Дзинь на ее жалость звякнул звонок едока. К дверям столовой пришел лысый Пат, пришел потный Пат, пришел Пат, половой «Ормонда». Пива к обеду. Пива без рвения она отпустила.

Терпеливо Ленеган ждал пылавшего нетерпеньем Пламени, бричкобренчащего Бойлана.

Подняв крышку, он (кто?) уставился в гроб (гроб?) на витые тройные (фортепиано!) струны. Он жал (который жалуя жал ее ладонь) мягко и осторожно клавиши, следил за передвижением войлочных прокладок, слышал приглушенный удар молоточка о струну.

Два листа кремовой веленевой бумаги один про запас два конверта когда я был у Ум Гэйли умный Блюм у Дэйли Генри Флауэр купил. Ты несчастлив в своем дому? Цветик утешить меня, а булавка к лю. Что-то значит, язык цве. Вроде, маргаритка? К невинности. Пристойная девушка встретиться после мессы. Превеликое вам спасибочко. Умный Блюм уставился на дверях плакат: дева моря курит, колыхаясь в красивых волнах. Кури «Девы моря» с их прохладным дымком. Волосы разметаны — страдает от любви. Для другого. Для Рауля. Он уставился и увидел в удаленье на Тассекском мосту лихая шляпа несется, бричка бренчит, бряцает бодро. Вот он. В третий раз. Совпадение.

Бренча на упругих шинах, она пронеслась от моста к причалу «Ормонд». Следом. Рискни. Быстро. В четыре. Уже скоро. Выходи.

— Два пенса, сэр, — рискнула вымолвить продавщица.

— Ага... Забылся... Простите...

— И четыре.

В четыре она. Покоряюще она Блюемоному улыбнулась. Блю улы быс выш. Видания. Думаешь, только и свету что в окошке? Это она со всеми. Был бы мужик.

В сонном молчании золото склонилось над страницей.

Из салуна раздался зов, долго замирал. Это был камертон настройщика, который тот забыл в который он сейчас ударил. Снова зов. Сейчас он выровнял то, что сейчас билось. Слышите?

586

Бьется, чисто, чище, мягко, мягче, концы гудят. Дольше неумирающий зов.

Пат платил за отштопоренную бутылку едока: и над вокальным подносом и отштопоренной бутылкой допрежь ухода шептался он, лысый и потный, с мисс Дус.

— *Ясные звезды меркнут...*

Безголосая песня пелась изнутри, распевая:

— *...заря занялася.*

Двадесять птиценот защебетали звонким дискантом под чуткой рукой. Звонко клавиши, сверкая, связанно, клавикордя, взывали к голосу, чтобы пел росные зори, младость, разлуку, жизнь, зорю любви.

— *...жемчужины росы...*

Губы Ленегана над стойкой тихо свистнули манком:

— Ты только посмотри, — сказал он, — кастильская роза.

Бричка брякнула за поворотом и остановилась.

Она привстала, закрылась ее проза, кастильская роза, муки разлуки, грезы розы.

— Сама упала или ее столкнули? — он спросил ее.

Она ответила пренебрежительно:

— Кто не спрашивает, тому и не соврут.

Как леди, как люди.

Щегольские кожаные туфли Пламени Бойлана скрипели на полу бара, где он проносился. Да, злато вблизи близ бронзы вдали. Ленеган слышал и знал и окликнул его:

— Се герой-победитель вступает.

Меж коляской и окном чутким шагом шел Блюм, непобежденный герой. Увидит меня он может. Стул он сидел: нагретый. Черный чуткий котяга шел навстречу портфелю Риччи Голдинга, ввысь взвил в салюте.

— *И я с тобою...*

— Слыхал я, что съездили, — сказал Пламень Бойлан.

Он прикоснулся пред прекрасной мисс Кеннеди к полям своей плетенки набекрень. Она улыбнулась ему. Но сестра-бронза переулыбила ее, распуская перед ним свои волосы попышнее, грудь и розу.

Зелья потребовал Бойлан.

— Каков ваш клич? Кружку горького? Кружку горького, будьте добры, и тернового джина мне. Пришли результаты?

Еще нет. В четыре они. Все сказали четыре.

Каули с красными ушами и адамовым яблоком в дверях участка. Избежать. Голдинг как раз. Что он делает в «Ормонде»? Бричка ждет. Жди.

Привет. Вы куда? Перекусить? И я тоже как. Сюда. Что, «Ормонд»? Дешево и сердито. Во всем Дублине. Неужели? Столовая. Сиди не рыпайся. Вижу, но не виден. Я, пожалуй, составлю вам компанию. Заходите. Риччи прокладывал путь. Блюм следовал за портфелем. Обед под стать принцу.

Мисс Дус потянулась вверх к графину, вытягивая бархатную руку, бюст чуть не вырвался, так высоко.

— О! О! — дергался Ленеган, дыханье перехватывало с каждым потягом. — О!

Но легко схватила она свою добычу и с триумфом повела вниз.

— Что б тебе не подрасти? — спросил Пламень Бойлан.

Бронзочка, уделяя из кувшина густую сиропную влагу для его уст, глянула на цветную струю (цветок в его петличке: кто дал?) и сиропным голоском:

— Мал золотник, да дорог.

Это в смысле она. Чисто налила она терпкотекущий терн.

— А вот и казна, — сказал Пламень.

Он шваркнул широкой монетой об стол. Монета звякнула.

— Погоди, — сказал Ленеган, — пока я...

— Удачи, — пожелал он, подымая пенистый эль.

— Бунчук трусцой победит, — сказал он.

— Я рискнул чуток, — сказал Бойлан, подмигнул и выпил. — Не для себя, правда. Каприз приятельницы моей.

Ленеган все пил и хмылился в наклоненный эль и на миссдусины уста, в которых гудела, полуоткрытых, песнь моря трелью в устах. Идолорес. Восточных морей.

Часы всхлипнули. Мисс Кеннеди прошла мимо них (цветок, интересно, кто дал), унося поднос с чаем. Часы чухнули.

Мисс Дус взяла монету Бойлана, лихо трахнула по регистрам кассы. Касса лязгнула. Часы чухнули. Прекрасная Египтянка рылась и разбиралась в кассе и напевала и отсчитала сдачу. Обратись на запад. Щелк. Ко мне.

— Который час? — спросил Пламень Бойлан. — Четыре? Часа.

Ленеган, маленькие глазки жадят ее гул, гулгуд ее бюста, дернул Бойлана за рукав.

— Послушаем бой часов, — сказал он.

Портфель Голдинг и Коллинс и Уорда вел Блюма меж столами в белом плюмаже. Не целясь он выбрал с цельным стремленьем, лысый Пат оценил, столик у дверей. Поближе к. В четыре. Он позабыл? Или уловка? Не придет: разжигает аппетит. Я бы не смог. Повремени, повремени. Пат, половой, повременил.

Сверкающая бронзурь глядит на Пламеннозурьи небесноголубые глаза и галстук.

— Ну давай, ну! — нажимал Ленеган. Никто и не. Он не слыхал.

— ...поцелуй Флоры, сорвись...

Ввысь, высокая нота, дискантовый перезвон, серебряный.

Бронздус, сливаясь со своей розой волнующей позой, искала цвет и глаза Пламени Бойлана.

— Ну пожалуйста, пожалуйста.

Он умолял поверх наплывающих вновь фраз признания.

— *Я не смог тебя покинуть...*

— В другой раз, — мисс Дус пообещала застенчиво.

— Нет, сейчас, — настаивал Ленеган. *Sonnezlacloche!* Пожалуйста! Никто не смотрит.

Она огляделась. Быстро. Мисс Кенн не услы. Резкий изгиб. Два горящих лица следили за ее изгибом.

Трелируя, аккорды слетели с воздуха, отыскали его снова, утраченный аккорд, потеряли, и нашли его, дрожа.

— Давай! Валяй! *Sonnez!*

Наклоняясь, она защипнула складку юбки над коленом. Задержалась. Заводя их пуще, наклоняясь, замерла, с шальными глазами.

— *Sonnez!*

Шлеп. Она отпустила резкой отдачей щипок эластичной подвязки тепшлеп по шлепнутой женщины теплой ляжке.

— *La cloche!* — воскликнул, ликуя, Ленеган. — Натаскана владельцем. Тут опилок не ищи.

Она ухмылыбнулась презрительно (хоть плачь! ну не идиоты?), но, скользя к свету, скользяще засветилась Бойлану.

— Вы — квинтэссенция пошлости, — сказала, скользя, она.

Бойлан глазел, глазел. Склонил к жирным губам кубок, глотанул свой кубчик, засасывая последние жирные сиреневые сироповые капли. Его глаза, как заклятые, следовали за ее скользящей головой, когда та склонилась за стойкой у зеркал, позлащенной арки, сияющей бокалами для имбирного пива, вина и кларета, колючей раковины, где она играла, отражаясь, бронза с бронзой посолнечней.

Да, близ бронзы.

— *...Прощай, милая!*

— Я пошел, — сказал Бойлан, пылавший нетерпением.

Он двиганул кубок лихо прочь, хапнул сдачу.

— Погоди с глоток, — умолял Ленеган, быстро допивая. — Я хотел тебе рассказать. Том Рошфорд...

— Гори ты синим пламенем, — сказал Пламень Бойлан, уходя.

Ленеган глотанул на выход.

— Рог заторчал или что? — он сказал. — Погоди. Иду.

Он следовал за спешными скрипящими туфлями, но резво привстал у входа, привечая обличия дородного и сухощавого.

— Здравствуйте, м-р Доллард!

— А? Здрась! Здрась! — рассеянный бас Бена Долларда ответствовал, отвлекаясь на миг от горестей отца Каули. — Он тебя больше не побеспокоит, Боб. Альф Берган замолвит словечко Длинному. Мы еще вкатим этому Иуде Искариоту соломину в ухо.

Вздыхая, м-р Дедалус прошел сквозь салун, мизинцем теша веко.

— Хехе, непременно, — пребодро затрурулил Бен Доллард. — А ну, Саймон, выдай мотивчик. Мы слыхали пианино.

Лысый Пат, потный половой, ждал заказа, «Пауэр» для Риччи. А Блюму? Погодите. Чтобы два раза не гонять. Мозоли. Уже четыре. Как нагрет черный. Ну и нервишки. Отражает (так ли?) жар. Погодите. Сидр. Да, бутылку сидра.

— С чего бы? — м-р Дедалус сказал. — Я просто бренчал, Бен.

— Давай, давай, — Бен Доллард кликнул. — Прощай, тоска заботы. Пошли, Боб.

Он гарцует Доллард, дородные клеши, перед ними (держи этого с: хватай его) в салун. Он бухнулзадом Доллард о табурет. Подагрические клешни бухнули по клавишам. Бухие резко застыли.

Половой Пат в проходе встретил бесчайное золото воротилось. Потный спросил он «Пауэр» и сидра. Бронза у окна следила, бронза вдали.

Бряк бренчала бричка.

Блюм слышал бум, легкий шум. Уехал. Легкий всхлип выдохнул Блюм на безмолвный плюмаж блюда цветов. Бренчание. Уехал. Бряк. Слушай.

— *Любовь и войну*, Бен, — сказал м-р Дедалус. — Помянем добром старину.

Отважные глаза мисс Дус, незамеченные, обратились от перекрестных жалюзи, пораженные солнцесветом. Удрученная (кто знает?), пораженная (разящим светом), она опустила навес скользнувшим шнуром. Она бросила удрученно (почему он так быстро ушел, когда я?) вокруг своей бронзы на стойку бара, где стоял половой с сестрой золотой в неизысканном контрасте, контрасте неизысканном, неразысканном, тяжелую хладную мрачную мореезеленую скользящую глубь тени, *eau de Nil.*

— Бедняга Гудвин был тогда тапером, — напомнил им отец Каули. — Было небольшое разногласие между ним и его роялем «Коллард». Таки было.

— Вел симпозиум в одиночку, — м-р Дедалус сказал. — Такого и черт не остановит. Чудаковатый старикан в первичной стадии опьянения.

— Господи, помнишь, — Бен бух Доллард сказал, отворачиваясь от наказанной клавиатуры. — Клянусь хвостом, у меня и свадебного костюма не было.

Они рассмеялись втроем. Свад нет. Все трио рассмеялось. Свадебного костюма нет.

590

— Дружище Блюм подвернулся вовремя в ту ночь, — м-р Дедалус сказал. — Где моя трубка, к слову?

Он побрел обратно к бару к утраченной аккортрубке. Потный Пат нес двум едокам запить, Риччи и Польди. И отец Каули рассмеялся снова.

— Я спас положение, Бен, по-моему.

— Именно, — свидетельствовал Бен Доллард. — Я помню эти тесные панталоны. Блестящая идея. Боб.

Отец Каули заалел до блестящих пурпурных мочек. Он спас поло. Тесные пан. Блестя иде.

— Я слыхал, что он на мели, — он сказал. — Жена аккомпанировала в кафе «Палас» по субботам за мелкую мзду. И кто это подсказал мне, что она держит этот промысел? Помните? Пришлось искать, где они живут, вдоль по всей улице Холлес, пока паренек из Кью не сказал, в каком нумере. Помните?

Бен помнил, его бодрая будка будировала.

— Господи, какие были у нее роскошные оперные плащи и прочая бутафория.

М-р Дедалус брел обратно, трубка в руке.

— Стиль а-ля площадь Меррион. Бальные наряды, о Господи, придворные туалеты. И денег брать не хотел. Что? Сколько душе угодно широкополых шляп и болеро и мишуры, ей-Богу. Что?

— Ага, ага, — кивнул м-р Дедалус. — Миссис Марион Блюм снимает одеяния всех сортов.

Бреньканье бряцало по причалам. Бойлан несся на тугих шинах. Печень с ветчиной. Пирог с мясом и почками. Есть, сэр. Есть, Пат.

Миссис Марион мадам всех коз. Что-то горит Пауль ван Хер. Славное имечко у.

— Как ее звали? Грудастая деваха. Марион...

— Твиди.

— Да. Все еще жива?

— И здорова.

— Она дочь...

— Дочь полка.

— Да, в Бога и мать, я помню старого тамбурмажора.

М-р Дедалус чиркнул, шаркнул, зажег, вдоволь затянулся потом.

— Ирландка? Не знаю. Богом клянусь. Как она, Саймон?

Затянулся, потом прижал, затяжка, крепкая, насыщающая, потрескивающая.

— Мой щечный мускул... того... заржавел... ага, вот... она? Ирландочка Молли моя. О.

Он выпустил едкую плюмажную струю.

С Гибралтарского утеса... ни ближе, ни дальше.

Они толпились в глуби океанской тени, золото близ пивнасоса, бронза у мараскина, задумчивы обе две. Мина Кеннеди, с Лисмер-террас, № 4, Тамбурина, Дублин, и Долорес, королева, Идолорес, безмолвствует.

Пат подал раскрытые блюда. Леопольд ел разрезанную печень. Как указывалось выше, он ел с наслаждением требуху, птичьи желудочки, жареные молоки трески, тем временем Риччи Голдинг, Коллинс и Уорд ел мясо с почками, мясо, затем почки, кус за кусом от пирога он ел Блюм ел они ели.

Блюм с Голдингом, обрученные молчанием, ели. Обеды под стать принцу.

По Холостяцкому переулку бреньбренькая бричковал на блядки бойкий Пламень Бойлан, холостяк, на солнце, на взводе, лоснящийся круп кобылы галопом, взмахом хлыста, на несущихся шинах, развалившийся, пригревшийся Бойлан-баловень, нетерпеливый, страстнопламенный. Рожок. Заторчал? Рог. Заторчал? Тру-ру-жок.

Покрывая голоса, Доллард барабанил в бой, бухая над бомбардирующими аккордами:

— *Когда любовь охватит мою страстную душу...*

Вал Бендушабенджамена наваливался на дрожащие изнемогающие от любви стекла в крышном переплете.

— Войну! Войну! — вскричал отец Каули. — Ты — воин.

— Да, я такой, — рассмеялся Бен Воин. — Я думал о твоем домохозяине. Любовь или кошелек.

Он остановился. Он тряхнул огромной бородой, огромный лик над его кретинизмом огромным.

— Точно, ты бы сломал ей барабанную плеву в ухе, приятель, — м-р Дедалус сказал сквозь дымный аромат, — с твоим-то прибором.

В брадатом изобильном смехе Доллард затрясся над клавишами. Сломал бы.

— Не говоря уж о другой плеве, — добавил отец Каули. — Сбавь темп, Бен. *Amoroso ma non troppo*[1]. Дай-ка мне.

Мисс Кеннеди подала двум джентльменам бокалы с холодным элем. Она обронила реплику. Действительно, сказал первый джентльмен, прекрасная погода. Они пили прохладный эль. Знает ли она, куда отправился вице-король? И слышала сталькопыт звонкопыт сталезвон. Нет, она, к сожалению, не знала. Но можно посмотреть в газете. Ах, не стоит беспокоиться. Никакого беспокойства. Она взобвилась раскоряченным «Независимым», искала, вице-король, бельведеры ее кудрей покачивались, вице ко. Слишком много беспокойства, сказал первый джентльмен. О, ни-

---

[1] Нежно, но не слишком (*итал.*).

592

чуть. Как он глянул на. Вице король. Бронза близ злата слышит стальбулат.

— ...мою *страстную душу*

Нипочем мне дееень завтрашний.

В печеночном соусе Блюм растер тертую картошку. Любовь и война кого-то. Коронный номер Бена Долларда. Вечером, когда он прибежал к нам за костюмом. Для какого-то концерта. Панталоны в обтяжку, как кожа на барабане. Музсосиски. Молли обхохоталась, когда он ушел. Бросилась поперек постели и ну верещать и сучить ногами. Все добро его на виду. Ох, клянусь всеми святыми, я ажно взмокла! Ох, женщины в первом ряду! Ох, я никогда так не смеялась! Ну, конечно, это и дает ему бас барантон. Например, евнухи. Интересно, кто играет. Легкая рука. Должно быть, Каули. Музыкален. Знает, какая нота написана. Изо рта прет, бедняга. Перестал.

Мисс Дус, увлекающая, Лидия Дус, поклонилась учтивому поверенному Джорджу Лидуэллу, джентльмену, входящему. Добрый день. Она вверила свою влажную, как у леди, руку его крепкому пожатию. Да, она вернулась. К той же дребедени.

— Ваши друзья внутри, м-р Лидуэлл.

М-р Лидуэлл, учтивый, уверенный, держал лидиладонь.

Блюм ел печ как излож выше. По крайней мере здесь чисто. Этот тип у «Бертона» с резинкой. Здесь никого: Голдинг и я. Чистые столы, цветы, конверты салфеток. Пат туда-сюда, половой Пат. Нечего делать. И сердито во всем Дуб.

Снова ф-но. Точно Каули. Как он присаживается к нему, как будто они вместе, взаимопонимание. Нудные лабухи скребут скрипки, глаза на смычке, пилят виолончель, напоминая зубную боль. Ее высокий затяжной храп. Вечером мы сидели в ложе. Тромбон поддувает, как морж, между актами, другой трубач вытряхивает слюну, свинтив мундштук. Ноги дирижера тоже клеши мешками бряк бряк. Правильно делает, что прячет их.

Бряк бряк бричка бренчит бойко.

Только арфа. Лучится золотым восхитительным светом. Девушка касается ее. Корма восхитительной. Соус неплох под стать при. Золотая ладья. Эрин. Арфа раз и другой. Прохладные руки. Пик Бен Хоут, рододендроны. Мы их арфы. Я. Он. Стар. Молод.

— Нет, я не вытяну, дружище, — м-р Дедалус сказал скромно, неохотно.

Настойчиво.

— Давай, чтоб тебя разразило, — заревел Бен Доллард. — Пущай вылазит хоть по кусочкам.

— *M'appari*, Саймон, — отец Каули сказал.

К намостию прошествовал он немногими шагами, суровый, возносящийся в печали, долгие длани простерты. Хрипло кадык его глотки мягко прохрипел. Мягко пел он пыльной марине: *По-*

следнее прости. Мыс, судно, парус над стремниной. Прости. Очаровательная девушка, ее платок развевается под ветром на мысу, ветер вокруг нее.

Каули пел:

— *M'appari tutt amor:*
Il mio sguardo l'incontr...[1]

Она махнула, не внимая Каули, платком уходящему в море, любимому, ветер, любовь, поспешающий парус, возврат.

— Продолжай, Саймон.

— Ах, я уже отплясал свое, Бен... ну...

М-р Дедалус упокоил трубку возле камертона и, сев, коснулся послушных клавиш.

— Нет. Саймон, — отец Каули повернулся. — Играй как положено. В бемоль.

Клавиши, послушные, взвились, раскрылись, сбились, признались, растерялись.

К намостию шествует отец Каули.

— Сейчас, Саймон. Я саккомпанирую, — сказал он. — Вставай.

Мимо ананасной горы Грэхэма Лимона, мимо слона Элвери бричка бряцала. Мясо, почки, печень, пюре, трапеза под стать принцам сидели принцы Блюм и Голдинг. Принцы за трапезой они подняли и выпили «Пауэр» и сидр.

Самая восхитительная ария для тенора, которую когда-либо сочинили, сказал Риччи: Sonnambula. Он слыхал. Джо Маас пел это однажды. Ах, этот Мак-Гакин! Да. На свой манер. Как мальчик на клиросе. Маас был мальчиком. На мессе. Лирический тенор, если вам угодно. Никогда не забуду этого. Никогда.

Пекущийся Блюм над беспеченной ветчиной видел сжавшиеся черты напряглись. Поясница у. Супочек из почек. Следующим номером нашей программы. Сколько в дудочку ни дуй. Пилюли, диетические хлебцы, гинею за коробку. Все же отсрочка. И поет тоже: *Там среди мертвецов.* Подходит по смыслу. Пирог с почками. Сладость. Радости в этом мало. Дешево и сердито. Похоже на него. «Пауэр». Пьет с разбором. Стакан с изъяном, свежая вода «Ватри». Лямзит спички со стойки, чтобы сэкономить. Затем разбазарит суверен на дребедень. А когда нужно — ни копья. Схлопотал отказался заплатить извозчику. Забавные типы.

Никогда не забудет Риччи этого вечера. До гробовой доски не забудет. Среди кумиров старого Королевского театра с Малюткой Пиком. И когда первая нота.

[1] Мне явилась большая любовь / Мой взгляд ее встрет... (*итал.*)

Речь застыла на Риччиных устах.

Сейчас выдаст небылицу. Рапсодии с любым гарниром. Верит собственной лжи. Правда, верит. Чудный лгун. Но память подкачивает.

— О какой арии идет речь? — спросил Леопольд Блюм.

— *Все утрачено.*

Риччи надул губы. Низкой вводной нотой милый леший ухнул все. Дрозд. Жаворонок. Его дыхание птицесладости, хорошие зубы, предмет гордости, засвистали со щемящей тоской. Утрачено. Речи Риччи. Две ноты сразу. Черного дрозда я слышал среди кустов крыжовника. Подхватывая мои мотивы, он перепевал и переиначивал их. Все вновь зов утрачен все. Эхо. Сладость ответа. Как это делается? Сейчас все утрачено. Сетуя, он высвистел. Пала, сдалась, утрачена.

Блюм прямил леопардовым ухом, выпрямил складку салфетки под блюдом. Порядок. Да, я помню. Чудесная ария. Со сна она пришла. к нему. Невинность под луной. Все же удержал ее. Смелые, не понимают опасности. Окликнул по имени. Коснулся воды. Бренчит бричка. Слишком поздно. Стремилась уйти. Вот почему. Женщина. Легче остановить море. Да: все утрачено.

— Прекрасная ария, — сказал Блюм утративший Леопольд. — Я ее хорошо знаю.

Никогда в жизни не испытал Риччи Голдинг.

Он тоже хорошо ее знает. Или чувствует. Все время наигрывает на его дочери. Мудрое дитя своего отца знает, сказал Дедалус. Меня?

Блюм искоса над беспеченной видел. Лицо всего утраченного. Риччи хват когда-то. Шутки старые заплесневели сейчас. Поводит ухом. Кольцо от салфеток вместо монокля. Сейчас шлет сына с просьбами о помощи. Косой Уолтер, сэр, исполнил, сэр, не беспокоил бы, сэр, но я ожидал поступления денег. Примите извинения.

Снова ф-но. Звучит лучше, чем в прошлый раз. Настроили, наверно. Снова прекратили.

Доллард и Каули все призывали певца не телиться и давать валять.

— Давай валяй, Саймон.

— Давай, Саймон.

— Леди и джентльмены, я глубоко тронут вашими снисходительными настояниями.

— Давай, Саймон.

— Не богат я казной, но, коль скоро вы уделите мне толику времени, я спою вам о сокрушенном сердце.

У колпака с закусками в жалюзийной тени Лидия бронзу и розу с грацией леди дала и удержала: как в прохладной лягушачьей *eau de Nil* Мина к бокалам два своих золотых бельведера.

Наигрывающие аккорды прелюдии стихли. Аккорд затянулся, ожидающий, потащил за собой голос.

— *Раз я увидел этот чарующий облик...*

Риччи обернулся.

— Голос Сая Дедалуса, — он сказал.

Запрокинувшись мозгами, румянец пылает на щеках, они внимали, как облекает чарующей волной кожу члены сердце душу хребет. Блюм дал знак Пату, потный Пат — половой, тугой на ухо, отворить бародверь. Бародверь. Так. Достаточно. Пат, половой, прилипспал, песне внимая, затем, что туг на ухо. К двери.

— *Казалось, кручина покинула меня...*

Сквозь гул воздуха голос пел им, низок, не дождь, не шуршанье листвы, несходен с голосом струнных, духовых, язычковых или каких там цимбалов, касался их смолкших ушей словами, смолкших; сердец их каждого его запомненных жизней. Хорошо, хорошо слушать: кручина их обоих каждого из них казалось покинула когда раз они услышали. Когда раз они увидели, утраченный Риччи, Польди, милость красы, услышали от человека, никогда на свете не ожидали бы ее милосердое любомягкое многолюбое слово.

Любовь поет: любви давняя щемящая песнь. Блюм смотал медленно эластиковую резинку со своего пакета. Любви давняя сладкая *sonnez la* злато. Блюм намотал бухту вокруг четырех вилков, растянул ослабил пальцы и намотал вокруг вдвое, сам треть, *in octavo*, затянул свой озабоченный натуго.

— *Полон надежд и весь в восхищеньи...*

Тенорам бабы достаются октавами. Увеличивает их выдох. К ногам его бросить цветок когда увидаться б ты смог? Мне совсем вскружили. Бренчание весь в восхищении. Цилиндрам ему не петь. Вам совсем вскружили голову. Надушена для него. Какие духи у вашей жены? Я хочу знать. Бряк. Стоп. Стук. Последний взгляд в зеркало всегда перед тем, как она откроет дверь. Передняя. Там? Здрасс? Здравствую. Там. Что? Или? Мятные драже, поцелуйные конфеты в ее сумочке. Да? И руки схватились за роскошные.

Увы! Голос взмыл, вздохнул, измененный: громок, полон, сияет, горд.

— *Но, увы, пустые грезы...*

Дивный тон у него все еще. Воздух Корка и выговор ихний мягче. Дурак! Мог бы загребать ведрами. Поет не те слова. Жену уморил: теперь поет. Но трудно сказать. Только они сами. Если не расколется. Прибереги свое хиляние для набережной. Руки и ноги тоже поют. Пьет. Нервы натянуты. Надо быть трезвенником: пой, не пей. Суп Дженни Линд: отвар, шалфей, сырые яйца, полпинты сливок. Сливки для славы. Нежностью он тек: ток,

тихо. Забился вовсю. Вот это дело. А ну давай! хватай! Бой, биение, бьющийся гордо стоящий.

Слова? Музыка? Нет, то, что за ними.

Блюм спетлил, распетлил, заузлил, отузлил.

Блюм. Потоп горячечной чмокчмок подсосекретности втекал в
музыкуизнее, в страсти, мрак, сосипоток, вторгаясь. Трогать ее,
тереть ее, туркать ее, трахать ее. Так. Поры на расшир расширя-
ются. Так. Счастье чую жар и. Так. Хлынуть через плотины пе-
рехлестывающей лавиной. Потоп, лавина, поток, радбой, рад-
плеск. Счас! Язык любви.

— *...Луч надежды...*

Сияет. Лидия Лидуэллу писк еле слыш так по ледину муза от-
пискнула луч надежды.

«Марта» это. Совпадение. Как раз собирался написать. Песня
Лионеля. Красивое у тебя имя. Не могу продолжать. Примите
мой скромный пода. Играй на струнах ее души, кошелька тоже.
Она — . Я назвала тебя шалунишкой. И все же имя — Марта.
Как странно! Сегодня.

Голос Лионеля вернулся, притихший, но не усталый. Он
вновь пел Риччи Польди Лидии Лидуэллу также пел Пату раскрыт рот слуга служить готов. Раз он увидел этот чарующий облик, раз кручина, казалось, покинула его, раз взгляд, облик, слово околдовало его, Голда Лидуэлла, пленило сердце Пата Блюма.

Жаль, что лица не видно. Лучше понимаешь. Почему парик-
махер у «Драго» всегда смотрит мне в лицо, когда я говорю его
лицу в зеркале. Все ж здесь лучше слышно, чем в баре, хоть и
дальше.

— *И твой прелестный взгляд...*

Первый вечер, когда я впервые увидел ее у Матта Диллона в
Теренуре. Желтое, черные кружева она надела. «Музыкальные
стулья». Мы двое последние. Судьба. За ней. Судьба. Вокруг кружили медленно. Быстро вокруг. Мы двое. Все смотрели. Стоп.
Села она. Все вылетевшие смотрели. Губы смеются. Колени жел-
теют.

— *Околдовал мой взор...*

Пели. *Ожидание* она спела. Я листал ей ноты. Полный голос
духов какие духи у вашей сирени. Грудь я видел, обе полные, в
горле рулады. Впервые я увидел. Она поблагодарила меня. Почему она за меня? Судьба. Испанистые глаза. Под яблоней одни
патио такой час в старом Мадриде край в тени Долорес тыдоло-
рес. На меня. О прелесть, прельщай!

— *Марта! О Марта!*

Стряхивая слабость, вскричал Лионель в горе, криком страсти
господствующей, любить вернуться с углубляющими и все же
возрастающими аккордами гармонии. Сирым Лионелем вскричал,

она должна узнать, должна Марта ощутить. Только ее он ждал. Где? Тут там глянь тут там глянь где. Где-то.

— *При-ди, утраченная!*
при-ди, любимая!

Одинок. Одна любовь. Одна надежда. Одна утешит меня. Марта, каштон, вернись.

— *При-ди*

Она взмыла, птица, удержалась в выси, чистый быстрый клик, взмыла серебряной державой сиренево взвилась, скорее, выше, и затягивает, слишком долго, долгое дыхание он дыхание долго жизнь, взмывает вверх, в сверкании, в языках огня, в короне, на эфирное лоно, ввысь, в высокое всеобщее свечение всюду, все взмывает все вокруг обо всем, бесконечностьконечностьконечность.

— *Ко мне!*

Сайопольд!

Свершил.

Давай. Хорошо спето. Все хлопали. Она непременно. Придет. Ко мне, к нему, к ней, к вам тоже, мне, нам.

— Браво! Хлопхлоп. Молодчага, Саймон. Хлопхлипклоп. Бис! Хлопхлюпхлоп. Прямо набат. Браво, Саймон! Хлопклопхлип. Бис! Бес! — сказали, кричали, хлопали все, Бен Доллард, Лидия Дус, Джордж Лидуэлл, Пат, Мина, два джентльмена с двумя бокалами, Каули, первый джент с бок и бронзовая мисс Дус и золотая мисс Мина.

Щегольские кожаные туфли Пламени Бойлана скрипели на полубара, см. выше. Бренча у памятников сэру Джону Грею, Горацию Однорукому Нельсону, преподобному отцу Теобальду Мэттью, как было только что указано выше. Галопом, на взводе, на солнце. *Cloche. Sonnez la. Cloche. Sonnez la.* Тише тянула кобыла вверх по склону у Ротонды, на площади Рутланда. Больно тихо для Бойлана, Пламени Бойлана, пламенное нетерпение погнало кобылу.

Зазвучье аккордов Каули рассосалось, скончалось в воздухе погустевшем. И Риччи Голдинг пил свой «Пауэр», и Леопольд Блюм свой сидр пил, Лидуэлл свой «Гиннес», второй джентльмен сказал: они бы попросили еще два бокала, если она не возражает. Мисс Кеннеди хмыльно размухнула коралловые уста первому, второму. Она не возражает.

— Семь суток в каталажке, — сказал Бен Доллард, — на хлебе и воде. Вот тогда запоешь щеглом.

Лионель Саймон, певец, смеялся. Отец Боб Каули играл. Мина Кеннеди разомбухнула. Второй джентльмен платил. Том Кернан павлином входил, Лидия, восхищая, восхищалась. Но Блюм пел нем.

Восхищаясь.

Риччи, восхищаясь, бесконтрольно воспевал его дивный голос. Он помнил один вечер, давным-давно. Не забуду тот вечер. Сай пел *Бывалоча, слава*, у Неда Ламберта, бывалоча. Господи Боже, никогда в жизни не слыхал он такого фа никогда в жизни тогда *изменница, давай расстанемся* так ясно и чисто Господи он никогда не слыхал *любви не выжить* такого звучного голоса спросите Ламберта он подтвердит.

Голдинг, румянец бьется на его бледном рассказал м-ру Блюму лице о вечере, когда Сай у Неда Ламберта, Дедалус в пивной, пел *Бывалоча, слава*. Он, м-р Блюм, внимал, пока он, Риччи Голдинг, рассказал ему, м-ру Блюму, о вечере, когда он, Риччи, внимал ему, Саю Дедалусу, певшему *Бывалоча, слава* в его, Неда Ламберта, пивной.

Свояки: родство. Мы никогда не заговариваем при встрече. Трещина в лютне, думаю. Презирает его. Смотри. Он еще пуще восхищается им. Вечера, когда Сай пел. Человеческий голос, две тонкие шелковистые связки. Восхитительно, превыше всего прочего. Голос был плач. Сейчас спокойней.

Только в тишине чувствуешь, что слышишь. Вибрации. Воздух стих.

Блюм расковал скрещенные руки и ватными пальцами перебрал жидкую жильную струнку. Она загудела, забренчала. Пока Голдинг говорил о голосе Барраклау, пока Том Кернан, взирая в прошлое в своего рода ретроспективном настрое, говорил с внимающим отцом Каули, который играл добровольца который кивал когда он играл. Пока Большой Бен Доллард говорил с закуривавшим Саймоном Дедалусом который слушал когда он курил который курил.

О утраченная. Все песни об этом. И вновь Блюм натянул свою струну. Жестоко кажется. Дать людям влюбиться, заманить их. Затем разлучить. Смерть. Взрыв. Бах по башке. Ковсемэточертям. Судьба человеческая. Дигнам. Их-х, крутится крысиный хвост! Пять шиллингов я дал. *Corpus Paradisum*[1]. Коростель кричит: брюхо как у отравленного пса. Сгинул. Они поют. Забыт. Я тоже. В один прекрасный день она с. Оставь ее: надоело. Тогда помучится. Заверещит. Большие испанистые глаза затаращатся в никуда. Ее вьювьювьюдлиньвьющиеся волосы не собраны в убо: ре.

Но когда слишком счастлив — скучно. Он натянул сильнее, сильнее. Ты несчастлив в своем? Бреньк. Она щелкнула. Бренчка на Дорсет-стрит. Мисс Дус отвела бархатной рукой, упрекая, довольна:

---

[1] Тело рая (*лат.*).

— И вполовину слишком жирно будет, — сказала она, — пока мы короче не познакомимся.

Джордж Лидуэлл сказал ей честно-благородно: но она не поверила. Первый джентльмен сказал Мине что так оно. Она спросила его неужто оно так. И второй бок сказал ей так. Что так оно.

Мисс Дус, мисс Лидия, не поверила: мисс Кеннеди, Мина, не поверила; Джордж Лидуэлл, нет: Мисс ду не по: первый, первый: джент с бок: верит нет, нет: не верит, мисс Кенн: Лидлидиауэлл: бок.

Лучше здесь и написать. Перья на почте изжеваны и мяты.

Потный Пат по знаку ошую стал. Пера и чернил. Пошел. Пресс. Пошел. Пресс-папье. Он слыхал, глухой Пат.

— Да, — сказал м-р Блюм, тоньше терзая витую струну. — Несомненно. Нескольких строк хватит. Мой подарок. Вся эта итальянская музыка такая цветистая. Кто сочинил это? Знаешь имя — лучше понимаешь. Вынуть лист бумаги, конверт; естественно, равнодушно. Это столь характерно.

— Какого числа опера? — Голдинг спросил.

— Не знаю, — сказал м-р Блюм.

Именно числа. Вся музыка, если призадуматься. Два умножить на два разделить пополам получится дважды один. Вибрации: вот что звуки. Один плюс два плюс шесть будет семь. Делай что хочешь, жонглируя числами. Всегда докажешь, что то равно этому, симметрия кладбищенской ограды. Он не замечает моего траура. Малодушие: о потрохе печется. Музматематика. А думаешь, что внимаешь музыке сфер. А если, предположим, сказать: Марта, шестью девять минус икс равно тридцати пяти тысячам. Получится довольно плоско. Это из-за звуков так.

К примеру, сейчас он наяривает, импровизирует. Может быть все что угодно, пока не услышишь слов. Приходится вслушиваться изо всех сил. Трудно. Поначалу в порядке, затем слышишь сбивается: теряешься чуток. Как в мешках через бочки, сквозь колючую проволоку: бег с препятствиями. Такт в куплетах — все. Смотря по настроению. Но всегда приятно послушать. Кроме гамм, когда девочки учатся. Две сразу, дверь в дверь. Изобрели б для этого муляж, ф-но без звуков. *Blumenlied* я купил ей. То же имя. Медленно играла это девчушка, вечером, когда я вернулся, девчушка. Двери конюшни на улице Сесилии. У Милли нет слуха. Странно, потому что у нас у обоих я имею в виду.

Глухой потный Пат принес довольно плоский пресс, поднос. Шут Пат тушь перо принес довольно плоский пресс папье. Пат убрат нож вилку блюдо тарелку. Пат обрат но ушел.

Только этот язык, м-р Дедалус сказал Бену. Он в детстве слыхал их в Колоколло, Крестпорт, Колоколло, распевающих свои баркаролы. В порту Куинстауна полно итальянских судов. Гуляют, сечешь, Бен, в лунном свету в своих землетрясных шляпах. Сливаются голоса. Боже, какая музыка, Бен. В детстве слыхал. Крест Колоколло порт лункаролы.

Кислую трубку отняв щитком ладонь у губ трубил лунсвет ночьзов зычный вблизи, зов вдали, отзыв.

Вниз по краю трубки «Фримэна» несся Блюмов сглаз, рыская, где это я видел. Каллан, Коулмэн, Дигнам Патрик. Эй-хо! Эй-эй! Фосет. Ага! Как раз увидел.

Надеюсь, что он не увидел, дошлая крыса. Он держал, расправив, свой «Фримэн». Сейчас не увидит. Не забыть писать е на греческий лад. Блюм макнул. Блю мур: Дорогой сэр. Дорогой Генри писал: Дорогая мэди. Ваш пись и цвет. Черт куда сунул? Эт карм или друг? Абс. невозмож. Подчеркнуть невозмож. Написать сегодня.

Скучища все. Скучая Блюм бубнил нежно я просто задумавшимися пальцами по плоскому прессу что Пат принес.

Валяй. Что я имею в виду. Нет, изменить хвостики е. Примите мой скромный подар прилаг. Попросить ее не отве. Стоп. Пять Диг. Здесь около двух. Пенни на чай. Илия гря. Семь для Дэйви Бирна. Около восьми. Скажем, полкроны. Мой скромный подар: почперевод на два с половиной. Напиши мне длинное. Ты презираешь? Бричка, торчит? В восторге. Почему ты назвала шалуном? Ты тоже шалишь? Ах, Мэри потеряла резинку от. Пока. Да, да, скажу тебе. Хочу. Чем удержать. Выбрать другой. Другой свет, написала она, вместо цвет. Мое терпение сякнет. Чем удержать. Вы должны поверить. Верьте. Круж. Это. Чистая. Правда.

Глупости что я пишу? Мужья не. Это от женитьбы, от жен. Потому что я не с. Положим. Но как? Ей надо. Молодится. Если она докопается. Карточка за лентой шля. Нет, не рассказывать. Лишь причинит муки. Что глаз не видит. Женщина. Два сапога пара.

Наемный экипаж номер триста двадцать четыре, кучер Бартон Джеймс, проживающий на авеню Гармонии, № 1, Доннибрук, в котором сидел пассажир, молодой человек, модно одетый в костюм фиолетового саржа, сшитый Джорджем Робертом Мессией̆сом, закройщиком и портным, Райская набережная, № 5, в шикарной шляпе, приобретенной у Джона Пласто, Б. Брунсвикская улица, шляпника. А? Это бренчка бренчит и бричкует. Яркими трубами Агендата у «Свинины» Длугача рысью пошла борзозадая кобыла.

— Ответ на объявление? — зоркого Риччи глаза спросили Блюма.

— Да, — сказал м-р Блюм. — Коммивояжер. Попусту, надо думать.

Блюм мурчал: характеристики. Но Генри писал: это заводит меня. Ты знаешь, как. В спешке. Генри. Греческие е. Стоит приписать P. S. Что он сейчас наигрывает? Импровизирует. Интермеццо. P. S. там пам пам. Как ты меня нак? Накажешь меня? Юбка сбилась хлопает, шлепнуть по. Скажи я хочу. Знать. О. Иначе бы не спрашивал. Ла ла ре. Тянется грустно минорно. Почему минор грустно? Подпись Г. Они любят грустный конец. P.P.S. Ла ла ла ре. Сегодня мне так грустно. Ла ре. Так одиноко. До. Он живо промокнул Патовой промокашкой. Конв. адрес. Просто выписать из газеты. Мурчал: Каллан, Колмэн и К°. Генри писал:

Мисс Марта Клиффорд
до востребования
почтамт,
Дельфинов переулок, Дублин

Промокнуть тем же местом, чтоб не смог прочесть. Вот так. Идея рассказа на конкурс. Детектив прочел на промокашке. Гонорар: гинея за столбец. Мэтчем часто вспоминал смеющуюся чаровницу. Бедная миссис Пьюрфой. Н.а. : на.

Слишком поэтично это насчет музыки. Музыка навеяла. Чары музыки, сказал Шекспир. Цитаты на каждый день в году. Быть или не быть. Мудрость на вес и поштучно.

В розовом саду Джерарда на Феттер-лэйн он гуляет, седина в каштане волос. Жизнь всего одна. Тело всего одно. Но не мешкай! Твори!

Вот и сделано. Купон почтперевода. Почта неподалеку. Пойти сейчас. Хватит. У Барни Кирнана я обещал встретиться с ними. Неприятное дельце. Дом скорби. Пойти. Пат! Не слышит. Глухая тетеря.

Коляска уже почти там. Говорит. Говорит. Пат! Не слышит. Складывает салфетки. Набегается, небось, за день. Пририсовать ему глаза-нос-рот на затылке, и его будет два. Что бы им еще не спеть. Все же отвлекает. Лысый Пат-половой конвертом складывал салфетки. Пат-половой, что туг на ухо. Пат — половой, что подает, пока поддаешь. Хе хе хе хе. Подает, пока поддаешь. Хе хе. Половой что. Хе хе хе хе. Подает пока поддаешь. Пока поддаешь если даешь, он подаст то, что даст. Хе хе хе хе. Ха. Официальный официант. Подает пока поддаешь.

Дус счас. Дус Лидия. Бронза и роза. Изумительно, просто изумительно провела она отпуск. И гляньте, какую чудную раковину она привезла.

К пределам бара к нему легко поднесла она колючий витой морской рог, чтоб он, Джордж Лидуэлл, поверенный, мог внять.

— Послушайте! — велела она.

Под джинного каления слова Тома Кернана аккомпанист легче плел звуки. Подлинный факт. Как Уолтер Банти утратил голос. Да, сэр, муж схватил его прямо за горло. *Негодяй*, сказал он, *больше ты у меня серенад не попоешь*. Да, сэр Том. Боб Каули плел. Тенорам бабы дос. Каули откинулся. Ах, сейчас он слышит, она прижала к его уху. Слушай! Он слышит. Чудесно. Она прижала к своему уху, и в процеженном свете бледное золото контрастом скользнуло. Чтоб слышать.

Тук.

Блюм сквозь дверь бара видел раковину, прижатую к их ушам. Он слышал невнятнее, чем они слышали, сперва прижимая себе, потом друг дружке, внимали плеску волн, громкому безмолвному гулу.

Бронза уставшего золота, вблизи, вдали, оне внимали. Ее ухо тоже раковина, мочка выглядывает. Была на пляже. Ах, эти красотки у моря. Так дубят кожу. Смазали бы кремом сперва чтоб загореть. Гренки с маслом. О и не забыть лосьон. Сыпь у рта.

Мне совсем вскружили. Волосами оплела: раковина и водоросли. Почему они прячут уши под водорослями волос? А турчанки рот, почему? Ее глаза под завесой, паранджой. Пробраться внутрь. В пещеру. Посторонним вход воспрещен. Море они думают они слышат. Пение. Гул. Это кровь. Гудит в ухе иногда. Что же, и это море. Лейкоцитовы острова.

И впрямь, чудесно. Так отчетливо. Снова. Джордж Лидуэлл прижал ее напев, внимая: затем положил ее бережно.

— О чем поют бурные волны? — спросил он ее, улыбнулся.

Чаруя безмолвной урыбкой, Лидия Лидуэллу улыбнулась.

Тук.

У Ларри О'Рурка, у Ларри, лихого Ларри О'Бойлан прянул и Бойлан свернул.

От позабытой ракушки мисс Мина скользнула к поджидавшему ее бокалу. Нет, она не томилась от одиночества, лукаво головка мисс Дус поведала м-ру Лидуэллу. Прогулки у моря в лунном свету. Нет, не в одиночестве. С кем? Она достойно ответила: с кавалером.

Мерцающие пальцы Боба Каули снова затерзали дискантом. У домохозяина преимущества. Отсрочку. Длинный Джон. Большой Бен. Легко он заиграл легкую звонкую ясную плясовую для легконогих дам, лукавых и улыбающихся, и их галантных кавалеров. Раз; раз, раз, раз: два, раз, три, четыре.

Море, ветер, листья, гром, воды, коровы мычат, конская ярмарка, петухи, куры не кукарекают, змеи шипят. Повсюду музыка. Дверь Ратледжа: скрипит и-и-и. Нет, это шум. Менуэт из «Дон Жуана» он сейчас играет. Придворные туалеты всех сортов в залах замка пляшут. Убожество. Крестьяне под стенами. Зеленые с голодухи лица, уминают лопухи. Как мило.

Гляди: гляди, гляди, гляди, гляди, гляди: гляди на нас.

Вот это радостная, я понимаю. Никогда не написал такого. Почему? Моя радость — другая радость. Но обе — радости. Да, несомненно, радость. Уже сама мудрость показывает, что ты. Часто думаешь, что она хандрит, пока не зачирикает. Тогда понимаешь.

Саквояж Мак-Коя. Моя супруга и ваша супруга. Кот верещит. Будто шелк рвут. Когда она говорит, будто меха хлопают. Не выдерживают паузы, как мужчины. В голосах у них тоже — пустоты. Заполни меня. Я тепла, темна, доступна. Молли в *quis est homo*: Меркаданте. Ухом к стене прислушиваюсь. Ищу бабу чтоб без булды.

Бряк бреньк бричка стала. Щегольская кожаная туфля щеголя Бойлана носки лазурные стрелки легко ступила на землю.

О глянь, мы такие! Камерная музыка. Мог бы скаламбурить. Вот о такой музыке думается, когда она. Акустика, вот что. Перезвон. От пустой бочки больше шуму. Вследствие акустики резонанс соответственно меняется, так как вес воды равен закону падающей воды. Как эти рапсодии Листа, венгерские, с цыганистыми глазами. Жемчуга. Капли. Дождь. Тра ля ли ли лю лю. Пссс. Сейчас. Может быть, сейчас. Прежде.

Кто-то стукнул в дверь, кто-то трахнул трах, Пауль Ван Хер трахнул в дверь зычным торчащим молотком петухом охеревшим кукареком кукукарекком. Кракрак.

Тук.

— *Qui sdegno*[1], Бен, — сказал отец Каули.

— Нет, Бен, — Том Кернан вмешался. — «Паренька-стригунка», напев родимых гор.

— Ага, давай, Бен, — м-р Дедалус сказал. — Народ честной.

— Давая, давай, — они умоляли разом.

Пойду. Сюда, Пат, вернись. Поди сюда. Пришел, пришел, не мешкал, пришел, ко мне. Сколько?

— В каком ключе?

— Фа-диез-мажор, — Бен Доллард сказал.

Выпущенные когти Боба Каули терзали черные глухозвучные струны.

Надо идти принц Блюм сказал Риччи принцу. Нет, Риччи сказал. Да, надо. Деньги раздобыл. Пустился во все тяжкие. Лько? Слуховидит губоречь. Один и девять. Пенни возьмите себе. Вот. Дай ему два пенса на чай. Глухой, вспотевший. Но, может, и у него жена, семья, ждут, пока жаждущий Патти не придет домой. Хе хе хе хе. Глухарь жаждет, пока они ждут.

Жди. Внемли. Звуки мрак. Заупокойкойкойные. Низкие. В пещере во мраке средиземья. Вкрапления руды. Музамородки.

Голос мрачной поры, нелюбви, земной тяготы, гробовой, степенный, спустился, полон боли, пришел издалека, с косматых

---

[1] *Здесь*: возмущенье (*итал.*).

гор, воззвал к честному народу. Духовника зовет он, ему расскажет все.

Тук.

Голос Бена Долларда барантон. Дует, что есть мочи, скажем. Клик обожженных, безлюдных, безлунных, безжённых болот. Крах. Поставщиком товаров для судов был он когда-то. Помню: смоленые канаты, корабельные фонари. Залетел на десять тысяч фунтов. Сейчас в коммуналке Гиннеса. Каморка номер такой-то. Номер Один «Басе» довел его.

Священник у себя. Служка лжепопа зовет его войти. Входи. Святой отец. Витые завитушки аккордов.

Губят людей. Жизни рушат. Затем строят им каморки век доживать. Баю-бай. Ляг, усни. Ляг, дог. Дог сдох.

Тревожный глас торжественной тревоги поведал им, что юноша вступил в безлюдный зал, поведал им, как торжественно звенела его поступь, поведал им об угрюмом покое, о духовнике в рясе.

Добрый малый. Чуток рехнулся. Думает, что разгадал ребус поэтов в «Разгадке». Мы вручаем вам хрустящую ассигнацию. Птица на яйцах в гнезде. Слово о последнем менестреле, он думал это. Ка пробел тэ домашнее животное. Бэ черта гэ бесстрашный мореплаватель. Хороший голос у него все же. Еще не евнух со всеми своими причиндалами.

Чу. Блюм слушал. Риччи Голдинг слушал. И у дверей глухой Пат, потный Пат, очаёванный Пат зачарованно слушал.

Аккорды долдонили медленнее.

Зов кручины и угрызенья возник, медленный, вычурный, трепетный. Покаянная борода Бена исповедалась: *In nomine Domini*, во имя Господа. Он преклонил колена. Он ударил себя в грудь, каясь: *mea culpa*[1].

Снова латынь. Держит их, как деготь птичку. Поп с причастием, *corpus Christi*[2], для баб. Мужик в морге, гроб или гриб, корпусимени. Интересно, где сейчас эта крыса. Скребется.

Тук.

Они слушали: бокалы и мисс Кеннеди, Джордж Лидуэлл дуэлли звуков веком внемля, полногрудый бархат, Кернан, Сай.

Саданул сиротливо горестный глас. Грехи его. С Пасхи трижды сквернословил. Ты сучий выб. Вместо мессы пошел играть. Однажды мимо погоста прошел и за матери упокой не помолился. Паренек. Стриженый паренек. Паренек-стригунок.

Бронза, внемля у пивнасоса, взор вперила вдаль. Задушевно. И невдомек что я. Молли большой спец заметить если секут.

---

[1] Во имя Господа... моя вина (*лат.*).
[2] Тело Христово (*лат.*).

Бронза вперила взор вдаль, вбок. Зеркало там. Это выигрышная поза? Они всегда знают. Стук в дверь. Последний шанс прихорошиться.

Кукхеррекуку.

Что они думают, когда слушают музыку? Так ловят гремучих змей. Вечер, когда Майкл Ганн дал нам ложу. Настройка. Персидскому шаху это больше всего полюбилось. Напомнило о доме, милом доме. Высморкался в штору, вдобавок. Обычай у них такой, может. И это музыка. Не так худо, как слышится. Труби, трубадур. Хочешь, в медный хобот дуй, все равно. Контрабасам не дать контры, бока расфалованы. Гобои мычат коровами. Рояль разинутым крокодилом чаррры музыки. Гобой рифмуется с тобой.

Она выглядела классно. Свое шафранное платье она надела, с декольте, буфера все на виду. Гвоздикой ее дыханье было всегда в театре, когда наклонялась спросить. Рассказал ей, что говорил Спиноза в книге у папы. Бедняга! Загипнотизирована, слушала. Глазищи вот такие. Склонилась. Чувак из бельэтажа пялился на нее в бинокль что было мочи. Красу музыки нужно слушать дважды. Природа женщина полвзгляда. Господь сотворил мир, человек — ритм. Мадам всех коз. Философия. Ко всем камням!

Все кануло. Все сгинули. При осаде Росса отец его, у Гори все братья пали. К Уэксфорду, мы ребята из Уэксфорда, он спешит. Последний в своем роду-племени.

Я тоже последний в своем роду. Милли молодой студент. Может, моя вина. Нет сына. Руди. Сейчас уже поздно. Или не? Если не? Если все еще?

Злобы не ведал он.

Злоба. Любовь. Слова. Руди. Скоро я старый.

Большой Бен голос развернул вовсю. Мощный голос, Риччи Голдинг сказал, румянец бьется на его бледном, Блюму, скоро старому, но когда был молод.

Сейчас пора Ирландии. Моя страна превыше короля. Она слушает. Кто боится говорить о тысяча девятьсот четвертом? Пора отваливать. Нагляделся.

— *Благослови меня, отче*, — Доллард-стригунок возрыдал. — *Благослови меня в путь.*

Тук.

Блюм смотрел, не благословенный в путь. Разят наповал: на восемнадцать шиллингов в неделю. Мужики ужо раскошелятся. Как ракушку вычистят. Не дремли, капитан. Ах, эти красотки на взморье. У печальных волн морских. Роман хористки. Письма зачитывают за нарушение обещания. Цыпленочку от ее Пупсика. Смех в зале суда. Генри. Я никогда не подписывался. Красивое имя у тебя.

Глубже тонула музыка, голос и слова. Затем ускорилась. Лжепоп прянул солдатом из сутаны. Кавалергард. Они знают ее наизусть. Им бы потрепетать. Кавалер.

Тук. Тук.

Трепеща, она внимала, склонясь в сочувствии, чтоб слышать.

Пустое лицо. Целка, надо думать: или только фалованная. Написать на нем: пустой лист. Если не, что станет с ними. Упадок, отчаяние. Сохраняет им молодость. Даже восхищаются собой. Смотри. Играй на ней. Дуй ей в губы. Тело белой женщины, живая флейта. Дуди нежнее. Громче. Три дыры все бабы. Богини я не разглядел. Этого им хочется: не слишком церемониться. Поэтому ему они и обламываются. Наглость города берет, мошна силу ломит. Взгляд на взгляд: песня без слов. Молли шарманщика. Она поняла он сказал, что обезьянка больна. Или потому что похоже на испанский. Животных тоже можно понять. Соломон понимал. Природный талант.

Чревовещает. Мои уста закрыты. Думай живот. Что?

Хочешь? Ты? Я. Хочу. Тебя.

С грубой яростью хрипло ругнулся кавалергард. Раздулся, как апоплексический, сучий выблядок. Хорошая была мысль, паренек, прийти сюда. Час тебе осталось жить, твой последний.

Тук. Тук.

Сейчас трепет. Жалость они чувствуют. Смахнуть слезу о мучениках. О всех умирающих, хотящих, прям помирающих умереть. Участь всех рожденных. Бедная миссис Пюрфой. Надеюсь, что разродилась. Женское лоно потому. Влага женского лона глаз зрел из-под забора ресниц, спокойно, внимая. Смотри подлинная красота глаза когда не говорит. На дальней реке. Медленно, бархатно бьются бюста волны (бьется ее пыш), рост дают алой розе, топят алую розу. Сердца удары ее дых: дых есть жизнь. Гори цветом, девичья краса.

Но смотри. Ясные звезды меркнут. О роза! Кастилии. Заря. Ха. Лидуэлл. Для него значит не для. Обворожен. Мне нравится это? И отсюда ее видно. Плески пивной пены, штабеля стеклотары, выштопоренные пробки.

На гладкий торчок пивнасоса положила ладонь Лидия, легко, пухло, к рукам не липнет. Вся охвачена жалостью к стригунку. Туда, сюда: сюда, туда: блестящую головку (она знает его глаза, мои глаза, ее глаза) с жалостью охватили ее пальчики: схватили, захватили и, нежно касаясь, так медленно и плавно заскользили вниз, твердый прохладный белый фарфоровый дрын заторчал в их скользящем кольце.

Торчащим молотком петухом.

Тук. Тук. Тук.

Этот дом я считаю. Аминь. Он яростно заскрежетал зубами. Изменников вешают.

Аккорды согласились. Очень грустная штука. Но неизбежная.

Выйти, пока не окончилось. Спасибо, это было божественное. Где моя шляпа. Зайти к ней по пути. Можно оставить «Фримэн» здесь. Письмо у меня. А если она за? Нет. Топай, топай, топай. Как Кашелл Бойло Коикоро Койло Тисдалл Морис Тисвзялл Фарелл, тоооооопай.

Ну, мне пора. Уже уходите? Мнпрапока. Блмвстл. Плюмажем во ржи. Блюм встал. Ох. Как от мыла прилипли к заду. Вспотел небось: музыка. Лосьон, не забыть. Ну пока. Цилиндр. Карточка внутри, да.

Мимо глухого Пата в проходе, ухом прядавшего, Блюм прошел.

У Женевских казарм погиб паренек, в Пассаже лежит его тело. Дольная доля! Доли Долорес! Панихидный глас оплакал его дольоресную долю.

Мимо розы, мимо бархатного бюста, мимо ласкавшей руки, мимо помоев, мимо стеклотары, мимо выштопоренных пробок, привечая на ходу, мимо глаз и девичьей красы, бронзы и тусклого золота в глумортени шел Блюм, нежный Блюм, мне так одиноко Блюм.

Тук. Тук. Тук.

Молитесь за него, молил бас Долларда. Вы, внимавшие покойно. О покойнике вздох, уроните слезу, народ честной, народ честной. Он был паренек-стригунок.

Вспугнув ухом к двери припавшего полового стригунка-паренька Блюм в фойе отеля «Ормонд» слышал рев и вопли браво, жирных спин шлепки, топ сапог по полу, полу не половому. Общим хором живей пойлом запить. Хорошо, что успел смыться.

— Брось, Бен, — Саймон Дедалус сказал. — Ей-Богу, не хуже, чем когда-либо.

— Лучше, — сказал Томджин Кернан. — Подлинно пронизывающее исполнение баллады, клянусь душой и честью.

— Лаблаш, — сказал отец Каули.

Бен Доллард грузно грочечет к бару, осанну пожал и все розово, тяжкой поступью стопы, подагристые пальцы щелкают кастаньетами в воздухе. Большой Бен Доллард. Биг Бен. Биг Бенбен.

Ррр.

И глуботронуты все, Саймон трубит сострадань сиреной носа, все смеясь явили народу Бена Долларда дружными звонкими кликами.

— Заалел, — сказал Джордж Лидуэлл.

Мисс Дус розу уложила официальней.

— *Machree* Бен, — сказал м-р Дедалус, хлопая Бена жирную спинную лопатку. Здоров, как бык, только жировым слоем обложился со всех сторон.

Ррррресс.

— Смертный жир, Саймон, — Бен Доллард прохрипел. Риччи трещина в лютне одиноко сидел: Голдинг, Коллинс, Уорд. Неуверенно он ждал. Неплаченный Пат тож.

Тук. Тук. Тук. Тук.

Мисс Мина Кеннеди приблизила уста к уху первого бокала.

— М-р Доллард, — они мурчали тихо.

— Доллард, — мурчал бокал.

Первый бок верил: мисс Кеннеди что она: что долл он был: ей доллар: бок.

Он мурчал что он знал имя. То есть знакомо ему это имя. То есть он слыхал имя Доллард, не так ли? Да, Доллард.

Да, ее уста сказали громче, м-р Доллард. Он чудесно спел эту песню, мурчала Мина. И *Последняя роза лета* — чудесная песня. Мина любила эту песню. Бокал любил песню которую Мина.

Последнюю розу доллета покинув Блюм чуял газы крутят вертят в нутре.

Пучит от сидра: и крепит. Погоди. Почта рядом с Рувеном Дж. шиллинг и восемь пенсов должок. Разделаться. Прошмыгнуть по Греческой улице. Жаль, что обещал прийти. Вольнее на воздухе. Музыка. Влияет на нервы. Пивнасос. Рука, что качает колыбель, правит. Бен Хаут. Правит миром.

Даль. Даль. Даль. Даль.

Тук. Тук. Тук. Тук.

По причалу ступал Лионеллеопольд, проказник Генри с письмом для Мэди, со сладостью греха с оборками для Рауля с мадам всех коз шел себе Польди.

Тук слепец шел стуча посохом по обочине постуком тук тук.

Каули он ошарашивает себя этим: вроде пьянства. Лучше не стоять на пути, на полпути, пути мужа к сердцу девы. К примеру энтузиасты. Одни уши. Не пропустить бы завитушки скрипичного ключа. Глаза закрыты. Голова кивает в такт. Тронутые. Не смей шелохнуться. Думать строго воспрещается. Все беседы на тему. Трулюлюкают о трелях.

Все вроде попытки заговорить. Неприятно, когда кончается, потому что никогда не знаешь точно. Орган на улице Гардинера. Старый Глинн полста фунтов в год. Странно там на верхотуре наедине с регистрами, педалями, клавишами, копулами. Сидит весь день у органа. Бахает часами, говорит сам с собой или с меходуем. Хрипит сердито, затем визг проклятий (надо бы ваты или чего заткнуть ему нет не надо вскричала она), затем нежданно нежно негаданно маахонький маахонький пууу порыв.

Пуук! Маахонький порыв пугачом пук. В маахонькой блюмовой.

— Он? — м-р Дедалус сказал, вернувшись с трубкой. — Мы с ним были поутру у бедняги Падди Дигнама...

— Господи, помилуй душу его.

609

— К слову, здесь камертон лежит на...

Тук. Тук. Тук. Тук.

— У жены его чудный голос. Был, по крайней мере. Что? — Лидуэлл спросил.

— О, это, наверное, настройщик, — Лидия сказала Саймонлионелю, — первый раз я увидела, позабыл его, когда был здесь.

Слепой он был она сказала Джорджу Лидуэллу два я увидел. И играл так восхитительно. Восхитительный контраст; бронзалид златомин.

— Кричи! — Бен Доллард кричал, наливая. — Во весь голос!

— 'лльдо! — крикнул отец Каули.

Рррррр.

Кажется, мне нужно...

Тук. Тук. Тук. Тук. Тук.

— Очень, — м-р Дедалус сказал, пристально уставясь на обезглавленную сардинку.

Под колпаком лежала на блюде одинокая, последняя сардинка лета. Одиноким блюднем.

— Очень, — уставился он. — Например, нижний регистр.

Тук. Тук. Тук. Тук. Тук. Тук. Тук. Тук.

Блюм шел мимо конторы Барри. Припирает. Потерпи. Пурген если б был. Двадцать четыре адвоката под одной крышей. Вчинить иск. Любите друг друга. Вороха грамот. Г-дам адвокатам Шкуро и Дёру предоставляются полномочия. Голдинг, Коллинс, Уорд.

Но, например, лабух бацает на барабане. Призвание: играть в оркестре Микки Руни. Интересно, как ему это втемяшилось. Сидит дома после свинины с капустой и вынашивает в себе. Репетирует свою роль. Бум. Бумбум. Клёво его жене. Ослиные шкуры. Лупят их при жизни, бацают по смерти. Бум. Бац. Видимо то что называется яшмак то бишь кисмет. Судьбина.

Тук. Тук. Подросток, слепец с посохом, пришел постуктуктукивая под окно Дэйли, где дева моря, волосы разметаны (но он не мог увидеть) дымила девой моря (слепой не мог) девой моря с ее прохладным дымком.

Инструменты. Травинка, ее ладони раковиной, и дуй. Даже расческа и туалетная бумага — можно из них выбить мотив. Молли в своем балахоне, на Западной Ломбардной, волосы распущены. Я думаю, в каждом промысле свои, понимаете? У охотника — рог. Ха. Заторчал? *Cloche. Sonnez la!* У пастуха дуда. У полицейского свисток. Прочищай! Шестнадцать ноль-ноль все в порядке! Отбой! Теперь все потеряно. Барабан? Бумбум. Погоди, я знаю. Городской глашатай, пристав на посылках. Длинный Джон. И мертвого разбудит. Бум. Дигнам. Бедняга именедомине. Бум. Это музыка, я имею в виду это все бум бум бум, в общем, то, что зовут *da capo*[1] — сначала. Все же можно услышать. Выступаем мы в поход, мы в поход, мы в поход. Бум.

Прямо позарез. Ффф. Ну а если бы я так на банкете? Всего лишь обычай шах персидский. Выдохнуть мольбу, уронить слезу. И все же надо быть с рождения того, чтоб не понять, что это кавалергард. Весь укутан. Интересно, кто был этот мужик у могилы в коричневом макин. О, местная шлюха!

Потрепанная шлюха в черной соломенной панамке набекрень шла стекленясь на свету вдоль по причалу в направлении м-ра Блюма. Раз он увидел этот чарующий облик. Да, так. Мне так одиноко. Дождливой ночью в переулке. Рог. У кого за? Огого. У него. Сбилась с маршрута. Что она? Надеюсь, не. Псст! Стирочку для вас. Узнала Молли. Просекла меня. Дородная дама эдакая была с вами в коричневом; костюме. Сразу отбило охоту. Договорились о встрече. Зная, что мы никогда, ну почти никогда. Слишком низко, слишком близко к дому, милому дому. Заметила меня, а? Ну и страхолюдина на свету. Рожа как решето. К черту ее! Ну ладно, и ей жить как-то надо. Отвернусь-ка я.

В витрине антиквариата Лионеля Маркса гордый Генри Лионель Леопольд милый Генри Флауэр искренне ваш м-р Леопольд Блюм узрел канделябр мелодион сочится червивыми мехами. Цена снижена: шесть шиллингов. Можно научиться играть. За бесценок. Пусть только пройдет. Конечно, все дорого, если не нужно. Тем-то продавец и ценен. Всучит то, что хочет продать. Цирюльник продал мне шведскую бритву, которой брил меня. Хотел еще накинуть за сточенность. Сейчас она проходит. Шесть шиллингов.

Наверное, сидр, или, может, бургундское.

Близ бронзы вблизи, близ злата вдали чокнулись звенящими бокалами все доблестные и ясноглазые, пред бронзы Лидии искусом последней розы лета, розы Кастилии. Прима Лид, Де, Кау, Кер, Долл, квинта: Лидуэлл, Сай Дедалус, Боб Каули, Кернан и Биг Бен Доллард.

Тук. Юноша вступил в безлюдный зал «Ормонда». Блюм созерцал доблестного нарисованного героя в витрине Лионеля Маркса. Последние слова Роберта Эммета. Последние семь слов. Мейербер написал.

— И честной люд, как один

— Браво, Бен!

— Подымет с нами свой бокал.

Они подняли.

Чинк. Чунк.

Тук. Невидящий подросток стоял в дверях. Он бронзы не ви-

---

[1] Повторить сначала (*итал.*).

дел. Он злата не видел. Ни Бена, ни Боба, ни Тома, ни Сая, ни Джорджа, ни боков, ни Риччи, ни Пата. Огого. Нет у него. Сольблюм, сальсольблюм оглядывал последние слова. Тихонько.
Когда моя страна займет свое место среди

Пррпрр.

Должно быть бур.

Ффф. Уу. Ррпр.

Народов мира. Ни души позади. Она прошла. Тогда и только тогда. Трамвай. Кран, кран, кран. Вот и случай пред. Подходит. Крандлькранкран. Конечно, это бургундское. Да. Раз, два. *Пусть напишут мою.* Каракаракаракаракаракаракара. *Эпитафию. Я.*

Ппррпффрршшффф.

Свершил.

ДЖАКОМО ДЖОЙС

Кто? Бледное лицо в ореоле пахучих мехов. Движения ее застенчивы и нервны. Она смотрит в лорнет.

Да: вздох. Смех. Взлет ресниц.

Паутинный почерк, удлиненные и изящные буквы, надменные и покорные: знатная молодая особа.

Я вздымаюсь на легкой волне ученой речи: Сведенборг[1], псевдо-Ареопагит[2], Мигель де Молинос[3], Иоахим Аббас[4]. Волна откатила. Ее классная подруга, извиваясь змеиным телом, мурлычет на бескостном венско-итальянском. *Che coltura!*[5] Длинные ресницы взлетают: жгучее острие иглы в бархате глаз жалит и дрожит.

Высокие каблучки пусто постукивают по гулким каменным ступенькам. Холод в замке, вздернутые кольчуги, грубые железные фонари над извивами витых башенных лестниц. Быстро постукивающие каблучки, звонкий и пустой звук. Там, внизу, кто-то хочет поговорить с вашей милостью.

Она никогда не сморкается. Форма речи: малым сказать многое.

Выточенная и вызревшая: выточенная резцом внутрисемейных браков, вызревшая в оранжерейной уединенности своего народа. Молочное марево над рисовым полем вблизи Верчелли. Опущен-

---

[1] Эммануэль Сведенборг (1688—1772) — шведский ученый-натуралист, мистик, теософ.

[2] Псевдо-Ареопагит — имеется в виду первый афинский епископ Дионисий Ареопагит.

[3] Мигель де Молинос (1628—1696) — испанский мистик и аскет, основоположник квиетизма.

[4] Иоахим Аббас (1145—1202) — итальянский теолог.

[5] Какая культура! (*итал.*)

ные крылья шляпы затеняют лживую улыбку. Тени бегут по лживой улыбке, по лицу, опаленному горячим молочным светом, сизые, цвета сыворотки тени под скулами, желточно-желтые тени на влажном лбу, прогоркло-желчная усмешка в сощуренных глазах.

Цветок, что она подарила моей дочери. Хрупкий подарок, хрупкая дарительница, хрупкий прозрачный ребенок.

Падуя далеко за морем. Покой середины пути, ночь, мрак истории дремлет под луной на *Piazza delle Erbe*[1]. Город спит. В подворотнях темных улиц у реки — глаза распутниц вылавливают прелюбодеев. *Cinque servizi per cinque franchi*[2]. Темная волна чувства, еще и еще и еще.

> *Глаза мои во тьме не видят, глаза не видят,*
> *Глаза во тьме не видят ничего, любовь моя.*

Еще. Не надо больше. Темная любовь, темное томление. Не надо больше. Тьма.

Темнеет. Она идет через *piazza*. Серый вечер спускается на безбрежные шалфейно-зеленые пастбища, молча разливая сумерки и росу. Она следует за матерью угловато-грациозная, кобылица ведет кобылочку. Из серых сумерек медленно выплывают тонкие и изящные бедра, нежная гибкая худенькая шея, изящная и точеная головка. Вечер, покой, тайна........ Эгей! Конюх! Эге-гей!

---

[1] Пьяцца дель Эрбе — рыночная площадь в Падуе.
[2] Пять услуг за пять франков (*итал.*).

Папаша и девочки несутся по склону верхом на санках: султан и его гарем. Низко надвинутые шапки и наглухо застегнутые куртки, пригревшийся на ноге язычок ботинка туго перетянут накрест шнурком, коротенькая юбка натянута на круглые чашечки колен. Белоснежная вспышка: пушинка, снежинка:

> *Когда она вновь выйдет на прогулку,*
> *Смогу ли там ее я лицезреть![1]*

Выбегаю из табачной лавки и зову ее. Она останавливается и слушает мои сбивчивые слова об уроках, часах, уроках, часах: и постепенно румянец заливает ее бледные щеки. Нет, нет, не бойтесь!

Mio padre[2]: в самых простых поступках она необычна. *Unde derivatur? Mia figlia ha una grandissima ammirazione per il suo maestro inglese*[3]. Лицо пожилого мужчины, красивое, румяное, с длинными белыми бакенбардами, еврейское лицо поворачивается ко мне, когда мы вместе спускаемся по горному склону. О! Прекрасно сказано: обходительность, доброта, любознательность, прямота, подозрительность, естественность, старческая немощь, высокомерие, откровенность, воспитанность, простодушие, осторожность, страстность, сострадание: прекрасная смесь. Игнатий Лойола[4], ну где же ты!

Сердце томится и тоскует. Крестный путь любви?

---

[1] Слегка измененные строчки из стихотворения английского поэта-сентименталиста Уильяма Купера (1731—1800) «Джон Гилпин».

[2] Отец мой (*итал.*).

[3] Откуда бы это? (*лат.*) Дочь моя восторгается своим учителем английского языка (*итал.*).

[4] См. сноску на стр. 112.

Тонкие томные тайные уста: темнокровные моллюски.

Из ночи и ненастья я смотрю туда, на холм, окутанный туманами. Туман повис на унылых деревьях. Свет в спальне. Она собирается в театр. Призраки в зеркале..... Свечи! Свечи!

Моя милая. В полночь, после концерта, поднимаясь по улице Сан-Микеле[1], ласково нашептываю эти слова. Перестань, Джеймси! Не ты ли, бродя по ночным дублинским улицам, страстно шептал другое имя?

Трупы евреев лежат вокруг, гниют в земле своего священного поля[2]..... Здесь могила ее сородичей, черная плита, безнадежное безмолвие. Меня привел сюда прыщавый Мейсел. Он там за деревьями стоит с покрытой головой у могилы жены, покончившей с собой, и все удивляется, как женщина, которая спала в его постели, могла прийти к такому концу[3]... Могила ее сородичей и ее могила: черная плита, безнадежное безмолвие: один шаг. Не умирай!

Она поднимает руки, пытаясь застегнуть сзади черное кисейное платье. Она не может: нет, не может. Она молча пятится ко мне. Я поднимаю руки, чтобы помочь: ее руки падают. Я держу нежные, как паутинка, края платья и, застегивая его, вижу сквозь прорезь черной кисеи гибкое тело в оранжевой рубашке. Бретельки скользят по плечам, рубашка медленно падает: гибкое гладкое голое тело мерцает серебристой чешуей. Рубашка скользит по изящным из гладкого, отшлифованного серебра ягодицам и по бороздке — тускло-серебряная тень... Пальцы холодные легкие ласковые..... Прикосновение, прикосновение.

---

[1] На улице Сан-Микеле в Триесте жила Амалия Поппер.

[2] Имеется в виду еврейское кладбище (Cimitero israelitico) в Триесте.

[3] Жена некоего Филиппо Мейсела, Ада Хирш Мейсел, покончила жизнь самоубийством 20 октября 1911 г.

Безумное беспомощное слабое дыхание. А ты нагнись и внемли: голос. Воробей под колесницей Джаггернаута[1] взывает к владыке мира. Прошу тебя, господин Бог, добрый господин Бог! Прощай, большой мир!.... *Aber das ist eine Schweinerei!*[2].

Огромные банты на изящных бальных туфельках: шпоры изнеженной птицы.

Дама идет быстро, быстро, быстро... Чистый воздух на горной дороге. Хмуро просыпается Триест: хмурый солнечный свет на беспорядочно теснящихся крышах, крытых коричневой черепицей черепахоподобных; толпы пустых болтунов в ожидании национального освобождения. Красавчик встает с постели жены любовника своей жены; темно-синие свирепые глаза хозяйки сверкают, она суетится, снует по дому, сжав в руке стакан уксусной кислоты..... Чистый воздух и тишина на горной дороге, топот копыт. Юная всадница. Гедда! Гедда Габлер![3]

Торговцы раскладывают на своих алтарях юные плоды: зеленовато-желтые лимоны, рубиновые вишни, поруганные персики с оборванными листьями. Карета проезжает сквозь ряды, спицы колес ослепительно сверкают. Дорогу! В карете ее отец со своим сыном. У них глаза совиные и мудрость совиная. Совиная мудрость в глазах, они толкуют свое учение *Summa contra gentiles*[4].

Она считает, что итальянские джентльмены поделом выдворили Этторе Альбини, критика «Secolo»[5], из партера за то, что тот

---

[1] Джаггернаут, или, правильнее, Джаганнатха («владыка мира»), в индуистской мифологии особая форма Вишну-Кришны.

[2] Ведь это же свинство! (*нем.*)

[3] Гедда Габлер — героиня одноименной пьесы Генрика Ибсена.

[4] Сумма против язычников (*лат.*).

[5] Джойс ошибочно называет Этторе Альбини (1869—1954) критиком ежедневной газеты «Секоло»; он постоянно писал для римской социалистической газеты «Аванти!».

не встал, когда оркестр заиграл Королевский гимн. Об этом говорили за ужином. Еще бы! Свою страну любишь, когда знаешь, какая это страна!

Она внемлет: дева весьма благоразумная.

Юбка, приподнятая быстрым движением колена; белое кружево — кайма нижней юбки, приподнятой выше дозволенного; тончайшая паутина чулка. *Si pol?*[1]

Тихо наигрываю, напевая томную песенку Джона Дауленда[2]. *Горечь разлуки*: мне тоже горько расставаться. Тот век предо мной. Глаза распахиваются из тьмы желания, затмевают зарю, их мерцающий блеск — блеск нечистот в сточной канаве перед дворцом слюнтяя Джеймса. Вина янтарные, замирают напевы нежных мелодий, гордая павана, уступчивые знатные дамы в лоджиях, манящие уста, загнившие сифилисные девки, юные жены в объятиях своих соблазнителей, тела, тела.

В пелене сырого весеннего утра над утренним Парижем плывет слабый запах: анис, влажные опилки, горячий хлебный мякиш: и когда я перехожу мост Сен-Мишель, синевато-стальная вешняя вода леденит сердце мое. Она плещется и ласкается к острову, на котором живут люди со времен каменного века..... Ржавый мрак в огромном храме с мерзкой лепниной. Холодно, как в то утро: *quia frigas erat*[3]. Там, на ступенях главного придела, обнаженные, словно тело Господне, простерты в тихой молитве священнослужители. Невидимый голос парит, читая нараспев из Осии. *Haec dicit Dominus: in tribulatione sua mane consurgent ad me. Venite et revertamur ad Dominum*[4]... Она стоит рядом со мной, блед-

---

[1] Прав. «Si puo?» — «Позвольте» (*итал.*); начало пролога к опере Э. Леонкавалло «Паяцы» (1892).

[2] Джон Дауленд (1563?—1626) — английский лютнист и композитор.

[3] Потому что было холодно (*лат.*).

[4] «В скорби своей они с раннего утра будут искать Меня и говорить: «пойдем и возвратимся к Господу...» (Осия, 6: 1).

ная и озябшая, окутанная тенями темного как грех нефа, тонкий локоть ее возле моей руки. Ее тело еще помнит трепет того сырого, затянутого туманом утра, торопливые факелы, жестокие глаза. Ее душа полна печали, она дрожит и вот-вот заплачет. Не плачь по мне, о дщерь Иерусалимская!

Я растолковываю Шекспира понятливому Триесту: Гамлет, вещаю я, который изысканно вежлив со знатными и простолюдинами, груб только с Полонием. Разуверившийся идеалист, он, возможно, видит в родителях своей возлюбленной лишь жалкую попытку природы воспроизвести ее образ.. .... Неужели не замечали?

Она идет впереди меня по коридору, и медленно рассыпается темный узел волос. Медленный водопад волос. Она чиста и идет впереди, простая и гордая. Так шла она у Данте, простая и гордая, и так, не запятнанная кровью и насилием, дочь Ченчи, Беатриче[1], шла к своей смерти:

.......Мне
Пояс затяни и завяжи мне волосы
В простой, обычный узел.

Горничная говорит, что ее пришлось немедленно отвести в больницу, *poveretta*, что она очень, очень страдала, *poveretta*, это очень серьезно...... Я ухожу из ее опустевшего дома. Слезы подступают к горлу. Нет! Этого не может быть, так сразу, ни слова, ни взгляда. Нет, нет! Мое дурацкое счастье не подведет меня!

Оперировали. Нож хирурга проник в ее внутренности и отдернулся, оставив свежую рваную рану в ее животе. Я вижу глубокие темные страдальческие глаза, красивые, как глаза антилопы. Страшная рана! Похотливый Бог!

И снова в своем кресле у окна, счастливые слова на устах, счастливый смех. Птичка щебечет после бури, счастлива, глу-

---

[1] Героиня пьесы Шелли «Ченчи» (1819).

пенькая, что упорхнула из когтей припадочного владыки и жизнедавца, щебечет счастливо, щебечет и счастливо чирикает.

Она говорит, что, будь «Портрет художника» откровенен лишь ради откровенности, она спросила бы, почему я дал ей прочесть его. Конечно, вы спросили бы! Дама ученая.

Вся в черном — у телефона. Робкий смех, слезы, робкие гаснущие слова... *Palrerò colla mamma*[1]... Цып, цып! Цып, цып! Черная курочка-молодка испугалась: семенит, останавливается, всхлипывает: где мама, дородная курица.

Галерка в опере. Стены в подтеках сочатся испарениями. Бесформенная груда тел сливается в симфонии запахов: кислая вонь подмышек, высосанные апельсины, затхлые притирания, едкая моча, серное дыхание чесночных ужинов, газы, пряные духи, наглый пот созревших для замужества и замужних женщин, вонь мужчин...... Весь вечер я смотрел на нее, всю ночь я буду видеть ее: высокая прическа, и оливковое овальное лицо, и бесстрастные бархатные глаза. Зеленая лента в волосах и вышитое зеленой нитью платье: цвет надежды плодородия пышной травы, этих могильных волос.

Мои мольбы: холодные гладкие камни, погружающиеся в омут.

Эти бледные бесстрастные пальцы касались страниц, отвратительных и прекрасных, на которых позор мой будет гореть вечно. Бледные бесстрастные непорочные пальцы. Неужто они никогда не грешили?

---

[1] Поговори с мамой (*итал.*).

Тело ее не пахнет: цветок без запаха.

Лестница. Холодная хрупкая рука: робость, молчание: темные, полные истомы глаза: тоска.

Кольца серого пара над пустошью. Лицо ее, такое мертвое и мрачное! Влажные спутанные волосы. Ее губы нежно прижимаются, я чувствую, как она вздыхает. Поцеловала.

Голос мой тонет в эхе слов, так тонул в отдающихся эхом холмах полный мудрости и тоски голос Предвечного, звавшего Авраама[1]. Она откидывается на подушки: одалиска в роскошном полумраке. Я растворяюсь в ней: и душа моя струит, и льет, и извергает жидкое и обильное семя во влажный теплый податливо призывный покой ее женственности...... Теперь бери ее, кто хочет!..

Выйдя из дома Ралли[2], я увидел ее, она подавала милостыню слепому. Я здороваюсь, мое приветствие застает ее врасплох, она отворачивается и прячет черные глаза василиска. *E col suo vedere attosca l'uomo quando lo vede*[3]. Благодарю, мессир Брунетто, хорошо сказано.

---

[1] См. Бытие, 12-25.
[2] Барон Амброджо Ралли (1878—1938), владелец дворца на Пьяцца Скоркола.
[3] «Одно ее лицезрение отравляет смотрящего на нее»; фраза из произведения итальянского писателя Брунетто Латини (ок. 1220—1294) «Книга сокровищ» (1863).

Постилают мне под ноги ковры для Сына Человеческого. Ожидают, когда я войду. Она стоит в золотистом сумраке зала, холодно, на покатые плечи накинут плед; я останавливаюсь, ищу взглядом, она холодно кивает мне, проходит вверх по лестнице, искоса метнув в меня ядовитый взгляд.

Гостиная, дешевая, мятая гороховая занавеска. Узкая парижская комната. Только что здесь лежала парикмахерша. Я поцеловал ее чулок и край темно-ржавой пыльной юбки. Это другое. Она. Гогарти пришел вчера познакомиться. На самом деле из-за «Улисса». Символ совести... Значит, Ирландия? А муж? Расхаживает по коридору в мягких туфлях или играет в шахматы с самим собой. Зачем нас здесь оставили? Парикмахерша только что лежала тут, зажимая мою голову между бугристыми коленями..... Символ моего народа. Слушайте! Рухнул вечный мрак. Слушайте!
— Я не убежден, что подобная деятельность духа или тела может быть названа нездоровой —
Она говорит. Слабый голос из-за холодных звезд. Голос мудрости. Говори! О, говори, надели меня мудростью! Я никогда не слышал этого голоса.
Извиваясь змеей, она приближается ко мне в мятой гостиной. Я не могу ни двигаться, ни говорить. Мне не скрыться от этой звездной плоти. Мудрость прелюбодеяния. Нет. Я уйду. Уйду.
— Джим, милый! —
Нежные жадные губы целуют мою левую подмышку: поцелуй проникает в мою горящую кровь. Горю! Съеживаюсь, как горящий лист! Жало пламени вырывается из-под моей правой подмышки. Звездная змея поцеловала меня: холодная змея в ночи. Я погиб!
— Нора![1] —
Ян Питерс Свелинк[2]. От странного имени старого голландского музыканта становится странной и далекой всякая красота. Я слышу его вариации для клавикордов на старый мотив: *Молодость проходит*. В смутном тумане старых звуков появляется точечка света: вот-вот заговорит душа. Молодость проходит. Конец настал. Этого никогда не будет. И ты это знаешь. И что? Пиши об этом, черт тебя подери, пиши! На что же еще ты годен?

«Почему?»
«Потому что в противном случае я не смогла бы вас видеть». Скольжение — пространство — века́ — лиственный водопад

---

[1] Имя жены Джойса и героини пьесы Г. Ибсена «Кукольный дом».
[2] Ян Питерс Свелинк (1562—1621), нидерландский композитор и органист.

звезд и убывающие небеса — безмолвие — безнадежное безмолвие — безмолвие исчезновения — в ее голос.

Non hunc sed Barabbam![1]

Запустение. Голые стены. Стылый дневной свет. Длинный черный рояль: мертвая музыка. Дамская шляпка, алый цветок на полях и зонтик, сложенный. Ее герб: шлем, червлень и тупое копье на щите, вороном.

Посылка: любишь меня, люби мой зонтик.

опять закричали все, говоря: не Его, но Варавву. Варавва же
...ик» (*лат.*) (Иоанн, 18: 40).

СОДЕРЖАНИE

Дж. Джойс

ИЗБРАННОЕ

Подробнее ознакомиться с содержанием
и оформлением наших книг можно по Интернету.
Наш адрес: **www.raduga.express.ru**

Редактор *В. Крюков.* Художественные редакторы *Н. Копылова, К. Баласанова.* Тех
редактор *Е. Макарова.* Корректоры *С. Войнова, С. Галкина, В. Лебедева, В. Песте*
в набор 20.06.2000. Подписано в печать 26.09.2000. Формат 60x90/16. Бумага
Гарнитура Таймс. Печать офсетная. Условн. печ. л. 39,00. Уч.-изд. л. 40,83. Т
экз. Заказ № 1413. Изд. № 9116. Налоговая льгота — общероссийский кла
продукции ОК-005-93, том 2; 953000 — книги, брошюры. Лицензия ЛР № (
декабря 1998 г. ОАО Издательство «Радуга», 121839, Москва, пер. Сивцев
Отпечатано в ОАО «Можайский полиграфический комбинат». 143200, Можайск,

ISBN 5-05-005113-4